国家社科基金
后期资助项目

中国十四行诗史稿

A History of
Sonnets in China

许霆 著

图书在版编目(CIP)数据

中国十四行诗史稿/许霆著.—北京：北京大学出版社，2017.7
（国家社科基金后期资助项目）
ISBN 978-7-301-28528-2

Ⅰ.①中… Ⅱ.①许… Ⅲ.①十四行诗—诗歌研究—中国 Ⅳ.①I207.22

中国版本图书馆CIP数据核字(2017)第157879号

书　　名	中国十四行诗史稿 ZHONGGUO SHISIHANG SHI SHIGAO
著作责任者	许　霆　著
责任编辑	延城城
标准书号	ISBN 978-7-301-28528-2
出版发行	北京大学出版社
地　　址	北京市海淀区成府路205号　100871
网　　址	http://www.pup.cn　新浪微博：@北京大学出版社
电子信箱	pkuwsz@126.com
电　　话	邮购部 62752015　发行部 62750672　编辑部 62756467
印刷者	三河市北燕印装有限公司
经销者	新华书店
	965毫米×1300毫米　16开本　35.25印张　614千字 2017年7月第1版　2017年7月第1次印刷
定　　价	88.00元

未经许可，不得以任何方式复制或抄袭本书之部分或全部内容。
版权所有，侵权必究
举报电话：010-62752024　电子信箱：fd@pup.pku.edu.cn
图书如有印装质量问题，请与出版部联系，电话：010-62756370

国家社科基金后期资助项目
出版说明

　　后期资助项目是国家社科基金设立的一类重要项目,旨在鼓励广大社科研究者潜心治学,支持基础研究多出优秀成果。它是经过严格评审,从接近完成的科研成果中遴选立项的。为扩大后期资助项目的影响,更好地推动学术发展,促进成果转化,全国哲学社会科学规划办公室按照"统一设计、统一标识、统一版式、形成系列"的总体要求,组织出版国家社科基金后期资助项目成果。

全国哲学社会科学规划办公室

2014 年 7 月

目　录

绪　论　十四行体中国化的几个问题 …………………………… 1
　一　十四行体：世界性抒情诗体 ………………………………… 1
　二　十四行体中国化的进程分期 ………………………………… 5
　三　十四行体中国化的途径分析 ………………………………… 10
　四　十四行体中国化的格律移植 ………………………………… 13
　五　十四行体中国化与新诗建设 ………………………………… 18

第一章　早期输入时期 ……………………………………………… 26
　一　新诗发生与十四行体 ………………………………………… 26
　二　胡适与十四行体 ……………………………………………… 30
　三　《少年中国》与十四行体 …………………………………… 38
　四　最初的汉语十四行诗 ………………………………………… 44
　五　象征诗人的十四行诗 ………………………………………… 53

第二章　规范创格时期（上） ……………………………………… 64
　一　韵律运动与十四行体 ………………………………………… 64
　二　孙大雨与十四行体 …………………………………………… 69
　三　闻一多与十四行体 …………………………………………… 76
　四　徐志摩与十四行体 …………………………………………… 85

第三章　规范创格时期（中） ……………………………………… 96
　一　从节律创格到诗体创建 ……………………………………… 96
　二　饶孟侃的十四行诗 …………………………………………… 102
　三　李唯建的长诗《祈祷》 ……………………………………… 109
　四　朱湘的十四行诗 ……………………………………………… 116
　五　柳无忌的十四行诗 …………………………………………… 126

第四章　规范创格时期（下） ……………………………………… 135
　一　京派诗人的创体实验 ………………………………………… 135

二　梁宗岱的十四行诗 …………………………………… 142
　　三　罗念生的十四行诗 …………………………………… 149
　　四　曹葆华的十四行诗 …………………………………… 156
　　五　响应创体的十四行诗 ………………………………… 163

第五章　探索变体时期（上）
　　一　在规范基础上寻求突破 ……………………………… 173
　　二　卞之琳、邹绛的变体探索 …………………………… 181
　　三　吴兴华、刘荣恩的变体探索 ………………………… 192
　　四　郭沫若及革命诗人的变体探索 ……………………… 204
　　五　袁可嘉、杜运燮、杭约赫的变体探索 ……………… 209
　　六　郑敏、陈敬容、王佐良的变体探索 ………………… 217

第六章　冯至的变体探索 …………………………………… 228
　　一　沉思的诗：新的发现 ………………………………… 228
　　二　例诗解读：心灵对话 ………………………………… 236
　　三　格式特点：变体探索 ………………………………… 245
　　四　李广田、废名论《十四行集》 ……………………… 251

第七章　探索变体时期（下） ……………………………… 260
　　一　民族形式与十四行体 ………………………………… 260
　　二　雁翼的变体十四行诗 ………………………………… 267
　　三　莎士比亚十四行翻译 ………………………………… 273
　　四　王力的十四行体专论 ………………………………… 279
　　五　陈明远的旧体诗今译 ………………………………… 284
　　六　林子的变体十四行诗 ………………………………… 292
　　七　"文革"时期的十四行诗创作 ………………………… 298
　　八　50年代香港十四行诗 ………………………………… 307

第八章　唐湜的变体探索 …………………………………… 314
　　一　十四行抒情短诗 ……………………………………… 314
　　二　叙事长诗《海陵王》 ………………………………… 321
　　三　十四行抒情组诗 ……………………………………… 329

第九章　多元发展时期 ……………………………………… 337
　　一　无名时代与十四行体 ………………………………… 337
　　二　十四行诗的题材拓展 ………………………………… 344
　　三　十四行诗的组诗创造 ………………………………… 354
　　四　港台诗人的十四行诗 ………………………………… 360

	五 十四行诗的媒体传播	367
	六 十四行诗的理论研究	375
	七 汉乐逸论中国十四行诗	383
第十章	多元期的创作(上)	392
	一 屠岸的十四行诗	392
	二 吴钧陶的十四行诗	399
	三 钱春绮的十四行诗	407
	四 张秋红的十四行诗	413
	五 罗洛的十四行诗	419
第十一章	多元期的创作(中)	424
	一 唐祈:西北边塞诗及其他	424
	二 郑敏:《诗人与死》及其他	430
	三 岑琦:《歌者与大地女神》及其他	439
	四 骆寒超:《鹧鸪天》及其他	445
	五 白桦、沈泽宜的十四行诗	454
	六 王端诚、万龙生的十四行诗	464
	七 金波:儿童十四行诗及其他	473
第十二章	多元期的创作(下)	482
	一 张枣、江弱水的十四行诗	482
	二 邹建军、白马的十四行诗	493
	三 马安信、李彬勇的十四行诗	501
	四 苗强、肖学周的十四行诗	507
	五 陈陟云、马莉的十四行诗	516

附录一 中国十四行诗选目 …… 527
附录二 中国十四行诗论选目 …… 543
后　记 …… 554

绪　论　十四行体中国化的几个问题

中国十四行诗发展的历史,就是十四行体中国化的进程。十四行体是欧洲的格律抒情诗体,伴随着新诗发生,中国诗人就开始关注并移植十四行体。经过百年间坚持不懈的努力,中国诗人已经完成了十四行体由欧洲向中国的转徙,这是中西文化交流的卓越成果。对于十四行体中国化的文化意义,屠岸有过精彩评价,他说:这种欧洲抒情诗体"到了二十世纪,它又在亚洲——中国的汉语土壤里扎根、发芽、开花、结果。汉语十四行诗的诞生,使十四行诗的流行范围突破了印欧语系的范畴,进入到了汉藏语系的领域。这,我以为,标志着十四行体已经成熟为世界性的诗歌体裁;同时,也标志着十四行体自身实现了又一次历史性飞跃!""作为中国新诗一部分的中国十四行诗,已立足于中华大地,也就是立足于世界之上。也许今天它们还没有受到外国朋友们足够的重视,但这不是中国十四行诗自己的过错!这是历史造成的隔阂,也是某些偏见造成的隔阂。我深信,包括中国十四行诗在内的中国新诗总有一天将会以自己绚丽的民族风采、非凡的艺术特色和深沉的哲学内涵赢得全世界读者的赞叹!"①我们坚信,这种充满自信的评价必将会被历史证明。

在进入十四行体中国化历史进程具体叙述之前,我们就其中若干重要问题作一交代。

一　十四行体:世界性抒情诗体

十四行体(Sonetto),源出普罗旺斯语 Sonet,起初泛指中世纪流行于民间、用歌唱和乐器伴奏的短小诗歌。在西方中古文学中,法国南方的普罗旺斯抒情诗是骑士文学的重要组成部分,它在内容与手法上深受民间诗歌的影

---

① 屠岸:《中国十四行体诗选》序言,北京:人民文学出版社1996年版,第2、3页。

响,在 11 世纪到 13 世纪间十分流行,十四行诗即是其中的一种。由于普罗旺斯处于地中海海滨,紧邻意大利,因而对意大利产生了明显的影响。13 世纪初期,意大利"西西里派"诗人雅科波·达·连蒂尼最先采用了这种诗式,并使之具有了严谨格律。十四行诗有固定的格式,它由两部分组成,前一部分是两节四行诗,后一部分是两节三行诗,每行诗句通常是十一个音节,用抑扬格,每行末尾押韵(ABAB ABAB CDC DCD)。13 世纪后期,包括但丁在内的意大利"温柔的新体"诗人继承了普罗旺斯抒情诗和"西西里诗派"传统。十四行诗的运用由抒情诗领域扩及叙事诗、教谕诗、政治诗、讽刺诗等,韵式逐渐变化为 ABBA ABBA CDC DCD,或 ABBA ABBA CDC EDE。14 世纪初期,彼特拉克写下包含三百多首十四行诗的《歌集》,以浪漫的激情、优美的音韵、多彩的色调,表现人物变化而曲折的感情,注入了新的人文主义思想,确立了这一格律诗体的地位。十四行诗在意大利文艺复兴时期繁荣兴盛。诗人梅迪契、米开朗琪罗、博亚尔多、塔索等,都是优秀的十四行诗人。其后,它又成为"马里诺诗派""阿卡迪亚诗派"喜爱的体裁。早期浪漫诗人破除传统束缚,追求自由不拘的诗歌形式,十四行诗一度被冷落,但 19 世纪后期又得到复兴,卡尔杜齐、邓南遮等均留下佳作。

在意大利文艺复兴的影响下,十四行诗传入法、英、德、西诸国,并随以各国语言的特点,产生了不同的变体。16 世纪初叶,萨里、华埃特把十四行诗介绍到英国,诗式演变为三节四行诗和一副对句,韵式是 ABAB CDCD EFEF GG,之后在这种类型之外又产生了其他变体。16 世纪末,十四行诗成为英国最流行的诗体之一,产生了像锡德尼、斯宾塞这样著名的十四行诗人。莎士比亚丰富和发展了这一诗体,他的十四行诗体(又称伊丽莎白体)也由三节四行诗和一副对句组成,以形象生动、结构巧妙、音乐性强、流转自如为特色,常常在最后一副对句中概括内容、点明主题,充分表达出新兴资产阶级的理想和情怀。以后,弥尔顿、华兹华斯、雪莱、济慈等也以写作优秀的十四行诗而在世界诗坛享有声誉。

在现代,十四行体随着欧洲文明流播到世界各地,成为一种世界性抒情诗体。世界著名的十四行诗有:意大利彼特拉克的《歌集》,英国莎士比亚的《十四行诗集》、锡德尼的《爱星者和星星》、斯宾塞的《爱情小河》、白朗宁夫人的《葡萄牙人十四行诗集》、雪莱的《西风颂》、济慈的《蝈蝈与蛐蛐》、拜伦的《咏锡雍》、奥登的《战争时期》,俄国普希金的《叶甫盖尼·奥涅金》、甘扎托夫的爱情诗集、莱蒙托夫的《唐波夫的金库主任夫人》,法国波特莱尔的《穷人的死》、魏尔伦的《我熟悉的梦》,德国歌德的《自然与艺术》、格吕非乌斯的《哀祖国》,智利米斯特拉尔的《死的十四行诗》、巴勃罗·聂鲁达的《一百首爱情的十四行》,危地马拉阿斯图里亚斯的《十四行诗集》,以及美国朗费罗的《黄昏》等,德国的里尔克、英国的弥尔顿等也有优秀的十四行诗存世。不仅在历史上产生过大批优秀的十四行体诗人,当代世界一批著名诗人仍在用十四行体抒唱着他们的生活、思考和感情。

20世纪20年代初,我国诗人开始把十四行体输入中国,近百年来数百位诗人写下了数以万计的汉语十四行诗,十四行的各种体式在中国都有成功之作。"啊,温柔的彼特拉克的桂冠,/蜜似的十四行,打诗人手里,/我接过这火把,高高地举起,/我要拿常春藤编我的喜欢。"唐湜在《芦笛》中的这种抒唱,反映了中国诗人写作十四行体诗的浓厚兴趣。

关于十四行体与中国诗歌的关系,历来有一个争论,即十四行体与我国古诗是否存在直接的渊源关系。1979年,杨宪益在《读书》发表文章,认为在欧洲流传甚广且在世界文学史上占有重要地位的十四行体,有可能是由中国经古大食国,即今之阿拉伯国家传入意大利的。文章列举出如李白的《花间一壶酒》等作品予以说明,结论是:"我们当然不能肯定十四行诗这种歌谣形式是从我国经过阿拉伯人传到西方去的,但是至少这是一个有趣的假设。"①对这一假设,以后不少学者作过补充论证,如郑铮在《试论十四行诗的移植与继承》中,就单列"中国的'十四行诗'传统"一节,例举了从《诗经》到古风到律绝诗体的发展,说明"我国的'十四行诗'有着长期发展的历史和成就。初唐时,包括'十四行诗'的古风成了最普遍的诗歌体裁,后来又出现了格律更严的律诗,在整个唐、宋二朝,它们都是最流行的诗歌形式"。他的结论是:"由于战争,在十一到十三世纪中,中国和欧洲文化有了更多直接接触的条件,因而当时出现的法国普罗旺斯骑士抒情诗和意大利最早出现的十四行诗,有可能直接或间接地受到中国诗歌的影响。十四行诗也有从中国传入欧洲的可能,如果能证明这一点,那么在中西文化交流中,就将会增加一条有力的纽带。"②联邦德国《维克特博士在授予冯至教授国际交流中心"文学艺术奖"仪式上的颂词》里也说过:"目前甚至有种新的说法,说十四行诗也是从中国经由波斯传入西方世界的。"③刘立军、王海红在《西方十四行诗或起源于中国律诗》中认为,鉴于中国律诗和西方十四行诗在出现年代上的时间差,两种诗体的相似性以及中西文化的交流史实,西方十四行诗具有源于中国律诗的可能性。④ 当然不少学者反对此说,认为它是十四行诗研究的"误

---

① 杨宪益:《译余偶拾》,载《读书》1979年第4期。
② 郑铮:《试论十四行诗的移植与继承》,载《上海师范大学学报》1989年第2期。
③ 冯至:《冯至全集》第5卷,石家庄:河北教育出版社1999年版,第208—209页。
④ 刘立军、王海红:《西方十四行诗或起源于中国律诗》,载《河北学刊》2013年第6期。

区",如王金凯论证:从结构看,李白的《花间一壶酒》不是一首十四行诗;从语言亲缘关系看,十四行诗由中国传入意大利的可能性不大;从传播途径看,十四行诗"从我国经阿拉伯人传到西方去"的说法不可靠。他的结论是:"那么十四诗究竟是如何产生的呢?根据笔者手头掌握的资料可作如下推测:意大利十四行诗可能是由西西里一种最古老的、叫做 Str-ambotto 的诗歌发展而来的。这种诗最初在民间流行,通常只有一节,或八行,或六行,每行有十一个音节。十四行诗最初的创作者或许把八行和六行连在一起并流传了下来,在流传的过程中诗人们把十一音改成了更整齐、节奏更统一的十音节,形成了我们今天看到的十四行诗的形式。这种形式从结构上看更加合理、容量更大、更富表现力。"①

笔者无意介入这种争论,正如我国许多学者证明的,十四行体与我国古代的律绝体在审美诸多方面有着契合之处,这是客观存在的。宗白华说过,十四行体"这节奏、这旋律、这和谐等等,它们是离不开生命的表现,它们不是死的机械的空洞的形式,而是具有内容、有表现、有丰富意义的具体形象"。"所以诗人艾里略说:'一个造出新节奏来的人,就是一个拓展了我们的感性并使它更为高明的人。'又说:'创造一种形式并不是发明一种格式,一种韵律或节奏,而也是这种韵律或节奏的整个合式的内容的实现。莎士比亚的十四行诗并不仅是如此这般的一种格式或图形,而是一种恰是如此思想感情的方式',而具有着理想的形式的诗是'如此这般的诗,以致我们看不见所谓诗,而但注意着诗所指示的东西'。这里就是'美',就是美感所受的具体对象。"②这是个重要的思想,是研究十四行体移植于中国的思想指导。具有世界性的十四行体,在一定程度上积淀了东西文化中某些共同相通的审美因素。人类的生命活动相通,十四行体既是欧洲人又是整个人类审美心理的某种合式的表现,这就是十四行体能够成为世界性诗体的内在根据,也是我国移植十四行体能够成功的根本原因。我们不必争论该诗体源自我国还是域外,我们确证的是:经过近百年努力,该诗体已经转徙成为我国的新诗体,这是中国诗人对世界文化做出的重要贡献,也为各国文化交流提供了有益经验。因此,研究十四行体中国化的历史进程,才是一个更具现实意义的课题。

---

① 王金凯:《十四行诗研究的误区》,载《信阳师范学院学报》1992 年第 4 期。
② 宗白华:《美从何处寻?》,载《新建设》1957 年第 6 期。

二 十四行体中国化的进程分期

十四行体由原产地向世界各国流播,既是十四行体世界化的过程,同时也是十四行体国别化的过程,这两个过程双向互动,从而使得十四行体成为一种流传广泛的世界性抒情诗体,也成为一种丰富多彩的本土性民族诗体。十四行体之所以能在世界多国持续地生根发展,根本原因是该诗体具有审美规范性和创作自由性的有机统一特征,即它有一个完整的精美的传统体制,但在建行方式、节奏方式、构思段落和用韵规律等方面都允许变化,从而为创作提供了充分的探索空间,为各国实现诗体本土化提供了可能。

十四行体本土化、民族化最为典型的是十四行体英国化进程。16世纪20年代,随着英国文艺复兴的兴起,十四行体被引入英国并在其后大约一百五十年的时间里,从形式到主题表达都发生了很大的变化,形成了英国式的十四行诗。"依照时间的顺序和从形式到内容以及主题表达上发生的变化,十四行诗英国化的进程大致分作三个阶段,即:引进与模仿阶段;学习与改造阶段;发展与创新阶段。这期间诗人辈出,佳作纷涌,呈现出英国抒情诗从诞生到繁荣不断高涨的景象。华埃特和萨里伯爵,锡德尼、斯宾塞和莎士比亚,邓恩和弥尔顿分别是这三个阶段的代表人物。"①华埃特(Sir Thomas Wyatt the Elder)和萨里(Henry Howard, Earl of Surrey)是最早引进与模仿写作十四行诗的英国人,他们开启了十四行体英国化进程。他们引进十四行诗,重在解决两大问题:一是十四行诗的形式要适应英语语言;二是抒情诗表达的内容要英国化。经过努力,他们的创作在格律上、结构上和修辞上表现出与意体越来越多的差异,但在主题表达上仍然遵循传统做法。他们善于融化改造外国诗式,给了英诗一种新的格律。其后十四行诗在英国一度为人冷落,直到1557年出版的《杂集》中收录了华埃特和萨里的诗,才重新引起人们注意。又由于锡德尼(Sir Philip Sidney)等宫廷诗人的写作,十四行诗才在英国得到较大发展,形式上的大胆学习和改造推进了其英国化进程,使之成为伊丽莎白王朝重要的抒情诗体。这时期代表性的诗人是锡德尼、斯宾塞(Edmund Spenser)和莎士比亚(Shakespeare),他们在十四行诗表现能力上的探索,完成了英国十四行诗格律的定型,为后人创作提供了可资借鉴的形式。在英国十四行诗式趋于成熟之后,约翰·多恩(John Donne)和弥尔顿(John

---

① 陈尚真、赵德全:《十四行诗的英国化进程》,载《燕山大学学报》2001年第4期。

Milton)则把注意力更多地放在主题突破上。多恩采用新奇的比喻、突兀的格律和强烈的口语节奏,抒写世俗的肉体的情爱,把新科学、新知识、新思想和新的时代气息带入十四行诗;弥尔顿的十四行诗写出了他对现实社会生活的感受,尤其是用它来表达革命激情与宗教热忱。这种发展与创新,使得十四行体英国化进程得以在他们的时代完成。"综观十四行诗英国化的进程可以看出,英国的诗人们吸收外国特别是意大利十四行诗的长处,又立足本国实际,创造出英国式的十四行诗,并使英国十四行诗比意大利十四行诗、特别是英国诗人效仿的彼特拉克十四行诗形式更为丰富,主题更为广泛。另一方面,英国诗人们的十四行诗不仅与彼特拉克有很大不同,他们自己之间的差异也比较明显。这种差异造成英国十四行诗形式和主题上的丰富和变化,为后代诗人表达思想提供了更多的选择和借鉴。"① 十四行体英国化进程中始终贯穿着的是语言形式与主题形态的演进和发展。

应该说,以上所述的十四行体英国化进程在世界十四行体发展史上具有典型意义,它体现着移植一种诗体并使之本土化的一般规律。其实,我国十四行诗的发展历史也就是该诗体的中国化过程。朱自清早就指出:"无韵体和十四行(或商籁)值得继续发展;别种外国诗体也将融化在中国诗里。这是摹仿,同时是创造,到了头都会变成我们自己的。"中国诗人输入十四行体及其格律,"同时在创造中国新诗体,指示中国诗的新道路"。② 十四行体中国化的进程呈现着十四行体英国化进程的一般规律,当然也有着自身的某些特殊规律。我们把十四行体成功移植中国的过程划分为四个时期。

第一个时期为早期输入期,这也是中国新诗发生的时期。 就十四行体移植中国史来说,当属于无意阶段,诗人只是在增多诗体的要求下写作新诗。新诗运动初期的口号是打破旧诗形式束缚,让丰富的材料、精密的观察、高深的理想、复杂的感情进入诗中。打破旧诗形式以后,刘半农等面对新诗无体状态而主张增多诗体,包括自造、输入他种诗体和新增无韵诗。于是,我国诗人多途径借鉴新诗体,在这种情况下,流行于欧美的十四行体被人注意就不足为奇了。初期汉语十四行诗格律并不严格,除了全诗十四行和分段以外,大多诗行长短不一,用韵特别随便。这是创作的随意阶段,类似于十四行体英国化进程中的引进阶段。

第二时期为规范创格期,这也是中国新诗创格的时期。 初期新诗创作的自由随意造成了严重的非诗化倾向,到了20世纪20年代中期,新诗发展就

---

① 陈尚真、赵德全:《十四行诗的英国化进程》,载《燕山大学学报》2001年第4期。
② 朱自清:《诗的形式》,见《朱自清全集》第2卷,南京:江苏教育出版社1988年版,第397—398页。

由向旧诗进攻阶段转变为建设新诗阶段,建设在诗质和诗体两个向度展开。在诗体建设方面就表现为整整十年的新诗创格运动。新月诗人把新韵律运动推向高潮;继起的京派诗人推动新形式运动继续为新诗创格。汉语十四行诗在这期间的发展线索是从节律创格到诗体创建。在节律创格阶段,新诗创格与十四行体创格双向互动,汉语十四行诗创作数量较少;1928年以后进入诗体创格阶段,汉语十四行诗走向成熟,并迎来了创作的丰收期。从节律创格到诗体创建,汉语十四行体完成了由随意到规范的发展过程,其本质是现代汉语对应移植印欧语系的十四行体式。这一过程类似于十四行体英国化进程中的模仿阶段,也即一个异域化的过程。

第三时期为探索变体时期,这是在规范创格后寻求新突破的阶段。其新突破,从形式方面说是在格律规范基础上向着自由方向寻求变体,从题材方面说是在抒写传统题材基础上向着多途径反映现实方向寻求新变,基本选择就是面向现实和民族形式。就创作来说,之前作者主要是留学英美的诗人,他们坚持不懈为汉语十四行诗规范创格,之后作者则扩大到各种风格的诗人,他们在规范基础上寻求十四行诗新变;之前的诗人重在为十四行诗创格,因此用律规范,题材多采传统,之后的诗人重在创十四行诗变体,因此用律多变,题材多有拓展。十四行诗从输入至此的发展线索,用柳无忌的话说就是,"我们最先感觉到传统文学的陈腐,我们有意要革新它而创造新的有生命的文学,于是我们第一步应做的是破坏,第二步应做的是模仿,经过了破坏与模仿尔后我们达到了最后一步,真正的建设与创造。"① 输入期、模仿期之后就是改造和创造期,其目标是创造十四行诗的民族形式。这进程从20世纪30年代后期延续到建国后相当长的时间,类似十四行诗英国化中的学习与改造阶段。

第四时期为多元探索期,这是汉语十四行诗探索多元和创作繁荣期。进入新时期以后,在民歌和古典基础上发展新诗的传统观念被打破,诗人的形式意识真正觉醒。在此社会文化语境中,众多诗人共同营造了汉语十四行诗多元发展的局面,其最为显著的成果就是题材和主题形态的拓展而呈现多样景象,格律的、变格的和自由的十四行诗的创作并存竞争而呈现繁荣局面。而以上题材、主题尤其是三种诗式的探索又表明十四行体中国化进程发展到一个全新阶段。这一时期汉式十四行诗的自觉探索使得部分诗人认为:若能突破其他语种的规则,结合中国古典律诗传统,在现代汉语语境下,在诗美发现与诗意构想的基础上进行创造,汉语十四行诗必将会有光明的前途。在以

---

① 柳无忌:《为新诗辩护》,载《文艺杂志》第1卷第4期,1932年9月。

上多元的探索中,尽管有的题材和体式受到质疑,但却充分展示了十四行体中国化的实绩和繁荣。

诗体的中西跨语系转徙极其繁难(朱光潜语),其中涉及不少中西文化交流的理论问题。在按照"十四行体中国化"线索分期论述时,我们试图从学术创新方面表达以下一些理论观念:一是把中国诗人百年移植十四行体史概括为中国化进程,在考察十四行体英国化历程后揭示中国化进程的规律,肯定中国诗人推动世界十四行体发展的贡献。二是在尊重各个历史阶段汉语十四行诗创作多样性基础上,从基本倾向和总体特征上把百年十四行体中国化的进程依次概括为早期输入期、规范创格期、探索变体期和多元探索期。三是重视十四行体移植与中国新诗发展的双向互动研究,揭示汉语十四行诗发展对于新诗体建设的重大意义,揭示汉语十四行诗创作流贯新诗史的深层原因。四是提出中西文化交流的"可接近性"原则,即西方十四行体与中国传统诗体的相似相近性和相异相距性,强调了移植中的"借鉴中改造"和"改造中创新"规律。五是提出了汉语十四行诗的分类概念,包括格律的十四行诗、变体的十四行诗和自由的十四行诗,并具体分析三类诗的基本特征,强调创作中保持十四行体原本精神的必要性。六是提出十四行体移植是诗质、诗语和诗体三者互动的结果,提出十四行体中国化与现代化结合的观点,认为中国十四行诗的发展方向是:在现代生活和现代汉语语境下,根据汉语的基本素质,在新诗的诗美发现与诗意构想基础上进行新诗体探索。

对于十四行体中国化的评价,以至于能否确立一种十四行体的"中体",历来是有不同声音的。谭桂林在此问题上的基本观点是:第一,十四行体中国化是十四行诗在中国立足的必然,就十四行而言,英国有英体,法国有法体,中国也应有中体;第二,现代诗坛的十四行体中国化试验不如人意,部分诗人的中国化探索成绩斐然,但也有部分诗人的创作只是破相的致残的十四行;第三,王力、屠岸等曾对十四行体格律的基本要素做了细致分析和规定,这是从"西方数百年里发展出来的定规成例"中提炼出来的,是西方各种体式十四行共同拥有的。"中体"十四行只要遵循这些基本的格律原则,无论怎样"破法""变体",无论怎样体现汉语本位的精神,十四行依旧是十四行,不会"枉担十四行虚名"[①]。这种观点是能够为我们所接受的。在此基础上,我们需要补充的是:在十四行体中国化的进程中,我国诗人创作中出现了不少变格的甚至自由的十四行诗,这样就提出了一个重要话题,即如何把握十四行体规范的宽严标准。确实,十四行体是一种格律诗体,形式界定历来存

[①] 谭桂林:《论现代诗学中十四行体式的理论建构》,载《广东社会科学》2007年第5期。

在着宽和严两种标准。在此问题上,钱光培编选《中国十四行诗选》时,采取的态度是"按接受美学的原则作了大胆的处理",即"看作者有没有接受十四行诗的影响,如果接受过,有意突破,自然应算;如果在无意中留下影响的痕迹,也算它是十四行诗",理由则是:"中国作者接受十四行体的影响层次的差距是很大的,因此出现了五花八门的'中国十四行诗'。""应该如实地展示中国十四行诗的这种五花八门的状况,因为这样更能反映出十四行体在中国流变的实况和中国作者接受状况的真实。"①这种观点是值得珍视的,是令人信服的。我们也同意屠岸的观点,就是"还是宽严相济好一些":如果我们过于强调规范的严谨,会使许多人望而生畏,不利于汉语十四行诗发展,许多变体就无法被接纳进来,就会因此失掉许多真诗、好诗,也会制约诗人对诗体的多元探索。② 其实,在十四行体英国化进程中,就出现了大量的变格体,尤其是受到现代诗运动影响,西方诗人大多采用破格变体写十四行诗。如吴兴华分析了奥登的诗后说:"严格的说起来,这首与其他的许多十四行诗都不能算真正的十四行,诗人只不过借用了十四行、韵脚和音节,不过这个情形在现代是颇为普通的。"③英国当代诗人乔治·格兰维尔·巴科(George Granville Barker)于1940年1月航海赴日本时,在太平洋中部目击了一次事故——暴风雨使两名年轻水手落海身亡,事后他写了《十四行体惊诗三首》,这也成为他的代表作。这三首诗除了构架上作八六分段共十四个诗行外,没有韵式,没有"格",是十四行诗的变种。屠岸说:"十四行诗从意大利移植到英国并在英语世界发展变化,这个过程没有结束。'比较定型的英国的十四行诗体'存在着。同时,十四行诗在某些英国诗人笔下似乎继续在发生变异。"④十四行体英国化如此,十四行体中国化史应如此,因此,我们采用宽严相济的标准、肯定规范基础上的变体应该是有利于中国十四行诗发展的。在此前提下,我们同样主张汉语十四行诗需要具备十四行体的原本精神,需要倡导格律的和变格的十四行诗,主张慎写自由的十四行诗,在移植十四行体过程中创建具有中国特色的十四行诗。

---

① 屠岸:《关于十四行诗的通信》,载《诗探索》1998年第4辑(总第32辑)。
② 吴思敬、屠岸:《关于十四行诗的对话》,见屠岸:《幻想交响曲——屠岸十四行诗240首》,香港:雅园出版公司2014年版,第318页。
③ 吴兴华:《再来一次》,《新诗评论》2007年第1辑(总第5辑),北京大学中国新诗研究所编,北京:北京大学出版社2007年版,第41页。
④ 屠岸:《关于十四行诗的通信》,载《诗探索》1998年第4辑(总第32辑)。

三 十四行体中国化的途径分析

一种文学样式的跨语系移植,一般都要经过以下三个转借环节:原样式拿来、中介物沟通和新样式诞生。就十四行体移植中国来说,原样式拿来就是接受西方的十四行体形式。中国近代以来,在面向世界开放的思潮鼓动下,一批文人跨出国门,接触了西方的现代文明,同时也对十四行体产生了兴趣。虽然原样式拿来后也可以模仿创作,但由于深谙西方语言和诗律者毕竟不多,因此要使十四行体真正移植中国,还需要借助中介物沟通,这就是理论介绍和创作翻译。当然,最初直接的模仿创作可能粗糙,但却同样起着转借中介的作用。正是依靠这种中介,更多诗人熟知十四行体,并开始了新一轮的转借工作,包括模仿创作、扬弃改造、探索新格,从而写出精品,使十四行体输入中国成为现实。由此可见,转借的三个环节就其移植而言存在四条途径,即原作传播、理论介绍、作品翻译和新诗创作。

理论介绍。在汉语十四行诗史上,有一批专题论文在十四行体移植中国过程中起着中介作用。这些诗论从理论上探讨诸多问题,如十四行体移植中国的可能性、十四行体移植中国的方法论、十四行体的基本形式规范、十四行体中国化的进程等。谭桂林的《论现代诗学中十四行体式的理论建构》,具体探讨了十四行体移植到中国的理论建构问题,包括三个方面:一是引进十四行诗的必要性问题,包括怀疑论、反对论和赞成论三种,应该肯定的是大多数诗人持的是赞成态度。二是引进十四行体所依托的基本理由,主要是十四行体最适宜于表达盘旋的情绪,是天然的抒情诗式;十四行体是最适宜于表达沉思的诗体,可以把无形诗情和诗思凝结成精美形体;十四行体与中国传统诗体存在相通之处,因而容易为中国诗人接受。三是对十四行体中国化的评价,存在着怀疑和赞成两种态度。围绕着以上三个理论问题,在百年十四行体中国化的历程中有着大量的理论成果发表,而现代诗学中关于十四行诗的核心话题是十四行诗的中国化,汉语本位乃是现代中国诗学关于十四行体中国化问题的基本思路。① 十四行体中国化的理论构成了中国现代诗学的重要组成部分。

作品翻译。"译诗,比诸外国诗原文,对一国的诗创作,影响更大,中外皆然。"②中国十四行体的进化和多种变体,都与翻译有关。我国的诗歌翻译

---

① 谭桂林:《论现代诗学中十四行体式的理论建构》,载《广东社会科学》2007 年第 5 期。
② 卞之琳:《译诗艺术的成年》,《人与诗:忆旧说新》,北京:三联书店 1984 年版,第 196 页。

恰如朱自清所说:"译诗对于原作是翻译;但对于译成的语言,它既然可以增富意境,就算得一种创作。况且不但意境,它还可以给我们新的语感,新的诗体,新的句式,新的隐喻。就具体的译诗本身而论,它确可以算是创作。"① 翻译是中国诗人移植十四行体的重要途径,而且伴随其整个中国化过程。据学者考证,我国汉译英诗最早的作品恰巧是英语的十四行诗。这就是 1854 年由传教士麦都思翻译的弥尔顿的十四行诗《论失明》,载于英传教士麦都思、奚礼尔、理雅各编辑的中文刊物《遐迩贯珍》第 9 号,在香港出版。② 翻译对十四行体中国化进程的贡献,一是那些学贯中西、深谙西律的诗人,在翻译的同时模仿创作,一般都将原作的精神和格律表达无遗,起着移植的示范作用。二是一些诗人读了译诗,倾慕诗的意境、诗的语言、诗的表达、诗的句式、诗的格律,从而开始模仿创作。三是一些诗人寻找新诗体式而注目十四行体,通过借鉴译作来写汉语十四行诗。后两种诗人的阅读和创作,同样对汉语十四行诗的发展做出了贡献。

新诗创作。创作是十四行体移植中国最重要的工作。我国数百位诗人公开发表数以万计的汉语十四行诗,世界十四行诗人创造的各种样式中国诗人都有创作。意体、英体、法体、德体、俄体和现代十四行体,我国诗人都拿出了自己的模仿作品。其贡献一是以创作的实绩来证明十四行体移植的可能性。十四行体移植我国后,对它的怀疑始终存在,创作者很少正面反驳,而是默默耕耘,用作品证明其在中国生存的可能。即使在 20 世纪五六十年代的蛰伏期,仍有诗人坚持创作。尽管有些诗发表后招来灾祸,但创作始终没有中断。二是以探索革新来对待移植中的得失。诗人创作态度严肃,虽然各人探索不同,但相互并不贬损,而是以宽容态度来对待别人的探索,在实践中总结提高。三是以创作的精神来追求新的成功。我国诗人坚持以"扬弃"和"切近"的原则来移植十四行体,创作了格律的十四行诗、变格的十四行诗和自由的十四行诗,推动着十四行体中国化和民族化的历史进程。

在坚持理论介绍、作品翻译和新诗创作过程中,我国诗人坚持两条基本原则。

一是"可接近原则"。"可接近性"包含两层意思,首先是被移植的对象内在地包含着各民族相通的东西;其次是被移植的对象外在地具备为其他民族借用的东西。只有这样,移植才能为读者接受,才有成功的希望。离开"可接近性",任何移植和交流都难以多层次地展开。美国学者斯塔夫里阿诺斯教授在《全球通史》中就用了"可接近性"术语来说明希腊文明在借鉴其

---

① 朱自清:《译诗》,《朱自清全集》第 2 卷,南京:江苏教育出版社 1988 年版,第 374 页。
② 沈弘、郭晖:《最早的汉译英诗应是弥尔顿的〈论失明〉》,载《国外文学》2005 年第 2 期。

他文明后勃兴的历史原因。如果一个民族的某种文化样式只适合自己,其他民族都无法"饮用",即缺乏"可接近性"条件,那么这种文化样式就难以被移植。而十四行体之所以能够被移植到中国,就在于它对我们民族来说具有"可接近性"。如十四行体要求构思呈起承转合的结构,描绘出思想感情的发展过程,我国律诗首、颔、颈、尾四联也构成起承转合的和谐整体,感情表达曲折委婉;十四行体的段式、行数、音数及节奏体现着均齐,同中国传统艺术特质契合。但若十四行体同中国传统诗体仅有相同之处,也就没有必要移植了。事实上,十四行体也同我国传统诗体有差异,它不像我国律绝体那样戒律森严,既有正式,又有许多变式,在每行音数、音步长度、用韵规律,以及组诗运用等方面,都可以根据内容需要而自由掌握。这更适合表达现代生活内容,体现了新诗形式探索的重要方向。由此可见,"可接近性"原则即指两者的相似相近性和相异相距性。前者使移植成为可能,后者使移植充实新质。在为新诗创格的过程中,我国诗人从国外输入多种诗体,但都没像十四行体那样形成流脉贯穿新诗史,原因就是那些诗体或在语言形式上缺乏相似性,难以在汉语中生存,或不能在形式上给新诗以新的东西,不合新诗创格需要。

　　二是"借鉴中改造"的原则。 在谈到希腊人借鉴其他民族文明成果时,《全球通史》认为"希腊人所借用的,无论是埃及的艺术形式还是美索不达米亚的数学和天文学,都烙上了希腊人所独有的智慧的特征"①。若把域外文化喻为"种子",希腊人可贵之处是把它移植到希腊土壤,经过一番筛选、淘汰与改进,使之萌发、成长、开花、结果。这就说明,文化交流过程中,移植不能照搬,而应取扬弃态度。诗式移植是文化交流中最为繁难的工作,因为诗式移植后会碰到一个不同调、不同感、不同情的问题。人为地照搬其他诗歌语言节奏是注定要失败的。十四行体能在欧洲各国流行,就在于它在传播过程中,各国诗人能根据本国语言特点进行改造,产生了许多变体。在移植十四行体是照搬还是借取的问题上,我国诗人多持借取的态度,强调创造中国现代诗体,切实站到诗式民族化的基点上。在借取和改造统一的前提下,我国诗人对十四行诗式的移植分为两类。一类以借取为主,尽量保留原格律形式,可称为"对应移植",如对"音尺"的移植、诗行的建构、诗节的建构和乐段的采用等。另一类则以改造为主,在对西方十四行形式总体把握以后进行大胆改造,同样包括诸多方面。在移植十四行体的过程中,借鉴和改造是同时进行的,主要表现在圆满的构思、整齐的建行、回旋的用韵和沉思的题材等方面。

---

① 〔美〕斯塔夫里阿诺斯:《全球通史》,吴象婴等译,上海:上海社会科学院出版社1988年版,第212页。

四 十四行体中国化的格律移植

诗歌是语言艺术,就其本质来说,"里面只包含得有两件东西:一件是我们能够理会出的意义,再一件是我们听得出的声音"①。因此,中国诗人移植十四行体也包含两点:一是诗意的借取和开拓,二是格律的借取和创造。这是十四行体英国化的经验所在,也是十四行体中国化的实践成果。这里分述十四行体中国化的格律移植。

1. 行数的基本规定

十四行体的格律规定首先是行数,即每首十四行。当然这在国外也有例外,如莎士比亚组诗中第一百二十六首仅十二行,第九十九首有十五行。我国十四行诗除特例外,都遵循每首十四行的规定。梁实秋认为,"以十四行去写一刹那的情绪,是正好长短合度的","十四行诗篇幅短,宜于抒情"。②闻一多认为,"抒情之诗,无中外古今,边幅皆极有限,所谓'天地自然之节奏',不其然乎!"③篇幅短小是与诗体的言情单纯抑思诗质联系有的。我国多位诗人说到自己选择十四行体创作,就是看中其篇幅短小合度。陈明远译郭沫若律诗,无意间在古汉语到现代语的转换中选择了十四行体,他说:"在反复琢磨的过程中发现,对于五七言律诗,若改写成同样数量的八行新诗,显然不够;有时候,十行、十二行也不够;而改写成十六行又嫌太多。终于找到了一种十四行的形式,但当初并没有存心写成'颂内体',没有预先拿一个'十四行'的框框去硬套,而确是自然而然形成的。"④这是一个极为复杂的话题。

2. 音步的对应移植

十四行体作为欧洲传统诗体,使用印欧语言,其节奏构成基础是音步或顿,中国诗人移植十四行体首先碰到的是如何移植这一诗体的节奏单元问题。新诗运动初期,我国诗人把诗的节奏单元称为"节",同"音"合称"音节",普遍的要求是"自然音节"。但它只同自由诗体相联属,没有解决新诗

---

① 饶孟侃:《新诗的音节》,载《晨报副刊》1926 年 4 月 22 日。
② 梁实秋:《谈十四行诗》,《偏见集》,南京:正中书局 1934 年版,第 272、274 页。
③ 闻一多:《律诗底研究》,上海:华东师范大学出版社 2007 年版,第 290 页。
④ 陈明远:《郭沫若与"颂内体"》,《新潮》,北京:中国文联出版公司 1992 年版,第 305 页。

的形式节奏。进入 20 世纪 20 年代以后,一批诗人开始探讨新诗形式化节奏,而这一探讨是同对应移植十四行体音步联系着的。做出贡献的是闻一多和孙大雨,他们用音组对应移植印欧诗语的音步:音组是时长相同或相似的语音组合单位,从字数(即音数)上着眼;音组内的字数以二三字为主,但并不限死;音组排列形成诗行,由于音组字数并不限死,因此诗行长度也不限死。这种探索符合汉语特点,也同十四行体原有的节奏形式相适应。十四行体的音步包括节拍和节律两个因素,分别是时间的分断和时间的性质。孙、闻的对应移植是借用了节拍而抛弃了节律;十四行体的音步构成虽有规律但也可变化,孙、闻的音组以二三字组为主,在保持时间段落大致相等时也允许适当变化;十四行体以相同音步数排列成行构建整齐节奏,孙、闻的对应移植以等量的音组有序排列来解决诗行节奏问题。孙、闻等的探索成果标志着我国新诗音组排列节奏体系的诞生,也开始建立起汉语十四行诗的节奏基础。

3. 建行的两套体系

孙、闻等人对应移植音步,开创了自觉规范十四行体节奏形式的新阶段,首先就是解决建行问题。把音组作为基本节奏单元建行,形成了四种具体格式。第一式:限音组,但不限音组的音数,也不限诗行的音数。坚持这种实践的诗人较多,如卞之琳、唐湜、屠岸、丁芒等。王力认为,英诗中有"不拘音步的一致,而只求节奏的一致"的办法,"这样,只论音步的多少不论音步的性质,那么,字数不整齐的诗行,若以音步的数目而论,却很整齐"。① 把这对应移植到中国十四行诗中,就是每行限音组数而不限音组的音数。第二式:限音组,又限音组的音数,但不限诗行的音。胡乔木等把新诗节奏单元称为节拍,并规定每拍为二字或三字。在节拍分析时会碰到同词语意义单位和语法结构单位不一致的现象,对此他认为"是难以避免和不必计较的","因为诗的吟哦究竟不同于说话"。② 第三式:限音组,也限诗行音数,但不限音组的音数。梁宗岱认为每行应有同量节拍,又认为节拍整齐的诗行字数应划一,即"均行"。他说如果每行四拍,"把七字的和十六字的放在一起,拍数虽整齐,所占的时间却大不同了"。他的《商籁(六首)》每行限定五个音组,同时又限定每行十二音,但音组不限字数。抱相同追求的有屠岸、吴钧陶、顾子欣等。第四式:限音组,也限音组的音数和诗行的音数。如邹绛的诗遵循"三二二三"建行原则,即每行五个音组,其中三个二字音组,两个三字音组,但二字音组和三字音组在诗行中的位置并不固定,从而避免了单调。

---

① 王力:《汉语诗律学》,上海:上海教育出版社 1979 年版,第 863 页。
② 胡乔木:《〈随想〉读后》,载《诗探索》1982 年第 4 期。

在对以音组建行这套节奏体系加以探索的同时,我国诗人同时探索了以音数建行的节奏体系。这种探索体现在徐志摩、饶孟侃、朱湘、柳无忌等的创作中,具体来说是把诗行作为基本节奏单元,通过行顿的有序排列来构建匀整或对等的节奏模式。这套节奏体系,在实践中形成了两种具体格式。第一式:每首诗行音数等量,通过在诗行意义上的节奏单元重复形成行顿节奏。实践者如朱湘《石门集》中的十四行诗排列都呈方块形,即诗行音数一致。有人认为这是"机械的等音计数主义的韵文"。其实,为了凑足诗行音节,不顾文法与语气的通顺,任意地增削,这是不足取的,但这并非写作均行十四行的过错,事实上朱湘、李唯建、冯至、曹辛之的十四行诗语言都具有语调自然、节奏鲜明的特征。第二式:每首各个诗行长短不一,但通过对应诗行或交叉或平行的对称来建构对等的节奏模式。如郭沫若和陈明远的十四行诗"每行不一定限制固定的音步数量,可以大体整齐,也可以长短相间"①。但是,每首诗行的长度安排并不是任意的,而是相对固定的,从而各行诗的音数也是相对固定的。

4.诗行的长度格式

中国十四行诗每行音组数以四个和五个为最普遍,从实践看,每行四个音组一般是十音和十二音,也有九音和十一音的,每行五个音组一般是十二音,也有十三音和十四音的。这种诗行在口语朗读中同人的呼吸吐纳节律相应,也是对十四行体的对应移植。因为印欧语系数音才合成一个意义,所以王力说:"汉语的七言所能表示的意义比西洋七言所能表示的意义多了许多。这是就文言而论的。若就白话而论,加上许多复音词和许多虚字,也就和西洋相等了。"②欧洲十四行诗的诗行最重要的是十二音和十音。十二音行被称为亚历山大体,为意体和法体十四行诗广泛使用。英诗的宠儿是五音步十音行。汉语十四行诗多由五个或四个音组诗行写成,也大多用十二音或十音的格式。

我国诗人写十四行诗除了采用十音和十二音诗行外,还有多种探索。一是长诗行。如雁翼把惠特曼、聂鲁达、泰戈尔的自由奔放的长句子拿来糅合在一起,再生出《黄河船队》《宝成路上》等十四行诗。③ 西方常常借助"诗逗"把长诗行分为相等的两个半行,我国诗人也移植了这种形式。如吴兴华《西珈》十六首,每行都是六音组十五音,行中总有一个或两个比其他顿略长

---

① 郭沫若、陈明远:《新潮》,北京:中国文联出版公司1992年版,第305页。
② 王力:《汉语诗律学》,上海:上海教育出版社1979年版,第841页。
③ 雁翼:《诗形体小议》,《女性十四行诗》,广州:花城出版社1991年版,第110页。

的中顿。二是短诗行。在西方,从七音到二音叫做短行。我国诗人在十四行诗创作中有时也用短行,如冯至《十四行集》的第二十五首,除末两行外全是七言诗行。第二十二首则全用六音诗行。五音诗行在西方十四行诗中罕见,卞之琳《空军战士》和屠岸《巴西龟》都是每行五音两个音组。三是长短行。整齐的长短行在西方诗歌中也被采用,我国诗人也有对应移植。一种是整首十四行诗各段的长短行排列方式一致,形成不齐之齐。如冯至的《十四行集》第八首,每段末用九言,其他各行都是八言,从段内看不整齐,整首看又整齐。另一种是多数诗行一致,但局部变格,呈现着不齐中的整齐。第三种是全诗的诗行并不等长,但对应诗行长度一致,形成整齐对应的和谐美。

5. 段式的移植定位

意体(彼特拉克体)和英体(莎士比亚体)是十四行体最基本的两种体式。帕蒂孙编弥尔顿《十四行诗集》序中,把意体的诗思诗情结构(即内在结构)同诗行的组织结构(即外在结构)结合起来分析:在前四行中露其端倪,接着的四行中完全明了,再用三行转回原意,最后三行总括全诗,从而形成诗行组织的四四三三与内在结构的起承转合的契合。英体也分四个段落,诗行为四四四二。意体和英体的四个段落又分成两大段落,前两段共八行,是起承,后两段共六行,是转合。由于十四行体原是合乐歌诗,其诗行组织段落就其本来意义说,体现的是音乐分段,它的划分同诗的内在结构互为表里。当十四行诗成为文人创作时,诗人就强化韵脚在建构和呈现乐段中的作用。十四行体音韵方式同乐段组织方式契合,并进而与内在结构契合。意体前八行是两个抱韵,为 ABBA ABBA 或 ABBA BCCB,后六行分别为 CDE CDE 或 CDC DCD。这种韵式使前八后六各成一大乐段,而前八行又由两个抱韵组成,后六行前后三行又各自成组,韵法在另一层次上把十四行分为四个乐段,并与诗的起承转合结构互为表里。同样,英体莎士比亚式是 ABAB CDCD EFEF GG,前三个四行交韵,后两行同韵,加上诗韵规律变化,也把十四行分为四个乐段,也同诗的内在结构互为表里。乐段组织同内在结构契合,诗韵组织又呈现着乐段组织,这是其重要的诗体特征。

中国十四行诗意体段式定位主要有三种方式。一是八六式,此式表明十四行体前后部分之间应有所停顿和发展,后六行常常表示转折,较早用此式的是饶孟侃的《弃儿》。二是四四三三式,此式结构层次明晰,用此式者甚多,如朱湘的《悼徐志摩》不分节,而用顶缩格排列来显示段落。三是四四六式,此式把前八行分作两段,以显示发展关系,唐湜多用此式。中国十四行诗英体段式定位也主要是三种形式。一是十二、二式,此式最后二行是对前十二行的归纳。吴钧陶的动物诗,前十二行往往以翻来覆去的笔墨,传达波澜起伏的激情与想象,末两行作结点明,可作警句读。二是四四四二式,此式最能显示十四行体起承转合的层次,用得普遍,有的并不分节,仅用高低诗行排列显示。三是八六式,此式最能体现十四行体最基本的两大层次,用此式者如徐志摩的《云游》。

不按正式写的诗在西方不时出现,诗人在乐段的组织和定位上作着多种追求,在尾韵的安排和定位上更是花样翻新。我国诗人在移植十四行体时也用变体或直接采用西方十四行体的段式和韵式,甚至写作"自己的十四行诗",呈现出风采各异的局面。

6.韵式的对应移植

十四行诗尾韵的组织安排,帮助全诗显示乐段组织和内在结构。乐段、尾韵与内在思绪辩证地渗透、依存和转化,形成全诗的浑然之美。十四行体用交韵和抱韵,变体还用随韵,再加上频繁换韵,诗韵交错穿插具有回环美。我国诗人十分注意对应移植十四行体的韵式。

先说意体。其韵式须具备以下条件:全诗不超过五个韵;前八行用两个抱韵,后六行用韵变化有一定的规律。下面列出几种常见的后六行用韵变化的正式(前八行两个抱韵则从略)。(1)CDE CDE 式,如英国济慈的《蝈蝈与蛐蛐》,我国朱湘的《意体第三十六首》也用此式。(2)CDC DCD 式,如英国罗塞蒂的《在一个画家的画室里》,我国李唯建的《祈祷》就用此式。(3)CCD CCD 式,如法国杜贝莱的《黑夜叫星星别再游荡》,我国吴兴华的《西伽》第九首即用此式。(4)CDD CDD 式,如法国奈瓦尔的《不幸者》,我国冯至的《歌德》也用此式。(5)CDC CDC 式,如但丁的《每个钟情的灵魂》,我国孙大雨的《遥寄》第一首也用此式。王力认为正式"大致是指最常见的形式而且为名家所采用的形式而已","凡不合于正式者就是变式"①,其《汉语诗律学》所列变式有数十种之多。

再说英体。其前三段都用交韵,末段两行用偶韵。我国诗人写英体用正式者甚多。英体变式多在后六行,前八行变化主要是变交韵为抱韵或随韵。中国诗人用英体变式尤多,大致不出在交韵、抱韵、随韵之间变化。因英体接近中国押韵习惯,不少诗人索性用传统诗双句押韵的方式,有的干脆句句押韵,一韵到底。《屠岸十四行诗》有英体变式者四十一首,可分八类。一是前三段用正式交韵,末段偶韵不用 GG 而用其他韵者七首;二是前两段用正式

---

① 王力:《汉语诗律学》,上海:上海教育出版社 1979 年版,第 920 页。

交韵,后两段有变化者十一首;三是前三段用抱韵,末段偶韵也变化者五首;四是前两段用抱韵,后两段也变化者一首;五是前三段用连韵,末段用 DD 者三首;六是前两段用连韵,后两段也变化者一首;七是用英国薛德耐 ABAB ABAB CDCD EE 式者一首;八是其他灵活运用各种韵式者十二首。以上说明,中国诗人对英体韵式的运用十分多样。

在用韵方面,采用灵活变化的方式,是诗人的自觉追求。唐湜的《海陵王》把每首分成五五四三段,五行段押 ABABA、ABABB、AABAB、AABBB、AAABB 韵,四行段押 AABB 或 ABAB 韵。如陈明远的十四行诗,刻意用传统韵式去改换原韵式:如不换韵,一韵到底,包括"基本行行押""双(隔)行押"和"双行押兼交韵"三类;如换韵,一般以四行或四行以上为一单元,包括"换韵不交韵""环绕韵兼交韵"和"换韵兼随韵"三类。我们对变体可讨论其得失,却无法否定其创造精神。此外,西方有写十四行诗而不用韵的,受此影响,我国诗人也写素体十四行,屠岸认为它的名称源自英文 sonnet in blank verse,blank verse(素体诗),虽然无韵,却是格律诗的一种,每行有规定的音步数和格。具体说需具备下列条件:(1)整首诗共有十四个诗行;(2)每行有一定的音节数;(3)每行有一定的音步数;(4)每行有一定的"格"的安排;(5)内容上大体符合"起承转合"的发展程序;(6)不押韵。[①] 所以,我国真正符合以上格律要求的"素体十四行诗"数量不多。

五 十四行体中国化与新诗建设

十四行体中国化的进程,对于新诗体建设的意义是多方面的。

首先是作为固定形式的诗体建设意义。西方现代诗体包括连续形、诗节形和固定形三类。连续形"图案的形式成分较少",即西方的自由诗体。诗节形是指"诗人想出一系列诗节,它们是重复单位,具有固定诗行量数,相同的节奏模式,和相同的韵脚图案",它们在诗中以重复或变格重复的方式建构节奏。固定形是指"应用在整首诗中的传统体式",诗人写作时必须把内容纳入这一固定形式。[②] 我国新诗与世界诗潮接轨,已经有了连续形的自由诗体和诗节形的新格律诗,还要有固定形的新诗体。对于新诗人在诗体解放后,为何还要把自己限制在固定形式内的问题,劳·坡林的回答是:一是继承

[①] 屠岸:《关于十四行诗的通信》,载《诗探索》1998 年第 4 辑(总第 32 辑)。
[②] 〔美〕劳·坡林:《怎样欣赏英美诗歌》,殷宝书译,北京:北京出版社 1985 年版,第 174—179 页。

传统,我们只为某种传统本身而继承,不然的话,为什么我们要在圣诞节摆一棵小树在室内呢?二是形式本身的审美,就是固定形式能够有效地处理某种体裁和情思,如固定形式十四行体的一个重要作用是:

> 它以高难度向诗人的技术挑战。差的诗人当然时常遭遇失败;他不得不用不必要的词语来填补诗行,或为押韵而使用不妥当的字词。可是好诗人却在挑战中感到英雄有用武之地;十四行诗能使诗人想到在其他情况下不易想到的概念和意象。他将征服他的形式而不为形式所窘。①

我们之所以需要固定形是因为一种或几种定型诗体的出现标志着新诗体的成熟。它以高难度向诗人的技术挑战,使得在通常的情况下不易想到的意象和概念进入诗中;它积淀着大量的审美因素,能将生活内容和诗人情思铸造成审美形态,最大限度地呈现其内在意蕴。如我国的律绝体就具有均齐、浑阔、蕴藉和圆满等美质,它是纯粹的中国艺术的代表。冯至在《十四行集》中这样抒唱:"从一片泛滥无形的水里/取水人取来椭圆的一瓶,/这点水就得到一个定形。""看,在秋风里飘扬的风旗//它把住些把不住的事体,/让远方的光,远方的黑夜/和些远方的草木的荣谢,/还有个奔向无穷的心意,/都保留一些在这面旗上。"屠岸的看法是:"包括律诗在内的中国旧体诗和词尽管'束缚思想,又不易学','不宜在青年中提倡',但至今仍有人(包括青年)在写。十四行诗由于其形式的严谨,也会'束缚思想',但也是至今还有人在写。我想,这是由于律诗和十四行诗这类诗形式有其不可代替的某种功能。"②一个懂得十四行诗的读者,不但会读内容,而且会读形式。"十四行体"会激发他的种种联想,从而产生一种美感。这位读者和十四行体的交情越深,这种感觉就会越大。因此,在推进新诗建设的过程中,无法回避的问题是,除了借用古典诗式外,还应创造出现代的固定形式,以更精美的形式来规范诗情诗意,创造出内容和形式俱佳的新格律诗。

新诗探索固定形新诗体主要是输入和自创两途。输入就是移植外国的固定诗体,包括十四行体、三叠令、回环调、巴俚曲、无韵体、四行体、俳体等,其中最有成就的就是在借鉴基础上创作汉语十四行体。经过几代人的努力,十四行体绵延整个新诗史,汉语十四行诗已经成为新诗固定形的重要品种。自创固定形最值得重视的是九言诗体的探索。新诗创作中的新九言体,不仅体现了现代汉语格律的特点,也充分体现了传统诗歌的审美追求,在前人探

---

① [美]劳·坡林:《怎样欣赏英美诗歌》,殷宝书译,北京:北京出版社1985年版,第185页。
② 屠岸:《十四行诗形式札记》,载《暨南学报》1988年第1期。

索的基础上对新九言体格律的规范和定型,有可能建立起基于传统诗词的新诗固定形式。

其次是作为探索过程的新诗创格意义。汉语十四行诗民族化的发展进程,始终同中国新诗的发展进程相伴,两者在创格时始终存在着一个互动推进的现象。这是一个有趣的话题。在新诗运动初期,欧美的十四行体就被输入中国,它的意义在于:在白话诗语成形时提供了新的语言范本,在新诗无体时提供了新的诗体范本,在新诗诗质变革时提供了新的思想范本。到了20世纪20年代中期,新韵律运动兴起,标志着新诗发展的历史由向旧诗进攻的阶段转变到建设新诗的阶段。建设的重要内容就是为新诗创格,与此同时也为汉语十四行体创格规范,两者的创格交织互动,取得了重要成果。进入20世纪40年代后,新诗积极探索民族化形式,十四行诗也在创格基础上探索变体,其指向就是民族化和中国化,这种探索一直延续到建国以后相当长的时间里。进入20世纪80年代以后,新诗和十四行诗在无名时代的形式意识充分觉醒,同样进入到多元发展的新的历史阶段。

这种互动发展现象看似偶然,其实是历史的必然。这就是新诗发展需要解决的重大历史性课题:如何在中西诗歌资源的滋养下健康成长、发展。新诗现代品质的形成和演进,实质上是新诗的民族化和世界化的双向运动过程,是主动地使横向借鉴和纵向继承两种方向的运动有机协调的过程。在这个过程中,面向域外的开放获得世界性,面向传统的继承获得民族性,面向现实的创造获得自创性。正是在此宏观背景中,我国诗人注意到对域外诗体包括十四行体的借鉴。新月诗人创格,就大量地借鉴西方诗体。梁实秋说过:"《诗刊》诸作类皆讲究结构节奏音韵,而其结构节奏音韵又显然的是模仿外国诗。"罗念生在《龙涎集·自序》中,说到他和同人尝试十四行体等外国诗体的原因就是:"我们的'旧诗'在技术上全然没有毛病,不论讲'节律'(rhythm)、'音步的组合'(metre)、韵法,以及韵文学里的种种要则,都达到了最完善的境界;只可惜太狭隘了,很难再有新的发展。于是我们的'新诗'便驶出了海港去乘风破浪;这需要一个更稳重的舵工。我不反对'自由诗',但是单靠这一种体裁恐怕不能够完全表现我们的情感,处置我们的题材。我认为新诗的弱点许就在文字与节律上,这值得费千钧的心力。"①这说明了我国诗人尝试十四行体诗的创作,是要解决新诗没有节律的问题,为成长中的新诗创体。

那么,接着的问题就是:在新诗创格过程中,向域外借鉴的诗体是很多

---

① 罗念生:《龙涎集·自序》,《罗念生全集》第9卷,上海:上海人民出版社2007年版,第299页。

的,为什么唯有十四行体能够流贯新诗史呢?这就要回到十四行体本身去寻求答案。原因可以归纳为两点:一是十四行体是一种艺术精美、格律严谨的抒情诗体,它是一种世界各国普遍采用的抒情诗体。我国诗人闻一多早在上世纪20年代初就说:"抒情之诗,无中外古今,边幀皆极有限,所谓'天地自然之节奏',不其然乎?故中诗之律体,犹之英诗之'十四行诗'(Sonnet)不短不长实为最佳之诗体。"①十四行体这一外来形式,由于它的层层上升而又下降,渐渐集中而又渐渐解开,以及它的错综而又整齐,它的韵法之穿来而又插去,是最宜于表现沉思的诗。②屠岸的创作体会是:"一首有严格的格律规范的十四个诗行的短诗,往往能够包含深邃的思想和浓烈的感情,往往能体现出饱满的诗美,这不能不说也与形式对内容所起的反作用有关。"③正因为如此,十四行诗长久地吸引着诗人创作出大批优秀之作,所以我国诗人能够在新诗创格时不约而同地采用十四行体创作,并把这种创作与新诗创格结合起来。二是十四行体与我国传统律体之间有着相似和相异之处。闻一多最早把我国的律诗与西方的十四行体相提并论,说:"律诗实是最合艺术原理的抒情诗文。英文诗体以'商勒'为最高,以其格律独严也。然同我们的律体比起来,却要让他出一头地。"④这里一方面肯定了律诗与十四行体都是最合艺术原理的抒情诗体,另一方面又肯定了十四行体在格律方面不如律诗严格,这就是我国在打破旧诗后没有回到律诗但还写十四行诗的重要原因。以后更多诗人比较两种诗体同异之处,揭示了两种诗体的联系,这为我国移植十四行体提供了可能,同时又揭示了两种诗体的区别,这为我国移植十四行体提供了必要。这就决定了我国在新诗创格时,独独青睐十四行体,形成了双向交流推进的现象。

再次是作为创格成果的诗语转型意义。新诗借鉴十四行体创格,主要体现在语言的现代转型方面,而现代诗语又是现代诗律诗体确立的基础。十四行体是一种"整首诗中的传统体式",我国诗人出此出发,把欧洲十四体移植过来,创作了汉语十四行诗。这种移植是必要的,它在中西文化交流中有重要地位,即把对象作为一个整体完整地移植,然后再对局部进行改造,使之契合"今日"和"此地",以此来丰富我国的诗体形式。但中西文化交流中还有一种移植,就是并不把对象整体横移,而是只从对象中分解出能够为我所用

---

① 闻一多:《律诗底研究》,《神话与诗》,上海:华东师范大学出版社1997年版,第290—291页。
② 李广田:《沉思的诗——论冯至的〈十四行集〉》,《李广田全集》第4卷,昆明:云南人民出版社2010年版,第270页。
③ 屠岸:《十四行诗形式札记》,载《暨南学报》1988年第1期。
④ 闻一多:《律诗底研究》,《神话与诗》,上海:华东师范大学出版社1997年版,第308页。

的质素,用它来补充或发展我们自己的东西。早在20世纪20年代中期,徐志摩就认为移植十四行诗有利于钩寻中国语言的柔韧性及至探寻语体文的浑成、致密,以及别一种单纯的"字的音乐性"。这就是说,移植不仅可以推动中国十四行诗的发展,还将启示我们创造更加美好的新诗语言。这就是移植中的扩展功能。

扩展功能成果首先表现在新诗格律体系的构建方面,即徐志摩所期望的"别一种单纯的'字的音乐性'"方面,突出地表现为三个方面的成果。

成果之一是概括出了新诗的节奏基础是诗顿(音组),这一概括最早是由胡适和新月诗人在借鉴西诗(主要是十四行体)音律后作出的。卞之琳说,从基本单位的"顿"或"音组"到行,到节,到整诗移植体式,"闻先生是较早基本上按照他的基本格律设想而引进西方十四行诗体的"[①]。孙、闻提出音组说后,又经朱光潜、卞之琳、何其芳等的论证,方使诗人自觉意识到中国新诗的节奏单位,从而帮助新诗解决了节奏构成的基础问题。

成果之二是新诗创格讲究外在形式的均齐,而这也同引进十四行体有关。朱自清说,20世纪20年代中期,诗人为新诗创格,"归纳各位作家试验的成果,所谓原则也不外乎'段的匀称'和'行的均齐'两目"。"无论是试验外国诗体或创造'新格式与新音节',主要的是求得适当的'匀称'和'均齐'。"[②]这是对的。

成果之三是新诗韵式多变。这也同中国诗人对十四行体韵式的借鉴有关。中国传统诗韵除随韵和单交外很少用其他韵式,全诗一韵到底的居多。而欧洲十四行诗用韵丰富多彩,多用抱韵和交韵,我国诗人有意识地借鉴十四行体的韵式,使新诗用韵出现了多样化。王力在《汉语诗律学》中具体分析了新诗韵式欧化的多种情况,举出的诗例正是汉语十四行诗。

新诗的节奏基础是"音组",新诗创格遵循"均齐""匀称"的原则,新诗的韵式丰富多变,这些新诗形式的探索虽然受惠于多种途径,但十四行体移植确曾对此产生过重要影响,它要比诗人横移十四行体固定形式来得更重要。

移植十四行体完善我国新诗体诗语同两个问题有关,一是诗语的表达能力,二是诗语的音律形式,前者即如徐志摩说的钩寻语体文柔韧性乃至浑成和致密,后者即是徐志摩说的探寻字的音乐性。新诗完善语言的途径大致是向传统诗语归化、向大众诗语俗化和向域外借鉴欧化,可见是多种资源共同推动着新诗语言的完善。但是也应该承认,移植十四行体包括对应翻译和模

---

① 卞之琳:《完成与开端:纪念诗人闻一多八十生辰》,《人与诗:忆旧说新》,北京:三联书店1984年版,第14—15页。
② 朱自清:《诗的形式》,《朱自清全集》第2卷,南京:江苏教育出版社1988年版,第399页。

仿创作也起着重要作用,百年间新诗体发展与汉语十四行体移植的双向互动作用尤其不容忽视,也无法回避。以下从移植十四行体对于提高新诗语言表达尤其是增加柔韧性达到细密和浑成的角度作些概括。

跨行方式的采用。王力认为:"普通白话诗和欧化诗的异点虽多,但是跨行法乃是欧化诗最显著的特征之一。"①而王力所说的"欧化诗"正是指翻译和创作的十四行诗。中国传统诗讲究行句统一,而近代西诗却是行句分列。把十四行诗的跨行法移植过来,就形成了新诗中大量的跨行现象。一是从甲行的中间开始,直跨到乙行末;二是从甲行的第一个词开始,跨到乙行的中间;三是某句从甲行跨到乙行,另一句从乙行跨到丙行,又另一句从丙行跨到丁行,几乎是连续不断的;四是抛词法,即只留一词抛入另一行;五是不仅跨行,而且跨段。从"句"到"行"的术语转换,其关涉的意义非同小可。新诗突破行句统一的观念,通过跨行完成了从句到行的现代转换。跨行的价值不只是为了保证诗的逻辑和语法关系的明确性而不致对格律造成破坏,而且还有其他功能。如王力认为抛词法求节奏的变化,也把重要的词的价值显现出来。梁宗岱和唐湜认为跨行可以增强诗句的弹性和韧性,有利于诗情的表达。瑞士沃尔夫冈·凯塞尔认为,诗行有规则地重复会使人厌倦,避免单调的"最简单的方法就是'跳行'(上句牵入下句):意义从一行跳入下一行,因而放松了行列的严格性"②。

诗行结构的延展。传统汉诗每行皆为一句,诗行内部结构单调,且限制虚词和复句进入,这样形成的"诗之文字"就区别于"文之文字"。而现代汉语句式复杂,句子结构严密,新诗采用现代汉语写诗,就要解决好"文之文字"入诗的问题。十四行体为了凑足每段相同行数以及每行相等音步数或音数,常将两个甚至三个句子放在一行,或者将一个句子分成若干行,这样就大大延展了诗行结构,扩展了自由建行空间。徐志摩、朱湘和柳无忌等创作计音建行的十四行诗,其真正的价值就是延展诗行结构。在这种诗行结构中,诗人唯一遵循的是每行相同的音数,而不管其内部结构,这也就在最大意义上保持了十四行体诗行整齐的特质。柳无忌就认为汉语十四行诗的这种建行,"并不像一般人所想象的那样拘束与单调,因为作者可以自由地界定每行的字数,依照着诗中的情感或思想而变化。同时,作者不一定一行内写着一句,他可以在一行内写着几短句,或者可把一长句带到另一行内结束。

---

① 王力:《汉语诗律学》,上海:上海教育出版社1979年版,第851页。
② 〔瑞士〕沃尔夫冈·凯塞尔:《语言的艺术作品》,陈铨译,上海:上海译文出版社1984年版,第105页。

在这里面尽有很多自由,可以免去拘束,有很多的变化,可以免去单调与生硬"①。诗行结构的延展,使得"文之文字"可以自然入诗,呈现着变化灵动、浑成细密的诗语面貌。

对等原则的运用。俄国雅克布森认为,对等原则是诗语结构的基本特征。对等原则是指相邻的语言因素组合按照相似性即对等值原则进行,其相似包括语音的和语义的,而对等的语言因素包括单音、词语、短语、句子或句法结构等。十四行体抒情构思重在情思的转变过程,从起句到结句经历了一个起承转合的过程。中国传统诗歌可以通过分联、粘对、对偶和平仄等方式形成诗句和词语之间的对等进展结构,新诗无法继续使用这种格式,就转而向西诗借鉴。我国诗人在创作十四行诗时,几乎无一例外地注意到十四行体这一构思特征,创作大都注意这一进展结构,注意词语和诗句之间的对等进展。正是对于十四行体构思和诗句的移植,我国新诗创作尤其是十四行诗创作注意情思自由进展,而相关联的是语词和语句的对等有序进展,从而形成"层层上升而又下降,渐渐集中而又解开,以及它的错综而又整齐"的诗情和诗语美。这对于新诗语言改善包括形成音律和浑成的美具有重要意义。

超越文法的组织。我国新诗欧化诗语"直接用诗的思考法去思想,直接用诗的旋律的文字写出来",自由地超越形式文法组织法,结果诗句组织法就思想的形式无限变化,诗的章句构成流动活软,超于散文组织法。② 这种诗语一般具有朦胧性和暗示性。它的形成主要得益于域外诗包括十四行诗的翻译和模仿创作。在移植十四行体的过程中,翻译是持续不断的,朱自清认为它给新诗带来了新的意境、新的语感、新的句式、新的诗体、新的隐喻。五四时期郭沫若翻译雪莱《西风颂》,助推情理结构的抒情诗风;戴望舒翻译波特莱尔的诗包括十四行诗,就给诗坛带来了暗示契合的诗学观念;九叶诗人翻译了当代英美十四行诗,给新诗提供了戏剧化的范本;梁宗岱译莎士比亚十四行诗,"新诗里创造隐喻,比旧诗词曲都自由得多"(朱自清);等等。尤其是我国十四行诗的重要诗人大都学贯中西,他们一般按照原来诗语结构翻译十四行诗,又对应模仿创作十四行诗,其诗语对新诗语言面向域外借鉴产生重要影响,超越文法的诗语形成朦胧和暗示风格,而这正是新诗语言需要寻求的诗性特质。

用字规范的拓宽。首先是十四行诗的诗行长度较为自由,强调思想内容表达的自然和和谐,多采用变体形式,所以不仅各首诗行的字数并不限定,即使同一首诗中的每行字数也可以不尽相等,唐湜的十四行诗就坚持"每行字

---

① 柳无忌:《为新诗辩护》,载《文艺杂志》第1卷第4期,1932年9月。
② 穆木天:《谭诗》,载《创造月刊》第1卷第1期,1926年3月。

数大致应相近而有一二字参差,使整齐中有变化,均匀中有差别"①。其次是十四行诗的译介使得中国诗歌略显呆板的对仗规则大有改观,从而使新诗在用字上有着更多的自由选择。再次是十四行体"of"或某个物主代词使用非常自由,它的影响就使得新诗中连词典型如"的"字可以放在音组后或前,也可放在诗行末或首。这种种探索实现了新诗诗行用字的相对宽松和自由,从而诗人的情思表达也就更加自由灵活。

---

① 唐湜:《新诗的自由化与格律化运动》,载《诗探索》1980年第2期。

第一章　早期输入时期

新诗发生期是西方十四行体移植中国的早期输入阶段。十四行体最初的输入在理论、创作和译诗三方面同时展开。最早的汉语十四行诗,同发生期其他新诗一样,呈现着思想自由和形式自由的特征,体现着那一年代的诗学核心观念即"诗体解放"论的共同语境。新诗发生期的社会文化语境,直接影响到十四行体最初移植中国的动机及诗体特征;同时,十四行体在中国的早期输入,又直接呈现着中国新诗在特殊社会文化情景中发生的真实图景。

一　新诗发生与十四行体

新诗发生,是中国诗歌由古典型向现代型的转变,其转变时限大致是19—20世纪之交开始到五四文学革命期间完成。这一时期,我国诗界发生了传统诗律观念失效和现代诗律体系重建的变迁,这种变迁成因复杂,"它至少可从这两个原因来解释,第一是'诗体大解放'运动损害了声律的价值和功用,第二是现代汉语与声律规则的矛盾。第一个原因直接解释了诗体解放与声律失效的关系,它是从诗学内部着眼的,第二个原因则解释了格律恢复了价值之后,声律为什么没有获得新生,它是从语言以及语言与诗律的关系着眼的"①。这就是说,从古代文言到现代汉语的新变,从传统诗律到重建新律的新变,是研究新诗发生所无法回避的两个相关问题。在我们看来,这种新变是在中国诗歌由传统到现代转型的过程中发生的,其中诗语和诗体的转型是两个相关的重要问题,新诗发生的结果也就是胡适所说的:"新文学的语言是白话的,新文学的文体是自由的。"②

---

① 李国辉:《比较视野下的中国诗律观的变迁》,北京:中国社会科学出版社2011年版,第216页。
② 胡适:《谈新诗》,载《星期评论》纪念号,1919年10月10日。

胡适在1919年发表《谈新诗》，从国外诗体变革中引出诗体解放的主张："欧洲三百年前各国国语的文学起来代替拉丁文学时，是语言文字的大解放；十八十九世纪法国嚣俄英国华次活（Wordsworth）等人所提倡的文学改革，是诗的语言文字的解放；近几十年来西洋诗界的革命，是语言文字和文体的解放。这一次中国文学的革命运动，也是先要求语言文字和文体的解放。"①胡适对"诗体解放"论的概括是：真正的新诗非用长短不一的白话不可，"这种主张，可叫做'诗体的大解放'。诗体的大解放就是把从前一切束缚自由的枷锁镣铐，一切打破：有什么话，说什么话；话怎么说，就怎么说。这样方才可有真正白话诗，方才可以表现白话的文学可能性"②。这里的"白话"就是在五四时期最终形成的现代国语（现代汉语），相对于古代汉语，其最重要的特征就是"复音词的增加和句子的严密化"。不仅胡适，当时所有诗人都主张"诗体解放"，其内涵从破的方面说，是冲破旧诗体和旧诗则的束缚，其中最为重要的是冲破传统诗词的语音组合结构；从立的方面说，就是提倡"自然音节"，核心内容是"诗的音节是不能离开诗的意思而独立的"。这就从诗语和诗体两方面为新诗发生开辟了道路，而根本意义就是使新的思想感情能够自由地进入新诗。在"诗体解放"论指导下，发生期诗人面对传统诗律的失效和现代诗体的重建，从理论和实践上进行新的诗体探索。其中重要内容就是刘半农等主张的"增多诗体"论。而"增多诗体"论的理论依据恰巧正是通过对英法两国诗歌发展的历史考察所获得的结论。刘半农认为，英国诗体极多，且有不限音节、不限押韵之散文诗，故诗人辈出，而法国之诗，则戒律极严，诗人之成绩，决不能与英国比。因此，刘半农在《我之文学改良观》中，突出强调破除对旧诗体的迷信，大力呼吁学习英诗创新诗体："彼汉人既有自造五言诗之本领，唐人既有自造七言诗之本领，吾辈岂无五言七言之外，更造他种诗体之本领耶。"正是基于此，他认为"诗律愈严，诗体愈少，则诗的精神所受的束缚愈甚，诗学决无发达之希望"。因此他对于新诗的想象不像有些人局限于某种诗体，而是主张像英诗那样增多诗体，争取新诗体的最大自由化和多样化，方法是自造、输入他种诗体，于有韵诗外别增无韵之诗。③他自己的创作就大胆尝试各种诗体，包括从域外引入自由诗体、无韵诗体、散文诗体和歌谣体等。面对发生期新诗"无体"的状态，先驱者就从传统诗体、民间诗体，尤其是域外诗体中借鉴，试图为新诗创体，可以这样说，新

---

① 胡适：《谈新诗》，载《星期评论》纪念号，1919年10月10日。
② 胡适：《〈尝试集〉再版自序》，合肥：安徽教育出版社1999年版，第29—30页。
③ 刘半农：《我之文学改良观》，载《新青年》第3卷第3号，1917年5月；《诗与小说精神上之革新》，载《新青年》第3卷第5号，1917年7月。

诗发生期是我国中外各种诗体尝试最为活跃的时期,尝试的结果就使得新诗史上各种诗体都是在那一时期发生并奠定基础。不仅是各种现代诗体,而且是现代诗的形体,如横排、分行、分节、标点符号、缩格等,也是在新诗发生期借鉴西诗尤其是英诗形体的结果。新诗的许多诗形,如四行节或者两行节的形式,诗行作左对齐排列,或者部分诗行有规律缩格等排列,都是对西洋诗体,尤其是英语诗体的直接移植。域外诗体借鉴在新诗发生期主要表现为两种方式,一是模仿西诗创作汉诗,二是使用汉语翻译西诗。在早期国外诗歌翻译时,诗人往往同时附上被译原诗,无论翻译成的中文在发表时是竖排还是横排,原诗却一律照原来的样式排列,包括横排、分行、分节、标点和缩格等,如早期《新青年》不仅登出古体汉语译诗,还登出英语原诗。这就是新诗发生时出现的诗体和诗形的模仿期。这既是旧诗体的破坏期,也是新诗体的探索期,新诗发生期的无体状态正是我国现代诗体建设的活跃时期,我国新诗输入域外诗体最为丰富多样的时期也就在新诗发生期。

正是在这种社会文化情景和诗体解放语境中,十四行体极其自然地被介绍到中国,从而开始了十四行体中国化的进程。如李思纯发表《诗体革新之形式及我的意见》,明确提出:"我知道国人方倡诗体解放的时候,我偏拘拘论及形式问题,必有人笑我为'卑之无甚高论'。但现今的新文家,如果有以创造新体、代替旧体的决心,那么,诗的形式方面也不可太为忽视罢。"他在文章中介绍欧诗,认为分为律文诗和散文诗两种,其中律文诗有民谣、无定韵律文诗、抒情歌、讽刺体诗、十四行诗、十二言诗等;非律文诗有散文诗和自由句。对律文诗他具体介绍欧洲十四行诗:"十四行诗,是短诗之一种。人约分诗体为四段,前两段每段四行,后两段每段三行,合为十四行体。莎士比亚、弥而敦(John Milton,1608—1674)大家的集中,也有许多美丽的十四行体。"李思纯的观点是:"中国的新诗运动,不消说是以散文诗自由句为正宗。但欧洲现在的诗人,仍是律文散文并行的时候。我们的新诗,是否还有创律文的必要呢? 这也是当研究的问题。""我们创造新诗的朋友,虽不必全效他那古代束缚的定形,但为诗的外形的艺术上起见,却有研究的价值哩。"他还明确地提出为新诗创体,需要"多译欧诗输入范本":"一面凭天才的创作,一面输入范本,以供创作者的参考及训练,也是最要的一件事。"①李思纯是我国新诗史上第一个给"Sonnte"以"十四行体"译名的,而且对这种诗体作了形式介绍并给予充分肯定,称其为"美丽的十四行体";这种观点代表着中国诗人在新诗发生期移植域外诗体包括十四行体的期待,"借鉴范本以供创作的

---

① 李思纯:《诗体革新之形式及我的意见》,载《少年中国》第 2 卷第 6 期,1920 年 12 月 15 日。

参考"就是十四行体早期输入我国的动因。这是对于诗体创造规律的自觉把握和期待动机：

> 在诗体未革新以前，古代的诗歌，便是艺术训练的范本，诗体既已革新，一般作者，既鄙弃旧式的作品，又未读欧美的诗歌。既无范本的供给，自然缺乏艺术的训练。所以新体创作的基础，便非常薄弱。莫要说天才不必需范本，因为艺术训练之必需范本，是一定不易的事。
>
> 从这样看来，多译欧诗，输入范本，竟是一定不易的方法。①

此观点出现在新诗发生期是历史的必然，那是一个解放诗体以打破旧体创建新体的年代。

无论哪个民族的文化，在变革时每有外来的潮流参加进来，外国文化成为触媒和刺激，帮助本国文化产生质变。中国新诗体的建立，就是与输入包括十四行体在内的域外诗体相关。新诗发生期的社会文化语境不但决定了十四行体早期输入的历史必然，而且决定了早期汉语十四行诗的审美特征。因为那是诗体解放的年代，是追求思想自由和形式自由的年代，所以移植十四行体自然地也就染上了自由色彩，呈现着自由开放特质。输入本身是一种选择，是一种为我所用的有意识的选择，所以其选择就必然要与新诗发生期的核心诗学观念契合，同样体现着当时诗界的诗体解放要求，其结果必然出现用律自由、格式随意的审美特征。自由体诗在国外不用传统韵律而用新的韵律，被称为"第三种韵律"，但我国诗人介绍时却有意误读，强调其完全自由的特征。同样，十四行体是欧洲格律严格的诗体，但我国早期诗人有意或无意地"误读"，即把这种诗体的复杂用韵、变体较多误读为格律随意自由的诗。这是一个有意思的现象。如李思纯就说十四行体其实是无定韵律文诗(Blank-Verse)的一种，"其中的规律体裁，非常严密"，"有人译作无韵诗，其实不过是无定韵罢了"。② 总体上来说，新诗发生期的汉语十四行诗作品数量较少，诗人创作汉语十四行诗往往偶然为之，并不标明是十四行体，且常同其他新诗混杂在一起，因为诗人的本意不在创造汉语十四行诗体。同时，初期汉语十四行诗格律疏松，表现在除了全诗十四行和按格分段外，大多诗行长短不一，没有形成整齐音步概念，用韵特别随便，因此在严格意义上说还不是真正的汉语十四行体诗，而这又是同那时新诗韵律研究和实践的极低水平

---

① 李思纯：《诗体革新之形式及我的意见》，载《少年中国》第 2 卷第 6 期，1920 年 12 月 15 日。
② 同上。

相应的。初期创作无意创造汉语十四行体,诗人只是在增多诗体的要求下写作中国新诗,在引入西方诗体中增加诗体解放的品种。这反映了中国新诗发生发展特定阶段的历史要求。

尽管如此,早期十四行体的输入,包括理论介绍、翻译作品和模仿创作等,对于新诗发生的意义仍然是不容忽视的。其意义表现在:第一,提供了新的语言范本。五四时期的新诗语言使用现代汉语,"在五四文学中形成的'国语'是一种口语、欧化句法和古代典故的混合物"①。这种语言以古代白话文的语言为基础,同时杂糅着文言词语、口语白话和西方语言,表现在新诗语言中就是复音词增多和句子结构严密的散文化。早期十四行体输入参与了现代诗语的形成过程,王力在20世纪30年代写作《现代诗律学》,就把汉语十四行体作为新诗语言欧化的典型代表来进行论述。第二,提供了新的诗体范本。由于"误读",十四行体对于自由诗的发生产生了影响,而其本身所具有的格律因素,其实又对五四时期的新诗格律体形成产生了重要影响。在翻译输入时,诗人往往保留欧美原来的十四行体诗形诗格,往往保留原有十四行体的分行横排和格律古韵,这就为汉语十四行体和其他新诗体的创作提供了借鉴。横排、分节、分行、标点和缩格等,使我国诗人知道了外国诗人是如何处理诗语空间结构的,为中国诗形由古典到现代的转型提供了范本。而这些都是我国新诗体的重要形式特征。第三,提供了新的思想范本。我国新诗发生期主要借鉴的是域外现代诗运动的成果,包括英美意象派诗歌、西方浪漫主义诗歌和现代象征主义诗歌,早期十四行体的输入也主要集中在对这些诗潮的诗歌借鉴,包括翻译和创作,它对于我国新诗的诗质和诗美趋向现代的演进具有重要意义。

二 胡适与十四行体

现代文学史说到胡适的白话新诗创作,一般都会这样来叙述:1916年7月22日写的答梅光迪打油诗是他最早的白话诗,1916年8月23日写的《朋友》(后改名为《蝴蝶》)是他最早写作的新诗,1917年2月1日《新青年》发表的《白话诗八首》是他最早发表的白话新诗。其实在此之前,胡适在留学美国期间,受欧美诗歌的影响,曾尝试写过四首英文 sonnet,其中至少有两首由他翻译成汉语十四行诗,保存在自己的留学日记之中。

---

① 〔美〕费正清编:《剑桥中华民国史(1912—1949)》上卷,北京:中国社会科学出版社1994年版,第528页。

胡适在 1914 年 12 月 22 日的留学日记中记载：

　　此间世界学生会(Cornell Cosmopolitan Club，余去年为其会长)成立十年矣(1904—1915)，今将于正月九，十，十一，三日行十周祝典。一夜未寐，作诗以祝之。
　　……
　　诗成以示相知数人及英文文学教员罗刹先生(C. S. Northup)，乞其删改，皆无大去取。今晨以示文学教长散仆生先生(M. W. Sampson)，先生为言第七句之"Yeast"与第八句之"Leavan"意既复沓，字亦雅俗悬殊，不宜并立。余极以为是。惟"-east"韵不易得，故归而易之以"-eat"韵。末二节亦稍有变易，似较胜矣。

修改后的诗如下：

A SNONNET
ON THE TENTH ANNIVERSARY OF
THE CORNELL COSMOPOLITAN CLUB

"Let here begin a Brotherhood of Man,
Wherein the East shall freely meet the West,
And man greet man as man—blest of opprest.
To know and love each other is our plan."

So spoke our Founders: so our work began;
'Tis no mere place for us to feast and jest!
No! It prepares us for the knightly quest
To leaven this our world and lead the van!

Little we did, and ten years passed away:
No single grain it is that salts the sea,
But we have faith that come it will—the day—

When these our dreams no longer dreams shall be,
And ev'ry people on the earth shall say:

"ABOVE ALL NATIONS IS HUMANITY!"①

该诗具备完整的诗体格式，运用流畅的白话词语，围绕主题阐发感想。留学美国期间，英语环境促使胡适诗歌思维西化，由此习得用英语写白话诗的本领。以上十四行诗用通俗的白话作诗，尽管是英语，但比汉语文言更加直截了当，在满足诗体规定的条件下，有什么意思就怎么写，言文一致。此诗在定稿之前，曾两次得到文学老师的指导，这种指导使胡适获得了新的写诗感悟。胡适就认为，在老师的指导下作的修改，诗句更加符合现代用语习惯。胡适的日记中存有此英文十四行诗的汉语译诗：

桑纳体
——为纪念世界学生会十周年而作

"且让人类博爱从此开始，
西方东方你儿白山忧虑，
人人一样尊敬无分尊卑，
我们的安排是相互理解和友谊。"

缔造者说。于是工作开始，
这里不安排饮宴和欢舞。
不！我们要做面包的酵母，
将世界发酵，作人类先驱。

若问我十年来有何成就？
很少，不如大海中一粒盐。
我们深信定将迎来那一天——

今日之梦将会化为现实，
所有的缪斯将击节欢唱：

---

① 胡茂盛的《心为形役：拟古话语下的商籁和十四行诗之名》（载《唐山学院学报》2013年第2期）针对"此诗当时没有公开发表"的说法作了考证，认为这种看法有待商榷，因为胡适的日记曾以《藏晖室札记》之名在《新青年》杂志上连载。胡适1936年在为日记的出版写序时说："他（许怡荪）在二十年前曾摘抄《藏晖室札记》在《新青年》上陆续登载。"（胡适：《胡适留学日记》，海口：海南出版社1994年版，第4页）由此推之，胡适的日记早在1920年之前就已经发表了，至少比郑伯奇1920年的诗作发表要早。

"人类定将凌驾万邦之上！"①

这里的译诗使用的正是五四期诞生的现代汉语，诗意呈现着纵直进展，是一首具有现代白话思维和词语要质的诗歌。此诗的思想核心是提倡世界大同和人类博爱。诗的结构用四四三三段式，呈起承转合之势，如三百六十度的圆形。每行节奏为五个音尺。韵式为 ABBA ABBA CDC DCD，是典型的意大利彼特拉克体。据胡适说，"此诗为第三次用此体"，前两次都用英体，"以其用韵少稍易为也"。② 此诗在胡适日记中完整地保留了三稿，第一稿为初稿，第二稿为修改稿，第三稿是听取了散仆生先生意见后的再改稿。

在写此诗十天后的 1915 年 1 月 1 日，胡适又写了一首意体英文 Sonnet，题为"TO MARS,'Morituri te salutamus'"，其日记中也存有此诗翻译的汉语十四行诗，题为《告马斯——"垂死之臣敬礼陛下！"》。他在日记中说："车中无事，复作一诗，用前体，题为《告马斯》。马斯者(Mars)，古代神话所谓战斗之神也。此诗盖感欧洲战祸而作。"③其形式格律与前一首类似，基本严守意体规则。胡适还说自己把《告马斯》副题的拉丁文"Morituri te salutamus"翻译成"垂死之臣敬礼陛下"，是因为"古代罗马帝无道，筑斗兽之场，令勇士与猛兽斗，纵观为乐。勇士入场，举戈遥礼皇帝，高呼'Morituri te salutamus'一语，至今千载之下读之，犹令人发指"④。这表明了胡适对于暴力搏斗的否定态度，因此《告马斯》诗的末段三行就是：

爱与法律纠正人类过失，
人类将对它们膜拜顶礼
而将你的宝座推翻在地。

这是胡适对于专制和暴力的无情痛斥，字里行间流淌着强烈而鲜明的思想

---

① 胡茂盛的《心为形役：拟古话语下的商籁和十四行诗之名》对胡适英文十四行诗的汉语翻译作了如下考证：国内发行的《胡适留学日记》的版本里，商务印书馆民国三十六年 11 月版里英文诗后没有中文对照版，而岳麓书社 2000 年版和安徽教育出版社 2006 年版的英文诗后附上了"中译"对照，海南出版社 1994 年版里也有胡适所作英文商籁的中文对照版，但是没有"中译"二字。台北远流出版公司 1986 年版与商务印书馆版本相同，没有"中译"对照。那么湖南版、安徽版和海南版里的中文对出自谁人之手还不确定。但不论是用英文还是中文，他终究是在写商籁。
② 胡适：《留学日记·卷八》，《胡适全集》第 27 卷，合肥：安徽教育出版社 2003 年版，第 587—592 页。
③ 同上书，第 1 页。
④ 同上书，第 3 页。

感情。

这两诗在胡适思想发展史上有着重要意义。胡适于1910年考取"庚子赔款"留美官费生,先到美国绮色佳进康乃尔大学学习。国际学生会联合会是外国在美求学者组织,要旨是"促进国际青年间的和谐,以消除彼此仇视甚至要诉诸战争的各阶层中的偏见、怨恨",胡适在其中担任职务。两诗表达的主导思想是提倡世界大同和人类博爱,这正是胡适当时一再鼓吹的文化思想。如1914年7月22日,胡适在世界学生会上作了题为"大同主义"的演讲。在12月12日日记中他又说:"增军备,非根本之计也;根本之计,在于增进世界各国之人道主义。""兴吾教育,开吾文明,治吾内政:此对内之道也。""此吾所以提倡大同主义也,此吾所以自附于此邦之'和平派'也,此吾所以不惮烦而日夕为人道主义之研究也。吾岂好为迂远之谈哉?吾不得已也。"①以上两诗能帮助我们把握胡适当时的思想观点。

这两诗在胡适尝试白话诗写作上同样意义重大。胡适自称:"在绮色佳五年,我虽不专治文学,但也颇读了一些西方文学书籍,无形之中,总受到不少的影响,所以我那几年的诗,膨胀得人怪多。《去国集》里的《耶稣诞节歌》和《久雪后大风作歌》都带有试验意味。"②胡适尝试白话诗分为几个时期,其中有个英语诗创作和汉英诗互译的阶段。如他将自己的一首律诗《春潮》翻译成英语诗,在翻译中就不自觉地尝试着语言与诗体的双重转换,即把文言转换成白话又转换成英语,即把整齐的律诗转换成长短不一的白话再转换成英语。写作英语诗和英汉诗互译,是胡适写诗的一个重要阶段。英语诗采用的是散文式语言,英语环境促使胡适诗歌思维西化,由此习得用英语思维写白话诗的本领。相较于汉语文言诗的重浓缩、重藻饰、重朦胧,英语诗语义明确、清晰直白、讲究逻辑,胡适通过写作英文十四行诗,再通过汉译十四行诗,自然就了解了两种互换语言的诗体构造、语法规则、语义系统的差异,而两者的转换互译沟通,就充分证明了胡适能打破文言诗的诸多规矩,依从白话诗的规范,这在以上两首翻译的汉语十四行诗中可以看得十分清楚。再进一步说,胡适在那时用英语写作了两首十四行诗,自然会得到西方诗歌的思维方式、白话表达的语言方式和英语诗体的格律方式的体验,这对于胡适以后创作白话诗、提倡新诗体具有不容忽视的重要意义。因此,虽然胡适的英汉十四行诗仅保留在日记中,但我们对于他的两首十四行诗(既是英语的又译成汉语的)在新诗发生史上的意义应该予以重视。这种英语诗写作和英汉诗

---

① 胡适:《留学日记·卷八》,《胡适全集》第27卷,合肥:安徽教育出版社2003年版,第585页。
② 胡适:《〈尝试集〉自序》,合肥:安徽教育出版社1999年版,第16页。

互译,对于胡适以后创作白话诗的作用在于:"胡适的诗歌思维从传统的文言套路走出来,受英语诗句式长短不一的启发,领悟白话诗思维的自由度及其语言文字的现代化,进而用汉语白话尝试'诗体大解放',并于汉译英诗达到'自然的音节'之鹄的,最终生成了白话新诗。"①

  这两首诗在十四行体移植中国的历史上也具有重要意义。它说明早在1914年我国就有人写作英语和汉语十四行诗了。胡适通过创作和翻译,解剖了十四行体的格律,包括诗节、音步、用韵等,完成了白话汉语格律诗的写作,也完成了汉语十四行诗的写作,因为翻译在某种意义上说也是创作,不仅是一般的诗歌创作,而且是由英语白话十四行诗到汉语白话十四行诗转换的创作,是由格律严格的英语十四行诗到遵循规则的汉语十四行诗的转换。"英语诗,即使是格律诗,押韵却句式不定,即每句有相同的音节、音尺,而不一定有相同的长短,更不用说自由诗的句式了,历受此种英语白话入诗的经验,是胡适理解汉语白话诗不同于旧体诗的五言、七言及词调限制用字的关键所在,成为此后汉语白话诗'诗体大解放'理论的一块基石。"②这对于十四行体移植中国是极其重要的。

  正因为如此,《胡适留学日记》1914年12月22日对十四行体的格律作了具体介绍:

    此体名"桑纳"体(Sonnet),英文之"律诗"也。"律"也者,为体裁所限制之谓也。此体之限制有数端:
    (一)共十四行;
    (二)行十音五"尺"(尺者[foot],诗中音节之单位。吾国之"平平仄仄平平仄",平平为一尺,仄仄为一尺,此七音凡三尺有半,其第四尺不完也);
    (三)每"尺"为"平仄"调(Lambic),如:
    ◡⊥ | ◡⊥ | ◡⊥ | ◡⊥ | ◡⊥
    (四)十四行分段有两种:
      (甲)
      a b a b   c d c d   e f e f   g g

---

① 李丹:《胡适:汉英诗互译、英语诗与白话诗的写作》,载《文学评论》2006年第4期。
② 同上。

乙式或不分段如：

(五)用韵法有数种：
　　(子)a b a b｜c d c d｜e f e f｜g g｜
　　(丑)a b a b｜b c b c｜c d c d｜e e｜
　　(寅)a b b a｜a b b a｜c d c｜d c d｜
　　(卯)a b b a｜a b b a｜c d e｜c d e｜
　　(辰)a b b a｜a b b a｜c d d｜c c d｜
　　(巳)a b b a｜a b b a｜c d c｜d e e｜
　　(午)a b b a｜a b b a｜c d d｜c c d｜①

胡适这一介绍的价值有四方面：一是胡适首先给予 Sonnet 以汉语译名"桑纳体"，表明中国新诗人开始关注西方的十四行体。二是胡适具体而准确地介绍了十四行诗的诗体特点，诸如行数、节奏、音调、段法、韵法等，为我国移植十四行体提供了最基本的格律法则。三是胡适特别强调了十四行体有着种种体裁限制，并把该诗体称为英文之"律诗"，他自己当时创作的英体和意体十四行诗用律均较为严格，是我国最早写作守律汉语十四行诗的诗人。四是胡适在介绍中把十四行体的格律形式同传统诗体形式联系起来，尤其是引入了西诗基本节奏单元"音尺"的概念，并把它同我国古典诗歌的分逗概念联系起来，这为中国诗人以后解决新诗的节奏问题提供了思路。

胡适是推动中国新诗发生的先驱，但在整个新诗发生期和20世纪20年代都没有发表过关于十四行诗的论述。直到1932年7月30日出版《诗刊》第4期，胡适才又发表了给徐志摩的《通信》(此信作于一年以前)，再次论及十四行体，并且表明了他对中国诗人创作十四行诗的态度：

> 我赞成实秋最后的结论："唯一的希望就是你们写诗的人自己创造格调"，"要创造新的合于中文的诗的格调"。他说："在这点上我不主张

---

① 胡适：《留学日记·卷八》，《胡适全集》第27卷，合肥：安徽教育出版社2003年版，第590—592页。

模仿外国诗的格调……用中文写 Sonnet 永远写不像。"其实不仅是写的像不像的问题。Sonnet 是拘束很严的体裁,最难没有凑字的毛病。我们刚从中国小脚解放出来,又何苦去裹外国小脚呢?

历来人们根据胡适的这段论述,认定胡适包括梁实秋都是反对中国诗人移植十四行体的。笔者认为,问题的答案并非如此简单。

先说梁实秋的观点。以上胡适所引梁实秋的话出自他的《新诗的格调及其他》,载《诗刊》第 1 期(1931 年 1 月 20 日),其中所说的"像不像"的"像"是指"模仿",即中国诗人简单地模仿外国十四行体。梁实秋在文章中,肯定了新诗接受外国诗的影响,也肯定了新月诗人创作"其结构节奏音韵又显然的是模仿外国诗"。梁实秋明确地说"我以为我们现在要明目张胆的模仿外国诗",但是他又不主张新诗音节模仿外国诗的格调,"因为中文和外国文的构造不同,用中文写 Sonnet 永远写不像。唯一的希望就是你们写诗的人自己创造格调,创造出来还要继续的练习纯熟,使成为新诗的一个体裁","在模仿外国诗的艺术的时候,我们还要创造新的合于中文的诗的格调"。梁氏的观点非常清楚,就是主张新诗可以模仿外国诗,但在诗律问题上则应在模仿基础上"创造出新的合于中文的诗的格调"。此后不久,梁实秋即发表了《谈十四行体》,具体介绍十四行体格律,认为"十四行诗因结构严整,故特宜于抒情,使深浓之情感注入一完整之范畴而成为一艺术品,内容与形式俱臻佳境。所以十四行诗的格律,不能说是束缚天才的镣铐,而实是艺术的一些条件","中国诗里,律诗最像十四行体。现在做新诗的人不再做律诗,并非是因为律诗太多束缚,而是由于白话不适宜于律诗的体裁"。[①] 表面看这一观点与前述观点存在矛盾,其实不然,因为梁实秋从来就没有否定中国诗人对十四行诗的尝试。

再说胡适的观点。胡适的《通信》是为了回应梁实秋文章而写作的。关于模仿外国诗体问题,胡适说自己始终抱有的基本观念是:"中国文学有生气的时代多是勇于试验新体裁和新风格的时代,从大胆尝试退到模仿与拘守,文学便没有生气了。"胡适对于十四行体的态度总体来说是建立在此观念之上的,即他同梁实秋同样并不否定新诗接受外国诗体影响,但反对简单地模仿与拘守。胡适同梁实秋都认为需要在借鉴中创造中国的"新诗",具体说是:"用现代中国语言来表现现代中国人的生活、思想、情感的诗,这是我理想中的'新诗'的意义——不仅是'中文写的外国诗',也不仅是'用中文

[①] 梁实秋:《谈十四行诗》,《偏见集》,南京:正中书局 1934 年版,第 269—270 页。

来创造外国诗的格律来装进外国式的诗意'的诗。"这里没有否认新诗对于外国诗包括外国诗律的借鉴,但是这种借鉴应该建立在现代中国语言基础之上,绝不能简单地模仿和拘守,包括十四行体的移植。其实,从《通信》写作的背景和文意来看,胡适确乎没有否认中国诗人移植十四行体。胡适写作《通信》是在读了《诗刊》第1、2期以后。第1期发表的汉语十四行诗包括孙大雨三首、李唯建二首和饶孟侃一首,徐志摩在"序语"中加以推荐,认为"这竟许从此奠定了一种新的诗体";第2期发表了陈梦家、林徽因的十四行诗,徐志摩以孙大雨的创作为例,说"我们有欧美诗作为我们的向导和准则"①。胡适在《通信》中说:"我读了《诗刊》第一期,心里很高兴,曾有信给你们说我的欢喜。我觉得新诗的前途大可乐观,因为《诗刊》的各位诗人都抱着试验的态度,这正是我在十五年前妄想提倡的一点态度。只有不断的试验,才可以给中国的新诗开无数的新路,创无数的新形式,建立无数的新风格。"这里表露出一种对新月诗人尝试新诗格律的欣喜心情,当然包含了对于《诗刊》发表汉语十四行诗的充分肯定。

以上梁实秋和胡适关于十四行诗的观念,出现在诗坛创作汉语十四行诗形成热潮的20世纪30年代初,其意义极其重大。新诗发展应该尝试移植外国诗体,移植十四行体不能简单模仿西方诗律;新诗创格应该建立在现代中国语言基础上,应该表现现代中国人的生活、思想、情感;移植十四行体应该合于中文诗的格调,创造理想的中国式新诗体。这些观点无疑是关于新诗发展也是中国十四行诗移植的珍贵意见。在借鉴域外诗体包括十四行体中创造自己的格调,其本质就是十四行体中国化,其根本要求是写作"用现代中国语言来表现现代中国人的生活、思想、情感的诗"。这才是梁实秋和胡适对于中国诗人创作十四行诗的殷切希望。

三 《少年中国》与十四行诗

《少年中国》杂志(1919年7月—1924年5月)是一份社会文化的综合性刊物。"在新诗草创之际,虽不是专门文学刊物的《少年中国》,却刊载了大量的诗学讨论文章和诗歌作品,其同人对诗的热情之高、态度之专注、所讨论的诗学议题之广泛实属少见。"②据统计,《少年中国》共发表诗论(含译

---

① 徐志摩:《〈诗刊〉前言》,载《诗刊》第2期,1931年4月20日。
② 张桃洲:《〈少年中国〉的形式诗学》,《语词的探险》,北京:社会科学文献出版社2012年版,第4页。

介)十九篇,诗作一百六十二首,另在"会员通讯"中也有诗论(如刊有郭沫若致宗白华的两封信)。从《少年中国》中,我们见到我国最早使用汉语写作十四行的诗,这就是康白情的《再见》。诗如下:

  越老越红的红叶
  红得不能再红了,
  便岂里可啰的落下来了,——落了遍地。
  越老越红的红叶/高兴了嫁了西风,

  天让我黄我就黄/天让我红我就红;
  天让我不要恋枝我就放下我的责任。
  但我们还要再见。
  我们再见,——再见!

  歌声还没有终,
  歌声还没有绝,
  那还在枝上的红叶
  又岂里可啰的落下来了。①

康白情于1916年入北京大学,两年后与罗家伦、傅斯年等人组织新潮社,主张文学革命,同时参加少年中国学会,是五四新诗运动的重要诗人。《再见》是一首传统的情景交融抒情诗。我国第一本《分类白话诗选》把初期新诗分成写景类、写实类、写情类和写意类,《再见》属于写景类的诗。它的重要特征是采用了人称转换的技巧,第一段是第三人称抒写,第二段是第一人称写法,第三段又是第三人称抒唱。这在当时的新诗中是富有创新的。就题材和主题来说,还是传统的"春来发几枝"的话题。此诗的形式大体可以这样概括:分段是五五四三段,诗行长短不一,当然也不会通过等量的音组建行(因为当时根本就没有音组建行的理念),全诗没有用韵(除几个同音词相协外),总体上说还是当时流行的自由诗的形式。这是否就是最初的汉语十四行诗,当然是可以讨论的,但根据此诗的形式特征,我们认为这还不能算是我国最早的汉语十四行体新诗,具体来说这只是一首十四行的诗,而不是十四行体诗,从诗体形式来说,它实际上还是初期新诗的自由体形式。

---

  ① 载《少年中国》第1卷第6期,1919年12月15日。

但根据现有资料,我们认为《少年中国》确实发表了我国诗人创作的第一首汉语十四行诗,那就是郑伯奇的《赠台湾的朋友》:

> 我脉管中一滴一滴的血,禁不住沸腾跳跃!
> 当我见你的时候,我的失散了的同胞哟!
> 我的祖先——否,我们的祖先——他在灵魂中叫哩:
> "你们同享着一样的血,你和着他,他和着你。"
>
> 我们共享有四千余年最古文明的荣称!
> 我们共拥有四百余州锦绣河山的金城!
> 这些都不算什么!我们还有更大的,
> 我们的生命在未来;我们的未来全在你!
>
> 太平洋的怒潮,已打破了黄海的秋水,
> 泰山最高峰上的积雪,已见消于旭日;
> 我们的前途渐来了!呀!创造,奋斗,努力!
>
> 昏昏长夜的魔梦,虽已被光明搅破;
> 但是前途,也应有无限的波澜坎坷;
> 来!协力,互助,打破运命这恶魔!

诗人在诗中,不仅对"我的失散了的同胞"(下加着重号)倾注了深厚的激情(连用多个感叹号),而且是一种"禁不住沸腾跳跃"的激情;诗人在诗中抒唱:台湾同胞和大陆同胞都是炎黄子孙、龙的传人,应该同心协力、团结互助、战胜恶魔、创造未来。如今读着此诗,我们仍会受到极大的情绪感染,它鼓舞我们去为祖国的统一而努力奋斗。我们惊叹作者当年的预见,因此该诗也就成为经得起时间考验的不朽之作。尤其是,《赠台湾的朋友》是比较典型的意大利彼特拉克式,每行基本上是六个音步,即荷马史诗所用的英雄格,它在中国早期的新诗创作中是极为罕见的格式。

此诗载 1920 年 8 月 15 日《少年中国》第 2 卷第 2 期上,诗末注明是写于"九,五,二夜京都",写作时间是 1920 年 5 月 2 日,地点是日本的京都。原署名"东山"是郑伯奇的笔名。郑伯奇于 1917 年赴日留学,1926 年毕业回国。他的第一首新诗《别后》刊于《少年中国》第 1 卷第 9 期(1920 年 3 月 15 日)。《赠台湾的朋友》写于留日期间,郑伯奇时年二十六岁。台湾自古以来就是中国领土,17世纪20年代荷兰和西班牙分别侵入台湾,明末郑成功率军收复。1895年台湾又被日军占领,诗人写诗时正值日军占领期,因此诗人在诗中倾注了对同是炎黄子孙的台湾同胞的厚望和激情。当时,诗人参加了"少年中国学会",还参与建立了创造社,《赠台湾的朋友》抒唱的内容,同"少年中国"和"创造社"的精神完全一致。诗人还在当时的论文《新文学之警钟》里写道:"形式上的种种限制,都是形式美的要素,新文学的责任,不过在打破不合理的限制,完成合理的限制而已。"①基于这种认识,郑伯奇在那时能够写出具有格律限制的汉语十四行诗,就是十分自然的事了。

《赠台湾的朋友》采用四四三三结构,韵式为 AABB CCBB DBB EEE,体现了诗人有意识地移植十四行体格式。当然,我们在肯定这首汉语十四行诗在整体上较为成功后,也要看到其在艺术上较为粗糙,"如第二行和第三行用语气助词'哟''哩'押韵,第七行用结构助词'的'押韵,这在中国诗歌传统中是不允许的;诗中有好几个单音节音步,如'我''血''否'等,也不合多音节的现代汉语的特征;诗行中断句太多,如最后一行'来!协力,互助,打破运命这恶魔!'一行而中断二次,分成四句,也未免太多;后一段实际上采用了一韵到底的韵式,这是汉诗式的传统,可惜不是有益于现代诗的传统。整首诗是个杂拌儿,既夹杂着中、西好的因素,也拌合着些不好的因素"②。这反映了新诗初期音律建设的水平,更反映了早期汉语十四行诗用律自由的特征。虽然如此,《赠台湾的朋友》毕竟是我国公开发表的第一首汉语十四行诗,在十四行体中国化进程中具有独特地位。

《少年中国》不仅发表了我国最早的汉语十四行诗,也是最早提出输入西方十四行诗这一课题的,而且这种提出又是同新诗发生和建设紧紧地联系在一起的,所以更加值得我们关注。李思纯发表在《少年中国》上的《诗体革新之形式及我的意见》(1920年12月15日)认为,发生期新诗在形式方面的主要问题是"太单调了""太幼稚了""太漠视音节了",认为新诗创造"重精神不重形式"是错误的观点。于是他正面介绍中国诗的形式与欧美诗的形式,并认为"欧洲现在的诗人,仍是律文散文并行的时候",这种诗论主张在新诗发生期是难能可贵的。在介绍的过程中,李思纯就把欧洲的十四行体作为律文诗介绍给国人,说"我们的新诗,是否还有创律的必要呢?这也是当研究的问题"。在此基础上,李思纯提出今后之要务,就是"多译欧诗输入范本","融化旧诗及词曲之艺术"。他感慨地说:"多译欧诗,输入范本,竟是一定不易的方法。可怜的中国人,莎士比亚、弥尔顿、许俄哥德闹了二十年,至

---

① 郑伯奇:《新文学之警钟》,载《创造周报》第31号,1923年12月9日。
② 北塔:《论十四行诗式的中国化》,载《中国现代文学研究丛刊》2000年第3期。

今还莫有看见他们著作的完全译本哩!"这里的输入范本,联系前文,当然包括输入西方的十四行体。其实,早在写作此文之前,身处法国的李思纯就写信给宗白华,说"我对于新诗的意见,除了劝国内作诗的人,留意诗人的修养外,其次便是输入'范本',多译和多读欧美诗人的模范的名作"①。1921年6月15日,李思纯在《少年中国》第2卷第12期上发表《抒情小诗的性德及作用》,文中认为十四行体与中国的民歌绝句都具有抒情小诗之性德。他说:"欧洲的抒情小诗,大约以'十四行体'(sonnet)及其他小作品为主。中国的抒情小诗,以民歌绝句及词曲之一部为主。总以单简的诗体,发抒深厚的灵感,真挚的性情,为特具的性德。又以直线的刺激,能造成深切的印象,为特具的作用。形式是单纯的,精神是复杂的,都是绝好的抒情小诗。"②这是我国最早公开介绍西方十四行体特点的文字,包含着有意输入十四行体的思想。在这一时期,主张从国外输入诗体建设新诗的诗人不少,《少年中国》中的田汉、周无、李璜等人,就正面提出过输入外国诗体。如吴弱男在《近代法比六人诗家》中就系统介绍了法国象征主义诗人,格外强调了对于诗体的接受和改造。1921年9月,黄仲苏在《少年中国》第3卷第3期发表《一八二零年以来法国抒情之一斑》,说:"目前中国新诗的发展是十分幼稚,然而伟大的将来已经在许多创作中有些期望的可能,隐隐约约的表示出来,但新诗之完成所需要的元素太多,我们当从各方面着手,例如外国诗之介绍——不仅译述诗家之创作,尚须叙论诗的各种派别的主义某诗家的艺术,都值得我们精微的研究——放大我们对于诗的眼光,提高我们对于诗的概念,都是刻不容缓的工作。"③这里的重要思想就是从补救初期新诗幼稚出发,需要介绍译述外国诗,不仅是一般地介绍作品创作,而且要精微地研究艺术,这里的"艺术"无疑是包括诗体形式的。以上《少年中国》诸文提倡输入域外诗体的理论,为西方十四行体输入中国提供了思想基础和诗学理据。

在1925年以前,《少年中国》是介绍法国象征主义的主要阵地,不仅其介绍性的论文量多质优,而且具有自身特征,金丝燕概括为"介绍具有学术性研究的特点"和"重在文学史的发展介绍"④,这种介绍对我国后来的现代主义新诗尤其是20世纪20年代中期的初期象征派诗在诗质和诗形方面都产生了重要影响。这里应该特别提出的是,田汉在《少年中国》第3卷第4、5

---

① 见1920年9月15日《少年中国》第2卷第3期"会员通讯"。
② 李思纯:《抒情小诗的性德及作用》,载《少年中国》第2卷第12期,1921年6月15日。
③ 黄仲苏:《一八二零年以来法国抒情之一斑》,载《少年中国》第3卷第3期,1921年9月。
④ 金丝燕:《文学接受与文化过滤——中国对法国象征主义诗歌的接受》,北京:中国人民大学出版社1994年版,第126页。

期(1921年11、12月)发表《恶魔诗人波陀雷尔的百年祭》,认为"象征诗者把自己神经上所起的情调,藉朦胧的符号(文字),传之于人,使之起同一情调之诗之谓也"。然后田汉在文章中翻译了波特莱尔的十四行诗《感应》(Correspondances,后梁宗岱译成"契合",戴望舒译为"应和")来论述波特莱尔《恶之花》的审美特征。田汉译诗如下:

> "自然"是一个大寺院,那里的话柱
> 　　时时吐朦胧的语。
> 人逍遥于象征之森林,
> 　　而内观以亲热的眼。
> 好像远处来的悠长的反响,
> 　　混合着阴森深远的太极。
> 夜一样、光明一样的广大,
> 　　香色,和音与他相答。
> 那种香,像小儿的肉一样的鲜丽,
> 像木笛一般的悠娴,牧场一般的油碧。
> ——其他则为腐败的,丰富而凯旋的香气,
> 备一切事物的膨胀:
> 　　像琥珀、乳香、安息香和麝香似的,
> 对灵魂与官能的法悦。

田汉紧接译诗说:"这一首诗就确是受了麻醉剂 hashish 的影响而成的。此诗便成了后来象征诗的椎轮,很有历史价值。"田汉认为象征文学"或谓之神经质的文学,此派的文人大都神经敏锐、官能纤细的人。同一音也,在他们的耳中或异于常音。同一色也,在他们的眼中或幻为他色"。然后就以《感应》一诗来揭示这种纤细官能在视觉、听觉、音与色之间如何转换,造成微妙的颤动。这种介绍是极其精当的,也是极有意义的。对比后来的梁宗岱、戴望舒等的译诗,我们认为田汉的译诗在准确性和流畅性方面并不逊色。差异主要是田汉采用了较为自由的形式翻译,这同五四期自由诗体流行有关。尽管如此,译诗还是通过分行排列、缩格变化等呈现了意体十四行的基本格式,采用了变化的用韵方式,化句为行显示了诗行的柔韧性,全诗语言流畅而富有音律,诗情流贯而下、浑然一体。该诗虽然不是直接介绍十四行体,但优秀的译作不仅在美学观念的传达、西方诗式的引进和十四行体的诗形呈现方面,都给予中国诗坛以重要启示。

《少年中国》不但发表了最早的汉语十四行诗,而且最早提出输入包括十四行体在内的外国诗体,这同杂志关注新诗形式建设有关。在20世纪20年代初,《少年中国》发表文章给新诗定义。田汉在《诗人与劳动问题》中说:"诗歌者有音律的情绪文学之全体",或者"诗歌者以音律的形式写出来而诉之情绪的文学","这个'有音律'和'诉之情绪'两件事情,是诗歌定义中不可缺少的要件"。① 宗白华在《新诗略谈》中把诗定义为:"用一种美的文字——音律的绘画的文字——表写人底情绪中的意境。"② 康白情在《新诗底我见》中给出的诗的定义是:"在文学上把情绪的想象的意境,音乐的刻绘的写出来,这种的作品就叫做诗。"③ 以上种种关于诗的定义出现在诗体解放的新诗发生期,体现了新诗形式意识的凸显,在当时具有超前的诗体建设观念。因此,在《少年中国》上出现十四行诗的汉语创作和理论提倡是不足为奇的。当时的《少年中国》还身体力行做着"输入范本"的工作,大量地介绍外国文艺思潮,在这种介绍中对法国象征主义投以特别的青睐,其中就涉及多位创作十四行诗的重要诗人,如波特莱尔。介绍文章还涉及象征诗人的音律追求,"《少年中国》同人们所期行的新的'音律'并非传统诗歌形式系统中的'格律',也与后来闻一多的'格律'不甚相同。不妨说,他们从'解放诗的格律'的象征主义那里发现了一种不拘于传统格律的'音韵'和'音律',这种偏向音调、格调或情调的'音律',似乎更契合白话—自由诗为起端的新诗在形式方面的吁求"④。《少年中国》诗人关于新韵律和新诗体的种种介绍,对于我国诗人输入十四行体起着重要的引导作用。

四 最初的汉语十四行诗

王力先生在《现代诗律学》中说:"中国人模仿商籁,似乎以戴望舒为最早,但戴氏的诗并不是商籁的正则。"⑤ 这一结论明显不准确。在戴望舒以前,郑伯奇、浦薛凤、闻一多、郭沫若、朱湘、孙大雨、刘梦苇、冯乃超、李金发、陆志韦等人都写作和发表过汉语十四行诗。其实,王力话中的"似乎"也透露了他对于自己的论断缺乏把握。

---

① 田汉:《诗人与劳动问题》,载《少年中国》第1卷第8期,1920年2月15日。
② 宗白华:《新诗略谈》,载《少年中国》第1卷第8期,1920年2月15日。
③ 康白情:《新诗底我见》,载《少年中国》第1卷第9期,1920年3月15日。
④ 张桃洲:《〈少年中国〉的形式诗学》,《语词的探险》,北京:社会科学文献出版社2012年版,第12页。
⑤ 王力:《现代诗律学》,北京:中国人民大学出版社2004年版,第104页。

据现有资料,朱自清在 1920 年 1 月 25 日写作了《北河沿的路灯》。这是一首十四行的诗,虽然并不分段,但第一、五、九和十三行采用了缩格排列方式,自然地构成了诗的四四四二结构。该诗发表在当年 3 月 14 日出版的《北京大学学生周刊》第 22 号,后来收入其诗文集《踪迹》(上海:亚东图书馆 1924 年初版)。诗的句子长短不一,建行方式随意自由,除了第三节首行入韵外,其余各节都是偶句押韵,用"言前"韵。诗如下:

  有密密的毡儿,
遮住了白日里繁华灿烂。
悄没声的河沿上,
满铺着寂寞和黑暗。
  只剩城墙上一行半明半灭的灯光,
还在闪闪烁烁地乱颤。
他们怎样微弱!
但却是我们唯一的帮助!
  他们帮着我们了解自然,
让我们看出前途坦坦。
他们是好朋友,
给我们希望和慰安。
  祝福你灯光们,
愿你们永久而无限。

据黄泽佩说,朱自清创作此诗时还在北京大学哲学系读书,其时李大钊还在北京大学。而北大的北河沿则是五四运动的发源地,所以此诗抒发了对光明的渴望。诗以"北河沿的路灯"为抒唱对象,应该是有着特定寓意寄托的,因此其诗质的现实性是值得我们重视的。黄泽佩认为:"朱自清的《北河沿的路灯》,是现今我们查得到的写作时间最早的一首汉语十四行诗。""这是韵式汉诗化了的英国莎士比亚体的一首中国十四行诗。"①笔者认为,关于以上结论是否成立是可以有不同意见的。因为朱自清在五四时期的新诗创作全都采用自由体,并未有过新诗格律体的尝试,除自由诗体外没有模仿任何域外诗体创作新诗,而且也没有其时的朱自清接触国外格律诗体的相关记载。朱自清认为在新诗史上第一位试图为新诗创新体制的是陆志韦,在后来写成

---

① 黄泽佩:《〈"十四行体在中国"钩沉〉之钩沉》,载《湖北三峡学院学报》1998 年第 4 期。

的著名诗论《诗的形式》中朱自清谈到新诗形式探索,涉及多位诗人的创格包括对十四行体的尝试,始终没有提及自己进行过新形式新诗体的尝试。《北河沿的路灯》虽然最后两行带有作结性特征,但前面通过缩格排列标志的三个四行分节的思绪却是一条直线向下发展的,并不符合十四行体构思的要求。而且《北河沿的路灯》诗所采用的四行节和二行节,其实是五四时期最为普遍的诗形,主要是从翻译英美诗体中获得借鉴的,诗的格式非常自由,用韵完全是汉语传统韵式,即使以缩格作为分段标志,最后两行的格式也不能构成莎士比亚体的英雄双行。因此,此诗是否可算我国第一首汉语十四行诗,暂且存疑。

目前学界普遍认为,我国诗人最早发表的汉语十四行体诗是郑伯奇《赠台湾的朋友》(我们在"《少年中国》与十四行诗"一节中已经具体作了介绍,这里从略)。我国第二首公开发表的汉语十四行诗应该是浦薛凤的《给玳姨娜》。闻一多写于1921年5月的《评本学年〈周刊〉里的新诗》,评论了之前一年中发表在《清华周刊》上的新诗,其中一首名为《给玳姨娜》。闻一多批评说:"我只嫌他着急得 顾虑得那心,哪叫得出这样清光令日,纤尘不染的去桕的作品呢?这里的行数、音数、韵脚完全是一首十四行诗(Sonnet)。介绍这种诗体,恐怕一般新诗家纵不反对,也要怀疑。"①据查,《给玳姨娜》发表于第210期《清华周刊》,时间是1921年3月4日,署名的"浦君"②即浦薛凤酷爱古诗,常以旧诗咏怀,在清华念书时,选辑了《白话唐人七绝百首》(上海:中华书局1920年版),蔡元培在序中写道:"浦君瑞堂因为现代青年,抱了新体诗的迷信,把古诗一笔抹杀;特地选了唐人的白话七绝一百首。"浦则在自序中说自己嫌中国文学革命时期流行的白话诗无韵无律,因而选白话唐诗以供新诗写作者参考借镜。人们对浦薛凤是否写过白话新诗历来存疑,现在《给玳姨娜》重新面世,其女儿欣喜万分,在《文汇读书周报》撰文介绍父亲参与五四新诗运动的情况。闻一多孙子闻黎明则在来信中介绍了闻一多与浦薛凤的关系:

> 浦1914年插班入清华,与家祖同班,在校时关系甚密,还在某年暑假互相写信,有诗唱和。五四那年,家祖在上海出席全国学联大会,会后为建立学联会到常熟募捐,浦与吴泽霖、钱宗堡等做东接待。五四后,他们共同创办"美司斯",家祖任书记,浦为会计。当时,浦设计过《清华周刊》某期封面,家祖看到有批评,即写《出版物底封面》一文,已收入《闻

---

① 闻一多:《评本学年〈周刊〉里的新诗》,载《清华周刊》第7次增刊,1921年6月。
② 即浦薛凤,江苏常熟人,1900年出生,晚年定居美国,1997年病故于美国南加州。

一多青少年时代诗文集》。赴美后,家祖与浦及梁实秋、罗隆基于1924年夏共创大江会。①

以上资料显示,五四时期的浦薛凤在诗界是位活跃人物,同五四文学革命先驱有着较多的交往和共鸣,因此创作汉语十四行诗并不足为奇。现把《给玳姨娜》全诗录后:

> 紫空里嵌满着几千万斛
> 　　灿烂闪耀的星珠,
> 环拥那仙姑驰驭的明月。
> 　　这幅神洁的画图,
> 难道不许世人共睹
> 　　直到夜深才肯吐露?
>
> 看,一派浩荡的银湖,
> 　　把河山底挨拶丝尘都荡尽。
> 行行,忘了路底迢遥,
> 　　在茫无涯际的天空里前进——
> 为的是世界底光明——
> 　　你总守着你的定向。
> 玳姨娜可使我的心
> 　　同你这颗宝钻一样?

《给玳姨娜》在表现如星月般灿烂的神圣爱情的同时,也表达了对光明理想的纯真追求。浦薛凤的女儿说:"从这首十四行诗上,我深深体会到父亲学生时代的一团热血与理想,行行,忘了路底迢遥,为的是世界的光明,守着定向,多迢遥的路啊! 尽一生来行。"②全诗采用了六八式分段,韵式为AABAAA CDCDDEDE,每行的音组和音数并不限定统一。因此,闻一多认为"浦君这个作品里有些地方音节稍欠圆润;不过这是他初次试验这种体式,已有这样的结果,总算是难能可贵了"。

　　郑伯奇的《赠台湾的朋友》和浦薛凤的《给玳姨娜》,是中国最早使用现代汉语写作的十四行诗,在十四行体移植中国的历史上地位独特。它们出现

---

① 许霆:《浦薛凤与中国第二首十四行诗》,载《文教资料简报》1993年第3期。
② 浦丽琳:《中国第二首十四行诗》,载《文汇读书周报》2007年3月30日。

在"增多诗体""输入他种诗体"的新诗运动中,说明汉语十四行诗创作起步于五四文学革命运动,是同整个新诗发生同步起始的。当然,郑伯奇、浦薛凤的创作尚属无意,即无意用汉语来创造中国十四行体,他们只是在增多诗体的要求下来创造中国的新诗体。这种创作在很大程度上只是受西方十四行诗熏陶的结果,并不是自觉地有意识的创格行动。因此,他们在创作中没有给诗以十四行的名称,用律也有很大的随意性。但它们在新诗发展中的地位却不能低估,因为已经明确地表明:中国新诗开始与世界性抒情诗体对接,诗语和诗体正在从开放中走向现代化。

闻一多在五四以后开始新诗创作,不仅最早评价汉语十四行体诗的创作,较早给予十四行体中文译名,也是最早发表汉语十四行诗的诗人之一。1921年5月,他写了《爱底风波》,署名H.S.L发表于《清华周刊》第220期(1921年5月20日出版):

> 我戏将沉檀焚起来奉祀你,
> 却不知道他会烧的这样烈;
> 他的精诚化作酸郁的异香,
> 那些渣滓——无非是猜疑和妒嫉。
> 你的接吻还没有抹尽的——
> 布作一天云雾,障害(瞎)了我的眼睛;
> 我看不见你,怕的不得了,
> 便放声大哭,如同小孩掉了妈妈。
>
> "丑的很!不要怕了,我还在这里。"
> 我又听到一个微柔的声音讲,
> 同时又听到你的心如雷地震荡。
> 你又笑着说,"好!我得了个好教训!"
> 但是,我的爱,这种"恶作剧"怎好多演?
> 到如今你的笑何曾把我的泪晒干!

对这诗,闻一多的自我评价是:"我作《爱底风波》,在(本)想也用这个体式,但我的试验是个失败。恐怕一半因为我的力量不够,一半因为我的诗里的意思较为复杂。"①对《爱底风波》自判失败,我们尽可视为自谦,但这诗的意思

---

① 闻一多:《评本学年〈周刊〉里的新诗》,载《清华周刊》第7次增刊,1921年6月。

也确实太复杂了,既有一般叙说,又用角色对话,另有括号加注,完全不符合这种诗体抒情单纯性的审美要求。"文学研究会丛书"中的《诗之研究》就说:"十四行诗好的很少,都由于它包含的思想或是过少,或是过多,不能恰好扣上十四行。思想过少的,往往勉强用繁文赘字把它扯长以凑足十四行之数;思想过多的,则又往往把足够做长歌的内容,硬塞在十四行里面。"①因此,闻一多在把《爱底风波》收入《红烛》集改题《风波》时,就抽去了原诗的不少意思,使诗的思想内容体现出单纯的特点,修改后的后六行是:"立刻你在我耳旁低声地讲:/(但你的心也雷样地震荡)/'在这里,大惊小怪地闹些什么?/一个好教训哦!'说完了笑着。/爱人!这戏禁不得多演;/让你的笑焰把我的泪晒干!"这种修改就改变了诗情发展的急促紧张状况。就格式说,全诗 14 行没有分段排列,韵式是 ABBACDCDEEFFGG,同时采用了抱韵、交韵和随韵;建行大致取"顿歇"方式,每行顿数并不相等,顿内音数也不限制,不求诗行字数整齐;某些诗行不够自然流畅,朗读起来缺乏整齐的音律节奏。其形式显示着早期汉语十四行诗的共有特征。

郭沫若是中国新诗的奠基者。他在 1922 年 12 月翻译了雪莱的十四行诗《西风颂》。雪莱的十四行诗不同于他之前的英国十四行诗传统,他一生中主要的十四行诗也是最富艺术生命的诗篇,都是紧紧围绕"反暴政、盼自由"的主题展开,充满着革命的浪漫气息,所以就在五四时期引起了郭沫若的关注。郭沫若翻译的《西风颂》组诗与其他几首雪莱译诗发表于 1923 年 2 月出版的《创造季刊》第 1 卷第 4 期。1926 年 3 月上海泰东图书局出版郭译《雪莱诗选》,1928 年 3 月改由创造社出版部出版。这是《西风颂》第一首:

> 哦,不羁的西风哟,你秋神之呼吸,
> 你虽不可见,败叶为你吹飞,
> 好像魍魉之群在诅咒之前逃退,
> 黄者,黑者,苍白者,惨红者,
> 无数病残者之大群:哦,你,
> 你又催送一切的翅果速去安眠,
> 冷冷沉沉的去睡在他们黑暗的冬床,
> 如像——死尸睡在墓中一样,
> 直等到你阳春的青妹来时,
> 一片笙歌吹遍梦中的大地,

---

① 〔美〕勃利士·潘莱:《诗之研究》(文学研究会丛书),傅东华、金兆梓译,上海:商务印书馆 1926 年版。

> 吹放叶蕾花蕊如像就草的绵羊，
> 在山野之中弥漫着活色生香；
> 不羁的精灵哟，你是周流八垠；
> 你破坏而兼保护者，你听哟，你听！

这是面对西风的抒唱，诗人突出了西风"破坏而兼保护"的"不羁"性格。破坏旧的，催生新的，这是雪莱《西风颂》的双重主题。雪莱是一个革命的乐观主义者，他不仅看到西风席卷落叶的破坏威力，而且也看到它吹送种子的建设作用，《西风颂》组诗贯穿着这个又矛盾又统一的主题思想，在第一首中就开门见山地把它点明了，从而为后面诗的发展提供了中心线索，更为组诗结尾的著名预言伏下一笔，使预言获得落实的基础。面对秋风败叶，雪莱的诗展现了蓬勃向上的激情，呈现了自由奔放的精神，这就同郭沫若在五四时期那种既是破坏又是创造的精神完全一致。所译《西风颂》组诗的最后一首有这样几行：

> 严烈的精灵哟，请你化成我的精灵！
> 请你化成我，你个猛烈者哟！
> 请你把我沉闷的思想如像败叶一般，
> 吹越乎宇宙之外徂起一番新生。

这更是郭沫若五四时期的精神面貌象征。雪莱的十四行诗节奏急迫，抒写手法炽烈流畅，所以往往突破十四行体的传统格律。这组《西风颂》就对传统的十四行体有所突破，但还是符合十四行体的变格要求。从段式来说，诗分成五个乐段，分别为三三三三二；从韵式说，采用了"三行套韵体"的押韵方式，最后两行同韵，即 ABA BCB CDC DED EE。郭沫若在翻译时没有按照原有格式进行，而是采用新诗发生期的自由诗体，每首十四行，诗行长短不齐，用韵较为随意，没能准确地传达出原诗的诗体特征。郭沫若翻译《西风颂》，从十四行体中国化的历史来说，除了翻译十四行诗外，还向国人介绍了十四行组诗的形式。一般的十四行体适宜于表现一个完整、单纯的观念或情绪，因此往往独立存在，或者构成组诗，但各首仍有独立性。像《西风颂》这样把五首十四行体紧密地组成一首抒情诗，各首之间密切依赖而不可分割的并不多见。因为十四行体容量太小，单独一首不足以充分表现雪莱的宏大气魄和深厚感情，因此需要几首十四行体组合起来。这种组诗格式和结构的翻译，对于我国后来的十四行诗组诗发展潜在地产生着重要影响。

对于郭沫若翻译《西风颂》,笔者认为主要还是在于输入诗的思想感情,来呈现和张扬五四时期的精神。但笔者同时认为,诗人其实也在通过翻译输入西方的十四行体。郭沫若是我国最早翻译西方十四行诗的诗人之一,他通过翻译雪莱《西风颂》组诗五首,一方面把汉语十四行诗译作呈献给广大读者,另一方面又引导读者关注原作的诗质、诗语和诗体特征,在双重意义上发挥着输入十四行体的作用。新诗发生与译诗关系甚大,胡适就说《关不住了》是自己新诗成立的纪元,而《关不住了》正是美国诗人蒂斯黛尔发表在美国诗刊上的"Over the Roofs"。译诗对于十四行体输入的意义同样极其重要。笔者进一步考证后发现,郭沫若翻译雪莱《西风颂》等诗时,已经十分自觉地注意到所译诗的诗体特征,所以其翻译确实也有着介绍诗体的企图。其证据就是诗人在 1921 年 11 月 4 日所作《雪莱的诗》小引中说的:

> 做散文诗的近代诗人 Baudelaire,Vemaere,他们同时在做极规整的 Sonnet 和 Aiexandrian……谁说既成的诗形是已朽骸骨? 谁说自由诗体是鬼画桃符? 诗的形式是 Sein(存在)的问题,不是 Soiien(应该)的问题。①

更值得注意的是,郭沫若当时是主张新诗内在律而轻视外在律,主张新诗形式的绝端自由自主的,是中国自由体新诗的创造者。但是他还是认为极规整的 Sonnet 这种"既成诗形",不是"已朽骸骨",而且把这种规整的诗体与自由诗体并列放在一起,同时肯定它们共同的现实存在价值,这就充分袒露了他在新诗体问题上的宽容态度,仔细想来这也是同新诗发生期倡导增多诗体的理论主张相一致的,所以并不显得唐突离谱。事实上,在五四时期,郭沫若不仅翻译了雪莱的十四行组诗《西风颂》,收入《雪莱诗选》,还在那一时期创作了多首汉语十四行诗(当然还不是规范的十四行体诗,有的甚至只能称为十四行的诗),如在《女神》集中有《太阳礼赞》,在《星空》集中有《暗夜》和《两个大星》,在《瓶》里有《第三十六首》等。《暗夜》和《两个大星》的写作日期不易判定。据 1923 年 2 月上海《创造季刊》第 1 卷第 4 期所载郭沫若《好像是但丁来了(诗十首)》,其中就有《暗夜》和《两个大星》,而"诗十首"后面有个"附注",写明日期是"一九二二年十二月八日"。再从"诗十首"所写的内容来看,其写作地点应该是在日本福冈博多湾海边诗人当年的住所。而"附注"说:"这些诗是去年冬天和今年春夏之交的时候做的。"据此,我们大致可

---

① 郭沫若:《雪莱的诗·小引》,载《创造季刊》第 1 卷第 4 期,1923 年 2 月,收入 1926 年 3 月上海泰东图书馆版《雪莱诗选》。

以断定,《暗夜》和《两个大星》应该是写在 1922 年夏天,属于我国早期的汉语十四行诗。如《暗夜》一诗的内容,反映了诗人郭沫若留学日本与安娜结婚生子后的生活窘况,抒发了诗人当时苦涩的感情。其段式是五四五,韵式是:AA##B #C#C #DDDD。其音节的安排呈现着完全自由的状态,建行没有任何规则,行末连用语气助词,不是一首典型的汉语格律体十四行诗。1925年,郭沫若翻译了屠格涅夫的小说《新时代》并写了长序,其中有一类似主题诗的《遗言》,正是十四行诗。《新时代》的翻译,在郭沫若的思想发展上产生过重要影响。郭沫若一直珍爱《遗言》这首诗,以后多次修改此诗。该诗的思想内容曾经在特定时刻产生过重要影响,诗的格式包括分段、韵式和音节都显示它是一首相当规范的汉译十四行诗。

以上最初的汉语十四行诗都公开发表在新诗发生期,它们对于新诗体成形和发展具有特殊的意义。其重要贡献,首先是呼应着增多诗体的要求,推动了域外诗体的输入。闻一多在批评《给玳姨娜》时这样说:"介绍这种诗体,恐怕一般新诗家纵不反对,也要怀疑。我个[人]的意见是在赞成一边。这个问题太重要太复杂,不能在这里讨论。"① 闻一多敏锐地意识到讨论十四行体这一问题"太重要太复杂",是由于关于这种诗体"引进"的讨论,势必会涉及新诗形式美学建设的一系列重要问题。在 20 世纪 20 年代初,虽然新诗人也提倡输入外国诗体,但基本趋向是引入外国的自由诗体,诗坛的美学趋向是诗体大解放。也就是说,在当时的社会文化语境中,格律严谨的十四行体实际上难以为多数新诗人接受。虽然如此,闻一多还是明确地表示自己是站在赞成一边的;虽然他认为自己以及浦薛凤的试作并不算很成功,但仍然强调其"难能可贵",对于这种诗体中国化满怀信心。郭沫若则更是肯定规整的十四行体和散文的自由诗体并存的合理性,认为都可以成为创建新诗体的范本,并身体力行创作汉语十四行诗。这种努力具有探索开创的精神,推动着新诗在无体状态下创建新体。对于输入十四行体,闻一多首先认为这个问题"太重要",又认为"太复杂"。理解这点就要了解他在 1922 年写的《律诗底研究》中对十四行体的评价。他认为:"抒情之诗,无中外古今,边幅皆极有限,所谓'天地自然之节奏',不其然乎?故中诗之律体,犹之英诗之'十四行诗'(Sonnet)不短不长实为最佳之诗体。""律诗实是最合艺术原理的抒情诗文。英文诗体以'商勒'为最高,以其格律独严也。然同我们的律体比起来,却要让他出一头地。"② 正是基于这种理解,闻一多在人们普遍反对或怀疑的情况下,自觉地推动十四行体输入中国。最初汉语十四行诗公开发表

---

① 闻一多:《评本学年〈周刊〉里的新诗》,载《清华周刊》第 7 次增刊,1921 年 6 月。
② 闻一多:《律诗底研究》,《神话与诗》,上海:华东师范大学出版社 1997 年版,第 291、308 页。

的另一重要贡献,是初步进行了我国格律新诗体的建构探索。应该承认,最初的汉语十四行体用律自由,严格说来并非典型的格律诗体,这是与当时诗界整体废律的社会文化语境联系着的,也是同当时新诗韵律探索水平低下联系着的,这是无法超越的历史的局限。但是,最初的汉语十四行诗还是进行了诗节、诗行、音节、诗韵等的探索,郑伯奇的《赠台湾的朋友》是较为谨严的意大利彼特拉克式,浦薛凤的《给玳姨娜》的"行数、音节、韵脚完全是一首十四行诗",闻一多的实验已经注意到十四行体的容情特征。这体现了郑伯奇的诗学观点:"就诗而言,绝律试帖之类不合理的制限,是应该打破的,流动的 melodie,铿锵的 rhythm,乃是相当调和整齐的 forme,都是应该更使之完美的制限。"①这是他对自己何以引进十四行体的一种解释,更是概括了最初汉语十四行诗所体现出来的诗体追求。这种追求就是打破传统的诗律限制,探索新的更加完美的诗体制限。这种理论和实践的追求在当时代表着一种较为健全的诗学观念。

五 象征诗人的十四行诗

20世纪20年代中后期,以李金发为代表的初期象征诗派,以异军突起的姿态登上新诗坛,掀起了新诗现代主义的纯诗运动。这一诗派对于新诗发生期诗体解放中存在的"非诗化"倾向不满,要以诗的思维术去补救初期新诗的"审美薄弱和创作粗糙"的弊病。针对初期新诗的诗体建设理论,穆木天在《谭诗》中要求诗在形式方面是"一个有统一性有持续性的时空间的律动"。由此他否定了自由句不要诗调的诗学主张,理由是:"因为自由诗有自由诗的表现技能,七绝有七绝的表现技能。有的东西非用它表不可。譬如黑雷地亚(Jose Maria de Heredia)的诗形似非十四行(Sonnet)不可似的。我们对诗的形式力求复杂,样式越多越好,那么,我们的诗坛将会有丰富的收获。"同时,穆木天还认为新诗也应有格律体,他追问说:"现在新诗流盛的时代,一般人醉心自由诗(Vets libres),这个犹太人发明的东西固然好;但我们得知因为有了自由句,五言的七言的诗调就不中用了不成?七绝至少有七绝的形式的价值,有为诗之形式之一而永久的生命。"②王独清认为这话很对,并补充说"诗底形式固不妨复杂,但每种形式却必须完整"③。这里所说的

---

① 郑伯奇:《新文学之警钟》,载《创造周报》第31号,1923年12月9日。
② 穆木天:《谭诗》,载《创造月刊》第1卷第1期,1926年3月16日。
③ 王独清:《再谭诗》,载《创造月刊》第1卷第1期,1926年3月16日。

"诗体复杂",包括诗体多样和形式复杂两个方面,前者与增多诗体相仿,后者则是全新观念。这种对于新诗体的审美要求,反映在创作中就是既肯定散文式诗体,也肯定纯诗式诗体。其中纯诗式诗体中就包括十四行诗体。初期象征诗人探索汉语十四行体富有成就,最为集中地体现了十四行体中国化早期输入的基本特征。刘延陵在《法国诗之象征主义与自由诗》中,认为法国现代诗运动有两件大事,在诗的精神方面是象征主义,在形式方面是自由诗;这两者名目不同,但精神则同,即都是自由精神的表现,而自由精神又是近代艺术的特质之一。"自由诗是与象征主义连带而生,他俩是分不开的两件东西:因为诗底精神既已解放严刻的格律不能表现的自由的精神,于是遂生出所谓自由诗了。"①我国初期象征派诗人在输入法国现代象征精神的同时,连带把法国象征派诗人放松格律的十四行体输入到我国新诗坛。法国汉学家洛瓦夫人认为李金发与王独清为最早使用十四行诗体的中国象征派诗人②,如李金发就写过两首以法文"Sonnet"为题的诗,收入《食客与凶年》集,王独清的《死前》集中也有五首题为《SONNET》的诗。其实,不止他们两位,初期象征诗人如穆木天、冯乃超等也有十四行诗。出现这种现象,固然同象征派诗人直接学习法国象征派诗歌有关,也同五四时期介绍法国象征派诗歌有关,例如在20世纪20年代初波特莱尔的诗就被我国诗人多次介绍,出汉在《恶魔诗人波陀雷尔的百年祭》(《少年中国》第3卷第5期)中,就译引波特莱尔著名十四行诗《交感》来介绍象征主义理论。

李金发于1919年赴法留学,是初期象征诗派的代表人物,人称"东方的波特莱尔"。他的诗受法国象征派诗人波特莱尔和魏尔伦的影响很深,是我国新诗史上较早借取十四行体来进行新诗体建设的诗人,是汉语十四行体象征诗的开创者。在他的诗集《微雨》的附录中有两首翻译自波特莱尔《恶之花》中的十四行诗。他的诗集有《微雨》(1925年)、《为幸福而歌》(1926年)、《食客与凶年》(1927年)等,其中有不少汉语十四行诗,仅《微雨》集中就有《戏言》《卢森堡公园》《丑》《作家》《七十二》《给圣经伯》《丑行》《呵……》《一二三至千百万》《给 Charlotte》《给女人 X》等十多首,《食客与凶年》集中有《sonnet 二首》,《为幸福而歌》集中有《春》等。他尝试十四行诗是一种有意探索。在《食客与凶年》的自跋中,他说:"余每怪异何以数年来,关于中国古代诗人之作品,既无人过问,而一意向外采辑,一唱百和,以为文学革命后,他们是荒唐极了的,但从无人着实批评过,其实东西作家随处有同一

---

① 刘延陵:《法国诗之象征主义与自由诗》,载《诗》第1卷第4号,1922年7月。
② 转引自金丝燕:《文学接受与文化过滤》,北京:中国人民大学出版社1994年版,第268页。

之思想、气息、眼光和取材,稍有留意,便不敢否认。余于他们的根本处,都不敢有所轻重,惟每欲把两家所有,试为沟通。或即调和之意。"①这就是他采用十四行体创作新诗的出发点即"沟通中西两家"。我们来读李金发的《戏言》:

> 任春天在平原上嬉笑,
> 张手向着你狂奔,
> 冷冬在四周哭泣,
> 永不得栖息之所。
>
> 夏天来了,你依旧
> 在日光下蠕动。
> 黄叶与鸣虫管不住
> 之秋,赤裸裸地来往。
>
> 玫瑰谢了还开,
> 曲径里足音之息息,
> 深林后女人笑语
>
> 之回声,对着你睁视了!
> 呵,我之寂静与烦闷,
> 你之超然孤冷。

这是一首爱情诗,前两节用春夏秋冬的四季来象征爱情的变化。诗人将季节拟人化,令人称奇。"春天"竟然会"嬉笑"着"张手"在平原上"狂奔","冷冬"也竟然会"哭泣",这就意味着当爱情像春天一样热情地向你投来时,生活中的冷寂便离你而去。不怕夏天烈日的暴晒,不管秋风扫落叶、秋虫鸣啾啾,爱情使你更坦诚相待。诗用丰富的意象来暗示爱情的力量,玫瑰花凋谢了明年还会开放,给人带来无限的希望。曲径通幽处彼此的息息相通,给人带来无限的柔情蜜意。密林深处那姑娘的欢声笑语,给人带来无限的快乐。最后,"呵,我之寂静与烦闷,/你之超然孤冷",余意尽在不言之中。"在诗体形式上,诗人不仅未受限于结构规则,反而'利用'十四行结构的特性,将'深

---

① 李金发:《自跋》,《食客与凶年》,北京:北新书局1927年版。

林后女人笑语之回声'一句拆解开来,第三段结束于'笑语',第四段开始于'之回声',跨段恰恰造成声波反射回来的时差效果。"①李金发的诗深受法国象征派诗人影响,带有浓重的颓废情绪、神秘色彩和异国情调,诗的语言跳荡、文白间杂,各意象间缺少正常逻辑联系,跨行跨节营造了连绵不断的情调,诗意朦胧晦涩,章法结构无序,运用暗示思维,给新诗坛吹进一股怪异的风,继而仿者蜂起。

就诗体形式来说,这些汉语十四行诗的特点之一是采用彼特拉克式的四四三三结构,诗的情绪线索在诗中连贯而下,呈现着自然进展的状态;特点之二是诗行长短不一,但仔细分析如《戏言》的诗行则以三个音组为主,穿插其他结构类型诗行,显得较为自由随意,尤其是诗行较多采用跨行甚至跨节,呈现着语言欧化的特质;特点之三是写作无韵十四行诗,同传统十四行体的韵律要求相距甚大,诗的音乐性重在语调和情调之上显出。这些特点总体上说深受法国波特莱尔、魏尔伦象征十四行体的影响。其用律追求被人称为"中间道路":"受到法国象征派诗人影响的中国象征派诗人却反对新诗的高度'律化',他们选择了一条'中间道路',既不像新月派诗人那样强调新诗诗体的定型律化,也不像以郭沫若为首的浪漫主义诗人那样过分强调诗体的自由化和散文化。"②在引进现代西方十四行体方面,李金发首先在诗题上正式标出"Sonnet"字样,在中国诗坛尚未形成"用汉语来创造汉语十四行诗"观念的情况下,这种标示等于向人们宣告:这是用汉语写成的 Sonnet。这在十四行体中国化进程中有其特殊价值,因为它集中地体现了新诗早期输入域外十四行诗体的主观意愿,即"借鉴范本以供创作的参考"。《食客与凶年》中的"Sonnet"诗题下有两首汉语十四行诗。第一首段式结构为四四三三;诗行的音数是:12+9+8+9 9+8+7+11 8+10+8 10+5+13;诗韵为 ABCD ABBA BCD AEA。第二首的段式结构为四四三三;诗行音数是:7+8+11+8 11+6+9+9 8+7+8 8+10+8;韵式为 ABCB CDEF HIE GEJ。两首段式结构都为意体或法式商籁,音数和韵式完全打破了传统格律,是自由的十四行诗。这较好地体现了初期输入十四行体的特征,即输入域外诗体以改变新诗无体状况,但诗人并非要完全照搬西方格律诗体,而是探索新诗自由体的新形式。这是十四行体中国化早期输入的基本特征和价值选择。王力先生在《现代诗律学》中说到新诗中的白话诗与欧化诗的区别,认为模仿西洋诗的格律诗叫做欧化诗,而近似西洋诗的自由诗则叫做白话诗。"白话诗是

---

① 曾琮琇:《汉语十四行诗的现代转化——以李金发、朱湘、卞之琳为讨论对象》,载《汉语言文学研究》2015 年第 4 期。

② 王珂:《新诗诗体生成史论》,北京:九州出版社 2007 年版,第 145 页。

从文言诗的格律中求解放,近似西洋的自由诗(free verse)。初期的白话诗人并没有承认它们是受了西洋诗的影响的,然而白话诗的分行和分段显然是模仿西洋诗,当时有些新诗在韵脚方面更有模仿西洋诗之处。"①李金发等把自由精神的象征和形式严谨的十四行诗连带输入,反映了新诗发展特定阶段的历史性要求。

孙玉石曾说:李金发第一个将法国象征主义传播到新诗中,"但是,真正自己由专攻法国文学,对于法国象征派诗人和这一探索诗潮的发展作了深入研究的,应当是穆木天"。这根源于"他对于五四以后新诗流弊的痛切反省。这种反省里,有倾心象征诗的情绪带来的对于新诗的'粗糙'和过分'说明'的不满,也有对于新诗民族化追求如何兑现的焦虑"②。这是对的,李金发之后的穆木天、王独清、冯乃超等,在反省中深化了对西方象征诗的接受和阐发。从诗体方面说,就是体现了波特莱尔所追求的"拥有一种神秘的、不为人熟知的韵律学","诗歌的句子能模仿(由此它接触到音乐艺术和数学)水平线、直升线、直降线",即穆木天所说的"有统一性有持续性的时空间的律动"。这批诗人的汉语十四行诗,充分体现了对新诗音律的新追求,即由严格的节奏音律向音质音律转向,从而给人一种新奇的音律感受。穆木天《旅心》集(1927年)中有《苏武》,王独清《死前》(1927年)中有"Sonnet 五章",皆为十四行诗,冯乃超《红纱灯》(1928年)中有《岁暮的 Andante》《悲哀》等十四行诗。

穆木天的新诗创作始于20世纪20年代初期,早期诗作受法国象征诗影响颇深,是中国新诗史上最早写作十四行象征诗的诗人之一。如穆木天的《苏武》:

> 明月照耀在荒凉的金色沙漠
> 明月在北海面上扬着娇娇的素波
> 寂寂的对着浮荡的羊群　直立着
> 他觉得心中激动了狂涛　怒海　一泻的大河
>
> 一阵的朔风冷冷的在湖上渡过
> 一阵的朔风冷冷的吹进了沙漠
> 他无力的虚拖着腐烂的节杖　沉默
> 许多的诗来在他的唇上　他不能哀歌

---

① 王力:《现代诗律学》,北京:中国人民大学出版社2004年版,第1页。
② 孙玉石:《穆木天:新诗先锋性的探索者》,载《文学评论》2001年第6期。

>   远远的天际上急急的渡过了一片黑影
>   啊　谁能告诉他汉胡的胜败　军情
>   时时断续着呜咽的　萧凉的胡笳声
>
>   秦王的万里城绝隔了软软的暖风
>   他看不见阴山脉　但他忘不了白登
>   啊　明月一月一回圆啊　月月单于点兵

这是一首咏史怀古的之作,借凭吊汉代苏武,抒发自己身在异邦时刻关心祖国前途的爱国情肠,写得意气风发、神采飞扬。某些词语和句式的复沓,再加上行间空格的声音延续,都营造了一种富有象征意味的特殊情调。诗采用意体的四四三三段式结构,诗行长短不齐,音组多寡不一,押韵甚密,但却是自创的 AAAA AAAA BBB BBB。

冯乃超也是我国新诗史上早期创作十四行诗的象征派诗人,如《岁暮的 Andante》:

>   烟雾迷弥地迷弥的烟雾
>   街头　落叶　歪首的街灯
>   人去人来　浮动的风景
>   车往车来　点抹的画图
>   Santa Maria 蹑足走过了
>   忧愁夫人展开了广阔的衣襟
>   冬天　严肃的冬天到了
>   带着宿命的幽暗残酷的沉吟
>   教堂的尖塔放弃了现世的苦痛
>   十字架高蹈地飞升到上层的天空
>   Holy night Holy night
>   All is calm All is bright
>   教堂照得天国一样光明
>   街头的夜色沉淀如墨

题目中的"Andante"是英文音乐术语"行板"的意思,指乐曲中的慢速度和旋律。前四行描写岁暮的街景;承接四行写严冬到来,使人感觉到悲哀感伤;末六句用宗教作反衬,表达尽管天国无限光明,而现实依旧黑暗,正如"街头的夜色沉淀如墨"。诗虽不分节,但乐段呈现的是四四三三结构,诗句长短不一,音组参差错落,押韵不拘成法。此诗中把英文直接写入诗中,这反映了早期新诗一个非常重要的特征。

《苏武》《岁暮的 Andante》以及穆木天、王独清、冯乃超等象征派诗人的其他汉语十四行诗,其共同形式特征是并不严守西方十四行体格律规则,直接用诗的旋律文字和音质音律写出,自由地超越了形式文法的组织法,创造了一种象征派诗人着意追求的神秘的、不为人熟知的旋律。这种律动主要在情绪的持续进展中呈现,同时也在语句的组织变化中呈现。穆木天认为西方象征主义诗学的特征之一就是"轻蔑律动(Rhythm)和追求旋律(Melodie)","象征诗人的动摇的心情气氛,是只有非常浮动的朦胧的旋律可以表露出来的。只有朦胧的音乐是可以暗示出来诗人的心中的万有的交响的"。"这种音乐性,朦胧的音乐性,是暗示的最好工具。象征主义诗人的这种音乐性之追求,因之产生了散文诗和自由律的形式来。"①这里说得十分清楚,浮动的朦胧的旋律以及由此产生的自由律,是他们的自觉追求,而这是同其暗示的象征精神融为一体的。在上引各诗中,诗人依据着诗情进展组织诗行,"诗句的组织法得就思想的形式无限的变化,诗的章句构成法得流动、活软",因此诗行和音组排列必然自由流动而不能中规中矩。为了呈现旋律式的律动,诗人较多地使用了叠词叠句、词句对等和自由跨行等方式组织诗行,也就是王独清所说的"用极不相同的长短句与断续的叠字叠句来表现",穆木天所说的"用有限的律动的字句启示出无限的世界"。象征派诗人旋律化创造的另一手法就是用空白来取代标点,一方面是自由地跨行跨节,一方面是行内白由停顿,但是无论行末还是行内停顿都不用标点符号,只是留出空白以示静默。穆木天说:"句读究竟是人工的东西。对于旋律上句读却有害,句读把诗的律,诗的思想限狭小了。诗是流动的律的先验的东西,决不容别个东西打搅。把句读废了,诗的朦胧性愈大,而暗示性也越大。"②从《苏武》和《岁暮的 Andante》中可以看到象征派诗人重视用韵,不仅行末用韵密集复杂,有时还在句中押韵,其复杂的韵法也是同诗作追求的情绪律动相得益彰的。

人们对于初期象征派诗人的汉语十四行诗历来评价不高,认为其徒有十四行体名称而不守传统格律。其实我们应该充分肯定象征派诗人的汉语十

---

① 穆木天:《什么是象征主义》,原载郑振铎、傅东华编:《文学百题》,上海:生活书店1935年版,见《穆木天文学评论选集》,北京:北京师范大学出版社2000年版,第99—100页。
② 穆木天:《谭诗》,载《创造月刊》第1卷第1期,1926年3月16日。

四行体探索,因为它不仅在诗中引入了西方象征派诗歌的自由精神,而且把西方现代诗运动中的新韵律引入新诗,开辟了汉语十四行体发展的宽广道路。波特莱尔是法国诗歌最大的文体创造者,在世界诗歌史上起着承前启后的作用,被艾略特称为"现代和一切国家伟大的诗人"。他的重要贡献就是创造了折中严谨和自由的新韵律,用此韵律创作的十四行诗同样受到世界的尊崇。这种新韵律"弃而不用现成的韵律,这对读者的已经习惯的感受方式无异于釜底抽薪,并迫使他们形成新的阅读速度、语调和重读方式,其结果使得读者能更充分地体会诗歌产生的心理效果和激情"①。这种新韵律在新诗发生期引入我国诗坛,推动了自由诗体建设。法国象征诗派是诗律现代化的探索者,他们参与了最早的世界自由诗体创造,也创造了最早的自由式十四行诗;他们有意放松诗歌创作中的节奏格律,同时又有意强化诗歌创作中的音质音律;他们相对忽视诗的节拍节奏,更加重视诗的意义节奏;这种种探索开启了世界诗歌发展的现代潮流。我国象征派诗人接受了世界自由诗运动的诗潮影响,既熟悉传统的又深谙西方象征派的诗体特征,而且始终抱着严肃的态度进行汉语十四行体探索,进行着十四行体中国化的早期输入,所以对于他们的探索轻易地加以否定绝不是严肃的态度。尤其是李金发等人的十四行诗,接受了法国象征派诗歌的审美追求,着重感情的"心声",专心致志地沉浸在字母、音节和字的独立音质的微妙作用里,并发展到对声音的陶醉,学会把声音各种因素加以配合和交织,构成巧妙的音乐结构,以便适应内心的情感律动。这不仅为中国十四行诗而且对于我国整个新诗语言的完善和音律的建设都作出了极其重大的贡献,是需要引起我们特别重视的。

初期象征派诗人的诗体探索直接影响了 20 世纪 30 年代现代派诗人的创作,其中代表性诗人是戴望舒。戴望舒在 20 世纪 20 年代中期开始对法国象征派诗歌感兴趣,曾翻译法国象征派诗人魏尔伦、波特莱尔的诗。其好友杜衡说:"象征诗人之所以曾对他有特殊的吸引力,却可说是为了那种特殊的手法恰巧合乎他底既不是隐藏自己,也不是表现自己的那种写诗的动机的原故。同时,象征派底独特的音节也曾使他感到莫大的兴味,使他以后不再斤斤于被中国旧诗所笼罩住的平仄韵律的推敲。"②戴望舒认为"诗的韵律不在字的抑扬顿挫上,而在诗的情绪的抑扬顿挫上",应该诉诸读者全感官,因而排斥外在韵律。③ 他的《十四行》是一首象征诗,是新诗史上首次在诗题中

---

① 〔英〕罗吉·福勒(Roger Fowler):《现代西方文学批评术语辞典》,袁德成译,成都:四川人民出版社 1987 年版,第 113 页。
② 杜衡:《〈望舒草〉序》,《望舒草》,北京:人民文学出版社 2000 年版,第 4 页。
③ 戴望舒:《望舒诗论》,载《现代》第 2 卷第 1 期,1932 年 11 月。

冠以"十四行"名称的诗。此诗排列在《我底记忆》(1929年)集中第一辑"旧锦囊"末首，应该属于他的早期新诗，后有不少改动。以下是《十四行》最早的版本：

> 微雨飘落在你披散的鬓边，
> 像小珠碎落在青色的海带草间
> 或是死鱼飘翻在浪波上，
> 闪出神秘又凄切的幽光，
>
> 诱着又带着我青色的灵魂
> 到爱和死底梦的王国中睡眠，
> 那里有金色的空气和紫色的太阳，
> 那里可怜的生物将欢乐的眼泪流到胸膛；
>
> 就像一只黑色的衰老的瘦猫，
> 在幽光中我憔悴又伸着懒腰，
> 流出我一切虚伪和真诚的骄傲；
>
> 然后，又跟着它踉跄在轻雾朦胧；
> 像淡红的酒沫飘在琥珀钟，
> 我将有情的眼藏在幽暗的记忆中。

这是一首情诗，写得幽深曲折、委婉动人。由落在情人披散的鬓边的微雨写起，突出了由此引起的感觉及想象，既有追求的欢乐，又有失落的懊伤，更有理智的思考。诗人曲折幽深的情感熔铸在隐喻和明喻的意象之中，从而形成一种含而不露的朦胧美。诗的核心形象明确，全部意象都由落在披散鬓边的"微雨"生发和结构，"微雨"是全诗的核心形象，由"微雨"到感觉的"幽光"，由"幽光"诱带着"幽光中的我"，再到把有情的眼藏在幽暗的记忆中，构成一个浑然无迹的浑圆明珠。由"你披散的鬓边"，到"我青色的灵魂"，再到"虚伪和真诚的骄傲"，再到"有情的眼"，这就构成了整个情绪发展的意象流。因此，我们说《十四行》构思的重要特点正是"圆"。诗采用的是四四三三段式，诗情起承转合构思圆满；韵式为AABB CCDD EEE FFF,同段式结合呈现着音乐段落的发展；诗行参差不齐，行内音组安排呈现着较大的自由状态。戴望舒的《十四行》写于1924年，收入《我底记忆》出版已是1929年3月，因此王力在《现代诗律学》中认为"中国人模仿商籁，似乎以戴望舒为最早"是不确的；但这诗构思圆满、用律有度、意象流动、情意绵长，表明我国诗人在20世纪20年代前期已经有了较为成功的汉语十四行诗创作，这是值得我们重视的。

《十四行》在收入《望舒诗稿》时作了修改，对比两稿会发现：在诗的构思、意象和寓意方面并没有大的修改，改动的是诗行组织，具体说是把诗行修整得长短大体相当，节奏基本匀整。如第一行增加了开头的"看"字，第四行在"神秘又凄切的幽光"前增加了"万点"，第五行开始增加了"它"，第七行删去了两个"的"字，第八行改成"而可怜的生物流喜泪到胸膛"，第十一行删去了"的"字，第十二行删去了"然后"之后的标点，第十三行改"飘"为"漂浮"，第十四行改成"我将有情的眼埋藏在记忆中"。这样修改的结果就是除了第二、十二行是十三言外，其余诗行均为十二言，诗行音步排列也趋向整齐。若联系闻一多把《爱底风波》改成《风波》时，同样把诗行修整得大体整齐，音步排列大体均衡，就会发现他们的相似追求：虽然肯定使用新韵律写作自由的十四行诗，但在不影响情绪律动抒写的前提下，应该尽量把字句组织得大体整齐，以使节奏趋向匀整，使得内在和外在音乐性相得益彰。

戴望舒的《十四行》富有浑然的美，成为我国汉语十四行诗发展史上的经典作品。此后，戴望舒的十四行诗翻译就沿此道路进行，他在1947年出版了翻译的波特莱尔《〈恶之花〉掇英》，收诗二十四首中有十一首是十四行诗。戴望舒依照原诗音数与韵式加以对译，结果做到了如王佐良所说的"首首是精品"。对于戴望舒来说，翻译波特莱尔的首要意义，"这是一种试验，来看看波特莱尔的质地和精巧纯粹的形式，在转变成中文的时候，可以保存到怎样的程度"。可见，戴望舒尽管新诗写作多是自由诗，可他对于新诗的形式问题仍然是强烈地关注着。戴望舒在《〈恶之花〉掇英》中译了波特莱尔《Correspondances》，诗题译为《应和》：

> 自然是一庙堂，那里活的柱石
> 不时地传出模糊隐约的语音……
> 人穿过象征的林从那里经行，
> 树林望着他，投以熟稔的凝视。
>
> 正如悠长的回声遥遥地合并，
> 归入一个幽黑而渊深的和协——
> 广大有如光明，浩漫有如黑夜——

香味,颜色和声音都互相呼应。

有的香味新鲜如儿童的肌肤,
柔和有如洞箫,翠绿有如草场,
——别的香味呢,腐烂,轩昂而丰富,

具有着无极限的品物底扩张,
如琥珀香、麝香、安息香,篆烟香,
那样歌唱性灵和官感的欢狂。

这诗概括了象征诗学的核心观念即"契合"论,"波特莱尔带来了近代美学底福音。后来的诗人,艺术家与美学家,没有一个不多少受他底洗礼,没有一个能逃出他的窠臼的。因为这首小诗不独在我们灵魂底眼前展开一片浩荡无边的景色——一片非人间的,却比我们所习见的都鲜明的景色;并且启示给我们一个玄学上的深沉的基本真理,由这真理波特莱尔与十七世纪大哲学家莱宰尼滋(Leibniz)遥遥握手,即是:'生存不过是一片大和谐'"①。我国象征主义诗学的创作指导就是"契合"论。该诗虽然不是戴望舒第一个翻译介绍到我国,但他的翻译对于我国诗人把握现代诗学要质发挥了重要作用。

---

① 梁宗岱:《象征主义》,《诗与真·诗与真二集》,北京:外国文学出版社1984年版,第73页。

第二章 规范创格时期(上)

十四行体是一种格律诗体,在构思、段式、行式、音步、韵式等方面有着格律的规定性,我国早期十四行诗一般没有遵循这种规定,这同那时"诗体解放"的社会文化语境有关,也同那时新诗形式探索的成果有限相关。当新诗发展进入到建设期以后,一批诗人掀起了新诗韵律运动,新诗创格逐步深入,汉语十四行体也就进入到规范创格阶段。规范创格就其本质来说,就是西方十四行体与我国新诗语言契合,形成了汉语十四行体自身的形式规范。如果说早期输入标志着十四行体进入我国,那么规范创格则标志着汉语十四行体扎根我国。

一 韵律运动与十四行体

虽然新诗发生期,就有诗人尝试新诗格律,但整个诗坛并未形成风尚,基本的趋向是新诗片面追求形式的绝端自由。散文化是新诗发展初期的标志性特征,这一特点是当时以白话取代文言的文学语言变革导致的必然结果。俞平伯早在《社会上对于新诗的各种心理观》中,就认为最早的新诗"不受欢迎"的缘故,是"因为新诗句法韵脚皆很自由,绝对不适宜'颠头播脑''慷慨悲歌'的。所以社会上很觉得他不是个诗"①。新诗的散文化,不仅表现在新诗句法韵脚的弱化等方面,还体现在新诗审美蕴涵的缺失上。俞平伯认为,"白话诗的难处,正在他的自由上面"。因为"他是赤裸裸的",使诗成为"专说白话"而缺乏"诗美",所以他认为"中国现行白话,不是做诗的绝对适宜的工具",白话缺少诗的蕴涵,"缺乏美术的培养","往往就容易有干枯浅露的毛病"。这给新诗存在和成长带来危机,新诗人在新诗发生后就开始呼吁:"要新诗有坚固的基础,先要谋他的发展;要在社会上发展,先要使新诗的主

---

① 俞平伯:《社会上对于新诗的各种心理观》,载《新潮》第2卷第1号,1919年10月。

义和艺术都有长足完美的进步,然后才能够替代古诗占据文学上重要的地位。"①1923年5月,成仿吾在《创造周报》发表《诗之防御战》,对初期新诗进行了尖锐批评,并由此提出了全新的文学观念:"文学只有美丑之分,原无新旧之别。"新诗运动初期,反对假诗而至于鄙弃诗的因素,争论新旧而至于忽视诗的美丑,这同那时新诗发展的历史要求基本一致,当破坏的狂风吹过以后,新诗人就应该注意"诗"了,解决好诗的感情、想象、音律等问题,以谋求新诗更大的发展。这样,我国新诗发展的历史,就由向旧诗进攻、让新诗成形阶段转变到新诗全面建设阶段。正是在这样的背景下,新诗界的新韵律运动开始兴起,并在新月诗人那儿达到高潮,它直接为十四行体移植中国的规范创格提供了条件,同时移植十四行体的实践又推动着新诗韵律运动为成长中的新诗创格。

陆志韦是新韵律运动首揭大旗者,是"第一个有意实验种种体制,想创新格律的"②诗人。陆志韦曾是五四时期诗坛比较活跃的诗人,受欧诗影响,首先在中国提倡新诗的格律化,他在诗集《渡河》的序文《我的诗的躯壳》③中剖析诗的形式,强调新诗要像希腊人"美的灵魂藏在美的躯壳里"一样,去构造新形式。诗集中的新诗是他的新诗格律理论的实验。他尝试多种诗体,既有对传统长短句的纵向继承,又有对西方格律的横向借鉴,其中就有汉语十四行诗创作,包括《青天》《瀑布》《动与静》《梦醒》等。这些诗段式排列都不相同,但均基本符合十四行体格式要求。《青天》分成四段,每段首行顶格,其他诗行缩格排列,全诗结构为四四三三;《瀑布》采用四行顶格、四行缩格、再四行顶格、末两行缩格排列;《动着静》采用八行顶格、四行缩格、末两行顶格排列;《梦醒》采用四四八分段的排列方式。关于诗的建行,陆志韦的汉语十四行诗句子长短参差悬殊,且多为二音尾,韵脚勉强,诗句有着"词曲的气味与声调"。这时的陆志韦始终在旧诗词曲中盘桓,实验的结论是:"我认为中国的长短句是古今中外最能表情的做诗的利器。"其在新诗创格方面的探索主要体现在两方面,也就是陆志韦说的两句话:"节奏千万不可少"和"押韵不是可怕的罪恶"。关于押韵,具体规则就是:破四声,押韵不用四声;无固定的地位,有时间行押韵,有时每行有韵,更有时每行迭起韵,而且押韵不必在韵脚,只看一行最后注重哪一个音,就押哪一个音;押活韵,不用死韵,有时则押他家乡浙江的土音。如《瀑布》行行用韵,但较多使用了浙江土韵和行末第二个字韵,《梦醒》则间行押韵。关于节奏,陆志韦主张舍平仄,具

---

① 俞平伯:《社会上对于新诗的各种心理观》,载《新潮》第2卷第1号,1919年10月。
② 朱自清:《中国新文学大系·诗集导言》,上海:良友图书印刷公司1935年版,第6页。
③ 陆志韦:《我的诗的躯壳》,《渡河》,上海:上海亚东图书馆1923年版。

体说就是通过安排轻重音用抑扬律来构成节奏,即像莎士比亚剧诗那样,通过对口语语调的整理,造成重轻交替的节奏。他举例说"黄昏是梦打扮出门的时候/露出满口的金牙对人苦笑",其中前行的"昏""梦""扮""门",后行的"露""口""金""人""笑"是重音。虽然作者自己没有标明《青天》等诗行的重音,但应该也是有的。这种轻重律的节奏其实并不可靠,主要原因是:汉语实词较重较多,虚词较轻较少,两者数量悬殊;白话的双音词,除了"瞧着""罐头"之类有头有尾,大多双音词不分轻重,难以付诸规律排列,如"春风""晓钟"等;两个音如果一平一仄,或是一上一去,语调上自然而然有所轻重,最难于节奏化的是大量的两个平声或仄声连续;等等。这就说明抑扬轻重律不是汉语尤其是现代汉语语音的主要特征,因此也就无法通过抑扬律来呈现《青天》《瀑布》等诗的节奏美感。这就是陆志韦为新诗创格所能达到的水平,因此他的诗律论包括其十四行诗格式难以得到时人的普遍认同,再加上发表时新韵律运动尚未形成诗坛风尚,所以"被人忽视过去"。

陆志韦以后,新韵律运动进入独立个体摸索时期,其中有刘大白、俞平伯等研究新诗的声调问题,自郭沫若、穆木天等研究新诗的节奏问题,有后期湖畔诗人的新格律诗创作。但当新月诗人集合起来朝着共同方向探索后,新新律运动也就达到高潮了。新月诗人以"使诗之内容及形式双方表现出美的力量,成为一种完美的艺术"为主旨,对新诗格律进行了多方探索,形成了较为成熟的诗律理论体系,创作了一批新格律诗。新韵律运动最为重要的新诗创格任务,是解决新诗的节奏体系问题。而这一问题的解决恰巧是同十四行体中国化同步,具体说是新诗创格与汉语十四行体创格双向互动的结果,因为十四行体中国化当时面临的重要问题也是建立节奏模式的问题。华埃特最早尝试写作英语十四行诗,需要解决的问题是十四行体如何适应英国语言的问题。英语与意大利语的自然语音特征相比有很大不同。在英诗传统中,抑扬格是主要的节奏模式,这也与英语的自然节奏一致,华埃特因此几乎不可能再现意大利十四行诗十一音节诗句,所以他采用了每行十音节的五步抑扬格的基本节奏,同时调整诗韵结构以适合英语之用。接着的萨里更是把十四行分成四四四二结构,增加韵脚数目,同时配以五音步的抑扬格诗行。正是华埃特和萨里根据英语语音特征的创格,奠定了英语十四行诗的格律基础。我国诗人为汉语十四行诗创格也是从解决自身节奏形式入手的。

人们把欧诗的节奏单元称为音步,大致有长短相间式音步、轻重相间式音步和音节停顿式音步三种。中国诗人移植十四行体首先就遇到了如何移植其最小节奏单元的问题。这时的孙大雨经过探索认准新诗的节奏单元是"音组",在1926年3月17日写出了一首含有整齐音组的十四行诗《爱》(载

4月10日《晨报副刊》1376号)。他在诗中用每行整齐的音组(五个)去改换十四行体整齐的音步。每个音组构成不靠轻重、长短等,而是靠我国语言中"所习以为常但不大自觉的、基本上被意义或文法关系所形成的、时长相同或相似的语音组合单位"①。以后他又写《诀绝》《老话》《回答》等十四行诗,仍然采用音组去对应移植印欧语诗的音步。与此同时,闻一多把诗的节奏单元称为"音尺",并根据每个汉字一般是一个音节及现代汉语以双音节、三音节词为主的特点,创造性地把音尺与字数联系起来,并首先在《死水》诗的创作中获得成功(《死水》全部诗行每行由三个二字音尺和一个三字音尺组成)。在此探索基础上,闻一多创作十四行诗就同早期的不同,开始讲究音尺的整齐排列。正如卞之琳所说,闻先生是较早按照他的基本格律设想而引进西方十四行诗体的,那就是《死水》诗集第二首《收回》和第三首《"你指着太阳起誓"》。孙大雨、闻一多探索的共同成果是:音组是新诗的基本节奏单元,而音组是时长相同或相似的语音组合单位;从字数着眼,音组内字数以二三字为主,但并不限死;音组排列成诗行,再发展成诗节诗篇。这种探索体现了汉语十四行诗创格和新诗创格的双向互动,孙大雨是用音组说创作十四行诗,然后扩展到翻译和新诗创作中;闻一多是在写作新诗中采用音组说,然后扩展到汉语十四行诗写作中。当然,孙、闻两人的音组说也有不同,孙氏强调每个诗行限音组数而不限音组音数和诗行音数,闻氏却是每个诗行既限音组数又限音组的音数和诗行的音数(如《死水》式),这就成为以后新诗包括汉语十四行诗的两种基于音组说的节奏模式。

在孙、闻等进行音步对应移植的同时,徐志摩、朱湘进行了另一路探索,即诗行节奏的探索。徐志摩认为,新诗的韵律节奏特点,是由诗行决定的,"行数的长短,字句的整齐或不整齐的决定,全得凭你体会到得音节的波动性","一首诗的秘密也就是它的内含的音节的匀整与流动"。② 朱湘认为,"散文诗是拿段来作单位,'诗'却拿行作单位的",他正面提出了新诗"行的独立"与"行的匀配"的理论。所谓"行的独立",就是要求诗行按照一定规则建构,不能给人破碎疲弱的感觉;所谓"行的匀配",就是要求行间按照一定的规律或比例排列。徐志摩和朱湘的创作实践有两种方式,在新诗中诗行间主要是通过对称方式排列,以造成反复、循环的节奏美感;而在十四行体诗中则主要通过均行的方式排列,以造成连续、整齐的节奏美感。以上新月诗人的两路探索,共同特征是"节的匀称和句的整齐",这也是汉语十四行体的节奏规则。朱自清稍后写《诗的形式》,重在对这种节奏理论进行概括,认为

---

① 孙大雨:《诗歌的格律》,《孙大雨诗文集》,石家庄:河北教育出版社1996年版,第142页。
② 徐志摩:《诗刊放假》,载《晨报副刊·诗镌》第11号,1926年6月11日。

"归纳各位作家试验的成果,所谓原则也还不外乎'段的匀称'和'行的均齐'两目",并指明那时的诗都向"匀称""均齐"路走。①

客观地说,新月诗人在新诗创格与十四行体创格的双向互动中探索新的节奏形式,其实并非提倡写作汉语十四行诗,其意是在解决和规范新诗的节奏形式。新月诗人提倡新格律诗,重在提倡新诗的诗节形诗体而非固定形诗体。诗节形诗体的基础是"诗节",它类似音乐进展中的"节奏型",在诗中以重复方式构成诗的节奏运动。其"诗节"产生或是"诗人选来某种传统的诗节模式",或是"发明自己的诗节形式"。新月诗人的新格律诗都属于这种诗节形的诗。而固定形指的是"应用在整首诗中的传统体式",诗人在写作时必须把内容纳入这一事先设定的体式中去,写出的诗就具有固定的格律和形式规范,十四行体就属于固定形诗体。需要创作汉语十四行体这种固定形在新韵律运动中还未成为诗人共识,其重要证据就是新月诗人在新韵律运动中没有正面论述十四行体问题。新月诗人的创格主要是探索新诗韵律节奏,即使孙大雨是在写作汉语十四行诗《爱》时发现音组理论的,其本意也是着眼整个新诗而非十四行体音律建设。但是,新月诗人对于新诗体建设的理想目标,是"要任何种的感情,意境都能找到它的最妥帖的表达形式"②,因此他们并不反对新诗的固定形包括汉语十四行体写作。如饶孟侃针对时人对新诗创格的不同看法,明确地说:"在旧诗里面只有绝句律诗等等几种体裁,它的范围太小,所以不能再有发展;但是在新诗方面对于体裁却极自由,只要你能够在相当规律之下把一种情绪和音节调剂得均匀,任你那种体裁都是可以的。""象十四行体诗就不是英国本有的体裁,它本是由意大利搬运过来的;因为这个体裁在英诗里运用得好,所以现在也就成为他们自己的一种诗体了。这样看起来,不但是新旧的分别在诗里没有根据,就是中外的分别也没有一定的标准了。"他的结论是:"我们在新诗里也可以用外国诗的音节,这种例子在现在的新诗里真是举不胜举,象骈句韵体,谣歌体(Ballad Fonn),十四行体等等都是。这些外来的体裁只要问运用的好与不好,中外的关系是不成问题的。"③在这种理想引导下,新月诗人在新韵律运动中也创作汉语十四行诗,在为新诗创格时也对十四行体的构思规则、诗韵规则和节奏规则进行了新的探索,并为汉语十四行体的规范建设奠定了基础,推动中国十四行诗发展进入到一个新的时期。受新月诗人规范创格的影响,其后的汉语十四行诗大多格律规范严谨。如诗人张鸣树发表在《晨报副刊》上的十四行诗《弃

---

① 朱自清:《诗的形式》,《朱自清全集》第 2 卷,南京:江苏教育出版社 1988 年版,第 399 页。
② 朱湘:《"巴俚曲"与跋》,载《青年界》第 4 卷第 5 期,1933 年 12 月。
③ 饶孟侃:《再谈新诗的音节》,载《晨报副刊·诗镌》第 6 号,1926 年 5 月 6 日。

妇》,写一个被遗弃的少妇自我宽慰、自我解脱的怨艾心情。格律十分严谨,每行十言四个音组,均由两个三字音组和二字音组组成,押韵方式采用每两行换韵,即英国李雷式的 AABB CCDD EEF FGG,韵脚较密,足见诗人的匠心安排。这首诗发表于1926年9月20日,格律严谨,令人耳目一新,是直接受到了孙大雨、闻一多等人的诗律论影响的结果。

二　孙大雨与十四行体

孙大雨是新格律诗的早期倡导者和毕生实践者。1925年,孙大雨从清华毕业以后,按照当时学校规定可在国内待一年,去游历山水、接触社会。他曾想到湖南长沙、岳阳等地游历,可是才到第一站屈子庙的所在地君山时,就听说那里有土匪出没,诗意的遐想终于被动荡的社会现实击碎,只得扫兴而归。后来他又到浙江海上普陀山佛寺圆通庵的客舍盘桓了两个月,想寻找出一个新诗所未曾有而应当建立的格律体制,从而导引新诗进入健康发展阶段,经过苦思冥想,终于创建了他的"音组"理论。此时的孙大雨已经有意识地用两三个汉字构成一个字的组合单位(字组),积五个单位成一个诗行,后来他将这样的单位定名为"音组"。"所谓'音组',那是以二或三个汉字为常数而相应的不同变化的结构来体现的,这样的命名也是为了有别于英文格律诗中的'音步'。"①接着,孙大雨就把以上诗律理论探索成果付诸创作实践,写出了汉语十四行诗《爱》,诗末注明的写作时间是1926年"三月十七日晨二时",发表在1926年4月10日北京《晨报副刊》1376号,署名是"孙子潜"。这首诗被称为"中国第一首用等量音组建行和意体正式用韵的十四行诗"。孙大雨在后来多篇文章中对自己的《爱》进行了以下的音组划分:

往常的/天幕/是顶/无忧的/华盖,
　往常的/大地/永远/任意地/平张;
　往常时/摩天的/山岭/在我/身旁
峙立,/长河/在奔腾,/大海/在澎湃;
　往常时/天上/描着/心灵的/云彩,
　风暴/同惊雷/快活得/像要/疯狂;
　还有/青田/连白水,/古木/和平荒;

---

① 孙近仁、孙桂始:《耿介清正:孙大雨纪传》,太原:山西人民出版社1999年版,第17页。

　　　　一片/清明,/一片/无边沿/的晴霭;

　　可是/如今,/日夜是/一样地/运行,
　　　星辰的/旋转/并非曾/丝毫/变换,
　　　早晨/带了/希望来,/落日的/余辉
　　留下/这沉思,/一切都/照旧地/欢欣:
　　　为何/这世界/平添/一层/灿烂?
　　　因为/我掌中/握着/生命的/权威!

这是我国最早按照意体格律创作的汉语十四行诗,诗人以汉语音律对应移植十四行体格律。孙大雨后来多次说过:"自从《爱》这首诗以后,我运用'音组'结构创作(包括长诗《自己的写照》等)和翻译(包括八部莎剧以及弥尔敦、乔叟的诗等)了总共约两万行有格律的韵文。"①这中间包括了孙大雨的所有汉语十四行诗创作。他在为新诗创格时移植十四行体,不是心血来潮的冲动,而是自觉识的选择。他在后来写的《格律体新诗的起源》中,就说到初期新诗不讲格律,自己对此很不以为然,他当时认为,"要用以华北为首的广大地区的口语或'白话'来写作我们的新诗,当然要挣脱文言文的句法结构及惯用的辞采,而且还应当博采我们日常生活中的行动、思维、快意、感受、悬念、企盼和可能想象到的一切,凝练成一个个语辞单位,加以广泛运用,以充实我们的表现力。并且应该,也完全可以借鉴外国诗歌文学的格律结构,作为参考,以创建我国白话新诗的格律。"②这就是《爱》的写作动机,它充分说明孙大雨是自觉地通过借鉴外国诗体来创建新诗格律的。因此他说写完《爱》以后,就"自知它是我从观摩英文名诗作品里所借鉴引进来的一首意大利或称贝屈拉克体的商乃诗(Italian or Petrachan sonnet)"③。

《爱》是孙大雨最早的十四行诗,也是他最早写的格律体新诗。《爱》在汉语十四行诗乃至新诗发展历史上的重要价值在于:

第一,这是一首自觉地运用音组排列节奏来写作的格律规范的汉语十四行诗,无论用韵、音步、建行、分段和结构等都使用十四行体正式。它已经不再是单纯地采用意体十四行"四四三三"的诗段结构,还严守了意体十四行的韵律节奏,采用彼特拉克的 ABBA ABBA CDE CDE 韵式,诗行的高低明显地按照韵脚的变化来排列。其诗行内部已经按照一定的节奏规则组织起来

---

① 孙大雨:《莎译琐谈》,载《中外论坛》1993 年第 4 期。
② 孙大雨:《格律体新诗的起源》,载《文艺争鸣》1992 年第 5 期。
③ 同上。

了,每一诗行均由五个音组构成。全诗章法委婉曲折,起承转合,连绵不断。在《爱》创作和发表之前虽然也有较为规整的汉语十四行诗,但一般来说总有随意出格的地方,而且其格律运用往往是盲目的、不自觉的,大致就是参考西方十四行体格式均齐或匀整来进行不自觉的移植,难以经得起具体的格式分析。自孙大雨等人为新诗创格的理论行世后,汉语十四行诗甚至新格律诗创作就进入到一个自觉运用格律的新阶段。因此徐志摩要说"这竟许从此奠定了一种新的诗体"。

第二,孙大雨为新诗创格是从写作汉语十四行体开始的,呈现在《爱》中的音组排列节奏为新诗创格奠定了基础。在这首诗中,每个音组统一为二字或三字,每个诗行都是由五个音组构成,行内也可以分句,并不规定每个诗行的长度,所以诗行只是大体整齐而非绝对均齐。每个音组统一为二字或三字的节奏单元划分体现着规则和自由的结合。二字音组,可以是双音词,也可以是单音词有前缀或词尾的两字结构;三字音组可以是三音词,还可以是前后都有结构较紧的虚词构成的词组;结构助词根据需要可以划分在上一音组或下一音组,如"落日的/余辉"和"无边沿/的晴霭",这是为了让每音组保持二音或三音相对等时的节奏。孙大雨还有意在诗中采用跨行甚至跨段的方式,造成诗句通体流动、连绵不断的节奏感。每行并不规定二字或三字音组的数量,结果必然就不规定每行的字数,这比闻一多的《死水》形式即规定每行九言,每行还以三个二字组和一个三字组建行要来得自由,更容易同现代汉语复音词增加和句子结构严密的特点相契合,增加了新诗语言的韧性和弹性,这种相对宽松的格律规定对于新诗创作是极其有利的。

第二,孙大雨首先在《爱》中运用新诗"音组"理论,影响到以后新诗韵律节奏的探索。一是孙大雨所说的"音组"作为新诗的基本节奏单元,不是高低、轻重、音长的分别,而是诗语的声音"在时间上相等或近乎相等的单位的规律性的进行,去具体地体现以及感觉到的节奏"①,它只与声音存续的"时间长短"有关,完全符合汉语特征,因为汉语每个字音没有绝对的轻重、长短、高低的分别,都是一个基本相当的音节单位,有着基本等时的声音的价值。二是孙大雨所说的"音组",是基本上被意义和文法关系所形成的、时长相同或相似的语音组合单位,突出了音组的意义性和文法性,同语言习惯、意义划分、语法结构都能基本契合。据孙大雨说,这种对"音组"的把握,是同他"观摩英文名诗作品"有关,其定名为"音组"则是为了区别西方古希腊文、拉丁文及近今英文、德文诗里相当规范化的格律单位"音步",是自己首创的

---

① 孙大雨:《诗歌的格律》,《孙大雨诗文集》,石家庄:河北教育出版社1996年版,第114页。

诗律概念。

第四，孙大雨是以《爱》作为典型样本来介绍十四行体的。罗念生在1931年7月于《文艺杂志》第1卷第2期上发表《十四行体（诗学之一）》，开篇肯定十四行体是一种最美丽的、最谨严的诗体。然后就说："据我所知，孙大雨君的《爱》恐怕是我们的第一首'十四行'。不过在他以前，已经有人写过十四行，只是十四行而已；又有人借用过十四行体的韵法，我不懂得那有什么意义？我当时曾劝孙君作一篇十四行体的介绍，他回答得很妙，说那首《爱》不就是实际的介绍了吗？"这明确地告诉我们，孙大雨对于《爱》是极其自信的，认为他已经用自己的创作告诉国人汉语十四行诗应该如何写。罗念生认为孙大雨回答得很妙，并紧接着说："诚然，当十六世纪十四行体流入英国时，也不过只是经了 Wyatt 和 Howard 两人翻译过几首 Petrarch 的十四行诗。"确实，华埃特和萨里是最早尝试写十四行诗的英国人。华埃特引进十四行诗，解决的最大问题是十四行诗体如何适应英语。意大利语中以元音结尾的多，可以使音的节奏富于变化，韵脚绵密，每行十一个音节足够安排多种节奏，以表达细腻的心灵世界。而英语中以辅音节结尾的单词多，抑扬格是主要的节奏方式。华埃特就采用了一行十音节五步抑扬格的基本节奏，段式采用四四四二结构，韵式采用 ABBA ABBA CDCC DD 或 ABBA ABBA CDDC EE，为英国十四行诗的格式奠定了基础。孙大雨根据汉语特点，在节奏、用韵和分段方面作了探索，也为建立汉语十四行诗规范奠定了基础。

创作《爱》以后，孙大雨又创作了汉语十四行诗《诀绝》《回答》《老话》等，仍然使用《爱》所开创的诗律格式规范，无论形式或内容都能够达到较为完美的境地，成为汉语十四行诗的典范作品。这些诗在新诗史上较早采用跨行与跨节，跨行如"我怕世界就要吐出他最后／一口气息"（《诀绝》）、"我不知／怎样回答"（《回答》）、"凭靠在／渺茫间"（《老话》）等；跨节如"悄悄退到沙滩下独自叹息／／去了"（《诀绝》）、"可是谁是／／造物自己"（《回答》）、"你们这下界／／才开始在我的脚下盘旋往来"（《老话》）等，这样就使得诗歌虽每行分开却又相连，有着一种内在流动与连绵不绝的音乐美感，增强了汉诗语言的弹性和韧性。孙大雨认为好诗应该有内在情感的流动性，如《诀绝》末两行在急转处作结，"道了一声诀绝"所造成的震撼就给充分地渲染出来了，而在此前的十二行，都是为这最后两行作铺垫，作一种情感上的"蓄势"。这是深得十四行诗精髓的创作，把西方十四行诗的构思和结构特征原汁原味地移植了过来。《诀绝》非常成功地展示了起承转合的结构，这种结构有助于克服情感在诗中的泛滥或呆滞，使得诗人的情感在一定的艺术规范中凝定。《诀绝》还以有力的气势和恢弘的境界著称，诗中意象大抵是天地、世界、白云、太阳、山岭、树林、大风、海潮。这种语言、结构、意象和境界俱佳的作品在当时新诗中并不多见。对这些诗的思想和形式及其在新诗史上的地位,当时有不少评论。陈梦家在《新月诗选》的序中把孙大雨的诗作为汉语十四行诗创作的典范,他说:"十四行诗(Sonnet)是格律最谨严的诗体,在节奏上它需求韵节在链锁的关连中最密切的接合;就是意义上,也必须遵守合律的进展。孙大雨的三首商籁体给我们对于试写商籁体增加了成功的指望,因为他从运用外国的格律上,得着操纵裕如的证明。"①后来的梁宗岱在给徐志摩的论诗信中,也表示"惊服作者的底艺术","就孙大雨底《诀绝》而论,把简约的中国文字造成绵延不绝的十四行诗,作者底手腕已有不可及之处"。② 徐志摩把《诀绝》《回答》《老话》三首十四行诗刊载在 1931 年 1 月 20 日的《诗刊》创刊号篇首,并由衷地评论道:"大雨的三首商籁是一个重要的贡献,这竟许从此奠定了一种新的诗体。"

孙大雨写于 20 世纪 30 年代初的十四行诗还有一首《惋惜》,发表在 1932 年 5 月 27 日的《北平晨报·北晨学园》第 305 期上,现在已经较难见到,这里引录如下:

> 你要埋怨我忽心吗,坐。
> 情爱原是无常中的无常,
> 你知道万年的星子也要殒,
> 更何况这倏忽变幻的祸殃。
>
> 假使你当年肯稍稍的应答,
> 不那么快刀削笋似的坚刚,
> 怕早有青条不断地怒发,
> 如今已能听枝桠间的啼唱。
>
> 五六年的沧海轻轻飞渡,
> 我依然望着北斗任风飘,
> 虽还是孤篷航大海的前途,
> 那旧事毕竟是不再提的妙。
>
> 姑娘,你便把那双黑眼睛,

---

① 陈梦家:《〈新月诗选〉序言》,见陈梦家编:《新月诗选》,上海:新月书店 1931 年版。
② 梁宗岱:《论诗》,《诗与真 诗与真二集》,北京:外国文学出版社 1984 年版,第 27 页。

> 哭痛了也哭不醒我已死的心情。

这诗还是用他在《爱》中所创造的新音组理论来建构节奏。《惋惜》是孙大雨首次使用英体格式写作汉语十四行诗,而且写得格律严格,这在当时诗人普遍采用意体写作的情况下应该引起我们高度重视。孙大雨还用《爱》的格律形式写作其他新诗,尤其是他的长篇巨构《自己的写照》,受到新诗界的高度评价。徐志摩甚至认为它是"十年来(这就是说自有新诗以来)最精心结构的诗作"。陈梦家则认为这是"最近新诗中一件可以纪念的创造。他有阔大的概念从整个的纽约城的严密深切的观感中,托出一个现代人错综的意识。新的词藻、新的想象与那雄浑的气魄,都是给人惊讶的"①。无疑,这诗的思想深邃和形式完美完全得益于《爱》的创格经验。

在很长时间里,孙大雨把精力投入到域外经典的翻译,尤其是翻译了莎士比亚的优秀剧作和十四行诗。在翻译过程中,诗人始终坚持采用他所创立的"音组"理论进行对应翻译,正如他所说:"我的莎译力求符合原作风貌,原作每行五个音步,我的译文每行为五个音组。"②我们来看孙大雨如何翻译莎士比亚十四行诗的第十八首:

> 我可要将你比作初夏的晴晖?
> 你却焕耀得更可爱,也更温婉;
> 狂风震撼五月天眷宠的嫩蕊,
> 孟夏的良时便会变得太短暂。
> 晴空里赤日有时光照得过亮,
> 它那赫奕的金容会转成阴晦;
> 被机运或被造化变迁所跌宕,
> 任何美妙的形象会显得不美。
> 但你这丰华的永夏不会衰颓,
> 你不会丧失你这无比的修好;
> 死亡不会夸,你在它影下低回,
> 有这些诗行将你的韶光永葆:
> 只要人们还活着,眼睛还能看,
> 这首诗便能栩栩赋与你霞丹。

---

① 陈梦家:《〈新月诗选〉序言》,见陈梦家编:《新月诗选》,上海:新月书店1931年版。
② 孙大雨:《莎译琐谈》,原载《中外论坛》1993年第4期。

这首诗的格律严格,每行五个音组,每个音组严格规定二三字,每行更是严格规定十二音。这种建行方式为以后许多汉语十四行诗创作甚至新格律诗提供了范例。

到了 20 世纪 40 年代以后,孙大雨还有十四行诗创作,如发表在重庆《民族文学》第 1 卷第 2 期(1943 年 8 月)和第 1 卷第 4 期(1943 年 12 月)上的《遥寄》组诗四首。那时正是抗日战争的后期,这时的孙大雨只身随执教的大学内迁西南大后方,而妻子却滞留在沦陷区的上海,"东西相隔着万水千山",他的《遥寄》就是写给远方妻子的,把离别之痛扩展为民族之恨和家国之忧。如果说孙大雨早期那些爱情十四行诗曾激情满怀地写出了失恋的痛苦和爱情的可贵,那么抗战的炮火、严酷的现实,已使步入中年的诗人变得深沉和成熟起来。在中国抗战文学史上,孙大雨的《遥寄》是别具一格的十四行组诗。组诗四首呈现着同一主题反复抒唱的格局。如第一首诗前四行写对妻子的宽慰,劝她不要为一己的离别而悲伤落泪,这样就给爱情诗注入了强烈的时代精神。接着四行承写日本帝国主义惨无人道的暴行和中国人民的苦难遭遇。接着六行是个很长的转折复句:正视现实,却是山水阻断,夫妻分隔,不得朝夕共处;但是我们还记得一起在花前灯下品诗赏画的时刻,"隐约在天际与云间"重现时,我们一定会合家团圆的。结尾没有什么胜利的预言,但却给人以美好的希望,含不尽之意于言外。这诗讲究起承转合的章法结构,采用严谨的八六式分段,前八行押两个抱韵 ABBA CBBC,后六行的韵式是 DBDDBD,每行不求音节字数整齐,而求音组数相等。用规则的十四行体抒写具有强烈时代精神的主题,孙大雨的《遥寄》又是典型之作。

在"反右运动"中,孙大雨因所谓"诽谤诬告"罪受到不公正冲击,甚至被判刑六年。1958 年 6 月 2 日他初次入狱,被囚禁于上海香山路六号,诗人在极其痛苦中写下了《狱中十四行诗四首》,注明的写作时间是:第一首写于七月上旬,第二、三、四首写于七至九月间。诗在"文化大革命"期间被抄家取走以后,又被作为他的新的重要"罪证",他被打成"现行反革命"。后由于孙大雨的女儿女婿艰难地保存纸质抄稿,此诗才得以留存于世。这里我们来看组诗的第三首《咏史》:

> 自古行霸术,讲权诈,首推秦皇,
> 吞六国,他横行无道,图万世天下;
> 论版图辽阔,武功显赫,要夸
> 阿铁拉,他席卷欧亚两洲许多邦;
> 还有个亚历山大,在希腊为王

难填欲壑,定要到印度去道寡
称孤,又有那"神圣"的帝国号罗马,
昏乱了欧洲八百年,才告沦亡,……

在近世,海上的霸主不列颠"天常明
日不夜",百年来威镇着五洋六大洲,
但如今败象已露,日子也不久长;
拿破仑,希特勒,倭天皇,春梦都已醒。
奉劝后起的强徒莫猖狂,要据有
新旧两世界,你们莫妄想,莫妄想。

这诗借古喻今,表达了诗人对世界史上的强权统治的无比愤慨,相信历史规律不可改变。诗具有明确的现实指向性,充满着诗人鲜明的爱憎立场,在那个特定的历史年代里发出了一个正直知识分子的真实声音。诗的格律形式还是沿着《爱》的追求而来,体现了诗人始终如一的诗美追求和形式意识。

孙大雨在数十年的新诗创作和文学翻译过程中,始终坚持自己的新诗"音组"理论,形成了一组分量很重的诗学论文,主要是《论音组》《诗歌的格律》《关于西人以格律韵文英译中国古诗的几点具体意见》《莎译琐谈》《诗歌的内容与形式》《格律体新诗的起源》等。这些诗论后来收集在《孙大雨诗文集》(石家庄:河北教育出版社 1996 年版)和《诗·诗论》(上海:三联书店 2014 年版)中。孙大雨的"音组"说,对于诗人解决中国十四行诗以至新诗的节奏问题产生了重要影响。

三 闻一多与十四行体

闻一多是我国"第一个使人注意'商籁'的人"。在新诗发展史上,闻一多继李思纯后给予"Sonnet"以"十四行诗"的译名,并指明它是一种"诗体"。到 20 世纪 20 年代末,人们一般把"Sonnet"音译为"商籁体",最早使用的也是闻一多的译名。以后,新诗史上多数人就用十四行体或商籁体的译名,有时甚至二者混用。当然也有例外的情形。如 20 世纪 60 年代初,郭沫若、田汉、陈明远等讨论过闻一多的译法,主张改译为"颂内体",理由是:"商籁体"是音译,但两个音都不准(闻一多的湖北方言中 SH—S 不分,L—N 不分);至于"十四行诗"的译名虽有人采用,但 Sonnet 诗体的格律并不仅限于"十四行"。① 菲律宾华人施颖洲先生则主张音译为"声籁",2011 年他出版了《莎士比亚十四行诗集》,有自序《译诗的艺术——中译〈莎翁声籁〉》。屠岸认为,"商"和"声"的声母都是 SH 而不是 S,尤其是"籁"的声母是 L 而不是 N,所以不确,他主张音译应该为"索内"。虽然如此,他又说:"'十四行诗'这个名词已经广泛流行,我无意用'索内'来代替。"②后来的江弱水认为:"译为'商籁',虽然有些人认为译音不准确,但是音义双关,允称佳译。众声为'籁',高秋为'商',可见此一诗体,绝不骀荡通融似春风,而是紧张冷肃如秋气。宋人唐庚诗云'诗律伤严似寡恩',十四行诗正是西方格律最严谨最苛刻的诗体。"③事实上,闻一多所译"十四行诗"和"商籁体"的名称当今仍然最为流行。

闻一多在 1921 年 6 月写作的《评本学年〈周刊〉里的新诗》(载《清华周刊》第 7 次增刊)中,就介绍了蒲薛凤《给玳姨娜》在行数、音节、韵脚上完全是一首十四行诗,同时也说:"介绍这种诗体,恐怕一般新诗家纵不反对,也要怀疑。我个[人]的意见是在赞成一边。这个问题太重大太复杂,不能在这里讨论。"闻一多明明知道人们对此存在不同意见,但他是明确表明自己的赞成态度。他在 1922 年蜜月中写成的《律诗底研究》中,二次提到了十四行体,把它译成"商勒",都是在与中国传统律诗的比较中使用的概念。闻一多当时认为,中国古代诗体中以七律为最精美,最能代表中国诗歌的审美精神。他说:"抒情之诗,无论中外古今,边幅皆极有限,所谓'天地自然之节奏',不其然乎? 故中诗之律诗,犹之英诗之'十四行诗'(sonnet),不短不长实为最佳之诗体。""律诗实是最合艺术原理的抒情诗体。英文诗体以'商勒'为最高,以其格律独严也。""律体的美——其所以异于别种体制者,只在其艺术。……英诗'商勒'颇近律体。"④这些论述透露出闻一多对十四行体审美特征的认识:它是一种合乎艺术原理的抒情诗体,突出地表现在其格律方面;它与中国律诗在审美方面相近,是最佳之诗体;它同律体都是固定形诗体,饱含民族的审美意识和审美理想。毫无疑问,闻一多在《律诗底研究》中论及十四行体,落脚点还是在中国律诗。但是把这种论述放在五四新诗运动中,可以看到闻一多对于诗歌格律形式、对于新诗固定形式是充分肯定的。

---

① 郭沫若、陈明远:《新潮》,北京:中国文联出版公司 1992 年版。
② 屠岸:《十四行诗形式札记》,载《暨南学报》1988 年第 1 期。
③ 江弱水:《商籁新声——论现代汉诗的十四行体》,原载《中西同步与位移——现代诗人丛论》,合肥:安徽教育出版社 2005 年版。
④ 闻一多:《律诗底研究》,上海:华东师范大学出版社 2007 年版,完稿于 1922 年 3 月 8 日。

前者关涉诗律问题,后者关涉诗体问题。五四新诗运动在诗体上倡导诗体解放,打破了旧诗体尤其是固定形诗体的束缚;在诗律上倡导自然节奏,否定了旧诗律即律绝体诗律。就在这样的社会文化语境中,闻一多在《律诗底研究》中肯定固定形的律诗体和十四行体,确实是不合时宜的思考。所以当他评析《给珉姨娜》时,就意识到时人"纵不反对,也要怀疑"的态度,尽管如此他还是表明自己在"赞成一边";同时,他又意识到对此诗体的评价,关涉到如何看待诗的音律问题和固定诗体问题,这问题在新诗发生的五四时期确实无法简单说清,因此就说"不能在这里讨论"。虽然如此,当我们把闻一多当时数段谈论十四行体的论述联系起来,就清楚地看到了这个问题的重要性和复杂性,因为移植十四行诗关涉到新诗发展的全新课题,即如何看待诗的语言音律和如何看待固定形诗体的问题。这在当时确实是个重大而复杂得难以说清的话题。而中国诗人移植十四行体对于新诗的重大意义和深层隐含,恰巧正是通过借鉴十四行体来建立新诗的固定形诗体,来建设新诗的语言音律。这就是全部问题的本质,也正是在此意义上显示了十四行体移植(十四行体中国化)的重大理论和实践价值。到20世纪20年代中期的新诗韵律运动期间,闻一多与孙大雨同时提出了新诗节奏单位的音组(音尺)概念,为新诗也为汉语十四行体创格。其贡献在于:直接把印欧语系的节奏单元(音尺)拿来,用它来概括中国新诗的节奏单元;根据汉语语音的特点,赋予这种音尺以全新的血肉,即把轻重尺改成限字尺,完全从字数着眼。这样就成功地对应移植了西诗的节奏单元,同时又同中国古诗的分逗传统接续了起来。正是在此探索基础上,闻一多创作的十四行诗讲究音尺的整齐排列。当然,闻一多的"音尺"说同孙大雨的"音组"说是不同的。孙大雨并不要求每行中音组的型号有限制,只要求每个音组二字或三字,因此也就不主张限制每行字数;闻一多则主张每行中音组的型号有限制,如"死水式"就要求每行限定三个二字组和一个三字组,因此必然限制每行字数。闻一多的这种格律要求,后人称之为"现代的完全限步说"。闻一多的诗律论同样为新诗包括汉语十四行诗解决节奏问题提供了思路,同样为以后诗人创作广泛采用,形成了同孙大雨诗律论并行发展的另一种建行模式。

　　在闻一多为新诗也为十四行体创格以后,他就积极地推动十四行体移植中的规范建设,主要贡献体现在三个方面。

　　一是评诗,为汉语十四行确立艺术标准。1930年5、6月《新月》合刊上刊登了闻一多致陈梦家的谈诗信,主要是对陈梦家的汉语十四行诗《太湖之夜》提出修改意见,并由此介绍十四行诗的艺术规范。陈梦家的原诗如下:

老天竟然苍白得像死人的眼睛！
那种惨：太湖细细的波纹正流着泪，
远处紫灰色的梅苞画上一道清眉，
满山焦黄的岩石露出它的饥馑；
这光景够使我想起自己的伤心，
可是黯淡里谁能说晦色不就是美？
无限的意义都写在太湖万顷的青水，
尽是单纯：白的雪，灰天，心的透明！

看不见落日，黑夜带来死的寂寞，
尖锐的旋风卷走最后的声响；
　灯火不能安慰我无边际的虚惊，
　我耽心着孤岛真会顷刻间湮没——
要不是清晨看见你，雪天的太阳，
　万顷的灿烂，你的晶光的眼睛！

闻一多读此诗以后说"恐怕这初次的尝试还不能算成功"，主要缺点有四：

第一，不讲起承转合。闻一多认为，十四行全篇分为四段，分别呈起承转合，"一首理想的商籁体，应该是个三百六十度的圆形；最忌的是一条直线"。《太湖之夜》第三段三行仍沿着上面的思路发展，毫无转势，末段三行依旧写自己的忧心，全篇构思成了一条直线。全诗的进展缺乏十四行体的圆形结构。

第二，有些诗句费解。闻一多指出，第二行的"太湖细细的波纹正流着泪"和第三行的"梅苞画上一道清眉"，都属于此类。

第三，押韵用字重复。闻一多指出："十一、十四两行的韵与一、四、五、八重复，没有这种办法。第一行与第十四行不但韵重，并且字重，更是体裁所不许的。"《太湖之夜》的韵式完全违背了十四行体的格律规范。

第四，语言运用不当。闻一多指出，第七行末的"水"字之下少不得方位词，但陈梦家为了押韵起见，竟然改成了"青水"；第十二行"耽心"的"耽"字是"乐"的意思，应该使用"担心"。

陈梦家参照闻一多所提意见修改了《太湖之夜》，然后发表在1931年4月出版的《诗刊》第2期。首先，在起承转合的总体结构上并无大的改观，未能改变原诗进展脉络嫌直的缺点。其次，前三行改的结果，未必更好。第一行把具体形象改成一般性感叹，第二行用"撒下铅白灰"来代替"波纹流泪"，缺乏美感,第三行以浪头取代梅苞形象,含义仍是费解。修改稿的好处,是原稿过于悲伤的情调有所改善。第三,修改后的韵式克服了原来的弊病,后六行的韵式成了 CDECDE,而这正是意体的正式。最后,陈梦家在用字上,按照闻一多的意见将"耽心"改成了"担心",效果较好。陈梦家的两首《太湖之夜》,在中国十四行体发展史上有重要的史料价值,人们借此能够了解我国诗人是如何认识十四行体特征的,了解我国诗人是如何在实践中提高十四行诗创作水平的。闻一多从提高汉语十四行诗艺术水准出发,非常具体地指导陈梦家修改诗作,同时又借此提出了当时汉语十四行体创作中普遍存在的问题,包括构思、语言、用韵和用字四个方面,指明了汉语十四行诗的艺术标准,这些见解在当时产生了重要影响。

　　二是译诗,为汉语十四行诗提供了艺术范本。闻一多精心翻译了白朗宁夫人的十四行体情诗,徐志摩对此非常欣赏,认为这是"一件可纪念的工作","一多这次试验也不是轻率的,他那耐心先就不易",并撰写了长篇理论文章给予充分肯定。白朗宁夫人是英国重要的十四行诗人,她的十四行爱情组诗在十四行体英国化历史上具有典型性,"从诗集的整体看,白朗宁夫人的爱情组诗前后贯穿,脉络分明,内容更集中,整体感更强,一腔幽怨,象春蚕吐丝那样,语语出自肺腑,句句诉述亲身经历,因此更委婉亲切、更富于激情,更能打动读者的心"①。闻一多把白朗宁夫人的二十多首精美爱情十四行诗集中地翻译过来,分两期发表在 1928 年的《新月》杂志上②,在整个新诗坛造成了强烈的阅读冲击。翻译西方十四行诗早在新诗发生期就开始了,但如此数量集中地把白朗宁夫人的十四行情诗译出发表,在中国十四行诗发展史上是一个重大事件。这里引其第一首译诗:

> 我想起昔年那位希腊的诗人,
> 唱着流年的歌儿——可爱的流年,
> 渴望中的流年,一个个的宛然
> 都手执着颁送给世人的礼品:
> 我沉吟着诗人的古调,我不禁
> 泪眼发花了,于是我渐渐看见
> 那温柔凄切的流年,酸苦的流年,

---

① 方平:《白朗宁夫人爱情十四行诗集》,附录,上海:上海译文出版社 1997 年版,第 115 页。
② 闻一多以《白朗宁夫人的情诗》为题,分两期发表了翻译的白朗宁夫人十四行情诗共二十一首,分别载 1928 年 3 月 10 日《新月》第 1 卷第 1 号和 1928 年 4 月 10 日《新月》第 1 卷第 2 号。

> 我自己的流年,轮流掷着暗影,
> 掠过我的身边。马上我就哭起来,
> 我明知道有一个神秘的模样,
> 在背后揪住我的头发往后摄,
> 正在挣扎的当儿,我听见好像
> 一个厉声"谁摄着你,猜猜?"
> "死,"我说。"不是死,是爱,"他讲。

这是整个组诗的序曲,以感伤的、回忆的调子开始。诗人生活在英国中上层社会,她的天地本来就是狭小的,后来终年卧病,和现实生活隔离的情况更加严重。这种令人痛苦的局限性,在这诗里显示出来了。诗人由古希腊诗篇想到自己的状态,忽然惊觉到她身后晃动着一个庞大的神秘的黑影,逼她抬头正视未来。就在生命危机里,出现了全诗两个主题:期待中的"死",和向她突袭来的"爱"。情诗在结构上犹如单乐章的协奏曲,段落划分不太明显,跨行诗句传达连绵不断的情致,让人感到诗情在流转、在起伏、在跳荡。诗采用意式十四行体格律,韵脚是 ABBAABBACDCDCD,局限于四个韵中间旋来旋去,因此比诗翻译难度很大,闻一多的翻译尽量保持原作的情调和格律,在新诗界中具体地展示欧洲十四行诗的魅力,从内容到形式,吸引了大批诗人注意。为了保留原作格律,有时甚至牺牲了意义的明白。对于闻一多的这种译诗价值,朱自清作了高度评价。他认为:"北平《晨报·诗刊》出现以后,一般创作转向格律诗。所谓格律,指的是新的格律,而创造这种新的格律,得从参考并试验外国诗的格律下手,译诗正是试验外国格律的一条大路,于是就努力的尽量的保存原作的格律甚至韵脚。这里得特别提出闻一多先生翻译的白朗宁夫人的商籁二三十首(《新月杂志》)。他尽量保存原诗的格律,有时不免牺牲了意义的明白。""但这个试验是值得的;现在商籁体(即十四行)可算是成立了,闻先生是有他的贡献的。"①

三是创作,为汉语十四行提供成功之作。闻一多运用自己的格律理论写作的十四行诗有五题,即《收回》《"你指着太阳起誓"》《静夜》《天安门》《回来》。前四首收入《死水》集,末首载《新月》第1卷第3期(1928年5月10日)。这些诗格律严格,音组整齐,是中国十四行诗的佳作。其中的《静夜》和《天安门》分别连缀了两首十四行诗,28行连贯而下,一气呵成。尤其是其中有几首是整个新诗史独具特色的不可多得的戏剧体新诗。戏剧化是我国

---

① 朱自清:《译诗》,《朱自清全集》第2卷,南京:江苏教育出版社1988年版,第373页。

新诗现代化的重要方向。闻一多不满早期新诗的直接抒情,在留美期间接受了"平静地表达""客观地抒情"和"笔力与感情很有浓度"的维多利亚诗风。这种影响的重要表现就是借鉴西方现代诗的戏剧化手法,写作戏剧体新诗。

《天安门》是一首戏剧独白体十四行诗。所谓戏剧独白体诗,即指这种诗体是在特定的戏剧情境中通过虚构人物自己的语言独白,对于人物的行为动机进行深入细致的剖析呈现,从而揭示出人物自身错综复杂的性格特征,诗人的情思则在呈现和揭示中不动声色地加以表达。其要质为二:一是戏剧独白诗是由诗中的角色而非作者本人在特定情形中独白的,诗人在诗中不作任何提示或解释。这"特定情形"指的是"戏剧情境",它所要力求刻画的是一种"行动中的灵魂",诗是人物个性心灵的充分体现。二是戏剧独白诗中,独白人物向另一个虚构人物交谈,并且形成呼应,但另一个人物却不能独自讲话,可以称为"无言听话人",人们只能从独白人物"我"的话中感觉到这个人物的存在和所言所行。《天安门》连缀了两首共二十八行,描写的是人力车夫拉车经过天安门时的惊恐场面。戏剧情景是1926年北京的"三·一八"惨案后,人力车夫两腿不停地哆嗦:

> 好家伙!今日可吓坏了我!
> 两条腿到这会儿还哆嗦。
> 瞧着,瞧着,都要追上来了,
> 要不,我为什么要那么跑?
> 先生,让我喘口气,那东西,
> 你没有瞧见那黑漆漆的,
> 没脑袋的,蹶脚的,多可怕,
> 还摇晃着白旗儿说着话……

他边走边回忆着那些鬼:"还开会啦,还不老实点儿!/你瞧,都是谁家的小孩儿,/不才十来岁儿吗?干吗的!/脑袋瓜上不是使枪扎的?"他还诉说着对此的看法:这些死者是"傻学生们"。他越想越怕,走着走着瞧不见道,并把自己的怕扩大到"小秃子吓掉了魂",扩大到"赶明日北京满城都是鬼"。整个场面由哆嗦地赶路,到追忆和评说,再到怕得认不得路,呈现着戏剧矛盾的完整发展过程。《天安门》的戏剧场面是由故事关键人物单独说出的,具体说是由诗中的人力车夫独语说出的。《天安门》中的人力车夫是对乘车的先生而说的,其实这些独白都是自己对自己说的。由于独白者是角色车夫,诗人藏起了"知识分子"腔,换用了一套同车夫心理和身份相称的口语俗语。

成功的戏剧独白要展示独白者自己的心灵和性格特征,通过戏剧情节的展示,独白者层层揭开了自己和对方隐蔽的心理特征,从而让人感受到其中的戏剧情境和人物内心冲突,由此达到客观性和间接性的戏剧效果。《天安门》中的车夫是忧郁型的弱者形象,其惟妙惟肖的心态是通过典型细节刻画出的。这种忧郁推而广之,不仅是对天安门前流血事件的恐惧,也是对黑暗社会和冷酷人生的恐惧。戏剧独白属戏剧语言,因此闻一多的戏剧独白体诗让人物的独白一方面同外在动作(行为情节)联系起来,另一方面也体现内心动作(心理活动)。如《天安门》中的一段:

> 刚灌上俩子儿油,一整勺,
> 怎么走着走着瞧不见道。
> 怨不得小秃子吓掉了魂,
> 劝人黑夜里别走天安门。
> 得!就算咱拉车的活倒霉,
> 赶明日北京满城都是鬼!

读了这段独白,我们眼前会感到那车夫的神情动作,充分显露出戏剧人物的个人性格和心理特征。戏剧独白体所提供的戏剧场面和戏剧人物,其实都只是将诗人的意志与情感转化为诗的经验的技巧,其遵循的原则是表现上的客观性和间接性,戏剧独白诗的高层建筑是意志和情感,戏剧场面和人物是其转化物,《天安门》字里行间流露着对正义的赞颂、对罪恶的抨击和对麻木的哀怨。这种诗的意蕴不是由诗人直接抒发的,而是通过戏剧化方式呈现的。

闻一多另有两首十四行诗是戏剧对话体。这种诗体指的是一种虚构的独白者与另一"无言听话人"之间的对话。对白诗不同于独白诗,其侧重的是独白者的辩论内容,而非在辩论中使独白者暴露自己的性格特征。在英美诗歌中,典型的戏剧对话体诗是17世纪玄学诗人多恩的《跳蚤》《早安》等。闻一多的《"你指着太阳起誓"》是典型的戏剧对话体:

> 你指着太阳起誓,叫天边的鬼雁
> 说你的忠贞。好了,我完全相信你,
> 甚至热情开出泪花,我也不诧异。
> 只是你要说什么海枯,什么石烂……
> 那便笑得死我。这一口气的工夫
> 还不够我陶醉的?还说什么"永久"?

> 爱，你知道我只有一口气的贪图，
> 快来箍紧我的心，快！啊，你走，你走……
>
> 我早算就了你那一手——也不是变卦——
> "永久"早许给了别人，秕糠是我的份，
> 别人得的才是你的菁华——不坏的千春。
> 你不信？假如一天死神拿出你的花押。
> 你走不走？去去！去恋着他的怀抱，
> 跟他去讲那海枯石烂不变的贞操！

诗中的"我"是诗人设计的假定对象，实际上是一个戏剧角色，"你"则是"无言听话者"，是"我"直接倾诉的对象。诗歌写的是情人的"离别"："你"起誓说要像凫雁那样准时回来，对此，"我"表示了复杂的情思："我"先说"完全相信""你的忠贞"，但是离别的誓言只能说明现在而不能说明将来，因此又说不能也不愿相信海枯石烂的誓言，自己只图"眼前的陶醉"，并不希求什么永久，希望爱"快来箍紧我的心"；而"你"终于要走了，也就是"你"终于要离开"我"了，这就证明了"我"不相信"永久"的猜测，理由就是"你"的永久早许给了别人，"秕糠是我的份"；"你"申辩着，那么"我"要说，当死真的来迫迫"你"，"你"还真的能保持不变心吗？也就是说，"爱"最终是不能战胜"死"而达到永恒的；既然这样，结论就是："去去！去恋着他的怀抱，跟他去讲那海枯石烂不变的贞操！"这首诗表明了诗人对爱的现实和爱的理想、爱的现在和爱的将来、爱和死之间复杂关系的思考，其结论是爱并不是永恒的。闻一多的《收回》则是《"你指着太阳起誓"》的姊妹篇，也是抒写痛苦的情人离别，同样采用了戏剧对白体：

> 那一天只要命运肯放我们走！
> 不要怕；虽然得走过一个黑洞，
> 你大胆的走；让我挼着你的手；
> 也不用问哪里来的一阵阴风。
>
> 只记住了我今天的话，留心那
> 一掬温存，几朵吻，留心那几炷笑，
> 都给拾起来，没有差；——记住我的话，
> 拾起来，还有珊瑚色的一串心跳。

> 可怜今天苦了你——心渴望着心——
> 那时候该让你拾,拾一个痛快,
> 拾起我们今天损失了的黄金。
> 那斑斓的残瓣,都是我们的爱,

"我"面对离别,表明了对爱的忠诚和追求爱情的勇气。只要有极为短暂的相聚,美好的瞬间也会成为永恒。诗的结尾是:

> 拾起来,戴上。
> 　　　　你戴着爱的圆光,
> 我们再走,管他是地狱,是天堂!

斩钉截铁的语气,表现出"我"的刚毅态度,爱与美的追求显得非常地清晰鲜明。这诗中的对白倾诉,同《"你指着太阳起誓"》一样,也是对爱的现实和爱的理想、爱的现实和将来、爱和死之间复杂关系的思考,但其结论却正好完全相反,爱将战胜死。同一人的两首十四行诗通过两个戏剧对白者的倾诉,从两个不同的角度抒写了诗人关于爱与死的独特思考,结合起来就是诗人对爱是否永恒这一问题的完整结论。这两首呼应的戏剧对话体诗不仅在我国且在世界十四行诗发展史中都是光彩夺目的。

四　徐志摩与十四行体

在十四行体中国化进程中,徐志摩是一个关键性人物。1931年10月20日,在他编辑出版的《诗刊》第3期上,发表了他自己的三首十四行诗《你去》《在病中》和《云游》;1931年11月18日,徐志摩罹难,《诗刊》第4期(1932年7月)出刊"徐志摩纪念号",朱湘和饶孟侃同时发表了悼徐志摩的诗,恰巧都是十四行诗;由友人编辑的徐志摩第四本诗集不久出版,书名借用了徐志摩的诗《云游》,而这诗恰巧正是徐志摩所珍爱的十四行诗;李唯建在徐志摩逝世后出版的《祈祷》,是千行十四行组诗,其序诗《赠志摩》把诗集题献给徐志摩。凡此种种似乎都是巧合,但笔者更愿意把它们看作历史的必然,同人们正是以此来纪念徐志摩在推动十四行体移植中国这件事上所作的历史性贡献。陈梦家在为《诗刊》第4期写的"叙语"中说:在新诗创格的十年间,

"志摩先生尽了他的力在创造新诗的风格并介绍西洋的诗歌","终使新诗的态度渐趋于认真,在格式一半吸收了西洋的成法,一半毕竟是他们苦心孤诣的独创。新诗脱离了初期浮狂,进入形式的试验,在完美的形式下表现深永的生命:这些成就我们不能用来赞扬个人,但我们必得说志摩先生在这里头是最起劲的一个"。① 这种评价是完全符合实际的,而徐志摩对于域外诗体的介绍最为重要的就是十四行体。

1. 期愿:在移植中创建新诗体

1928 年 3 月 10 日,徐志摩等主编的《新月》创刊号发表了闻一多翻译的一组白朗宁夫人十四行情诗,同时发表徐志摩长文《白朗宁夫人的情诗》,在新诗坛产生了重要影响。闻一多译诗尽量地保留原诗格律,有时不免牺牲了意义的明白,但朱自清认为"这个试验是值得的;现在商籁体(即十四行)可算是成立了,闻先生是有他的贡献的"②。而徐志摩的长文则是借题发挥,提出了移植十四行体并使之中国化的一些重大课题。他说自己是自告奋勇地写作此文,一是来宣传白夫人的情诗,二是来引起我们文学界对于新诗体的注意。我们开开展开了"引起我们文学界对于新诗体的注意"的问题,其"新诗体"就是十四行体。徐志摩论文中关于十四行体的主要内容是:

第一,具体剖析白朗宁夫人情诗的审美。徐志摩介绍白朗宁夫人情诗的思想内容,又介绍白朗宁情诗的写作和发表,阐明其社会意义和审美价值,认为"在这四十四首情诗里白夫人的天才凝成了最透明的纯晶"。同时,他在自己的长篇论文中选出十首白朗宁夫人的十四行诗来进行具体的作品分析,并在自己编辑的《新月》第 2 期上继续发表闻一多翻译的白朗宁夫人的十四行情诗。这样就把白朗宁夫人情诗之美较为完整而具体地呈现在读者面前,为创体中的新诗人提供了一个较为成熟的十四行诗文本。

第二,由衷肯定十四行体的艺术魅力。徐志摩在我国新诗史上首次具体地介绍十四行体发展史,《白朗宁夫人的情诗》突出地介绍了意大利的彼特拉克和英国的莎士比亚体。他赞赏地说:"商籁体是西洋诗式中格律最谨严的,最适宜于表现深沉的盘旋的情绪。像是山风,像是海潮,它的是圆浑的有回响的音声。在能手中它是一只完全的琴弦,它有最激昂的高音,也有最呜咽的幽声。"这种介绍是完全准确的,对于后来诗人具体地把握十四行诗体的特征起着重要的提示作用。

第三,充分肯定闻一多译诗的重要意义。徐志摩认为闻一多的翻译是耐

---

① 陈梦家:《叙语》,载《诗刊》第 4 期,1932 年 7 月 30 日。
② 朱自清:《译诗》,《朱自清全集》第 2 卷,南京:江苏教育出版社 1988 年版,第 373 页。

着心力之作,准确地传达了原作的精神,而自己发表的介绍文章仅仅是"在一多已经锻炼的译作的后面加上这一篇多少不免蛇足的散文"。他认为闻一多的翻译"是一件可纪念的工作","因为'商籁体'(一多译)那诗格是抒情诗体例中最美最庄严、最严密亦最有弹性的一格"。这里对闻氏的翻译作了充分肯定,扩大了闻一多翻译的影响。

第四,主张在移植基础上创建汉语十四行体。徐志摩明确地说:"当初槐哀德与石垒伯爵既然能把这原种从意大利移植到英国,后来果然开结成异样的花果,我们现在,在解放与建设我们文学的大运动中,为什么就没有希望再把它从英国移植到我们这边来?"这种理由是充分有据的。徐志摩希望人们在推进十四行体中国化时保持足够的耐心,认为"开端都是至微细的,什么事都得人们一半凭纯粹的耐心去做"。他希望年轻诗人能够学些商籁体以锻炼自己的文字控制能力。

总归起来说,徐志摩介绍十四行体,意在提倡移植十四行体创作汉语十四行诗。这种倡导实现了从移植为新诗创律到为新诗创体的转变。这是十四行体中国化进程中的伟大事件。一种世界性诗体由它的本土移植到别国,想要保持其形式的纯粹性,几乎是不可能的事。每个国度的诗人必然会根据自己的文化对之进行相应改造。因此,诗体移植其本质上就是本土化的过程,移植十四行体创造新诗体本身就是中国化的课题。徐志摩在新诗发展的特定历史阶段提出这一课题的意义重大,它体现着一种思想解放。新诗发生是以打破传统固定形诗体而创连续形自由体为标志的,前期新月诗人探索的是诗节形诗体,目标是创建新诗的格律体。在此期间诗人无法正面提出新建固定形诗体这一敏感话题。但新诗还是要有自己的固定形诗体,因为它是新诗体走向成熟的重要标志。本来或过去不合时宜无法提出的敏感话题,在新诗格律体普遍为人接受的情形下,则已经具备条件正面提出来了。正是在此关键节点上,闻一多所译白朗宁夫人十四行情诗发表,徐志摩顺应历史趋势,借题发挥提出建立新诗固定形诗体的课题,这是历史的必然。新诗探索固定形诗体主要是输入和自创两途,既然十四行体是一种世界性抒情诗体,所以在移植十四行体的基础上创造新诗固定形诗体就是一种重要的选择了。

徐志摩提出移植十四行体来创建新诗固定形诗体,得到了当时的新诗坛共鸣。闻一多在《新月》第3卷第5、6期(1930年5、6月)发表给陈梦家的信,专论十四行体特征。罗念生在《文艺杂志》第1卷第2期(1931年7月)发表长文《十四行体(诗学之一)》,专论十四行体形式规范和发展历史,并认为孙大雨的汉语十四行诗是典范之作。梁实秋发表《谈十四行诗》(1934年7月),精细地介绍十四行体的审美特征,认为新诗人不作律诗而作十四行诗,这绝不是"才解放的三寸金莲又穿西洋高跟鞋",是因为律诗是建立在古汉语基础之上而十四行体建立在现代汉语基础之上。这种论证为我国诗人创作汉语十四行诗找到了理论根据,这就是十四行体这种固定形可以建立在现代汉语基础之上,它同建立在古汉语基础上的旧律诗有着本质的区别。在产生理论共鸣的同时就是汉语十四行诗的创作丰收。如果说十四行体早期输入处在破坏期,新诗创格期则开始进入模仿期,那么到了20世纪20年代末就进入建设与创造期,以后诗人在民族形式讨论中进入中国十四行体全面建设期。梳理十四行体中国化持续推进的进程,我们可以看到徐志摩提倡借鉴十四行体建设新诗体,正处在第二向第三期转变的关节点,其历史意义由此就得到了充分体现。

2. 期愿:在移植中改善新诗语

进入20世纪30年代后,徐志摩创办《诗刊》,更多地关注十四行体移植。这时的徐志摩继续关注着的课题是在移植中创建新诗体,他在《诗刊》创刊号序言中说:"大雨的三首商籁是一个重要的贡献!这竟许从此奠定了一种新的诗体,李唯建的两首'商籁'是他的《祈祷》全部七十首里选录的。"徐志摩由此明确了孙大雨创建"新的诗体"的重要贡献。在新诗史上,孙大雨最早按照对应移植法创作汉语十四行诗,后在《诗刊》发表的《诀绝》《回答》《老话》,同样采用意体正式和音组排列写成,徐志摩认为它"奠定了一种新的诗体",可见他对移植十四行体创建新诗固定形诗体的殷切期望。但需要着重提出的是,《诗刊》期的徐志摩还期愿通过十四行体移植的扩展功能来推动整个新诗建设。这是徐志摩对十四行体中国化作出的又一历史性贡献。创作汉语十四行诗,即把对象作为固定形予以整体移植,以此丰富我国新诗体,这种移植是必要的。但还有一种移植,即只从对象借取审美要素,以此来发展自己的东西,这是移植中的功能扩展。朱自清对译诗功能的阐述是:"不但意境,它还可以给我们新的语感,新的诗体,新的句式,新的隐喻。"①朱自清认为输入域外诗体的功能,一是输入一种固定诗体,二是输入一种诗美要素。后者内涵更为丰富,可概括为语言形式(语言表达和语音声音)。朱自清认为移植中的诗美要素"将融化在中国诗里。这是摹仿,同时是创造,到了头都会变成我们自己的"②。事实上,从我国翻译和模仿创作十四行诗开始,其诗体审美要素始终潜在地影响着新诗创作和创格,但真正把此扩展功能提出并使之成为自觉意识的则是《诗刊》期的徐志摩。

---

① 朱自清:《译诗》,《朱自清全集》第2卷,南京:江苏教育出版社1988年版,第374页。
② 朱自清:《诗的形式》,《朱自清全集》第2卷,南京:江苏教育出版社1988年版,第398页。

徐志摩正面提出十四行体移植功能扩展的背景是新诗语言的改善。五四时期最终成形的现代汉语是相对于文言的白话语言，它使得传统文学语言所具有的模糊性、多义性、喻意象性、声韵特征等诗性功能有所削弱。尤其是现代汉语多音节词增加、语法复杂和成分结合紧密，使诗歌音律形式建构变得困难重重。如何不断改善这种现代汉语的诗语，始终是新诗发展中重大而复杂的话题。到了20世纪30年代初，由于新诗大众化运动兴起，诗坛主导的倾向是向大众俗语学习，否定向域外诗语借鉴。其实，完善诗语需要在世界范围内寻求资源。现代汉语本就包含着欧化因素，发挥十四行体移植的扩展功能去改善新诗语言是一条"方便"的道路。正是在此背景下，徐志摩在《诗刊》第2期"前言"中正面提出通过移植十四行体改善新诗语言的重要课题：

> 大雨的商籁体的比较的成功已然引起不少响应的尝试。梁实秋先生虽则说"用中文写Sonnte永远写不像"，我却以为这种以及别种同性质的尝试，在不是仅学皮毛的手里，正是我们钩寻中国语言的柔韧性乃至探检语体文的浑成，致密，以及别一种单纯"字的音乐"（Word-music）的可能性的俄力方便的。集點方便，因为我们有欧美诗作我们的向导和准则。①

这里提出的是一个新诗发展中的重大问题，即新诗语言的现代化问题。推动新诗语言现代化，较为"方便"的路是把"欧美诗作我们的向导和准则"，而联系上下文表述，我们可以认为这里的欧美诗虽然是个广义概念，但首先是指十四行体。这是新文学运动以来"真心的先去模仿别人"思想的充分体现。梢后朱自清说"语言的'欧化'实在该称为语言的现代化"②，徐志摩主张借鉴欧美诗来改善诗语同样体现着新诗现代化取向。

对徐志摩以上"前言"的理解分为关联的两个层次。第一层次是对孙大雨商籁体和梁实秋诗论的评价。孙大雨的诗不仅采用意体正式和音组节奏形成诗语格律美，且在语言表达的细密和浑成方面取得成功。梁宗岱在《诗刊》第2期发表给徐志摩的论诗信，肯定孙大雨《诀绝》"把简约的中国文字造成绵延不绝的十四行诗，作者底手腕已有不可及之处"。孙大雨的诗语特点成为徐志摩立论的依据。梁实秋《新诗的格调及其他》载《诗刊》创刊号，也是写给徐志摩的信。梁实秋认为新月诗人创格是模仿外国诗的，而自己则

---

① 徐志摩：《〈诗刊〉前言》，载《诗刊》第2期，1931年4月20日。
② 朱自清：《新语言》，《朱自清全集》第8卷，南京：江苏教育出版社1993年版，第294页。

"以为我们现在要明目张胆的模仿外国诗"。但他对于"音节能否采取外国诗的"存在怀疑,说"我不主张模仿外国诗的格调,因为中文和外国文的构造太不同,用中文写 Sonnet 永远写不像"①。这种观点在常理上说并没有错,因为梁实秋并不否定移植十四行体,只是希望人们正确认识中外语言的差异性,"创造新的合于中文的诗的格调"。但其过分看重中外语言构造差异,对于移植十四行体改善新诗语言的意义认识不足,尤其是没有认识到朱自清所说的欧化因素融合后就会变成我们自己的东西。对此,徐志摩倒是有着清醒的认识。他的"前言"一方面肯定孙大雨的探索,另一方面用"我却以为"来否定梁实秋的观点。这种肯定或否定在当时具有强烈的现实针对性,实际是巧妙地正面回应了当时人们对于通过移植十四行体来改善中国新诗语的不同看法,导引十四行体中国化进程。

在"前言"第二层次里,徐志摩正面提出移植十四行体扩展功能的内涵:一是钩寻中国语言的柔韧性乃至探检语体文的浑成、致密;二是寻求别种单纯"字的音乐"。前者关涉诗语表达的素质问题。新诗采用现代汉语写作,而现代汉语天然缺乏古代汉语那种含蓄性、音乐性和精炼性,即诗性。欧诗语言采用日常散文结构,细密而富有弹性,情意表达曲折,可以为新诗语言改善提供借鉴。后者关涉诗语的韵律节奏问题。新旧诗在节奏建行上的根本差异是:"旧诗之音组成行成句是以文言句法或者说韵文句法为准的,新诗的音组成行成句是以口语或散文的句法为准的!"②既然新诗采用欧化的现代汉语创作,所以其诗语向域外借鉴就是一种"方便"的选择。新诗语无论是在表达还是在音律方面的完善,向外借鉴都不仅必要而且可能,徐志摩在"前言"中强调"在不是仅学皮毛的手里",这又是真诚的要求和提醒。无疑,徐志摩的观点是正确的,但当时还是有人担忧因此会使中国文学的特性消失。徐志摩在"前言"中的回答是,新诗探索仅仅走了半路,"最可惜亦最无聊是走了半路就顾忌到这样那样想回头,结果这场辛苦等于白费"。"我们着实还得往深里走,往不可知的黑暗处走,非得那一天开掘到一泓澄碧的清泉我们绝不住手。现在还差得远。"③徐志摩的这段话在"前言"中是紧接着"我们有欧美诗作我们的向导和准则"说的,可见他对于移植十四行体改善我国新诗语的决心之坚定和气魄之宏大。

事实上,十四行体移植无论过去、现在或将来,作为模仿创作新诗固定形诗

---

① 梁实秋:《新诗格调及其他》,载《诗刊》创刊号,1931 年 1 月 20 日。
② 解志熙:《〈汉诗形式的理论探求〉序言:精心结算新诗律》,北京:人民出版社 2013 年版,第 10 页。
③ 徐志摩:《〈诗刊〉前言》,载《诗刊》第 2 期,1931 年 4 月 20 日。

确实产生了重要影响,但其局部借鉴和功能扩展所产生的影响则更为重要。

3. 创作:优美典雅的十四行诗

创建新诗体,改善新诗语,这是徐志摩关于移植十四行体的两大期愿,它们对于新诗发展的重要意义不言而喻。在新诗建立了连续形自由诗体和诗节形格律诗体之后,正面适时地提出还要建立固定形的新诗体,这是一种顺势而为的思想解放。20世纪30年代新诗大众化运动兴起,直面新诗语言存在的问题,似乎不合时宜地提出以欧美诗为向导和准则来改善新诗的诗语,更是一种高瞻远瞩的思想解放。当时的周作人明确地说,五四白话不是太欧化,而是太大众化,"其缺点乃是在于还未完善,还欠高深复杂,而并非过于高深复杂"①。由此可见徐志摩对于十四行体中国化所作出的历史性贡献。难能可贵的是,徐志摩不仅在理论上提出两大期愿,而且身体力行创作十四行诗。因为徐志摩新诗优秀之作很多,数量很少的十四行诗常常遭人忽视。但人们并没把他忘记,江弱水在论现代汉诗十四行体中,重点提到了四位诗人,认为"闻一多善于守法,徐志摩敏于变法,卞之琳精于用法,冯至敢于破法",并认为"还有不少诗人写过十四行诗体,但影响并不十分突出,因为这与他们诗歌创作的整体成绩的高低是有关系的"②。徐志摩是新诗百年最优秀的十四行诗人之一,其创作特征是"变法"的追求,这是符合事实的。"守法""变法""用法""破法"其实都是十四行体中国化的探索。

徐志摩最早的十四行诗发表于《小说月报》第14卷第9期(1923年9月10日),题为《幻想》,这是新诗史上最早的连缀体十四行诗,二十八行连贯而下。闻一多的如《静夜》《天安门》等连缀体诗歌,则写于1926年以后。这诗表现出诗人对现实人生的关注和对光明的追求。前后两首十四行诗的首行都以天空中长虹出之,均用"幻"字点题,形成复沓呼应。诗语特点是重视旋律美,音步、音数并不整齐,但字句和诗行对等组织,形成回环往复的旋律,自有其诱人趣味。荷兰汉学家汉乐逸认为,前期徐志摩的《天国的消息》也可算作十四行诗,因为该诗遵守了十四行体的总体框架,但采用了三三四四诗节模式,诗行长度不一,韵式为 abb abb ccdd bbee。在1925—1926年间,徐志摩翻译了沙孟士(阿瑟·西蒙斯)的十四行诗"Amoris Victima"两首,通篇采用偶韵,江弱水认为西洋十四行诗中这样押韵的不是没有,但毕竟出格。这

---

① 周作人:《国语改造的意见》,见《夜读的境界》,长沙:湖南文艺出版社1998年版,第773页。
② 江弱水:《商籁新声——论现代汉诗的十四行体》,原载《中西同步与位移——现代诗人丛论》,合肥:安徽教育出版社2005年版,第164页。

一翻译影响着徐志摩随后的十四行诗创作,即发表在《诗刊》第3期上的《你去》《在病中》和《云游》。其中《你去》《在病中》还是两首二十八行的连缀体,《云游》则是意体十四行诗。陈子善撰文对《你去》作了考证。梁从诫编《林徽因集》(人民文学出版社2014年版)中附有徐志摩在1931年7月7日写给林徽因的信函,而此函又附有《你去》手稿二页。徐志摩在附信中说:"下午忽然诗兴发作,不断的抽着烟,茶倒空了两壶,在两小时内,居然诌得了一首。哲学家上来看见,端详了十多分钟;然后正色的说:'It is one of your very best.'但哲学家关于美术作品只往往挑错的东西来夸,因而,我还不敢自信,现在抄了去请教女诗人。"陈子善说:"信中'诌得了一首'即指《你去》,'哲学家'指金岳霖。""他把新作《你去》寄请林徽因'指正',虽然金岳霖已认为这是他最好的诗之一。其实,徐志摩是把这首刚写好的袒露心声的诗献给林徽因。此诗后来在同年10月《诗刊》第3期发表时有八九处文字和标点改动,最后两句'更何况永远照彻我的心底,有那颗不夜的明珠,我爱你!'实在耐人寻味。"①这是颇为精当的分析。下面我们就以《云游》为例,来剖析徐志摩的十四行诗在完善中国新诗语言探索方面的追求。

《云游》无论以什么标准来看,都可算是徐志摩最好的新诗作品之一。《云游》也是徐志摩珍爱的十四行诗,写于1931年7月,后易名《献词》收入《猛虎集》,后又以《云游》为题载《诗刊》第3期。而诗人又恰是因飞机失事去世,因此"云游"遂成为他的新诗集名。诗歌抒写情绪的矛盾冲突和生命的真实体验,特征是意象的象征和意蕴的多义。读《云游》的关键是把握"你""我"的相对性。"你"的形象是自在、轻盈、逍遥,永不停留地云游,诗人以"美"去赞美;"他"则是想抱紧"云游",而结果"抱紧的只是绵密的忧愁",因为云游已经"飞渡万重的山头,去更阔大的湖海投射影子",结果必然是失望,剩下的只能是"无能的盼望"。诗中流露着追求和失落交织的情绪。在诗中,"你"和"他"并非是对等平列的,"他"的形象只是为了突出"你"的形象,诗人的落笔始终在"你"即"云游",由此我们才能把握诗的主体形象,把握诗的意象关联,把握诗的抒情脉络。而这种"云游"形象的抒写,又是基于诗人对"爱,自由,美"的始终不渝的追求。个人自由主义是诗人的人格理想和政治追求,而云游正是这种追求的诗化体现。茅盾要求我们不能把徐志摩的一些诗当作单纯的情诗去读,因为"透过恋爱的外衣,有他的那个对于人生的单纯的信仰"(《徐志摩论》)。诗人在《云游》中,凌驾着情感的波涛,以行云流水般的旋律,抒发着颇含苦涩的胸臆,集中体现了他的人格追求,正因

---

① 陈子善:《徐志摩致林徽因函》,载《文汇报》2015年12月13日。

为如此,他要把本诗作为诗集的《献词》。下面我们来读《云游》:

> 那天你翩翩的在空际云游,
> 自在,轻盈,你本不想停留
> 在天的那方或地的那角,
> 你的愉快是无拦阻的逍遥,
> 你更不经意在卑微的地面
> 有一流涧水,虽则你的明艳
> 在过路时点染了他的空灵,
> 使他惊醒,将你的倩影抱紧。
>
> 他抱紧的只是绵密的忧愁,
> 因为美不能在风光中静止;
> 他要,你已飞渡万重的山头,
> 去更阔大的湖海投射影子!
> 他在为你消瘦,那一流涧水,
> 在无能的盼望,盼望你飞回!

我们从创建新诗体、改善新诗语的角度对诗作如下剖析。

一是诗句组织结构的延展。诗打破了行句统一的诗行结构,采用了跨行、并行等多种技巧,实现了诗行组织由传统的"句"向现代的"行"转变。诗中第二行的诗句跨入第三行,第六行的诗句跨入第七行;同时,第二行由两个半短句组成,第六行由一个半分句组成,第八、十一、十三、十四行由两个短语(分句)组成;诗行并非以诗句而是以字数组织。全诗采用了经过提纯的诗语,但这种诗语不同于传统的"诗之文字",而是包含着较多的散文成分(句式、连接词甚至逻辑复句),写来自由灵活,读来亲切自然。优秀的十四行诗要求表现一个思想感情的转变过程,或者发展过程,首句与结句不应处于一个思想感情平面,这样诗就有深度、耐人咀嚼,因此屠岸认为诗行或诗节对称不是十四行体规则。《云游》诗语采用的是纵直绵延而下的诗语进展组织结构,诗情起承转合带来了诗语的对等盘旋进展。这种种探索都使得诗句组织结构获得自由,行的结构、行间结构、段的结构、全诗结构都在传统诗基础上获得延展,增加了诗语的柔韧性、浑成性和细密性。这种语言是存在"欧化"因素的,却又是在借鉴基础上的中国化,借用朱自清评周作人译笔的话说就是:"虽然'中不像中,西不像西',可是能够表达现代人的感情思想,而又不超出中国语言的消化力或容受度。"朱自清甚至认为"欧化"我们的语言徐志摩"是第一个该推荐的人"①。

二是声韵优美的语言经营。《云游》的韵式是：AABBCCDD AEAEFF。前八行运用了四组偶韵，较为接近于中国传统诗歌，在西方十四行诗中属于变格特例，但我们得承认，偶韵较好地配合了"云游"风姿，诗情在两行一转中盘旋进展，诗语自然流畅，节奏轻盈聚散。结末两行用了偶行，也属意体写作中的出格之举，但它同前八行呼应，导引诗情诗语持续进展，形成圆满整体。在前八行与末两行间前穿插交韵，这本是意体前八行的韵式，放在这里当然是变格，但诗人正是通过变格一方面增加韵式复杂性，一方面改变诗的进展节奏。《云游》的韵式既有整体一致性又有局部变化性，这种变格韵式是同诗情进展契合的。江弱水认为《云游》还有三个因素值得注意。一是前八行三度跨行，使得行断句不断，句法腾挪灵动之至，与诗中所写的自由云游吻合无间；二是频繁地使用了双声叠韵技巧，双声如"自在""绵密"等，叠韵如"轻盈""逍遥""卑微""点染""空灵""忧愁""湖海"等；三是前八行与后六行之间的一"转"，用了"顶真"的修辞手法，首尾蝉联，重复述说，造成声音上的小停顿，激起意义上的大落差。末行再次叠用"盼望"两字，生出最后一个波澜而至于平复。② 这种分析，揭示了徐志摩新诗声韵优美的语言特点。

三是建行方式的大胆创新。徐志摩新诗建行方式不是音组而是诗行本身，是以诗行的匀配构成诗节诗篇。他认为"一首诗的秘密也就是他内含的音节的匀整与流动"，"行数的长短，字句的整齐或不整齐的决定，全得凭你体会到得音节的波动性；这种先后主从的关系在初学的最应得认清楚"。③即外在语言的音节要依据内在情调的节律，而外在的语言节奏关键是诗行的长短，是内含音节的匀整与流动。这种诗律论表现在十四行诗创作中，就是诗行不以音组而是以诗行为基本单位，《云游》中各行基本整齐的匀配，十四行中有十二行是十一音，其中两行是十音，这种诗行从外在语言形式看呈现着整齐中的变化，从内在情调看是通过自然语调来呈现诗的情调，自有其独特审美特征。这种节奏形式同样基于我国汉语特征，它是继孙大雨、闻一多的音组排列节奏体系后又一种新诗节奏体系，是由徐志摩、朱湘、柳无忌等在创作十四行诗中建立起来。历来人们对这种限音建行体系非议颇多，其实，

---

① 朱自清：《新语言》，《朱自清全集》第8卷，南京：江苏教育出版社1993年版，第293、294页。
② 江弱水：《商籁新声——论现代汉诗的十四行体》，原载《中西同步与位移——现代诗人丛论》，合肥：安徽教育出版社2005年版，第157页。
③ 徐志摩：《诗刊放假》，载《晨报副刊·诗镌》，1926年6月10日。

为了凑足诗行音节,不顾文法与语气的通顺,任意地增删,这是不足取的,但这并非写作均行诗的过错,事实上朱湘、李唯建、冯至、曹辛之的十四行诗都写得语调自然。柳无忌认为,在这类诗中,"作者可以自由地界定每行的字数,依照着诗中的情感或思想而变化着。同时,作者不一定一行内写着一句,他可以在一行内写着几短句,或者可把一长句带到另一行内结束。在这里面尽有很多的自由,可以免去拘束,有很多的变化,可以免去单调与生硬"①。这就是徐志摩等人探索诗行节奏体系的创新意义,很多汉语十四行诗正是借此获得成功的。

---

① 柳无忌:《为新诗辩护》,载《文艺杂志》第 1 卷第 4 期,1932 年 9 月。

第三章 规范创格时期(中)

20世纪20年代的新韵律运动为成长中的新诗创格,同时也在为汉语十四行诗创格,孙大雨、闻一多、徐志摩、朱湘等人的理论和创作为汉语十四行体解决节奏问题提供了规范,同时,由于重视十四行体规范的对应移植,所以也在诗体的构思、段式、韵式等格律规范方面进行了初步而卓有成效的探索,诞生了一组讲究规范格律的汉语十四行诗。在音律规范初步探索的基础上,新韵律运动发展又提出了建立汉语十四行新诗体的问题,迎来了在规范中推进十四行体中国化的创作丰收期。

一 从节律创格到诗体创建

孙大雨的《爱》提供了汉语十四行诗的成熟形式,但是《爱》发表以后并没有引起人们对汉语十四行体的创作和讨论的兴趣,除了张鸣树有《弃妇》的创作以外,无论是理论或创作上再无更多的直接呼应;新韵律运动高潮即《晨报副刊·诗镌》存续期间,十一期"诗镌"发表了大量的新格律诗,但没有一首注明是汉语十四行诗;20世纪20年代中期的新月诗人没有发表一篇十四行体专论,也没有在相关诗论文章中提及十四行体。这看似意外的现象其实还是有迹可寻的。

对此现象,大致可以从三方面作出合理解释。一是新月诗人主要是在探索新诗格律体的韵律节奏体系,换句话说是为整个新诗创格的,即使孙大雨在创格时写的正是汉语十四行诗,那本意也不是仅限于十四行体,而是着眼于整个新诗体的形式建设,因此在《爱》发表时并未专门注明"十四行诗"。可见,新月诗人创格并不着意在十四行诗体建设,那时诗坛的使命是打破诗体解放造成的诗体自由局面,催促新诗格律体的诞生。二是新月诗人探索的新诗格律体是诗节形,其构篇的基准诗节或是采自前人用过的,或是诗人自己独创出来的,因此诗节形格律诗在某种意义上是根据一定的格律规范写作的"自度曲"。在《诗的格律》中,闻一多针对那时人们认为新诗创格是复古,就以诗节形新格律诗的创作为例,划清了新旧律诗的界线。他说,律诗永远只有一个格式即四联八句,而新诗的格式是层出不穷的;律诗的格律与内容不发生关系,即不论表达何种思想情绪,其格律都是早就规定好的,而新诗的格式是根据内容的精神制造成的,是"相体裁衣";律诗的格式是别人替我们定的(预设的),新诗的格式可以由创作者自己的意匠来随时构造。闻一多说,有了这三点的不同,应该知道这种格式是复古还是创新,是进化还是退化。而十四行体恰巧是类似于律诗的固定形诗体,所以在那时的社会文化语境中提倡新诗格律,有意回避这一问题,应该是一种不错的策略选择。第三,新月诗人写作新格律诗其实是多方途径地向英美诗式借鉴。梁实秋在《新诗的格调及其他》中说:"《诗刊》诸作类皆讲究结构节奏音韵,而其结构节奏音韵又显然的是模仿外国诗。我想这是无庸为讳的,志摩,你和一多的诗在艺术上大半是模仿近代英国诗,有时候我能清清楚楚的指出哪一首是模仿哈地,哪一首是模仿吉伯龄。"这就充分说明,新韵律运动是多方引进外国诗体的,在这一运动中引入西方十四行体是自然的,但不是故意的,更不是唯一的。正因为着眼于整个新诗创格,梁实秋"不主张模仿外国诗的格调,因为中文和外国文的构造太不同,用中文写 Sonnet 永远写不象。唯一的希望就是你们写诗的人自己创造格调,创造出来还要继续的练习纯熟,使成为新诗的一个体裁"①。其实梁实秋并不反对汉语十四行诗,他只是反对简单地照搬某种域外诗式如十四行体格式来为新诗创格。

这种现象的改变发生在1928年前后,这时新韵律运动高潮已过,新诗格律体已经为多数诗人接受,视新格律诗尝试为"复古"或"退化"的空气渐渐淡化,新诗创格探索已经朝着深入方向发展。诗人不但可以自如地写作新诗格律体的"自度曲",而且可以自如地引入域外固定形格律体,包括十四行体。在这时有两个重要事件的推动不应忽视。一是1928年前后,一批汉语十四行诗公开发表。1928年1月,闻一多出版《死水》集,收入十四行诗《收回》《"你指着太阳起誓"》《静夜》《天安门》,后又在当年5月出版的《新月》杂志上发表了《回来》。1927年李金发出版的《食客与凶年》集中有《Sonnet 二首》,1927年王独清出版的《死前》集中有《SONNET》五首,1929年戴望舒出版的《我的记忆》集中有《十四行》诗。这些诗都在标题上公开标明"Sonnet"或"十四行",实际上就等于向人们公开宣告:这是用汉语写成的 Sonnet。其宣传鼓动的意义不容小视。这些创作相对集中的展示,标志着汉语十四行

---

① 梁实秋:《新诗的格调及其他》,载《诗刊》创刊号,1931年1月20日。

体作为一种新诗体的观念呼之欲出。另一重要事件,就是闻一多翻译的白朗宁夫人爱情十四行诗公开发表,连续两期在《新月》杂志上的刊登确实造成了重要的影响,这无疑给正在创体中的诗人提供了一个极其成熟的模仿范本。更重要的是伴随着译诗发表,徐志摩发表了《白朗宁夫人的情诗》的介绍文章,说"在这四十四首情诗里白夫人的天才凝成了最透明的纯晶"。徐志摩是新诗史上最早具体地介绍西方十四行体历史发展的,他说:

> 这本是意大利的诗体,彼屈阿克(Petrarch)的情诗多是商籁体,在英国槐哀德与石垒伯爵(Earl of Surrey)最初试用时是完全仿效屈阿克的体裁与音韵的组织,这就叫作彼屈阿克商籁体。后来莎士比亚也用商籁体写他的情诗,但他又另创一格,韵的排列与意大利式不同,虽则规模还是相仿的,这叫做莎士比亚商籁体。写商籁体最有名的,除了莎士比亚自己与史本塞,近代有华茨华士与罗刹蒂,与阿丽思梅纳儿夫人,最近有沙孟士。白夫人当然是最显著的一个。她的地位是在莎士比亚与罗刹蒂的中间。初学诗的很多起首就试写商籁体,正如我们学做诗先学律诗,但很少人写得出色,即在最大的诗人中,有的,例如雪莱与白朗宁自己,简直是不会使用的(如同我们的李白不会写律诗)。①

徐志摩突出地介绍了意大利的彼特拉克体和英国的莎士比亚体,这是符合历史的。不仅如此,徐志摩还提到学写商籁体如同先学律诗,都是锻炼自己文字控制能力和学会诗律格式的重要步骤。这对有意写作新诗格律体的年轻诗人是有启发和指导意义的。徐志摩的这种介绍目的十分清楚,那就是"当初槐哀德与石垒伯爵既然能把这原种从意大利移植到英国,后来果然开结成异样的花果,没现在,在解放与建设我们文学的大运动中,为什么就没有希望再把它从英国移植到我们这边来?"②这是一个应该引起人们高度重视的新思想。徐志摩介绍十四行体的流播历史就是要告诉国人:我们应该也有可能把这种诗体从英国移植到中国,尤其是在那解放与建设文学的新诗创格运动中。徐志摩自告奋勇为闻一多译诗写作长篇介绍文章,就是要"引起我们文学界对于新诗体的注意"。这里明确提到的"新诗体"的概念更是值得我们高度重视,也就是说,徐志摩介绍十四行体,已经超越了个别模仿创作,也已经超越了一般意义的新诗创格,更超出了域外诗作的翻译,而是主张把它作

---

① 朱自清:《新诗杂话·译诗》,《朱自清全集》第2卷,南京:江苏教育出版社1998年版,第3/4页。
② 徐志摩:《白朗宁夫人的情诗》,载《新月》第1卷第1期,1928年3月10日。

为一种新诗体,也就是一种不同于诗节形的固定形新诗体。因此,他认为闻一多的翻译是"一件可纪念的工作"。正是从建设新诗体的要求出发,后来徐志摩自己就接连创作了多题十四行诗,并把《云游》作为自己诗集《猛虎集》的献诗。他在后来编辑《诗刊》时,就多次推荐十四行诗的发表,并在推荐中给予孙大雨、李唯建等的汉语十四行诗褒奖评价。

发生在1928年前后的两件大事,引起了新诗人的广泛注意。尤其是翻译和介绍白朗宁夫人十四行情诗获得了不少学者的高度评价。朱自清在后来就客观地说,闻一多是最早使人关注十四行体的人。他在《译诗》中说:"能够欣赏原作的究竟是极少数,多数还是要求译诗","译诗对于原作是翻译;但对于译成的语言,它既然可以增富意境,就算得一种创作。况且不但意境,它还可以给我们新的语感,新的诗体,新的句式,新的隐喻"。朱自清认为"这个试验是值得的;现在商籁体(即十四行)可算是成立了,闻先生是有他的贡献的"。[①] 有趣的事实是,当徐志摩逝世以后,饶孟侃和朱湘在《诗刊》第4期同时发表悼念徐志摩的诗,而两诗恰巧都是十四行诗。完全可以这样说,他俩正是通过这种创作来纪念徐志摩在推动商籁体移植中国过程中的重要功绩,在这种巧合的背后有着必然的因素。

事实上,1928年以后我国诗人就开始高度关注十四行诗体,不少诗人从建设新诗的诗体出发创作汉语十四行诗,开始超越初期无意创体的历史局限,进入到自觉运用创格成果移植十四行体的全新阶段,也开始超越前期新月诗人重在创律的思维限度,进入到创体即创造中国新诗固定形诗体的新阶段。这种转变从新诗发展史来说有其历史必然性。中国新诗是在以反对文言文、提倡白话文为重要内容的文学革命中产生的,新旧诗的本质差别就在于:旧诗是建立在文言(古代汉语)基础之上,新诗是建立在白话(现代汉语)基础上。现代白话的口语化、精确性、散文化的诗语,不同于古代文言天然具有的"去口语化""喻意象征性""声韵特性",与诗体语言以情绪性、含蓄性、感受性、暗示性等为本体诉求的诗体语言相去甚远。初期新诗出现的诸多问题根源,是在白话文学语言使用上的先天不足,这种不足严重地影响了诗歌文体独特审美价值的实现,具体来说就是:白话文学语言使得新诗在形式上难以实现自身的"音节的标准"和"表现力的标准"。艾青认为:"无论诗人采取什么体裁写诗,都必须在语言上有两种加工:一种是形象的加工,一种是声

[①] 朱自清:《译诗》,见朱乔森编:《朱自清全集》第2卷,南京:江苏教育出版社1988年版,第373页。

音的加工。"①事实上,中国新诗的确是围绕着对现代白话语言进行"形象加工"和"声音加工"两条路向发展的。20世纪20年代中后期,我国象征诗人以至后来的现代诗人提倡纯诗,重在诗的暗示方面,林庚就曾说,这些诗"既基于感觉到文字表现来源的空虚,于是乃利用了所有语言上的可能性,使得一些新鲜的动词形容词副词得以重新出现,而一切的语法也得到无穷的变化;通过这些,因而追求到了从前所不易亲切抓到的一些感觉与情调"②。而新月诗人提倡创格,重在诗的格律形式。到了20世纪30年代,"声音的加工"的呼声仍然反复出现。应该说,新诗人在创作中"语言加工"意识的普遍加强,是新诗走向成熟的一个重要原因。在对新诗形象和声音的探索中,西方的十四行诗体恰巧可以提供直接的借鉴。闻一多早就意识到十四行体是一种抒情性的典范诗体,具有诗语简约性、诗意单纯性和结构圆满性等特征,且十四行体的格律形式和行句结构建立在现代口语基础之上,因此对于新诗人解决现代白话诗的"诗性"(形象的和声音的)问题具有重要参考价值。徐志摩在提倡汉语十四行诗时也主张将欧美诗作为我们完善诗语的向导和准则。③ 这就是移植十四行体由创律到创体转变的根本动因。而这一转变就发生在20世纪20年代末期。新诗固定形诗体格律严谨,形成了对诗人创作的挑战,对于从固定形律绝体解放出来的新诗是否还要有固定形十四行诗,新诗人内部最初是存在着意见分歧的,因此当时的人们一般对倡导固定形格律诗采取了回避态度。到了20世纪20年代末,新诗人才真正意识到为新诗创格也需要提倡固定形诗体,而十四行体完全可以为白话新诗创立新诗体提供直接的借鉴。

正是在此背景中,才出现了闻一多、徐志摩强力推出白朗宁夫人十四行情诗,才出现了朱湘、柳无忌、罗念生等提出新诗创格引进国外诗体包括十四行体的主张,才有了罗念生介绍国外诗体包括十四行体的系列论文的发表。这是新诗发展中有趣而重要的现象,它表明新诗创格进入到新的时期。20世纪30年代初期多位诗人对此进行过理论论证。如梁实秋就撰文认为中国律诗最像十四行诗,白话文运动后中国诗人不再写律诗,并非律诗限制太多,而是白话不适合律诗写作。律诗在现代不能做,它是语言的问题,而不是格律的问题,不能因此就否定固定形的十四行诗创作。④ 梁实秋之所以这样说

---

① 艾青:《诗的形式问题——反对诗的形式主义倾向》,《诗论》,北京:人民文学出版社1980年版,第116页。
② 林庚:《诗与自由诗》,《新诗格律与语言的诗化》,北京:经济日报出版社2000年版,第9页。
③ 徐志摩:《〈诗刊〉前言》,载《诗刊》第2期,1931年4月20日。
④ 梁实秋:《谈十四行诗》,《偏见集》,南京:正中书局1934年版,第272页。

是因为"近见颇有人试作十四行体",表明他在汉语十四行诗创作颇多情况下的肯定态度。这些论述同时表明,当时诗人已经开始正视十四行体移植的问题,开始正面论证汉语十四行诗创作的可行性和必然性问题。

正是在此背景中,20世纪30年代初的《诗刊》《现代》《文艺杂志》《人间世》《文学》《青年界》《申报·自由谈》等都发表汉语十四行诗,着实造成了一个前所未有的热闹局面。创办于1931年的《诗刊》出版四期,就发表了孙大雨、饶孟侃、李唯建、徐志摩、陈梦家、林徽因、卞之琳、方玮德、朱湘等人的汉语十四行诗,发表的《新诗格调及其他》(梁实秋)、《前言》(徐志摩)、《论诗》(梁宗岱)、《通信》(胡适)等论文中都论及十四行体。1931年陈梦家编辑《新月诗选》,收入孙大雨等人的十四行诗,并作了肯定性的点评。1931年4月《文艺杂志》创刊,出版四期中更是发表了不少汉语十四行诗,还发表了三篇介绍国外"十四行体""双行体""无韵体"的诗体专论。其中第2期就集中地发表了罗念生、柳无忌、曹葆华、朱湘的二十五首十四行诗创作,还有若干十四行诗的翻译作品。柳无忌收入《抛砖集》的二十一首十四行诗,基本都发表在这一年代。曹葆华的《寄诗魂》在1930年出版,《灵焰》和《落日颂》于1932年出版,内有相当数量的十四行诗。这时的卞之琳也有多首十四行诗发表。朱湘在1934年出版《石门集》,其中七十来首十四行诗大多写于1930年至1933年间。李唯建在1933年出版《祈祷》,收入了写于1929年初的七十首十四行诗。通过以上初步罗列,不难发现这确实是个汉语十四行诗创作的丰收期,是一次集体亮相的十四行诗创体行动。

20世纪30年代初的创作呈现着汉语十四行诗的新特点。第一,诗体样式多样化。中国诗人写作十四行体,在20世纪20年代中期以前多用意体,英体偶有所作,但在20世纪30年代初意体和英体都有大量创作,不仅有意体和英体正式,还有意体和英体变式。另外就是出现了模仿白朗宁夫人情诗,把七十首十四行诗用内在线索组织起来的组诗。李唯建的长诗《祈祷》,更是汉语十四行诗创作的重要收获,具有新的创体意义。第二,格律形式规整化。应该说除了孙大雨以外,在20世纪20年代中期以前的汉语十四行诗格律不够严格,即使是闻一多的新格律诗也不够合律。罗念生在《〈死水〉的枯涸》中,就对《死水》集作了这样的批评:"如其完整的风格是指完整的形式,《死水》的形式并不完整。集中四行体用得很多,这不稀奇。抒情杂体的组织都太简单。只双行体有一点成就。此外比较新奇的是十四行体,可惜作者对这形式并不很了然,如《"你指着太阳起誓"》一首前四行是意大利体,后面又是莎士比亚体,最后两行在意大利分配法中昧(原文如此——笔者注)

了同韵,是一个天大的错。行中的音步也不合体格。"①而到了20世纪30年代初,汉语十四行诗就开始自觉向着规整的方向努力。从诗行组织来看,有按照孙大雨的设计写作的,每行限定音组而不限音数(每个音组大体控制在二三音),也有按照徐志摩的模式创作的,诗行音组数略呈变化,但控制诗行音数移植的;还有按照闻一多《死水》式创作的,同时控制诗行音组数和音数的。在用韵方面一般都用正式,或使用有国外创作先例的变式,过于随意用韵的诗较少。第三,诗的题材多样化。十四行诗适宜写作沉思型的情思,但西方十四行体题材的不断扩大是走向成熟的重要标志。我国新月诗人大多主张纯诗理论,所以其十四行诗自然也主要是抒写沉思或情爱类情绪,到了20世纪30年代初,参加创作的诗人增多,就开始有意地拓展新的题材,出现了一些在诗质上颇具特色的诗,如饶孟侃的《弃儿》写下层劳动人民的生活,柳无忌的组诗涉及西方文明的价值问题,罗念生的《自然与罪恶》涉及人类保护环境问题,等等。这些诗的出现,标志着汉语十四行诗正在走向成熟。

二 饶孟侃的十四行诗

饶孟侃是清华文学社早期社员,也是新月诗派的主将,积极推动新韵律运动的开展。在《晨报副刊·诗镌》上,饶孟侃连续发表了《新诗的音节》《再论新诗的音节》《新诗话》等,就新诗的音节、用韵、平仄、格调等都发表了重要意见。其中关于十四行体移植相关的内容有四点。一是肯定十四行体音节可以用于新诗。他说:"譬如我们专从诗的音节上讲,把文字的关系抛开,我们在新诗里也可以用外国诗的音节,这种例子在现在的新诗里真是举不胜举,象骈句韵体,谣歌体(Ballad Fonn),十四行体等等都是。"②二是肯定新诗用韵的必要性。他认为诗韵"是把每行诗里抑扬的节奏锁住,而同时又把一首诗的格调缝紧"。"这东西在旧诗里和格调一样,简直没有充分的发展;所以在新诗里面我们更应当格外多多的尝试,因为一首诗的动作的快慢多半是跟着韵脚走的。"③这里强调了诗韵的格调缝紧作用,是移植十四行体复杂用韵的理论基础。三是区分了新诗的两种节奏。一种是由全诗的音节当中流露出的一种自然的节奏,一种是作者依着格调用相当的拍子(Beats)组合成一种混成的节奏,饶孟侃认为第一种往往靠不很住,第二种才是有规律的,可

---

① 罗念生:《〈死水〉的枯涸》,载《文艺杂志》第1卷第2期,1931年7月。
② 饶孟侃:《再论新诗的音节》,载《晨报副刊·诗镌》第6期,1926年5月6日。
③ 饶孟侃:《新诗的音节》,载《晨报副刊·诗镌》第4期,1926年4月22日。

以通过磨炼获得的。他把节奏单元称为"拍子",认为用得好,固然能把一首诗的音节弄得极生动,但是有时候对它过分注意,弄得情绪与音节失了均匀,也不能写出好诗,这种观点实际成为诗人写作汉语十四行诗的指导原则。四是肯定新诗音节的存在意义。饶孟侃认为,诗中只包含两件东西,即能够理会出的意义和听得出的音节,"一首完美的诗里面所包含的意义和声音总是调和得恰到好处"①。这对于纠正初期新诗忽视形式具有思想解放的意义。这些论述是新韵律运动创格的重要内容,也是饶孟侃自身创作的理论指导。

  正是基于这种富有创见的新诗创格理论,饶孟侃创作了大量的新格律诗,其中包括汉语十四行体,虽然数量不多,但质量很高,是20世纪30年代初优秀的汉语十四行诗。他的《爱》载《新月》第4卷第1期(1931年8月),诗中提出对爱的两种理解,一是世俗的,即"把爱当作食粮",二是诗人的,即"它是理想的虹"。诗人写了抱着世俗的爱者的"三部曲":一是把爱当作满足私欲的"食粮",忘了它的精神因素,忘了真诚的心心交流;二是在爱的问题上轻率,"食指一动,不等到口便想去尝",而真正的爱情是具有持久性和排他性的;三是尝了以后对爱的拍卖。错误观念下的错误行为,结下的必然是苦果。诗人通过对世俗爱情的具体描写,表达了自己对爱的独特思考和理解。这诗的内容不是写个人的爱情,而是具有普遍的社会意义。诗大量运用了跨行法,打破中国传统行句统一格式,增加了语言的弹性;每行均齐,都是八字,用音数等量而非音组整齐来建行;韵式为 ABBA ABBA CDE CDE,是一首变格的意体十四行诗。他的《飞——吊志摩》是悼念徐志摩逝世的,发表在《诗刊》"志摩纪念号"(1932年7月30日)上,还是运用音数等量格律营建诗行的节奏模式,没有机械地规定每行的音组(拍子)数和每个音组的音数,但每行统一规定为10音,全部诗行均齐。行内自由地断句。韵式是 ABBACB-BCDEFDEF。诗既遵循十四行体规范,又写得自然流畅,这是饶诗的重要特点。他的《懒》发表在《学文》第1卷第1期(1934年5月1日)上,全诗如下:

    懒的世界在暮春三月天:
    桃花醉落了,接着是蚕眠,
    杜鹃再不愿啼它的心血,
    呆笨锁住了黄莺的舌尖。
    因此我也懵然忘了岁月,
    象青峰上那忘年的积雪,

---

① 饶孟侃:《新诗的音节》,载《晨报副刊·诗镌》第4期,1926年4月22日。

> 满怀的壮志早僵成了冰,
> 眼前更没有希望的宫阙;
> 只剩一片冻云似的因循,
> 在身前身后无味的氤氲,——
> 无奈推它不动,挥它不去,
> 谁真要他来献这份殷勤。
> 怪都只怪自己流年不利,
> 赶明儿我一定争这口气。

这首诗写得既规整合律,又自然流畅,是汉语十四行体中难得的写景抒情诗。诗完全遵循了起承转合的结构进展,由自然"懒的世界",承写自己"懒散情绪",再转写自己无奈,最后作结振奋。每行十言,但行内组句自由,大量使用的是自然口语,甚至出现了"接着是""无奈推它不动,挥它不去""赶明儿"这样很难入诗的语言,显得自然上口。每行虽然也可以划分成四个音组,但又明显感到若是硬划就会影响自然流畅的朗读效果,即使不作划分我们也能感到全诗从整齐诗行中传达出的匀整节奏效果,所以也能归入徐志摩、朱湘等探索的等音均行的节奏体系。这是一种意义与声音、语言与音节"调和得恰到好处"的音节美,再加上密集复杂的音韵缝合,诗就有了一种情调和音调融洽的美感。闻一多读此诗后即致信饶孟侃:"《懒》为最好,好得厉害,公超、梦家均大为赞服,鄙见亦同。"①《学文》第 1 期出版时以《懒》作为首篇,可见其获得的推崇,显示了汉语十四行体正在走向成熟。

谈到饶孟侃的十四行诗,我们还需要特别举出他的《弃儿》:

> 娘生下你来才三天,儿啊,过了今天
> 任是难割舍,象切了肉还连着皮,
> 母子也得分开。一把伞原经不起
> 两边有风雨!儿啊,那啾啾的是乳燕
> 在飞;一年一年,望着它们在梁间
> 兜圈子,娘不是不知道思念你那一啼
> 一笑,那百般的亲切;不知道即使为你
> 尝尽了辛酸,也赛过了甜蜜;——万语千言

---

① 闻一多:《闻一多全集》第 12 卷,武汉:湖北人民出版社 1994 年版,第 274 页。

>只诉说着有什么用。啊！你睡着了！也好，
>你既没有烦恼，那就去碰你的造化，
>免得将来看见人家有，也问娘要
>父亲；也许还要恨，等认清了根芽。
>这话都不提了。反正你明天得去找
>新的爹妈，你我只是路人，不是冤家！

这诗发表在《诗刊》创刊号(1931年1月20日)上，发表时徐志摩没有在编者语中推荐，发表后也没有引起人们注意，陈梦家的《新月诗选》和闻一多的《现代诗抄》也都没有收录。钱光培却对此诗评价甚高，认为"这首诗的被忽视，是很不应当的"。钱光培的理由是两个："第一，谁也不能否认，这首诗中所运用的材料，(包括诗中的人物、诗中的情感)都是纯粹的'中国的'，不带丝毫的'洋'味和'洋'的色彩；第二，谁也不能否认，这首诗中的言语，也是纯粹的'中国的'，同样没有'洋'味与'洋'的色彩。"①这是极其精当的评价。这首诗在汉语十四行诗史甚至在中国新诗史上的价值都是值得充分肯定的，它实质是十四行体中国化的重要收获。"弃儿"是一个社会现象，但诗人没有把诗写成描叙现象的叙事诗，而是通过一个母亲的诉说写成了一首具有客观抒情性的诗；母亲弃儿，容易滞留在事件的叙述上从而同十四行体的单纯性造成矛盾，诗人放弃过程的叙写交代，例如为什么要抛弃、是一个什么样的孩子、将把孩子抛弃在哪儿，而是切取了抛弃那一刻母亲的特殊情感，这种艺术处理使得诗的内涵单纯而强烈，符合十四行体抒情单纯性的要求。这些都决定了这首诗在构思和结构上的成功，同时，这诗在诗语的选择和锻炼方面也有重要特色。我们应该承认，"它所选用的材料(一个普通的中国妇女在弃儿时的千回万转的复杂心情)是与十四行诗这种形式对于内容的要求相适应的；同时，也应该承认，它所选用的语言(一个普通的中国妇女俚俗的口语)还是能以一种自然的形态循着十四行诗的格律前进的。——因此，我们也就不能不承认，诗人的探索是基本成功的"②。这诗的题材和体式追求，在当时是难能可贵的，它是汉语十四行体题材的拓展，也是汉语十四行体诗语的拓展，而且这种拓展应该说是饶孟侃的自觉追求。早在《晨报副刊·诗镌》期，饶孟侃就写了《土白入诗》的新诗话，他针对当时土白语言能否入诗的争论说："据我所知道在现在一般写新诗的作家当中，并不是个个人都相信土白在新诗里有充分发展的可能。他们反对用土白作诗，最大的理由是因

---

① 钱光培：《中国十四行诗的历史回顾(下)》，载《北京社会科学》1991年第2期。
② 同上。

为他们主张作诗应该有一定的词藻,应该在一定的题材或体裁当中发展。要是我们相信诗学革命即是为的要求一种具体的、亲切的方法去实现人生,那么一定知道这种主张的确是太偏。""我不但相信土白有入诗的可能,而且相信土白诗在新诗里并要占一个重要的位置。""我说土白在新诗里有大发展的可能,并不是指新诗都应该用土白写,其实土白诗在新诗里将来至少也不过占一个小部分。"这是一种极有说服力的观点。同时,饶孟侃又认为土白诗难写,"因为作诗到这种时候全要特别在'诗句的组合上用功夫',他得用纯粹的土白去组合有节奏的诗句,一不小心马上就有露出破绽的危险。所以在新诗当中要算土白诗最难做,也即是因为一切都得作者自己去创造,去搜求,绝对不能假借描写来掩饰;所以要是一个作家能够用土白把诗写好,我们就可断定他是个真诗人,因为能写好土白诗,别的体裁当然更是不成问题"①。也正因为如此,我们觉得饶孟侃的《弃儿》特别珍贵。当然,饶孟侃在《土白入诗》中也举出了徐志摩、闻一多的诗,尤其是举出了闻一多的十四行诗《天安门》,说它标志着"土白诗又更进一层做到了音节完善的境界。这首诗发表以后不但一般读者没有认识它,忽略了它的好处,而且作者为这首诗还挨了一位大诗人的骂,真是冤枉,我很久就想把这首诗的好处介绍给大家,现在趁谈土白诗的时候略略说说,尤其是一个很好的机会"。饶孟侃具体分析了闻一多的汉语十四行诗《天安门》土白入诗的特征,同时也揭示了汉语十四行诗在诗语的土白程度上所能达到的艺术水准。饶孟侃在《土白入诗》中说:

> 这首诗除了倒数第二句稍为弱一点,通体上差不多是一气呵成的,而且用北京土白来写北京洋车夫的口吻,尤其是恰合这首诗的身份。这首诗的音节,在节拍上虽没有绝对的方式可寻,但是大致可以说是由四个拍子(或音尺)组合成的;在韵脚上也很仔细,凡是一句末了要是用"的""了""儿"等等虚字押韵的,它下面的一个字也必定同时协着韵,譬如在
>
> 那不才十来岁儿?干吗的?
> 脑袋瓜儿上不是枪轧的?
>
> 两句里,"吗"字和"轧"字也协了韵,这种韵在外国诗里也有名叫 Feminine Rhyme 复韵。在音节上大概是如此。我们看
>
> 先生,调我喘气……那东西,

---

① 饶孟侃:《新诗话·土白入诗》,载《晨报副刊·诗镌》第 8 期,1926 年 5 月 20 日。

> 您没有瞧见那黑漆漆的,
> 没脑袋的,蹶腿的多可怕!
> 还摇晃着白旗儿说着话。

这一段描写鬼的土白写得多么亲切,暗示力多末大;我们读完了只要立刻把眼睛闭上,一定揣摩得出一个喘着气的车夫黑暗中在中央公园西边一带说话。再看

> 我说刚灌上俩子儿的油……

和

> 谢谢!挣您二斤杂货面儿!

这两句话当中引用的土白,我们又知道一句极普通的言语,用在得当的地方立刻又换了一个模样;所以从运用材料当中我们又可以看出一个作家的本领来。再看

> 得!就算咱拉车的倒霉了!
> 赶明日北京满城都是鬼,
> 那也好先生,您说对不对?

这一段话里的口吻,的确有北京洋车夫说话胡扯的风味,而且用它作一个结束,也是很自然的。这首诗的特点据我看出的大概就是这几点,也许还有没提到的,那都让读者自己去领略。①

这里非常细致地分析了《天安门》土白语言的精妙之处,它使我们知道在汉语十四行中有着这样优秀的土白诗。新月诗人在新诗甚至在汉语十四行诗中土白入诗,体现了精英知识分子的新诗语体尝试,"因为能写好土白诗,别的体裁当然更是不成问题"(饶孟侃)。新月诗人的土白诗包括两类,一是以诗人各自家乡的方言入诗所创作的土白诗,其代表作是徐志摩《一条金色的光痕》;一是以北平土话入诗而产生的土白诗,其代表作即闻一多《天安门》。这些诗在当时获得了积极评价。朱湘把这类诗归入"平民风格的诗",认为它的特点"一是取材平民的生活,一是采用土白的文体",认为其可以充分发展的是:"某一种土白中有些说话的方法特别有趣,有些词语极为美丽,极为精警,极为新颖,是别种土白或官话中所无的,这些文法的结构同词语便是文人极好的材料,可以拿来建造起佳妙的作品。"②闻一多在汉语十四行诗中尝试土白入诗,"做到了音节完善的境界",饶孟侃的《弃儿》同样取得了创作成功,这确是十四行体中国化值得注意的现象。当然,对于《弃儿》的语言组织

---

① 饶孟侃:《新诗话·土白入诗》,载《晨报副刊·诗镌》第8期,1926年5月20日。
② 朱湘:《评徐君志摩的诗》,载《小说月报》第17卷第1号,1926年1月10日

尤其是建行方式,也是存在着不同意见的,因为饶孟侃不以音组而以音数来建行,所以自由地运用了跨句、断行来寻求行的音数大致等量,在这诗中出现了"在飞""兜圈子""父亲"等词语抛入下行的现象,梁宗岱在写给徐志摩的论诗信中说:"'在飞''兜圈子'有什么理由不放在'乳燕'和'梁间'下面而飞到'一年'和'娘不是'上头呢,如其不是要将'燕'字和'间'字列成韵?"也就是说,梁宗岱是不主张为了均行和凑韵而任意断句破坏句子结构的,认为跨句断行要切合作者的气质和情调。① 这种意见也是值得我们重视的。

卞之琳、林徽因在《诗刊》上也有十四行诗发表,但由于其主要创作是在以后,所以放在其他章节中去论述。这里想补充说的是方玮德,他是新月后期重要诗人,有评论称他与陈梦家为"新月派后期的双星或双璧",逝世时年仅二十七岁。他的十四行诗《古老的火山口》发表在《诗刊》第3期(1931年10月),另在《玮德诗文集》(上海时代图书公司1936年版)中也有十四行诗,如《十四行诗一首》(曾载《文艺》第2卷第2期,1931年2月)。《古老的火山口》采用借喻,新颖而又别致,章法跌宕起伏,最早发表时的诗如下:

> 你不该来到这古老的火山口,
> 我不曾吐一口云气和半口灰,
> 也没有露一回火焰,响一声雷,
> 你可知道这美丽是歇了多久?
> 别再梦想那五千年前的嘶吼,
> 那沙石的飞扬,那城堡的崩颓,
> 那沸腾的海水对着天空徘徊,
> 你得猜这光采定是来得不朽;
> 可是你瞧,这样子不早就变卦,
> 你能否觉出一丝动静,一点温?
> 纵使你有那媚的火,热的诅咒,
> 你投进一千回那点得着的话,
> 这冒险的愿望只比作一阵风。
> 告诉你,你来迟了,这不是时候!

这诗题为"古老的火山口",情思类似游人面对默默的古老火山口所获得的体验思索,真切生动,意象飞扬。但这其实是首爱情诗,诗中的"你"和"我"

---

① 梁宗岱:《论诗》,载《诗刊》第2期,1931年4月20日。

正是所爱的男女双方。由于诗用"火山"来喻指"我",可见"我"具有阳刚之气,大致可以确定为男方。诗表达了一位曾经热烈地爱过但因故失去爱和爱的热情的男子的复杂感情。"你不该来到这古老的火山口",说明这种爱本不该发生;"我不曾""也没有",说明爱的"美丽"已歇了很久。"别再梦想那五千年前的嘶吼",要求所爱的另一方丢掉幻想,自己确曾热烈地爱过,但却再也不会出现了。"这样子不早就变卦",自己缺乏爱的热情,即使你想用"媚的火,热的诅咒"把它煽起,结果也是徒劳的。最后则真诚地告诉对方:"你来迟了,这不是时候。"这诗构思巧妙,格律严谨,是当时按照新月诗人探索的诗律创格十四行的典型作品。诗没有分段,头四行的契领是第一行,接着的四行的契领是第五行,再接着五行的契领是第九行,因此读来还是可以分成前八后六两段,前八又可分为四四两小段,后六的末行作结,这样诗仍然按着起承转合来结构情思。每一小段都有一行诗契领,表明情思的进展结构。全诗诗行整齐,均由十二音组成。诗的前八行采用ABBAABBA,是两个抱韵,这是意体最为重要的特征,正式意体的后六行用韵可以变化但要有规律,本诗后六行的韵是CDECDE,即第九、十、十一行各用不同的韵,第十二、十三、十四对应重复前韵,这是最为普遍采用的意体韵式,济慈的《蝈蝈和蛐蛐》即用此式,我国朱湘不少诗也用这种韵式,如《意体之36》。因此,这是一首极其典型的汉语十四行诗。

三 李唯建的长诗《祈祷》

意大利彼特拉克和英国莎士比亚的著名十四行诗都是组诗,由或多或少的情节串联着,并不完全独立。彼特拉克《歌集》中的三百多首是用来抒写自己柏拉图式爱情的;莎士比亚一百五十四首中的"我"、朋友、黑俏妇人和另一诗人间围绕着爱的感情纠缠展开。白朗宁夫人十四行情诗也是有情节的组诗,诗集开始,"死亡"与"爱情"两个主题同时出现,就像难解难分的纠缠对手,经过几个回合的搏斗,"爱情"终于从"死亡"的阴影中摆脱出来取得胜利。"从爱的疑虑到爱的信仰,从动摇到坚定,这一段不平凡的心路历程,在十四行诗里曲折地表达出来了。"[①]就在1928年闻一多译出并发表、徐志摩介绍并推荐白朗宁夫人十四行情诗后不久,李唯建就开始写作《祈祷》长诗,包括七十首十四行诗(另加八行序诗),并在《诗刊》创刊号(1931年1月

[①] 方平:《〈白朗宁夫人爱情十四行诗集〉附录》,上海:上海译文出版社1997年版,第119页。

20日)上发表其中两首,后《祈祷》集由新月书店出版(1933年)。无疑,这是对闻、徐译介白朗宁夫人十四行诗的直接呼应。

李唯建于1925年考入北平清华大学西洋文学系,在校期间就开始诗歌创作和翻译,他与庐隐的通信集《云鸥情书集》,同鲁迅与许广平的《两地书》、徐志摩与陆小曼的《爱眉小札》,均为当时影响最大的情书集。1929年清华文学社发起中兴运动,李唯建即成为文学社活动积极分子,1930年文学社刊物《新风雨》目录预告上就有李唯建的商籁体《爱》,与同为商籁体的朱湘诗《Gau er》、罗念生诗《给》、孙大雨诗《回答》并列。罗念生在自述中就说自己"在清华与曹葆华、李唯建自命为浪漫诗人,写十四行诗体,受新月派影响"。因为李唯建同罗念生、曹葆华同为四川老乡,同乡特有的亲切感、相同的意趣和志向,使他们共同在新诗创作,尤其是十四行的探索中互相影响、互相激励,甚至互相竞争。1931年至1934年,李唯建在上海与徐志摩、沈从文、邵洵美等新月诗人过从甚密,亲炙影响。《祈祷》在出版时注明:"十八,一月,十二日——二十二日。唯建,北平,西城。"可见《祈祷》的写作日期是1929年1月12日至22日,其时李唯建正在北平清华读书。以短短的十天时间完成洋洋洒洒千行抒情长诗(出版时原书封面标明"一千行长诗",实为988行),而且是格律严格的十四行诗,足见诗人才思敏捷,实为新诗创作所罕见。其中两首以《祈祷》为题,发表在《诗刊》第1期(1931年1月20日),"其一"实际是长篇组诗的第十首,"其二"实际是第六十一首,徐志摩在发表时给予了推荐。由于《祈祷》集的出版未能赶上陈梦家编选《新月诗选》(1931年9月),所以几十年过去了,当今天人们研究新月诗派的时候,就不再记起李唯建,十四行体组诗《祈祷》也就被人忽视而几近湮灭了。

《祈祷》的创作应该同闻一多、徐志摩的提倡新诗格律有关。1925年闻一多写了新格律诗《祈祷》,诗不是宣扬向天神祈求而是采用设问方式要求国人永远记住"这民族的伟大",即中华民族光荣的历史传统,其"祈祷"仅是诗的一种表现手段而已。李唯建或许正是受了闻诗影响而创作了同题十四行抒情组诗。李唯建是在徐志摩影响下走上诗坛的,为了感谢徐志摩的帮助,他在《祈祷》诗前,写了题为《赠志摩》的序诗八行:

> 你对我是这样温仁真诚,
> 一腔爱心,还有一腔热情;
> 你牵着我这只孱弱的手,
> 叫我向人生的大道疾走——

> 亲爱的好友,我深深谢你;
> 请收下这些残缺的稿子,
> 它们总有天会失了生存,
> 但不朽的永是你之灵魂。

字里行间流露出了对徐志摩的真诚帮助和热情扶持的感谢之情。这序诗使用了 AABB CCDD 的韵式,可视为残缺的十四行,莎士比亚的十四行集里就有"超十四行",行数不止十四行,也有半截十四行,如《对着早开的紫罗兰,我这样责备》就是十五行,而《可爱的孩子,你控制了易变的砂漏》就是十二行。朱湘的英体十四行第 6 首仅 10 句,整整砍去了一个四行组。因此,有人就认定《祈祷》包括 71 首十四行诗。对于写作此诗的内在动因,李唯建在《祈祷》小序中作了明确的交代:

> 你问我为甚么要写这本诗,为甚么题名为《祈祷》?我答道:我向来不服从,除了真理;我决不祈祷,决不在鬼神面前跪着祷告;盲目的崇拜,服从,我是最怕的,怕的要死。在这里我须说明,我要的是宇宙的统一,最大主权,真理,神明;心中得不到他们,我便不欲生,不愿度这紊乱无纪的生活。因此,万分的虔诚,亿分的服从,无限的沉静,我来——来跪下仰天祷告,希冀天神早日赐我以最美丽的真理;这样即使得不着,我死,也是个美丽的死。
>
> 自呱呱坠地时起,我们在这干枯无味的世上要做的第一件事已经固定了,我们不能似无舵的船,无尾的鸟,任凭风与浪的流荡飘漾的乱动;我们认清在世上的使命和责任,这才不算虚存世间空度一生。①

在 20 世纪 20 年代末那动荡不定的旧中国,诗人有着强烈的历史使命感,他要把握航向,不随波逐流,不盲目崇拜,想为国家民族做番事业,不虚存世间空度一生,且把这当作人生的"第一件事",这种精神是十分可贵的。因此,寻求真理、实现理想就成为他写作《祈祷》的原动力。《祈祷》诗题和主题极其明确,就是借用宗教外衣,"跪下仰天祷告,希冀天神早日赐我以最美丽的真理"。

对上帝祈祷——追求真理的艺术构思,在全诗中贯彻始终,诗中的上帝即真理的化身,因此爱上帝即爱真理,从对真理的爱恋进而执著地追求,它成

---

① 李唯建:《祈祷·小序》,《祈祷》,上海:新月书店 1933 年版。

为贯串全诗的一条红线。在诗的第一首里,抒情主人公呼唤着:"呵,上帝","呵!管辖宇宙万汇的光明之神",人类的希望、国家的兴衰、世界的存亡,"都正在向你祈祷"。随着组诗的逐步展开,几乎每首都以直接抒情的方式不断地"在上帝面前终日终夜的祷告",因为"上帝从天堂遣使我来这世上,/原是叫我在这世上寻找真理"。"我来向他祈祷;即是我的家"(第二十一首),这也就是诗人的归宿,真理的故乡。诗的旨要是艰难的追寻,他搜集了东西南北的花,要替上帝"造个芬芳的地方"(第三十首),即诗人的理想幻境——花坛;而花坛、乐坛、舞坛和诗坛是诗人在诗中先后描绘的四个理想幻境。透过这"芬芳的地方""美丽的世界",诗人把追求的真理归结为"一"("宇宙的统一")。李唯建所说的"一"是一个较为模糊的概念,类似欧洲哲学中的一种本原论观念。《祈祷》末首十四行诗是:

> 许久我打算连接天上的北斗,
> 　　用秘密的丝弦将它们串结起,
> 　　亲自拉一调歌曲唱出"生"和"死";
> 这是我终生的事业,我的好友,
> 这只琴会坏,但它的音调不朽;
> 　　任凭这世上的一切怎样变徙,
> 　　它音调的颤动永进人的心里——
> 看!这便是我拨动琴弦的手,
> 我用力的拨动它——呵,弦丝断了!
> 　　使得小鸟发抖,使得空气动荡;
> 在沉默中我听见琴声的袅袅,
> 　　继续不断的永在人世间浮漾:——
> "人类究竟是否能将眼泪丢掉,
> 　　人类的热情是否在心里澎涨?"

这表明自己的不懈追求是希望人类能够摆脱悲惨的生活和命运,希望人类能够永远以饱满的热情去追求真理。诗人由爱真理到爱情人再到爱人类,给读者留下无限的思考空间。李唯建的诗受外国文学影响,注重情绪结构和心理逻辑,它不按照现实时空逻辑直线发展,而是按照感情心路发展,展现在读者面前的是诗人主观世界折射出来的七彩虹霓。诗人的自由联想和内心独白,交织成一种枝蔓式的立体结构;当然诗的发展脉络仍有轨迹可循,在交叉切入的蒙太奇组接之间,我们仍可认清其基本心理流程,即始终围绕着"追求真理"这一端点,其心理流向过程为:祈祷上帝—艰苦奋斗—来到神地—又遭破坏—生死相爱—信条不灭。

李唯建在写作此诗之时,也正是他与庐隐热恋之际。除了《云鸥情书集》中六十八封情书记载着他们恋爱的经过,以及长诗《影》在封面上就赫然印着"情诗一首献给庐隐女士"之外,在《祈祷》中围绕着热爱真理的主题,李唯建又不由自主地糅进了他对庐隐的爱恋。他把世间有爱情比作"火山里有火"(第四十五首),爱情之火总是要爆发要燃烧的。他对爱情作了大胆的描写:"我前面赤裸裸躺着一切秘密,/从前我哪敢盼看见你的仙姿,/但现在你自己来到我的心室。"(第四十七首),接下去的第四十八首写道:

> 你的来临并不是偶然的,我爱
> 　　我现在能碰见你,并非无原因;
> 　　冰凉的冬过了自然是那芳春;
> 我的呼吸永远住在你肺腑内,
> 我们前生便是一对相当佳配;
> 　　呵,爱,看我的嘴上有你的吟呻,
> 　　我的嘴唇还是说是你的嘴唇,
> 还是说是我的,我心里的姊妹;
> 不,不必这样;我们俩哪有分别,
> 　　问上帝他很知道我俩的关系,
> 你不知道你的血里有我的血?
> 　　谁不看见我的眼能流你的涕?
> 爱情已经把我俩生死的连结,
> 　　我们的一生真可以说是美丽。

这里仍然是诗人向着上帝的祈祷,上帝成为你我生死爱情的见证。这诗中全是真情实感的袒露,是真诚爱情的自然倾诉。在《祈祷》中,诗人就是在向上帝的祈祷框架内,注入了爱情生活的抒写,同时又由爱情的抒写推及到人,到爱人类。他写道:"你的智慧一切在我的心里说话,/叫我不单祗爱你,还要爱人类,/叫我拿同情的泪充盈了大地。"(第五十六首)

《祈祷》的重要特点就是繁富的意象蕴蓄着情与理的契合。李唯建在诗中注意通过联想将诗思具象化,在具象的意象中使情思与哲理达到高度契合。如第二十四首,为表现事物总是在对立斗争中才能得到发展的道理和诗人对真理追求的意绪,就采用了繁复的意象:

>   我知道美妙的神乐绝不会从
>   沉静中出来的;和平也绝不能
>   从安宁中产生;东方红日初升
>   也须得经过那黑森森的天空;
>   畅茂的春季也不过来自寒冬;
>   彩虹也不过由漫浊的气凝成;
>   天上的流星慢慢会坚定固恒;
>   慈悲总会脱离残忍来到人胸;——
>   啊啊,文化在进步,不息的进步;
>   单为这个已使我忘了死和忧;
>   我偷偷的将智慧的种子散布,
>   我用力紧握着文化的新潮流,
>   我不仅管现世,还管一切坵墓,
>   我要使人类都在温柔里沈浮。

这里的前八行没有抽象的抒情,一切都蕴蓄在繁富意象之中。这些诗句用感性形象来表达主观意念,引发读者联想。后六行直接抒情,但是其抒情糅合着诗人的感情,而且也是采用较为诗意的语言写出,所以就与前面繁富意象相得益彰,达到了意象、感情和理智的融合,这充分显示了诗人驾驭诗歌语言的独到能力。

当然,诗人创作《祈祷》时年仅二十岁,由于人生阅历和艺术实践的限制,所以需要驾驭这样具有思想史意义题材的鸿篇巨构,还是在创作中显得力不从心。诗的主题是始终不渝的真理追求,但是这真理却是那么地空泛模糊,自然就缺乏内在的逻辑说服力;诗写得激情高扬,自然流畅,词藻华美,格律严谨,但不少地方让人感到拖沓疲弱。尽管如此,我们还是认可《祈祷》在汉语十四行体发展史上具有重要的开创意义。诗人在七十首十四行诗中采用了同样的格律连缀而成,一气贯通,这是一项繁难而艰巨的工作。诗人的创造在于:第一,在诗体上采用彼特拉克体与亚历山大体的融合。《祈祷》严格恪守彼特拉克体的段式,前八行被称为奥克特夫,由两个四行诗节组成,后六行被称为赛斯泰特,由两个三行诗节构成。韵式一律采用典型的前八行两个抱韵 ABBAABBA,后六行押 CDCCDC,是为正式。李唯建充分利用这种段式结构,在写作上不仅确保两个段落韵律节奏的变化进展,而且借鉴传统写作经验,在思想内容上也有个分界。一般来说,前八行陈述某种情节,后六行提出一种评论,或前八行提出一个概念,后六行举出一个例证,或前八行提出

一个问题,后六行进行回答,等等。例如上引第二十四首的前八行是繁复的意象抒写,而后六行则是诗意的抒情。这样,全诗激情和丰富意象结合、思想智慧和美丽词藻结合的特征就得到了体制上的保证。第二,《祈祷》每个诗行的音数没有采用传统彼特拉克式的十一音,而是改用了法国亚历山大体的十二音,使得诗行语言的组织更有弹性空间。李唯建并没有按照孙大雨、闻一多的音组排列节奏方式建行,而是按照徐志摩、朱湘的诗行匀配节奏来组行,具体来说是控制诗行音数(十二音),诗行的音组数量不作规定,一切都依据语调的自然、文法的自然和达意的需要来安排,一个诗行可以是一个句子,也可以是两个或三个短语,还可以是两个半句排列,同时,一个句子可以安排在一行内,也可以安排在两行内,自由地跨行跨节,这样写出的诗行必然是自然的也是自由的,读来必然是流畅的也是尽情的。第三,《祈祷》的节奏方式表面看来就是一般人说的限字说,历来受人非议。其实这是在新韵律运动中由徐志摩、朱湘等创立的与音组排列节奏平行的一种新诗节奏方式。这种节奏方式是在诗行匀配意义上去造成有变化的整齐节奏,不能简单地把它视为限字(音节)说。《祈祷》的诗行节奏构成有三个重要因素:一是每行十二音,汉语是独体单音的,每字都有大体等时的声音,诗行音数一致也就是诗行声音段落基本等时;二是每行的十二音的音组数量呈现的是基本一致基础上的变化,整齐中的变化在新诗节奏中不仅是允许的而且是审美的;三是每个行末都是有韵的,每个行末都有较大停顿,从而充分显示了诗行的独立性质,凸显出诗行的节奏意义,基本等时的诗行在规则中匀配,就会在节奏进展中传达出整齐的节奏感。事实上,在 20 世纪 30 年代初采用诗行匀配节奏写作十四行诗的诗人要比采用音组排列节奏的来得多。那么,诗人写诗尤其是写作像《祈祷》这样的长诗为何要把自己限制在十四行体内,受到固定的节奏与脚韵计划制约呢?我们可以用美国诗学教授劳·坡林的话说,那就是"部分原因是继承传统;我们都只为某种传统本身而继承,不然的话,为什么我们要在圣诞节摆一棵小树在室内呢?"笔者猜测《祈祷》继承传统诗律写诗的动机表现在两个方面。一是十四行体能够有效地处理某种题材与情思,"能对爱情的题材进行严肃处理,而且也适宜于处理悼亡、宗教、政治等相关题材",《祈祷》的题材和构思是同十四行体的传统一脉相承的,采用传统体式来抒写传统的题材,容易获得读者的高度共鸣。二是"十四行诗的传统还有一点作用:它以高难度向诗人的技术挑战。差不多的诗人当然时常遭遇失败:他不得不用不必要的词语来填补诗行,或为押韵而使用不妥当的字词。可是好诗人却在挑战中感到英雄有用武之地;十四行诗能使诗人想到在其他情况下不易想到的概念与意象。他将征服他的形式而不为形式所窘"①。确实,正是题材与诗体的契合、格律的限制与征服的过程,成就了《祈祷》这一中国十四行诗史上的杰出诗篇,留给我们许多富于借鉴意义的创作经验启示。

四 朱湘的十四行诗

朱湘是清华文学社早期成员,也是新韵律运动的重要人物。他从20世纪20年代初即皈依在新文学的旗帜下,自述"作新诗的理由,不为这个,不为那个,只为它是一种崭新的工具,有充分发展的可能;它是一方未垦的膏壤,有丰美收成的希望"②。基于这种坚信,他始终不渝地创造着新诗体,期望各种感情、意境都能找到它的最妥切的表达形式。这"表达形式,或是自创,或是采用,化成自西方,东方,本国所既有的,都可以,——只要它们是最妥切的"③。朱湘最早的新诗收在《夏天》集中,出版于1925年,大约写于1922年至1924年;接着的《草莽集》写于1925年至1926年,1927年出版。他把《夏天》《草莽集》的新诗体探索称为"开辟了草莽",将来还要"种五谷"。1934年出版的《石门集》,则可视为他种五谷的实绩。《石门集》中的诗写作时间大约是1930年至1933年间,也就是从他赴美留学回国以后,一直到他投江自尽之前。从创体角度比较,如果说"草莽期"的朱湘是在中国古典诗词所提供的经验基础上来创造新诗体,那么在"石门期",朱湘所着重追求的则是借鉴外国诗式来创造新诗体了。《石门集》里有无韵体诗歌六首、两行体诗歌一首、四行体诗歌四首、三叠令二首、回环调一首、巴例曲三首、圜兜儿十四首、英体十四行十七首和意体十四行五十四首。这种变化同他的留美经历有关,也同他持续探索新诗体有关。诗体探索的重要走向是从诗节形式到固定形式的变化,这又是同十四行体中国化的进程有关。据现有资料来看,朱湘很早就关注到十四行体,1925年6月24日,时年二十一岁的朱湘创作了英文十四行诗,一首《致荷马》,一首就是《To Aeschylus》,后一首由罗念生翻译成《致埃斯库罗斯》,发表在《新文学史料》1984年第1期。该诗采用莎士比亚式,格律是一轻一重,每行五音步。前面三节四行诗,隔行押韵,最后两行诗同韵。在这以后我们从曹葆华在1930年出版的《寄诗魂》中还读到他的汉

---

① 〔美〕劳·坡林:《怎样欣赏英美诗歌》,殷宝书译,北京:北京出版社1985年版,第185页。
② 朱湘:《北海纪游》,《中书集》(影印),北京:中国文联出版公司1993年版,第19页。
③ 朱湘:《"巴俚曲"与跋》,载《青年界》第4卷第5期,1933年3月。

语十四行诗《自励》,这诗写于1929年。《草莽集》中最具代表性的抒情诗,内部结构是横式的诗节形式,即构成全诗的每节都具有独立意义,相同或相似的各节并列,内容反复,声韵复沓,显示诗歌情调完美。沈从文对此的评价就是:"采取自己一个民族文学所遗留的文字,用东方的声音,唱东方的歌曲,使诗歌从歌曲意义中显出完美。"①而《石门集》中的诗,就突破了诗节相对独立而构成的横式结构,诗的内在结构和节奏模式呈现着纵式进展,即全诗的情调和声韵是单线向下发展的。这种特点尤其体现在十四行体的探索中。十四行体的构思,从首行到末行能描绘出一种完整的画面,完成一段相对完整的抒情内容,内部结构上有个起承转合的进展过程,开头的起句到最后的结句,不会处在同一思想平面上,而是经历了一个向前发展的过程(或曰动态流程)。这样写来,诗就会有深度、有回味,容情相对要大,结构相对复杂,更加耐人咀嚼。朱湘探索新诗体从横式结构到纵式结构,也就是从节的重复结构到篇的有机结构。试以《意体之53》分析:

> 云霾升起于太空了,水面
> 有蜻蜓低舞;喧噪着,乌鸦
> 像树叶在深秋旋绕而下;
> 草坪在风内急剧的蹁跹。

这是感情发展的起,写自然界的阴霾满天,万象沉郁。接着的四行是承:

> 我的太阳已经行到中天——
> 可是,阴沉着,并没有光华,
> 苍白的,好像睡眠在床榻,
> 悄然无语的病人那张脸。

由自然界的阴霾满天到写自己的心情阴沉,命运乖舛,诗人的思想感情沿直线发展,变得浓烈和凝重。若继续沿同一方向发展,诗情就会走向反面,幸而,接着的三行是转:

> 过去是一个悠长的晨间,
> 同时又短促;也听见鸟啼,

---

① 沈从文:《论朱湘的诗》,《沈从文文集》第11卷,香港:三联书店1984年版,第121页。

也看见太阳蜗行在窗上。

转写对过去生活的慨叹及重估,"悠久的晨间"给过去生活涂上亮色,"鸟啼""太阳蜗行"是晨间的具体化,既然过去如晨间,那么未来呢?这就是末三行:

　　在如今这时候,正能默想
　　已逝的温柔,成灰的友谊,
　　以及将临的暴风雨,来年。

这是归结,诗人进入了心的境界:默想——对过去的生活和未来的生活,并与开头四行"阴霾升起于太空"照应。全诗形成了一个盘旋而下的情感发展流程,完成了独立的情感表达。在这诗中,单独的一组诗行,都不具相对独立的完整价值,因为他们都不具相对封闭的自足性,而只是整个流程中一个前后相续相承的片断。

　　《石门集》是在诗人投江自尽半年后出版的,但却是诗人生前就已经编就的。罗念生就说过:"诗人生前很看重他的《石门集》,他屡次在书信里提起他的得意处。"[①]这是因为这本诗集无论是内容或是形式都更显得成熟,是朱湘探索新诗体所达到的最高峰。这里仅谈诗集中的汉语十四行诗,包括意体十四行诗五十四首、英体十四行诗十七首,加上《永言集》保留的《十四行》,共计七十二首。这在当时可算是汉语十四行诗创作最为丰硕的成果了,这些诗分"英体"和"意体"两类编排,并正式标明"十四行英体"和"十四行意体"名目,这在朱湘之前是未曾有过的。"中国的十四行诗,从它以不具名形式悄悄地出现于诗坛,到它正式获得'商籁体'的名称——这是一大进步;再从单一的意体十四行的创作,发展到意体和英体两种十四行的概念——这更是一大进步。而在完成这一进步的过程中,诗人朱湘是作出了重大贡献的。"[②]朱湘的挚友柳无忌也充分肯定朱湘在《石门集》中的十四行诗探索,他说:"他的七十余首十四行诗是他诗集中最有价值的一部分。《石门集》中朱湘创作了五十四首意体,十七首英体。这些诗既有十四行诗的严格规律,又有中国诗歌浓郁的情思,两者水乳交融地溶合成了一个你中有我,我中有你的不可分割的整体。"柳无忌强调创作《石门集》时的朱湘,把"古典诗论、新诗论、西洋诗论,及新诗的创作与西诗的翻译综合起来,毫无疑问地可

---

① 罗念生:《评朱湘的〈石门集〉》,《二罗一柳忆朱湘》,北京:三联书店1985年版,第85页。
② 钱光培:《中国十四行诗的历史回顾(下)》,载《北京社会科学》1991年第2期。

以说,朱湘是一个完全的诗人",即"诗人的诗人"。① 这其实突出地肯定了朱湘《石门集》中的诗包括十四行诗的重要特征,那就是中西诗论的综合融通,也就明确地指明了他的十四行诗中国化的重要特征。

朱湘《石门集》中的十四行诗在思想内容方面,同前期的诗相比还有两个重要特点。一是抒情基调从平和温柔到凝重深沉。《草莽集》中有许多轻柔的"歌""曲",沈从文认为其"外形内含那么柔和温暖,却缺少忧郁",我们读来感到春风拂面,水波荡漾,而《石门集》中诗情就显得复杂得多,我们读来感到秋风愁人,阴霾满天。二是抒情方式从情景交融到情理交融。《草莽集》的诗追求主客结合的意境,体现出传统诗歌的情景交融,而在《石门集》中,诗人根据十四行诗不擅描述情景而是利于内心独白的诗体特征,注意从西方诗体创作中吸取营养,用情理结构的抒情方式,扩大了思想容量和情感变量。《石门集》中的十四行诗并不缺少形象,个别诗的形象完整,如《意体之44》:

> 挽着自家的孩子,在这春天,
> 一同去晒太阳,吸花香,草息……
> 他抽条,长叶在温和的气里;
> 我作山,带着他,开朗了容颜。
> 又笑又说话,他是鸟声的尖,
> 是石卵的圆润,是溪水的急……
> 康健洒上了身来,一点一滴;
> 还有快乐,它骀荡着在身前。

诗用白描的方式,创造了温馨的意境。但这诗并不是要像古典诗歌那样,通过意境给人以美的享受。这诗采用的是情理结构,诗人在描写了这形象以后,要说明的是"循环的生长着,时与人与物"的哲理:

> 不用知道,他自己便是"生长"!
> 到将来,又一遭的,他也要挽
> 他的孩子,在春天,走这条路!

这才是诗人所要抒唱的,由此再看前面的形象描写就感到它再不是具体的意

---

① 柳无忌:《朱湘:诗人的诗人》,《二罗一柳忆朱湘》,北京:三联书店1985年版,第58页。

境描写,而是诗人的知觉直接上升为对生活的一种哲理概括。全诗呈现的不再是情景交融结构,而是一种情理结构。诗人的抒情方式也不是以意境感人,而是以情理感人,呈现着一种新的美学规范。

以上两个特点,都是同写作这批作品年代里诗人的处境和心情有关,"诗人随时随地都在拾取材料"①。如《英体之 13》:

> 我情愿作一个邮政的人——
> 信封里的悲哀,热烈,希望,
> 好像包藏在白果里的仁。
> 堆积在面前,让我来推想……

诗人把司空见惯的东西作诗料。再如《意体之 35》:

> 不受欢迎的是疾病,炎热,骚扰。
> 攘夺受我的诅咒! 零星这几件,
> 辛苦中得来的,自己还要理会。
> 旁的我并不企求,也没有需要
> 除了中等的烟卷,够抽一整天……
> 常时的在夜里;七月,冰糕一杯。

这是现实生活直接入诗,并非是理想化的意象,而是充满着人间烟火气。如《意体之 36》:

> 汽车好像是舞女滑过地板,
> 身披着光泽;透明的,在车里
> 安坐有行旅,富庶或是游戏,
> 照了他们的话,车开驶,停站。

这更是现代城市生活的写照,类似 20 世纪 30 年代现代派新诗。《草莽集》中充满着东方情调和田园风光,而《石门集》里却充斥着现代文明气息,甚至有这样的诗行:"商家在交易所赔了巨万/一、二、三、四的,兵开到前方",这是一个纷繁杂乱的社会。在题材扩大的同时,诗的情思也变得更为复杂,正如

---

① 罗念生:《评朱湘的〈石门集〉》,《二罗一柳忆朱湘》,北京:三联书店 1985 年版,第 87 页。

他在《英体之2》中所说:"或者,世上如其没有折磨,/诗人便唱不出他的新歌。""石门期"的诗人时时被"穷"和"累"所困。他在诗中不加掩饰地抒唱:"朱湘,你是不会拿性命当玩,/这么绝食了两天,只吞水、气/弄得头疼,心沉重,口里发酸。"他在诗中追问:"你不累,我的心/这般劳碌着时刻不停?"造成这种心理和思绪的原因是社会环境。朱湘回国以后受到的是歧视、鄙视和挫折。一个个计划碰壁,一个个追求幻灭,所得到的是失业、穷困,与各种冷遇和白眼,使他深感其时中国"白昼为虚伪所主管"。因此,诗人不再一味地抒唱平和温柔的歌了,他更多地面向现实,面向人生,抒情基调就自然地呈现出深沉凝重。正如其挚友罗念生所说:"集子里充满了厌恶,潦倒,悲观的情调。诗人对人生有了更深切的体会,但也因此引起了更大的失望。"①尽管如此,诗人仍有所追求。他在《意体之11》中赞颂骆驼的坚韧:"谁都知道这是沙漠,唯有骆驼,/那迂缓的沉默,在踏步前行;/前面有绿洲么,它不敢相信,/它拿袋子珍藏起泉水一勺。"诗句表达了他在艰苦环境中怀着悲观心情坚韧前行的精神。而在这种情况下的创作,抒情基调和诗体风格发生重要变化就是很自然的了。《石门集》中的十四行诗在内容方面的价值,正在于真实地反映了一个爱国诗人在那艰苦环境的折磨下所经历的复杂心理历程,而诗深沉凝重的基调只是其痛苦灵魂的外在表现。

《石门集》中的意体和英体是十四行体汉语化、民族化的重要成果。朱湘的探索,较好地体现了遵循诗体原本精神与创造汉语诗体的结合。先说音韵,诗人所创作的十七首英体十四行诗中,有十四首是按照标准的莎士比亚式写成的,即采用了四四四二的结构和 ABAB CDCD EFEF GG 的韵式,余下的三首,有两首依然保持英体十四行的构架,但韵式变成了 ABAB CBCB DEDE FF(《英体之1》)和 ABAB BCBC CDCD EE(《英体之10》),这是借取了斯宾塞式的连环扣韵法,使各诗组之间,既有韵的变化,又有韵的连绵。还有就是《英体之6》只有十行,这在莎士比亚的十四行诗集中也有先例。朱湘意体十四行诗在韵脚安排上,完全按照彼特拉克的"ABBA ABBA CDE CDE"和"ABBA ABBA CDC DCD"韵式写的是十余首;其余的四十余首,据钱光培统计,所用韵式有十一种:

(1) ABBA　ABBA　CDE　EDC;
(2) ABBA　ABBA　CCD　EED;
(3) ABBA　ABBA　CDC　CDC;

---

① 罗念生:《评朱湘的〈石门集〉》,《二罗一柳忆朱湘》,北京:三联书店1985年版,第85页。

(4) ABBA　ABBA　CDD　CCD；
(5) ABBA　ABBA　CCD　EEC；
(6) ABBA　ABBA　CDD　CEE；
(7) ABBA　ABBA　CDE　DEC；
(8) ABBA　ABBA　CDE　ECD；
(9) ABBA　ABBA　CDD　ECC；
(10) ABBA　ABBA　CDD　ECE；
(11) ABBA　ABBA　BCD　DBC；

前八行保留彼特拉克的韵式，后六行变化多端，这是符合意体十四行体的"原本精神"的。"他在这些十四行的创作中有意为之的这些小变化，虽然搅乱了原有的西方十四行的秩序，但仍然是符合十四行诗的'原本精神'的。因为西方十四行诗发展的历史表明：作为它最为固定的因素，只是那'十四'的行数（偶有超过或不足此数的，是罕见的例外），至于诗组的结构和韵脚的安排，都是可变的。只要变得妥帖就行。如果不是这样，就不可能由意体十四行变出英体十四行来；如果不允许这样，在英体十四行中，就不会有什么'斯宾塞式'、'莎士比亚式'的区分。——十四行诗，从西方的意大利到西方的英国，都发生了这么大的变化；现在要它从西方到东方，到一个用方块字作为语言符号的国度里来，怎么会不发生更大的变化呢？"①在十四行体英国化过程中，诗的韵式的多变和丰富是一个重要的标志。应该说，朱湘十四行诗中国化在韵式变化中较好地保留了原本精神，同时又大大地丰富了中国十四行诗的变体格式，这是应该予以充分肯定的。

再说朱湘十四行诗的节奏。首先就建行来说是打破行句统一的传统观念，采用了化句为行，多用跨行，每行音数一般统一形成均行。请读《意体之3》：

　　　　我把过去摔在地上，教它；
　　　　你泥沼里去罢！本来泥沼
　　　　是你的老家；你不要再吵
　　　　闹在耳边……它却仍旧哇哇
　　　　作癞虾蟆的笑声；它紧抓，
　　　　紧抓住我的脚，两目奸狡

---

① 钱光培：《现代诗人朱湘研究》，北京：燕山出版社1987年版，第223—224页。

如蛇的钉住我。我不能跑。
我不是懦夫;我也咬起牙,
歪下头去看……我一阵寒噤:
因为这个丑物已经变作
我的模样,正在一套,一套,
变着各种的形……这时,遍身
我出汗,怒抖,整颗心像割。
我晕了……它又钻进了心窍。

这里统一规定每行十言。(朱湘的十四行诗一般以等量来规定每行的音数,当然也有例外的,如《英体之1》前三个诗组十二行,单行九音,双行十音,末个诗组两行九音,通过诗行高低排列标志。)不以句为单位,而以行为单位,实行行句分裂的西诗方式建行。结果是:第一,有的诗句结束在诗行中间,上例中第二、三、四、五、七、八、九、十、十二行中都有分号或省略号或感叹号来表示断句;第二,一行中包括两个或两个以上短句,如第八、九、十一、十二行,都用标点并列分句;第三,有的诗行跨行,如第三、四、七、十一、十三行都有上行诗句的跨入。化句为行增加了诗行的弹性,相比以句为行来说给诗带来更多的自由变化,免去了一些单调和生硬,同时也能确保全诗的均衡节奏和调式。其次就组行来说是行的统一,音数相同。朱湘没有采用西诗的通过固定"音步"数来建行,也未用孙大雨式的通过固定音组数来建行,而是以每首字数(即音数)一致原则来处理诗行匀配问题,即全诗十四行的每行音数一致(当然也有少数例外)。这样写出的诗每行字数一致,可以切成规则的方块(往往被人称为"豆腐干"诗),在图底关系中具有建筑的美,只是因为行内有标点占格或有意空格,所以实际呈现出的外在诗形仍有参差。

朱湘在十四行诗中实践的节奏方式,即通过控制和统一诗行音数建构节奏体系,一般被称为"计音主义",它由新韵律运动中的饶孟侃、徐志摩和朱湘创立,其基本特点是把诗行作为节奏单位,通过行的独立与行的匀配来形成格律新诗节奏。历来的批评意见认为朱湘诗的这种节奏方式是"体式的迷误",即"朱湘未曾顾及汉语言与英语和意大利语的本质不同,单纯追求字数一致,以获取古典律诗的体式效果","字数与格律成了窒息诗思的紧身衣"。① 其实这是一种误解。朱湘的十四行诗每行规定音数,难免会出现凑字句现象,这种现象在朱湘诗中也有但是数量很少,他的十四行诗从语言来

---

① 方李珍:《朱湘十四行诗:体式的迷误》,载《福建论坛》1996年第6期。

说总体上呈现着自然、自由的特点,抒情语调自然流畅。其实,任何一种格律都是"紧身衣",即如有人主张的每行限定音组同样会出现凑字句的现象,这是创作的问题而不是格律的问题。另一种批评意见认为汉语是以音组而不是以音为基本节奏单元的,以音数建行就落入计音误区,造成了外形上的任意跨句断行,加剧了对诗体内在距离组织的破坏。这是一种陈旧的观念,因为西方现代诗早就探索了行顿节奏而且取得成功。我们认为,如若新诗诗行较短,相同音数的诗行整齐排列,尤其是每个行末押韵,同样也是可以造成形式化和口语化结合的节奏效果的。其实,由闻一多、孙大雨开创的音组节奏体系和由徐志摩、朱湘探索的音数节奏体系,完全可以并行发展,事实上我国汉语十四行诗(包括整个新诗)创作中更多采用的是后一种节奏体系。柳无忌在《为新诗辩护》中就认为新诗创格有两条线索,一条是以轻重音的分别和音组拍数来创格,另一路"主张新诗还不如从本国的旧诗那边学一点乖,每行可有一定的字数,每诗有个整齐的格律。这就成了有名的所谓'豆腐干诗体'。这类诗并不像一般人所想像的那样拘束与单调,因为作者可以自由地界定每行的字数,依照诗中的情感或思想而变化着。同时,作者不一定一行内写着一句,他可以在一行内写着几短句,或者可把一长句带到另一行内结束。在这里面尽有很多的自由,可以免去拘束,有很多的变化,可以免去单调与生硬"。然后,柳无忌举出了朱湘的《女鬼》即《意体之8》为例,认为"十四行诗是很容易束缚而变成单调与生硬的体例,但是这诗却一点儿也没有那些弊病,它是新诗中最可诵读的一首好的作品"。接着,柳无忌又举出了自己的《决心》和《新岁》为例,得出结论:"倘使新诗要有格律,或者被讥称为'豆腐干'式的诗是个妥当的试验。这种做法是相当的吸收了西洋文学的影响,把末滋养着诗的生命,创造着新诗的形式与格律;它似乎比整个的吞下了英诗的构造法,要在中文诗中用轻重音而忘却了中英文字根本不相同的一般论调为高明一些。"①柳无忌在音组连续排列说和诗行字音匀配说两套新诗节奏体系中,明确地肯定后者,特别强调的是后一种节奏写作自由,诗的音节依照诗中的情感或思想而变化,改变了格律体新诗往往存在着的字句语调单调与生硬的弊病。这种观点值得重视。

当然,我们在充分肯定朱湘进行新的节奏方式探索所取得的成果时,也要看到朱湘采用音数等量建行有时也会出现偏差,这就是有的诗中出于合律要求而移行太多,某些诗行组织同我国读者欣赏习惯相距太远,如朱湘《石门集》中的两例:

---

① 柳无忌:《为新诗辩护》,载《文艺杂志》第1卷第4期,1932年9月。

尽管是法力无边,人类所崇
拜的神不曾有过一百只手——
　　　　　——《英体之8》

是你的老家;你不要再吵
闹在耳边……它却仍旧哇哇
　　　　　——《意体之3》

为了诗行押韵和字数统一,诗人把"崇拜""吵闹"拆开,把"拜""闹"字抛入了下行,这显然同读者的欣赏习惯存在距离,其实诗人完全可以重新进行句式或用词的调整,避免这种过于生硬的欧化现象出现,从而使得跨行抛词同诗的情调和语调契合。卞之琳说过:"从语言问题说,一方面从西方来的影响使我们用白话写诗的语言多一点丰富性、伸缩性、精确性。西方句法有的倒和我国文言相合,试用到我们今天的白话里,有的还能融合,站住了,有的始终行不通。引进外来语、外来句法,不一定要损害我国语言的纯洁性。"[①]在十四行体中国化进程中,笔者认为分裂词语跨行(不是指一般的正常的跨行)弊多利少。"从语言学角度来说,汉字是一种视觉性很强的文字,以字形表意为造字的首要原则。汉语句子的词法、句法和语言信息的大部分不是显露在词汇形态上,而是隐藏在词语铺排的线性流程中:分裂词内部之间的粘合关系的跨行,显然会扰乱或破坏读者从词语铺排的线性流程中获取正常的信息链。从阅读欣赏的心理角度来说,读诗应该是一种'非常时刻',欣赏者在阅读过程中会暂时切断自身与周围世界的联系而进入一种'我思故我在'的境界,阅读之后往往能给周围世界重新赋予意义。因此好的诗歌应该赐与读者美丽的诗行形式,给读者创造良好的欣赏氛围。可是那种拆词跨行却使欣赏者因为视线需不断转移而会影响获取意义信息和谐感。"尽管如此,我们同意这样的结论:"我们也许没有充分的理由问罪于十四行这种形式,朱湘的十四行诗毕竟是试作和探索性的。要求一种舶来诗歌体裁的运用,在短短的几年内就达到民族化、汉语化的程度,只是一种良好的愿望而已。"[②]朱湘的探索包括新的建行和节奏方式的探索,对于中国十四行诗发展的贡献是历史性的。

---

① 卞之琳:《新诗和西方诗》,《人与诗:忆旧说新》,北京:三联书店1984年版,第189页。
② 周云鹏:《十四行体汉语化发展态势论》,载《鄂州大学学报》2001年第1期。

五　柳无忌的十四行诗

我们紧接着饶孟侃、李唯建、朱湘来论柳无忌的汉语十四行诗，首先是因为柳无忌的十四行诗大多散发于1932年前的报刊中，其创作时间是与饶孟侃、李唯建、朱湘同时或更早的。柳无忌的诗成集的仅《抛砖集》，1943年由桂林建文书店发行，但诗集中的二十一首十四行诗，除了最后一首《屠户与被屠者》外，都是诗人留学国外期间的作品。这些作品是同新月创格的时限和追求完全一致的。第一首诗末注明的写作时间及地点是"一九二七年于苹果里"，第二十首诗末注明的写作时间及地点是"二十一年（即1932年——引者注）七月印度洋上"，因此，"这二十首十四行诗，从初登北美洲大陆写到回归故园途中，可以说是诗人的一部'留学心史'。在这部'留学心史'中，诗人记下了当年和朱湘同住美国加州苹果里苦读西洋文学的心境（《读雪莱诗》《怀诗人济慈》），记下了诗人在美国及西欧的见闻与感受（《纽约城》《伦敦的雾》《择偶节》），更记下了一个远方游子对故园与亲人的无尽相思（《冬宵》《途中》《爱的呼声》《病中》等）"①。由于柳无忌后来编辑《抛砖集》集时打乱了作品发表的时间次序，所以很少有人知道这些诗内在感情线索的前后连贯性。如1931年7月出版的《文艺杂志》发表了柳无忌的九首十四行诗，有着一个总题《春梦》，另有一个括号注明"连锁的十四行体"，这些诗相互之间内在地有着整体的关联性。从时间来看，是从1929年11月22日至1930年2月14日；从地点来看，是从新港到纽约再到新港；从事件来看，是写诗人一段热烈而隐秘的爱的心迹；从情感来看，是一种孤独的相思的爱的倾诉，即使是充满光怪陆离城市景象的《纽约城》，也还是落脚在寂寞的思念之上。全部九首诗都是紧扣"春梦"来展开的，连贯性非常明确。罗念生就看到了这一点，他在1931年的文章中说到近来诗人写作连续的十四行诗时，特意举出了李唯建的《祈祷》和柳无忌的组诗，可见柳无忌是我国最早写作多首十四行组诗的重要诗人。柳无忌还有十四行诗译作发表，其创作和译作大都作于留美期间，发表时间也大都在1932年之前，如1931年7月出版的《文艺杂志》第1卷第2期上，除发表了他的《春梦（连锁的十四行体）》九首外，还发表了他以笔名"啸霞"发表的五首十四行诗以及四首"译十四行诗"。因此，我们把柳无忌放在20世纪30年代初十四行诗创格时段来论述，

---

① 钱光培：《中国十四行诗的历史回顾（下）》，载《北京社会科学》1991年第2期。

应该是有着充分理由的。

其次,柳无忌的十四行诗创作与朱湘有着特殊的关系。柳无忌在清华留美预备班时,直到最后一年才确定从事文学,而这离不开当时在清华的朱自清与朱湘的影响,他说:"二朱对我的启导与影响相当大。"①然后,他又与朱湘在1927年同渡太平洋赴美留学,结伴在劳伦斯读书,地点在威州北部苹果里镇。柳无忌的创作直接受到了朱湘的影响:"子沅鼓励我写诗,由于他的启示,我起始觉悟到诗的形式与格律的重要,我的作风也就跟着大变,从前喜用华丽的辞藻,那时却试作锻炼清通的诗句了。"②因此,柳无忌的诗律论和十四行诗创作都留下了朱湘探索的印痕。柳无忌在回忆朱湘的文章中,概述了新诗发展历史,然后肯定了闻一多、朱湘等人的探索,说"他们写作着要在脚镣手铐中追求自由的有格律的新诗(如闻一多所说的),这就是一般反对者所加以绰号的'方块诗'或'豆腐干诗'。其中最显著的例子是仿效英诗而以中文写作的十四行诗"。柳无忌结合朱湘的新诗格律探索,谈了他对于时人包括朱湘等进行新诗形式建设意义的充分认识:

> 朱湘就是当时"新诗形式运动"的一员健将。他有一个信仰,是从研究西洋诗得来的:新诗写作的关键与企图,在于探求、创造、与改进中文诗歌的规律,并不是把诗的音韵与形式全部推翻消灭。新事物的产生要经历一段把旧事物毁灭的过程,文学的创作并不在例外,在破坏旧诗格律的工作上,胡适尝试着,郭沫若大胆的实践着,但是破坏是一个暂时的阶段,并非最后的手段与目标——那个目标,是新的诗律、形式、与音韵的重建。照我看来,这就是我们一群清华出身的读西洋文学的人(并不一定是新月诗人)的共同的信条。尤其是朱湘,他对此点有正面的肯定的主张,他要以写诗的实际行动来证明这个理论原则的可行性;同时,他的诗与诗论不无对于朋友或后一代的影响。以我自己而论,在这时候也追随着他,不但写作有规律的、算行数与字数的、有形式的白话诗,而且也依照同一的原则翻译着莎士比亚时代的抒情诗,也包括着几首十七世纪时弥尔顿写的十四行诗……③

这里的叙述是从新诗发展的历史规律上去揭示新律探索的历史必然性,这是一种推翻旧律后的新律重建,有着明确的目标指向性。这段叙述不但肯定了

---

① 柳无忌:《朱湘:诗人的诗人》,《二罗一柳忆朱湘》,北京:三联书店1985年版,第46页。
② 柳无忌:《我所认识的子沅》,《二罗一柳忆朱湘》,北京:三联书店1985年版,第36页。
③ 柳无忌:《朱湘:诗人的诗人》,同上书,第56页。

朱湘等人的新律探索,而且也是柳无忌的夫子自道。他在新诗格律方面自觉地追随朱湘,以诗行匀配的方式来建构新诗节奏,这里所说的"有规律、算行数与字数的、有形式的白话诗",就是朱湘式的有律十四行诗,也是柳无忌追随朱湘创作十四行诗的重要语言特征和诗格特征。到 1932 年,柳无忌在《为新诗辩护》中说:"女神派立在十字街头,他们的诗以情感为主,他们创造的成就是破坏了诗的形式;新月派却不然,他们住在艺术的象牙塔内,他们的诗注重理智与形式,他们拾起了被女神打破成碎片的诗的形式,把来涂上了自英美买来的胶漆,要重新补理成一件有形的新的器具。"①柳无忌把新诗格律探索意见分成两派,一派认为"新诗中也应有轻重的分别与拍数",一派认为"每行可有一定的字数,每诗有个整齐的格律",而他则肯定后一派的探索,具体说是被人批评的"豆腐干诗体"。在接受朱湘的新诗形式论影响后,柳无忌也主张通过每个诗行限定字数来建构新诗节奏。他以这种节奏方式写十四行诗,也用这种节奏方式译十四行诗。如他的《新生》(即《春梦(连锁十四行体)》之一),载《文艺杂志》第 1 卷第 2 期(1931 年 7 月):

  当我独闭在凄清的斗室,
    为无聊的沉寂迷住心胸,
    冥念及宇宙的神奥虚空,
  叹未来的浩荡,难以度测;

  当我读破了人生的卷页,
    黑白相间地似幻影懵懂,
    不求欢乐,亦厌倦了光荣,
  只愿忘怀于无底的消极——

  当这些长使我顾盼自嗟,
    只要一念及你呀,我的爱,
     你有如仙鹤从高天下降,
    给我无穷的慰籍与亲蔼。
  从今后,有光明在我面前,
    新生的命意,新生的希望!

---

① 柳无忌:《为新诗辩护》,载《文艺杂志》第 1 卷第 4 期,1932 年 9 月。

这诗记录了诗人青年时代的爱的心迹。研究者钱光培说,诗"把诗人青年时代初获爱情时的心意表现得这般真切——我所见到的有关柳无忌的记载中(包括别人写的和他自己写的),可以说,没有任何文字能代替这首十四行诗"①。这诗若硬按照孙大雨的音组说划分节奏单元,大致也是可以的,但读来总是感到勉强别扭。其实这诗采用的是诗行限音与韵脚结合所建构的韵律节奏美,此类诗中的诗行是作为一个基本节奏单位来建构节奏的,可以称为"行顿节奏"。当然,柳无忌的诗通过跨行跨节来寻求诗行间的音节整齐,又是接受了孙大雨诗律论的影响。如在汉语格律诗中如何安排"的"字,是个具有普遍意义的问题。多数人主张把"的"字安排在一个音步的后面,这样"的"字就可以用于诗行中间,也可出现在行尾。但孙大雨还认为从音节整齐出发,汉语中的"的"也可以放在音步之前,甚至出现在诗行之首。柳无忌的创作就有这种实践,如《伦敦的雾》的几行:

> 雾,浓雾,遍地皆是,是同样
> 的雾气朦胧,罩在我故国,
> 苦恼了人民,但只有大洋
> 彼岸,迷雾侵蚀不到阳光

这里每行十音,一行中既有多个短语排列,也有一个短语分入两行排列,其中第二行(诗的第十行)以"的"字开头,证明了中国诗人至少在20世纪30年代初期,已经在十四行诗创作中有了"的"字置前的实践。行首用"of"或某个物主代词,在西方十四行诗中是司空见惯的,但汉语中将连词"的"置于行首却是难得一见。因此,钱光培相当看重这种探索实践,认为随着时间的推移,会越来越清楚地证明"的"字置前这一思考与实践,对于中国新诗形式建构是大有益处的。② 柳无忌在十四行诗中,综合前人的探索成果,追求字句和韵律整齐均行的美,通过等量音数建行形成诗的格式一律,是他有意实践的结果,正如他在《抛砖集》后记中所说:"这些诗代表一种理想,一个目标。那就是我历年来有一贯的信仰,以为诗须有固定的形式与体裁,而这数十首诗就是这个理想的实验。"③

柳无忌在十四行诗创作方面的历史性贡献,还在于开拓了汉语十四行诗的题材,这主要表现在两个方面。一是国际题材的开拓,有《伦敦的雾》《择

---

① 钱光培:《中国十四行诗的历史回顾(下)》,载《北京社会科学》1991年第2期。
② 同上。
③ 柳无忌:《抛砖集后记》,桂林:建文书店1943年版。

偶节》《纽约城》《题维纳斯石像》等诗作。以下是《纽约城》(即《春梦(连锁十四行体)》之四),载《文艺杂志》第1卷第2期(1931年7月):

　　纽约城,光异陆离的巨城,
　　　　这里有灯火辉煌的夜游,
　　　　有巍然耸入云端的层楼;
　　不绝地是人与车,车与人,
　　整晚的喧闹着轰轰之声,
　　　　是文明都市,是罪恶渊薮,
　　　　秽浊的人气中,擦肩并走,
　　贫与富,老与少,碌碌此生。

　　　　今晚我偏是在此一借旅,
　　　　　　无目的地,随潮流相奔逐,
　　　　在拥挤中既忘记了拥挤,
　　　　　　当寂寞时亦不知有寂寞,
　　　　只觉得恍惚惚地,心无所寄,
　　　　　　为我的魂魄呀,远在千里!

诗的前八行如电影画面似的,有声有色地给我们展现了一座光怪陆离的巨城:层楼高耸、灯火辉煌、车流如织、人流不绝、整夜喧闹、夜游拥挤、秽浊人群、贫富悬殊,对于这样的现代文明都市,诗人明确地使用了"罪恶渊薮""光怪陆离"来予以批判。后六行诗人写了身处此城的自我,那是漫无目的的,是随潮流而动的,是无限寂寞的,是心无所寄的,感觉到无限的挤压感、寂寞感和孤独感。西方现代派诗人如波特莱尔等曾写作了一批现代城市诗,其中也有十四行体诗。这些诗以独特的现实眼光,第一次大规模地把表面绚丽多彩内部却丑陋不堪甚至令人厌恶的城市生活写进了诗章,丰富了诗的表现领域。现在,我们在柳无忌的诗中也读到了这种现代文明的城市诗,无疑是令人欣喜的。这种诗对西方文明病的批判精神,当然与诗人接受西方现代诗歌的影响有关,诗中所表现出来的现代人在西方文明城市中的感受,同样也具有现代主义精神品格。更为可贵的是,《纽约城》的结末,直接点明了自己孤身在外的一种精神魂魄寄托,就是"远在千里"的祖国。《纽约城》等现代城市诗的出现,表明汉语十四行诗与世界现代诗潮的无缝对接。如《纽约城》不但具备西方现代城市诗所特有的忧患意识和批判意识,而且把海外游子思念故国和亲人之情表达得淋漓尽致,因此这批国际题材的十四行诗,实际上又是海外游子的爱国诗。

二是社会题材的开拓。1931年9月18日,爆发了日军武装侵略我国东北三省事件。正在国外留学的柳无忌得知这一消息以后,写下了《病中》。诗先写自己感到病沉痛苦,但是,"一念及那些铁甲的战士,/大好的男儿,诀别了亲友,/为祖国的护卫,流血而死,/于是我潸然涕下,羞愧着,/我竟是这般文人的怯弱"。诗用反衬的手法,写病中诗人向奋起抗日的战士表示崇敬。这诗虽然写得直露、缺少蕴藉,但贯注诗中的忧国忧民之情令人感动不已。这是我们至今能够看到的唯一的反映"九一八"事变的汉语十四行诗。正如诗人在《爱与家国》中说,"我不惯高呼作喧嚣之声",但是"在那平坦如平原的胸中/也尚有一团热火在冲动/在燃烧,在孤寂的夜深"。更加令人震惊的是诗人在全面抗战爆发的前夕,写下了《屠户与被屠者》:

> 当世界是这般的颠倒疯狂,
> 人是烦闷懊丧,天空是灰阴,
> 风在狂吼,飞沙掩住了阳光,
> 阵阵吹来,夹杂的硫磺血腥,
> 忽然,在这团混沌中,显现出
> 操刀的屠户,霍霍的磨刀声,
> 一群被屠的羔羊,驯服,喑默,
> 束手等待着,漆黑黑的命运。
> 宰割的日期不是早经注上?
> 刀锋的锐利,侩子手的饱满;
> 眼看这无辜的被屠者,都将
> 举上祭台,献给杀人的好汉。
> 听着,霍霍的刀声,响了,愈近…
> 难道这群羔羊,没有一声嘶鸣?

作者在诗后注明:"二十五年四月十六日天津八里台校外日军练习枪炮声呼呼有感。"这里的"二十五年"就是1936年,当时诗人已经回国,正在南开大学教书。尽管当时日本帝国主义全面侵华战争还未打响,但诗人在已经日益严峻的时局中闻到了血腥侵略的气味,听到了屠杀者"霍霍的刀声,响了"。诗的前四行渲染的不仅是自然界而且也是社会的令人沮丧的背景,这里的"血腥"是有着特定社会内容的。在那个风雨如磐的特定年代里,日寇正在蓄意屠杀中国人民,诗人把日本侵略者称为"屠户",这是一种愤激之词,体现了诗人对于侵略者的无比愤恨。尤其是诗人说:"一群被屠的羔羊,驯服、暗默,/束手等待着,漆黑黑的命运",更是充分展示了诗人对于国家和民族面临沦亡的无比忧愤之情。诗人悲愤地呼喊:"听着,霍霍的刀声,响了,愈近……/难道这群羔羊没有一声嘶鸣?"表达了诗人对祖国、民族命运的关切,对全民抗战的殷切期望。诗人用诗的语言真实而准确地写出了那一特定年代的社会图景和时代内容。全诗采用均行写成,每行十一音,行内自由地组织句式,化句为行的方式呈现了自然语调,延展了诗行结构。诗用英体的四四四二段式结构,韵式为 ABABCBCBADADBB,仅四个韵,属于十四行体的大变式。这是用象征手法写成的政治抒情诗,情绪骚动悲越,大量短句盘桓诗中,跨行方式的大量采用,更是加剧了诗的节奏力度,这是同传统十四行诗的平静进展节奏不同的,在以前中国的十四行诗中也是罕见的。研究者钱光培激动地说:"作为中国十四行诗的研究者,能读到这样一首十四行诗,我感到高兴。现在,我可以骄傲地向人们说了:在我们民族危亡的关键时刻,我们中国的十四行诗尽了自己的职责,发出了自己的声音!"①

柳无忌写于伦敦的《为新诗辩护》长文,发表于《文艺杂志》第 1 卷第 4 期(1932 年 9 月),是新诗格律理论的力作。《为新诗辩护》包括五个部分:何以有新诗;新诗的派别及其他文学的趋向;西洋文学对于新诗的影响;新诗的音韵与格律;新诗的试验时代。文章提出了一些新诗发展中的重要理论问题,如他认为新诗发生就是因为:"新的思想最合宜放在新的形式内,这所以有新诗的创造。"他是接受旧学和旧诗影响很深的诗人和学者,但他还是认为"旧的光荣固是可爱,然而新的光荣也是同样的可爱,更何况这新光荣正期待着我们来创造!"基于此,他充分肯定十四行体的移植,他说:"在新月派的影响下,于是许多英国诗的体例,都介绍到新诗来。他们写成了'豆腐干'式的方块诗,他们的诗不只是一行若干字,他们的诗还有一定的行数,一定的音韵。最近很盛行的商籁体就是一个好例。初看起来好像他们是复古,但其实他们却新过了头。从前女神派盲目地接收了,现在新月派却有意识地接收了西洋文学的影响。《冬夜》《帅儿》的时代已过去,女神派也涣散了不能兴起,只有新月派却仍在努力前进,隐隐地执着晚近新诗坛的牛耳。"尤其重要的是他肯定了"与新月走着相并的,但不是同一的路途的有文艺杂志诸人"②,这是新诗史上最早把 20 世纪 30 年代京派诗人与新月诗人相提并论

---

① 钱光培:《中国十四行诗的历史回顾(下)》,载《北京社会科学》1991 年第 2 期。
② 柳无忌:《为新诗辩护》,载《文艺杂志》第 1 卷第 4 期,1932 年 9 月,"相并"指共同主张借鉴西方格律诗体而为新诗创格,但两者的诗律主张也存在着分歧,走的"不是同一的路途"。

和加以区别并给予其形式探索充分肯定的诗论。他分析了两支队伍的探索差异,认为新月诗人主张根本地模仿西洋的诗,中国的新诗也应有轻重音的分别与拍数;而京派诗人主张新诗还不如从本国的旧诗那边学一点乖,每行可有一定的字数,每诗有个整齐的格律;两派中后者依据汉语一字一音而轻音少重音多的实际,所以相对更加合理科学。这种论述虽然存有夫子自道之见,其具体的比较分析也存在一些偏差,但是其基本精神确是符合新诗创格历史线索的,即揭示了前后相继的京派诗人和新月诗人的联系与区别。柳无忌从理论与实践上肯定20世纪30年代京派诗人探索十四行体的贡献,对于汉语十四行诗新的发展具有重要的指导意义。从饶孟侃到朱湘再到柳无忌,终于确立了以诗行音数整齐为格律的建行方式,这对于汉语十四行诗以至新诗的建行作出了重要贡献。"诗行"本身是诗歌中的一个节奏单位(层次),诗行在朗读中是一个比音顿或意顿更显意义的重要存在和音节停顿单位;行内的停顿仅仅是"可能停顿",往往在朗读者中因人而异,只有行末的停顿才是真实而实际的;汉诗大多使用尾韵,如果把行末的停顿与行末的用韵结合起来,诗行在诗中的节奏作用将会变得更为显著;还有,诗行由于处在行内节奏和行间组织的关节点上,建行方式决定了行内节奏形象,诗行排列又决定着诗节诗篇的节奏形象。所以林庚认为"诗歌形式问题或格律问题,首先是建立诗行的问题","建立诗行的基本工作没有做好,所以行与行的组合排列就都架了空"。① 西方现代诗歌开始突破行内整齐的音步节奏而采用诗行节奏。《现代西方文学批评术语词典》认为,现代自由诗人"弃而不用现成的韵律,这对读者的已经成为习惯的感受方式无异于釜底抽薪,并迫使他们形成新的阅读速度、语调和重读方式,其结果使得读者能更充分地体会诗歌产生的心理效果和激情。这种诗歌的韵律并没有同语言材料分离开来;在这种诗歌中,诗节的作用取代了诗行的作用,诗行(句法)本身变成了韵律的组成部分"②。饶孟侃、朱湘、柳无忌等借鉴了西方自由诗的韵律方式,以等音诗行作为节奏的基本单位,形成了新的行顿节奏体系。柳无忌在《为新诗辩护》中以大量的京派十四行诗创作为例,说明这种新的节奏体系特点。他在举出朱湘的十四行诗《女鬼》采用行顿节奏方式后说:"十四行诗是很容易受束缚而变成单调与生硬的体例,但是这诗却一点儿也没有那些弊病,它是新诗中最可诵读的一首好的作品。"并明确地说:"倘使新诗可有格律,或者被讥称为'豆腐干'式的诗是个妥当的试验。这种做法是相当的吸收了西洋文学的

---

① 林庚:《新诗的"建行"问题》,《问路集》,北京:北京大学出版社1984年版,第213页。
② 〔英〕罗吉·福勒(Roger Fowler):《现代西方文学批评术语词典》,袁德成译,成都:四川人民出版社1987年版,第114页。

影响,把来滋养着诗的生命,创造着新诗的形式与格律;它似乎比整个的吞下了英诗的构造法,要在中文诗中用轻重音而忘却了中英文字根本不相同的一般论调为高明一些。"[1]这就指明了以等音建行的节奏体系,是在借鉴西方现代诗律基础上结合汉诗特点进行创格的结果,同时也指明了诗行节奏体系与闻一多、孙大雨建立的音组节奏体系之间的区别。这种建行和节奏方式后来不仅在十四行诗而且在相当数量的新诗中被广泛采用。

---

[1] 柳无忌:《为新诗辩护》,载《文艺杂志》第1卷第4期,1932年9月。

第四章 规范创格时期(下)

新韵律运动到20世纪30年代初,由于新月诗人逐步离开诗坛而消歇,但是,正如朱自清后来所说,"格律运动实在已经留下了不灭的影响","无论是试验外国诗体或创造'新格式与新音节',主要的是在求得适当的'匀称'和'均齐'"。[①] 继新月诗人而起,进行新诗包括十四行体创格探索的,是20世纪30年代前期活跃在北方地区的京派诗人,他们通过翻译、创作和理论介绍,推进新诗创格,同时也为推动十四行体中国化进程作出了重要贡献。

一 京派诗人的创体实验

1928年北伐战争后,中国政治、军事、文化格局已迥异于五四时期。五四时期的知识分子发生分化重组,形成了几个具有鲜明特色的新的文学流派。所谓的"京派"就是在这次分化重组中形成的一个无统一组织、有近似趣味的文人群体。这群自由主义文人主要由滞留在北平、天津、青岛的文学研究会、语丝社、现代评论派和新月社等文学团体的成员组成。他们大多供职于大学校园及文化机构,以理性精神、自由原则及古典趣味对抗着他们不以为然的政治化的左翼文学、御用的国民党党办文学、商业化的通俗文学和怪异的现代派文学。这批文人中有不少诗人,如梁宗岱、孙大雨、罗念生、周作人、叶公超、废名、卞之琳、何其芳、朱自清、曹葆华、梁实秋、林徽因、方令孺、杨振声、周煦良、朱光潜、林庚等,他们在新月派式微后继续进行新诗形式探索,而且往往是通过借鉴西方诗体包括十四行体来进行创体,史称"新形式运动"。梁宗岱在天津《大公报·文艺》"诗特刊"上发表《新诗底十字路口》,提出"发现新音节,创造新格律"的口号,既可看作"诗特刊"的发刊宣言,又可看作京派诗人发起新诗形式运动的宣言。围绕着新诗创格问题,京

---

① 朱自清:《诗的形式》,《朱自清全集》第2卷,南京:江苏教育出版社1988年版,第398页。

派诗人在20世纪30年代前期展开了卓有成效的新诗形式探索,同时推动着十四行体中国化的新探索。

京派诗人探索新诗形式,主要是通过三种途径。一是编辑刊物。主要围绕着以下几个刊物进行:罗念生、柳无忌等编辑的《文艺杂志》,靳以、卞之琳等编辑的《水星》,叶公超等编辑的《学文》,沈从文、萧乾主编的天津《大公报》"文艺"副刊,梁宗岱、罗念生等在天津《大公报》上编辑的"诗特刊",戴望舒、梁宗岱、卞之琳等合编的《新诗》月刊,朱光潜主编的《文学杂志》等。如在1931年7月出版的《文艺杂志》第2期上,就发表了罗念生的《十四行体(诗学之一)》专论,还发表了汉语十四行诗创作如朱湘的《女鬼》、柳无忌的《春梦(连锁十四行体)》九首、曹葆华的《你叫我》、罗念生的《十四行》九首、啸霞(柳无忌发表时使用的笔名)的《十四行》五首,还有柳无忌的《译十四行》四首。这是十四行体进入中国后,刊物介绍和发表这种诗体最为集中的一次。此外,清华文学社中兴后的刊物也特别重视十四行体的创作。如1929年5月清华文学社所编《新风雨》第1期上,就有朱湘的《Gau er》(商籁体)、孙大雨的《回答》(商籁体)、罗念生的《给》和李唯建的《爱》(商籁体)等。二是组织读诗会。京派诗人在探索新诗形式时,延续了传统文人读诗会的方式。沈从文在《谈朗诵诗》中,曾提及北平有两个读诗会,一为20世纪20年代中期《晨报副刊·诗镌》同人在闻一多家中每周的读诗会,一为20世纪30年代中期在朱光潜家中按时举行的读诗会。关于后者的介绍是"北平地方又有了一群新诗人和几个好事者,产生了一个读诗会。这个集会在北平后门朱光潜家中按时举行,参加的人实在不少",其情形如:

> 这些人或曾在读诗会上作过有关于诗的谈话,或者曾把新诗,旧诗,外国诗,当众诵过,读过,说过,哼过。大家兴致所集中的一件事,就是新诗在诵读上,有多少成功可能? 新诗在诵读上已经得到多少成功? 新诗究竟能否诵读? 差不多集所有北方系新诗作者和关心者于一处,这个集会可以说是极难得的。①

闻一多家中的读诗会促生了《晨报副刊·诗镌》同人的新诗格律探索,朱光潜家中的读诗会促生了京派诗人的新诗形式试验。三是文学沙龙。如著名的林徽因"太太沙龙",就聚集了当时的诸多文坛名人、教坛大匠和其他社会名流,其中不少就是京派诗人。"太太的客厅"中朋友之间自由坦率的思想

---

① 沈从文:《谈朗诵诗》,香港《星岛日报·星座》1938年10月1—5日,见《沈从文全集》第17卷,太原:北岳文艺出版社2002年版,第247页。

交流,沟通了他们之间的感情,密切了京派成员的内部关系。更宝贵的是对沙龙文学新人如卞之琳、何其芳等的提携,文坛名家和前辈对各种文学问题的讨论,使文学新人得到了无私教诲,自由平等的讨论甚至争论,使京派新老文人在文学观、审美态度和诗律理论等方面,渐渐地趋于相近或一致。

就是通过以上种种松散的联系,京派诗人进行了新诗形式的新探索。这种探索在不少方面甚至包括人事方面都同新韵律运动中的新月诗人有联系(有人本身就是后期新月诗人),但也有着一些不同的理论见解和诗体实验。如柳无忌就说到京派同人与新月诗人的关系:"与新月派走着相并的,但不是同一的路途的有文艺杂志社诸人",他们以期为诗的形式开辟新的领土。①《文艺杂志》由上海开华书局发行,实为罗念生、柳无忌在美国合编,其集聚的诗人群与新月诗人群既有联系又有不同追求。又如叶公超等创办《学文》初衷也是探索新诗的语言问题,但在具体格律主张方面也同新月诗人存在差异。叶公超说:"大家觉得中国的白话诗,将来要有成就,一定要从语言的节奏方面去努力。关于诗的语言的节奏的把握,《新月》时期,闻一多、饶孟侃诸人,也曾有过尝试,我个人觉得他们并不成功。闻一多本来旧诗就已经写得很好,他也能填词,他对于形式有一个牢不可破的格式观念,他认为诗句应有一定的字数,每段诗的行数也应相同,整整齐齐的,像豆腐干。我个人的看法是,发展中国语言的节奏,不需要走字数行数一样多的道路,但语言的节奏(拍)却应当有一个重复的根据,因为节奏必须在重复中才能产生。"②

首先说京派诗人的诗学观念。京派诗人为新诗创格,主张"相当的吸收了西洋文学的影响,把来滋养着诗的生命,创造着新诗的形式与格律;它似乎比整个的吞下了英诗的构造法,要在中文诗中用轻重音而忘却了中英文字根本不相同的一般论调为高明一些"③。这里相比较的对象就是新月诗人,"整个的吞下"就指新月诗人移植英美诗体的态度。这里的"相当的吸收",对新诗创格来说就是要借鉴西方的诗体包括十四行体,但同时又认为"中英文字根本不相同",强调在吸收后要根据汉语特点来进行新的创造。京派诗人一般都认为,新诗当时面临的问题,已不是新旧之间的冲突,而是"中国今日或明日底诗底问题,是怎样才能够继承这几千年底光荣传统,怎样才能够无愧色去接受这无尽宝藏底问题"④。叶公超认为"把自己一个二千多年的文学

---

① 柳无忌:《为新诗辩护》,载《文艺杂志》第1卷第4期,1932年9月。
② 叶公超:《我与〈学文〉》,见陈子善编:《叶公超批评文集》,珠海:珠海出版社1998年版,第256页。
③ 柳无忌:《为新诗辩护》,载《文艺杂志》第1卷第4期,1932年9月。
④ 梁宗岱:《论诗》,载《诗刊》第2期,1931年4月20日。

传统看作一种背负,看作一副立意要解脱而事实上却似乎难于解脱的镣铐,实在是很不幸的现象"。他认为格律是新旧诗所共有的,在此层面上诗的新旧区分是不应该的。① 京派诗人从汉语实际出发,呈现着一条新的新诗创格线索:五四白话—自由诗学的关注点集中于表达工具即"白话"上,新月诗人把关注点由"白话"移至"诗的语言"上面,而京派诗人则要求新诗语言现代化,以恢复它的新鲜与活力。他们饶有兴致讨论的是音与义的关系、文言与白话的关系,在理论层面反对单纯模仿西诗格律,认为"我们有我们的文字——它有特殊的构造,特殊的形体,特殊的声音与语势"②。因此,京派诗人的新诗形式运动,在理论深度和学理精密方面超越了新韵律运动。从新月诗人到京派诗人体现着新诗体创格的持续进程,柳无忌在谈到京派诗人时就这样说过:"在最近的几期出版品内,他们一面写着关于英诗体裁有相当了解的论文,一面做着种种新诗的试验,以期为诗的形式开辟新的领土。这步工作仍在继续进行,它也就趋向着我所谓的西洋文学影响中国新诗的第二时期,有系统地介绍与试验时期。"③这里提出了"第二期"的概念。新诗运动第一期是受了欧美自由诗的影响,而为新诗创格的第二期是从新月诗人开始的,但真正"有系统地介绍与试验时期"的创格则是由京派诗人来推动的。

再说京派诗人的节奏探索。梁宗岱认为,我国"二三千年光荣的诗底传统——那是我们底探海灯,也是我们底礁石——在那里眼光光守候着我们","是怎样才能够承继这几千年底光荣历史,怎样才能够无愧色去接受这无尽藏的宝库底问题"。因此他探索新诗节奏,就把"彻底认识中国文字和白话底音乐性"作为先决条件,其结论是:"中国文字底音节大部分基于停顿,韵,平仄和清浊(如上平下平)。"他说:"因为中国是单音字,差不多每个字都有它底独立的,同样重要的音底价值。""中国文底音乐性,在这一层,似乎较近法文些。"他凭着直觉感觉汉诗的节奏在"顿歇"和"韵",取法法诗用顿歇与诗韵造成诗的节奏。因此,他主张新诗应该放弃英诗的轻重律而学习法诗的顿及韵。④ 叶公超认为,汉语的语调、长短轻重高低的分别都不显著,勉强模仿希腊式或英德式,必然费力不讨好。他说:"音步的观念不容易实行于新诗里。我们只有大致相等的音组和音组上下的停逗做我们新诗的节奏基础。停逗在新诗里占有很重要的地位。它本身的长短变化已然是够重

---

① 叶公超:《论新诗》,载《文学杂志》创刊号,1937年5月1日。
② 常风:《关于新诗》(写于1935年11月),见《逝水集》,沈阳:辽宁教育出版社1995年版,第234页。
③ 柳无忌:《为新诗辩护》,载《文艺杂志》第1卷第4期,1932年9月。
④ 梁宗岱:《论诗》,载《诗刊》第2期,1931年4月20日。

要的,因为它往往不只代表语气的顿挫而还有情绪的蕴涵,但是更有趣味的是,停逗常常可以影响到它上下接连的字音的变化。"①以上这些探索都是立足我国汉语特征,认定新诗节奏不是英诗式的音步体系而是法诗式的音顿体系,从而同传统诗律中的"诗逗"理论接轨,体现了新诗形式探索的最新成果。从音顿节奏体系出发,京派诗人揭示了汉诗节奏的精义。如朱光潜认为新诗的节奏单元是声音的时间段落,这种段落通过朗读在语流中形成起伏,其"抑扬不完全在轻重上见出,是同时在长短、高低、轻重三方面见出"②。综合梁宗岱、叶公超、朱光潜等人的意见,新诗节奏的要件是:由音节构成音组或诗行,形成时间段落的存在;由顿歇构成音顿,形成时间段落的不存在(或延续);由朗读造成顿末的抑扬,形成声音的时间段落重复起伏;由诗韵强化诗行的组织作用,在诗行意义上形成声音段落停顿。以上节奏理论肯定了汉语诗歌是音顿而非音步节奏体系,这是京派为新诗创格所作出的主要贡献。这种节奏体系从实践上看有着两路探索,一路是孙大雨、闻一多等探索的"音组"节奏模式,主要依靠以上四个要件中的前三个要件来形成音顿节奏,另一路是朱湘、徐志摩探索的"诗行"节奏模式,主要依靠以上四个要件中的第一、二、四个要件来构成行顿节奏。京派诗人的十四行诗创格基本上都能自觉遵循着这两路节奏方式进行探索,从而较好地解决了节奏构建问题,推动着汉语十四行诗在不断规范中逐步走向成熟。蒲风并不主张新诗移植西方诗体,但是面对20世纪30年代前期新诗形式运动带动的十四行体探索成果,也这样说:"形式上不仅格律逐渐要整齐,十四行(Sonnets)体居然时髦地中国化,真是所谓尽善尽美了。"③这也在无意中指明了十四行体在探索中正走向规范,并体现了中国化的重要成果。

京派诗人为十四行体创格的另一重要贡献,就是"写着关于英诗体裁有相当了解的论文",较为系统地介绍了西方十四行体形式规范。虽然介绍西方十四行体的理论文字在新诗发生期就有,但在京派诗人之前,总体来说都仅是只言片语,缺乏系统性和理论性。在京派诗人介绍西方十四行体的论文中,值得重视的有罗念生和梁实秋的论文。

罗念生的《十四行体(诗学之一)》,发表在《文艺杂志》第1卷第2期(1931年7月),是专题介绍西方十四行体形式规范和发展历史的长文。文章重点介绍彼特拉克体和莎士比亚体,同时兼及意体和英体的其他多种变式,其介绍有三个特点。一是注重十四行体的历史沿革,采用考证方法说明

---

① 叶公超:《论新诗》,载《文学杂志》创刊号,1937年5月1日。
② 朱光潜:《诗论》,北京:三联书店1984年版,第180页。
③ 蒲风:《五四到现在的中国诗坛鸟瞰》,载《诗歌季刊》1935年第1卷第1—2期。

各种诗体之间的传承关系,以此来理清各种体式间的来龙去脉,便于读者从整体上理解十四行体的各种变体规则。二是注重十四行体的格律规范介绍,对各种格律形式的介绍都能够举出创作实例进行具体分析(以外语十四行诗为主,也有汉语十四行诗),指明其成功或失误之处,便于读者正确地理解和借鉴格律规范。三是注重十四行体的审美分析,介绍中重视分析各种体式的审美特征,尤其重视某时期具有特点的诗体介绍,如说"以利沙白时代连续的十四行很盛行,如象 Cowles 以后的 Odes,又象胡博士以后所谓的'白话诗'",如说"浪漫诗人中恐怕要数济慈的十四行做得最完美。他的韵法、结构和思想的演化很达到了最高的境界"。这种介绍便于读者审美地领悟十四行体。罗念生不仅介绍格律形式规范,还有主题表达方面的介绍:

> 再次说到意大利体的内容;通常的十四行都在表明一种,只是一种思想或情感,这种题材要是很尊严的,精细的,和沉思的。意大利体的前四行先起一个引子,多半是说明一种灵感(lyrical stimulus),第二个四行发挥那个意思,引到顶点;后六行的前三行把意思一转(turn),这一转要承接着上面,使原意流入后半截,并预备结论,在第二个三行里才总结全诗,点明作者的主要意思,这是全诗的重要部分,要写得很动人。这就像一个 plot 的起落。全诗的连络和诗行的限制已经是很难的事;还要求十分完全,那是说要表明那种思想或情感的全部演化。用意不能太晦涩,要求单纯与明白;用字不能太粗俗,不可一味形容堆砌。全诗的音调要合一,韵的隔离,使诗形更加细致。十四行诗的题材以爱情为主,后来渐渐推广到各种题材,甚至解说与论政都借用这种形式。

这种对十四行体的特点说明极其精到,包括容情单纯性、进展有序性、构思完整性和题材规定性等,准确地揭示了诗体独具的美学意蕴。它是我国首次正面介绍十四行体思想情感表达特征的文字,同时,这种介绍又是同十四行诗体的形式规范紧紧地结合着的,因而显得更加切实可行,更有创作指导意义。

梁实秋的《谈十四行诗》,收入 1934 年由正中书局出版的《偏见集》。文章介绍了十四行诗在西方的流播历史,并引帕蒂孙编纂弥尔顿《十四行诗集》序中对十四行体的定义来简明地概括诗体的审美特征:

> (一)十四行诗,如其他艺术品一般,必有其单纯性。必须是一个(仅仅一个)概念或情绪的表现。

(二)此唯一之概念或心绪必须于前数行中露其端倪;严格的说,在前四行里即须交代明白;在第二个四行里必须使读者能完全明了。

(三)前八行之后,须有一停顿,然又不可有割裂之痕,此停顿不是话已说完无从翻转之意,而须是低徊沉思准备更进一步之姿态。

(四)后六行,严格的讲后六行中之前三行,须转回到原有概念或情绪而更进一步,使逼近于结尾。

(五)结尾须总括全诗,将前数行之暗示的总和一笔绾住,恰似山中之小湖将狭小斜坡上的流水汇为池沼一般。

(六)结尾处须留完整圆满之意味,而又须避免格言警句之类。所以十四行诗与警句(Epigram)又绝不相同。警句是全靠结尾一句画龙点睛;以前各行仅是为了衬托临尾一句而用,恰似论理学中之三段论的前提,无非是为了造成结论而假设的罢了。在十四行诗中,虽不能说全篇自首至尾的都是聚精会神的,其语势是差不多平均分布的,只是在中腰处略现紧张。十四行诗不可逐渐进展以至于焦点,亦不可截然而止,须逐渐消逝,了无痕迹。

这是对意体十四行体的精细介绍,在此基础上,梁实秋又精要地介绍英式十四行体:"十四行体输入英国以后,便生了变化,变化的趋势是由严整而趋于自由,韵脚的布置既有更动,内容的结构亦大有出入。例如莎士比亚体,便是改变过后的一种十四行体,有时且变成十五行,有时临尾处缀以警句,凡此种种,均不合于古法,而另有其新鲜之滋味。然起承转合之规模,大致不差。"这种介绍对于诗人创作汉语十四行诗大有益处,尤其是明确地指明莎士比亚式是"改变后的一种十四行体",结果"另有其新鲜之滋味",这对于推进十四行体中国化具有方法论意义。梁实秋一方面具体说明改变之处均不合于古法,另一方面说明这种改变"起承转合之规模,大致不差",其实这正是十四行体中国化所要追求的境界。在这种介绍的基础上,梁实秋有两点阐发在当时具有现实针对性。一是创作十四行诗需要特别注意的问题,这就是"一忌晦涩,二忌平淡"。梁实秋说:"十四行诗篇幅短,宜于抒情,而不宜于说理,因为情绪在紧张的时候绝不能延长多久,一定是要刹那间即灭的。所以以十四行去写一刹那的情绪,是正好长短合度的,而若杂以说理,便不免小题大做,纠缠不清。英国十七世纪十四行诗常有晦涩不堪者,主要原因即是彼时之十四行诗家一面谈爱,一面又要谈'新柏拉图主义',所以夹夹杂杂,令人如坠雾中。"这种提醒切中了当时某些汉语十四行诗创作的弊端。二是评价十四行诗需要特别注意的问题。写作十四行诗在当时存在争议,焦点就是新诗诞生即抛弃了传统固定形式,如律绝诗体,为何还要重新接受新的固定形格律束缚。对此,梁实秋是从两个方面去论说的,首先是"十四行诗因结构严整,故宜于抒情,使深浓之情感注入一完整之范畴而成为一艺术品,内容与形式俱臻佳境。所以十四行诗的格律,不能说是束缚天才的镣铐,而实是艺术的一些条件。没有艺术而不含有限制的。情感是必须要有合乎美感的条件的限制,方有形式之可能"。这是梁实秋一贯的诗学原则,即反对诗的感情泛滥,主张诗情在质和量上接受审美理性的束缚,而十四行体艺术规则正是这种理性束缚的手段。其次是"中国诗里,律诗最像十四行体。现在做新诗的人不再做律诗,并非是因为律诗太多束缚,而是由于白话不适宜于律诗的体裁。所以中国白话文学运动之后,新诗人绝不做律诗"。梁实秋分析了中外语言的差异,认为英国的白话与古文相差不多,所以伊丽莎白时代诗人惯用的十四行诗,到了后来的华兹华斯手中仍然适用;而我国的白话与文言相差很大,所以律诗到了我们白话诗人手中便绝不适用,这样就导致了新诗人不肯再做律诗而肯模仿着做十四行诗。梁实秋认为:"律诗尽可不做,不过律诗的原则并不怎样错误。十四行诗尽管做,不过用中文做得好与不好,那另是一个问题。"这种论证为新诗人创作汉语十四行诗找到了理论根据,这就是十四行体这种固定形体式(包括格律)可以建立在现代汉语基础之上,它同建立在古代汉语基础之上的旧律诗有着本质区别;这种论证也为新诗人创作汉语十四行诗指明了方向,即十四行体这种固定形诗体创造是传统诗式原则的现代转化。这种论证对于十四行体中国化进程具有极大的指导意义。

二 梁宗岱的十四行诗

梁宗岱在1922年至1925年间发表的新诗,基本取自由诗体形式。到20世纪30年代初他开始成为"新形式运动"的重要人物。正如他所说:"我从前是极端反对打破了旧镣铐又自制新镣铐的,现在却两样了。我想,镣铐也是一桩好事(其实行文底规律与语法又何尝不是镣铐),尤其是你自己情愿带上,只要你能在镣铐内自由活动。""所以,我很赞成努力新诗的人,尽可以自制许多规律。"①他强调的是诗人创作需要"规律"的制约,而这种规律则应该是"自制"的,绝对不是回到旧诗固有的格律上去,因此正面提出了"发见

---

① 梁宗岱:《论诗》,载《诗刊》第2期,1931年4月20日。

新音节,创造新格律"的理论观点。梁宗岱重视新诗音乐性,而且认为解决此一问题的关键是彻底认识中国文字和白话的音乐性。他凭着感觉领悟到中文汉诗音乐性"大部分基于停顿,韵,平仄和清浊",这涉及他对新诗韵律节奏的理解,即"创造新格律"的两大内容:"停顿"属于诗的音律节奏,而"韵,平仄和清浊"则属于诗的音质体系。

梁宗岱曾经计划写作几十首商籁体诗,但后来改变主意,写出几十首玉楼春式古典词调诗,编成《芦笛风》,集中仅有的六首商籁被列为附录。但这并非表示梁宗岱有意忽视十四行体创作,这只是其当时的兴趣所致,他在以后的诗论中多次说到十四行诗创作,还翻译了莎士比亚全部的十四行诗,说自己"所试作的商籁最快也要一周以上的苦思"①。尤其是他的新诗形式的理论,主要论点都是建立在其十四行诗创作基础之上的,因此为数不多的十四行诗可看作他探索新诗格律理论的重要实践。梁宗岱还以十四行诗创作来阐述自己的诗美追求,如在寄徐志摩的《论诗》信中以孙大雨创作的十四行诗《诀绝》为例,着重谈了新诗语言中音色义天衣无缝、灵肉一致的完美融合问题。在诗论《象征主义》中翻译了波特莱尔的《契合》(*Correspondences*),说"在这短短的十四行诗里,波特莱尔带来了近代美学底福音。后来的诗人、艺术家与美学家,没有一个不多少受他底洗礼,没有一个能逃出他底窠臼的"。因为这诗不仅在我们灵魂的眼前展开一片浩荡无边的景色,而且带给我们一个玄学上的深沉的基本真理,这就是"象征之道也可以一以贯之,曰,'契合'而已"②。而这种"象征之道"正是梁宗岱的诗美追求。尤其是梁宗岱在20世纪40年代初就完成了莎士比亚十四行诗翻译,并在刊物上公开发表部分译作。后来译作被毁,梁宗岱以七十多岁的高龄重译出版,为十四行体中国化作出了历史性的贡献。

《商籁(六首)》写作时间是1933年至1939年,这是 组爱情诗,抒写的是女郎来到身边的"幸福",心灵相印的美妙,从天而降的"紫色的爱",献给情人的"缱绻的情思","我们:幸福脉脉地相偎",以及"爱底悸动和怅望底晕眩"。在这些商籁诗中,爱的情绪绵延连贯,爱的幸福主题贯穿,爱的境界优美动人,可以视为一段曲折进展的感情历程组曲。这是一种内向的(或曰向心的)的诗。我们来读其中的第三首:

  人的险恶曾竭力逼我,绝望

---

① 梁宗岱:《试论直觉与表现》,载《复旦学报(文史)》第1期,1944年10月。
② 梁宗岱:《象征主义》,《诗与真 诗与真二集》,北京:外国文学出版社1984年版,第71—73页。

声势汹汹向着我舞爪和张牙;
耳边沸腾着狞笑恶骂的喧哗,
我再听不见一丝和谐的音响:

触目尽是幢幢的魑魅和魍魉,
左顾是无底的洞,右边是悬崖,
灵魂迷惘到忘了啜泣和悲嗟——
一片光华飘然忽如从天下降;

像破晓带着晨雀的嘹亮的颂歌
驱散那幽林两重黑夜的恶影,
狰狞的面目纷纷地悄然遁隐;

于是生命底黯淡,喧嚣和坎坷
——时光的陷阱以及命运的网罗——
尽化作紫色的爱,金色的宁静。

这是一首爱的颂歌。第一、二段写险恶的处境和苦恼的心理,极端处即"灵魂迷惘到忘了啜泣和悲嗟",是诗人对社会的特定感受。第二段末陡转,在句号、破折号所造成的小停顿后,诗人写道:"一片光华飘然忽如从天下降",从而引入一个新的境界,第三、四段就写爱的来临后光明的照耀和欣喜的心情,诗味深浓。这诗给人的审美感受,正如诗人曾对歌德抒情诗的赞美:"仿佛是从现实活生生地长出来的,是他底生命树上最深沉的思想或最强烈的情感开出来的浓红的花朵。"[1]西方现代派诗人在抒情表达方面存在两种方向。一种是外向的(或曰离心的),艾略特就说,"在文艺这种形式中,表达情感的唯一方法就是发现一个'客观对应物';换句话说,一套客体,一个情境,一系列相关的事件,它们将称为那种特殊情感的模式(formula)"[2]。与此相反,另一种是内向的(或曰向心的),里尔克在《给一位青年诗人的信》里说,"放弃那一切吧!你正在向外看,而现在首要的是你不应该那样做。只有一条唯一的出路。进入你自身吧"。他告诉卡普斯说,诗将"来自这种向内转,来自深

---

[1] 梁宗岱:《李白与歌德》,见《诗与真 诗与真二集》,北京:外国文学出版社1984年版,第110页。
[2] 转引自中国新诗研究所编:《中外诗歌交流与研究》1992年第1期,第20页。

入你的个人世界"①。诗歌可以向外漂流,诗人的眼睛放在大千世界,也可以投向内心,谋求获得强大的感情。梁宗岱的十四行诗是向内的,同里尔克的诗一样,是人的心灵本质的延伸,跟他的皮肤和手没有什么不同,诗中的"我"指诗人,是自己生命树上最深沉的思想或最强烈的情感开出来的浓艳的花朵。梁宗岱并不回避诗中"小我"的自然流露,他说:"一首好诗必定同时具有'最永久的普遍'和'最内在的亲切';一首坏诗——或因艺术底火候未纯青,或因误以脂粉当艺术——却连'我'也被淹没或丧失。"②

因此,梁宗岱在自述中说自己的诗创作一般要经过受感、酝酿以至一个完整的灵象之显现(表现)阶段。他曾以《商籁(六首)》的第五首为例。这诗的前两行是"我们并肩徘徊在古城上,/我们底幸福在夕阳里红",据诗人说是来源于自己的真实生活:"在夕阳、晚钟和古城墙上枣花底香气交织中已完整地闪进我脑里(当时却并没有向那赐我这幸福的人诉说),而全首底意境——那浸在夕阳、晚钟和新月里的由明亮而渐渐进于亲密的幸福——也可以说在那一刹那(至少是潜意识的)完成。"但是,在获得了生活灵感以后,还得经过长期的"灌溉和栽培,然后长成枝叶婆娑夹着千百奇花异果的大树"。这首商籁诗在获得生活感受后就经过了几年潜意识的孕育,然后再受到意外的触发才得以开放:"可是一直等到前几年我寓北温泉时偶然读到一首音节相仿佛的德文诗才下决心费了一周的时间把它写就。"读诗的音节能够触发诗篇诞生,这是个审美问题,而商籁体能够帮助诗人在获得情感触发后进行情思定型。诗人说,这第五首商籁"所唱的是我自欧洲初到北平时一段如火如荼的生活中最完美的一刻"③。诗写得非常"圆融",无论是意象、氛围和音节都融合起来,颜色、声音和意义都浑然一体,实现了音义的融合、音调和情调的浑然一体,充分体现了诗人灵与肉的契合。诗人要我们注意这诗的用韵:"前八行所用的韵'上唱响想'和'红风钟融'全是响亮开朗的,后六行底'徊偎''晴清''入月'则全是低沉幽闭的,和全诗底意境由明亮而亲密正暗合。这岂是有意做得到的吗?这原因,除了基于文字本身音义间前定的和谐及作者接受外界音容的锐感外,我们不得不承认在每个作者里面都有一个韵律底潜在的标本,使他写作的时候不依照这标本便不满足,便不肯搁笔。"④按照梁宗岱的看法,又是诗的音节而且是韵律底潜在的标本在引导着诗人创作艺术的精品佳作。梁宗岱还说道,他曾想把这首诗的后半段延长为另一首

---

① 转引自中国新诗研究所编:《中外诗歌交流与研究》1992年第1期,第20页。
② 梁宗岱:《诗与真 诗与真二集》,北京:外国文学出版社1984年版,第203—204页。
③ 梁宗岱:《试论直觉与表现》,载《复旦学报(文史)》第1期,1944年10月。
④ 同上。

十四行诗,用别的材料填补上去,经过内心激烈的辩论和抗议,才把天造地设的后半段恢复那应有的原状。这是因为:"一个字底意义太强或太弱,声音太浊或太清,或色泽太鲜明或太黯淡,都无异于一支乐曲底悠扬的奏演中忽然参杂一声謦咳,足以破坏整个和谐的宇宙,使全诗失色。"因此,诗人的职务"就是要拒绝一切差不多的音和义,拒绝一切拉长或凑数的诱惑。在这里我们里面的裁判便有他底份。因为这由一句或一节诗唤起的潜在的和谐是那么微妙和空灵,我们不独要看得准!听得清,还要有一只毫不踌躇,毫不抖颤的手把他捉得住描得出"①。这是诗人商籁诗的创作经验,也是梁宗岱《商籁(六首)》的审美特征,它帮助我们理解新诗音节经营的重要意义,就在于通过音义的新关系,使其成为诗人自我情感的最高表现,成为全人格最纯粹的结晶。正是基于这种审美理想的追求,所以梁宗岱一方面肯定了孙大雨的十四行诗《诀绝》那令人惊服的艺术手腕,另一方面也指出了《诀绝》尚未拨动读者心弦微妙的震动,使读者读后没有感到"最纤细的绝望底血脉在诗句里流动!更不消说做到那每个字同时是声是色是义,而这声这色这义同时启示一个境界"②。这是梁宗岱对于新诗包括十四行诗创作的审美境界追求,他的为数不多的十四行诗是这种追求的实践成果。

　　其实除了《商籁(六首)》以外,梁宗岱还在论文《试论直觉与表现》③中保留了一首十四行诗。他具体地说到这诗的写作:除夕前一天,他在家偶然翻阅法国诗人格连诗集,其中两句:"像一个挂在密叶影里的苹果,/我底命运在幽林底深处形成",特别引动诗人注意,就反复吟诵两遍。结果晚上"入睡后,忽梦见我在北温泉参加某种文艺会,席上该主编责备我不守诺言。我大窘之下,起立口占了一首诗为自己辩护,随即在新年底爆竹声中醒来,该诗还历历在目前。因为诗里提到了果熟问题(如何措词我现在忘记了),格连那两句诗忽然回来在脑际辗转盘旋,直到朦朦胧胧睡去。天亮醒来,法国诗人底诗句已和梦中的诗意合在一起,开始萌芽,渐渐扩大成一首商籁"。诗人第二天伏案疾书便得到如下诗篇:

　　　　　我摘给你我园中最后的苹果;
　　　　　看它形体多圆润,色泽多玲珑!
　　　　　从心里透出一片晶莹的晕红,
　　　　　像我们那天远望的林中灯火。

---

① 梁宗岱:《试论直觉与表现》,载《复旦学报(文史)》第1期,1944年10月。
② 梁宗岱:《论诗》,《诗与真 诗与真二集》,北京:外国文学出版社1984年版,第28页。
③ 载《复旦学报(文史)》第1期,1944年10月。

因为,当它累累的伙伴一个个
争向太阳去烘染它们底姿容,
它却悄燃着(在暗绿的浓影中)
自己的微焰,静待天风底掠过;
像我献给你的这缱绻的情思,
它那么恳挚,却又这样地腼腆,
只在我这幽寂的心园里潜滋,
从不敢试向月亮和星光窥探,
更别说让人(连你自己,爱啊!)知。
受了它罢;看它尽在风中抖颤!

诗人创作谈要告诉人们的是:除了"灵感底最大来源当然是生活"外,"灵感底另一个来源是书本。一个故事,一种诗体,一句诗,或一种节奏,都可以在适当的时辰度给适当的心灵那企图与造化争工的温热和悸动。"①这诗的灵感来源于格连的诗,具体来说是来源于格连的诗与梦境体验的融合。以上梁宗岱关于诗的音节在创作中的价值的论述,往深入去说,关涉十四行诗创作中音义共振互生关系的问题。针对有人孤立地看待音义关系而重单音之价值,梁宗岱认为,"诗之所以为诗大部分是成立在字与字之间的新关系上",诗人的妙技"便在于运用几个音义本不相属的字,造成一句富于暗示的音义凑拍的诗"。②梁宗岱的阐述是强调诗人在创作中运用语音后造成新的音义关系。梁宗岱还要求诗的义与音和色达到不能分辨的程度,成为诗人情绪和心灵的形式。他说:"韵律底作用是直接施诸我们底感官的,由音乐和色彩和我们底视觉和听觉交织成一个螺旋式的调子,因而更深入地铭刻在我们底记忆上";"正如无声的呼息必定要流过狭隘的箫管才能够奏出和谐的音乐,空灵的诗思亦只能凭附在最完美最坚固的形体才能达到最大的丰满和最高的强烈"。③梁宗岱强调诗人运用语音与微妙心灵的对应和表达的契合关系。关于诗的音义关系的阐述,是梁宗岱关于十四行体创格的重要贡献。

梁宗岱把商籁诗的音节看得那么重要,因此他的十四行诗格律都是严谨圆融的。他凭着感觉领悟到中文汉诗音乐性"大部分基于停顿,韵,平仄和清浊"。从节奏方面说,梁宗岱从汉语特征出发考虑新的规则,一是主张诗

---

① 梁宗岱:《试论直觉与表现》,载《复旦学报(文史)》第1期,1944年10月。
② 梁宗岱:《按语和跋》,《诗与真 诗与真二集》,北京:外国文学出版社1984年版,第182页。
③ 梁宗岱:《新诗底纷歧路口》,同上书,第170—171页。

里每行应具同一节拍。"无韵诗(blank verse)和商籁(sonnet),前者因为没有韵脚底凭藉,易于和散文混合,后者则整齐与一致实在是组成它底建筑美的一个重要原素,就非每行有一定的节拍不可。"①二是主张每行各拍字数不必完全一致,但也不能够相差太大。虽然每个节拍字数允许存在差异但必须控制在适当范围,这样在朗读中通过有规律的停顿还是能够形成节奏审美效果的。三是节拍整齐的诗体每行字数应该一致。理由是:"我们现在的节拍可以由一字至四字组成;如果字数不划一,则一行四拍的诗可以有七字至十六字底差异。把七字的和十六字的放在一起,拍数虽整齐,所占的时间却大不同了。"②四是可以适当地运用诗句跨行。《商籁(六首)》都能严格地遵循这些格律规范,即全诗每行固定为五拍十二言,但每拍字数并不固定(差距不大),基本都是法诗传统的亚历山大体,节奏起伏主要依靠顿(节拍)的排列。如《商籁》第一首的几行:

> 和那/嘹亮的/欢笑,/我毫不/犹豫
> 认出/他底/灵光,/我惭愧/又惊惶,——
> 看,/我眼中/已涌出/感恩的/热泪!

这节诗的每行统一固定为五拍,但每拍的字数并不固定,有三拍两音和两拍三音的,有一拍一音、三拍三音和一拍两音的,此外,还有四拍两音和一拍四音的,有三拍三音和两拍两音的,等等。除了限定诗行节拍数外,同时又限定各个诗行的总音数,即每行统一固定为十二音,全诗除去标点就排成方块,其格律追求就是在行的层次上朗读占时相同。梁宗岱曾经用实例说明,有时一字的加减变化也有可能产生朗读中的不和谐。如《商籁》第一首第十二行,原是"从你那嘹亮的欢笑,我毫不犹豫"共十三字,诗人说每次读到这行,总觉得特别匆忙仓促,直到改成现在的诗行才觉得自然。

从音韵方面说,梁宗岱的追求,一是新诗的诗韵问题。梁宗岱在给徐志摩的《论诗》信中说:"我很赞成努力新诗的人,尽可以自制许多规律;把诗行截得齐齐整整也好,把脚韵列得像意大利或莎士比亚式底十四行诗也好;如果你愿意,还可以采用法文诗底阴阳韵底办法,就是说,平仄声底韵不能互押,在一节里又要有平仄韵底互替。"③这里说到了新诗用韵要诗人自制规

---

① 梁宗岱:《按语和跋》,《诗与真 诗与真二集》,北京:外国文学出版社1984年版,第176页。
② 同上。
③ 梁宗岱:《论诗》,载《诗刊》第2期,1931年4月20日。

律,可以横向移植西方十四行体的复杂用韵方式,可以移用传统旧诗的平仄韵互替。他的《商籁(六首)》中的第四、六首用彼特拉克正式,其他各首变化较小,前八行是两个抱韵,变化仅在后六行。第一首后六行是 CDD CDC;第二首为 CDC DCC;第三首为 CDD CCD;第五首为 CCD EDE。二是新诗的声韵问题。梁宗岱认为汉语的双声叠韵等可以增加诗的音乐性。三是新诗的平仄问题。梁宗岱主张在可能的情形下通过平仄来加强新诗音乐性。

梁宗岱为新诗包括商籁体诗的创格重视音乐性,在节奏的进展体系和音质的组合体系方面都提出了近于苛刻的格律要求。不仅创作,翻译也是如此,他把多年译成的莎士比亚的商籁诗发表在后来的《民族文学》杂志。朱自清就认为他"将新的意境从别的语言移植到自己的语言里而使它能够活着,这非有创造的本领不可"。这种种苛刻的诗律要求,都同他对于新诗格律规则的审美追求有关。他留学法国时曾直接接受瓦雷里的教诲,后在论文《保罗梵乐希先生》中赞同瓦雷里关于音律需要征服的观念,他说:"这些无理的格律,这些自作孽的桎梏,就是赐给那松散的文字一种抵抗性的;对于字匠,它们替代了云石底坚固,强逼他去制胜,强逼他去解脱那过于散漫的放纵的。"①他又说:"从创作本身而言,节奏,韵律,意象,词藻……这种种形式底原素,这些束缚心灵的镣铐,这些限制思想的桎梏,真正的艺术家在它们里面只看见一个增加那松散的文字底坚固和弹力的方法,一个磨炼自己的好身手的机会,一个激发我们最内在的精力和最高贵的权能,强逼我们去出奇制胜的对象。"②梁宗岱强调在征服诗语形式的格律过程中诗人获得美的感受,认为一切艺术"都是对于'天然'的修改,节制,和整理;主要是将表面上'武断的'和'牵强的'弄到'自然'和'必然',使读者发生'不得不然'的感觉"③。执著的艺术追求,使得梁宗岱的诗"虽然不多,但却都能以质取胜,抵抗得住时间尘埃的侵蚀,保持其青春的鲜艳与活力"④。

三 罗念生的十四行诗

罗念生是清华文学社成员,是 20 世纪 30 年代推动"新形式运动"的重要

---

① 梁宗岱:《保罗梵乐希先生》,《诗与真 诗与真二集》,北京:外国文学出版社 1984 年版,第 24 页。
② 梁宗岱:《新诗底纷歧路口》,同上书,第 170—171 页。
③ 梁宗岱:《按语和跋》,同上书,第 178 页。
④ 璧华主编:《梁宗岱选集·前言》,香港:文学研究社 1979 年版。

诗人,深受闻一多、朱湘、孙大雨等人影响,其新诗形式试验主要来自对西方诗体的借鉴和移植。罗念生的新诗集《龙涎》于1936年由上海时代图书公司出版,其自序说:

> 我们的"旧诗"在技术上全然没有毛病,不论讲"节律"(rhythm)、"音步的组合"(metre)、韵法,以及韵文学里的种种要则,都达到了最完善的境界;只可惜太狭隘了,很难再有新的发展。于是我们的"新诗"便驶出了海港去乘风破浪;这需要一个更稳重的舵工。我不反对"自由诗",但是单靠这一种体裁恐怕不能够完全表现我们的情感,处置我们的题材。我认为新诗的弱点许就在文字与节律上,这值得费千钧的心力。
>
> 这集子对于体裁与"音组"冒过一番险。这里面包含有"十四行体"(sonnet),"无韵体"(blank verse),"四音步双行体"(tetrametre couplet),"五音步双行体"(pentametre couplet),"斯彭瑟体"(spenserian stanza),"歌谣体"(ballad metre),"四行体","八行体"(ottava rima)和抒情杂体。①

这里的重要观点是:旧诗的节律是绝对完美的,只是在现代新诗中很难有新的发展;新诗需要自由体和格律体同时发展,新诗体的建立重在解决文字与节律问题;借鉴西方诗体就是为了解决新诗的节律和诗体问题。可见,"节律"是罗念生关于新诗形式问题的重要概念,20世纪30年代他就在《大公报·诗特刊》上发表过《节律与拍子》的论文,具体探讨新诗的节律问题。他创作十四行诗也在探讨着新诗的音律和诗体问题。

罗念生的十四行诗主要收集在《龙涎》集中,包括《毒药》《爱》《爱》《劝告》《友谊》《天伦》《归去》《自然》《罪恶与自然》《力与美》《天象》《东与西》等。此外还有些发表在20世纪30年代前期报刊而没有收入《龙涎》集的,如《文艺杂志》第2期(1931年7月)发表了罗念生的九首十四行诗,其中第五、七首就没有收入《龙涎》集,还有第4期(1932年9月)上的《浪费》《聋》等也没有收入《龙涎》集。应该说,罗念生是京派诗人中创作十四行诗较多的诗人。这些诗大都是他求学时期的作品,写作时间在1926年至1934年间。1926年前后,罗念生正在北京清华学校念书,他的兴趣本来在古希腊哲学、戏剧和散文创作,由于与朱湘、孙大雨等诗人过往甚密,受其影响,就开始了

---

① 罗念生:《龙涎·自序》,《罗念生全集》第9卷,上海:上海人民出版社2007年版,第299页。

新诗创作,并在新诗创作中探索格律体,包括汉语十四行体。

罗念生在十四行诗中探索的节律,就是他在《龙涎》集自序中说到的"音组"。罗念生与闻一多交往甚多,但他其实并不完全同意闻一多的节律理论。他在《〈死水〉的枯涸》中正面批评《死水》式的格律探索:一是不认同闻一多的"整齐主义",具体说就是否定"完全限定音步说";二是否定闻一多轻重律的形式探索,认为这不合汉语自身特征;三是认为闻一多的十四行体不合原有体式。① 罗念生自述是在朱湘的指引下走上文学道路的,但在新诗节律问题上他却与朱湘持有不同意见。他认为朱湘"特别强调新诗要有格律,有音韵,有音乐性,可以朗诵,可以入乐。这个见解是很中肯的",但是"朱湘的诗有一个缺点,就是讲究诗的'形体美',又如闻一多讲究诗的'建筑美',把每行诗的字数限定死了,诗是时间艺术,是拿来听的,不拿来看的。古典诗歌字数整齐,是因为只用实字。新诗采用口语,口语中有不少虚字,这些虚字并不占据实字那样长的时间。朱湘的一些诗行往往少用了字,偶尔又多用了字,显得做作而不自然"②。这种见解是有误的,因为朱湘的十四行诗是以整齐音数的诗行来确立节奏形象的,产生这种误解是因为罗念生关于新诗节律的理论依据是孙大雨提倡的"音组说"。他曾认为新诗以来的十几年间仅出现两位重要诗人,那便是孙大雨和朱湘。③ 对于自己与孙大雨的友情,他在《自撰档案摘录》中多次提及。如他在给胡乔木的信中就说:"您的诗作完全合乎我所理解的理论,您曾经指出'的'字一类的虚字,有时可并入下一音步,以加强音调和节奏感。孙大雨同志很早就提出这种想法,直到一九五九年才得到中国社科院文学研究所吴晓玲同志赞同。自从你提出后,已逐渐为一些诗人所接受。"④可见罗念生是全盘接受孙大雨、胡乔木等人关于"的"字处理的音组说理论的。陈子善撰有《罗念生:〈龙涎〉》一文,提到罗念生曾把自己的诗集《龙涎》题赠给孙大雨。在介绍十四行体规则的相关论文中,罗念生说:

> "十四行体"(Sonnet)算是一种最美丽的,最谨严的诗体。据我所知,孙大雨君的《爱》恐怕是我们的第一首"十四行"。不过在他以前,已经有人写过十四行,只是十四行而已;又有人借用过十四行体的韵法,我

---

① 罗念生:《〈死水〉的枯涸》,载《文艺杂志》第1卷第2期,1931年7月。
② 罗念生:《中国现代作家选集·朱湘》,序,《罗念生全集》第9卷,上海:上海人民出版社2007年版,第63—64页。
③ 罗念生:《给子沅》,《罗念生全集》第9卷,上海:上海人民出版社2007年版,第16页。
④ 罗念生:《致胡乔木》,见胡乔木:《胡乔木诗词集》(修订本),北京:人民出版社2015年版,第160页。

不懂得那有什么意义？我当时曾劝孙君作一篇十四行体的介绍,他回答得很妙,说那首《爱》不就是实际的介绍了吗？诚然,当十六世纪十四行体流入英国时,也不过只是经了 Wyatt 和 Howard 两人翻译过几首 Petrarch 的十四行诗。①

这里把孙大雨的《爱》称为"我们的第一首'十四行'",表明他把孙大雨的创作视为标杆。他还呼应着孙大雨的《爱》,写了两首以《爱》为题的十四行诗。以下是罗念生载《文艺杂志》第 1 卷第 2 期(1931 年 7 月)上的《爱》:

> 往常时地球在天轨上面狂喜的
> 　　飞奔,无数的大星儿在无际的空中
> 自由的运行,那恒星亘古不移,
> 　　把不灭的光芒向着人间吐送:
> 如今好像是末日到了,那天狼
> 　　吞噬了日月星辰,地球也化作
> 流星陨入无垠;从此不见天光,
> 　　更不要盼望极光与彩虹出没。
> 哦,不看这光明与快乐的天宇,
> 　　为何顷刻就变作了地狱的阴沉？
> 是谁的造化,谁的毁灭？我恐惧,
> 　　我战慄,我要去祈祷造物的神——
> 这原是因为你不肯和我相爱,
> 天道不调和,还成什么世界？

在这首唱和式的十四行诗中,罗念生借取了孙大雨原诗的题目、原诗的格调,甚至原诗的一些形象和词语。对读两诗,不仅可以使人感到一种横生的机趣,而且也让人感到罗念生操纵十四行体的技巧。这诗同孙大雨的《爱》都采用了严格而纯熟的音组排列节奏。诗的诗行长短不一,最长的诗行达十三言,最短的诗行是十一言,但按照每个音组二字或三字的划分,每行都可以统一划分成五个音组,诗行间音数不同但音组数完全相同。在这里,"音组"被罗念生称为"拍子",突出了音组的时间属性。在划分音组的时候,与孙大雨相同的是某些虚字如"的",为了保持每个音组的等时性需要就随机地划到

---

① 罗念生:《十四行体(诗学之一)》,载《文艺杂志》第 1 卷第 2 期,1931 年 7 月。

上面或下面的音组去,这样就放宽了新诗的用字规范,有利于诗人较为自由地安排诗行节奏。当然,这首《爱》第九行开始的"哦"因为后有逗号自然有停顿,所以破例成了单字音组。在这首诗中,诗人借取了孙大雨原诗的题目和格调,甚至原诗的一些形象和词语,却作出了"反面文章"——孙大雨的诗渲染了"相爱"时的感觉,罗念生的诗却渲染了"不肯相爱"时的感受。写作这种音组整齐的十四行诗,容易造成节奏的机械单调。为了避免机械单调,罗念生充分利用了跨行、断句和二三音组的自由交替,增加诗语的弹性和韧性,形成一种自然的格调,读来自然流畅,从而显示了诗人高超的驾驭语言的能力。在后来写出的《节律与拍子》中,罗念生对"节律"和"拍子"进行了解释:"节奏可以说是一种字音底连续的波动。如其这波动来得规则一些,便叫做节律。节律可以由长短、轻重或他种元素造成。散文只有节奏,诗里应有节律。"①可见他所说的"节律"就是"节奏"。他又说:"每一段小波动占据一个短短的时间,这叫做'音步'(Foot)或拍子(Metre)。由几个音步组成一个诗行。可以说拍子是时间的分段,节律是时间的性质。"据此,罗念生认为新诗音组大多是由重重节律构成,"所以很难听出一种相似的语调来。我们简直没有法子用各种不同的节律来传达各种不同的情调"。弥补的办法就是强调每行用数量一定的拍子,"我们不妨依着文字组织,把相连的字分在一个音步里。这样我们可以把时间弄得均匀一些。每遇有同一行诗可以分做四拍或五拍时,要看那首诗底拍子是什么数目,再依照那数目来划分"。"我们读诗时应保持一个时间观念,这并不是说要把每个音步读得相等,乃是每个同样长短的诗行所费的时间大约要相等。"诗行划分音组的目的是要在读者的下意识里形成一种固定的模型。②笔者并不完全同意罗念生对于新诗缺乏节律的分析,但认为他从声音的时间段落出发去阐明新诗音组说的理论依据,是十分科学的,这也正是孙大雨诗律论的核心思想。应该说,罗念生是最早用孙大雨音组论来纯熟地写作汉语十四行诗的诗人,也是最早对孙大雨的音组说理论依据进行科学说明的。

  罗念生对于汉语十四行诗发展作出的另一贡献,是他的诗开拓了新的题材。《自然》《罪恶与自然》《力与美》《天象》等诗正面抒写自然宇宙,体现出一种难能可贵的科学精神。人与宇宙同命运,宇宙感和生命感是人类最根本的两种思想情感。诗人所生活的空间,不应只是四合院、办公室等,诗的题材范围不应只是局限在个人的小小天地,浩茫的星空、浩瀚的宇宙、运动的自然,应该是诗的永恒源泉。诗人所把握的世界越大,诗的蕴涵也就越大,诗人

---

① 罗念生:《节律与拍子》,载天津《大公报·文艺》第75期"诗特刊",1936年1月10日。
② 同上。

的主体精神也就越能在其间高举飞扬,宇宙意识的自觉是时空结构的自觉,是现代科学精神的张扬。五四时期郭沫若的新诗中浸渍着宇宙意识和科学精神,反映了充满青春活力的五四时代精神。但郭沫若之后就很少见到这种具有宇宙意识的新诗创作。在这一意义上说,罗念生的一组抒写自然宇宙的诗,接续了五四科学精神,不但写了自然宇宙,而且表达了对于宇宙世界和人类命运的关切与思考,体现了一种属于全人类的哲学家的博大胸怀。如《自然》中所抒写的地球:

> 你在大宇中的位置,和无穷对视,
> 　　渺小得如同乌有!我只须把地球
> 拖近一些,立刻就会化作
> 　　星云;或是把它轻轻的推移,
> 又给你一次冰期;就是一个
> 　　地震,一个火山的爆裂,也可以
> 毁灭你所有的文明!人,你只管
> 享受吧,怎样能够征服自然?

人在与宇宙的对视中显得非常渺小,而"只管享受"宇宙,只是考虑"征服自然",其结果是人类的悲哀。诗人借着上帝的口吻,向着只顾享受的人类发出了严肃的警告:你们尽管去破坏自然来供你们的享受吧,大自然总有一天要惩罚你们的。这种警告具有振聋发聩的意义,诗的思想价值极其可贵。再如《罪恶与自然》:

> 不看那天空星球的运行,迅快的
> 　　彗星自由的奔闯,那博大的体积,
> 　　雄伟的气力,从古至今不曾起
> 半点冲突,破坏了自然的安排。
> 又不看太空中细密的音浪与光彩,
> 　　电力,磁力,以及原子的游移,
> 　　它们彼此相遇,从来不许
> 丝毫错乱,破坏了宇宙的和谐。
> 惟有人,还没有生出娘胎就争斗
> 　　起来:不看他一个人走路都觉
> 　　拥挤,他一面走一面咒骂,咒骂

> 这道儿这样不平;忽然宇宙
> 　　遭了毁灭,黑暗的影子吞没了
> 　　一切:这是人类最后的惩罚。

全诗的构思如下:先写自然的运动发展是有自身规律的,再写人与自然的对立,人类忽视了自然宇宙的发展规律,最后则是自然对人类的惩罚。马克思认为,人类与自然界具有同一型,片面强调征服自然,不仅忽视了两者的同一性,而且忽视了自然界的优先地位。这是具有强烈的现代意义的观念。《自然》《罪恶与自然》所揭示的深刻真理和思想意义就在于此。这类诗里的宇宙意识,不仅表现在尽情地抒唱宇宙,充满着科学精神,更重要的是体现着人类的哲学思维和人文关怀。我国古人只把自然作为托物言志的媒介,五四时期的郭沫若则把自然作为直接抒情对象,罗念生揭示了人类与自然既对立又统一的关系,无疑更加具有现代精神。人与自然的关系在当时还是一个全新的主题,提出人类对自然的破坏会引来自然惩罚的警告,不仅在汉语十四行诗中,而且在当时的所有新诗中,都是别开生面的,具有强烈的当代意识。"或许是中国新诗一开始就诞生在一片充满了民族危机的土地上,它必然关注自己的国家和民族的命运,而不惯于做超国家、民族的全人类的思考。因此像罗念生这类诗歌在他以前的新诗史上,我们很难读到。"[1]这是罗念生对于新诗史和汉语十四行诗发展的重要贡献,也是汉语十四行诗与世界现代诗潮接轨的重要标志。

罗念生的《浪费》和《聋》等诗的题材拓展同样值得注意。如《浪费》:

> 美国人,美国人,你们尽管浪费:
> 　　密士士比河崩溃了无量的金沙,
> 　　赖亚加拉瀑布泻下了万马
> 奔腾的水力,不曾化做无烟煤,
> 　　那成林的大小烟囱,一秒钟要抛废
> 　　亿万马力的煤精,工厂里白化
> 　　劲儿造下了过剩的鱼皮,恐怕
> 纽约城一夜间要泄出两吨的污秽。
> 唯有美丽,那是自然的一点
> 　　精灵,你们不能够这般奢侈的

---

[1] 钱光培:《中国十四行诗的历史回顾》(下),载《北京社会科学》1991年第2期。

>　　浪费,任她在猥亵的舞台上面,
>　　掩着羞耻,放出那火烈的风情,
>　　　　她好比是一颗坚硬纯洁的金刚石,
>　　扔在火里立刻会化作灰烬。

西方发达的现代文明进程,同时隐藏着发展的危机,美国现代文明在物质和精神方面的浪费,深深地触动着诗人的心灵。对西方现代文明发展所造成的种种弊端的批判,是西方现代主义文学的重要课题,但在我国新诗中却极少见到。因此,我们现在读到了罗念生的《浪费》和《聋》等诗,就格外感到欣喜,它们表明汉语十四行诗较早就关注现代文明的重大课题,具有鲜明的现代意识。《聋》发表在《文艺杂志》第4期(1932年9月),钱光培对此诗的评论是:"诗人写出了他对世界上出现的那些'不谐震响'的强烈感受:简直使他'作了聋痴'!诗人正是感受了这样巨大的震撼以后,潜入了冷静而深沉的思考,从而向人类发出了'超出时空,超出了一切的律吕'的呐喊。这呐喊是庄严的,也是悲怆的。愿它能永远地警醒我们的兄弟姐妹和后代子孙。"①《罪恶与自然》《自然》《浪费》《聋》这类诗的出现,是同诗人留学西方的切身感受有关的。西方现代文明对自然的破坏,对物质的挥霍,自然地触发了他对人类命运的忧心,引动了他对现代文明的思考。这些诗虽然发表在20世纪30年代,但至今读来仍然有着极强的现实意义。在十四行诗英国化的过程中,题材的拓展是一条重要的线索,我国十四行诗的发展也同题材的不断拓展有关。当某种诗体从生命母体中脱胎以后,就具有了独立的审美价值,并异化为同使之赖以成形的内容相对立的东西;作为诗体形式规范所具备的稳定机制和自洽性质,也就同丰富的社会生活内容发生矛盾,它固执地将诗的内容改造成一种特定的形状。这是诗体对内容的积极审美功能。同时,当诗的题材拓展以后,也就形成对诗体规范突破的动力,它成为反规范的力量,推动诗体不断地翻新,以满足新的表现要求和阅读期待,拓展原有的题材范围和阅读视野。十四行体中国化的进程,就是在此规范与反规范的矛盾运动中实现的。

四　曹葆华的十四行诗

　　曹葆华的新诗创作受到了新月诗人的影响,罗念生就曾说自己"在清华

---

① 钱光培:《中国十四行诗的历史回顾》(下),载《北京社会科学》1991年第2期。

与曹葆华、李惟建自命为浪漫诗人,写十四行诗体,受新月派影响"①,其作品大多发表在京派同人刊物。曹葆华还积极参加1929年发起中兴运动的后期清华文学社的活动。② 1930年是曹葆华诗歌人生的第一个丰收年,这一年他的第一部诗集《寄诗魂》正式出版。在学生时期便出版个人新诗集,这在当时清华园还是少有的现象。毕树棠回忆当年清华园文坛新气象时称:"李惟建的浪漫才情,曹葆华的努力气魄,皆不可一世。曹君的诗集《寄诗魂》尤为一九三〇年清华之光。"③因为这部诗集,曹葆华名声大噪,那段时间在清华园里被称为"唯一的诗人"。他在《寄诗魂》中编入了自己创作的三首十四行诗。朱湘来信给予曹葆华鼓励,说这些诗歌表明"这实在是一个诗人要兴起了的吉兆"。"正是在这样的场域活动中,曹葆华得以和清华前一代诗人闻一多、朱湘等人相识、交往,他们直接或间接给予曹葆华以指导与鼓励,为其提供诸多营养,更重要的是找到了人生的目标和动力。而和罗念生、李惟建、罗凯岚、柳无忌诸同学形成人际交往圈子,更是促使曹葆华选择了人生奋斗方向,共同开展有声有色的诗歌新格律探索。"④曹葆华曾将自己的新诗包括十四行诗寄给闻一多、徐志摩、朱湘,三人都回信予以鼓励。闻一多在信中说:"大抵尊作规抚西诗处少,象沫若处多。十四行诗,沫若所无,故皆圆重凝浑,皆可爱。鄙见尊集中以此体为最佳,高明以为然否?"⑤"以此体为最佳"是高度的评价。朱湘回信的指点是:"一个运动家若是不曾天生得有条完美的腿,他的前程一定不会光明。音节之于诗,正如完美的腿之于运动家。肺部发展了,筋肉炼成了,姿式正确了,运动家的头脑具有了,倘如缺了两条好腿,那就这一番苦功夫虽说不至于枉费,成就却不会十分远大的。想象,情感,思想,三种诗的成分是彼此独立的,惟有音节的表达出来,它们才能融合起来成为一个浑圆的整体。"朱湘认为曹葆华的"许多首是很可爱的":"《呼祷》是我认为全集中压卷的一篇诗,其次便推描写确切的《问》,情调丰富的

---

① 罗念生:《自撰档案摘录》,《罗念生全集》第10卷,上海:上海人民出版社1991年版。
② 1929年清华文学社发起中兴运动。据《清华周刊》第460期(1929年5月11日)报道:"经数日努力之结果,于四月三日晚在三院二十号开本年第一次大会,到者有朱自清先生及旧社友多人。同时新请来之杨振声先生亦拨冗到会。新社友则有李惟建、郝御风、杜梭东、曹宝华、龙程英、李振芬诸君。"《清华周刊》第461期(1929年5月18日)预告文学社刊物《新风雨》将出版,其目录包括多首十四行诗,如朱湘的《Gauer》、子潜的《回答》、念生的《给》、李惟建的《爱》。据《清华周刊》6月1日报道,因罗念生毕业离校去美国,文学社开会选举曹葆华担任干事。曹葆华十四行诗创作成果丰硕与其参与清华文学社活动有关。
③ 陈俐:《曹葆华十四行诗创作的场域和独特价值》,载《中华文化论坛》2013年第12期。
④ 同上。
⑤ 闻一多:《致曹葆华》,载《国立清华大学校刊》第278号,1931年3月30日。

《当春光重返人间》一首十四行诗,譬喻精当的'诗人之歌',音节宛转的《给——》,章法新颖的《她这一点头》。"①朱湘告诉曹葆华音节在诗中的极端重要性,并以自己《石门集》中的创作为例。因此,曹葆华在《寄诗魂》序言中特别强调他的创作受到了朱湘的鼓励,说"我不能不感谢子沉(朱湘,引者注)。我只有将这本集子呈现给他。……他给我的帮助,是我这一生不能忘记的"。曹葆华的诗体探索还受到了罗念生的具体指导。在《寄诗魂》创作期间,曹葆华频繁地向大洋彼岸的同乡同学罗念生写信请教,罗念生读了《寄诗魂》《再寄诗魂》中两首用心最多的十四行诗后,写信除了赞扬诗的"意境很高,气魄很雄健"外,还提出了重要的修改建议。此信刊登在《清华周刊》第34卷第10期(1931年)上,罗念生在信中说:"形式我以为这两诗已很完整。如能取 Spencerian Stanza 体,将句子打断更妙。能求每行同,更合音乐的时间。韵脚是否 aaba aaca? 这是转变的歌谣体,但太类似我国的古体了,a 韵已太单调,bc 又没有谐音。句子有时太硬,虚字不宜删去;音节方面还须细细审查,气势是有,只有些地方不太顺口。……关于韵,像这样的长诗不宜用一律的韵,以免单调。且在抑扬上与情调不协和。"②罗念生的信提出了注意音节的三个重要问题,一是诗行等量字数的音乐时间,二是句子打断自然排列,三是用韵多变避免单调。这信反映了罗念生写作新诗的形式追求,对曹葆华的创作包括十四行诗创作产生重要影响。因此,曹葆华出版《灵焰》集时,在扉页上题词:"给念生——没有他我是不会写诗的"。柳无忌在《为新诗辩护》中认为,从徐志摩、朱湘到罗念生、曹葆华等人的探索,代表的是"中国新诗将来应取的途径":"与其是整个的废除格律与音韵,不如创造着新的音韵与新的格律。"他们的创作给了新诗希望:"在最近的几年中新诗的潮流改换了方向,新诗的作者从废除音韵又复回到音韵,但这音韵是新的而不是旧式的;新诗的作者从打破格律又复回到格律,但这格律是新的而不是旧的。这样,新的试验的精神充满了诗坛,而曹葆华的《寄诗魂》就是在这时代内很值得注意的出产品。"③这就是从新月到京派的新诗形式运动的意义,而在此运动中曹葆华的创作自有其独特贡献。

1930年,曹葆华的诗集《寄诗魂》在北平震东印书局出版;1932年,诗集《灵焰》《落日颂》由新月书店出版。后两本诗集出版后,《新月》第4卷第6期(1933年4月)刊登了广告介绍。《灵焰》可视为《寄诗魂》的选本,在后者中选取二十一首诗,另加新作两首。《落日颂》收诗四十一首,新格律诗更

---

① 曹葆华:《序》,《寄诗魂》,北平:震东印书馆1930年版。
② 罗念生:《致曹葆华》,载《清华周刊》第34卷第10期,1931年1月22日。
③ 柳无忌:《为新诗辩护》,载《文艺杂志》第1卷第4期,1932年9月。

多。关于《灵焰》的介绍是:"作者是一个认真写诗的人。其苦心推敲,不仅在外表的技巧,更在心灵真挚的抒写。这是作者底第二诗集。生活上更进的探索,艺术上更高的潜养,使这集子里流着更充实,更深沉的声音。这是要求读者以稍稍不同的眼光来注意它,读它的。"关于《落日颂》的介绍是:"这集诗,如一炬突起的烈火燃烧在苍茫的原野。它闪耀着辉煌的想象,蓬勃的情绪,和生命里博大的势力。它将饷与读者,不是缠绵的哀婉,快乐的陶醉,乃是灵魂向更崇高,更深远处企求的呼声。"这种书评式的介绍,表明了曹葆华同新月诗人之间的特殊关系,也揭示了其诗歌的思想和艺术特征,同时也表明其诗作在当时的重要影响。曹葆华从1928年开始创作十四行诗,《寄诗魂》内收入七首汉语十四行诗,《落日颂》中就有二十多首十四行诗。除此以外,曹葆华还有些十四行诗散见于当时多种报刊杂志,重要作品有《你问我的本领有多大》《自从我怀抱天真》《当春光重返人间》《死诀》《爱》《祈求》《狱中》《你叫我》等。陈俐主编《诗人、翻译家曹葆华·诗歌卷》所收曹葆华的诗总共二百二十首,其中有五十首为十四行诗,占其所有诗作的近四分之一。这些诗清新典雅,技巧娴熟,格律严谨,押韵规范。在节奏安排上既接受了孙大雨的音组说,又接受了朱湘的诗行限字说,类似于梁宗岱的诗律追求,即诗行既限定音组数又限定音数,也即诗行采用齐音等量音组的节奏方式,或十音,或十二音,或十三音。为了实现这种诗律追求,曹葆华的诗大量使用了跨行,全诗的诗句甚至有种连绵不断的效果。如刊登在《文艺杂志》第1卷第2期上的《你叫我》:

> 你叫我怎样能让你远去?我一切
> 希望都寄放。在你的手里生命的
> 颜色因为你才添上绯红;这人世
> 没有你的存在,那还有多少意义!
> 记得我三年来昼夜读书,谁不说
> 全是求你的欢喜;我常常呕吐着
> 心血制作诗歌,也是想在无穷里
> 抓住永恒,来证实我爱你的情意。

> 你现在绷起脸皮,骂我愚,责我拙,
> 我都觉无限欣喜;只要你不再说
> 什么一刀两断,又什么各走东西,
> 使我愁得来在梦里也不住唏嘘。

我爱,你请记着我们月下的誓盟,
　　不管地狱天堂,总得要携手同行。

这诗每行都是十三言五个音组,发表时竖排标点在右,所以整首诗就形成了前八行和后六行的两个方块。诗行组织的重要特征是大量使用了跨行,除了第十二行以外每行都有跨入和跨下的,读起来就自然地形成一个连绵不断的语调,这语调同诗的别离情调基本能够一致,音义融洽浑然契合。断行、跨行、均行,这些京派诗人十四行诗的最重要特征,在这首诗中都得到了极其充分的体现,这也就是柳无忌所称道的诗行组织灵活自由,体现了新诗的诗行结构延展。诗行既限音组数又限音数,这是一种束缚特别严格的建行方式,梁宗岱认为"镣铐也是一桩好事","只要你能在镣铐内自由活动":"我很赞成努力新诗的人,尽可以自制许多规律;把诗行截得齐齐整整也好,把脚韵列得象意大利或莎士比亚底十四行诗也好。"①关于跨行,梁宗岱说过这样的话:"我们要当心,跨句之长短多寡与作者底气质(le souffle)及作品底内容有密切的关系的。"诗人中用跨句最多是莎翁、弥尔顿等英伦作家,这是因为他们的才气都是大西洋式的,而那些地中海式的晶朗、清明、蕴藉的作家,非为特殊表现某种意义或情感,不轻易使用跨行。"由此观之,跨句是切合作者底气质和情调之起伏伸缩的,所谓'气盛则节族之长短与声音之高下俱宜';换句话说,它底存在是适应音乐上一种迫切的(imperious)内在的需要。"②这里的论述值得我们注意。按闻一多的评价,曹葆华的诗具有郭沫若式的浪漫气质,这种浪漫气质在十四行诗中如何获得充分呈现,曹葆华的主要经验就是自由跨行甚至跨节,形成淋漓尽致、酣畅抒情的情调。应该承认,在诗歌《你叫我》中大量运用跨句大致是不错的,即跨行的句式与绵绵不绝的情感抒发是相称的,但可能是诗人的才力不逮的缘故,这诗中多行存在着为凑拍或凑行而增字或减字的现象,也有读来略嫌拗口的诗行,跨行过多采用长行也容易造成缺少变化的单调。

　　这里再介绍曹葆华的另一首汉语十四行诗《爱》:

　　你看那太阳累得来喷吐火焰,
　　还悬挂在天空昼夜转旋,地面
　　驮着无计数的重量,千万年来
　　未曾喊半声疲倦,你再看大海

---

① 梁宗岱:《论诗》,《诗与真 诗与真二集》,北京:外国文学出版社1984年版,第36页。
② 同上书,第37—39页。

> 不因月光的摩抚停止了怒号,
> 大小星球总守着浑圆的天道;
> 那雄奇的山峰昂然矗立云霄,
> 纵雷电击掣从来未惶然奔逃。
> 你又看春日唤起满地的花香,
> 夏雨猖狂激动那河山的回响;
> 秋风清凉与冬雪严寒,都依按
> 自然的定律,从未有丝毫错乱。
> 告诉你,这全是遵行爱的使命;
> 没有爱,宇宙的一切立刻消泯。

这诗所写不是狭义的情爱,而是广义的泛爱,即爱的母题扩展到整个宇宙自然界。这样的主题在当时出现是很有意义的。朱湘在给曹葆华的信中就说:"现在的新诗,有一部分是感伤作用的,这便不算镇静;还有一部分是囿于自我的,这便不是全盘。"① 题材和主题的狭窄往往导致诗的发展格局受到限制,而总体来说曹葆华的诗就显得境界开阔得多。《爱》用一系列的意象组合来表现广义的泛爱的主题,从太阳、地面、大海、星球、山峰、春日、夏雨、秋风、冬雪等多方面、多视角来展示,天上人间,丰富多彩,目不暇接。太阳日夜旋转,给人间带来温暖和热能,造福人类,永不知劳累,一个"累"字将太阳拟人化,十分生动;地面负载着千钧万物,也从无怨言,一个"喊"字也同样富于拟人色彩;大海的涛声随着波浪的起伏忽高忽低,温柔的月光也不能把它抚平;天上大大小小无数的星球总是沿着自己的轨道不断运行;山峰巍然屹立,耸入云霄,任雷鸣电击,也丝毫不为所动,"未惶然奔逃"表现出诗人非凡的想象力。春暖花开,芳香扑鼻,诉诸人们的嗅觉;夏雨滂沱,声震山河,诉诸人们的听觉;秋风送凉和冬雪逼寒诉诸人们的触觉。春夏秋冬,依次更迭,一年四季,周而复始,都遵循着客观世界的自然规律,这就是宇宙的可爱之处。最后诗人归结到"这全是遵行爱的使命",是自然对于人类的厚爱,否则宇宙的一切便不复存在。诗人歌颂了这种全世界的爱和全宇宙的爱,足见其视野宽广,胸怀坦荡。《爱》的每行安排五个音组,并且每行都是十二音,节奏与诗行都很整齐,听觉和视觉效果都很完美。韵脚深密,用随韵,基本上是两行一换韵,类似李雷的韵式。相对来说,诗行的跨行较少,但组行时往往打破行句的统一,有一行一句的,也有一行两句的,还有一行一句半或两个半句的,显

---

① 曹葆华:《序》,《寄诗魂》,北平:震东印书馆1930年版。

得自由灵活,诗行结构的灵活自由有效地消解了格律诗体的严格束缚。

新月诗人和京派诗人推进汉语新诗现代化,在使用现代汉语写作新诗时重在解决三个方面的问题:一是新诗以白话入诗,如何解决双音节或多音节或复杂句入诗后的诗语问题;二是新诗表现当代生活,如何创造新的意象来传达民族新的面貌和个体独立的意绪;三是新诗以散文语写成,如何解决好新诗的音节音律问题。在解决上述现代新诗语言转换过程中的问题时,将十四行体中国化正是试验的重要方向,徐志摩就提出以欧美诗为向导和标准去钩寻现代诗语的柔韧性和浑然性。陈俐认为,曹葆华的十四行诗创作在对新诗语言的探索方面是取得了重要成果的。① 首先在音律方面,曹葆华认同前辈诗人的探索路径,他的诗以音节的整齐为主要追求,有些诗采用了跨行的建行方式。在用韵方面,一类是典型的意体,如《你不看》《当春光重返人间》等;一类是欧体韵式的变格,如《祈求》(abca aca dea fgga)、《农家怨》(aaba cdd eecf bgg)等;一类是采用中国传统韵式,如《歌》(一)(aabaaaaaaaabaa)等;还有一类则是自由地用韵,如《忍耐》《对月》等。其次在格式方面,曹葆华吸收了中国传统骈赋写作方式,以铺陈手法极尽渲染能事,显现出如江河奔涌、一泻千里的恢弘气势。如上引《爱》前十二行大肆铺陈渲染,到了末两行点出主旨。如《你不看》以八六分段,前八句铺陈太阳月亮、沧海桑田、宇宙自然总有会变的情形,后六句以强烈对比抒情的方式,表达爱情矢志不变的心愿。这些形成了本时期曹葆华新诗的浪漫风格,钱锺书称曹诗"使我们联想到一阵风,一团野火,蓬蓬勃勃的一大群强烈的印象",徐志摩说曹诗"情文恣肆",李长之说曹诗有"一贯的气魄",闻一多认为曹诗"象沫若处多"。再次在意象上,《落日颂》中的诗改变了《寄诗魂》中的诗直抒胸臆的浪漫手法,诗人多以意象并联来抒情,好些诗歌成为象征意象诗。如《落日颂》中呈现两种意象系统:一种是从故乡灵山秀水中提取的自然意象,这些意象具有典型巴蜀地域特征,暗示着一个古老、守旧、亘古不变的传统对热烈情感的严重压抑;一种是从西方知识谱系吸收的意象,表达了诗人在人生受挫、情感受阻时的暴烈情感。这是曹葆华的诗对于中国新诗意象系统的新开拓。这些诗歌具有象征诗歌的特征。《落日颂》出版时,"象征主义诗歌的写作在中国方兴未艾,曹葆华以诗人的敏锐,觉察到诗歌发展的现代性趋势,特别是看到了西方意象派诗歌与中国古典诗歌的关联,以超前的实践,引领了中国现代诗歌发展的潮流"。②

---

① 陈俐:《曹葆华十四行诗创作的场域和独特价值》,载《中华文化论坛》2013 年第 4 期。
② 同上。

五 响应创体的十四行诗

从 20 世纪 20 年代中期开始,在整整十年的新诗创格运动中,白话新诗包括汉语十四行诗体建设取得重要成果,它恰如梁宗岱在那时所说的,"我们底新诗,在这短短的期间,已经和传说中的流萤般认不出它腐草底前身了"①。新诗创格运动,从本质上说就是解决好白话新诗的诗语审美问题,梁宗岱把它表述为:"怎样才能够利用我们手头现有的贫乏,粗糙,未经洗炼的工具——因为传统底工具我们是不愿,也许因为不能,全盘接受的了——辟出一个新颖的,却要和它们同样和谐,同样不朽的天地?"②这里的"它们"是指世界尤其是我国传统的优秀诗歌。白话新诗语言趋向散文化,而诗语散文化不仅表现在新诗句法韵脚的弱化等方面,还体现在新诗审美蕴涵的缺失等方面。通过十年纯诗运动和创格运动的探索,新诗在语言方面确实有了新的进展。朱自清就分析过 20 世纪 30 年代前后文学与语言关系的变化:"现在的白话诗文跟口语的距离比一般文字跟口语的距离确是远些;因为我们的国语正在创造中。文字不全合于口语,可以使文字有独立的地位,自己的尊严。现在的白话诗文已经有了这种地位,这种尊严。"③在新诗语言审美化进程中,移植西方十四行诗发挥了积极作用,而汉语十四行诗创体自身也在走向成熟,迎来创作的丰收时期。新诗创格和创体运动虽然由于种种原因在 20 世纪 30 年代中期以后衰歇,但"实在已经留下了不灭的影响"。朱自清在《诗的形式》中,就以卞之琳的创作为例,说"他试验过的诗体大概不比徐志摩先生少,而因为有了前头的人做镜子,他更能融会那些诗体来写自己的诗"④。这里的"诗体"就主要是指十四行体,因为这段论述之后举出的例证是冯至的《十四行集》出版,认为他"建立了中国十四行的基础"。可见,连续的十年创格和创体运动,有效地推动了十四行体中国化的历史进程,后来者如卞之琳、冯至等的十四行诗创作就能够达到"融会那些诗体来写自己的诗"了。

在新诗创格和创体影响下,除了以上所述外还有更多的诗人创作十四行

---

① 梁宗岱:《新诗底纷歧路口》,载《大公报》文艺栏"诗特刊"创刊号,1935 年 11 月 8 日。
② 梁宗岱:《论诗》,载《诗刊》第 2 期,1931 年 4 月 20 日。
③ 朱自清:《诗的形式》,见《朱自清全集》第 2 卷,南京:江苏教育出版社 1988 年版,第 400 页。
④ 同上书,第 398 页。

诗,他们也是在新月诗人和京派诗人的影响下从事创作的。他们响应创体同样取得了重要的成果,其创作大致包括三种情形。

第一种是"创格同人的边鼓声"。包括不以新诗创作著称的诗人创作,包括并未力倡格律的诗人创作,也包括重在理论研究的诗人创作,这些诗人均可列入新月或京派文人圈内,他们创作十四行诗只能算为新诗创格创体敲边鼓。如何其芳也是朱光潜家"读诗会"的骨干,他的诗人气质适合写作十四行诗,可惜他的创作基本都是自由诗,仅仅留下两首十四行诗。一首写于1931年11月1日的《夏夜》(收入1936年商务印书馆出版的《汉园集》),另一首写于1932年6月27日的《欢乐》(收入文化出版社1938年出版的《刻意集》)。两首诗风格柔美,用英体四四四二结构,格律不甚严格。这里着重介绍两位诗人的十四行诗。

林徽因(1903—1955)是京派"太太的客厅"的核心人物。她的新诗大多发表在新月《诗刊》和京派《学文》《大公报》等,以自由诗为主,但也有格律严谨的诗,她尝试了较多格律体新诗品种,在新诗音乐感方面进行了多种探索,是闻一多建筑美、音乐美、绘画美的积极实践者。她的十四行诗如《"谁爱这不息的变幻"》:

> 谁爱这不息的变幻,她的行径?
> 　催一阵急雨,抹一天云霞,月亮,
> 　星光,日影,在在都是她的花样,
> 更不容峰峦与江海偷一刻安定。
> 骄傲的,她奉着那荒唐的使命:
> 　看花放蕊树凋零;娇娃做了娘,
> 　叫河流凝成冰雪;天地变了相;
> 都市喧哗,再寂成广漠的夜静!
>
> 　虽说千万年在她掌握中操纵,
> 　她不曾遗忘一丝毫发的卑微。
> 难怪她笑永恒是人们造的谎,
> 　来抚慰恋爱的消失,死亡的痛。
> 　但谁又能参透这幻化的轮回,
> 　谁又大胆的爱过这伟大的变换?

诗以观察细致和思辨见长,从中见出诗人在把握中国语言和外国诗式方面的熟练程度。诗的第一段具体描写"不息的变幻"。这里有"急雨""云霞""月亮""星光""日影""江海""峰峦",还有"花放蕊""树凋零""娇娃做了娘""河流凝成冰雪""天地变了相""都市喧哗,再寂成广漠的夜静"。这一连串的变幻镶嵌在八行诗中,而且写得层次分明,显示出诗人的观察细密和布局高超。如果仅是铺排这些"不息的变幻",那还没把描写对象提升为诗的意象。首行"谁爱这不息的变幻,她的行径",就给诗中物象注入了主观情思,把描写物象提升为诗的意象。在"不息的变幻"物象中留下了"她"的印痕:"催""抹""花样""不容""使命""看""叫"等。"她"无时无处不在,"她"主宰掌握一切,那么再加上"谁不爱这不息的变幻"的追问,就把诗中一切意象汇聚成情绪的线索。应白克讲到诗人抒写自然时强调只须大处落墨,将心中所藏自然界无数印象,择其关系最重而情状最足动人者陈列出来,使人人见了,心中恍然于宇宙的实际。林徽因在诗中所写的正是这种最为动人的自然真相,它是诗人在观察自然后的审美直觉经验。诗的第二段从"理念"上揭示"不息的变幻","她"仍是指"不息的变幻"。虽然"她"掌中操纵着千万年,却对一丝毫发的卑微也不曾忘记。"难怪"承前而来,正因为一切都在"不息变幻",那么所谓的"永恒"只是人们编造的谎言,以此来"抚慰恋爱的消失,死亡的痛"。结尾两行呼应开头,构思完整。诗人提出了两个问题:谁能真正认识变幻的规律——"参透这幻化的轮回"?谁又能真正爱着变幻的现象——"爱过这伟大的变换"?诗充满了思辨的色彩,所提出的问题具有玄思性质。诗人对宇宙人生的思辨是深刻的,涉及自然、人生、生命、恋爱等重大问题。这种思辨是在科学精神指导下的寻求,表明诗人宇宙意识的觉醒,她不仅歌颂宇宙,且寻求宇宙的生命本质。《"谁爱这不息的变幻"》分成两个大段,正合诗体前八后六的规则,前段是起承,后段是转合,韵式是AB-BAABBA CDECDE,构思段落、音乐段落和诗韵方式结合,使全诗构成一个圆润的整体,这是一首严格遵循彼特拉克式的十四行诗。每个诗行统一为五个音组,诗行音数略有参差、不作统一,读来语调节奏自然,整齐而不板滞,符合京派诗人创格的节奏理论。

邵洵美(1906—1968)是新月后期的重要诗人,同梁宗岱、朱自清、戴望舒等一起推动纯诗运动,出版诗集《天堂与五月》《花一般的罪恶》《诗二十五首》等。他有完整的纯诗观念,重要诗论有《一个人的谈话》(1934年5月5日起在《人言》连载)、《诗二十五首·自序》《新诗历程》(1935年10月发表于《天下》月刊)等。他认为"只有你与诗的本身的'品性'谐和的方是完美的形式"。对这种"完美的形式"来说,"字句的秩序是不可少的。'诗是最好的字眼在最好的秩序里'"。这种"最好的秩序"既是指字句的安排、音律的谐和,更是指字句、音律对感情、情绪的恰到好处的表现。"一个真正的诗人一定有他自己的'最好的秩序'。"①他主张新诗接受欧美诗歌的影响,认为"排除掉一切外国的影响,中国的新诗就会像一副没有骨头的骷髅一样,简直什么都没剩下了,及时是我们最有创见的新诗人也都有那么一个或更多的外国偶像作为样板"②。他研究外国诗体,感到"'十四行诗'是外国诗里最完整最精炼的体裁",认为"它自身便是个完全的生命,整个的世界。去记录一个最纯粹的情感的意境,这是最适宜的。它比中国的'绝诗'更多变化",因此他"曾故意地去摹仿它们的格律"③。他的诗集《诗二十五首》(1936年)由上海时代图书公司出版,诗体形式多样。其中《在紫金山》和《天和地》是两首十四行诗。以下是《在紫金山》:

> 我没有攀着藤,也没有跨着云,
> 力的象征送我上最高的峰巅。
> 我可以打最东边看到最西边,
> 俯视着几百千种生灵的动静;
> 整个的南京原来像一张荷叶,
> 玄武湖像是荷叶上一颗露珠:
> 要是这光景可以写成首短诗,
> 那么就试这一幕自然的冷寂。
> 我再看,看到了最远处的朦胧,
> 我嫌那白云不够透明,疲倦的
> 太阳太红;再看那月亮,一半醒,
> 怕她自己还以为自己在做梦?
> 啊,最伟大的是人,我今天明白,
> 上帝造这许多东西给他批评。

诗一起笔写攀登,突出了"力"的精神,诗人借助力的象征站在山巅俯视南京。先是宏观俯视,将玄武湖比作"荷叶上的一颗露珠";然后远眺,写出"一幕自然的冷寂"。由于诗人是以"批评"的眼光来鉴赏紫金山周围的风光,所以其结论就是:"最伟大的是人!"诗人通过描写紫金山进而歌颂了人的伟大力量,使主题得到升华。形式的完美也是诗人所追求的。他相信柯勒律治的

---

① 邵洵美:《诗二十五首・序》,上海:时代图书出版公司1936年版,第10页。
② 邵洵美:《新诗历程》,载《天下》月刊,1935年10月。
③ 邵洵美:《诗二十五首・序》,上海:时代图书出版公司1936年版,第9页。

名言:"诗是最好的字眼在最好的秩序里。"他所谓的"秩序"指的是格律,认为"与其说格律是给写诗人的一种规范,不如说是给读诗人的一种指点;字句的排列与音韵的布置,不过是为便利别人去欣赏"①。他选择十四行体来表现对紫金山的感受,是因为这种诗体宜于表达诗的情感。邵洵美赞同孙大雨和卞之琳的音组说,基本思路是:"每一个时代有每一个时代的韵节,每一个时代又总有一种新诗去表现这种新的韵节。而表现这种新的韵节便是孙大雨、卞之琳等最大的成就。前者捉住了机械文明的复杂,后者看透了精神文化的寂寞;他们确定了每一个字的颜色与分量,它们发现了每一个句断的时间与距离。它们把这一个时代的相貌与声音收在诗里,同时又有活泼的生命跟着宇宙一同滋长。这种技巧是为胡适之等所不能了解的;因为他们已达到了诗的最特殊的境界,尽有丰富的常识还是不容易去理会。"②《紫金山》用律严谨,每行都用十二音五个音组,造成了良好的视觉和听觉效果。

第二种是"接受影响的模仿声"。在新诗创体期,不少诗人按照创格或创体的理论主张和实践样本,较为严格地遵循对应移植的原则,模仿创作格律的汉语十四行诗。其中取得重要成绩的要数丽尼。

丽尼(郭安仁)以散文创作著称,学者称他为"悲哀与忧伤的歌手",这缘自他的坎坷生活和多难经历。他的十四行诗 Sonnet 发表于《文学》第 3 卷第 1 号(1934 年 7 月),诗中渗入了诗人丽尼的自我意识。当时的丽尼无家可归,飘泊颠沛,数度辗转终于回到上海参加左翼文艺运动,诗表达了在特定年代的那种诗人愁苦、寂寞之情。诗的起、转和合处都以"啊"字起领。这种"啊"并不是无病呻吟或故作吟啸,而是诗人天涯绿萍、凄苦无告、长久郁积心头的忧郁苦闷不得宣泄时的心曲吐露。"啊"字连用三次,这不是传统十四行诗的抒情惯例,但三个"啊"字放在诗情发展的重要位置反复出现,就使全诗的忧郁苦闷、愁苦寂寞之情回荡诗中。诗中月亮和星星,则暗示着一种缥缈无定的命运之光或是朦胧意识到的人间希望之光。Sonnet 诗用意体结构,韵式为 ABBA ABBA CDC DCD。

丽尼模仿创作十四行诗成绩最为卓著的是组诗《梦恋(sonnet)八章》,发表在《文学季刊》第 1 卷第 3 期(1934 年 7 月)。《文学季刊》于 1934 年 1 月 1 日在北平创刊,主要编辑虽然保持着左翼立场,但与京沪众多文人学者都有兼容并包的沟通。《梦恋(sonnet)八章》无论在题材还是形式上都保持了传统十四行体特征,同规范期新月或京派诗人的创作相似。

---

① 邵洵美:《诗二十五首·序》,上海:时代图书出版公司1936年版。
② 同上。

首先是抒写传统的恋爱题材。诗人抒写的是一种不见于现实的梦中"恋爱"。这是基于诗人真实生活体验的抒情。丽尼在汉口博文中学时有个青梅竹马的女友,不幸的是这个外国女孩早早夭折,为此他写下了《月季花之献》等散文,冰心说这些作品是"梦中的真,是真中的梦","一个黄金时代之梦,一经过去,就再也没有回返的时候了"。后丽尼在泉州黎明中学任英文教师,爱上了一位华侨的女儿,但遭到女方家长干涉,最终只能各奔东西,丽尼被迫辞职出走他乡。直到1932年他才在武汉遇到了后来的夫人许严,在朋友的帮助下冲破家长阻扰而结为夫妇。这些生活经历使得诗人对于爱情有了独特的体验。诗的第一章题为《消息》:

> 这消息未免有一些突兀,
> 我知道我已经不能培植
> 我们底爱情,和我底痛苦,
> 或再经一些忧伤的时日;
> 你已经是属于他人的人,
> 我底爱之苗则只能摧毁,
> 虽然我底情爱是真和纯,
> 但只给了我凄然的余味。
> 请把这一切当作一个梦,
> 在它还没有开始的时候;
> 因为我已觉醒于这沉钟,
> 在这幻想的梦境底开头。
> 　　今夜,我感觉了一点凄凉
> 　　但我只有惆怅,却无悲伤。

"梦境"的开始,就是这突兀的消息:"你已经是属于他人的人","我底爱之苗则只能摧毁"。诗人殷切地祈求着:"请把这一切当作一个梦","在这幻想的梦境底开头"。组诗的第八章《梦恋》中这样抒唱:

> 在诗人底心留下了幻像,
> 织成了他底终生之梦恋,
> 与他底神游之心与冥想——
> 啊,你,也给与我心以忧戚,
> 使得我终夜把梦魂牵引,

"在诗人底心留下了幻像,织成了他底生之梦恋",这就是诗中"爱的梦恋"的真实涵义,这体现了中外十四行诗的传统题材和主题。

其次是十四行体的原本结构模式。组诗八章,分成四个段落。第一段落即第一、二章是"起",由"消息"和"告诉"组成,"消息"是爱情"已经不能培植","告诉"是"我本已疲倦多时";第二段落即第三、四章是"承",由"彷徨"和"燃烧"组成,是恋情突然地结束时的内心彷徨和借酒燃烧;第三段落即第五、六章是"转",由"催迫"和"不敢"组成,诗人开始转入冷静反思和自警思量;第四段落即第七、八章是"合",由"怨恨"和"梦恋"组成,诗人表示自己将振足精神和保留梦恋。诗的情调缠绵细腻,情绪起伏曲折,呈现着组诗圆形进展结构和有机整体构思。不仅组诗结构,而且每章也都呈现着起承转合的圆形结构。如上引第一章虽然没有分节,但标点符号却自然把十四行诗分成四个段落,尤其是末段缩格排列作结,更是突出了诗的有机结构意义。这种结构保留了中外优秀十四行诗的抒情特征,体现了十四行体最为重要的原本精神。

再次是借鉴了创体的探索成果。组诗八章的第一、二、三、八章是严格的英体十四行,十四行排列不分节而是通过标点分成四个段落;而第四、五、六、七章则是严格的意体十四行,十四行排列分成前八后六两节,又通过高低诗行分成四个段落。诗人严格遵循诗体的音乐段落、建行原则和用韵规则,如作为英体的第一章前三个段落就用三个交韵,末段则是个英雄双行。如作为意体的第六章前八行使用两个抱韵,全诗使用了 ABBACBBC CDCCDC 韵式。组诗八章每行都是十音(标点符号不占格,穿插在诗行中就形成参差之格),行内限音数而不限音组数,这种节奏模式是以诗行而不以音组建行,形成了以行顿为基本节奏单元的节奏进展模式,这继承的是朱湘、徐志摩和柳无忌等人的节奏探索成果。丽尼在此组诗中较为纯熟地运用着行顿节奏方式,体现了新诗创格运动的重要成果,这使得他的十四行诗具有格律规范的特征。

第四是行内建行构句自由变化。组诗八章行内可以由一句也可以由两句甚至三句组成,一句可以安排在一行内,也可以跨行进入第二行甚至第三行,只求每行有着相同的音数,从而保持十四行体的原本精神。这样建行构句自由灵活,而且把诗律完全建立在白话语言基础之上。在新诗建行探索中,有人常把这种节奏模式的诗称为"豆腐干诗",柳无忌为此作的辩护是:"这类诗并不像一般人所想象的那样拘束与单调,因为作者可以自由地界定每行的字数,依照着诗中的情感或思想而变化着。同时,作者不一定一行内写着一句,他可以在一行内写着几短句,或者可把一长句带到另一行内结束。

在这里面尽有很多的自由,可以免去拘束,有很多的变化,可以免去单调与生硬。"①十四行诗容易受体例束缚而变得单调与生硬,但丽尼《梦恋(sonnet)八章》就没有这种弊病,是新诗中可诵读的好作品。

  第三种是"诗体创格的叛逆声"。诗体创格要求对应移植十四行体格律,其结果就使得规范创格时期的汉语十四行诗趋向规整,格律严谨。但是,这一时期也有诗人在继续探索着较为自由的变格的十四行诗创作,追求新的诗体解放和音律自由,相对于这一时期的新诗创格或创体诗潮来说这是一种"叛逆的声音"。这种声音虽然相对薄弱,但始终没有消歇。它延续了早期创作自由的十四行诗的探索,在当时也有着较多的探索成果。这里介绍金克木、徐訏等人的十四行诗创作。

  金克木的新诗和诗论大多发表在戴望舒、梁宗岱、卞之琳等编的《新诗》月刊,诗风倾向现代主义,受到京派诗人的影响。他主张新诗的形式完全随内容而定,"某一情调就需要某一表现法:这是要作者去创造而没有现成的套子可以借用的"②。但是,他又要求诗的语言要合乎说话的语调和节奏,认为语言符合自然的节奏是新诗格律的基本条件。③ 这些追求也体现在他的十四行诗创作中。在他的《蝙蝠集》(1936年)中有《更夫》和《春意》等十四行诗,具有现代派风格,用律不合规范。如《更夫》:

    没有比深夜踯躅的更夫
    还更熟悉于这黑暗的角隅的了。
    黑暗中:唧唧的小虫
    呻吟出夜风中的恐怖。

    当赌徒们的呼哨已经过去,
    远处的叫卖声也沉寂了时,
    更夫的单调的足音
    和着单调的梆子摸索来了。

    当待死的星光投惜别的一瞥时,
    只有更夫在此享受黑暗了。
    更夫是依晨曦到来而安息。

---

① 柳无忌:《为新诗辩护》,载《文艺杂志》第1卷第4期,1932年9月。
② 金克木:《论新诗的灭亡及其他》,载《文饭小品》第2期,1935年3月。
③ 金克木:《杂论新诗》,载《新诗》第2卷第3、4期合刊,1937年7月。

> 然而,木强的更夫,
> 当你每夜,每夜在此踯躅时,
> 可也感到寂寞吗?

这是金克木所说的"主情诗",突出了时光的流逝和人的寂寞,具有现代意识,其构思类似卞之琳的《古镇的梦》。诗中人和景、寂寞与声音交融,意象单纯,采用一种倾诉式的抒情方式,语调自然流畅。四四三三结构呈现着起承转合的流转结构,有着十四行体特有的圆满美质。诗的节奏格式自由,包括用韵甚是随意,诗行长短不定,行末多个虚词收尾。

徐訏是20世纪30年代的散文家和诗人,《徐訏全集》(1977年)四十集中新诗占五集。他的十四行诗多发表在《人间世》,如《女子的笑涡》发表于《人间世》创刊号(1934年4月),取四四四二结构,韵式为 AAAA AABB BBBB AA,若前三个段落从中间均开,即成两个同韵的诗段 AAAAAA BBBBBB AA,有一种对称的美。这是诗人在十四行用韵上的一种试验。《人间世》第2期(1934年4月)发表了《独游》和《暮霞》,前诗写诗人对大自然的细微感受和对世俗的厌倦,除第十二行外,都用同一韵,后诗既写诗人对自然界的暮霞的感知,也写爱吻的红斑的象征,却是句句押韵。《人间世》的第3期(1934年5月)发表了《失题》,写于1924年1月27日,是诗人十四行诗中写作时间最早的。这是一首悼亡诗,全诗按四四四二结构排列,韵式为 ABAB ABAB ABAB AA。《人间世》第28期(1935年5月)发表了《Sonnet》,完全采用了莎士比亚的韵式。这就说明诗人其实是非常了解西方十四行体规则的,其创作格律运用自由完全是有意为之。这里录其《暮霞》:

> 起初是一瓣,二瓣,
> 慢慢有好几十瓣,
> 除了它背景是青蓝,
> 活像我们初吻时她颊上的红斑。
>
> 接着是一瓣,二瓣,
> 连成了一个大瓣,
> 象芙蓉一般闲散,
> 象荷花一样的懒;

>于是那一个大瓣,
>慢慢地变成小瓣,
>但终还有一块红斑,
>凝在青天上未散;
>
>末了,它是淡了,淡了,淡。
>象是淡进了我的心坎。

诗中的"暮霞",既是诗人对自然界中暮霞的感知,也是爱吻的红斑的象征,诗人利用两者在感知和心境层面的相似,依靠想象把它们联系起来,创造诗的意境。诗通体把暮霞和情人相吻融为一体,并注意表达的流动性,从而把抒情诗的以意象为中心的表述和以情感流为中心的表述结合起来,一方面以暮霞为中心,排列了一组意象,另一方面以爱情为中心,串联了一组意象,两者并行发展,你中有我,我中有你。以意象为中心的表述,意象具有静态的绘画美、雕塑美;以情绪为中心的表述,则有着流转的美、变动的美。诗充分体现出诗人对自然的细微感受,同时依靠想象使自然进入诗中表达诗情诗思。诗人在《女子的笑涡》中也体现了观察的细微和想象的魅力,如"水面上伴过鸭,陆地上伴过鹅;山林间也影响过啄木鸟的歌;在稻花已香的时候,也曾停在禾穗的顶头",这充分显示了诗人的艺术素养。

金克木、徐訏等人的汉语十四行诗,共同的诗体特征是格律宽松,属于变格的十四行诗。其实,我国在对十四行诗格式上早就有或宽松或严格不同态度。李金发等象征派诗人的十四行诗采用极其宽松的方式,甚至呈现着自由体的特征。到了20世纪30年代初,当时诗人大多从创格的要求出发写作格律的十四行诗,但是也有不少诗格律宽松。如《诗篇》杂志(朱维基主编)就出现了一些较为出格的诗,朱维基翻译的三十首 D. G. Rossetti(罗塞蒂)和 John Keats(济慈)的十四行诗,全无格律可言。对于十四行诗格式的两种不同态度,始终同时存在于中国诗坛,成为十四行诗体中国化探索中的重要现象。

第五章 探索变体时期(上)

从20世纪20年代中期到30年代中期,整整十年可看作新诗规范创格期,经历了"新韵律运动"和"新形式运动"两个过程。在此期间十四行体创格与新诗创格双向互动,在构思、节奏、音义、格调和音韵方面创格,奠定了我国十四行诗发展的坚实基础。正如柳无忌所说:"新诗的作者从废除音韵又复回到音韵,但这音韵是新的而不是旧式的;新诗的作者从打破格律又复回到格律,但这格律是新的而不是旧的。这样,新的试验的精神充满了诗坛。"①进入20世纪30年代后期,汉语十四行诗在特定的社会文化环境中继续发展,其特点是寻求新的突破,创造更多变体,使之更加适合新的时代要求和民族审美,十四行体中国化呈现着全新的面貌。

一 在规范基础上寻求突破

"新韵律运动"与"新形式运动"是两个连续的新诗创格时期。20世纪20年代中期的新韵律运动创格,开始阶段重在探索新诗的节律问题,其重要成果有孙大雨、闻一多等创立的音顿节奏和徐志摩、朱湘等创立的行顿节奏两路探索,期间诗人创作并规范汉语十四行诗,重在通过引入西方诗体来解决新诗的节律问题。饶孟侃的话颇具代表性:"我们在新诗里也可以用外国诗的音节,这种例子在现在的新诗里真是举不胜举,象骈歌体(Ballad Fonn)、十四行体等等都是。"②这话说得非常清楚,输入西方的骈歌体或十四行体等,都是为了借用"外国诗的音节"即节奏方式。这种情况到了1928年开始得到改变,就是创格由创律发展到创体阶段。梁实秋在该年3月的《新月》上发表《文学的纪律》,提出了一个新的理念:

---

① 柳无忌:《为新诗辩护》,载《文艺杂志》第1卷第4期,1932年9月。
② 饶孟侃:《再论新诗的音节》,载《晨报副刊·诗镌》第6期,1926年5月6日。

>形式的意义,不在于一首诗要写做多少行,每行若干字,平仄韵律等等,这全是末节,可以遵守也可以不遵守,其真正之意义乃在于使文学的思想,挟着强烈的情感丰富的想像,使其注入一个严谨的模型,使其成为一有机的整体。亚里士多德论悲剧,说悲剧必须有起有讫有中部,实在是说一切的文学都要有完整的形式。近代的文学常常以断片为时髦(Vogue of the fragmentary),正和这形式的原则相反。①

这里提出的问题是:重视具体的诗行、音节和平仄等固然重要,但更重要的是使思想情感想象等注入一个严谨模型,成为有机整体;而这种有机整体的模型即诗体,是有起有讫有中部的完整形式。梁实秋说:"我所谓的'形式',是指'意'的形式,不是指'词'的形式。所以我们正可在词的形式方面要求尽量的自由,而在意的方面却须严守纪律,使成为一有限制的整体。"②到1931年,梁实秋在徐志摩编辑的《诗刊》发表《新诗的格调及其他》时说:"现在新诗的音节不好,因为新诗没有固定的格调。"这里的"格调"与"音节"对举,"音节"是指新诗的具体节律,而"格调"则是指韵律上的固定格式。如何建立"格调",梁实秋认为"取材的选择、全篇内容的结构、韵脚的排列,都不妨斟酌采用;但是音节能否采取外国诗的,我就怀疑了"。这里更是强调了模仿外国诗要把音节和格调分开,因为中西语言文字不同,所以新诗应该移入西方诗体,而不应采用西诗音节,如英诗的音节是轻重抑扬的节律,就无法简单地移用于现代新诗。"因为中文和外国文的构造太不同,用中文写 Sonnet 永远写不像。唯一的希望就是你们写诗的人自己创造格调,创造出来还要继续的练习纯熟,使成为新诗的一个体裁。"③梁实秋提出了一个当时"最值得讨论的"问题,即新诗创格除了通过借鉴解决节律问题,还要采取西方诗体,解决整体格调和形式完整的问题。

这确是一个重要的理论观点。我们仔细考量新诗创格运动,就会发现1928年以后诗人们就开始着眼输入域外的诗体来创作汉语十四行诗了。这里的重要事实是:1928年闻一多翻译白朗宁十四行情诗,徐志摩在介绍中明确地说要"引起我们文学界对新诗体的注意"。柳无忌在《为新诗辩护》中,正面提出了注意英国诗体问题:"英诗有它特有的音律,正像中国诗有它自己的音律一样;所不同者,就是英诗中有很多的体裁,无穷的变化,充分的

---

① 梁实秋:《文学的纪律》,载《新月》创刊号,1928年3月。
② 同上。
③ 梁实秋:《新诗格调及其他》,载《诗刊》创刊号,1931年1月20日。

自由,那些我们的旧诗中没有或不许的。"①而在英国诗体中,柳无忌又强调了十四行体的精美和完整。朱湘在《"巴俚曲"与跋》中也说:"新诗的未来便只有一条路:要任何种情感、意境都能找到它的最妥切的表达形式。"②这里的"表达方式"就不是指音节而是指诗体,所以这时期的朱湘就大量采用西方多种诗体创作,包括写作七十多首意体、英体十四行体诗。罗念生撰文全面介绍"商籁体""无韵体"等,自己的创作则采用了十四行体、无韵体、双行体、歌谣体、四行体、八行体等。曹葆华也在探索着各种西方诗体。梁实秋撰文肯定十四行体类似传统律诗,完全可以成为诗人采用的新诗体。邵洵美谈新诗形式,"并不只指整齐",而是与本身品行谐和的整体秩序,他提倡十四行体是因为它"是外国诗里最完整最精炼的体裁,正像中国的'绝诗'一样,'麻雀虽小,五脏俱全',它自身便是个完全的生命,整个的世界。去记录一个最纯粹的情感的意境,这是最适宜的"。③朱光潜也说:"诗要尽量地利用音乐性来补文字意义上的不足,七律、商籁体之类的模型,是发挥文字音乐性的一种工具。"④这里说的音乐性"模型"也就是诗体。

以上大量事实和材料证明,进入20世纪20年代末的新诗创格运动,已经把输入新诗体作为一个重要目标,它同节律输入成为两个同样重要的问题。这在十四行体中国化的进程中是一个巨大的事件,它表明移植十四行诗进入一种诗体建设自觉的境地。新月诗人和京派诗人在整整十年间为新诗创格,移植十四行体的基本线索是从为新诗创律走向为新诗创体,从而为汉语十四行诗较好地解决了情思构思、节奏方式、音义关系和格调音韵等诗体规范,进入20世纪30年代后期以后,新诗人在创律和创体的基础上,继续推动汉语十四行诗建设。十四行体中国化历史进程主要在两个方向展开。

一是翻译十四行诗领域更加扩大。早期翻译自觉地紧跟时代的召唤,在选材上选取对当时新文学运动和新诗运动有借鉴价值的外国诗歌。从20世纪30年代后期到新中国成立,更多的域外十四行诗被翻译过来,为诗人创作展示了更多的学习榜样。我国最早全译莎士比亚十四行诗的梁宗岱,在20世纪40年代初的《民族文学》上发表的译作严格遵循原诗格律,准确地传达了原诗精神,推动了中国十四行诗的进化成熟。英语诗人奥登的十四行诗,尤其是他在20世纪30年代亲历中国抗战后写下的著名十四行诗组

---

① 柳无忌:《为新诗辩护》,载《文艺杂志》第1卷第4期,1932年9月。
② 朱湘:《"巴俚曲"与跋》,载《青年界》第4卷第5期,1933年12月。
③ 邵洵美:《诗二十五首·自序》,上海:时代图书公司1936年版。
④ 朱光潜:《给一位写新诗的青年朋友》,转引自高恒文:《京派文人:学院派的风采》,上海:上海教育出版社2000年版。

《战时》,有卞之琳、穆旦等人的翻译,对于抗战期的汉语十四行诗创作产生了重要影响。奥登在1938年4月21日的汉口茶话会上曾为中国知识分子朗诵了一首对战争中死去的士兵寄予同情和尊重的十四行诗(穆旦译,《战时》第18首):

  他被使用在远离文化中心的地方,
  又被他的将军和他的虱子所抛弃,
  于是在一件棉袄里他闭上眼睛
  而离开人世。人家不会把他提起。

  当这场战役被整理成书的时候,
  没有重要的知识在他的头壳里丧失。
  他的玩笑是陈腐的,他沉闷如战时,
  他的名字和模样都将永远消逝。

  他不知善,不择善,却教育了我们,
  并且像逗点一样加添上意义;
  他在中国变为尘土,以便在他日

  我们的女儿得以热爱这人间,
  不再为狗所凌辱;也为了使有山、
  有水、有房屋的地方,也能有人烟。

这组出色的战争诗,无疑为那时的中国诗人尤其是九叶诗人,提供了创作样本,开启了另一条别样的战争诗歌写作路向。奥登的远距离客观化视角,在杜运燮、袁可嘉、辛笛的诗中有所表现,西南联大出身的九叶诗人普遍接受了奥登的人格面具理论。卞之琳则模仿奥登创作了《慰劳信集》中一批优秀的政治抒情诗,其中就有一组抗战十四行诗。1936年,冯至与卞之琳、梁宗岱、戴望舒等共同创办《新诗》月刊,主持了"里尔克逝世十周年祭特辑",翻译了《里尔克诗钞》六首,包括名诗《豹》。20世纪40年代初,冯至一方面把里尔克的《致奥尔弗斯的十四行诗》介绍给中国读者,一方面像里尔克那样使用变体十四行抒写人生感受和哲理思考,获得巨大成功。而20世纪40年代后期十四行诗创作的又一次热闹局面,就同当时的翻译有关。那时的穆旦翻译了《拜伦抒情诗》《雪莱抒情诗选》、普希金的《欧根·奥涅金》等。陈敬容在

《中国新诗》和《诗创造》上翻译发表了一批里尔克的诗。这一时期的十四行诗有个重要特点就是抒情客观化,趋向新诗戏剧化,诗人的创作转向沉静;而这又同里尔克、艾略特、奥登以及法国波特莱尔、魏尔伦、马拉美等诗作被翻译进来有着直接的关系。那时,穆旦翻译了《艾略特和奥登诗选》,梁宗岱、卞之琳、沈宝基、陈敬容等译过波特莱尔的诗(包括十四行诗)。1947年,戴望舒出版了《〈恶之花〉掇英》,收诗二十四首,其中包括十多首十四行诗。这些译诗,依照原诗的音数与韵式加以对译,结果就像王佐良所说,"首首是精品"。戴望舒自己也说:他翻译的主要目的是"试验","来看看波特莱尔的质地和精巧的纯粹的形式,在转变成中文的时候,可以保存到怎样的程度"。"两国文字组织的不同和思想方式的歧异,往往使同时显示质地并再现形式的企图变成极端困难,而波特莱尔所给予我们的困难,又比其他外国诗人行难以克服。""波特莱尔的商籁体的韵法并不十分严格,在全集七十五首商籁体中,仅四十七首是照正规押韵的,所以译者在押韵上也自由一点。""韵律方面呢,因为单单顾着 pied 也已经煞费苦心,所以波特莱尔所常有的 rythme quaternaire,trimetre 便无可奈何地被忽视了,而代之以宽泛的平仄法"。① 但事实上,戴望舒所翻译的十四行诗,还是较好地传达了原诗的精神的,用律也较严格,如《赠你这几行》,韵法为 ABBA CDDC AAD EFE。如《入定》诗的体裁相当严肃,但诗人写得又是相当自由,瓦雷里认为这诗"有着那样大的魔力"。戴望舒在翻译时把原诗的轻松幽默和自然流畅尽数传达,使原诗的"质地和精巧纯粹的形式"在转变为中文时得以完美保存。袁可嘉在1948年写了论文《新诗戏剧化》,概括了我国新诗戏剧化的三个方向,分别举出了欧诗的影响。第一类是里尔克式的,第二类是奥登式的,第三类是诗剧。如他在说明奥登式的方向时,就举出了卞之琳翻译的奥登《小说家》,认为卞之琳的译文,不但字字推敲,句句磨琢,将原作的精神表达无遗,且在韵律方面,很有独到之处。尤其是《小说家》等所体现的新诗戏剧化的奥登式方向,更是直接启示了九叶诗人创作的客观化趋向。数十年来,我国诗人翻译西方十四行诗,最为重要的特点是采用"切近"原诗的原则,即利用两种语言形式的共同点或格律对应性,尽量保留原诗形式美的某些因素,使译诗形式尽量靠近原诗形式,从而更多地再现原诗的诗体特征。正是这种大量的"切近"翻译,才推动了20世纪三四十年代中国十四行诗发展呈现着新的方向。

二是创作十四行诗寻求新的突破。从20世纪30年代后期到新中国建立,十四行诗创作呈现的特点,首先是之前的作者主要是留学英美的诗人,他

---

① 戴望舒:《译后记》,《〈恶之花〉掇英》,上海:怀正文化社1947年版。

们在理论和创作上为汉语十四行诗规范创格创体,之后的创作者扩大到各种新诗流派和风格的诗人,他们在规范基础上寻求新的突破;其次是之前的诗人主要是为十四行诗创格,因此用律较为规范,之后的诗人主要是创十四行诗变体,因此用律变化较多。这种新特点的出现,从总体上来说,体现着中国十四行诗的进步,显示着十四行体中国化的新进展。由此所串联起的中国十四行诗发展线索,用柳无忌的话说就是:"我们最先感觉到传统文学的陈腐,我们有意要革新它而创造新的有生命的文学,于是我们第一步应做的是破坏,第二步应做的是模仿,经过了破坏与模仿而后我们达到了最后一步,真正的建设与创造。所以中国新诗运动是跟随着自然的步骤而发展着,一点也没有错儿,我们与其悲观,不如乐观。"①如果将十四行体早期输入看作破坏期,将新诗创格看作引进域外诗体的模仿期,那么从20世纪30年代后期开始就进入了真正的创造期。这就是十四行体中国化的三个连续进展的时期。第三期建设和创造的重要特征就是寻求在规范基础上的变体,而所谓变体的探索,其要旨是更加强调从汉语特点出发,从内容表达出发。当时林庚的话能够帮助我们理解这种趋向出现的深沉背景:"以前追求新诗形式的失败,即在把形式看得太重要;以为今日诗所缺乏的只是形式,形式一有便万事亨通了。故商籁体,豆腐干式等等盛极一时,而结果都无声无闻了。"②也就是说,新诗创作不能仅仅局限于形式,而应该更多地考虑情思表达,即更好地相体裁衣,适当地突破形式束缚。正是在此基础上,林庚积极探索"节奏自由诗",认为诗的"形式要整齐,因为只有如此才能产生一种 Repetition 的作用而造成韵律;但同时一个形式又要在整齐中有变化,然后整齐才能不太单调不太呆板"。"诗的声韵不只是形式本身的悦耳,且有时还可辅佐着诗意。"③这就是十四行体在规范基础上探索变体的内在规律,也完全符合世界十四行体发展的规律。从世界十四行体流播史看,十四行体每传入一国必然产生新的变体,出现丰富多样的变体才是十四行体本土化的最高境界。"西方十四行诗发展的历史表明:作为它最为固定的因素,只是那'十四'的行数(偶然超过或不足此数的,是罕见的例外),至于诗组的结构和韵脚的安排,都是可变的。只要变得妥切就行。如果不是这样,就不可能由意体变出英体十四行来;如果不允许这样,在英体十四行中,就不会有什么'斯宾塞式'、'莎士比亚式'的区分。——十四行诗,从西方的意大利到西方的英国,都发生了这么大的变化;现在要它从西方到东方,到一个用方块字作为语言符号的国度

---

① 柳无忌:《为新诗辩护》,载《文艺杂志》第1卷第4期,1932年9月。
② 林庚:《诗的韵律》,《新诗格律与语言的诗化》,北京:经济日报出版社2000年版,第14页。
③ 林庚:《关于四行诗》,载《文学时代》第1卷第5期,1936年11月。

里来,怎么会不发生更大的变化呢?"①相比其他域外诗体来说,十四行体的优势不仅在于它本身是一种精美的诗体,而且在于它自身存在着自由生长性的可能,既有我国传统律绝体的美质,又比律绝体有着更多变化。这种诗体的诗行容量较大,诗行长短、音步多寡、用韵方式都有很大的伸缩腾挪空间,而它自身又是个有生命的完整世界。"每首十四行,有固定的诗节形式、韵律形式和韵脚安排",又是"一种异常灵活的诗歌形式。它变化无穷,为诗人提供了在一定程度内进行独创和发明的巨大可能性"。这种诗体内在地体现着规范限制性与创作自由性的统一,这是该诗体能够成为一种世界性诗体的最为重要的原因。意大利人创造的十四行,到英国产生了多种变体,也就成了英国最为流行的诗体,并产生了一批经世不朽的作品,甚至给人造成一种印象,即十四行体仿佛本来就是英国本土的。因此,十四行体移植在经过了创格规范期以后,我国诗人们寻求新突破,创造新的变体形式,正是十四行体中国化进入新的历史阶段的标志。

从20世纪30年代后期到新中国成立,这是我国抗日战争和解放战争的岁月,特定的社会文化环境直接影响到我国十四行诗的发展方向。朱自清在20世纪40年代说过:"抗战以来的新诗的一个趋势,似乎是散文化。""从格律诗以后,诗以抒情为主,回到了它的老家。从象征诗以后,诗只是抒情,纯粹的抒情,可以说钻进了它的老家。可是这个时代是个散文的时代,中国如此,世界也如此。诗钻进了老家,访问的就少了。抗战以来的诗又走上了散文化的路上,也是自然的。""抗战以来的诗,注重明白晓畅,暂时偏向自由的形式。"②抗战以后诗的趋向是内容上偏向现实精神和形式上偏向自由诗体,这就是十四行诗在新的发展阶段所处的社会文化环境,这种环境转化成一种时代审美风尚和主导诗学观念,牵引和推动着中国十四行诗在规范基础上向着自由方向寻求变体,由面向诗人内心世界抒写朝着多途径反映现实的方向寻求新变。这种寻求由于受当时诗潮影响,所以基本的选择是现代化和民族化的方向,也就是十四行体中国化的方向。朱自清在《诗与建国》中说,在20世纪40年代我国诗坛存在着一个"新诗现代化"运动,而新诗现代化的追求更多地体现在现代主义诗人包括冯至及九叶诗人的创作中。从抗战相持阶段开始,新诗界开始讨论新诗的民族形式,毛泽东提出的"新鲜活泼的、为中国老百姓所喜闻乐见的中国作风和中国气派"成为基本审美选择,新诗民族化的追求更多地体现在现实主义诗人包括郭沫若及大众诗人的创作中。在

---

① 钱光培:《现代诗人朱湘研究》,北京:燕山出版社1987年版,第223—224页。
② 朱自清:《诗与抗战》,《朱自清全集》第2卷,南京:江苏教育出版社1988年版,第345—346页。

这种社会文化语境中,输入十四行体就被轻视或排斥,如20世纪30年代新诗大众化运动中,中国诗歌会诗人说:"创造新形式,定型律的形式,我们早就深恶痛疾的了,即近来什么十四行,以及每节四句的样式,我们不要他。"①"左联"诗人说十四行诗是"西洋布丁和文人游戏,中国的大众不需要"。最为典型的是任钧在《新诗的歧路》中所说的这段话:

> 不论是过去和现在,都有着不少的诗人在那里大做其西洋风的什么体或是什么格的诗歌;于是,结果,就产生了不少所谓十四行诗、"方块诗"等等。很明显的,这乃是一种想要把新诗格律化、定型化的企图;也就是新诗运动上的一种堕落和复辟,一种新的锁链和镣铐。
>
> 自然,你也许会说,商籁体之类并非我国旧诗词的形式,而是货真价实的,道地的来路货。可是,你得明白:对于我国妇女之"国粹的地"缠足、穿耳,我们固然绝端反对;但,同时,对于她们之"西洋风的地"穿高跟鞋、烫头发,我们也绝不赞成;因为在"不自然"、"矫揉造作"之点上,那些原是半斤八两啦。②

这种观点在当时颇具代表性。林庚对十四行诗也存非议,他说"商籁体,豆腐干式等等盛极一时,而结果都无声无闻了"。"现在追求韵律的声浪已因此路不通而消歇,商籁体豆腐干式再也不常与人见面了;然而那并不是韵律的没有价值,而是追求者错了。"③这表明中国十四行体的发展到20世纪30年代后期以后所处的社会文化环境是艰难的。它承受着双重压力,即诗的散文化趋向和诗的现实性取向。这种情形一直延续到20世纪40年代末。尽管如此,中国十四行诗仍在顽强地生存着、发展着,并在中国化的道路上寻求着新的突破和创新。从抗战爆发到新中国成立,这十多年间的汉语十四行诗创作人数众多,风格流派多样,其创作的共同趋向是在规范基础上探索多种变体,探索民族形式,从而在十四行体中国化和现代化的进程上取得了非常重要的进展。

---

① 王训昭编:《一代诗风——中国诗歌会作品及评论选》,上海:华东师范大学出版社1996年版,第351页。
② 任钧:《新诗的歧路》,原载《新诗话》,新中国出版社1936年版,见《中国新文学大系(1927—1937)·文学理论集》,上海:上海文艺出版社1987年版,第502页。
③ 林庚:《诗的韵律》,载《文饭小品》第3期,1935年4月5日。

二 卞之琳、邹绛的变体探索

卞之琳是新月后期的重要成员,同时又是京派诗人群的骨干,参与编辑了多种京派报刊。诗集有《汉园集》(与人合集,上海商务印书馆1936年版)、《鱼目集》(文化生活出版社1935年版)、《慰劳信集》(桂林明日社1940年版)、《十年诗草》(桂林明日社1942年版)等。"卞之琳总共写过十五首十四行诗,都是意大利式,几乎占他全部诗作的十分之一。这既同他对新诗形式问题的关切分不开,也同他喜欢的那些西方诗人有联系。他翻译过魏尔伦、瓦雷里、奥登,而他们全都是十四行体的大师。"①

据卞之琳后来回忆,战前他在个人事业与情感生活两方面都一帆风顺,因此诗中表达的是满怀爱的憧憬的思想情绪。他的新诗创作受到了新月派尤其是京派诗人的影响,讲究格律形式,酷爱提炼打磨,着意诗体试验探索,期间就有十四行诗创作。他认为"十四行体,在西方今日似还有生命力,我认为最近于我国的七言律诗体,其中起、承、转、合,用得好,也还可以运用自如"。他的第一首十四行诗《望》发表在新月《诗刊》第3期,在战前还有十四行诗《影子》《一个和尚》《音尘》《灯虫》《淘气》等。②《望》写得中规中矩,格律严谨;《一个和尚》则是变体,格律宽松。作者自己说:"我前期诗中的《一个和尚》是存心戏拟法国十九世纪末期二、三流象征派十四行体诗,只是多重复了两个脚韵,多用ong(eng)韵,来表现单调的钟声,内容却全然不是西方事物,折光反映同期诗作所表达的厌倦情调。"③《淘气》和《灯虫》更是采用变体,以口语和短行写成。我们来看《淘气》:

---

① 江弱水:《商籁新声:现代汉诗的十四行体》,《中西同步与位移——现代诗人丛论》,合肥:安徽教育出版社2005年版,第158—159页。
② 屠岸在《关于十四行诗的通信》(《诗探索》1998年第4辑)中说:"我在《十四行诗形式札记》一文(载《暨南大学学报》1988年第1期)中说,卞之琳的诗《影子》和《音尘》'都是十四行。……也许作者不认为这些是十四行诗,只是偶然写了总共十四行的两首自由诗罢了?'后来卞之琳先生见到了这篇文章,对我说,他的《影子》和《音尘》是自由诗,不是'十四行诗'。这是作者自己表态了。如果作者没有表态呢? 有这么一首诗,无韵式,无四、四、三或四、四、四、二或八、六或四、四、六等构架(或称段式),无音组(或称顿)安排,但行数是十四,内容上符合'起承转合'的发展程序,就应该算它是十四行诗吗? 或曰:应该算。"这里涉及界定汉语十四行诗的问题。屠岸同意钱光培关于"中国作者接受十四行体的影响层次的差距是很大的,因此出现了五花八门的'中国十四行诗'"的说法,认为它的好处是"可以鼓励诗体变化的多样性和发挥诗作者在诗体探索方面的创造力"。
③ 卞之琳:《自序》,《雕虫纪历》,北京:人民文学出版社1984年版,第16—17页。

>   淘气的孩子,有办法,
>   叫游鱼啮你的素足,
>   叫黄鹂啄你的指甲,
>   野蔷薇牵你的衣角……
>
>   白蝴蝶最懂色香味
>   寻访你午睡的口脂。
>   我窥候你渴饮泉水
>   取笑你吻了你自己。
>
>   我这八阵图好不好?
>   你笑笑,可有点不妙,
>   我知道你还有花样——
>
>   哈哈!到底算谁胜利?
>   你在我对面的墙上
>   写下了"我真是淘气"。

这诗与同时写的《灯虫》《无题五首》有着共同的主题,这就是:"在1937年末……我与友好中特殊的这一位感情上达到一个小高潮也就特别爱耍弄禅悟把戏,同时确也预感到年华似水,好梦都过眼皆空的结局,深感自己也到了该'结束铅华'的境地了。"①诗的调子呈现着"悲欢交错都较轻松自在",表层看是为了迎合意中人的喜好,有意识地在诗中耍"妙趣""弄禅机",像玩智力比拼;深层看他开始接受瓦雷里、纪德的影响,注重非个人化的表达策略,呈现情感倾向的喜悦和表现自己的多思。情感生活的影响,不仅表现在诗的智性特征上,表现在诗的情感倾向的喜悦上,还表现在相当多的诗具有深层的情感内涵。《淘气》的诗行统一为八字三个音组,韵式为 ABAB CDCD EEF DED;同时(1937年5月)写作的《灯虫》,也是每行八音三个音组,韵式是 ABBA CDDC EFE FGG,两诗都是短行,这是有意为之,似在追求一种明快的节奏效果,明显是属于移植中的变体创作。卞之琳对于圆形结构深有偏爱。他的许多诗,或明承或暗袭,或正连或反接,总是处心积虑使之呈现为一个完整的圆形。《淘气》和《灯虫》的情思发展构成一个完整的圆形。《淘气》以

---

① 卞之琳:《人尚性灵,诗通神韵:追忆周煦良》,《卞之琳文集》中卷,合肥:安徽教育出版社2002年版,第213页。

"淘气的孩子,有办法"开头,以"你在我对面的墙上/写下了:'我真淘气'"结尾,同样的字眼分置于一首一尾;《灯虫》以"可怜以浮华为食品"起始,"像秋风扫满地的落红"作结,始终都用了"空花"的意象,形容灯虫浮华追求之虚妄。《淘气》和《灯虫》在格调、建行和语气传达方面为汉语十四行诗带来了新的气象,应该属于较为成熟的汉语十四行诗。尤其是,"写《灯虫》时的诗人,仿佛已经从局中人变化成局外人了。他把刚才还在做好梦的自己对象化为灯虫,责备自己不甘水露的淡泊,向往浮华与醉梦,而终于如蠓虫纷坠。诗人没有再以'鱼化石'的态度,把灯虫视为雪泥鸿爪,而是'风扫满阶的落红'"①。评论家的以上分析能够帮助我们理解《灯虫》诗的内涵。在诗中,诗人的观念和情感都外化为"客观对应物",寄寓在物的描写、典故的叙述和生活经验的复述中。诗人中的"我"是独立于诗人之外的,并非指他自己。正如卞之琳所说:"这时期的极大多数诗里的'我'也可以和'你'或'他'('她')互换,当然要随整首诗的局面互换,互换得合乎逻辑。"②卞之琳认为:"古今中外,写诗用'我'的口气说话,不一定就是表达作者个人的思想感情,真人说真事;那是西方所说的运用'代言人'(persona),有如进入戏台上的角色来说话。"③这是一种新诗的重要技巧,是新诗现代化的重要标志,卞之琳把它纯熟地运用于汉语十四行诗创作。

抗战爆发以后,卞之琳离开上海,经武汉到成都,1938年8月从成都到延安。他对去延安的解释是"大势所趋,由于爱国心、正义感的推动,我也想到延安去访问一次,特别是到敌后浴血奋战的部队去生活一番"④。另一解释就是:"女友当时见我会再沉湎于感情生活,几乎淡忘了邦家大事,不甘见我竟渐转消沉,虽不以直接的方式,给了我出去走走的启发。"⑤这就有了诗集《慰劳信集》的创作。诗集中有一组十四行诗:《〈论持久战〉的著者》《给委员长》《一位"集团军"总司令》《一位政治部主任》《空军战士》等。《慰劳信集》受到了英国谐趣诗(Limerick)、英国20世纪30年代"奥登一代"左倾诗人创作(属于欧美"粉红色十年")的影响,尤其受到了奥登的"富有政治意义的轻松诗"的影响。轻松诗"一般采用平常谈话的口吻,表达轻松自在,主题描写风趣畅快,或变化离奇,或略含几分温和的讽刺。它的题材或庄重严肃,或琐细轻微。而轻松诗的关键特征取决于抒情人或叙事人对待主题的态

---

① 蓝棣之:《论卞之琳诗的脉络与潜在趋向》,载《文学评论》1990年第2期。
② 卞之琳:《自序》,《雕虫纪历》,北京:人民文学出版社1984年版,第3页。
③ 卞之琳:《人与诗:忆旧说新》,北京:三联书店1984年版,第119页。
④ 卞之琳:《自序》,《雕虫纪历》,北京:人民文学出版社1984年版,第8页。
⑤ 卞之琳:《人尚性灵,诗通神韵:追忆周煦良》,《卞之琳文集》中卷,合肥:安徽教育出版社2002年版,第212页。

度与表现的'格调'(tone)"①。卞之琳曾翻译过爱德华·里亚的谐趣诗,又说:"现代著名诗人奥登30年代写富有政治意义的轻松诗,显然和里亚倒声气相通。"②这样我们就把从里亚到奥登再到卞之琳这样一条线索连贯起来了,揭示了卞之琳创作的思想资源和艺术特色。袁可嘉认为,《慰劳信集》"是一组新型的政治抒情诗,它避开了当时流行的某些诗作那种浮夸的英雄腔或标语口号式滥调,而力求从小事情、小场景用压低的调门来歌颂百发百中的神枪手、筑机场的工人、闹笑话的新战士、放哨的儿童、抬钢轨的群众等等,因为是写给群众看的,洗练的口语有平实、爽朗,特别是机智、幽默的特点。有时轻松的笔法和严肃的题材结合到好处,就出现了一种新诗史上未曾有过的至今少人效法的新型政治抒情诗"③。这种概括准确地揭示了《慰劳信集》的思想和艺术特征,也揭示了《慰劳信集》的新诗史价值。我们认为,卞之琳《慰劳信集》中的十四行诗较好地体现了十四行体中国化的新进展,无论是题材或形式都属于20世纪40年代十四行变体的典型代表。

　　《慰劳信集》中的十四行诗创作接受了奥登《战时》④的影响。奥登是继艾略特之后最重要的英语诗人,对于现实生活的关注极大地丰富和发展了现代主义诗歌。他曾在西班牙服役,1938年春天以战地记者身份访问中国,亲历了中国抗日战争并写下了著名的十四行组诗《战时》,它被认为是奥登诗中最具创新性的诗篇,甚至是20世纪30年代最伟大的英语诗歌。卞之琳在当时翻译了奥登《战时》中六首十四行诗,在昆明和桂林刊物上发表,后来又在上海《中国新诗》发表其中五首,以后又翻译了奥登的《小说家》《名人志》等变体十四行诗。这种翻译给我国十四行体的发展带来了新气象。卞之琳欣然接受了奥登的影响,他说:"从这些诗里,我们可以看出,尽管通过翻译,不用风花雪月也可以有诗情画意;不作豪言壮语也可以表达崇高境界;不用陈腔滥调,当然会产生清新感觉,偶尔故意用一点陈腔滥调,也可以别开生面,好比废物利用;用谨严格律也可以得心应手、随心所欲而表达思想、感情;遣词造句,干脆凝练,也可以从容不迫;出语惊人,不同凡响,固然也应合情合理,语不惊人,也可以耐人寻

---

① 刘祥安:《卞之琳:在混乱中寻求秩序》,北京:文津出版社2007年版,第74—75页。
② 卞之琳:《无意义中自有意义——戏译爱德华·里亚谐趣诗随想》,《卞之琳文集》中卷,合肥:安徽教育出版社2002年版,第577页。
③ 袁可嘉:《略论卞之琳对新诗艺术的贡献》,载《文艺研究》1990年第1期。
④ 奥登于1939年发表《战地行》一书,其中除了日记式的报道外,还有《战时》组诗等,后来奥登把删改后的组诗更名为《来自中国的十四行诗》保留在自己诗集中。"《战时》组诗是奥登诗歌中的一座丰碑,'是三十年代奥登诗歌中最深刻、最有创新的篇章,也许是三十年代中最伟大的英语诗篇',六十年后的今天读来仍然感人至深。《战时》组诗记载了诗人在中国抗战中的见闻,同时是诗人对人类文明进程的沉思录。"(赵文书:《W. H. 奥登与中国的抗日战争——纪念〈战时〉组诗发表六十周年》,载《当代外国文学》1999年第4期。)

味;冷隽也可以抒发激情。诸如此类,破除旧习,不难领会。"① 这是卞之琳通过翻译对于我国十四行体发展作出的贡献。

《慰劳信集》中《给委员长》和《〈论持久战〉的著者》分别写国共两党领袖蒋介石和毛泽东,这在中国十四行诗的发展史上是空前绝后的。写蒋介石的《给委员长》,结构精巧,引喻用典多取自传统诗文,符合所写对象的教养身份;写毛泽东的《〈论持久战〉的著者》,紧扣人物的"手"来写,人物下棋的手与布置战局的手叠映,写文章的"手"生发出在人们心中植下辩证法的手,体现了诗人巧妙的构思。"毛泽东的战略思想、哲学思想、文学才华以及艰苦朴素等等抽象特征通过'手'得以具象的表现。作者仿佛一个摄影大师,总是能捕捉住人物特有的表情动作,凸现人物的精神性格。"② 这里来读《给委员长》:

> 你老了！朝生暮死的画刊
> 如何拱出了你一副霜容!
> 忧患者看了不禁要感叹,
> 像顿惊岁晚于一树丹枫。
>
> 难怪啊,你是辛苦的顶点,
> 五千载传统,四万万意向
> 找了你当喷泉。你活了一年
> 就不止圆缺了十二个月亮。
>
> 会装年青的只有狐狸精:
> 你一双眼睛却照旧奕奕,
> 夜半开窗当无愧于北极星。
>
> "以不变驭万变"又上了报页,
> 你用得好啊! 你坚持到底
> 也就在历史上嵌稳了自己。

张曼仪认为此诗上半阕八行展示了一组变易意象:老、朝生暮死、霜容、岁晚、

---

① 卞之琳:《重新介绍奥登的四首诗》,《卞之琳译文集》中卷,合肥:安徽教育出版社2000年版,第203页。
② 刘祥安:《卞之琳在混乱中寻求秩序》,北京:文津出版社2007年版,第80页。

丹枫(枫叶经秋转红)、月亮的圆缺,从自然界的现象指出为国事操劳的首脑("辛苦的顶点""四万万意向"的"喷泉")难免衰老,表达了老百姓的忧虑,也配合了"慰劳"的主题。下半阕来一个转折,"不变"的意象渐渐建立起来,最终取得主导地位,由"眼睛照旧奕奕"开始,然后引出"以不变驭万变",终于勉之以抗战到底——"你坚持到底/也就在历史上嵌稳了自己",到诗篇结束时完全是"不变"占了优势,大可稳如泰山。关于此诗的构思,江弱水补充说:"最隐蔽的三百六十度圆形,却要数这首《致委员长》。上首行'你老了,朝生暮死的画刊'与末行'也就在历史上嵌稳了自己',让短暂与永久、多变与不变形成对比,只不过是用了反接的手段,相反适以相成;短命的'画刊'与长存的'历史'虽然有别,作为人物形象的记录,本质上说还是同一的。"①这种十四行诗从思想内容上被称为"政治抒情诗"是应该能够为人接受的,但这是一种具有自身特色的政治抒情诗,是我国新诗创作的重要收获,更是十四行体中国化的重要收获。我们再引《一位"集团军"总司令》:

    竟受了一盒火柴的夜袭,
    你支持北方的一根大台柱!
    全与你发挥的理论相符,
    热炕是群众,配合了这一击。

    你不会受惊的,也无大碍:
    只烧了皮大衣、毯子、棉军服。
    然而这是你全部的长物,
    难怪你部下笑话着"救灾"。

    请原谅爱护到过火的热心——
    我们群众宁愿这样想,
    看你檐头的冰柱有多长!

    仿佛冬寒里不缺少春信,
    意外里你有意外的微笑。
    愿你能多多重复"有味道"。

---

① 江弱水:《商籁新声——论现代汉诗的十四行体》,《中西同步与位移——现代诗人丛论》,合肥:安徽教育出版社2005年版,第180页。

诗在客观叙述、细节刻画和幽默情调等方面实现了统一。《慰劳信集》"是时代流行合唱中的声音之一,但是,它的声音具有独特的素质。二十首诗中,始终有一个诗人的独特身影存在,在与歌颂对象的特定关系——不论是普通百姓还是抗战军民的指挥者、领袖,一律平等称之为'你'——中,诗人在这场历史大变局中的姿态与方式得到表现。每一首诗中,诗人都对另一些人展开对话:独立、自尊而不居高临下;虔敬、诚挚而不自贬卑微;亲切、家常而不乏风趣"①。传统政治抒情诗中之"政治",已经演变为特指的政党政治或意识形态,而卞之琳的政治抒情诗中的"政治"是民族的政治、民众的政治,具有更为开放的视野与更为丰富的文化意义。奥登的组诗《战时》既是对抗战历史的记录,也是对人类文明的评述,被称为"奥登的《人论》"。组诗冠以《战时》之题具有强烈的暗示性:"奥登对'战'字不加修饰,连冠词也不用,这就清楚表明了他的意图:他的诗歌是关于战争本质和含义的预言,是一种理论、一种伦理,而不是关于某一段具体的历史。"②卞之琳借鉴奥登《战时》组诗的诗质和诗形来写作《慰劳信集》,融入了更多的文化意义和沉思寓意,也就超越了应时应景的政治抒情诗格局而获得了现代抒情诗的品质,这是一次成功的诗质和诗形的双重移植。

　　卞之琳在所译奥登《战时》部分诗作的前言中,称奥登的诗"亲切而严肃,朴实而崇高",对于当时还仅仅习惯于欣赏浪漫派的"夜莺""玫瑰"和象征派的"死叶""银泪"的一般读者,这些诗甚至有被指斥为非诗的可能。他是有意要借奥登诗给新诗注入新的因素:在内容方面是面向现实的精神,抒写重大题材,拓展新诗领域;在表达方面是视野开阔,综合概括能力很强,富有高层次的幽默感,将主体的外化与客体的内化打成一片。袁可嘉总结新诗现代化的三个方向,其中之一就是奥登式,具体说就是:诗人通过心理的了解,利用机智、聪明以及文字上的特殊才能,依靠语言和比喻来传达诗情。主要有两个特点,第一是诗人对抒写对象的同情、厌恶、仇恨、讽刺都只从语气及比喻得到部分表现,而从不袒露;第二是善于对事物作心理探索,在客观描写事物的同时,总要发掘它们所赋予的一些真切的心理特征。这些新因素的引入,开始突破汉语十四行诗的传统题材和表达方式,呈现出全新的面貌。尽管历来人们对于《慰劳信集》的评价存在分歧,但其新变还是得到多数诗人的充分肯定。杜运燮曾经回忆《慰劳信集》对自己及周围人的影响:"在卞先生到联大之后不久,校内冬青文艺社请他做过一次题为《读诗与写诗》的

---

① 刘祥安:《卞之琳在混乱中寻求秩序》,北京:文津出版社2007年版,第76页。
② Samuel Hynes, *The Auden Generation: Literature and Politics in England in the 1930s*, New York: Viking Press, 1977, p.344.

演讲。那晚听众很多,记得我在致开场白时特别提到他不久前去过解放区并发表过《慰》集,那也即是代表联大文艺爱好者在这方面的关注和共同兴趣,我们都感受到《慰》集的影响。他的'变',在为广大人民而写方面给我们提供了方向性的启示,在如何反映现实方面,提供了另一种写法的实例。"①九叶诗人趋向新诗现代化的重要方向是奥登式,而这一方向的形成同卞之琳接受奥登影响而又模仿创作有关。奥登在 1940 年出版了《再来一次》,但被评价为一种退步:他的诗忽然变得流利易解起来,而流利易解的诗作在现代是不大受欢迎的。吴兴华则说:"我个人看不出奥登有什么退步。至少在技巧方面,他有着使人惊异的发展。几首十四行诗是最好的例证,在他的手里,不管多么生硬的诗体和格律都变得活跳起来。"②这是对现代英诗及奥登诗创作有广泛而深入的理解基础上的真知灼见,评价《慰劳信集》的历史地位也要把它放在新诗现代化的进程中去理解。

卞之琳的十四行体格律形式也有创新,主要表现在三个方面。一是节奏方式。卞之琳的主张是:"以二字'顿'和三字'顿'为骨干,进一步在彼此间作适当安排","由一个到几个'顿'或'音组'可以成为一个诗'行'(也象英语格律诗一样,一行超过五个'顿'——相当于五个英语'音步',一般也就嫌冗长);由几行划一或对称安排,加上或不加上脚韵安排,就可以成为一个诗'节';一个诗节也可以独立成为一首诗,几个或许多个诗节划一或对称安排,就可以成为一首短诗或一部长诗。这很简单,可以自由变化,形成多种体式"。③ 这种格式综合了规整和自由两方面优势,同孙大雨的探索相同,但又显得更加自由。如《慰劳信集》中四首抒写英雄人物的十四行诗,每行字数不限,但都显现为整齐的四顿,三字顿与二字顿参差错落,在整齐中有变化,结尾主要以二字顿为主,保持说话式调子。二是用韵方式。卞之琳反对新诗一味使用简单的传统韵式,认为"参考西式,略加以复杂化,这不能说是受了外来的坏影响"④。他自己的创作用韵复杂繁富,正如他所说:"我在前后期写诗,试用过多种西方诗体,例如《白螺壳》就套用了瓦雷里用过的一种韵脚排列上最较复杂的诗体,正如我也套用过他曾写过的一首变体短行十四行体诗来写了《空军战士》。"⑤如《一位"集团军"总司令》的韵脚是 ABBA CBBC

---

① 杜运燮:《捧出意义连带着感情》,《海城路上的求索》,北京:中国文学出版社1998年版,第280—283页。
② 吴兴华:《再来一次》,载《新诗评论》2007 年第 1 辑(总第 5 辑),北京大学中国新诗研究所编,北京:北京大学出版社 2007 年版,第 40 页。
③ 卞之琳:《自序》,《雕虫纪历》,北京:人民文学出版社1984年版,第11页。
④ 卞之琳:《新诗与西方诗》,《人与诗:忆旧说新》,北京:三联书店1984年版,第191页。
⑤ 卞之琳:《自序》,《雕虫纪历》,北京:人民文学出版社1984年版,第17页。

DEE DFF,"变化多姿而又错落有致"。《慰劳信集》中的十四行诗严格遵循复杂的韵法,但各首协韵方法又不完全相同。李广田曾对《慰劳信集》中每首诗韵和格式做过统计,得出的结论是:"那些格式与韵法的变化又是那么繁富,几乎每一首都可以看出作者在这方面的工夫。"①屠岸认为,卞之琳的一些十四行诗形式"是从欧诗'引进'的,但不是欧化诗。'桔逾淮化为枳',可摒除其贬义而去其喻"②。三是诗行方式。其中《望》每行五个音组,《一个和尚》每行四个音组,《淘气》和《灯虫》每行三个音组,《慰劳信集》中多数十四行诗四个音组,其中《空军战士》每行两个音组。这是他的有意尝试,据他自己说,此诗套用了瓦雷里的一首变体十四行短诗。以上形式追求,体现了卞之琳在十四行体规范基础上的突破,其目标是寻求诗体同诗情结合的自由变化。因此可以说,卞之琳在十四行诗中既汲取了西洋格律诗的格式,又结合现代汉语特点加以创新,在具体创作中又充分体现出格律中求新求变的意识,从而创造了别具一格的汉语十四行变体。

邹绛是从抗战爆发后开始写诗的,先后接受过臧克家、田间、艾青的影响。20世纪40年代初,他在乐山武汉大学外文系听了朱光潜老师的英诗课,读了不少英文十四行,也读了卞之琳、冯至的十四行,于是就开始学习写作十四行诗。他主张在诗体上借鉴外国格律诗:"优秀的外国格律诗,像优秀的外国自由诗一样,是属于全世界各民族的共同的诗歌宝藏。除了它们丰富多彩的内容外,在诗歌的形式上,如押韵的格式、分行分节的多样化、跨行、跨节以及各种表现方法,也是值得我们研究和有选择地借鉴的。""还有十四行诗。这是从外国移植过来的一种格律相当严谨的诗歌形式,有人采取音译兼意译的办法把它译为'商籁'或'商籁体'。它在行数、每行顿数、字数、分节和押韵方式上都有一定要求,一般分意大利体和莎士比亚体。"③邹绛写于20世纪40年代的十四行诗有《温暖的泥土》《一个先死者的歌》《希望之歌》《给缪斯眷顾的人们》《最后的歌》《一颗星》《祝贺》《一封燃烧着的信》等。这些诗是沉思型的,内涵深邃,意象丰富,多数用严格的格律写成。这些诗是20世纪40年代中国十四行诗的重要收获。诗人王尔碑在读了这些诗后写信给诗人说:"我特别欣赏。呵,不能说是欣赏,而是震动,震惊于你自心中流出的那些感喟。对特定时代的特殊感受,你写得那么自然、朴素、深沉、特别。情、景天然契合,用语平常、随意,几乎都是不加修饰的内心独白,却又强

---

① 李广田:《诗的艺术——论卞之琳的〈十年诗草〉》,《诗的艺术》,上海:开明书店1943年版。
② 屠岸:《精微与冷隽的闪光——读卞之琳诗集〈雕虫纪历〉》,《卞之琳》,北京:人民文学出版社1995年版,第289页。
③ 邹绛编:《代序》,《中国现代格律诗选》,重庆:重庆出版社1985年版,第16、22页。

化了真情和诗意。"①这种评价概括了邹绛十四行诗的审美特征。

邹绛开始写作十四行诗时注意韵式而不讲音组配合,后来接受了孙大雨和卞之琳的音组说,逐渐摸索到一种音组组合规律来建立诗行,这就是每行五个音组,其中三个二字组、两个三字组,自称为"三二二三"原则。他说:"这种建行原则虽然严格一些,但我觉得运用起来还比较顺手,写出来的诗节奏也比较鲜明。我想,这主要是因为比较符合现代汉语中双音词和三音词较多的特点。《一颗星》《给缪斯眷顾的人》《一个先死者的歌》和《最后之歌》就是按照这个原则写出来的。"②他的十四行诗大多用韵,段式有用意体四四三三的,也有用英体四四四二的;又有按照"三二二三"原则建行的,但没有押韵,如《一封燃烧着的信》。这里来看《一个先死者的歌》:

> 我想着有一天我从地下醒来
> 发着无光的眼光,我将抬起腿
> 走向我曾爱过又恨过的世代
> 我要再一次将那些感情回味
>
> 沉默地我又回到你们身边了
> 我的亲爱的姊妹,亲爱的兄弟
> 我想问你们往日的话怎样了
> 我想再一次呼吸你们的空气
>
> 无声地为什么你们全不理我
> 你们匆忙地转着你们的影子
> 荒芜的园中不再有红的花朵
> 头上的太阳也只象一张白纸
>
> 于是我将静静地又躺在地上
> 好象我就从不曾醒来过一样

这诗写于1943年,采用英体分段,用韵是ABAB CDCD EFEF GG,节奏采用"三二二三"原则建行,即每行五个音组,包括三个二字组和两个三字组。二

---

① 转引自《中外诗歌研究》1994年第2期,第48页。
② 邹绛:《一点体会和一点希望》,见钱光培:《中国十四行诗选》,北京:中国文联出版公司1988年版,第373页。

字组和三字组在诗行中的位置并不固定,甚至可以让三字组放在行末,这样,二、三字音组自由交错出现,就能避免音组和诗行的单调。邹绛并不要求诗的音组划分与词义或语音规律完全一致,如第二段就让"的话"成为一个音组,这是接受了孙大雨、柳无忌的建行理论。《一个先死者的歌》的构思使人想到鲁迅的《死后》,两诗构思的共同点,是把真实告白化为"说梦",都是写人死后的遭遇,由此深刻地展示出世态炎凉,奏出一曲哀怨动人的悲歌。两诗构思的不同点在于,鲁迅直接点明"梦",邹绛则幻化为"代言人",犹如戏中角色在说话。《死后》的结构是"活——死——死",而《一个先死者的歌》则是"死——醒——死"。诗的第一段写死后"从地下醒来""回味",点明了诗所要揭示的主题。这段无论从诗的感情发展还是主题呈现上说,都是起。第二段就承写回到亲人身边。第五行的"你们"应该是特指的,指自己"亲爱的姊妹,亲爱的兄弟",但我们可以理解为泛指死者生前接触到的一切人。死者亲切地说:"我想问你们往日的话怎么了/我想再一次呼吸你们的空气。"这儿的"话"应该是指对死者的悼念和许诺。但结果如何呢?第三段是转,写我醒来后的遭遇:人们对他醒来全无反应,"全不理我",忙着自己的事情,"转着你们的影子"。美好的理想在现实中破灭,结束是回到死的状态。全诗起承转合,展示了完整的"死——醒——死"的发展过程,呈现出诗的圆满构思。这构思中的事件和感情似乎又回到起点,其实它是在更高层次上的回归,是经历了醒后遭遇的回归。诗的另一特点是把现实和超现实结合起来。诗中的多数描写和心态是正常的、现实的,可以见到这是一个冷静的清醒者的形象,这就给人以真实感。但是,这毕竟是一个"死者"——尽管是构思中的死者,因此,诗中也有些描写和心态是不正常的、非现实的,如醒来后"发着无光的眼光",感觉到"天上太阳也只象一张白纸""你们匆忙地转着你们的影子"。因为是死人,自然无法同人交流,所以他有"无声地为什么你们全不理我"的感觉。由此,我们又见到这是一个死者的超现实的形象,这同样给人以真实感。真与假、似与不似、实和虚、现实与梦境的交织,使诗具有一种独特的魅力。

邹绛在1985年编辑出版了《中国现代格律诗选》(重庆出版社),这是我国最早编就的一本规模较大的分类现代格律诗选本,包括1919年至1984年间的三百多首新格律诗。在书前有一篇邹绛写的代序《浅谈现代格律诗及其发展》,较为系统地阐述了作者关于现代格律诗的理论观点。在代序中,邹绛充分肯定了我国诗人的汉语十四行体写作,直接点明的诗人有卞之琳、孙大雨、梁宗岱、冯至、唐湜等的创作,并把他们的十四行诗编入选本,仅冯至就选了六首,并在代序中引用冯至《〈十四行集〉序》中的话,阐述了十四行体的审美特征。代序还就域外十四行诗翻译问题发表了重要意见,他说:"有些外国诗,明明是格律严谨的十四行,翻译成中文后却面目全非,有的变成了十六行的七言古体诗,有的变成了二十一行参差不齐的自由诗,有的虽然保持了原诗的行数,但却没有保持原诗整齐的节奏和押韵的格式,也没有加以说明。这样的译诗在读者当中往往引起一些错觉和误会。"这种多角度呈现十四行诗中国化成果,对于20世纪80年代中期以后中国十四行诗的新发展具有启示意义。代序的另一个重要内容,就是邹绛阐述了自己关于新诗格律的主张。他赞成何其芳关于现代格律诗的理论要点,即"按照现代的口语写得每行的顿数有规律,每顿所占的时间大体相等,而且有规律地押韵"。他重点发挥了"顿"的建构问题,主要观点是:现代格律诗主要是两种类型,一是顿数既整齐,字数也整齐;一是顿数整齐,但字数并不整齐。前者诗行的顿数和字数都整齐,除了音乐美以外,还给人以中国文字所特有的建筑美的感觉;后者诗行顿数整齐但字数不整齐,则更有弹性,更容易表达丰富多彩的内容;字数整齐与否,往往取决于作者的审美标准和所要表达的内容。从总体来说,邹绛认为无论诗行字数整齐与否都是看行的,但诗行的顿数一定要整齐,顿数整齐是现代格律诗最基本的格律要求。邹绛关于诗行顿数和字数的论述,是他编选我国现代格律诗的基本标准,也是他自身创作十四行诗的理论概括。这种理论基本沿袭了新月诗人的音组理论。邹绛在代序中还特别强调了现代格律诗需要采用现代口语写作,"为了使节奏鲜明,最好是多用双音顿和三音顿,而尽量少用或不用单音顿和四音顿",这也就成为他创作十四行诗时采用"三二二三"音顿建行原则的理由。这是一种较为严格的格律主张。

三 吴兴华、刘荣恩的变体探索

吴兴华在中学时代就发表新诗,上海人民出版社出版的《吴兴华诗文集》(2005年)较完整地保留了吴兴华的新诗创作。天才和早熟的吴兴华在弱冠之时,就已经意识到自己写作新诗的历史使命,基于传统的光荣和压力,使他对新诗现代性的路径进行了深刻反思:"中国过去的诗有着何等光荣的历史,我们的作品即使不能成为古人绝对的继承者时,会不会给他们丢太大的脸?中国将来的诗路线大约如何,在它未来的发展当中我的作品会不会是一个障碍?"①他抱着这种使命感探索新诗发展道路,基本趋向就是走"新的综合"的第三条道路。一是对以新月诗派为代表的形式秩序试验和以现代诗派为代表的现代诗质探求的综合,二是实行传统旧诗和西洋现代诗的会通。这就从根本上奠定了吴兴华在我国新诗发展史上的独特地位:"在中国诗坛上,我们都认为,他是一个继往开来的人;从他的作品里,读者会看出,他和旧诗,和西洋诗深谛的因缘;但他的诗是一种新的综合,不论在意境上,在文字上,新诗在新旧气氛里摸索了30年,现在一道天才的火花,结晶体形成了。"②吴兴华新诗的重要特点就是自觉探索现代汉语诗歌形式的规律。他的诗有新月诗派那样"节的匀称和句的均齐",却没有生硬与拘谨。林以亮认为这是"蜕化"和"提炼"中国传统诗的绝句和五古的结果。吴兴华融合了中国传统诗歌意境、汉语言文字特质和西洋诗歌形式,在实现中国古典诗歌的现代转化方面作出了可贵的探索。

这种"新的综合"的探索使得吴兴华重视西方固定形式的诗体移植。他说:"固定的形式在这里,我觉得,就显露出它的优点。当你练习纯熟以后,你的思想涌起时,常常会自己落在一个恰好的形式里,以致一点不自然的扭曲情形都看不出来。许多反对新诗用韵、讲求拍子的人忘了中国古时的律诗和词是规律多么精严的诗体,而结果中国完美的抒情诗的产量毫无疑问的比别的国家都多。"③经他移植的外国诗体就有无韵诗、哀歌体、谣曲体、斯本塞节、十四行体等,他还借鉴传统诗体创作古事新咏诗、新绝句体、新律体、新词体等。吴兴华创作十四行诗在《吴兴华诗文集》"诗卷"中有三首题为"Sonnet"的诗,但最为重要的创作还是包含十六首诗的组诗《西珈》。《西珈》首刊于1946年9月30日《文艺时代》第1卷第4期,其中一部分后来又发表在台北《文学杂志》。应该承认,《西珈》组诗是十四行体中国化的重大收获,它以迥异于其他诗人的"移植中归化"即融入中国古典韵味而成为汉语十四行诗杰作,从而有效地推进了十四行体中国化进程。有文学史著作的评价道:"'十四行诗体'也是吴兴华的试验的领地。他的以《西珈》为题的16首十四行诗是与冯至的《十四行集》遥相呼应的,共同显示了这一西方古老的诗体在40年代中国诗坛上所重获的艺术生命活力。"④与吴兴华创作成就全不相称的是对他的长期忽视:"由于吴兴华的诗歌是一种趣味很高又极讲究形式

---

① 吴兴华:《现在的新诗》,署名"钦江",载《燕京文学》1941年第3卷第2期。
② 周煦良:《介绍吴兴华的诗》,载《新语》1945年第5期。
③ 吴兴华:《现在的新诗》,署名"钦江",载《燕京文学》1941年第3卷第2期。
④ 钱理群等编:《中国现代文学三十年(修订本)》,北京:北京大学出版社1998年版,第590页。

的个人探索,游离于当时的现代主义和'现实主义'两种诗歌主流之外,再加上他多数成熟的诗在境外发表,用的又是笔名……他的诗歌成就与探索意义自然也就被人们忽略。"① 这恰好是我们今天重评吴兴华创作成就的意义所在。

《西珈》是我国 20 世纪 40 年代唯一且最长的十四行组诗,初读《西珈》觉得它是一组爱情诗,细读便觉得诗中的"她"另有所指,是诗人人格的化身,借以表现诗人的理想。组诗完整地呈现了诗人复杂的理想追求,从最初的一瞥式的一见倾心,直到爱情理想幻灭后的知性沉思。诗的第一首是序诗,即主题思想凝聚的焦点,是诗人整个幻美理想追求的情感的启动:

> 像一个美好的梦景开放在白日中间,
> 　　向四周舒展它芳香鲜艳欲滴的花瓣,
> 　　同样我初次看见她在人群当中出现,
> 不稳的步履就仿佛时时要灭入高天。
>
> 她的脸如一面镜子反映诸相的悲欢,
> 　　自己却永远是空虚,永远是清澄一片,
> 　　偶尔有一点苍白的哀感轻浮在表面,
> 像冬日呵出的暖气,使一切润湿黯然。
>
> 不能是真实,如此的幻象不能是真实!
> 　　永恒的品质怎能寓于这纤弱的身体,
> 　　战抖于每一阵轻风,像是向晚的杨枝?
>
> 或许在瞬息即逝里存在她深的意义,
> 　　如火链想从石头内击出飞迸的歌诗,
> 　　与往古遥遥的应答,穿过沉默的世纪……

第一段用白日的梦——梦中的花来写记忆中的"她"——"她"的步履,第二段从内在精神上抒写"她"——"她"的人格,外在形象和内在精神结合的美,使诗人不相信这是真实,表达的是希冀和现实的矛盾心理以及对这种矛盾的否定企图,这是第三段的内容。但这毕竟是事实,诗人由此就进入到思索,试

---

① 王光明:《现代汉诗的百年演变》,石家庄:河北人民出版社 2003 年版,第 380—381 页。

图揭示其中的奥秘,这样就有了第四段,纤弱与永恒、瞬息即逝与深的意义,这是把幻想和思考升华到哲理的层次。为了证实这种"或许",诗人的思绪"穿过沉默的世纪","与往古遥遥地应答"。这既是对全诗诗情诗意的收束,又是对组诗诗情诗意的开启,结末省略号更是引起读者的共鸣和联想。接着的各首诗都是紧扣这种矛盾展开,如第五首的开始四行:

> 那一夜我自觉托身高天辉耀的明星:
> 　问题还没有解答,忧虑也未获得销释,
> 　只攀登万丈云梯,接受她无语的凝视,
> 不洒光在众人头上,却灼透我的心灵

那仍是一个暗无天日的黑夜,诗人"攀登万丈云梯",忽然变作"高天辉耀的明星",象征着他对光明的执著追求。然而没有任何答案,满怀的忧愁和疑虑也得不到消解,得到的只是"她无语的凝视",她不肯把光明赐于众人,怎能不使诗人的心感到焦灼。经过不懈的追求和曲折的历程,诗的最后一首如下:

> 最后这首十四行我写下,当多少年代
> 　流过了,自从你初次浅笑的走下楼时,
> 　片刻间摇动我身心从未陷落的城池
> 以你无意的一顾。奈这种理想的情爱,
>
> 穿过无量数阶层,终止于哲学的膜拜,
> 　当她已不存在,或在群众涌动里消失
> 　凋残在她的鬓发里蔷薇与月桂的青枝,
> 这种存在是在临近且更可悲于不存在。
>
> 如今往回看,难道我能禁止心的跳动?
> 　眼泪,热切的等候与得到之后的荒芜,
> 　平凡无奇的真相与上面绣成的锦梦,
>
> 　一切溶合在距离内,不改应赴的定途——
> 像帆船,时时回首于过去激狂的生命,
> 　虽然已滑行入港里,不闻巨浪的惊呼。

穿过时空,诗人回看,现实"平凡无奇的真相"和理想"绣成的锦梦"都"溶合在距离内",而且朝着既定的方向("不改应赴的定途"),进入到平静的港道前行。"至此,曾经荡气回肠的激情在回味中终于波澜不惊,而节制的吟咏中暗含着铭心刻骨的情感深度;他对十四行体的运用甚至比资深诗人卞之琳更舒展自如,而接近于冯至的从容与澹定。这种驾驭激情与形式的能力,对一个二十多岁的诗人来说实在是非同寻常的。"①据吴兴华夫人说,在写作《西珈》时,正是中国老百姓受苦受难的年代,一些人醉生梦死,但吴兴华的生活却极为清苦,只能挣几个小钱,还要抚养四个未成年的弟妹,还因患病无钱医治被死神夺去了两个可爱的妹妹。"兴华在世时,每当他想起因病被夺取生命的小妹妹,就心里十分难过","由于生活清苦,兴华在那时也染上了肺结核"。② 这些创作背景材料能够帮助我们加深对《西珈》诗意和诗情的理解。《西珈》组诗中糅合了诗人在那种社会环境里清苦屡弱但又满怀理想追求、保持高洁人格的精神品质,因而使组诗成为那一特定时代里正直清贫的知识分子的生活和心理的写照。正如美国学者爱·冈恩所说,吴诗中,"在沉重的心境与非实在的现象世界之间、个人的渺小与天地万物的宏大之间经常处于一种紧张的状态。吴兴华把爱的观念注入其中,有时是出于对个人的信奉,但经常是出于对人类或对民族的爱,而且这也是以古典文学的决疑法来达到这个地步的。正是爱引出了表达'突然'这个词的千言万语,使人们的心境在某种程度上遽然意识到神秘宇宙中人类的行动和信奉的神秘性。吴兴华的诗似乎受了以往文学作品中存在的超然力的影响"③。值得注意的是,吴兴华对于现实生活和凄苦心境的表达不是直露坦白的,而是借助于诗的缤纷形象和轻柔情调抒写的,字里行间传递着古典审美风味和冷静沉思风格。而诗人的冷静沉思风格又是同他在当时接受里尔克影响有关,里尔克的出现,正好满足了吴兴华对诗歌深度的想象和追求,"因为他的诗有这样一种特殊的品质———一种足以为后进取法的深度"④,从而使得《西珈》组诗具有中西美学融合的美。

"吴兴华的诗发展成为一种新古典主义的风格,这是在他吸取了西方诗歌的丰富营养并对中国诗歌进行了大量试验之后才形成的。""吴兴华的古典世界是一个索然寡味的世界,充满了云、蔼、雾,充满了流水和闪光。它是

---

① 解志熙:《现代与传统的接续》,载《新诗评论》2007年第1辑(总第5辑),北京大学中国新诗研究所编,北京:北京大学出版社2007年版,第89—90页。
② 谢蔚英:《忆兴华》,载《中国现代文学研究丛刊》1986年第2期。
③ 爱·冈恩:《吴兴华——抗战时期的北京诗人》,载《中国现代文学研究丛刊》1986年第2期。
④ 吴兴华:《黎尔克的诗》,载《中德学志》1943年第5卷第1、2期合刊。

宏大的、广漠的、无垠的、空灵的和虚幻的(幻境)。过去与现在永恒地溶为一体，进入一种无始无终的状态———一种存在的罅隙，充满了或许比任何其他现代诗人所搜集的都要多的关于忧愁与悲伤的词语。"①《西珈》中的意象就具有这种特征，第一首就化用了"蓦然回首，那人却在阑珊处"的意境，第五首就化用了孟郊"中夜登高楼，忆我旧星辰"的意境，第八首就化用了韦庄词"炉边人似月，皓腕凝霜雪"的意境。吴诗的新古典主义更多地是从形式上说的，他把对新诗形式探索引导到符合现代汉语特点的建设方向。其特点是通过诗行节奏与诗节结构的共同作用，使情感的节奏与语言的节奏产生互动，让诗情、诗思得到有规律的进展。《西珈》组诗十六首全是整齐的十五音节、六音组诗行，段式都是严格的意体四四三三结构，在韵脚上既严格遵循ABBA ABBA CDCDCD(意体)的格律，又根据具体情形有所变异，如第一首就是出格的孤例，前八行同韵。关于节奏方式，卞之琳曾给第一首《西珈》作过音组划分，这是后六行：

不能/是真实,//如此的/幻象/不能是/真实！
永恒的/品质//怎能/寓于/这/纤弱的/身体，
战抖于/每一阵/轻风,//像是/向晚的/杨枝？
或许在/瞬息/即逝里//存在/她深的/意义，
如火链/想从/石头内/击出/飞进的/歌诗，
与往古/遥遥的/应答,//穿过/沉默的/世纪……

其节奏方式可以概括为：每行十五音六个音组，每个音组不限音数(基本是每个音组含有二个或三个音，使得音组之间时长大致相等)，各种音组排列位置不作明确规定，每个诗行内安排一个半逗，大致在第二或第三个音组之后，使得十五音的长行在朗读更加契合人的呼吸吐纳节奏。这种节奏方式当然接受了十四行体等限音步和音数的格律，但主要还是基于汉语语音特点而进行的对应改造移植。其诗行的齐言、均顿，都是我国古诗和律诗建行的基本规则，尤其是受到传统诗歌半逗律理论的影响。吴兴华创作了大量音顿格律体新诗，它植根于我国民族古典诗词传统，又采用现代口语节奏，且融汇了西洋律体精华，其体式之丰富多姿、节奏之鲜明、声律之和谐，堪称中西合璧的奇葩。为了克服十五言诗行偏于冗长的弊端，诗人采取了标点间隔、语言变换、跨行抛词、长句切割等方式，从而使得诗行读来自然流畅，节奏鲜明。

---

① 爱·冈恩：《吴兴华——抗战时期的北京诗人》，载《中国现代文学研究丛刊》1986年第2期。

写作此类格式严谨的十四行诗难度较大,但诗人有着高深的艺术素养,因此能够驾轻就熟地写作。他有着一双音乐家的耳朵,能够细致地辨别声调、节拍的组织。他的朋友林以亮说过,有一天一位美国教授在黑板上抄录了一首莎士比亚的十四行诗。吴兴华当场指出某一行词的"ed"应为"d",因为"ed"有轻声,这就使得那一行诗由十个音变为十一音,是错误的。这位教授大为惊讶,不相信这位带着近视眼镜的小青年如此辨音精细。后来查对原书,果然证实了吴兴华的指正。

吴兴华的不少诗文由他的好友林以亮(宋淇的笔名)于1948年带到香港,发表在20世纪50年代香港《人人文学》和台北《文学杂志》。林以亮的诗学思想同吴兴华相当接近,他认为在他读过的新诗中,吴兴华的作品至少在形式方面最为成功,因此他的大量诗论都是阐发新古典主义思想的。宋淇也有十四行诗创作,如《诗的教育》①组诗(五首),最早发表在1955年,后收入《林以亮诗话》,被夏志清赞为"传世之作"。我们来读其中的第三首:

> 并且我一定要拒绝片时灵感的催促,
> 灵感——对其他诗人可说是杰作的源泉,
> 直出自内心不给人摆正纸张的时间。
> 百年中能有几次像这样真情的流露?
> 不肯沉静下心来看一片普通的景物,
> 思想越浅陋,外面的句法装饰越新鲜,
> 这些人从生至死,真如同蒙在鼓里边,
> 前面的覆辙如林,后来还欣欣来奔赴。
>
> 穿过了这些,直陷入万物燃烧的中心,
> 剥尽了炫目丽词,反使我更接近古人;
> 因为我自觉出发点与他们有无不同。
>
> 斤斤袭取着形式与字句固不值一笑

---

① 现在一般认为《诗的教育》组诗五首是林以亮所创作,我们这里也暂取此种观点。但据林以亮的儿子宋以朗撰文说,该组诗其实是吴兴华创作的,写于1943年,且吴写完后还告诉林以亮:"我相信诗中非常准确地呈现出来的东西是散文里没法说的,他们是代表着我诗歌进展中最可纪念的一个阶段。我有一个预感,这回我真走上正路了,以后即使改变,也只是修改,而绝不可是舍弃现代的途径。"可见吴兴华对此诗探索意义的重视。宋以朗的以上说明可见《诗人情谊与"林以亮"的由来》一文,载 http://epaper.oeeeee.com/C/html/2013-04/09/content_1836250.htm。

> 规模还是胜过那些不着边际的滥调,
> 可悲虎未曾梦见,连鹄都刻画不成功。

这诗的基本特征是抒情时的情绪节制,有着新古典的理性精神,这种节制或理性精神体现在诗的沉思人生的抒情内容方面,也体现在严谨的十四行体格律运用方面。

同为抗战沦陷诗人的刘荣恩,也是一位重要的具有现代派风格的十四行诗人。刘荣恩最初受到文坛关注是他的书评,从1936年2月至次年6月,他在《大公报》"文艺"副刊上发表书评多篇,在文坛产生了较大的影响。刘荣恩1930年从燕京大学英文文学专业毕业,旋即赴天津执教南开大学等,1948年与夫人共同远走英国,直到去世再没有回过国。在1938年到1945年间,他共出版了六部诗集,分别是《刘荣恩诗集》(1938年)、《十四行诗八十首》(1939年)、《五十五首诗》(1940年)、《诗》(1944年)、《诗二集》(1945年)、《诗三集》(1945年)。不过,这六本诗集均为自印本,一律属于"私人藏版限定版",每种诗集印数仅百册;而且诗集的书名与多数新诗集不同,朴实无华,好几种只标明这是诗集和集中收了多少首诗,因此现在都已经难以找见了。他的十四行诗有发在刊物的,有收入诗集的,是我国创作汉语十四行数量较多、质量很高的重要诗人。除了北京的民办刊物《艺术与生活》,他几乎不在校外刊物发表作品,所以在华北沦陷区文坛几乎没有声息。20世纪90年代出版的《中国沦陷区文学大系》,选入了刘荣恩的五首新诗,并在小传中这样介绍刘荣恩的诗:"讲求新鲜的意象、独特的色彩、深沉的哲理,力图探索使新诗摆脱对音乐、图画等艺术的依附而表现诗独立的艺术价值,用现代人的观点重新审视诗的内容与形式,受废名诗歌观点影响较大。其诗作在当时华北沦陷区诗坛上有着鲜明的艺术个性。"[①]

刘荣恩是一位自由主义知识分子,喜爱英国诗人瓦特·兰德的诗句:"我和谁都不争,和谁争我都不屑/我爱大自然,其次就是艺术/我双手烤着,生命之火取暖/火萎了,我也准备走了",这可以作为他的世界观、价值观和艺术观的真实形象写照。他曾把自己与《圣经》里的犹太先知耶利米相比,说自己是耶利米族人。他说自己的性格犹如耶利米,是"忧郁的森林,没有抗战还是一样的这样忧郁","但个人的悲喜总是与时代大背景紧密相联,并受之影响,家国之痛你无法回避。感时伤怀的低沉调子因此弥漫了整部《刘

---

① 封世辉:《中国沦陷区文学大系·刘荣恩小传》,《中国沦陷区文学大系·诗歌卷》,南宁:广西教育出版社1990年版。

荣恩诗集》"。① 在沦陷区里,刘荣恩在特定的社会环境中用手中的笔抒发着沉重的忧思。他的同学、小说家毕基初在当时的《中国文学》第 1 卷第 8 期上发表了书评《〈五十五首诗〉——刘荣恩先生》(1944 年),把刘荣恩诗中的话语概括为"沉重的独语",富有哲思的特征。毕基初说:"这里的每一首诗都是沉重的独语,而且都是警辟的,带着中年人的辛酸,苦恋了心灵的山界,发出一点对于人生的微喟",都是对着自己与朋友"说着古老的故事","诗人刘荣恩的心山已是萧索的秋风"。② 这里的"萧索的秋风",属于刘荣恩的心山,也属于沦陷区更多文人的心山,它构成的是一代现代派诗人对整个沦陷时代社会生活的总体感受和生命体验,因此,刘荣恩的新诗具有特定历史年代活化石的价值。我们来读他的《十四行》(载《艺术与生活》第 22 期,1943 年):

> 经过死亡的幽谷,寂寞得要哭,
> 乡间风光,渡过江海,小池塘,
> 一滴一滴的恋意珠散在去程上,
> 要带回去的惦念给我心痛的。
> 竹香中江南的雨点掉在脸上;
> 灰色天,黄的扬子江压在心头;
> 向友人说什么,看看船后的水沫,
> 下站是九江了,着了岸是半夜;
> 我所站的地会应着远地人的心。
> 长江的尾巴长长的拖着渔村
> 头向远处去探更远离她的埠头;
> 骑在江背上没有言语寂寞着看水。
> 没有辞别,走得很快,上了船,
> 几时才能看我北国的云和我的荫。

这诗是写从北方来到南方的离别之情,贯穿在其中的是"寂寞",前途茫茫不知希望,深爱北国而不得回归,离乱的生活、无尽的思念、心痛的惦念,都在寂寞之中升腾而起。这里有着沉重的心情、沉重的局势、飘零的感喟,更有着沉重的独语,成为一种压得人喘不过气来的沉重。这里的心情诗人在《江雨中》作了更加形象的描述:"听见的是船的辘轳声;/近岸有渔船的火,鬼灯

---

① 陈晓维:《刘荣恩诗集》,载《好书之徒》2012 年 8 月。
② 毕基初:《〈五十五首诗〉——刘荣恩先生》,载《中国文学》1944 年第 3 号。

笼……/在江水声中/十一月的夜雨下/在甲板上走——/在异域人的船上/走末一里祖国的水路。/扬子江的夜雨中/在夜底甲板上/放逐人走着，来回的走着;/惦念着在雨中哭,/看不见的故园的水村。"可见这诗中的"沉重的独语"实际上就是沦陷区那些自由知识分子的"心灵的咏叹"。刘荣恩的十四行诗具有沉思者的气质，毕基初称赞刘荣恩的诗，认为"他犀利的眼睛透视了浮像的眩辉和嚣杂,摆脱了纵横的光影的交叉错综而潜入到单纯的哲学体系的观念里。他不仅仅是一个忠诚的艺术之作者,攫取了美丽的风景，美丽的情感，织成了他的诗。他更是一个哲学家，他所启示的是永恒的真谛"①。可见，刘荣恩走的是智慧写作的路子。当然，在刘荣恩的一些诗中也直接融入了社会现实的内涵，不少诗更多地由现实进入思索。吴晓东在为《中国新诗总系(1937—1949)》写的导言中认为,在抗战时期,与艾青和七月派代表的大后方写实主义诗风互为印证的，是沦陷区的现代派诗风，其中说到的重要人物就是刘荣恩，认为这批文人受严酷的生存环境制约，游走于社会生活的边缘,从而使朝不保夕的诗人们强烈地体验到生命的个体性。这批在特定年代和特定环境中的现代派诗人的创作,"一方面在题材上使诗人们避开了敏感的现实政治，'以个人生活为主，不至于牵涉到另外的事情。写的是自己生活中的琐事，用不着担心意外的麻烦',另一方面,在技巧上对具有暗示性的意象的捕捉,对深邃缥缈的意境的营造,对错综迷离的情绪的烘托,都使诗人们'以灵魂为出发点，追索到了生命的更幽深的情趣，并在一个非常的年代更切实地把握了本能性的生命存在'"②。这样知人论世的分析有助于我们理解刘荣恩的创作包括他的十四行诗的特色和追求。

刘荣恩十四行诗的形式追求，是讲究诗行音组整齐，不求诗行音数整齐，实践着孙大雨等人的音组理论。诗歌用韵不是正式，而是属于变体的十四行诗。刘荣恩另一部分十四行诗格式更为随意，如收入《刘荣恩诗集》(1939年)的《一夜的游猎》《琵琶行》《在巴黎道上》都是采用七七分段，而且上下相对，类似于歌词的上下两段，我们姑且称为"自由的十四行诗"。为了明了这种变体的特征，我们这里引录《刘荣恩诗集》的《琵琶行》:

> 我张我的心成弦线
> 把它爬在琵琶上,
> 有人把脸靠着它捻:

---

① 毕基初:《〈五十五首诗〉——刘荣恩先生》，载《中国文学》1944 年第 3 号。
② 吴晓东:《战争年代的诗艺历程》，《中国新诗总集(1937—1949)》，北京:人民文学出版社 2009 年版，第 14 页。

是迷魂阵图,
是玩弄人情,
是异邦言语,
是无饮水的海。

我张我的心成弦线,
把它爬在琵琶上,
在一夜初夏的暗里
她来耽着弹,
是恬念黎明,
是客店的酒,
是韵飞的翅膀。

这诗的结构是七七分段,字句也是长短不一,但显著的特点就是两节诗的音节和字句的对称,应该属于自由的十四行诗变体。这诗本身是写音乐的,而其音节又具音乐的美。诗的格式追求正好印证了学者的评价,即"刘荣恩:迷恋古典音乐的新诗人"。陈子善先生在介绍刘荣恩的《诗二集》时,特别感兴趣的是那些咏赞西洋古典音乐的诗,并期待着能够在他的诗中看到咏赞中国古典音乐的乐章,其实《琵琶行》就是这样的诗。这诗写得情意绵绵,要把握其思想情感,需要了解的是,《刘荣恩诗集》出版时在书名后印了两行献辞:"我这部诗集献给萌,作我们订婚的纪念。"而"萌"即为与刘荣恩相伴一生的妻子程萌。

同为抗战时期沦陷区诗人的查显琳,也有十四行诗创作。查显琳长期在国民政府中从事情报教学工作。他在辅仁大学读二年级的时候,曾自费出版了诗集《上元月》(1941年),其中有题为《商籁》的诗:

像骆驼负重踏上崎岖程途
含泪两眼凝视着夜云远极
枯草对春风并不懊悔诉苦
天上孤星和心情一样静谧

澄澈天幕下她在沉默冥想
生命里受摧折的斑旧悲歌
几时颓唐灵魂生长上翅膀

让吝啬人们惋惜凋谢花朵

偶见月下瘦影加重了隐忧
暂把一切交付予凄凉弦索
悄静听西风赞扬寥落清秋
哀苍喉唤不回来芳草颜色

樱唇边飘起一缕抖颤歌声
瘦弱的手拨出了人间冷梦

这应该是一首抒写爱情的诗,充满着传统诗词的韵语和怜花惜月的情调,诗体格律运用中规中矩。《上元月》诗集包括三十二首诗,大多属于学生时代的"青春写作",诗的题材基本转圜停留在排遣青春期情愁的校园文化生活层面,语言雕琢生涩,追求唯美浪漫,缺乏思想深度,重视诗体探索,从题材、思想与艺术上都显示出初入世的稚嫩印痕。诗人在《上元月》题记中说:"我把生命完全建在感情的洄溯里,我惊眩于自然变幻我沉炙于年轻人的想象里,而多么可怜。"他的《商籁》诗同样具有这种"青春写作"的特征,而这特征是与那一时代里沦陷区的"现代诗风"完全一致的。因此,《商籁》同《上元月》集中的其他诗一样,作为沦陷区文学创作标本的价值,远高于其文学自身的价值。

由于抗战沦陷区的特殊环境,也由于诗人所接受的诗学影响,沦陷区诗人在创作取向上都是通过向内心开掘,以低沉的吟哦和沉重的独语,来展示现代人在严酷年代里所感受到的迷茫与孤苦,诗的情调一般来说较为低沉,唯美的追求和沉重的独语使得诗人的创作进入纯诗境界,因此自然地接通了20世纪30年代的现代诗派的创作,成为特定年代里仅存的现代主义纯诗创作,因此其创作的价值应该得到重视。朱英诞表述的"诗是精神生活,把真实生活变化为更真实的生活"[①],大抵可以代表抗战沦陷区诗人的思想追求。在诗艺方面,这些诗人承认新诗的新语言与新音节之创造未臻完成,需要努力进行不断的探索,同时又承认看不懂的语句、念不上的音调也是新诗进程中可以存在的现象。他们既大胆借鉴西方诗艺,又对中国古典诗里的意境、情调乃至语汇眷恋不已。沦陷区诗人在诗思和诗艺上的种种追求,也都反映在吴兴华、刘荣恩、查显琳的汉语十四行诗创作之中。

---

① 朱英诞:《一场小喜剧》,载《中国文艺》1942年第5卷第5期。

四　郭沫若及革命诗人的变体探索

郭沫若在五四时期就创作和翻译十四行诗。1928年初,他又写了十四行诗《牧歌》。当时他正被蒋介石通缉,避难在上海,大病初愈,心情不好,正月二十八日,他在日记中写道:"看了方某给仿吾的信,十分不愉快。这些小子真是反掌炎凉。""想改编《女神》和《星空》,作一自我清算。""晚入浴时博儿右膊触着烟囱,受了火伤,以安娜所用的雪花膏为之敷治。此儿性质大不如小时,甚可担心。安娜的歇斯迭理也太厉害了,动辄便是打骂,殊令人不快。"①这几段日记反映当时郭沫若不如意的处境和心情。正是在这天的日记中,郭沫若保留了十四行诗《牧歌》。诗抒写牧场上一对恋人陶醉于春风中,情调清新明朗,同诗人那时的心境和处境形成鲜明的对照。1931年4月29日,正在日本流亡的郭沫若又写了十四行诗《夜半》。这又是情诗,抒写寒夜里彷徨于陇道上的情侣相互依傍,把"北方的一朵灯光"当作"唯一慰安"。有意思的是,后来郭沫若故意把《牧歌》和《夜半》两诗组合在一起,同时发表在1932年11月上海出版的《现代》杂志第2卷第1期。郭沫若写信给编者说:"这两首诗并列在这儿有点儿矛盾,但这个世界正是充满矛盾的世界,要紧的是要解除这个矛盾。我所希望的是在《夜半》之后有《牧歌》的世界出现。"这就揭示了两诗原本抒写的恋情所具有的象征色彩和政治意义。两诗虽然写于不同的年代,但新的组合却意在赋予两诗全新的内涵和阐释。笔者对组合发表后的两诗内涵的理解是:《夜半》写的是诗人和他的朋友在时代的"夜半"时分,手紧握着手在陇道上颠仆不休地前进;而《夜半》过后的《牧歌》世界,当指祖国自由解放时代,尤其是那"通红的灯光"更是指称光明的世界,诗以爱情的狂欢象征人民解放的狂欢境界。两诗组合后同时发表,不仅在于它们都是十四行诗,而且把郭沫若在革命低潮期间的特定情绪表达得淋漓尽致。

进入20世纪30年代以后,新诗大众化和散文化成为诗坛的主导倾向,十四行体则遭到了严厉而粗暴的批判。在此情形下,郭沫若对十四行诗的看法出现反复。1941年,他在《诗歌的创作》中说:"有部分人对于中国的诗律虽然尽力打破,而偏偏把西洋已经长老化了的商籁体拣来,按部就班地,大做其西洋诗。这真真是不高兴戴中国的木板枷,而愿意戴西洋的铁锁枷了。"②

---

① 郭沫若:《郭沫若全集》第13卷,北京:人民文学出版社1992年版,第284—285页。
② 郭沫若:《诗歌的创作》,载《文学》第2卷第3期,1934年3月。

这是极大的误会。中国诗人写作十四行诗,并不是要戴"西洋的铁锁枷",而是要探索中国新诗体。郭沫若对十四行诗产生误解的重要原因,是他认为新诗并不需要定型化,他在当时多次表述了这种观点,如他说:"有些从事诗歌活动的人,想把外国的形式借些来使诗歌定型化,也正是南辕北辙的走法。不写五律七律而写外国商籁,是脱掉中国枷锁而戴上外国枷锁而已。新诗歌之所以最无成绩,认真说,这要求定型化的内外火迫,倒要负主要责任。"[1]有趣的是,虽然郭沫若这样评价商籁体,他却创作了新的十四行诗,这就是《思叶挺》和《参观斯大林城酒后抒怀》。两诗写于1945年6、7月郭沫若应邀访问苏联,参加苏联科学院成立二百二十周年纪念活动期间。两诗均见于郭沫若《苏联纪行·日记》,原诗无题,由黄泽佩在相关文章中拟题。[2] 以下是《思叶挺》:

> 你的笑容呵竟引起了我的悲痛,
> 每当我把你的写照翻看了一通,
> 我的泪泉不免要漾起一番波动。
> 这也许便是我这后半生的受用。
>
> 祖国的前途使我呵增加了朦胧,
> 世界太不平衡,强梁者过于骁猛,
> 友人说我回时当回到北平城中,
> 我感觉着这样的预期类于做梦。
>
> 本领未免太低,责任又过于隆重,
> 赤手空拳,有谁能鼓舞我的余勇?
> 我好像鱼离了水,飞鸟进了囚笼。
>
> 我悲悼安息的文化已渺无遗踪,
> 招来了一个回音:中国有甚不同?
> 知道羞耻的人,试问有何地自容?

这是郭沫若应邀前往苏联途中,经伊朗而投宿在德黑兰旅馆时所作。他在独居的寂寞中想起了旧友叶挺,深感自己出使苏联使命崇高,责任重大,身边没

---

[1] 郭沫若:《郭沫若论创作》,哈尔滨:黑龙江人民出版社1982年版,第58页。
[2] 黄泽佩:《郭沫若十四行诗补阙》,载《郭沫若学刊》2000年第2期。

人鼓舞自己,"好像鱼离了水,飞鸟进了囚笼"一样。诗抒发的是强烈的爱国之情和身处异国的寂寞。原诗前面有这样一段话:"寂寞地在室中徘徊,突然想到希夷(叶挺的字),但希夷还有一个爱女在他的身旁,应该是可以得到些安慰的。"① 另一首十四行诗《参观斯大林城酒后抒怀》前也有一段话:"(在)医院参观后,复往伏尔加河水浴。在白桦林中举行酒宴,喝了不少的伏特加和香槟。船在夜色迷茫中,咏而归。"② 全诗如下:

> 站立在英雄城的彼岸,望着斜阳,
> 青翠的白桦林诱发着我的遐想。
> 我也浴沐了,感觉着十分的清凉,
> 我也干了杯,谈到了人民的解放。
>
> "中国的历史是曾经大放过光芒,
> 中国人民的前途依然无可限量。"
> 我也干了杯,表示了自信的坚强:
> "中国人民不会辜负友人的希望。"
>
> 绛黄的流水在我面前浩浩汤汤,
> 成阵的红霞不断的演变在天上,
> 我仿佛是回到了我自己的故乡。
>
> 亲爱的,你是伏尔加?你还是长江?
> 清快的,你是伏尔加?你还是高粱?
> 伟大的斯大林,我遥遥祝你健康。

写诗当天,诗人在斯大林格勒参观,考察了该城复兴后的各项工作进展,诗人由眼前景象联想到中国人民的解放事业,对中国的前途充满希望。这诗与《思叶挺》的低沉抑郁格调不同,充满着乐观主义精神。两诗写得整齐,段式都用意体,但用韵却是不合规则,前诗统一用"中东"韵,后诗统一用"江阳"韵。联系到此时他对十四行体的不同看法,似乎难以理解。其实,此时他论十四行体的主要精神是反对新诗"定型化",而非整个反对十四行体,事实上

---

① 郭沫若:《苏联纪行·洪波曲》,见《郭沫若全集》第 14 卷,北京:人民文学出版社 1992 年版,第 295 页。
② 同上书,第 355 页。

他在各时期都有十四行诗创作。另外就是这两诗在当时都没有公开发表，仅见于诗人写诗当日的日记中，是诗人某种特定情感真实自然的流露，抒写的是偏于个人性的情感。这两首诗写得音节整齐自然，节奏和谐鲜明，音韵铿锵，格律运用没有生硬拼凑的感觉，形式与情思自然融洽，应该是汉语十四行诗中变格体的优秀之作。

在汉语十四行体创格以后，更多的诗人参与到十四行诗创作中来，除了郭沫若以外，另有一些现实主义甚至左翼诗人，也有汉语十四行诗问世。如艾青有《监房的夜》，原载《春光》1934年3月1日出版的第1卷第1期。同艾青这时期的其他诗一样，《监房的夜》反映了诗人身陷监房的独特心境，具有追求理想、向往光明的基本主题，感情深沉，意象丰富，语言清醇，形式上则倾向自由诗体，属于出格的十四行诗。还有如中国诗歌会诗人温流有十四行诗《唱》，全诗采用四四三三结构，没有严守西方十四行韵式，但读来仍有十四行诗的原本精神，显然是接受了十四行诗影响而创作的变格体。又如邓均吾原是创造社成员，他的十四行诗《古旧的城垣》发表于1939年3月7日的《华西日报》，诗由半倾塌的古旧城垣写起，抒发了诗人对人生、社会深沉而又雄浑的情思，同早期清丽、柔和的浪漫诗风有很大差异。"我爱这半倾颓，古旧的城垣，/我愿它一旦间能够化为乌有，/不愿它遮断了那美丽的郊原，/让爱自由的人们向着它诅咒。/要倾颓的东西干脆让它倾颓，/无偏爱的时间不为谁人落泪！"诗人通过象征性的语言，表明了自己愿意与旧我告别的坚强决心。诗人在1938年加入中国共产党，1939年返乡担任县委书记，因此诗中表达了诗人在那特定时期的思考和追求。诗的韵式为 ABAB CDCD AEA EFF，是较为典型的英体十四行诗；诗行用韵方式同诗行高低排列方式对应，这在西方十四行诗中也是常见的；诗用等量音节建行（个别出格），标点或占格或不占格，格律较为严谨。又如麦浪的《招魂》，载1947年出版的《文艺复兴》，原诗末注明写作时间和地点是"1946年于海防"，诗歌表现了对抗日战争中死难的友人的怀念，是战后有典型意义的情感。诗的后六行是：

    从祖国的南方，北方……
    我们都已经回来，陆续
    回到了人们残缺的镜框；
    没有一人就是你。
    啊！几时你才回来，回到这里，
    我们在海的这边等着你！

诗行参差不齐,韵式为 ABAB CBCB DED BBB。在《新华日报》《苏南日报》工作的钟怀则有《放逐忧郁》,创作于 20 世纪 40 年代,抒发的是经历艰苦卓绝斗争后的乐观情绪:

> 放逐忧郁,从使人窒息的长夜
> 我们也已醒来,我们看见
> 太阳撒下他的第一道光线。
> 天空辉煌,大地开始有温热,
>
> 我们披着晶莹的露珠上路。
> 我们穿过一幢幢森林的幽黯,
> 又攀登一座一座峻峭的高山。
> 云翳有时阴暗了我们的旅途,
>
> 我们永不会失去太阳的信仰;
> 即使荆棘给我们带来颠仆,
> 我们兄弟的眼睛将更为明亮。
>
> 而当我们浩荡的行进又一步
> 接近罗马、混合着青春和理想,
> 我们笑得更宽,歌声更高扬。

诗采用自我抒情方式,诗中意象丰富且具有鲜明的象征意义,充满着乐观向上的情绪基调,个人直觉经验中蕴涵着丰富的社会生活内容。诗采用四四三三结构,韵式为 ABBA CBBC DED EDD,每行五个音组,其中大部分诗韵的响亮度较大,与诗的乐观格调相得益彰。这是一首相当规则的汉语十四行诗。还有如严人杰的《蜕变——题〈蜕变〉扉页》,发表在章靳以主编的《现代文艺》第 6 卷第 1 号(1942 年 10 月 25 日,该期刊物于福建省会永安出版),正面呼应了当时夏衍评曹禺《蜕变》时提出的思想观点,即"要真正的'蜕'旧'变'新,必须打碎整个反动国家机器,才能诞生一个新的中国"。诗人在诗中强调"用血灌溉"的新旧蜕变观念,认为新中国的诞生必须经过血与火的艰苦的革命斗争,打碎旧的国家机器,后来新中国诞生的史实,证实了诗人的预言,可见诗篇立意的深刻和历史的洞见。这诗写得珍珠般晶莹剔透,在形式上保留了意体四四三三结构,每行的音数或音组数并不整齐,也不押韵,但四段情思呈现着起承转合的结构,是一首自由变体的十四行诗。

20世纪40年代中后期的十四行诗在题材拓展方面还有更多的探索。如袁水拍的《田鼠,小母亲》,直接抒写劳苦人民的苦命,这在中国十四行诗史上具有独特价值。诗采用了戏剧化手法,构思了一个戏剧情节,即一个乡下女人在黄昏中,走向高粱田,惊起了一只偷粮的田鼠,女人动情地要求田鼠不要吃惊,穷人与穷人是一样的苦命。因为诗中戏剧人物的行为是相似的,都是"为了家里饿着的孩子"。戏剧化就是角色化,田鼠和乡下女人在诗中都是"小母亲"的形象,虽然两者在作为和形象上相似,但在诗的戏剧情节中还是构成了戏剧的矛盾。正是通过这种戏剧矛盾的发展,展示了人物的内心世界,诗人的主观情思都体现在这种人物形象的展示之中。这诗表达了对劳动人民的深厚感情,折射出那一年代的社会面貌。杨明的《筒车》是以1949年前山区农村常见的灌溉农田用的筒车为抒写对象,表达了诗人同农村、农民的心心相印。诗不以旁观者身份来处理这一农村题材,而用农民的情感去抒唱:

> 在你身后,搭一道弯曲的长桥
> 它们就象劳苦的农民的骨骸
> 由它,连成了一条输水的孔道
>
> 黑色的土地,感谢你的辛苦
> 它袒开了它的结实的胸怀
> 以它丰盛的出产来作为回报

诗写得质朴,富有泥土气息。诗人是以农民的情感去抒唱筒车的,可见十四行体也曾经闯入了农村这一题材领域。《筒车》全诗用统一音组建行,虽然诗行有长短,但都是每行五个音组,诗中人称代词或单独成一音组,或同其他音节合成一个音组,如上引诗例中"它"与"由它""以它""它的""它们"等同样构成音组。诗用四四三三段式,韵式为ABAB CDCD ECF FCF,属于十四行诗意式的变体。

五 袁可嘉、杜运燮、杭约赫的变体探索

九叶诗人尤其是几位西南联大学生,在20世纪40年代有较多的十四行

诗创作,并通过探索发展成为汉语十四行诗的重要变体。1947年7月,由杭约赫主持的上海星群出版公司出版了《诗创造》丛刊,成为发表九叶诗人作品并最终形成流派风格的重要刊物。该刊创刊号的"编余小记"明确地提出了编辑方针,说"象商籁诗,玄学诗派的诗,及那些高级形式的艺术成果,我们也该一样对其珍爱"。这表明了九叶诗人对于十四行诗的肯定态度。九叶诗人"接受了新诗的现实主义传统,采取欧美现代派的表现技巧,刻划了经过战争大动乱之后的社会现象"①。他们的诗体现了新的综合传统,是新诗现代化的范例,也是我国新诗经过二十多年探索走向成熟的重要标志。九叶诗人创作所面对的历史和现实情境是:"一个旧的即将崩溃,新的尚未开始的时代,一个变幻莫测、纷纭复杂的时代,一个对诗歌事业构成了前所未有的挑战的时代,也是一个许诺了新诗发展的多重可能性的时代。在这样一个大时代,诗人们自觉地担负起了新的历史使命,致力于寻求新诗现代化的历史性综合。"②承担时代使命需要诗人对现代性新体验进行吸纳与融汇,在诗中体现种种矛盾和混乱张力的有效综合,正如陈敬容所说:"所谓诗的现代性(Modernity),据我个人理解,是强调对于现代诸般现象的深刻而实在的感受:无论是诉诸听觉的、视觉的,内在和外在生活的。"③这种诗质的综合性决定了九叶诗人的诗体和语言呈现着繁复特征,也如郑敏所说:"穆旦的语言只能是诗人界临疯狂边缘的强烈的痛苦、热情的化身。它扭曲,多节,内涵几乎要突破文字,满载到几乎超然,然而这正是艺术的协调。"④这种新的诗质和诗语,给九叶诗人的十四行诗体建设提出了新的课题,他们结合着诗质和诗语的综合特性对诗体形式规范进行改造,有意识地写作变体十四行诗,加速推动了十四行体中国化的进程。

袁可嘉、杜运燮在新诗创作中接受了奥登等戏剧化写作的影响。杜运燮在《在外国诗影响下写诗》中,说到奥登对他们的三方面吸引力:第一,奥登的时代感或"当代性"。奥登受左倾思潮影响,着力抒写同时代人的独特历史经验,呈现新的历史条件下新的现实及新的感受。第二,奥登的新古典主义和现代主义结合的表现技巧,使得他的诗观察敏锐,视野开阔,综合概括力很强。第三,奥登的社会批判诗歌所常用的辛辣而含蓄的讽刺,常能寓严肃于轻松,使诗富有多层次的幽默感,不致流于油滑和滑稽。⑤ 杜运燮还说:

---

① 艾青:《中国新诗六十年》,载《文艺研究》1980年第5期。
② 吴晓东:《战争年代的诗艺历程》,《中国新诗总集(1937—1949)》,北京:人民文学出版社2009年版,第31页。
③ 陈敬容:《真诚的声音——略论郑敏、穆旦、杜运燮》,载《诗创造》1948年第12辑。
④ 郑敏:《诗人与矛盾》,《一个民族已经起来》,南京:江苏人民出版社1987年版,第33页。
⑤ 马永波:《九叶诗派与西方现代主义》,上海:东方出版中心2010年版,第187页。

"奥登等人的诗,特别是他的名作《西班牙,1937》和《战时》等,使我们开了新的眼界,使我看到反映重大现实的诗,也可有另一种新写法,而且他们那种写法也适合像我这样的知识分子的口味:在反映重大社会现实的同时,也抒写个人的心情,把个人抒情与描绘现实结合起来,或者也可通过抒写个人心情来表达对重大社会问题的看法。"[1]从奥登身上获得的这些启示,使得杭约赫、袁可嘉、杜运燮写出了一批十四行诗变格体。

杜运燮出版有《诗四十首》(上海:文化生活出版社1946年版)、《南音集》(新加坡:文学书屋1984年版)等。他在20世纪40年代创作的十四行诗,主要有《草鞋兵》《赠友》《悼死难的"人质"》《给我的一个同胞》《盲人》《对于灭亡的默想》等。杜运燮有些诗直接抒写为中国抗日战争作出最大牺牲的战士、经历过最大痛苦的中国农民,如《狙击兵》《游击队歌》《无名英雄》《号兵》等。这些诗的写作除了受到奥登的影响外,还直接受到了卞之琳的影响。杜运燮回忆说:"在卞先生到联大之后不久,校内冬青文艺社请他做过一场题为《读诗与写诗》的演讲……我们都感受到《慰》集的影响。他的'变',在为广大人民而写方面给我们提供了方向性启示,在如何反映现实方面,提供了另一种写法的实例。"[2]这从杜运燮的十四行诗变体中可以清楚地看出,如《草鞋兵》抒写肩负民族苦难和期望的农民:

> 你苦难的中国农民,负着已腐烂的古传统,
> 在历史加速度的脚步下无声死亡,挣扎:
> 多少种权力升起又不见;说不清"道"怎样变化;
> 不同的枪,一样抢去"生",都仿佛黑夜的风
>
> 不意地扑来,但仍只好竹杖一般摸索,
> 任凭拉夫,绑票,示众,神批的天灾……
> 也只好接待冬天般接受。终于美丽的转弯到来,
> 被教会兴奋,相信桎梏的日子已经挨过,
>
> 仍然踏着草鞋,走向优势的武器,
> 像走进城市,在后山打狼般打游击,

---

[1] 杜运燮:《我和英国诗》,《海城路上的求索——杜运燮诗文选》,北京:中国文学出版社1998年版,第274页。
[2] 杜运燮:《捧出意义连带着感情——浅议卞诗道路上的转折点》,《海城路上的求索——杜运燮诗文选》,北京:中国文学出版社1998年版,第283页。

忍耐"长期抗战"像过个特久的雨季。

但你们还不会骄傲：一只巨物苏醒，
一串锁链粉碎，诗人能歌唱黎明，
就靠灰色的你们，田里来的"草鞋兵"。

拿这诗与卞之琳《慰劳信集》中一些正面抒写抗日战争人物的诗比较，就能见出两者之间的相通之处。唐湜认为这诗写得"最单纯痛快，最透彻露骨"，诗人在这儿学着奥登的嘲笑风格尖锐地揭出历史运动的本质："一只巨物苏醒，一串锁链粉碎"，黎明快要来到了，广大人民要由灰色的来自土地里的草鞋兵来解放。《草鞋兵》和穆旦的名作《一个民族已经起来》一样，都在那特定年代抒写了中国农民的苦难，肯定了农民在中国革命战争中的历史性贡献。这诗写得并不"优雅"，也不合十四行体正规，"可深刻的讥笑却也似当时木刻的刀刃样刻下了深深的历史行迹，有点儿粗糙，有时也许会叫人毛骨悚然。可辩证的矛盾的机智确是奥登式的现实主义——现代主义"①。再看杜运燮的《给我的一个同胞》：

你像无数的他们，只接受，
接受一个破产的家一样
接受沉重的担子，伛偻着走，
那么诚恳地疲惫在路旁。

不知道你是英雄的模范，
也不觉你担子重得惊人，
你的"人"的威仪，竟如麻木了一般
你的沉默却大过一切的声音：

人在"生"，为自由而战斗，
绵软的肥土要开各色的花，
还要异草烘托，写多样的诗章；

虽然你并不了解政治的潮流，

---

① 唐湜：《九叶诗人："中国新诗"的中兴》，上海：上海教育出版社2003年版，第100页。

> 给一个问题,还会闹大笑话,
> 但完成"人"的意义,竟是这么自然。

这诗还是抒唱平凡的普通人,诗人认为他具有"人"的威仪,完成了"人"的意义,并引以为"我的一个同胞",这是对传统的英雄意识的突破,诗人借此表达了对"人"和人生的思考。诗重在人物心理分析,"从各种不同的场合中,塑造了更贴近真实的主人公的浮雕来"(穆旦)。诗的前三段是对"同胞"的心理分析,第四段在分析基础上直接注入智性经验,表达诗人对人生意义的理解和人生价值的选择,合乎十四行体构思。诗歌体现了时代使命感,体现了传达方式的现代化,就格律形式说属于变格体,韵式为 ABAB CDCD EFG EFG。这些诗出现的意义,从我们的论题来说,就是对十四行体中国化进行了新的探索,从时代论题来说,对于抗战诗歌进行了新的探索,陈敬容说当时的抗战诗有两个毛病:"一,只是字的堆集;二,是标语口号式的。——以致变成了空喊空叫,没有深刻的表现。"①《草鞋兵》和《给我的一个同胞》就全无这种毛病,在朴素的语言中融入了诗人的真切体验和深刻思考。这在抗战题材的新诗中具有鲜明的特征,是难能可贵的汉语十四行诗。

袁可嘉的诗受奥登、里尔克等诗人影响,提倡诗的戏剧化。他认为"奥登对现代都市文明所带来的贪婪无耻,奢欲自私,及现代人的懦弱无能无不有尖刻锐利的批判,他甚至否认这个时代是可以被称为'悲剧的',因为我们所有的虚伪甚至使我们的死亡也显得可笑;'我们高声谈话,因为我们最惧怕空虚'实是富有代表性的结语"②。正是基于这样的社会洞见,袁可嘉创作了一组讽刺社会的十四行诗,有《上海》《南京》《出航》《孕妇》《北平》等。《上海》《南京》等进入到十四行诗很少描绘的城市生活和政府生活领域,在自己的独特题材中显示了自身的价值意义。通过变体更好地反映现实甚至政治生活,加强诗体的现实战斗性,是十四行体英国化进程中形成的重要传统,袁可嘉等通过戏剧化融入较多细节描写和生活场面,从而拓展诗体题材,更好地反映现实甚至政治生活,同样为十四行体中国化积累了重要经验。如袁可嘉著名的十四行诗《南京》:

> 一梦三十年,醒来到处是敌视的眼睛,

---

① 《抗战以来的诗作探讨——成都文协分会诗歌研究组第一次座谈会记录》,载《华西日报》1939 年 3 月 28 日,见龙泉明编:《诗歌研究史料选》,成都:四川教育出版社 1989 年版,第 32 页。

② 袁可嘉:《从分析到综合》,《论新诗现代化》,北京:三联书店 1988 年版,第 193 页。

手忙脚乱里忘了自己是真正的仇敌;
漫天飞舞是大潮前红色的蜻蜓,
怪来怪去怪别人:第三期的自卑结。

总以为手中握着一支高压线,
一己的喜怒便足以控制人间,
讨你喜欢,四面八方都负责欺骗,
不骗你的便被你当作反动、叛变。

官员满街走,开会领薪俸,
乱在自己,戡向人家,手持德律风,
向叛逆的四方发出训令:四大皆空。

糊涂虫看着你觉得心疼,
精神病学家断定你发了疯,
华盛顿摸摸钱袋:好个无底洞!

这是难得的十四行体现代城市诗,诗人所指具有强烈的现实感和真实的生活感,对于腐败虚伪的政治生活的讽刺针针见血,是中国新诗史上不可多得的政治讽刺诗。诗人并不直接说明自己的意志,《南京》采取了客观化和间接性的表达方式,融入了较多的生活细节和场面描叙,基本特点就是奥登式:诗人通过心理的了解,利用机智、聪明以及文字上的特殊才能进行客观化叙述,对对象的同情、厌恶、仇恨、讽刺都只从语气及比喻中得着部分的表现,因此要比我国20世纪40年代大量涌现的政治讽刺诗更加值得我们重视。该诗段式结构是四四三三,押韵不守意体正式,第一段用了交韵ABAB,第二段则句句押韵CCCC,后六行用近似韵eng和ong。该诗从题材拓展和形式探索方面上说都是变体十四行。再看《上海》:

不问多少人预言它的陆沉,
说它每年都要下陷几寸,
新的建筑仍如魔掌般上伸,
攫取属于地面的阳光、水分

而撒落魔影。贪婪在高空进行;

> 一场绝望的战争扯响了电话铃,
> 陈列窗的数字如一串错乱的神经,
> 散布地面的是饥馑群真空的眼睛。
>
> 到处是不平。日子可过得轻盈,
> 从办公房到酒吧间铺一条单轨线,
> 人们花十小时赚钱,花十小时荒淫。
>
> 绅士们捧着大肚子走进写字间,
> 迎面是打字小姐红色的呵欠,
> 拿张纸,遮住脸:等待南京的谣言。

诗的第一段写城市快速发展对人类生存环境的破坏,第二段写城市中正在进行着的一场绝望经济战争,即新中国建立前夕国统区在通货膨胀下进行的商业竞争,第三段写上海的社会不公和市民病态丑像,第四段则点明全部问题的症结,即政府的腐败、官员的腐朽,写得入木般深刻,把上海政界的腐败抒写得淋漓尽致,对上海政界与南京政府关系的揭示一针见血。诗具有强烈的批判意识和暴露色彩,但也不用说理议论和赤裸抒情,而是重在客观事实描述,诗人的感情和意志在字里行间自然地流露。诗用四四三三段式,但前八行未守两个抱韵的格律,后六行孤立地看似是正式 CDCEDE,但这里的"C"与前面的"A"同韵,不能起到"C"的作用。各行基本采用五个音组建行。

杭约赫在1947—1948年间创办星群出版公司(森林出版社),编辑出版《诗创造》和《中国新诗》两份诗歌丛刊,为当时沉闷的诗坛注入了活力。他的十四行诗曾收入1944年的手抄本《木叶集》中,现存两首,加上其他诗集中的数首,约有七八首,主要是《誓》《知识分子》《噩梦》《拓荒》《哭声》《题照相册》《摇》《掇》等。杭约赫的诗有着鲜明的现实性,唐湜曾把他的一些诗称为"政治抒情诗":"从广义上说,这一切都可以说是政治抒情诗,就是写爱情的,也带有政治性。在'九叶'中,他该是最突出的政治抒情诗人。"①确实,杭约赫的诗具有强烈的倾向性。如《誓》的结构有着明确的逻辑性,这就是:美好的愿望——愿望被践踏——为愿望而战斗,这种结构是一种政治抒情结构,明确地表明诗人在思想上的意向与演进,与读者达成交流态势。但需要

---

① 唐湜:《曹辛之(杭约赫)论》,载《诗探索》1996年第1辑。

指出的是,虽然这些诗具有鲜明的思想倾向性,但却没有采用直接抒情的方式,而是抒写了一个"他"的形象,这是一个"从一团混沌里,他艰辛地爬了来"的形象:

> 原为了给你温暖,窃火者
> 由神祇的殿堂里取来了火;
> 玩火的却用它来焚烧你的头发、
> 你的皮肉,焚烧你慈悲的心窝。

这里的"他"是充满战斗激情、具有大爱的形象,是一个盗火者的形象。由于创造了这样的形象,也就把诗人的激情隐藏在形象后面了。诗中对这一形象始终有个称呼——"你",这在直观上呈现着抒写者的主体声音,从而使主体在诗中成为叙述者而非抒情者,诗的思想内容表达自然就显示出一种客观性的姿态,而客观性恰是九叶诗派所张扬的,这就是诗的戏剧化和间接抒情的方式。这种抒情方式就是杭约赫的诗体特征。我们再看杭约赫的名诗《噩梦》:

> 不是守防边疆,又不是护卫
> 血地,你们要挂着哭声离开,
> 母亲揉着干瘪的乳头啜泣,
> 几千年了,我还要写《石壕吏》。
>
> 谁不是亲人们的"心肝宝贝",
> 破旧的摇篮还不忍得抛弃;
> 谁不是好丈夫、母亲的孝子,
> 现在要让田园去收养野草。
>
> 百年的怨仇不去报,教你们
> 举起来自海外的凶器,厮杀
> 自己的弟兄,听号音的"帝达"。
>
> 弟兄们的血流在一起,母亲的
> 泪流在一起。满地狗哭狼嗥,
> 从此"英雄"有了用武的地方。

杭约赫还有一首十四行诗《拓荒》也写到了"英雄"："上帝给了你们一片穷山恶水，/饥寒和灾难霸占了这片天地"；"从你们手掌里，已经瓜菜满地、粮食满囤、骡马成群、猪羊满圈"。可见，《拓荒》中的"英雄"与"拓荒"有关，是创造新的生活，诗人持肯定的态度，而《噩梦》中的"英雄"与"噩梦"有关，是破坏现存生活，诗人持否定态度，肯定与否定互成对照。诗的内容有现实客观依据和较强的社会意义，诗人忠于个人独特感受，以知识者敏感的思维触角去感受"现实"的本质含义，将时代情绪内化为心理情绪，即把社会、时代、人民的"大我"内敛为个人的内心情感。诗人把个人发现与社会现实、个人情感与社会问题结合起来，体现了九叶诗人诗思复合的特征。如果从诗的题材说，《拓荒》写诗人的心灵微澜，而《噩梦》写社会的重大题材，在九叶诗人那儿，两种题材均可见出脉脉玄思，实现个人感受与大众心态的沟通。有人把这种特色称为学生的激情与学者的智慧的结合，所谓"学生的激情"指现实感愤的参与意识，而"学者的智慧"则指历史忧患的哲思品格，二者交融构成九叶诗作的情思张力。两诗都用意体四四三三分段，但不用意体的韵，诗人的其他多首十四行诗也是无规律地用韵，诗人自己把它们概括为"不完全的十四行"。杭约赫的十四行诗之所以读来仍有格式，是同诗的限字建行有关。《拓荒》《噩梦》在形式上的重要特点是诗行等长，《拓荒》每行十二音，《噩梦》除了第十二行外都是十一音。就每个诗行的音组来说，大体包含有四音组和五音组两种。

同为西南联大学生的杨周翰（1915—1989），后留校任教，在20世纪40年代也有十四行诗创作，如《女面狮》曾被选入闻一多编的《现代诗钞》。《女面狮》是诗人对于生命本质的深沉思考，如诗的末两段是"生命载着永恒的蜜月中的你我，/在迷宫的循环铁道上，煤烟的长城里，/走向我们所自来的开始，//那就是母胎里的黑暗；黑暗爬过/高墙，又来抚摩我的灵魂，/我们停止了，没有一切的责任"。这里的沉思内容和行句组织都体现了九叶诗人创作的现代诗风。诗行参差，多用跨行手法，但格式处理自然流畅，没有留下生硬痕迹。诗的韵式为 ABAB CDCD EFF EGG，采用四四三三的结构，但将前八行处理成两组交韵，与莎士比亚式前八行相同，是一种极有特色的变体十四行诗。

六 郑敏、陈敬容、王佐良的变体探索

郑敏、陈敬容、王佐良等诗人，同样坚持新诗的现实、象征和玄思的新的

综合传统,但在新诗表达方面则更多地倾向里尔克式。袁可嘉对里尔克式新诗戏剧化的概括是:这是"比较内向的作者,努力探索自己的内心,而把思想感觉的波动借对于客观事物的精神的认识而得到表现的"。"里尔克把搜索自己内心的所得与外界的事物的本质(或动的,或静的)打成一片,而予以诗的表现,初看诗里绝无里尔克自己,实际却表现了最完整不过的诗人的灵魂。"①这种倾向内心的追求不是走向个人,而是在喧嚣时代做一个默默努力的无名者,其本质特征是通过个人深切的内心体验来呼应时代的生存境遇。这就使得这些诗人对里尔克那种在内心中坚忍承担一个时代的痛苦压力的内向性诗学具有本然的亲和性。

里尔克诗学的核心观念即"诗是经验",这一观念使九叶诗人开始认识到诗不止是激情的产物,而是生活体验的提升结晶,沉思和理性、观察和体悟在诗中有着特殊作用,因此他们普遍重视诗歌经验在创作沉思中的转化。最能代表这种追求的是这样一类诗:诗是诗人在生活中形成的某种理念,而这种理念得以形成的那些丰富的原始形态的生活素材已经不完整也说不清了。诗人在构思时,就以这些理念作为出发点,通过艺术想象捕捉意象和细节,然后组织意象贯穿理念形成诗篇。如穆旦的十四行诗《智慧的来临》(1940年),就以智慧(理性)与感情的关系理念构思,以丰盈的意象呈现理念:

> 成熟的葵花朝着阳光转移,
> 太阳走去时他还有感情,
> 在被遗留的地方忽然是黑夜,
>
> 对着永恒的像片和来信,
> 破产者回忆到可爱的债主,
> 刹那的欢乐是他一生的偿付。
>
> 然而渐渐看到了运行的星体,
> 向自己微笑,为了旅行的兴趣,
> 和他们一一握手自己是主人,
>
> 从此便残酷地望着前面,

---

① 袁可嘉:《新诗戏剧化》,《论新诗现代化》,北京:三联书店1988年版,第26页。

送人上车,掉回头来背弃了
动人的忠诚,不断分裂的个体。

稍一沉思会听见失去的生命,
落在时间的激流里,向他呼救。

第一段写智慧来临之前,突出的是"感情",缺乏理性的葵花情感泛滥,结果无所依傍,遭受破灭。第二段沿此思路由生物到人类,选取两个镜头:一是相爱者沉浸情感包围中忘了理智;二是破产者在感激债主的情绪中遗弃理性,结果都是付出沉重代价。第三段转写智慧来临而缺乏感情,人类以理性精神主宰宇宙自然,以冷酷态度处理人际关系,结果也是可悲结果。第四段写智慧来临呼唤情感的高扬,完成了诗人理念的抒写。穆旦阐明了感情与理性的关系,生活经验都转化为意象而体现着沉思的结晶。诗借用了雪莱《西风颂》的结构,用三三三三二段式,韵式为 ABA BCC DDB EDD EF。穆旦在20世纪40年代的诗歌语言结构复杂,思想充满矛盾张力,所以《智慧的来临》采用了十四行体,却没有严格遵循诗体规范格式。1948年10月10日,穆旦还在天津《大公报》"文艺"副刊发表《诗四首》,这也是一组汉语十四行诗,统一采用四四三三分段的意体,但没有顾及原本诗体的韵式,诗行长短不一,较多采用欧化句式,跨行跨节充分显示着新诗语言的韧性和弹性,独特的穆旦式诗句"穿透大地的表层穿透历史的沉积,他展现人们感到陌生的浩瀚的精神空间"①。但到了晚年,穆旦的诗逐渐返璞归真,诗体风格趋向凝重、沉静和简朴,所以引起了诗语的明朗和简洁,多数诗写成了半格律诗或新格律诗。这样就有了一组较为规则的十四行诗,如《老年的梦呓》中的第六首、《神的变形》中的"人的歌唱"都是整齐的均行的十四行诗。晚年的穆旦译过奥登两个十四行诗组,即《在战时》的二十七首和《探索》的十首,但基本都未能遵守十四行诗的规则,"穆旦显然缺乏奥登那样的形式感和语感,更谈不上后者特具的音韵的魅力"②。

性格内敛的郑敏则继承了里尔克式内向潜沉的风格,通过对物的观察而实现对人类历史与生存经验的透视,并借助这种方法创作十四行诗,表现出静中见动的雕像之美。郑敏后来多次回忆说自己走的路受到冯至的影响,其

---

① 谢冕:《一颗星亮在天边——纪念穆旦》,见李方编:《穆旦诗全集》,北京:中国文学出版社1996年版,第15页。
② 江弱水:《商籁新声——论现代汉诗的十四行体》,《中西同步与位移——现代诗人丛论》,合肥:安徽教育出版社2005年版,第167页。

中重要影响就是她在20世纪40年代写出了一组具有沉思品格的十四行诗，包括《濯足》《歌德》《死》《献给贝多芬》《贫穷》《二元论》《鹰》《荷花》《兽》《Renoir少女的画像》《最后的晚祷》等。如《濯足》：

> 深林自她的胸中捧出小径
> 小径引向，呵——这里古树绕着池潭，池潭映
> 着面影，面影流着微笑——
> 像不动的花给出万动的生命。
>
> 向那里望去，绿色自嫩叶里泛出
> 又溶入淡绿的日光，浸着双足
> 你化入树林的幽冷与宁静，朦胧里
> 呵少女你在快乐地等待那另一半的自己
>
> 他来了，一只松鼠跳过落叶，
> 他在吹哨，两只鸟儿在窃窃私语
> 终于疲倦将林中的轻雾吹散
>
> 你梦见化成松鼠，化成高树
> 又化成小草，又化成水潭
> 你的苍白的足睡在水里

在这诗中，郑敏抒发了亲近自然的强烈情感，体现的是她对人的生命和存在的一种沉思。《濯足》的沉思中包含着打破自我之樊笼、与大化合一的愿望，而这正是里尔克"以物观物"的态度。里尔克认为要想恢复人与自然在原初状态下亲密无间的关系，让文明遮蔽的存在重向我们敞开，就必须尊重物，让物成其为物，把自身化为存在物的一分子，终止对物的任何功利性判断。郑敏在《濯足》中所表达的就是这种生存哲理，"你梦见化成松鼠，化成高树/又化成小草，又化成水潭/你的苍白的足睡在水里"。郑敏"以物观物"的态度使"你"与自然化合为一，作品呈现出沉思的静穆和坚实的雕塑感。这种特点更加突出地表现在她的一组"咏物诗"中，而这也源自她对里尔克咏物诗的理解。她曾经分析过里尔克的咏物诗《豹》：

> 它深刻地描绘了豹的生态，但在这十分客观的描绘中却贯穿着诗人

的主观意识。诗人透过自己的主观意识去认识和解释物的客观性。在全诗里读者直接接触到的是对豹所居住的铁栏、豹的眼神、四肢的"紧张的静寂",眼皮的无声的开闭,"极小的圈中旋转"的动态与"中心一个伟大的意志昏眩"的静态形成强烈的对比,等等。但那贯穿在这些客观的细节的描绘之中的却是里尔克的主观的意识和情感,这就是对于一个被关闭在铁栏后的充满原始活力的豹,对于这只失去自由的豹的挣扎、痛苦、绝望的无限同情和惋惜。①

这种分析虽然是她在晚年的表达,但早在20世纪40年代,她就有了这种理解,并在自己的咏物诗中去实践,即为自己情绪的表达找到某种"客观对应物",诗人的情绪被转移到"物"之中从而变得客观化,最终诗人的自我意念与所观察的对象达到了同一。我们应该以此来读郑敏的咏物诗。这类诗包括多首十四行诗,如《鹰》:

> 这些在人生里踌躇的人
> 他应当学习冷静的鹰
> 它的飞离并不是舍弃
> 对于这世界的不美和不真
>
> 它只是更深更深的
> 在思虑里回旋
> 只是更静更静的
> 用敏锐的眼睛搜寻
>
> 距离使它认清了世界
> 远处的山,近处的水
> 在它的翅翼下消失了区别
>
> 当它决定了它的方向
> 你看它毅然的带着渴望
> 从高空下矫捷下降

---

① 郑敏:《英美诗创作中的物我关系》,《诗歌与哲学是近邻——结构—解构诗论》,北京:北京大学出版社1999年版,第41页。

这诗就通过对物的观察而实现了对人类历史与生存经验的透视,这里的"踌躇"与"毅然"形成了对照,鹰的那种"冷静"、更深更深的思虑、更静更静的搜寻、拉开距离的认清、决定方向的渴望、矫捷下降的行动,都是值得"在人生里踌躇的人"学习的。郑敏在1938年写信给袁可嘉说:"我希望能走入物的世界,静观其所含的深意,里尔克的咏物诗对我很有吸引力,物的雕像中静的姿态出现在我们的眼前,但它的静中是包含着生命的动的,透视过它的静的外衣,找到它动的核心,就能理解客观世界的意义和隐藏在静中的动。"①正是以人与物的关系为切入点,郑敏在咏物诗中完全认同了里尔克在诗中反复探寻的诸如人与物的关系、生命与死亡、孤独与交流、个体与群体、苦难与承担等主题,以处于动荡变革时代的东方诗人特有的思维方式契合时代现实的课题,体现了新诗现代化的追求。这些里尔克式的十四行诗,较为典型地体现着十四行体中国化过程中异化和归化有效结合的成果。

郑敏在为"屠岸十四行诗"写的短文中,充分肯定的是屠岸的诗让"哲理穿上布衣裳",具体来说就是"表达他对生命、社会、人生的一些看法","并不炫耀词藻,而是让深刻思想之光透出朴素而凝练的词句和严谨的艺术形式"。② 这应该视为郑敏的夫子自道,她的十四行诗也是让"哲理穿上布衣裳",写得精警沉着,情理相融,不温不火。郑敏在短文中肯定屠岸的格律运用,表现出她对于十四行体格律规则的娴熟把握,但是她自己的十四行诗无论是20世纪40年代的还是80年代以后的,都没有按照十四行体格律来写,而是在遵循十四行体的原本精神(主要是分段形式、构思进展和凝练静思等)的基础上,写作格律松散甚至是自由的十四行诗,无论在建行或用韵等方面都属于变体,这是诗人有意而为的探索。

陈敬容写于20世纪40年代的十四行诗有《夜思》《寄雾城友人》《展望》《锻炼》等。她对于人的生命和存在同样有着沉思和领悟,如《展望》就对"向死而生"有着清醒的自觉,生命如日夜奔腾的流水,终将汇入大海,但诗人依然坚持生命的独立价值,并认为死亡既是个体生命的终止,在另一种意义上,也是个体生命的扩大,流水汇入海中,看似消失,实为在整体生命中获得了不朽:"如今我在寂静中躺卧,/望着照耀了亿万年的星颗,/想寄梦于流水,让它澄清/渗入千万年后新人类的歌音。"这种生与死的辩证观念,是受了里尔克的影响。生者是死者精神的再创造,如里尔克在《致俄尔甫斯十四行诗》中,就说"死者支撑着大地","他们是主人,沉睡在根底",从自身的充盈中赐

---

① 袁可嘉:《现代派论·英美诗论》,北京:中国社会科学出版社1985年版,第383页。
② 郑敏:《论屠岸的十四行诗》,《幻想交响曲——屠岸十四行诗240首》,香港:雅园出版公司2014年版,第323页。

予我们,死者是根,生者是"花朵、葡萄叶和果实"。陈敬容的《寄雾城友人》如下:

> 人世并非风景,也不像写生,
> 哎,你雾城中的友人,
> 每天看浓雾看大江,
> 辛苦的灵魂,可还有忧患生长?
>
> 尽管学飞鸟学游鱼,
> 总还在这个宇宙里。
> 但一颗星就叫人想起千万颗星,
> 雾季里,也有偶然的晴明。
>
> 荒塞的凄凉和闹市的寂寞
> 同样沉重,而你就喘息地缩小,
> 有一天终又会膨胀开来,
>
> 像雨后的天空,高朗而辽阔;
> 滤过的泉水中泥沙绝少,
> 奔流静息,水仙在岸上盈盈地开。

此诗渗入多层次理念,把普遍的人生哲理同具体的寄友对象融合在一起。第一段写对"入世"的思考,其中"风景"和"写生"含义的破译要联系第四行中的"辛苦"和"忧患",入世不是欣赏的对象也不可简单摹写,是辛苦的"忧患生长",诗中的"雾"是实指也是寓体,是诗人对入世的特定印象。第二段承前,写有辛苦有忧患就想逃遁,但"总还在这个宇宙里",包括你在内的一切都在宇宙中。然后诗人的诗思回到雾城,自然认为"也有偶然的晴明",这是对宇宙、对人生现实思考的结论,也是诗人所要给予友人慰藉的。友人在雾城重庆,诗人在闹市上海,第三段写两者所处虽有区别,但"同样沉重",它对人是一种压力,会使人喘不过气来,但诗人坚信"有一天终又会膨胀开来,像雨后的天空,高朗而辽阔",这是对生活的信念、对人生的信心,体现的是一种明朗而乐观的情调。诗的最后把诗思推进一步,表达了出污泥而不染、经风霜花更妍的理念。"泉水"和"水仙"是两个高洁美好的意象,诗人以此来自勉和寄友,让全部诗思收束在这美好形象之中。诗的沉思同样表达了诗人自我向宇宙开敞的愿望,空故纳万物,敞开的自我方能包容外物,方能使生命像即将入海的河流,因突然的开阔而获得平静和从容,像一束光融入更大的光明之中。诗的韵式是 AABB CCDDEFG EFG,诗行长短参差,应该是一首格律较为自由的十四行诗。

同为西南联大学生、后又留校任教的王佐良,在新诗现代化方面同其他九叶诗人有着共同追求。他有《异体十四行诗八首》,诗后注明的写作时间是 1941 年至 1944 年。这是现代爱情诗的经典之作,但它不是寻常意义上的爱情抒情诗,而是强调了现代生活的凡庸以及在凡庸面前爱情的溃退,这在我国新诗创作中是难得一见的。下面是组诗的第一首:

> 让我们扯乱头发,用冰冷的颊
> 证明我的瘦削,你的梳双辫的日子
> 远了。让我们说:从前的眼睛,
> 从前的腰身曾经是怎样的细。
>
> 但是时间的把戏却使我们快乐:
> 应该是流泪却换来秘密的欣喜。
> 你,你是黄昏里太白的衣角,
> 嬉笑着,却又有异样的缄默。
>
> 我们已无须在树旁等候,
> 无须有不寐的街角的分别,
> 我们并合,我们看各自眼里的笑。
> 或者窘迫,我们上菜市去
> 任受同样的欺凌。我们回来
> 又同样地胜利——因为我们已经超越。

这是一首爱情诗,但它不是写少男与少女的恋情,而是夫妇相濡以沫的情爱,是以"夫妻之爱"为中心熔铸了颇为另类的复杂体验。《异体十四行诗八首》是一个有机联系着的整体,写的都是夫妇情爱。第一首从恋爱成功的喜悦与骄傲开篇,然后下面各首逐步展现了爱情由"迷人的抒情"到现实的"不纯洁"以至于"烦腻"的过程,这样的爱情诗的确迥异于古典的与浪漫的传统,传达出现代人特有的人生体验。如第二首抒写的爱情是浪漫的:

> 今夜这野地惊吓了我。唯有
> 爱情像它一样的奇美,一样的
> 野蛮和原始。我要找着你,
> 让你的身子温暖了我的。

而到末首则宣告了浪漫之旅的结束和真实生活的开始:"我们的爱情决不纯洁。天和地,/草木和雨露,在迷人的抒情过后,/就是那泥土的根。"第三首写我对你的倾慕,最后一段写我们与世俗的争斗,但也明显受到了世俗侵袭,情绪出现变化。从第四首起就写"我们"开始陷入了凡庸的生活,并表现出面对凡庸生活的极度焦躁和无可奈何。第五首是情感的转折,在整个组诗中也属于"转",诗人用"懦弱"写"我们"对于世俗无法挣脱,而正因为如此,就开始了对平庸生活的妥协,终于从"烦腻"逐步"坠入了陷阱",开始学着对它妥协。第六、七首就是对于平庸世俗的妥协与争斗的矛盾交织。第八首作结,在现实生活中,"我们拥抱在烦腻里",原先"我们"希望能够超越的凡庸生活已经完全融入"我们"的生活里。四四三三体式的最后一段并没有像一般十四行诗那样对前面来个呼应,而是诗人描述了"山山水水的梦",在梦里,"我们"终于走出了"门",来到了"旷野","看无尽无尽的绿草,而流下眼泪",想超越凡庸生活的爱情最终只能是让人流泪的梦:

> 然而你做着山山水水的梦!
> 让我们坐上马车,走出东郭的门,
> 看无尽无尽的绿草,而留下眼泪。

对于以上诗句还可作另一种理解,就是诗人希望爱人们能够跳出两人生活或家庭生活的局限,走到更加广阔的天地之间,获得更多的生活享受。这就是整组十四行诗的结论,也是整个作品思想的升华。王佐良这组十四行诗的题材和主题在汉语十四行诗中是独特的,甚至可以说是异类的。但我们读完全诗就会感到,这样抒写爱情其实有着更多的生活气息,有着现代人更加真实的感受。对于这首诗的独特创造性,有学者作了这样的比较分析:"讨论到诗人的关注点,我想给王佐良先生的八首诗找一个参照物,那就是穆旦的八首爱情诗。他们的爱情诗有一个共同点,就是对爱情的持恒和超越产生怀疑,甚而可以说是解构。但可以看出穆旦的是个着力于爱情的对立与和谐,也即评论家们谈到的'内部',是相爱双方的对立与和谐、吸引与排斥;而王佐良的八首爱情诗则更关注外部,即世俗凡庸生活对'我们'爱情的侵蚀直至最终瓦解。真正持恒而纯洁的爱情是不存在的,凡庸是不可超越的。"①这种评价指明了王佐良的《异体十四行诗八首》在我国爱情诗中构思和主题的独特性。

王佐良把自己的十四行诗称为"异体",其实就是"变体"的意思。笔者认为《异体十四行诗八首》的形式变异之处在于:(1)段式第五、八首为四四三三式,其余为四四六式;(2)诗行长短不一,第一首诗行最长的十四言,最短的十言;(3)每行顿数不一,第一首中诗行从四个至六个不等,每顿最少一言,最多四言;(4)诗自由地运用了跨行,诗行内自然断句,第一首中除了第四、五、六、九、十行外,其余诗行或是包含着两个或三个短语,或是部分句子成分跨入下行;(5)整首不用韵,如第一首的诗节中某些诗行合韵。这种诗体形式确实在诸多方面越出了十四行体格律规范,所以把它称为"异体"是确切的。九叶诗人中除了杭约赫以外,其余诗人的十四行诗格式除用韵外,基本都类似于王佐良的诗体模样,因此也都可以称为"异体十四行诗",虽然杭约赫的诗相对规范,但他自己也称之为"不完整的十四行体"(没有严格按照原本的格律写作),这是一个值得我们重视的问题。九叶诗人大多学习外国文学,多位诗人在西南联大师从冯至、卞之琳、燕卜荪等,接触过西方十四行诗,但在创作中却不约而同地采用格律松散的异体,这应该视为他们的一种自觉追求。我们早就指明九叶诗人追求新诗综合传统,在诗中体现种种矛盾和混乱张力的有效综合,由诗质的现代综合性所决定,他们的诗体语言和形式都呈现着繁复的特征,从而使他们新诗创作不用格律体而用自由体,在借用十四行体创作时,也采用较为自由自然的形式。无疑,这是九叶诗作诗质和诗式契合的追求,自有其合理性。现在的问题是,如何来正确地评价这种变体。有人对此不以为然,采取简单否定态度。其实,十四行体的最大特点正是其规范性和自由性的有机统一,即它有一个完整的精美的体制,但在建行方式、节奏方式、构思段落和用韵规律等方面都允许变化,从而为创作提供了自由空间。罗念生介绍西方十四行体,就大量地介绍变体;王力列举西方十四行体,也排列大量变体。尤其是近代以来受现代诗运动影响,相当数量的西方诗人采用破格变体写十四行诗,有的甚至写作自由的十四行诗。如吴兴华分析了奥登的诗,然后说:"严格的说起来,这首与其他的许多十四行诗都不能算真正的十四行,诗人只不过借用了十四行、韵脚和音节,不过这个情形在现代是颇为普通的。"②吴兴华还说:里尔克"有些诗如《在寺院里》,

---

① 倪丽、刘燕:《凡庸生活中纯净爱情的溃退》,载《现代语文》2007年第5期。
② 吴兴华:《再来一次》,载《新诗评论》2007年第1辑(总第5辑),北京大学中国新诗研究所编,北京:北京大学出版社2007年版,第41页。

及《圣马利亚的一生》中的几篇,原作本是不规则的,我也就爽性全译作自由诗。所选自《新诗》甲乙集里数量颇多的十四行诗我希望能令读者领会到诗人对于这艰难的形式灵活的运用"①。因此,当西方十四行体移植到中国时,根据汉语的特征进行创格规范,在规范以后又趋向现代性和民族性而继续发展多种变体,尤其是推动变体同特定的诗质契合,其诗体探索的意义应该得到充分的肯定。九叶诗人在20世纪40年代所进行的变体探索,成为当时十四行体中国化最为重要的成果。荷兰汉学家汉乐逸对九叶诗人尤其是袁可嘉、郑敏的变体十四行诗作了高度的评价,认为它们是十四行体中国化进程中的重要成果。

---

① 吴兴华:《〈黎尔克诗选〉译者弁言》,载《新诗评论》2007年第1辑(总第5辑),北京大学中国新诗研究所编,北京:北京大学出版社2007年版,第69页。

第六章 冯至的变体探索

1942年5月,冯至在桂林明日社出版了《十四行集》,包括二十七首十四行诗。①《十四行集》的出版,标志着冯至新诗创作走向成熟,也标志着中国十四行诗创作的成熟。当时朱自清的评价是:"这集子可以说建立了中国十四行的基础,使得向来怀疑这诗体的人也相信它可以在中国诗里活下去。无韵体和十四行(或商籁)值得继续发展;别种外国诗体也将融化在中国诗里。这是模仿,同时是创造,到了头都会变成我们自己的。"②历来评价《十四行集》,都重视它的现代诗风和十四行体式。冯至在说到诗集时曾说:"在我的十四行诗中,可以看出在抗战时期一个知识分子怎样对待外界的事物,对待自己钦佩的人物,对自然界、生物的感受。"③我们认为,《十四行集》是中国抗战文学的代表作,是一个历史时代的杰作。

一 沉思的诗:新的发现

《十四行集》创作于20世纪40年代初,当时冯至住在昆明市郊的杨家山。这是一个幽静的地方,没有城市的喧闹、世俗的烦恼,也听不到防空警报声,与另一个世界相对隔离。在这里,自然界的一切充分无遗地显示出来,无时无刻不在与人对话。冯至说:"在抗战中最苦闷的岁月里,多赖那质朴的原野供给我无限的食粮,当社会里一般的现象一天一天地趋向腐烂时,任何一棵田埂上的小草,任何一棵山坡上的树木,都曾经给予我许多启示。在寂

---

① 据刘勇《〈十四行集〉版本小考》(载《诗探索》2003年第3—4期)说,冯至的《十四行集》从1942年由桂林明日社出版算起,光有四种冯至亲手编定的版本:(1)《十四行集》,桂林:明日社1942年版;(2)《十四行集》,上海:文化生活出版社1949年版;(3)《冯至诗选》,成都:四川人民出版社1980年版;(4)《冯至选集》,成都:四川文艺出版社1985年版。后三个版本的《十四行集》,冯至都做过相当改动,具体改动可以参见刘勇文章。
② 朱自清:《诗的形式》,《朱自清全集》第2卷,南京:江苏教育出版社1988年版,第398页。
③ 冯至:《谈诗歌创作》,《冯至全集》第5卷,石家庄:河北教育出版社1999年版第249页。

寞中,在无人可与告语的境况里,它们始终维系住了我向上的心情,它们在我的生命里发生了比任何人类的名言懿行都重大的作用。我在它们那里领悟了什么是生长,明白了什么是忍耐。"①正是在此环境和心境中,诗人的创作生命被重新激活了。冯至创作了诗集《十四行集》、散文集《山水》和历史小说《伍子胥》等作品。

1941年初,诗人进城上课,边走边看边想。诗人说:"那时,我早已不惯于写诗了,……但是有一次,在一个冬天的下午,望着几架银色的飞机在蓝得像结晶体一般的天空里飞翔,想到古人的鹏鸟梦,我就随着脚步的节奏,信口说出一首有韵的诗,回家写在纸上,正巧是一首变体的十四行。"偶尔的开端成了他的内心责任,也唤醒了诗人内心沉潜已久的"经验",他感到:"有些体验,永久在我的脑里再现,有些人物,我不断地从他们那里吸收养分;有些自然现象,他们给我许多启示:我为什么不给他们留下一些感谢的纪念呢?由于这个念头,于是从历史上不朽的精神,到无名的村童农妇,从远方的千古名城,到山坡上的飞虫小草,从个人的一小段生活,到许多人共同的遭遇,凡是和我的生命发生深切的关连的,对于每件事物我都写出一首诗:有时一天写出两三首,有时写出半首便搁浅了,过了一个长久的时间才能续成。这样一共写了二十七首。到秋天生了一场大病,病后孑然一身,好像一无所有,但等到体力渐渐恢复,取出这二十七首诗重新整理誊录时,精神上感到一种轻松,因为我完成了一个责任。"②这是《十四行集》的创作自述,能够帮助我们把握《十四行集》的构思特征。这些诗分别在昆明、重庆、桂林的一些杂志上发表,1942年5月由桂林明日社出版。

冯至在1928年完成《北游》创作后,到1941年《十四行集》诞生,其间创作成绩几乎是零。他后来解释这段创作"危机":"1930年至1935年我在德国留学,读书、考试、吸收西方的文化,脱离实际。1935年回国后与中国的现实社会也很疏远,没有直接的感受,所以写的很少。在抗日战争时期的40年代,我在昆明,既接触现实,也缅怀过去,诗兴大发,写了一部《十四行集》。"③这就说明,《十四行集》是"接触现实"和"缅怀过去"的作品,其中包含着现实的社会因素和诗人的个人感受。在留德期间,冯至接受了里尔克诗学理论,他翻译了里尔克《布里格随笔》中的论述:"诗并不像一般人所说的是情感(情感人们早就很够了),——诗是经验。为了一首诗我们必须观看许多城

---

① 冯至:《〈山水〉后记》,《冯至选集》第2卷,成都:四川人民出版社1985年版。
② 冯至:《序》,《十四行集》,桂林:明日社1942年版,上海:文化生活出版社1948年再版,序文是再版时所写。
③ 冯至:《谈诗歌创作》,《冯至全集》第5卷,石家庄:河北教育出版社1999年版,第245页。

市,观看人和物,我们必须认识动物,我们必须去感觉鸟怎样飞翔,知道小小的花朵在早晨开放时的姿态……我们必须回忆许多爱情的夜……如果回忆很多,我们必须能够忘记……因为只是回忆还不算数。等到它们成为我们身内的血、我们的目光和姿态,无名地和我们自己再也不能区分,那才能得以实现,在一个很稀有的时刻有一行诗的第一个字在它们的中心形成,脱颖而出。"①正是接受了里尔克的"经验说",同时又在抗战时期接触到了社会现实,又在昆明市郊宁静环境中沉思,冯至终于写出了具有现代主义诗风的《十四行集》,展示了抗战时期一个知识分子的内心世界。"诗人所描写的都是发生在他身边的小事,由于诗人的感情升华到人生的经验,身边小事构成了诗人思索人生意义的大材料,进而上升到诗人与抗战中的中国、民族、人类等一系列关系的思想和表达,以及战争中的个人与民族的关系的探讨,这些成为这部诗集的主题。"②这就构成了《十四行集》区别于其他抗战诗歌的重要特色。在此基础上,陈思和对《十四行集》的价值作了更为深刻的阐述,这就是:"他(冯至)是成功地把里尔克的创作经验置于中国抗战的背景之下,把十四行诗的形式与里尔克式的沉思真正地中国化了,显现了中国诗人在国际化的语境里与世界级大师的对话的自觉。"③因此,《十四行集》当然也是我国诗人与世界诗人对话、实现十四行体中国化的重要成果。

对《十四行集》沉思的特征,第一首的表述是:"在漫长的岁月里忽然有/彗星的出现,狂风乍起;/我们的生命在这一瞬间,/仿佛在第一次的拥抱里,/过去的悲欢忽然在眼前/凝结成屹然不动的形体。"冯至创作十四行诗的过程可以概括为:心灵的期待—灵感的降临—经验的汇聚—诗思的成形。冯至是沉思的诗人。他默察,他体认,他从自己在宇宙人生所体验到的一切中,于我们所看不到的地方看出那真实的诗或哲学,他观察思考得是那么仔细。生活中再也没有比刚出生的小狗更容易令人忽视的了,但冯至观察到,狗出生后连续半月阴雨,忽然有一天雨止天晴,小狗的母亲把小狗衔到阳光里。诗人思考得更仔细:"这一次的经验/会融入将来的吠声,/你们在深夜吠出光明。"正因为冯至在他狭小的心里,有一个大的宇宙,能感受一切生命,因此他能在平凡里发现那最不平凡的"奇迹",犹如"彗星的出现,狂风乍起"。这种观察思考是一种生命的颤栗、灵感的冲动,它成为诗人寻思的第一步。诗

---

① 〔德〕里尔克:《给一个青年诗人的十封信》附录二,《马尔特·劳利兹·布里格随笔》,冯至译,北京:三联书店1994年版,第73—74页。
② 陈思和:《探索世界性因素的典范之作:〈十四行集〉(下)》,《中国现当代文学名篇十五讲》,北京:北京大学出版社2003年版,第201页。
③ 同上。

人并不在心灵期待中获得灵感、颤栗以后写作即兴诗,他曾提到写《十四行集》不那么畅顺,反复琢磨,左思右想才完成。他在观察思考获得灵感以后,还要激活过去的生活经验。诗人写的是永久再现于脑的"体验",是自己不断从中吸取养分的"启示",一句话,这些体验是储存于心灵之中的。美国梅·斯温逊认为,诗的经验的发现是基于下列热望:"想看透表现于外的事物的屏幕,想触及实际存在的事物,并且想深入到正在演变的事物之更广大空间。"①冯至的"经验"也具有这样的品格,其中包含着他深受战乱和流离之苦,日日面对着国家和个人的生死存亡问题的所感所想,也包括他虚心向里尔克、歌德学习所获得的对宇宙、对人生的思考结论。正是因为经历了寻思的第二步——汇聚了冯至储存的"生活库"和"思想库"中的经验,《十四行集》所获得的"新的发现"才实现了灵感与经验、具体与抽象、个别与普遍、暂时与永久的拥抱,最终实现了诗的成形。如《几只初生的小狗》中初次领受光和热的经验,就超越了灵感的、具体的、个别的、暂时的价值,而具有了知性的、抽象的、普遍的、永久的意义。毫无疑问,《十四行集》所作出的"新的发现"进入了哲理层次,是诗人的冥思卓见,因此有人称冯至的十四行诗为"哲理诗"。但笔者愿意把冯至在诗中的新发现理解为一种体验、一种感觉,它带有哲理的意味,从中可以见到诗人的宇宙观、人生观,但它又同一般的论理有别,这些发现是由于诗人对一切的关切,以至达到与一切相"契合",实现了生命的"融合":

> 有多少面容,有多少语声;
> 在我们梦里是这般真切,
> 不管是亲密的还是陌生:
> 是我自己的生命的分裂,
> 可是融合了许多的生命
> 在融合后开了花,结了果?　　(《十四行集》第二十首)

可以说,"新的发现"正是诗人生命融合宇宙之物所开的花、结的果。这是一种体验和感觉,同论理比较起来,它会给我们更强烈、更广大的震颤,是冯至诗走向成熟的重要标志。

那么,《十四行集》通过寻思获得了哪些"新的发现"呢?就其形而上的发现来说,如"转化"的发现。《十四行集》表达了人世间和自然界互相关联

---

① 沈华编:《西方诗论精华》,广州:花城出版社1991年版,第274页。

与不断变化的关系,对于个体来说,变化之一就是生老病死的演变。冯至接受了歌德的蜕变论和里尔克的转化论,对生与死、生与爱有了新的发现。诗集的前四首、第十三、二十四首都包含着这种深思。如"契合"的发现。在诗人眼里,自然界和人世间所有存在都是陌生的异己,诗人与所有存在者血肉相连、息息相通、休戚相关,诗人与自然、与人物、与宇宙达到了"天地与我并生,万物与我为一"的契合。在《十四行集》中,第二十首抒写人与人的契合,第十六首抒写人与自然的契合。如"永恒"的发现。诗人既抒唱生命的暂住、生命的流迁和生命的无常,又从恒常上把时间、历史看作一道永远向前的流水,领悟"霎那即永恒"的观念。在《十四行集》中,第十九首是主体对时间的体验,抒写了时间是浑然一体的永恒循环,第十八首把过去、现在、将来融为一体,表现了生命的永恒前行。如"否定"的发现。一切都在关联变化中进行,所以世界万事万物既在肯定,又有否定,而否定也正是生命现象和宇宙发展的普遍规律。在《十四行集》中,第四首抒唱了"否定"的人生态度:"一切的形容,一切喧嚣/到你身边,有的就凋落,/有的化成了你的静默://这是你伟大的骄傲/却在你的否定里完成。"冯至的这些"发现",无疑接受了存在主义的某些观点,但又与一般存在主义者不同,他的思维更加充满着辩证观点。冯至重视人与自然、人与人、人与物的交流、融合、关联和呼应,同里尔克、歌德的思想应和,也与中国传统思想有关。

诗人在寻思以后的工作就是用文字使"新的发现"结晶成形(即寻形),这样它才会永久,才会震颤别人的生命。冯至重视诗的成形,就是使诗思"凝结成屹然不动的形体":

> 歌声从音乐的身上脱落
> 归终剩下了音乐的身躯
> 化作一脉的青山默默。　(《十四行集》第二首)

我们把这诗句理解为冯至关于他的十四行诗寻形的解说。冯至是十分重视"形"的,音乐是时间艺术,但诗人却赋予了它空间形体,那一脉默默的青山,则是音乐的身躯。而所谓寻形也就是"经验"与"语言"的拥抱,即"我们的生命在这一瞬间,/仿佛在第一次的拥抱里/过去的悲欢忽然在眼前/凝结成屹然不动的形体"(《十四行集》第一首)。诗是时间艺术,冯至也在追求其空间形态。唐湜在评《十四行集》时说:"诗人在奔向一个新的世界,他经历了从浪漫蒂克到克腊西克,从音乐到雕塑,从流动到凝炼的转变,这像是自然的气候般的变化,'从浩无涯涘的海洋转向凝重的山岳'。他要把屹立而沉默的无人认识的'新',一个宇宙的觉识表现出来。"①这是符合事实的。冯至早期诗歌创作,正如他自己所说的那样,接近德语浪漫主义诗歌,接近以自然音调、真情实感地唱出自身的哀愁和人世的悲苦的海涅。而进入中年期的《十四行集》,在创作上受里尔克的影响很深,从而使诗具有"显形"的美。里尔克"使音乐的变成雕刻的,流动的变为结晶的,从浩无涯涘的海洋转向凝重的山岳。他到巴黎以后,从他倾心崇拜的大师罗丹那里学会了一件事:工作——工匠般的工作"②。冯至从里尔克那儿也学会了工匠般的工作,使自己的诗具有雕塑的造型美,通过寻形把寻思所得的新的发现表现出来。这种寻形的工作,具体表现在两个方面:

一是诗思诗情的构思定形,即建构诗的本体结构。诗人的情感思考在诗中要以一定的序列排列固定。十四行诗的诗思和诗情的发展有较为固定的形态。对于这种"定形",《十四行集》最后一首把它说成是"从一片泛滥无形的水里"取来"椭圆的一瓶",即用十四行体来固定诗情诗思。十四行体的固定形式对于诗情诗思的定形,既是一种限制,使诗人不能任意安排,必须对诗情诗思进行整理、变形,从而更好地纳入"椭圆的一瓶",同时十四行体的定形又给予诗人凝结诗情诗思以方便,由此获得美的形体。冯至说:"正如李广田先生在论《十四行集》时所说的,'由于它的层层上升而又下降,渐渐集中而又解开,以及它的错综而又整齐,它的韵法之穿来又插去',它正宜于表现我所要表现的事物。它不曾限制了我活动的思想,只是把我的思想接过来,给一个适当的安排。"③让我们来读诗集的第十五首:

> 看这一队队的驮马
> 驮来了远方的货物,
> 水也会冲来一些泥沙
> 从些不知名的远处,
>
> 风从千万里外也会
> 掠来些他乡的叹息:

诗人所要表达的诗情诗思已经在前两行中露出端倪,一个"看"和一个"这",

---

① 唐湜:《沉思者冯至——读冯至〈十四行集〉》,《新意度集》,北京:三联书店1989年版,第118页。
② 转引自李广田:《李广田文学评论选》,昆明:云南人民出版社1983年版,第284页。
③ 冯至:《序》,《十四行集》,上海:文化生活出版社1948年版。

带来了临场的亲切感。"一队队"提供的画面清晰,"驮马"提供的画面熟悉,十分清楚这是诗情诗思的"起",是熟悉的日常生活,引起了诗人的注意和发现。接着的四行应是"承",把前两行初露的诗情诗思表达得明白清楚,使读者完全明了:水从远处冲来泥沙,风从千万里外掠来叹息,同驮马从远方驮来货物相承,是前两行诗意的延伸。但接下去的秩序却突然变化:"我们走过无数的山水,/随时占有,随时又放弃,//仿佛鸟飞翔在空中,/它随时都管领太空,/随时都感到一无所有。"新的文字秩序的引入引来了诗的转折,使诗的发展避免了单调,保持着感觉的新鲜。"我们走过无数的山水"是低徊沉思,准备更进一步之姿态,同上文的"驮来""冲来""掠来"有关,"随时占有,随时又放弃",包含着诗人的重要发现。由此,诗揭开了诗人所作出的发现的谜底:

什么是我们的实在?
从远方什么也带不来,
从面前什么也带不走。

虽然使用设问,但联系"随时都管领太空,随时都感到一无所有",谜底的意思仍然是否定性的。结尾之安排,如太阳之升起,使全诗的展开过程马上充满了光亮,每一行诗都获得了意味,体现着"新的发现"——诗人对于人的生命(乃至宇宙万物)哲理思考后的发现,充满着对于永恒的向往之情。全诗起承转合,构成完整结构形体。冯至的其他十四行诗凝结的形态虽然与此有别,但通过寻形,诗情诗思都定形为"椭圆的一瓶"。

二是诗歌意象的呈象定形,即建构诗的抒情形象。如果说前一方面是从纵向上寻形从而给诗整体定形的话,那么后一方面即是从横向上寻形从而给诗的局部以感人的形象。1906年以后,里尔克在罗丹的启发下,开始写"观看诗",即把自己的主观意识和情感深深熔铸于客观事物中。冯至的《十四行集》也是"观看诗",诗人用树木、小草、小路、小狗等形象来表现自己的哲理化思考。有人认为,《十四行集》是用"里尔克的'咏物诗',来进行和完成上述的哲学沉思的"。冯至这种现代"咏物诗"与传统的"咏物诗"有着三大差别:第一,一般咏物诗都较完整地抒写"物"或物的某一方面,自成一完整的形象,而《十四行集》中的"物"只有碎片;第二,一般咏物诗较集中地写某一事物,而《十四行集》中的诗则往往多物并列;第三,一般咏物诗所立的象是描叙性意象,而《十四行集》中多是虚拟性意象。冯至所塑造的形,并非是以心观物的描叙性意象,而是化心为物的虚拟性意象。二者的差别,前者是具象的抽象,是现实的心灵化,以物为中心,放落我心,以天地为心;后者是抽象的具象,是心灵的现实化,以心为中心,世界是灵魂的探险。虚拟性意象不是诗人实际的感官印象,而是积淀的感官印象的复苏和组合,因此常常不对物和人作多侧面的细致描叙以追求形似,而只作粗线条或特征性的勾勒,删除细节和局部的真实而追求神似,甚至通过变形获得新的层次的真实。如第二十五首:"只有睡着的身体,/夜静时起了韵律;/空气在身内游戏;//海盐在血里游戏——/睡梦里好像听得到/天和海向我们呼叫。"这就不是我们视觉、听觉都能清楚地感觉到的意象,但若闭眼一想,虚拟性的意象却也具立体的雕塑美、活泼的流动美。声音的韵律、动的游戏、声声呼叫着的天和海,浑然一体,感觉真切生动。再如第五首写"记忆中的小城":"它是个人世的象征,千百个寂寞的集体"——

> 一个寂寞是一座岛,
> 一座座都结成朋友。
> 当你向我拉一拉手,
> 便像一座水上的桥;

这也不是描叙性意象。诗人化心为物,使意象成为虚拟性的,但是又具有现实的雕塑美。威尼斯是个岛国水城,各座岛屿互相隔离,因此用"寂寞"去抒写是很确切的,而"桥"沟通各小岛,用手拉手去写"桥",又是极其恰当的。这样就在更高的层次上给威尼斯定形呈象,虽是神似,却同样具有雕塑的美。由于是化心为物,因此定形的意象中直接呈现着诗人的灵魂。冯至认为,里尔克的诗不仅抓住了物的外形、姿态,而且"小心翼翼地发现许多物体的灵魂,见到许多物体的灵魂"。其实,这也是冯至《十四行集》寻形所获得的雕塑美的魅力。如前所引第二十五首的几行诗,外形是水面的静态,但诗人在这定形中突出了水面中的呼吸和血液循环,就给形象灌注了诗人的生命意识:在我们有限的形体中,而且在我们不知不觉中,有着无限的生命、无限的世界,生命和世界是永恒的。上引第五首中的虚拟性意象,由于把岛与你我、拉一拉手与水上的桥交错着写,既写活了外形,又注入了灵魂,当我们读到接下来的意象:

> 当你向我笑一笑,
> 便像是对面岛上
> 忽然开了一扇楼窗。

> 只担心夜深静悄,
> 楼上的窗儿关闭,
> 桥上也敛了人迹。

就会领悟到,诗人给威尼斯灌注了哲理思考,即对人与人、人与宇宙关系的"新发现"。

二 例诗解读:心灵对话

冯至的《十四行集》是中国抗战文学的真正代表。正如他自己所说,从这些作品中,可以看出在抗战时期一个知识分子怎样对待外界事物。因此,我们同意陈思和先生对《十四行集》的解读。《十四行集》是一气呵成的,出版时仅有序号而没有标题。但陈思和注意到这样一个现象:其中六首诗在1941年6月16日的《文艺月刊》战时特刊上发表过,分别用了"旧梦""郊外""杜甫""歌德""梦""别"这样的标题(分别对应定本的第八、七、十二、十三、二十九、十九首)。"这组诗的发表对于我们窥探诗人的创作意图具有重要的意义,因为当时冯至不仅仅完成这六首,他之所以选出它们来单独发表,并且放在与抗战主题的关系十分密切的刊物上公开发表,肯定是为了表达他对创作的某种信念。"按照发表时的组合,这几首诗的内容既相独立又相关联,仿佛是一组戏剧的演变——"旧梦"就仿佛是一道序幕,写神话中的大鹏与现实的陨石互相转化,诗人来到人间;"郊外"写诗人来到现实世俗中看到的第一幕——空袭警报,他对凡人躲避空袭时所表现的民族性进行了深刻的批判性思考;紧接着两首分别歌颂杜甫和歌德,那是诗人在抗战时期最为推崇的东西方两大精神偶像,追溯了诗人的精神力量的源泉;第五首又是题为"梦",与序幕"旧梦"相呼应,探索了个人与民族、自我与他人之间的联系,应该看作诗人在抗战现实中的一个"新梦";最后一篇题为"别",表达的是诗人离别亲人奔赴实际的工作岗位、创造新生活的决心。"从主题结构上看,这六首诗自成一个小系列,即神界/凡界;东方/西方;凝聚/离别。这是一个完整的过程,揭示出诗人面对抗战的苦难与悲壮所演化的个人精神历程,具有鲜明的个人印记。"而全部的二十七首十四行诗,冯至更是"战战兢兢地构筑起这座对于他自己、也是对整个中国抗战文学的纪念碑"①。陈思和把全部二十七首诗分为六个乐章来理解:第一乐章:庄严的序曲——涅槃中永生(第一至四首);第二乐章:诗神降临世俗——速写与警示(第五至七首);第三乐章:诗人的精神之旅(第八至十四首);第四乐章:生命的颂歌——(第十五至二十首);第五乐章:存在之歌——狭窄中的宇宙(第二十一至二十三首);第六乐章:幽远的尾声——有和无的转化(第二十四至二十七首)。② 作为杰出的抗战文学,冯至十四行诗最为重要的特点,就是把现实人生与生命感悟有机地融合起来,使诗同时成为沉思感悟生命的精神世界展示。理解这种"结合"的基本特征,可读冯至在1948年再版《十四行集》时所写的序中的解说:

> 如今,距离我起始写十四行时已经整整七年,北平的天空和昆明的是同样蓝得象结晶体一般,天空里仍然时常看见银色的飞机飞过,但对这景象再也不能想到古人的鹏鸟梦,而能想到的却是地上无边的苦难。可是看见几个降生不久的小狗,仍然要情不自禁地说出一句:
> "你们在深夜吠出光明。"
> 在纷杂而又不真实的社会里更要说出这迫切的要求:
> "给我狭窄的心
> 　一个大的宇宙!"③

面对地上无边的苦难,情不自禁地借助小狗"吠出光明",面对虚假混乱的社会,则迫切要求呼唤着心灵的宇宙世界。在现实和经验、黑暗与光明、宇宙和心灵之间是可以相互切换的,任何的沉思发现都与现实联系着,任何的现实表现都与心灵寻思联系着,而这一切都是基于客观的环境感触。这就是外在与内在的沟通,是诗的"经验说"的具体体现。根据李广田的概括,《十四行集》生命感悟就是:平凡与伟大的和解、人与宇宙的融合以及生与死的转化。

---

① 陈思和:《第八讲 探索世界性因素的典范之作:〈十四行集〉(上)》,《中国现当代文学名篇十五讲》,北京:北京大学出版社2003年版,第203页。据王波《冯至〈十四行集〉的版本批评》(载《西安石油大学学报》2011年第1期)说,在1942年初版本中,二十七首十四行诗首次以整体的形式与读者见面。在以后的版本更迭中,作者修改的仅仅是副文本的内容、文本的释义,只要二十七首诗以整体的形式出现,它们的排列顺序就没有改变过。这可以说明,二十七首十四行诗不仅是一个有机的整体,而且它们之间的顺序也不是随意安排的,而是有着内在的逻辑关系。
② 陈思和:《探索世界性因素的典范之作:〈十四行集〉(上)(下)》,《中国现当代文学名篇十五讲》,北京:北京大学出版社2003年版,第201—269页。
③ 冯至:《序》,《十四行集》,上海:上海文化生活出版社1948年版。

首先是坦然置身于平凡,感悟并发现它的价值,使冯至超越了时尚的追求,而拥有了一个独立的充满哲学光辉的精神世界;其次是感悟到生命是渺小短暂的,但也毕竟参入到生生不息的宇宙大化中去,使冯至从容地接受任何生与死的考验;再次是感悟生与死的转化,冯至主张应以"雍容"的态度,去平静地看待死亡,将饱满的热情和努力注入现在,以领受生命最完美的时刻,在有限生命里勇敢地担当自己所应担当的。这些感悟受到了里尔克、歌德思想的影响,冯至自己就说:"在变化多端的战争的年代,我经常感到有抛弃旧我迎来新吾的迫切需要,所以我每逢读到歌德反映蜕变论思想的作品,无论是名篇巨著或是短小的诗句,都颇有同感。"①这种思想乍看似乎游离于当时的时代,但仔细琢磨以后会发现,诗人是在以一种淡远的文字,从常见的事物身上发现了与生命相关联的意义,表现了对时代更深的关注和忧虑,展示了特定年代里一位正直知识分子的精神世界,从而成为抗战文学中内涵最为丰富、思想最为深刻的重要收获。这也就是《十四行集》的文学史和思想史的意义所在。因此陈思和认为"这部诗集却是中国抗战文学真正的代表作","他是成功地把里尔克的创作经验置于中国抗战的背景之下,把十四行诗的形式与里尔克式的沉思真正地中国化了,显现出中国诗人在国际化的语境里与世界级大师的对话的自觉"。②

这里选出其中三首十四行诗作为例诗解读,来窥探冯至在特定的抗战年代里作为正直知识分子的真实而丰富的内心世界,也由此来领会冯至"战战兢兢地构筑起这座对于他自己、也是对整个中国抗战文学的纪念碑"③。

我们先来读《十四行集》的第四首诗,诗题曾为"鼠曲草"。诗人尽情地赞美着身居其处的一种小草——鼠曲草,这是因为:"在寂寞中,在无人可与告语的境况里,它们始终维系住了我向上的心情,它们在我的生命里发生了比任何人类的名言懿行都重大的作用。我在它们那里领悟了什么是生长,明白了什么是忍耐。"④诗如下:

  我常常想到人的一生,
  便不由得要向你祈祷。

---

① 冯至:《论歌德》,上海:上海文艺出版社 1986 年版,第 4 页。
② 陈思和:《探索世界性因素的典范之作:〈十四行集〉(上)》,《中国现当代文学名篇十五讲》,北京:北京大学出版社 2003 年版,第 201 页。
③ 在三首例诗的解读过程中,借鉴了陈思和《探索世界性因素的典范之作:〈十四行集〉(上)(下)》的研究成果,见陈思和:《中国现当代文学名篇十五讲》,北京:北京大学出版社 2003 年版。
④ 冯至:《〈山水〉后记》,《冯至选集》第 2 卷,成都:四川人民出版社 1985 年版。

你一丛白茸茸的小草
不曾辜负了一个名称；

但你躲避着一切名称，
过一个渺小的生活，
不辜负高贵和洁白，
默默地成就你的死生。

一切的形容、一切喧嚣
到你身边，有的就凋落，
有的化成了你的静默：

这是你伟大的骄傲
却在你的否定里完成。
我向你祈祷，为了人生。

开头诗人直接把人生与小草联系了起来，明白地告诉我们，诗人不是单单地赞颂一种名叫鼠曲草的小草，而是赞美某种人生态度。这时的冯至生活在相对宁静的学院氛围里，始终在里尔克和歌德的思想影响下思考着人生，"把他在宇宙人生中所体验出来的印证于日常印象"，"在平凡里发现了最深的东西"。《十四行集》的第三首是写有加利树的启示："我们望着它每瞬间都在生长，仿佛把我们的身体，我们的周围，甚至全山都带着生长起来。望久了，自己的灵魂有些担当不起感到悚然，好像对着一个崇高的严峻的圣者，你不随他走，就得和他离开，中间不容有妥协。"第四首则写鼠曲草的启示，"不由得要"同样表达了自己按捺不住的由衷之情，从而达到了诗人与小草之间的心灵契合。在冯至看来，鼠曲草高贵和洁白的本性，就在于："躲避着一切名称，过一个渺小的生活"，"默默地成就你的死生"。这是最普通的生活、最普通的生命，但其"默默荣枯的生活状态"和"高贵洁白的绒毛色彩"却显示了生命的美丽和价值，给予诗人以人生的启示。冯至在散文中对鼠曲草做过解读，把自然之美和人生之美完全融为一体，诗人赞美普通的鼠曲草，就是赞美普通的人生美。

第三段是转，在正面赞美鼠曲草的生长和形象之美后转到肯定其对人生的启示。诗中的"形容""喧嚣"是同鼠曲草的高贵而谦虚、纯洁而坚强相对着的，因此就在"你"的身边，或是"凋落"，或是"静默"，前者说的是"形容"，后者说的是"喧嚣",两者都通过否定而获得了人生的解救。对此沉思发现,冯至在散文中有过具体说明:面对夕阳里山丘上的鼠曲草和牧羊女,"这时我正从城里来,我看见这幅画像,觉得我随身带来的纷忧都变成深秋的黄叶,自然而然地凋落了。这使我知道,一个小生命是怎样鄙弃了一切浮夸,孑然一身担当着一个大宇宙……"①这就是"形容""喧嚣"或凋落或静默的具体含义,因此诗人不由得发出赞美——"这是你伟大的骄傲/却在你的否定里完成",否定的人生态度是生命现象和宇宙发展的普遍规律。向着自然神灵的"祈祷"在诗的开头和结尾呼应出现,表明了诗人对鼠曲草的敬畏和赞美,而这是因为"为了人生"的价值选择。

全诗起承转合的结构,体现了十四行诗构思的美。在短短的篇幅中,诗人注入了深刻的思想内涵。首先,诗人涉及了抗战中普通生命的主题。《十四行集》之三写临风玉树有一种庄严宏大的象征,之四则以鼠曲草的谦恭、渺小、无名、默默荣枯的生活状态,与它的白色绒毛所显现的高贵洁白形成一组充满诗意的喻象,指向了抗战期所有牺牲或没牺牲的普通生命,由衷的礼赞表明了诗人的鲜明态度。其次,诗人肯定了普通人生的伟大担当。诗人通过弱小生命的纯朴来与生活中"形容""喧嚣""腐败浮夸"的现象比较,赞美了普通生命担当宇宙的力量。诗人深知人是艰难而孤单的,只有如鼠曲草默默成就死生,才能避开虚伪的赞美与浮夸,才能"孑然一身担当着一个大宇宙"。再次,诗人揭示了自然和人生否定的哲理。普通的生命是谦虚的,其自身"默默地成就你的死生",所以他所象征的伟大是在他们的自我否定里完成的。陈思和认为这"孑然一身"四个字用得极好,把生命之承担的孤独和寂寞都显示出来了。"一丛一丛的鼠曲草也好,田野里的牧羊女也好,都没有以群体形象出现,而是以生命的孤立形象出现的,这也是诗人从里尔克那里感受到的一种生活态度。""诗人深深知道人是艰难而孤单的,'谁若是要真实地生活,就必须脱离开现成的习俗,自己独立成为一个生存者,担当生活上种种的问题,和我们的始祖所担当过的一样,不能容有一些儿代替。'所以,只有如鼠曲草般默默成就死生,才能避开虚伪的赞美与浮夸,才能'孑然一身担当着一个大宇宙'。"②

《十四行集》中有一个重要的思想,就是人在寂寞的担当中的旷远性。当诗人建构了中国知识分子在抗战中带有普遍意义的精神历程后,他需要回答的问题是:其人格榜样在民族战争环境下,表现出来的只是一种个别的生

---

① 冯至:《一个消逝了的山村》,《昨日之歌》,珠海:珠海出版社1997年版,第206页。
② 陈思和:《探索世界性因素的典范之作:〈十四行集〉(上)》,《中国现当代文学名篇十五讲》,北京:北京大学出版社2003年版,第212页。

命现象,还是一种旷远的存在?"从历史的角度来看,伟大的人格永远是体现在个别的不可重复的生命现象之中的,但这样的一种孤独的生命现象又不可能是真正孤独的,它是在一种看似寂寞的生命当中体现出广阔而普遍的精神。这就是人的旷远性。"①在第九首中,诗人歌颂一位战士的亡灵,说你终于远离了这些变质的、堕落的子孙牵制,他们已经维系不住你的向上的意志所追求的人的旷远性。第十五至十七首表达的就是生命的旷远性与万物的关联性。冯至关于人的旷远性思想来自里尔克。里尔克说:"亲爱的先生,所以你要爱你的寂寞,负担那它以悠扬的怨诉给你引来的痛苦。你说,你身边的都同你疏远了,其实这就是周围扩大的开始。如果你的亲近都离远了,那么你的旷远已经在星空下开展得很广大;你要为你的成长欢喜。"②写作《十四行集》时的冯至,独居深山茅屋,读着德国先贤著作,望着湛蓝天空,思考着抗战形势,对于人的寂寞和旷远有着深刻的思考。人的旷远性,在里尔克诗中表现为一种爱情的经验,陈思和认为第十九首是"中国现代诗歌里写得最好的一首情诗"。它在《十四行集》中的意义是:"在探讨极为抽象的人的旷远等问题时,诗人是采取了最具体最隐秘的爱情的表述,使诗歌由探索哲理、诗歌创作以及爱情等构成了多层次的表达。"③当然,我们也可以把它理解为人与人的别离:

> 我们招一招手,随着别离
> 我们的世界便分成两个,
> 身边感到冷,眼前忽然辽阔,
> 像刚刚降生的两个婴儿。
>
> 啊,一次别离,一次降生,
> 我们担负着工作的辛苦,
> 把冷的变成暖,生的变成熟,
> 各自把个人的世界耕耘,
>
> 为了再见,好像初次相逢,

---

① 陈思和:《探索世界性因素的典范之作:〈十四行集〉(下)》,《中国现当代文学名篇十五讲》,北京:北京大学出版社2003年版,第242页。
② [德]里尔克:《给一个青年诗人的十封信》,冯至译,北京:三联书店1994年版,第25页。
③ 陈思和:《探索世界性因素的典范之作:〈十四行集〉(下)》,《中国现当代文学名篇十五讲》,北京:北京大学出版社2003年版,第250页。

> 怀着感谢的情怀想过去,
> 像初晤面时忽然感到前生。
>
> 一生里有几回春几回冬,
> 我们只感受时序的轮替,
> 感受不到人间规定的年龄。

诗一开始,诗人把生离视同死别,分别前的招手仿佛把世界分成两半,这种奇想有着现实依据。接着诗人又发奇想,认为不必为离别悲伤,可把"一次别离"视为"一次降生",看作各自新生活的起点,这样眼前的一切就变得辽远宽阔了。第二段承,写"一次别离"犹如"一次降生":我们担负着工作,人们在离别以后开始了新的生活,都要为社会尽责,都要走好人生道路,这是积极的人生态度,超越了个人情谊,而把个人与社会、个人的情谊与社会的责任结合了起来。冯至能在传统的别离题材中翻新,写出暂时的离别与永恒的使命间的辩证关系,折射出特定时代里一个中国知识分子的精神世界。第三段拓出新意境,写别离是为了再见,而再见则像初晤面时想到了前生。"初次相逢"同第二段内容勾连,正因为离别如降生,离别后各自把个人的世界耕耘,旧我成了新我,因此再见就像"初次相逢"。诗人把再见时怀念过去比喻成初晤面时想到前生,这就开启了第四段内容。正因为再见时可以重温过去的旧情,一见如故,因此好像跨越了时空,感到了前生的友情。诗中的时间不是物理的而是价值的,是主体对时间的体验。在诗人体验中,时间是过去、现在、将来浑然一体的永恒循环。第四段自然作结。再见却像初次相逢,而初晤时却感到前生,由此可见,诗人只能感受到时序的轮替,感受不到人间规定的年龄。这是对生命、对时间永恒性的哲理思考。诗的逻辑是相聚—别离—相聚,以招手具象始,以抽象情思终。诗人借此逻辑表明生活中循环变化,即生命的无常,如"一生里有几回春几回冬"一样。诗的结论抒写了时间的永恒,即生命的永恒,把它同前面的内容结合起来,就表达了对生命的无常和生命的永恒的思考。在生命和时间的观念上,里尔克认为:"不能计算时间,年月都无效,就是十年有时也等于虚无。艺术家是:不算,不数;象树木似地成熟,不勉强挤它的汁液,勇敢地立在春日的暴风雨中,也不怕后边没有夏天来到。"冯至把这段话的精神浓缩在第十九首诗中。诗中的"别离"包含着丰富而真实的现实思想内容,是那一时代社会人生的一种典型思绪。

本诗在收入《十四行集》之前,曾经在《文艺月刊》战时特刊发表过,题为"别"。在抗战的背景中,诗人表达了自己对于生命意义的精神思考,这种思考使他在编《十四行集》时,把第十九首同第十八首组合在了一起,陈思和认为二者都是爱情诗,给人的感觉是诗人在回忆与爱人的幽会和离别。两诗编在一起更重要的是写出人的寂寞和旷远性命题的两个侧面:"当他们聚合在一起时,一次偶然的经验包蕴了过去与未来的全部的生命信息;当他们顷刻分开时,那些经验将分散到各自的世界中,去创造新的生活。聚散形成了一个新的循环。而人的旷远性也体现在这两个方面:一方面是联结和传承以往时空的经验;一方面是散发和扩大自身的生命经验。"①这当然有着抗战的背景因素,但更是诗人对人的旷远性的要求。冯至这里显然借用了里尔克的理念,即两人的别离不但应该像星星那样自身发光又互相吸引,还应该各自不断创新、丰富、满溢,诗人在诗里用了一个词:工作。只有两个生命在工作中不断更新自己、完善自己,才能使爱情常青而永恒。诗中的"分别",既有着抗战期间人们各奔东西的真实背景,也有诗人对于人所应该具备的旷远性的要求。

由人的存在的旷远性转到现实的严酷性和狭窄性,并在严酷的现实面前保持着精神追求,这是《十四行集》第二十一至二十三首的主要内容。此前抒写旷远,所以意境开阔,诗句均长而舒缓;此后抒写窘迫,所以意境仄逼,诗句大多短而急促。从结构布局看,这三首诗是一段现实环境下被压抑的心声。因为诗人有了崇高的精神偶像以及对人的旷远性的深切理解,这些精神的力量需要在现实的逼仄中经受磨难和考验,才能达到对现实的改造与提升,于是就有了第二十一至二十三首诗的布局。这三首诗充分说明:"冯至的诗歌创作从来就没有脱离过抗战的现实,不过是他把里尔克的现代诗歌精神与中国抗战的现实天衣无缝地融合在一起,产生了一种与当时的主流话语不一样的表达方式。"②抗战爆发以后,冯至随校南迁,经过长途跋涉终于来到昆明。尽管生活艰苦,但人的精神是充实而健康的。重山叠水,把昆明与前线相对隔离开来,使他们能有一个相对安静的环境去读书、思考;而抗战的要求,又激发着他们的精神,激励他们去努力工作,这足以使他们用精神的富有去战胜物质的贫困。因此,在这组诗中诗人写了战争的苦难和严酷,但始终没有泯灭精神的追求和信心。

《十四行集》第二十一首的写作是有环境根据的:昆明市郊的林场茅屋,经常下雨的雨季,夫妇菜油灯下夜读,"那里的风风雨雨,却在我的生命里留下深刻的印记":

---

① 陈思和:《探索世界性因素的典范之作:〈十四行集〉(下)》,《中国现当代文学名篇十五讲》,北京:北京大学出版社2003年版,第250页。
② 同上书,第254页。

> 我们听着狂风里的暴雨，
> 我们在灯光下这样孤单，
> 我们在这小小的茅屋里
> 就是和我们用具的中间
>
> 也有了千里万里的距离：
> 铜炉在向往深山的矿苗，
> 瓷壶在向往江边的陶泥，
> 它们都像风雨中的飞鸟
>
> 各自东西。我们紧紧抱住，
> 好像自身也都不能自主。
> 狂风把一切都吹入高空，
>
> 暴雨把一切又淋入泥土，
> 只剩下这点微弱的灯红
> 在证实我们生命的暂住。

诗的开头就是"孤单"，以下就具体写狂风暴雨中自我感觉的逼仄和孤单。首先是"我们在这小小的茅屋里"，冯至那时居住的林场方圆有二十里，四周便是郁郁葱葱的树林，种植着松树、枞树、由利加树等。树丛中有两间空闲的茅屋，生活在茅屋中的冯至自然感到孤单。其次是"和我们用具的中间/也有了千里万里的距离"。这更是建立在特定生活基础上的心理感受，这种心理上的孤独感，使得人与物之间都显出特定距离。诗人具体写"铜炉"和"瓷壶"，"好像风雨中的飞鸟/各自东西"，离开诗人远去，而且铜炉"在向往深山的矿苗"，瓷壶"在向往江边的陶泥"，仿佛都在回到世界原初样态，这是一种具有原始意味的孤单，因为毁灭意味着世界又回到了它的本源——无意识的状态。

在这种情况下，"我们"紧紧抱住，感到无法控制自身。使用"好像"，一方面是写人的主观感觉，另一方面也为下面写人的存在作铺垫。"狂风""暴雨"同开头的"狂风里的暴雨"、同中间的"铜炉""瓷壶"像"风雨中的飞鸟"形象贯通，"吹"写狂风，"淋"写暴雨，整体形象浑然一体。在充分展开"狂风里的暴雨"的自然状况和心理感受后，诗的最后用转折作"结"："只剩下这点微弱的灯红，/在证实我们生命的暂住。"这"结"有着冯至夫妇真实的生活经历,也是抗战时期许多文人学者真实生活的写照,它同样具有特定现实社会生活的典型性。这里表达的意思是:虽然狂风暴雨似乎在毁灭着一切,但是却无法毁灭这风雨中人的存在。因为我们在坚持我们的存在,我们需要用微弱的身体紧紧抱住,人的生命中有一盏红灯,而物没有,这就是人与物的区别,人在世界中是孤单而存在着的,他们具有一种意识、一种精神。"结"在结构上体现为十四行体的写作要求,诗中"微弱的灯红"呼应了诗的开头"我们在灯光下这样孤单",全诗形成一个圆满的结构。

第二十一首中的存在主义观念在《十四行集》中有浓重的表达,如"存在""决断""负担""选择""体验""暂住"等在诗中常常呈现。可以说,存在主义思想帮助冯至建立了观察事物的视点,这是理解其作品思想体系的又一"密码"。存在主义对于冯至的影响,在思想上使他摆脱了浪漫主义的伤感和忧郁,克服了对人生的悲观失望,能从容、深邃地理解人生和宇宙的变化,理解人在现实面前应作出自己的选择。尤其在一个兵荒马乱的战争年代,人的生命被贱视,尊严被剥夺,价值观在崩溃,冯至对人的存在的思考,体现了一个现代知识者的清醒和超前的探索意识,体现了对时代和人生的深刻理解。在文学上,存在主义帮助冯至的诗形成现代性,形成深沉、凝重、沉思的风格;冯至在性格上那种不事喧哗、静默守持、认真执著的秉性也受到了存在主义的影响。在《十四行集》第二十一首中,冯至因为有崇高的精神偶像,并对人的旷远性有着深切理解,所以面对现实的狭窄性,自觉地发出了现实环境下被压抑的心声,这就是诗与抗战现实紧密联系的重要表征,从而使他的十四行诗真正具备了抗战时期一位正直知识分子心灵史的价值。

三 格式特点:变体探索

据冯至说,他首次与十四行体发生关系,是由于1928年偶然翻译了阿维尔斯(F. Arvers,1806—1850)的一首法语十四行诗,这首诗收入冯至的第二部诗集《北游及其他》。诗人说这次翻译只是对诗中那"凄婉的心情"深有同感,并不是要介绍十四行体,所以译诗没有遵循西方十四行体的格律,但在诗体结构上却保持了原形,没有作任何改动,十四行保持着四四三三结构。诗人后来承认,他"译"出的这首十四行诗的形式与他创作的叙事诗《蚕马》中起头的八行有相似之处。以后,冯至学习和研习德语文学,读了17世纪30年代战争时期吕菲乌斯(Gryphius)的《祖国之泪》,读了19世纪前期追求美与形式的普拉滕(Platen)写的组诗《威尼斯十四行》等,他"渐渐感觉到十四行与一般的抒情诗不同,它自成一格,具有其他诗体不能代替的特点。它的结构大都是有起有落,有张有弛,有期待有回答,有前题有后果,有穿梭般的韵脚,有一定数目的音步,它便于作者把主观的生活体验升华为客观的理性,而理性里蕴蓄着深厚的感情"①。这是冯至与十四行诗的最初结缘,也是冯至对十四行体的审美理解。

冯至在1929年写了《暮春的花园》,包括三首十四行诗,均未恪守意体十四行的格律,也未标明是十四行体。到了抗日战争期间,进入中年的冯至过着艰苦穷困的生活,但思想异常活跃,相对封闭的环境使他充裕地反观内心,他说:"缅怀我崇敬的人物,观察草木的成长、鸟兽的活动,从书本里接受智慧,从现实中体会人生,致使往日的经验和眼前的感受常常融合在一起,交错在自己的头脑里。这种融合先是模糊不清,后来通过适当的语言安排,渐渐显现为看得见、摸得着的形体。把这些形体略加修整,就成为一首又一首的十四行诗,这是我过去从来没有预料到的。"②这就是《十四行集》的创作过程。对于这些十四行诗的"形体",冯至自述"并不曾精雕细刻,去遵守十四行严谨的格律,可以说,我主要是运用了十四行的结构"。这样做的原因,一方面是发自内心的表达要求,另一方面是受到里尔克《致奥尔弗斯的十四行》诗集的启迪。里尔克的诗集分两部分,共五十五首,是诗人几天内一气呵成的。他于1922年2月23日把誊清的十四行诗稿寄给出版家,寄稿信中说:"我总称为十四行。虽然是最自由、所谓最变格的形式,而一般都理解十四行是如此静止、固定的诗体。但正是:给十四行以变化、提高、几乎任意处理,在这情形下是我的一项特殊的实验与任务。"里尔克这部十四行集中最自由、最变格甚至可以说超出十四行范畴的是其中第二部分关于呼吸的那首诗,冯至把它译出,而且译得更加自由。虽然格律并不严格,但冯至翻译后"觉得诗的内容和十四行的结构还是互相结合的。诗人(里尔克,引者注)认为,人通过呼吸与宇宙交流,息息相通,人在宇宙空间,宇宙空间也在人的身内。呼吸是人生节奏的摇篮"。这种感悟对于冯至理解十四行体特征有着重要意义。里尔克在十四行里抒写了死亡的悲哀,又转到对生命本质的思考,如全集的第九首这样抒唱:"只有那在幽冥界中/弹过弦琴的人,/才能把无穷的赞美/叙说过阳间听。//只有与死者一起/尝过罂粟滋味的人,/才不会再度遗失/那最轻柔的歌声。"里尔克不只歌咏了死,更多地是赞颂了生,他观看宇宙万物相互关联而又不断变化,在全集最后一首的最后三行中这样写道:"若是尘世把你忘记,/就向静止的地说:我流。/向流动的水说:我

---

① 冯至:《我和十四行诗的因缘》,载《世界文学》1989年第1期。
② 同上。

在。"冯至说:"读到这样的诗句,使人感到亲切,感到生动,不是有固定格律的十四行体所能约束得住的。"①这又是一种读诗的感悟,而这种感悟也充分体现在冯至接下来的创作之中。正是基于对里尔克十四行诗的种种真切感受,尤其是对其内容与形式互相结合的感受,在接受了里尔克变体十四行诗创作的"特殊的实验"启示后,冯至说自己"才放胆写我的十四行,虽然我没有写出像'呼吸'一诗那样'最自由、所谓最变格的形式';我只是尽量不让十四行传统的格律约束我的思想,而让我的思想能在十四行的结构里运转自如"②。正如冯至在《十四行集》的最后一首中表示的那样——"向何处安排我们的思,想?/但愿这些诗像一面风旗/把住一些把不住的事体"。这就是冯至关于变体十四行探索的因缘。对于这种因缘,冯至后来说:"我不迷信,我却相信人世上、尤其在文艺方面常常存在着一种因缘。这因缘并不神秘,它可能是必然与偶然的巧妙遇合。"③冯至与里尔克在十四行诗创作方面的因缘,就是这种"偶然的巧妙遇合"。

冯至在里尔克影响下的探索应该说是极其成功的,它体现的正是十四行体中国化的探索成果。冯至的作品几乎全部都是成熟的中国式的十四行诗。在西方十四行体移植上,语言形式主要涉及两个方面:一是表达的工具——语言的运用;二是定形的规律——格律的安排。而所谓成熟,就是指在这两方面所体现着的中国化所达到的成熟程度,能够为中国读者接受认同的程度。冯至的十四行诗在使十四行体语言和格律中国化方面作了可贵的努力,他自己说:"我写十四行,并没有严格遵守这种诗体的传统格律,而是在里尔克的影响下采用变体,利用十四行结构上的特点保持语调的自然。"④有人把这种变体创作称为"破格",认为"冯至破格的目的就在于尝试将这种西方格律体中国化,本土化。所以他不仅在诗中大量地运用中国传统诗歌的意象和语言,使他的十四行诗在主题意识上呈现出鲜明的中国性,而且在诗歌形式格律上自觉地少用正体,多用变体"⑤。以下我们从语言和格律两个方面就《十四行集》的诗体中国化问题进行一些分析。

关于段落。《十四行集》段式用意体,即分成四四三三,并注意段间起承转合,构思圆满而完整。但韵式没有严格按意体去写,而是采用变式,二十七首诗的变式押韵达十九种:

---

① 冯至:《我和十四行诗的因缘》,载《世界文学》1989年第1期。
② 同上。
③ 同上。
④ 冯至:《诗文自选琐记》,载《新文学史料》1983年第2期。
⑤ 谭桂林:《论现代诗学中十四行体式的理论建构》,载《广东社会科学》2007年第5期。

1. ABAB CDCD EFG EFG（第一首,大变）;
2. ABBA ACCA DED EDE（第二首,大变）;
3. ABBA CDDC EFF EGG（第三首,小变）;
4. ABBA ACCA DEE DAA（第四首,小变）;
5. ABBA ACCA DDD DEE（第六首,小变）;
6. ABAB CDCD EEF FGG （第七首,大变）;
7. ABAB CDCD BBE EBE （第九首,大变）;
8. ABBA CCCC DDC EEC（第十首,大变）;
9. ABBA ACCA DEE DFF（第十三首,小变）;
10. ABAB CDCD EEF GGF（第十五首,大变）;
11. ABAB ABAB CDD CBB（第十六首,大变）;
12. ABAB ABAB BAB BAB（第十七首,大变）;
13. ABBA CBBC ABA CBC（第十八首,小变）;
14. ABBA CDDC EFG EFG （第十九首,小变）;
15. ABBA ACAC DDE DED （第二十一首,大变）;
16. ABAB CDCD EFF GFF（第二十三首,大变）;
17. ABBA BCCB CDE CDE（第二十四首,小变）;
18. ABBA CDDC EEE EFF（第二十五首,小变）;
19. ABBA BAAB CAC DAD（第二十六首,小变）。

如果以模仿得像不像为标准来衡量《十四行集》,那么冯至不是个好学生,但他是在借鉴外国诗式的基础上,有意地写作"中国的十四行诗"。

关于诗行。王力在《现代诗律学》中说,法语和其他罗马语系的诗,其音数以整齐为原则。所谓整齐,有两种意义。第一,每行的音数相同;第二,每行的音节须成偶数(even number),如十二音、十音、八音等。如果不是每行音数相同,或不用偶音,可以被认作变例,现代中国许多欧化诗都可以用这个标准来界定。① 如果以此标准来看冯至的《十四行集》,则诗行安排大多采用了变体形式。有学者认为,《十四行集》的变体最主要体现在音组和诗行方面。"它的 6 到 12 字一行,3 到 5 个音组一行的诗行建构的实践,是以音与字数的变化显示着这种建构变化的,其中基本的规律是 10 言(字)4 音尺的诗行建构。这在 27 首诗里占有 10 首之多。依赖于这种变化,《十四行集》的 27 首诗就有近 20 种变体。所以,从'十四行'的意体 1 种体式到近 20 种变

---

① 王力:《现代诗律学》,北京:中国人民大学出版社2004年版,第14页。

体,从每一行的音组和字数的排列到 27 首诗的总计 378 行诗的实践,《十四行集》实际上为十四行格律体的诗体和建行创造做了卓有成效的探索和实验。它的行有定数(14 行),行字、音组基本固定(10 言、4 音组)又变化无限的建行探索,为十四行诗的汉语化探索了新路径。"①其诗行格式的主要特点是:

一是诗行不以所有诗而以每首诗各自建格,即《十四行集》的每首诗行或等长,或基本等长,组合起来整个诗集各首的诗行长度变化较大。从单首看,诗行长度具有较为严格的格律规定,而从整体看,诗行长度格式呈现着多种变化,最长的诗行十二音,最短的诗行六音。诗行长短的格式选择与诗的含情多寡有关,也与诗句的组织结构单纯或繁杂有关。如第二十二首适应诗的单纯内容,以六音诗行为主,而第十八首则以每行十二音为主,语言结构也复杂,这是由该诗含情复杂和丰富决定的。这样,各首诗按照各自的思想容量来建构诗行,就能防止思想过少凑足诗行和思想过多硬塞诗行的弊病。

二是诗行长度格式多样,从每首看有的诗行长度统一,有的诗行长度在基本长度基础上有所变化。每首诗的诗行等长格式,如第三首统一为九音,第十一、二十首统一为十音,第十三、十八首统一为十二音,第二十四首统一为六音。其余诗都是以某种音数的诗行为主,同时穿插着其他诗行,但音数多少控制在一二个以内,也就是以基本的等度诗行为主。具体格式是:以六音为主的诗是第七、二十二首;以七音为主的诗是第五、二十五首;以八音为主的诗是第八、十五、二十三首;以九音为主的是第三、四、六、十二、十四首;以十音为主的是第一、二、十、十六、十七、十九、二十一、二十六、二十七首;以十一音为主的诗是第九首。

三是诗行除有偶行诗外还有奇行诗。《十四行集》中多数诗的诗行是偶数,或统一为偶数行,或基本是偶数行,具体有六音、八音、十音、十二音数种,但是冯至还学习法国象征派诗人魏尔伦等,在诗中采用奇音行,或统一为奇数行,或基本是奇数行。如第二十五首基本是七音行,但第十三、十四行则变为八音行。如第四首大多诗行每行九音,但诗中也杂有每行八音的。

四是建行除了音数外也能注意音组安排。就诗行音组数量来说,《十四行集》大多是诗行音组统一,如第四首每行四个音组,但也有变化的,如第二十一首大多诗行四个音组,也杂有五个音组。有的诗为了语调自然,没有严守每行音数或音顿相等的原则,如第一首基本是每行四拍,但也有三拍诗行的。第二十二首是六音诗行,无论固定为每行二拍还是三拍都会显得单调,

---

① 程国君:《大化·空灵·圆形——〈十四行集〉的化转意识、时间意识与诗美建构》,载《南开学报》2014 年第 1 期。

且会造成语调不够自然,诗人就间杂地使用了三拍和二拍诗行。总之,《十四行集》坚持每首基本固定每行音数和节拍数,大致合乎十四行体的建行原则,同时又不拘泥,在整体诗行的长度、诗内各行的长度、诗内各行的节拍数等方面灵活地变化,读来自然流畅。

在新诗中,对偶、对称、排比和反复句等修辞句式能够在诗行、行组或诗节中起节奏作用和表情作用,这是因为这些句式都是内部结合紧密的"声音的段落",它们在诗中体现着声音段落的周期性特征,体现为一种语言结构的反复和重叠,使嵌入这种句式的诗行节奏加强音律的回环性和情感的律动感。但是,从严格的诗体规范来说,这类修辞句式一般不能进入到十四行体中。这是因为十四行诗讲究的是诗情和诗意的持续进展,是基本朝着一个方向发展流动的,从而使全诗形成一个起承转合的进展结构或结构弧线,十四行诗的思情翻来又覆去、交错又穿插地持续伸展。因此,屠岸认为使用对称、反复等句式就不是十四行体正式。《十四行集》吸收了修辞句式在复现新诗节奏中的长处,又遵循十四行体持续的进展结构原则,写作了一些新的对称或反复进展的诗行。如第十六首用了四组(八行)对称,但又不是回环式对称,而是呈前行进展的,诗情始终是向前流动的,同十四行体的构思契合。由于借用了我国传统诗的对称写法,因此就更接近于民族风格,更富有民族特色。在诗中适当穿插进展对称诗行,对于十四行体中国化不失为一种可贵的试验。

欧诗语言结构复杂,常用复杂单句、倒装句、复杂谓语句等,包含较多关联词,人们非议的新诗创作中的语言欧化,主要是指简单地移植这类句子结构,从而造成诗歌语言的艰涩、生疏和文句化。从总体来说,冯至的十四行诗充分发挥了汉诗语言单纯、精炼、弹性、悦耳的优势,写出了清新流畅、语调自然的中国式十四行诗。即使是第十八首十二言诗行的诗,在《十四行集》中属于句子结构较复杂的,但诗人也能够把句子熔炼得十分精炼自然,也合中国语言习惯,即使是跨行句,也不是那种包含多种关系的复杂结构句。在后来的版本修改时,冯至修改了部分诗句结构,其着力的也是使诗语自然流畅。如第二十三首中原来的诗句是"等到太阳落后,它又/衔你们回去。你们没有/记忆,但这一幕经验",这里的句式结构较为欧化,连续使用跨行方式。到1985年版本中,诗人就把这三行修改为"日落了,又衔你们回去。/你们不会有记忆,/但是这一次的经验",这样的句式就合乎汉语特点。为了使诗句更流畅自然、符合口语,冯至在十音和十二音诗行中,常常运用西洋古代的"诗逗",类似我国的"半逗",表现形式上有用标点的,也有不用的。如下面两行是不用标点的:

> 从沉重的病里换来新的健康
> 从绝望的爱里换来新的发展

因此,朱自清认为《十四行集》中"生硬的诗行便很少",这说明冯诗在语言上达到了成熟的境地。当然,诗句在语言自然方面所达到的水平也不一致,诗人承认"有几首囿于形式,语言结构显得不够自然"①。他又说:"我有时在行与行之间、节与节之间试用跨句,有成功也有失败,成功的可以增强语言的弹性和韧性,失败的则给人以勉强凑韵的印象。"②这种分析是符合事实的。废名肯定《十四行集》"写得好",说自己是喜欢的,但同时认为"写得不好的例子似乎很有"。他举其中的第六首为例说:"这首诗最自然最朴质,应该是冯至的一首好诗,只可惜首章第四行'是为了一个惩罚,可是'写得太不自然。就说学外国吧,在外国诗里面没有因为韵律的原故单独把一个连接词放在一行的末尾,如冯至的'可是',前面还要加一个逗点!这样讲韵律,岂不太笑话吗?中国旧诗,如'三百篇',一章而句子没有完的没有,但一行而句子没有完的有的是,都非常之自然。"③这种批评有点苛刻,但提出的问题值得重视,即写作十四行诗讲究格式的时候要注意到读者的欣赏习惯,注意到诗体语言形式的中国化和民族化。

四 李广田、废名论《十四行集》

冯至《十四行集》的出版及部分诗作的发表,在20世纪40年代的诗坛产生了重要影响,引起各方普遍关注,其中对此作出中肯分析并对中国十四行诗创作产生重要影响的是李广田和废名的评论。这些评论产生又是同那时新诗发展的特定课题紧密联系着的,因此往往又是在评论《十四行集》的同时讨论了新诗发展中的诸多重要课题。

20世纪40年代初期,我国的战时文学趋向民族化和大众化,在新诗建设方面自然地忽视诗的艺术尤其是诗的形式建设,为表达热烈而自由的情感,追求形式的散文化、自由化逐渐上升为"时代美学",成为众多诗人创作的追求。为了时代需要和大众审美,抗战时期新诗的散文成分是有意为之,

---

① 冯至:《后记》,《冯至诗选》,成都:四川人民出版社1980年版,第202页。
② 冯至:《诗文自选琐记》,载《新文学史料》1983年第2期。
③ 废名:《十四行集》,《新诗十二讲——废名的老北大讲义》,沈阳:辽宁教育出版社2006版,第205页。

不像初期自由诗派散文化只是出于自然趋势。不仅如此,新诗形式探讨受到轻视还有特殊原因,就是此前以戴望舒为代表的现代派诗人,主张"诗的韵律不在字的抑扬顿挫上,而在诗的情绪的抑扬顿挫上,即在诗情的程度上",因此得出结论,即"诗不能借重音乐,它应该去了音乐的成分"。① 戴望舒这里所说的"音乐",其实主要是指诗歌语言的韵律节奏。与此同时,另一路以艾青为代表的现实派诗人,则主张"诗的散文美",艾青在1938—1939年间,撰写了《诗的散文美》《诗与宣传》《诗与时代》《诗人论》等,在1941年结集为《诗论》,由桂林三户图书社出版。其中散文美的主张,是抗战时期自由诗理论的总结,它的提出又促进了新诗的散文化与自由化。正如朱自清所说:"抗战以来的诗,注重明白晓畅,暂时偏向自由的形式。这是为了诉诸大众,为了诗的普及。抗战以来,一切文艺形式为了配合抗战的需要,都朝普及的方向走"。② 这使汉语十四行诗的成长和成熟面临着极其困难的环境。正是在此特定的社会文化语境中,诗人们展开了关于新诗韵律的争论。先是20世纪30年代中期,程千帆写了多篇论文,后来李长之也有论文,专门针对戴望舒的诗论提出不同意见,着重讨论两个问题:怎样看待诗的音乐性(韵律)问题? 怎样看待诗情与诗体间的关系问题? 到了20世纪40年代初,整个诗坛的形式探索陷入沉寂,在沉寂中的收获就是在1942年5月,卞之琳的《十年诗草》和冯至的《十四行集》同时由桂林明日社出版。卞之琳和冯至借鉴西方诗体的成功,使人们相信无韵体和十四行体值得继续发展。两部诗集出版后,朱自清、方敬等很快写了肯定性评论,李广田则连续发表两篇长文予以审美评析,尤其是对于诗中的哲理与体式进行文本细读式批评,肯定了卞之琳、冯至的十四行诗创作。1942年,徐迟撰写了《诗的元素与宪章》,对艾青的散文美理论作了批驳,同时重点介绍了孙大雨《论音组》中的观点。这种创作与批评互动,为20世纪40年代初艰难的新诗形式(诗体)建设,提供了可贵的发展空间和自由氛围。

李广田在1944年由开明书店出版《诗的艺术》,包括五篇诗的批评论文,李长之认为"全书五义,义则一贯。其给时代以针砭处就在反散文化,反无形式。一部批评文学最重要处正在给时代以指向,在这一点上,本书是尽了力的"③。其中批评卞之琳《十年诗草》和批评冯至《十四行集》的长文最具分量,写作时间分别为1942年1月和1943年10月,是对两本诗集的及时回应。李广田在文章中高度评价了冯至和卞之琳的创作成就,其中涉及十四

---

① 戴望舒:《诗论零札》,《戴望舒诗全编》,杭州:浙江文艺出版社1989年版,第691页。
② 朱自清:《抗战与诗》,《朱自清全集》第2卷,南京:江苏教育出版社1988年版,第346页。
③ 李长之:《李广田:〈诗的艺术〉》,载《时与潮文艺》第5卷第1期,1945年3月15日。

行体的主要有这样一些重要观点:

一是肯定新诗格式的重要意义。李广田认为诗不但可以诉诸耳,且可以诉诸目,所以作为诗的形式之一的还有"格式"(Pattern),他引用了麦克尼斯(Macneice)的话说:

  总之,假设姑认为诗人希望他的文字是要人看的或要人听的,他自然就要为了这一目的而去安排它们。而且他将发觉,假如他将文字安排在某一种重复的格式中,那么这种重复既可以使读者聚精会神,又可以使作品统一紧凑。

  所以节奏、诗式、韵脚对诗人是一种便利,虽然它也不一定就是属于自然的律条。……不过在我个人想,诗若缺少什么韵律,就难免使人生厌,而且更应当注意的是,只要是一经有了格式,那么这格式的变化愈多也就愈能产生感人的力量。①

这里的"格式",在论卞之琳《十年诗草》时就具体化为"格式与韵法",认为卞之琳格律诗之显著者,就包括为众多作者所使用的那些"十四行体"。从格式的使用中,李广田得出这样的结论:卞之琳诗的最大贡献就是在格式与韵法方面,因为"格式与韵法在形式方面说才是诗的艺术之要害"②。

二是肯定十四行体的创作价值。在论冯至《十四行集》时,李广田提出的问题是"诗人为什么完全采用了'十四行体'呢?"结论是十四行体能够帮助诗人情思定型,他引了冯至的第二十七首诗来予以说明:

  从一片泛滥无形的水里,
  取水人取来椭圆的一瓶,
  这点水就得到一个定形;
  看,在秋风里飘扬的风旗

  它把住些把不住的事体,
  让远方的光,远方的黑夜
  和些远方的草木的荣谢,
  还有个奔向无穷的心意,

---

① 李广田:《论新诗的内容与形式》,载《文学评论》创刊号,1943年12月。
② 李广田:《诗的艺术——论卞之琳的〈十年诗草〉》,《李广田全集》第4卷,昆明:云南人民出版社2010年版。

> 都保留一些在这面旗上。
> 我们空空听过一夜风声，
> 空看了一天的草黄叶红，
>
> 向何处安排我们的思，想？
> 但愿这些诗像一面风旗
> 把住一些把不住的事体。

李广田说："像一个水瓶，可以给那无形的水一个定形，像一面风旗，可以把住些把不住的事体。而十四行体，也就是诗人给自己的'思，想'所设的水瓶与风旗。"①这就从创作规律上对于十四行体格律使用的意义作了充分论证。这一思想同冯至诗意完全一致，也同冯至论《十四行集》的创作体会相互呼应。

三是肯定十四行体的审美意义。李广田在文章中对十四行体的审美特征作了论述："十四行体，这一外来的形式，由于它的层层上升而又下降，渐渐集中而又渐渐解开，以及它的错综而又整齐，它的韵法之穿来插去"，因此它是一种极具审美价值的诗体。② 李广田使用非常艺术的语言充分揭示了十四行体在构思、韵式、行式等方面的审美特征，综合了前人众多真知灼见，这对于引导诗人准确把握十四行体创作具有重要意义。

四是肯定卞之琳、冯至的探索意义。李广田论新诗艺术，着眼点始终在形式与内容的统一。他认为卞之琳诗采用多种格式与韵法是与诗的内容相应的。即使同样是十四行诗，他认为卞诗"也没有任何两首是完全相同的，就以那叶韵的方法而论，八首诗就有八种韵法"。他同时还指出，除了八首外，"此外还有一些虽不是严格的十四行体，但也可以说是偶合于十四行体或十四行的变体，那就是《影子》《几个人》《音尘》《长》《工作的微笑》等首"。③ 他还认为冯至的诗式与诗情是完全契合的：十四行体"本来是最宜于表现沉思的诗的，而我们的诗人却又能运用得这么妥贴，这么自然，这么委婉而尽致"④。可见，李广田从形式与内容出发，在十四行体使用问题上主张变体探索，这既是对卞之琳、冯至的十四行诗创作的肯定，也是对20世纪30年

---

① 李广田：《沉思的诗——论冯至的〈十四行集〉》，《李广田全集》第4卷，昆明：云南人民出版社2010年版，第270页。
② 同上。
③ 同上书，第239页。
④ 同上。

代后期更多的变体十四行体诗的肯定。

五是肯定十四行体的变格意义。在肯定卞、冯探索变体的基础上,李广田提出了移用十四行体的一个方法论,这就是既要遵守诗体的原有格律,还要根据需要进行变化。这是一个更具普遍意义的话题。他还引用叶芝的话说,"韵律用一种迷人的单调使我们静默,同时又用各种变化使我们醒着"。引用麦克尼斯的话说,"一经有了格式,这格式愈有变化则愈能感人"。"两者都特别强调了格式与韵法的多变,因此当我们读那些作品时才是醒着的,诗才可以更有感人的效果。《十年诗草》的格式与韵法之多变,正是我们所要特别说明的。"①尤其是诗人引用伊丽莎白·德鲁(Elizabeth Drew)在《现代诗的诸方面》中的话,来说明十四行体变格探索的必要性:

> 格式有两层意义——视的格式与听的格式——它的目的是通过了目与耳之精微的内在引导而服事于诗的主题。诗的主题与情调就在格式中被启示,被解释。格式并不只是一种装饰的或和谐的安排,它乃是一种机构上的引导。但它必须是有效而并不专擅,它是奴仆,而不是主人。诗是有格式的,然而格式并不是诗。②

这一论述就从审美价值上充分揭示了我国诗人探索十四行变体的意义。

应该说,李广田关于十四行体的论述是极其深刻的,它不仅肯定了卞之琳、冯至的十四行诗创作,而且指明了我国十四行体发展的健康轨道,立足点始终在推动十四行体中国化。这种诗论出现在诗坛散文化氛围中尤其显得可贵,因而它在我国十四行诗的发展史上具有独特的地位,对于诗人继续探索十四行体本土化具有指导意义。

与李广田的诗歌批评呼应的是徐迟的诗论。20世纪40年代初的徐迟不满戴望舒、艾青等的散文美理论,写作了《诗的诞生》,包括四章,依次为"诗的元素与宪章""抒情诗论""从民谣到叙事诗、史诗""论剧诗与机关布景"。其中"诗的元素与宪章"收入《生命的火焰》(1942年)。文章认为诗有两个要件,一是诗的元素,二是诗的宪章即格律,艾青等所说的诗的散文美,其实就是诗的"元素美"而不是"诗"。在此基础上,徐迟介绍了孙大雨的音组理论,同时发表了他对十四行体的看法。首先他认为十四行体"实在是人类的感情,不论是一种精巧的,或雄浑的,或诙谐的,或忧郁的,无不容纳在十

---

① 李广田:《诗的艺术——论卞之琳的〈十年诗草〉》,《李广田全集》第4卷,昆明:云南人民出版社2010年版,第239页。
② 同上。

四行里面,恰恰正好,如许多著名的十四行诗已经证明的"。其次他说"这商籁体的十四行诗在中国是受到凌辱的。我以为十四行诗实在是很合理的诗的一种形式"。再次他指出十四行体分为四节,把诗的元素分为四个段落来论述,恰恰正好,"一个诗人是人类感情的大师,不仅不会发生十四行诗短少一行或多出一行的事,而且总能处理得每一段每一行诗,至每一个字,情感的浓厚,色彩的明暗与声调的抑扬,恰如其分"。① 这种论述出现在十四行诗发展的艰难时期,其对于中国十四行诗发展的重要意义同样不容忽视。正是卞之琳、冯至、程千帆、李长之、李广田、徐迟、常风、朱光潜等人在特定背景下对于新诗形式的继续探索,才推动着我国十四行诗不断发展。

废名在20世纪30年代的北京大学中文系开设现代文艺课,选讲胡适、沈尹默、康白情、周作人、郭沫若、鲁迅、冰心等人的新诗,从内容到形式具体总结中国新诗创作的成败得失,形成了《谈新诗》十二篇讲义,20世纪40年代由黄雨编定,于1944年列为"艺文社艺文丛书"之五,由北平新民印书馆出版。废名于1946年重返北大后又续写四篇,分论卞之琳、朱英诞、冯至及自己的诗,但生前未公开发表。1984年2月人民文学出版社将前后两部分合并,出版了《谈新诗》增删本,这是新诗史上一本独具只眼、行文冲淡悠远的批评著作。其中有一篇细致地剖析了冯至《十四行集》的讲稿,题目就是《十四行集》。讲稿既肯定冯至的十四行诗的创作成就,也指明其存在的不足,尤其是在评价时谈到了他对十四行体的看法,从而成为新诗史上一篇重要的中国十四行体创作论,值得我们重视。

首先,废名讲稿开宗就说自己对《十四行集》这个诗集的名字颇有反感,因为:"作者自己虽不一定以此揭示于天下,他说他是图自己个人的方便,而天下不懂新诗的人反而买椟还珠,以为这个形式是怎么好怎么好,对于新诗的前途与其说是有开导,无宁说是有障碍。"而到文章结末,他说自己有点后悔对于《十四行集》这个名字的反感,这是因为"冯至的诗确是因十四行体而好了,他之命名或者有自知之感,岂夸大之感?"②由"反感"到"不应该起反感",这就是该文论述《十四行集》的整体逻辑结构,而在这论述的逻辑展开过程中,废名提出了十四行体及其运用的几个重要观点,对我们是极富启示意义的。

一是新诗的成功首先并非取决于诗体。废名认为:"古今中外的诗,本来都有共同的形式,即是分行,这话是林庚说的,很得要领。中国新诗的形式

---

① 徐迟:《诗的元素与宪章》,《生命的火焰》,桂林:集美书店1942年版,第22页。
② 废名:《十四行集》,《新诗十二讲——废名的老北大讲义》,沈阳:辽宁教育出版社2006年版,第202、217页。

便只有这个一切诗共同的形式,分行。""十四行体也不过是分行之一体罢了,你采用十四行体确乎是看你的方便,或者更不如说由于你的好奇,但它不能掩你的短处。"这就是说,十四行体仅仅是一种诗体,它不能保证你写出的诗就是好诗,新诗的成功首先不在形式(如分行)而在诗人的才华和技巧。因此,废名认为:"以前有新月派的追求'商籁体',除了卞之琳不是以形式而成功是以写诗的技巧而成功外,可以说是白嚷一顿。"这种判断显然是存在偏颇的,但废名所表达的的意思是明确的,即十四行诗创作的成功,首先不在使用了这种诗体而在于诗人的技巧,这种观点是值得诗人珍视的。在此基础上他就认为:"《十四行集》如果写得好,是作者本来有诗的,虽然十四行体也给了他的帮助;《十四行集》如果写得不好,便可见十四行体并不真是唯一的方便(作者在《十四行集》再版自序里说他采用十四行体纯然是为了自己的方便),方便首先要文章自然,若文章不自然还谈什么方便呢?"①这里说了一些颇有点拗口的话,其意思就是肯定十四行体确乎有助于冯至的成功,但它不应该是冯至成功的首要因素,也就是说冯至的创作若是成功的,首先是他具有诗人的才华,而不是由十四行体决定的。

二是诗体确实也能帮助诗人获得创作成功。废名认为我国古代诗歌通过分行能够达到"愈分行而愈巧妙愈自然",十四行体"它也确实能给你以长处。它能给你以长处者,有时你的诗情虽不十分充足,不能像箭在弦上不得不发,它能'像一面风旗,把住一些把不住的事体',如《十四行集》最后一首诗的话"。这诗的最后几行就是"向何处安排我们的思、想?/但愿这些诗像一面风旗/把住一些把不住的事体"。这里的意思就是:十四行体的长处或优势,就是能够像风旗那样,使得一些无法定型的思想获得现实的呈现。这确实说到了十四行体的本质特征,废名认为,冯至的一些诗写得质朴而自然的缘故,"确乎是因为十四行体,即是'巧',这一章波动到那一章,真像波浪似的,章完而句子不完,很有趣,章法的崎岖反而显得感情生动,这不是十四行的好处吗?"②十四行体的这种形式特征及其审美功能,早就为不少诗人阐述过,梁实秋强调这种诗体"使深浓之情感注入一完整之范畴而成为一艺术品,内容与形式俱臻佳境"③。冯至也强调了这种诗体把人的情思接过来,"便于作者把主观的生活体验升华为客观的理性,而理性里蕴蓄着深厚的感情"④。

---

① 废名:《十四行集》,《新诗十二讲——废名的老北大讲义》,沈阳:辽宁教育出版社 2006 年版,第 203—204、206 页。
② 同上书,第 206 页。
③ 梁实秋:《谈十四行诗》,《偏见集》,南京:正中书局 1934 年版,第 269 页。
④ 冯至:《我和十四行诗的因缘》,载《世界文学》1989 年第 1 期。

三是冯至创作的成功是他基于诗才对诗体的运用。废名认为冯至是有诗才的,他的成功离不开他的诗里有诗,但他的成功也离不开诗体的帮助。他说:"冯至是有诗的,但他的诗情并不充足,想借形式的巧而成其新诗。我说这话一点没有不好的意思,完全是善意,艺术上的'巧'本来是美德,有什么可非难的地方呢?《十四行集》里的诗也确是因'巧'而成功了。"他举出大量实例来加以阐发,如第二首的分析,认为第一章"感情很切实,一点也不空",而"接着的三章都非常之好,是平凡的伟大了,也便是赞美'自然'。诗人的美丽便是这样的自然,不奈人生偏有世俗。我很懂得这首诗的好处,其运用十四行体的好处是使得诗情不呆板,一方面是整齐,而又实在不整齐,好像奇巧的图案一样,一新耳目了。同样的诗情,如果用中国式的排偶写法,一定单调不见精神"。① 又如评第二十六首:"这首诗前九行当然都是实感,后五行当然是做出来的,但做也做得恰好。"评第三首:"这首诗的感情真是深厚得很,超逸得很。这首诗的技巧也极佳,我顶喜欢一至五行的句法有趣,接着的五行的比兴也真是无以复加。"②这种分析其实也为冯至自己的创作经验谈所证实:"我那时进入中年,过着艰苦穷困的生活,但思想活跃,精神旺盛,缅怀我崇敬的人物,观察草木的生长、鸟兽的活动,从书本里接受智慧,从现实中体会人生,致使往日的经验和眼前的感受常常融合在一起,交错在自己的头脑里。这种融合先是模糊不清,后来通过适当的语言安排,渐渐显现为看得见、摸得着的形体。把这些形体略加修整,就成为一首又一首的十四行诗句,这是我过去从来没有预料到的。"③正是由于有了大量的生活经验和活跃思想,有诗才的冯至又善用十四行体的形体安排,最终成就了《十四行集》的成功。

四是十四行诗虽然可以帮助诗人完成艺术,但诗人绝对不能盲从诗体。废名以冯至的创作说明,如其第六首能够"成为很质朴很自然的诗之故,确乎是因为十四行体",至于其"文章上的毛病,本不是十四行体的毛病,乃是作者的技巧不足"。然后废名说:"我今特为指出,是告诉大家不要盲从,见骆驼说马肿背固然可笑,一定要指着鹿非说马不可也是天下最大的奴隶了。"这就是说,诗的成败虽然同所采诗体有关,但如果诗人创作时盲从诗体,最终成为诗体的奴隶,同样是不可取的。这种论述很有针对性,有人以为只要冠名十四行体或只要采用十四行体,一定能够取得创作的成功,这是没

---

① 废名:《十四行集》,《新诗十二讲——废名的老北大讲义》,沈阳:辽宁教育出版社2006年版,第206、209页。
② 同上书,第216、215页。
③ 冯至:《我和十四行诗的因缘》,载《世界文学》1989年第1期。

有根据的。废名告诫诗人:"我请大家只看诗写得好不好就是了,不必问十四行体好不好,因为十四行体不能保护一切。"这种观点无疑是极其正确的,这是任何诗人创作十四行诗时都应该牢记的。

　　以上四个观点非常富有启发性,既揭示了十四行体的形式特征,也揭示了十四行诗的创作规律,这是每位创作十四行诗的诗人都必须遵循的诗歌创作规律。废名的告诫对我们有着警示作用,就是"徒形式决无益于新诗","我们还是应该创造新诗的"。① 在汉语十四行诗发展到一个较为成熟的境地时,废名冷静地提醒我们要正确认识十四行体特征,要求我们把握十四行诗的创作规律,是难能可贵的诤言。它一方面提醒诗人重视诗体建设,另一方面要求诗人倚才驾驭诗体,尊重诗体和驾驭诗体的统一,这才是诗人创作成功之道。

---

① 废名:《十四行集》,《新诗十二讲——废名的老北大讲义》,沈阳:辽宁教育出版社2006年版,第211、217页。

第七章　探索变体时期(下)

十四行体移植到我国经历了若干阶段,自抗战以后到新中国成立后的一段时期,是在学习基础上的改造和创新阶段,主要是在模仿规范后探索汉语十四行变体,推进现代化和民族化进程。这一阶段包括两个过程:一是20世纪30年代末到40年代末的变体探索过程,二是20世纪50年代初到70年代末的变体探索过程。虽然这两个过程的社会文化语境并不相同,但十四行体中国化探索的基本路向一致,前后连贯相继。在第二个过程中,社会文化环境极其不利于十四行体移植,汉语十四行诗创作被迫进入蛰伏期,但仍有相当数量的诗人多途径探索变体,创作了一批重要作品,并为我国十四行体繁荣而多元局面的到来奠定了基础。

一　民族形式与十四行体

20世纪20年代中期到30年代末,我国诗人从创格的要求出发,完成了汉语十四行体由随意到规范的过程。这一过程的本质是现代汉语对应移植印欧语系的十四行体式,包括两个内涵。一是模仿十四行体式,通过模仿获得新的意境,"新的语感,新的诗体,新的句式,新的隐喻"①。这是异域化的过程,表现在审美心理结构方面,是着重把西诗所体现的情理交融和进展结构的表达方式移植过来;表现在诗语结构方面,是把西诗打破行句统一以保证诗语柔韧性、致密性和浑成性移植过来;表现在诗行组织方面,是移植西诗的跨行和组行方式,延展诗行结构;表现在诗韵组织方面,是移植了抱韵和交韵等韵式及其频繁换法。就创格来说,西方十四行体格律被移用,如十四行体既有正式,又有变式,还有突破格律的变体创作。二是转换十四行体,通过对应改造把十四行体转换成现代汉语诗式,其转换内涵就是现代汉语的语言

---

① 朱自清:《译诗》,《朱自清全集》第2卷,南京:江苏教育出版社1988年版,第374页。

特征和传统诗歌的审美特征。在转换中保留十四行体格律形式,如在每行音数、音步长度、用韵规律以及组诗运用等方面,根据内容表达需要加以对应移植。模仿和转换的本质都是对应移植,是立足社会现实和汉语特征的中国化,是诗体移植中的为我所用程序,其目标是使得十四行体在中国扎根。但是仅此还是不够,在模仿和转换以后还需要立足本土的创新与发展,推进十四行体中国化深入进展,其目标就是创造出能同英体、法体、俄体等并肩的"中体",就是实现汉语十四行诗的创作繁荣和多元发展。这一阶段十四行体中国化的进程,类似于十四行体英国化进程中的"创新和发展阶段"。

自抗战到新中国成立,是在创格基础上的创新和发展阶段,具体包括两个过程:一是20世纪30年代末到40年代末的变体探索过程,二是20世纪50年代初到70年代末的变体探索过程。这一创新和发展阶段着重探索的是十四行体中国化的两个重要问题:首先在十四行体移植是照搬还是借取问题上,我国诗人强调创造中国式十四行体,切实地站到民族化和现代化的基点。朱自清在40年代强调移植十四行体指示着中国新诗的发展道路,郭沫若、陈明远在50年代认为"目前,是到了确立中国式颂内体的时候了"①,唐湜在60年代创作时就认为需要通过变化来创作中国十四行诗。其次在十四行体移植的借鉴与改造问题上,我国诗人强调"这种外来的旧形式,运用时自然应该考虑到我国诗歌固有的特点,在形式上、韵律上给予一定的改造,使之服从于建立社会主义民族新诗歌的要求"②。唐湜在60年代创作时就认为需要通过变化来创作中国十四行诗:"我想,十四行由意大利移植到英国时,既然可以有一些变化,我们的语言与欧洲语言距离那么远,也该可以有一些变化吧!"③在这种创造性的思维指导下,这时期诗人有着自觉写作变体十四行诗的意识,积极通过变体来推进十四行体中国化的历史进程。在十四行体中国化的过程中,归化的工作和欧化的工作始终相伴相依,任何移植创作都同时并存着归化因素和欧化因素。但相对而言,在输入和模仿阶段,诗人更多地追求对应移植和模仿创作即通过欧化来推进十四行体中国化,而在创造和发展阶段,诗人则更多地采用变体移植和改造创作即通过归化来推进十四行体中国化。尤其是进入20世纪30年代后期以后,由于战时的特殊历史条件,我国新诗更加强调大众化和民族化,新诗民族形式的探索成为主导的倾向,因此它就成为一种外在的牵引力,推动着十四行体中国化,在内在规律和外在推动的合力作用下,我国十四行体中国化的自觉意识更加明确,推进

---

① 郭沫若、陈明远:《新潮》,北京:中国文联出版公司1992年版,第302页。
② 修文:《从"十四行"说开去》,载《四川文学》1962年第10期。
③ 唐湜:《幻美之旅·前记》,银川:宁夏人民出版社1984年版,第4页。

速度变得更快。

创新与发展阶段的第一个过程。1937年以后,在民族战争背景下,大众诗歌运动兴起,广泛展开了关于新诗民族形式的讨论。1938年10月,毛泽东作了《中国共产党在民族战争中的地位》的报告,在批判党内教条主义的同时提出,"代之以新鲜活泼的、为中国老百姓所喜闻乐见的中国作风和中国气派",直接影响到这场讨论的方向。讨论中虽然存在着不同观点,但战时背景下讨论的倾向性意见是:在民歌和古典诗歌基础上发展新诗。萧三《论诗歌的民族形式》(1939年)最具代表性,其主要观点是:(1)"中国的新诗直到现在还没有'成形'",原因是新诗从古诗形式中解放出来后变得绝对自由,新诗学习西洋诗的作法,写出来的东西不合中国人口味;(2)新诗"单就形式论,还是要中国民族形式的,民族感情的才是","写出来,诵出来的东西是'为中国老百姓所喜闻乐见的中国作风与中国气派'";(3)诗的民族形式"应根据两个泉源:一是中国几千年来文化里许多珍贵的遗产,楚辞、诗、词、歌赋、唐诗、元曲……",二是民间的歌谣、小调;(4)"欧美的文化、文艺也曾给了我们中国的文化、文艺以影响",但只是"应该学习而不应该服从"。①这里涉及新诗发展中诸多问题,其中贯穿的是排斥外来诗歌影响,强调回归传统诗歌。瞿秋白在提倡大众诗歌时说:"歌谣小曲就是歌谣小曲,把你们嘴里的中国人话练熟唱出来,念出来,写出来使大家懂得。这就是真正中国的新诗,大众的诗。这将要产生伟大的诗!……什么自由诗,什么十四行的欧化排律,……这些西洋布丁和文人的游戏,中国的大众不需要。"②曾是新月诗人的臧克家也说:"由于民族形式的讨论,在诗歌方面,批判了十四行诗、豆腐干式的欧化诗,引起了向民歌和古典优秀诗歌优良传统学习的热忱。"③这一期间十四行体中国化的实践,如卞之琳、吴兴华、冯至以及九叶诗人的创作基本走向就是在中西融合或综合中偏于归化即民族化的探索,在新诗史上能够得到高度评价的创作都具有归化的特征。如冯至的《十四行集》之所以得到众口一词的肯定,就在于其"首首都是优美的中国式十四行诗",其所以能够成为中国十四行诗创作最具标志性的成果,就在于其"建立了中国十四行的基础,使得向来怀疑这诗体的人也相信它可以在中国诗里活下去"。④

---

① 萧三:《论诗歌的民族形式》,载《文艺战线》第1卷第5号,1939年11月16日。
② 瞿秋白:《大众文艺和反对帝国主义的斗争》,《瞿秋白论文学》,北京:人民文学出版社1959年版,第69页。
③ 臧克家:《"五四"以来新诗发展的一个轮廓》,《中国新诗选(1919—1949)》,北京:中国青年出版社1957年版,第29页。
④ 朱自清:《诗的形式》,《朱自清全集》第2卷,南京:江苏教育出版社1988年版,第398页。

创新与发展阶段的第二个过程。新中国成立后,我国诗坛多次讨论诗的形式问题,其目标是为新诗适应新的时代生活寻找新的形式,解决这一长期以来被忽视的问题,其价值取向是在民歌与古典诗歌基础上建设新诗的民族形式。正如何其芳在1959年撰文时所说:"十年来关于诗歌形式问题的探讨和争论","主要是围绕着这样一个中心问题进行的:我国新诗如何民族化、群众化的问题"。① 50年代末,在新民歌运动中展开了"新诗发展道路"的论争。这场论争围绕着毛泽东在当时发表的诗论展开。1958年,毛泽东在中央工作会议上说:"我看中国诗的出路恐怕是两条:第一条是民歌,第二条是古典,这两面都要提倡学习,结果要产生一个新诗。现在的新诗不成型,不引人注意,谁去读那个新诗。将来我看是古典同民歌这两个东西结婚,产生第三个东西。形式是民族的形式,内容应该是现实主义与浪漫主义的对立统一。"②这一意见得到大家普遍赞同,此后"两结合"成为重要的甚至唯一的创作指针,新民歌则成了新诗发展的"新道路"。在这种诗歌理论的主导下,这时期的所有十四行诗人都无一例外地倚重归化,即通过改造来创作变体,从而探索中国式十四行诗。如雁翼说自己创作的不是原来意义的十四行诗,而是一种叫做雁翼的十四行诗;孙静轩则希望搞一点有"中国特色"的十四行诗;陈明远写作十四行诗有个宏愿,就是探索"中国式的颂内体";唐湜则强调创作没有离开现代主义,但是"要把它中国化,融入中国的传统美学思想",他在诗体格律诸多方面进行了大胆的改造。在十四行体中国化的历史上,还没有任何时期的诗人如此众口一词地鲜明标示自己的创作坚持民族化的方向。这既是由十四行体中国化进程的规律所规定,也是由社会文化语境的制约所规定。

以上两个过程的中国化呈现着共同的目标追求,大致都体现着面向现实的现代性和面向本土的民族化,但相对而言,前一过程中的探索更加多元,后一过程中的创作相对单调,这是同新中国成立后新诗发展整体态势有关的。谢冕在80年代初说过:"总的估价是,全国解放开始的当代诗歌是逐步走向统一的诗歌","我们已经具有一切优裕的条件来统一诗歌。经过雄伟壮丽的人民解放战争,长期的战乱终于平息,我们取得了全国的统一。三十二年的社会主义革命和社会主义建设是在中国共产党的统一领导下进行的,令行禁止,党在全国范围内的领导进行得有条不紊而有着高度的效率。有一段时间,我们把这种统一强调到了非常的极限,我们连春种秋收都听从于统一的号令。这当然走上了不很正常的局面。这种社会的和政治的思想意识形态

---

① 何其芳:《再谈诗歌的形式问题》,载《文学评论》1959年第2期。
② 毛泽东:《建国以来毛泽东文稿》第七册,北京:中央文献出版社1993年版,第124页。

的思潮,不能不影响到整个的社会生活。诗,不能不被这高度统一的政治台风所席卷"。① 新中国成立以后,十四行体生存的社会文化环境更加艰难。1950年初,郭沫若在《论写旧诗词》中说得十分明白:

> 新诗的形式在今天依然还在摸索的途中,好些新诗人多采取外来形式,甚至有采取到外来的旧形式的,例如所谓"商籁体"之类。因为是外来,我们感觉它是"新"……外来的旧形式,"商籁体"之类,在我看来就没有采取的必要。中国的旧诗词,在年轻一辈的朋友,随分阅读是可以的,但也不必一定要写作或学习写作……在形式上则当就现存的民歌民谣中求得民族的语言规律和生活情调而施以新的加工。②

十分明显,这是他受到当时新诗发展主流诗学影响后的认识。基于这种认识,郭沫若当时宁愿"大写五律七律而不写外国商籁",并将这种观点一直保留到20世纪50年代末,他说:"能说新诗完全背离了中国的传统吗? 不能这样说。有极少数写诗的人,做'豆腐干'诗,做十四行诗的,可以说是这样。"③臧克家在50年代曾经编选出版了《中国新诗选(1919—1949)》(北京:中国青年出版社1957年版),这是那一时期颇具权威性的新诗选,但没有收入任何汉语十四行诗。在20世纪50年代末"新诗歌的发展问题"的讨论中,有人把十四行体称为"洋八股",把移植十四行体称为"逆流""西风派",认为"这种形式已经没有一点生命力,它已经随着产生它的时代和阶级一去不复返了",这是把艺术创作包括艺术形式探索同政治话语联系起来了,体现了那一年代十四行体艰难甚至是险恶的生存困境。因此,这一时期十四行诗发表以后往往会遭到无端指责,如雁翼从翻译过来的十四行诗中摸索,从冯至和卞之琳的创作中揣摹,结果感到:"这种形式正如中国的古诗词一样,有着严格的限制。但诗人正如画家和剧作家一样,兴趣就在于在一定的限制中发挥自己的艺术能力,或者说没有建筑形式的限制,也就没有艺术创作。"④于是他写了一批建设题材的十四行诗并发表,立刻遭到公开点名的批判,并引起诗坛争论。即使不是无端的指责或批判,评价上也往往认为它们不合新的诗语建设要求。如张光年在新诗发展问题讨论中就说:

---

① 谢冕:《共和国的星光》,沈阳:春风文艺出版社1983年版。
② 郭沫若:《郭沫若论创作》,哈尔滨:黑龙江人民出版社1982年版,第62页。
③ 郭沫若:《沫若文集》第17卷,北京:人民文学出版社1958年版,第266页。
④ 雁翼:《十四行诗和我》,《女性的十四行诗》,广州:花城出版社1991年版。

>　　卞之琳同志对英国诗歌是很有研究的。他的诗作的形式和格律,接受了更多的英国诗歌的影响,有些简直是英诗格律的套用。譬如说,用十四行体来歌唱当年延安的战斗生活,尽管语言和音韵是比较合谐的,读起来无论如何总感到别扭。①

这是一种较为温和的批判,但其本质上仍然对十四行体抱有一种否定的态度。这时人们普遍的看法就是:写作十四行诗与当时新诗走民族化道路是相背而行的。60年代初安旗的这段话颇具代表性:"在新诗的历史上,'十四行'之类的欧化诗所表现出来的诗风,是和民族化大众化的诗风对立的。即'十四行'之类的欧化诗是作为民族化大众化的新诗的对立物而出现的。因此,过去历史上对'十四行'之类的欧化诗的批判,有着重大的意义。"②在这种情况下,雁翼不得不放弃了十四行诗的创作。冯至在1955年出版《冯至诗文选集》时将十四行诗全部删除,并在序言中这样写道:"一九四一年写的二十七首十四行诗,受西方资产阶级文艺影响很深,内容与形式都矫揉造作,所以这里一首也没有选。"这当然是在特定环境里的违心之言,80年代冯至出版《冯至选集》时在《诗文自选琐记》中就说:"我在《冯至诗文选集》的序里说这些诗'内容与形式都矫揉造作',这是一时的偏激之言,并不符合实际。"王力在1962年再版《汉语诗律学》时,把其中的第五章"白话诗与欧化诗"全部删掉,其中就包括了谈商籁的上中下三节内容。卞之琳发表十四行诗时故意不作标明,混在其他新诗中,不让人见出。唐湜创作了大量十四行诗却全都没有公开发表。陈明远的十四行诗手稿更是毁于"文革"期间。60年代前期,《羊城晚报》《文学评论》《四川文学》等开展了关于"楼梯诗""十四行诗"的讨论,也有不少人否定十四行诗创作。因此,这是十四行诗创作的冷落期。

但是,这一时期十四行体中国化仍在进行,主要采用了两种方式:一是转入地下成为一种潜文本写作;二是迂回提倡寻找一种新的方式。前种创作是在社会舆论普遍反对的情况下进行,这显示了十四行诗所具有的巨大吸引力和顽强生命力。在那一时期写作十四行诗的,除了雁翼外,还有郭沫若、陈明远、孙静轩、公刘、蔡其矫、肖开、林子、唐湜等人。后者提倡主要是在50年代前后翻译出版了一批国外的十四行诗集,尤其是王力在1958年出版的《汉语诗律学》中,列出专章写作"白话诗和欧化诗",其中有三节具体介绍商籁体,而且大量地采用汉语十四行诗实例,这对于诗人创作十四行诗极有指导意

---

① 张光年:《在新事物面前》,《新诗歌的发展问题》第二集,北京:作家出版社1959年版。
② 安旗:《从"十四行"说到多样化》,载《四川文艺》1962年第12期。

义。当然,这一时期仍有创作发表,往往不能注明是十四行诗。如艾青的《西湖》写于1953年4月,就采用了四四三三分段,韵脚是ABAB #AAA #C# CBC,是变格的十四行诗,收入他在1957年出版的诗集《海岬上》。《西湖》诗写得很美:

> 月宫里的明镜
> 不幸失落人间
> 一个完整的圆形
> 被分成了三片
>
> 人们用金边镶裹
> 裂缝以漆泥胶成
> 敷上翡翠,涂上赤金
> 恢复它的原形
>
> 晴天,白云拂抹
> 使之明洁
> 照见上空的颜色
>
> 在清澈的水底
> 桃花如人面
> 是彩色缤纷的记忆

诗人从纵横和上下两个角度,推出一组意象,描绘诗的形象:明镜似的西湖。这形象特点鲜明,内质精美。诗的语言趋向声律化,色彩明朗,富有暗示力,音组定型为二字组和三字组,行间音组数大体整齐,明快简洁、玲珑精致的形式,同诗抒写的对象和意象特征吻合。再如四川诗人肖开,大学毕业后到新疆军区政治部工作,在60年代初期就开始尝试十四行诗创作。他写有独立成篇的十四行诗如《太阳颂》,也写有十四行组诗如《十四行二首》,还写有首尾相连的十四行花环诗,歌咏人生,歌咏理想,歌咏友谊和爱情。肖开的诗没有用整齐的音组或音数建行,但诗行大体整齐,语言结构同诗的情理结构协调,采用中国传统韵式。本时期强烈的新诗民族化趋向,成为一种巨大牵引力,推动着十四行体中国化进程中的变体探索。如果说1937年末至40年代末探索变体主要是在现代化和民族化两个方向取得重要进展的话,那么新中国成立后至70年代末的变体探索更多地是坚持汉语本位立场,向着民族化和本土化方向推进,并取得重要实绩。如果我们把这两个过程联系起来,就可以清楚地看到十四行体中国化持续推进的基本线索。

贯穿20世纪30年代末到"文革"结束的基本线索就是十四行体中国化,诗人们从语言、构思、用字、用韵等方面去探索和完善中国十四行诗,为这一诗体的汉语化和本土化寻找新的手段和语言,呈现着多途径多方式探索的局面。就探索变体的诗体内涵来说,具体表现在节奏方式中国化、建行方式中国化、用韵方式中国化、构段方式中国化和构思方式中国化等方面,其基本的实践就是与这一历史时期整个新诗民族形式探索相向而行的。在总体方向上说,这一时期整个新诗的民族形式建设,是与十四行体中国化进程完全一致的,宏观的社会文化环境既制约也促进了十四行体中国化。这一时期两个过程的具体环境存在差异,表现在前一个过程环境更加宽松,变体创作更加自由,成果收获更多,后一个过程环境相对艰难,变体创作更加大胆,创作数量相对较少;尽管如此,两个过程前后相继,始终如一地推动着十四行体中国化进程,取得了较多的成果,从而为80年代我国汉语十四行诗多元发展和创作繁荣局面的出现奠定了良好的基础。

二 雁翼的变体十四行诗

雁翼写作汉语十四行诗有着自觉意识,他在后来的《诗形体小议》中这样说:

> 任何事物都存在于一定的形式之中,包括生命。
> 我不是形式主义者,但我知道我离不开形式,我的存在就是一种形式,而且,总是不断的为自己无形的思维活动感情活动寻找和制造着一定的形式。因此,便有了我尝试着写的这些十四行诗。①

新中国成立以后,在格律严谨、源自西方的十四行诗遭到冷落的情况下,雁翼依据自觉的形式意识导引,于1956—1958年间先后写下了《黄河船队》(组诗)、《雪山野火》(组诗)、《在钢铁厂》(组诗)、《写在宝成路上》(组诗)等百余首十四行诗,其中《写在宝成路上》(八首)被认为是建国以后首次公开发

---

① 雁翼:《诗形体小议》,《女性的十四行诗》,广州:花城出版社1991年版,第109页。

表的十四行组诗。这些诗受时代审美风尚影响,在表现内容上彻底改变了纯粹抒写个人私情的传统,将视野转向50年代火热的建设生活。这里引录刊载于1957年12月《诗刊》上的《写在宝成路上》组诗之六:

我又想起了那年老的石工,银发的伯伯,
告别了妻子和家乡,从遥遥的远方赶来,
背着铁锤和钢钎,参加了这改造自然的大军,
他猛力地挥动铁锤,仿佛一下可以把重山劈开,
在山腰的穴洞里铺上野草,开始了新的生活,
常常笑得合不拢嘴,好像他又年轻了一个时代,
他的锤过去给官府修过牢狱,给地主修过坟墓,
如今逢人却说,"哈哈,我要创造那崭新的世界。"

他知道他怎样向队长隐瞒了自己的年龄,
又怎样巧妙地把腿上的伤痕包扎起来,
仿佛医生和护士随时都会把他赶出队伍,
每见了医生和护士他总是偷偷走开。
他默默地劳动,把一方方美丽的石块献给祖国,
每见一个桥墩筑成,他就象孩子般拍手喝彩。

我们再来读雁翼写于1956年的组诗《黄河船队》(五首)之一:

朝阳伸出数万只金手把茫茫的晨雾撕破,
银灰色的水鸟唱着清脆的小调唤醒了黄河,
我迎着早起的狂风登上大堤,黄河在咆哮,
望黄河波涛滚滚,似风暴中无边的沙漠。
啊,你这神秘得不可捉摸的浑浊的洪流呵,
该怎样理解你,理解你那变化无常的性格,
一时你平静而温和,似一群含笑起舞的少女,
而刹那间你又暴跳如雷,显得疯狂而凶恶。
船队,那由黄河哺育和训练出来的水上勇士,
和波涛一起跳舞,和风暴共唱豪迈的战歌,
船队,忽而跃身昂首,登上那高高的浪峰,
忽而滑下,似矫健的渔鹰从高空猛然降落。

那一幅幅银帆,那灌饱了风的船的翅膀,
飘展着,真象一群拍弄着水花飞翔的白鹤。

从以上所引的两诗中,我们可以见出雁翼这时期十四行诗的基本特点。从表现内容来说,描写了祖国大规模的经济建设,《写在宝成路上》是为宝成铁路正式建成通车而作,歌颂了新中国铁路建设的火热场景,《黄河船队》写的是建设三门峡水电站的黄河船队与波浪搏斗的豪迈场景。诗人在抒写过程中注意写人,前者写的是一位石工,后者写的是一群船工,他注意在场景和行动中刻画人物的精神面貌,诗所呈现的是激越的情调和浪漫的色彩。从诗行结构看,两诗都采用长长的诗行,《写在宝成路上》之六最长的诗行十九言,最短的诗行十六言,《黄河船队》之一最长的诗行也是十九言,最短的诗行十七言。从诗行内组接短语或分句情况看,诗人是有意不使诗行长短相距过大,每个诗行保持在六个至八个音组,收尾音组保持双字。从用韵看,诗采用相邻音通押方式,一般逢双行用韵,一韵到底,有的还首行入韵,当然也有中间换韵的(如《写在宝成路上》第一首),明显地烙上了传统诗歌用韵的印痕。从内部结构看,这批诗与莎士比亚体相似,即大体按照四四四二的形式编排,但多数不分节,只有《在钢铁厂》(组诗)等在形式上是分节的,多数诗的最后两行以总结性抒情或议论为主。这种诗体格式的选择,当然只能说是十四行的变体,但应该明确的是,它同诗所要表达的大规模经济建设的题材、气势磅礴的火热建设生活和建设者豪情壮志的精神风貌,总体上来说是契合的。雁翼在《诗形体小议》中对此探索的说明是:

> 二十三年前,我把西方的十四行诗体和惠特曼、聂鲁达、泰戈尔的自由奔放的长句子拿来揉合在一起,再生出《黄河船队》《宝成路上》《在钢铁厂》等一百多首十四行诗,虽然立即受到严厉的批评,但我并不后悔,至少我用实践完成了一项探索和试验,即把长于抒发纯个人感情的诗体充实改造成描写工业建设生活的诗体。[①]

可见这是诗人的自觉追求,是根据时代要求结合自身审美追求所进行的十四行体创体活动。

应该说,这批十四行诗从思想内容上是同时代要求密切相扣的,但是它的发表确实又引来了批判和责难。一些意识形态部门的人说雁翼是"资产

---

① 雁翼:《诗形体小议》,《女性的十四行诗》,广州:花城出版社1991年版,第109—110页。

阶级思想","妄图和无产阶级争夺诗歌领导权",是"穿着西装下农村的老爷"。于是,四川诗歌界就批判雁翼为"胡风反动艺术观的翻版",多种报刊发表了批判文章,这里以《四川文学》的争论为例,这是十四行体移植中国后一次较为认真的理论争鸣,虽然讨论受到错误思想影响,但还是取得了重要成果。1958年12月出版的《红岩》杂志,发表了安旗《雁翼同志怎样走上了歧路》一文,文章在批评了雁翼诗歌思想倾向方面的问题后,把矛头对准了"摹仿西欧的'商籁体'"。安旗说:"至于十四行诗,那更是已经僵死了的西欧贵族和资产阶级的诗歌形式。'五四'时代新月派的诗人曾经企图使它借尸还魂,但后来的事实证明,这种形式已经没有一点生命力,它已经随着产生它的时代和阶级一去不复返了。"这是一种极其武断的指责。但文章发表时,正值新民歌运动热潮,安旗的武断批判被认为理所当然,十四行体形式受到人们普遍指责,因此当时并未就此文在理论上展开有价值的争论。直到1962年第10期《四川文学》,发表了修文的《从"十四行"说开去》,谨慎地肯定了中国诗人的十四行诗创作,这才引来了一场关于十四行体移植问题的争论。修文文章想要辨明的问题是:"十四行"有着怎样的一段历史,它在现在是否已经僵死?一种艺术形式本身有无阶级属性?在今天强调新诗民族化群众化的时候,还应不应该考虑一下诗歌形式的多样性的问题?容不容许诗人作多种尝试?批评家在这种情况下的职责何在?这些问题都是非常尖锐的,它们的提出具有强烈的现实针对性。修文大致得出三个结论:一是认为十四行体作为诗歌的一种形式看,并没有僵化;在世界诗歌历史的长河中,它尽管是一条支流,但毕竟没有断流,其存在和发展是客观的,并非可以轻易否定的。二是认为新诗人"写十四行体,也并非没有好处。至少可以在韵律上、语言上做到精炼些"。"近几年,新诗歌已向民族化群众化前进了一大步,这是很值得可喜的。但形式上不够多样化,也还是一个值得注意的问题。"三是认为"十四行这种诗体,诚然是一种外国诗体,这种外来的旧形式,在运用时自然应该考虑到我国诗歌固有的特点,在形式上、韵律上给予一定的改造,使之服从于建立社会主义民族新诗歌的要求。至于这种'旧瓶'是否能装'新酒',那是依靠诗作者来解决的问题,德国诗人贝希尔的十四行肯定是灌注了新的内容的,德意志民主共和国的诗人运用这种旧形式反映新时代,我们的诗人运用它来反映我们当代的生活和斗争,显然也是可以的"。在修文的文章发表两个月后,《四川文艺》1962年第12期发表了安旗"答修文同志"的文章《从"十四行"说到多样化》,文章开头承认《雁翼同志是怎样走上了歧路》一文中关于十四行诗的说法(如说"十四行"是西欧资产阶级的诗歌形式),确实有毛病。"这毛病在于,我对某些十四行诗印象不佳,便对整个'十四行'这种形式作出了简单化的判断。这种态度和方法是不好的。"但安旗在文章中还是反复地强调十四行体本身的局限,尤其是对于中国诗人移植十四行体取基本否定的态度。这场争论最终没有什么结论,但修文提出的几个重要观点具有鲜明的现实意义,因此对于十四行体中国化具有启示作用:十四行体应该成为新诗多样化中的诗体存在和发展;十四行体写作对于新诗民族化可以起到推动作用;十四行体应在创作中探索中国化的道路。这些理论观点无疑大致反映了当时诗坛肯定十四行体的正面要求。

安旗在《从"十四行"说到多样化》中,根据雁翼有段时间没有发表十四行诗的情况,认为雁翼写作十四行诗没有成功,不为群众欢迎,并说"雁翼同志写了一些'十四行',不为群众欢迎,而改弦易辙,这在广大读者看来都觉得是好事"。其实这是没有根据的,因为雁翼并未为此中断十四行诗的探索。后来的他对自己的创作遭到严厉批评也明确地说"并不后悔":"可以这样说,没有二十三年前的那次冒险,也许不会有今天的这些十四行诗。"这是他在1991年出版的诗集《女性的十四行诗》代跋中说的,该诗集就汇编了他在20世纪90年代之前写的部分十四行诗。雁翼自己说:

> 这些十四行诗,是总结了二十三年前那次探索和试验之后的一次回归,一次再探索再试验,它是西方古典的十四行诗体和中国古典的词、散曲、小令糅合在一起而成,正如前面所说的,它只是借来了十四行的行数,从型体的结构、语言的安排、节奏和韵脚的处理,多类似于长短句,甚至动词的使用、诗尾部警句式的语言的挑选,也多是从宋词中吸取。①

雁翼在90年代以后还有十四行诗创作,但基本特征就是如上所说。这时期的主要作品有《女性的十四行诗》(组诗)、《情史的十四行诗》(组诗)和《南海的十四行诗》(组诗)等。另有数量较多的游历十四行诗,比如这首《草堂》:

> 杜甫不会想到,他的小茅屋
> 并没有被风雨所破
> 飘摇中,如
> 一棵神奇的树
> 风扶雨浇地,把

---

① 雁翼:《诗形体小议》,《女性的十四行诗》,广州:花城出版社1991年版,第110页。

>　　漫漫时空断割
>　　虽不说广厦千间,至少
>　　明窗百扇,红柱千根
>　　花花草草评说着恶竹不恶
>　　楠林多娇,比他
>　　苦苦渴求的长安宫苑
>　　不知美丽多少
>　　如他的诗,花在今日
>　　根埋唐朝

这些后期诗作与他的前期诗作首先显示出的是内容上的差异。这一时期的十四行诗转向反映普通民众生活,诗人的主体意识在诗中得到增强,个体生活、个人生活大量入诗,使诗呈现出一种浓郁的日常化、生活化色彩。"雁翼经历丰富,几乎尝遍了人生的任何一种滋味,故其写诗的范围也甚广,涉及社会的各个角落和思想的各个层面。"[1]同时,早期十四行诗的呐喊不见了,代之以深婉的理性叙说和沉静的玄思表达,就诗体格式说同样呈现着变化,首先是诗句简短,而且较多使用跨行,造成一种连绵不断、情意婉曲的情调,讲究语词精炼含蓄,努力传达出一种古典诗词蕴藉典雅的风姿,读来自然流畅,富有音乐美感。这些诗大多写得精警,其中安排了不少警句,这也是诗人有意为之,他明确地说:这些年"我的心灵活动和思维活动处于一种返老还童的时期,它不仅要求概括也要求多思和简练,更要求警句"[2]。诗的收尾尝试双音节与单音节的交叉、留词和抛词的呼应、多字短语与简短语词的错综,用韵更加自由随意,极其富有传统诗歌韵味。就段式来说,雁翼不仅有传统的四四四二式,还创造了三三三三二式、六六二式、十四式等多种段式。这些诗实在是一种大变体,体现的是十四行体的民族化方向。雁翼说:"十四行这种形式是从西方借来的,是西方的诗人们为自己无形的心灵活动制造的一种形式,但我只是借来了它的行数。它的型体结构方法、行与行节与节之间的关系,以及它的语言组织等等我没有完全借来,因为我是一个中国诗人,我的文化背景我的语言系统我的血质我的使命感都不允许我全盘照搬。"基于此,他说自己这时期的十四行诗"只是一个混血儿,一个脱离了母体而存在的新生命,一种叫做雁翼的十四行诗的十四行诗"[3]。我们就应该按照诗人

---

[1]　孙琴安:《播种爱的诗人》,《雁翼情诗》,石家庄:花山文艺出版社2000年版。
[2]　雁翼:《诗形体小议》,《女性的十四行诗》,广州:花城出版社1991年版,第110页。
[3]　同上书,第109、111页。

自述来理解其诗体特征,来评价他的十四行诗变体探索。

三 莎士比亚十四行翻译

中国十四行体的发展,同翻译关系极大。由于我国早期翻译更多关注的是十四行体的意大利式,所以在相当长时间内的汉语十四行诗创作,其格式就以意大利式为主,英式相对偏少。其实,从世界十四行体发展历史看,英式确实仅是意式传入英国后的一种变体,而从世界十四行体发展影响看,英式十四行体与意式十四行体都是正式,各自都有很多变体并构成自身丰富的体系。由于我国的长期误解,人们较多地模仿意体创作或在意体基础上变格,造成了英体及其变体创作数量较少。朱湘在"石门期"把自己创作的十四诗标明意体和英体两种,但其中意体有五十四首,英体仅十七首。王力在20世纪40年代写作《商籁》长篇专论,说到意体及其变体诗时大量列举汉语十四行诗,而在说到英体及其变体时却举例很少,而且还说:"莎士比亚体和史本赛体,中国诗人似乎都没有模仿过,无例可举。此外还有薛德耐(Sir Philip Sidney,1554—1586)的商籁,韵式是 abababab cdcd ee,似乎也没有模仿的例子。"①这明确地告诉我们,相对意体来说英体汉语十四行诗创作较少。现代翻译家吴钧陶谈到创作体会时,就认为英体相比意体来说,在格律的诸多方面同汉语传统诗歌有更多的契合之处,较易移植模仿。这样看来,汉语十四行体朝着民族化方向发展到一定的历史阶段后,就必然会提出一个重要的问题,即需要更多地介绍英式十四行体,以使中国十四行体有更加丰富的体式,更好地探索十四行体的民族形式。正是在此背景下,我国一批诗人开始较多地介绍英式十四行诗,而这种介绍的结果,就使得我国新时期出现十四行诗创作繁荣时,更多的是模仿英式十四行体的创作。

在长达一百五十年的十四行体英国化过程中,英体十四行形成了自己的正式,也出现了大量的变式,王力在《商籁》专论中认为:"如果不用抱韵而用交韵或随韵,无论韵脚如何,都可以叫做大变。"他具体分析了英体的数十种变体格式,当然他又认为正式与变式的界定是相对的,正式大致是指最常见而且为名家所采用的形式而言,凡不合正式者就是变式,这种概括就有效地防止了以高下优劣来简单评判具体格式的倾向。而在英体中最具代表性的就是莎士比亚式,他的《十四行诗集》有两个显著特征:一是从形式上为十四

---

① 王力:《现代诗律学》,北京:中国人民大学出版社2004年版,第142页。

行体英国化进程作了总结,使英体十四行诗的形式趋向规范固定;二是对传统十四行诗主题的创新。莎士比亚并没有像华埃特和萨里那样对十四行诗形式的创新苦苦探求,而只是以其眼光选定了萨里常用的十四行诗式,即在结构上由三节四行加上一节互韵两行组成,韵脚排列为 abab cdcd efef gg,加上自己驾驭英语的能力以及丰富的想象力,就创造出英式十四行的优秀作品。尤其是莎士比亚的四四四二结构,前三节诗或层层递进,或形成强烈对比,以此来造成一种气势,最后结论自然脱颖而出。因为有铺垫,结尾不仅有力度,而且成为点睛之笔。警言式的结尾是莎士比亚式的一个突出特点,也是英式十四行体的一大特色。莎士比亚的诗成为英式十四行诗的经典文本,也成为理解英式十四行体真谛的关键。因此,我国诗人在介绍英式十四行体时就大量翻译莎士比亚的十四行诗,推动了汉语英体十四行诗的发展。

朱湘是我国最早翻译莎士比亚十四行诗的诗人之一,有译诗集《番石榴集》,译诗在一定程度上传达出原诗的韵味,但数量太少,缺少影响。后来还有十来位诗人翻译过莎氏十四行诗,但都没有能够全译,"他们都是用中国新诗体,极力模仿原诗音步、韵律,但人们读了之后,并不能产生'十四行诗是有严整格律的西方流行的抒情诗'的感觉"①。莎士比亚十四行诗包括一百五十四首,它们用不同的旋律组合成一部大型的交响乐,表现了英国文艺复兴时代人文主义精神,对诗人翻译提出了重大挑战。在 20 世纪 70 年代以前,莎氏十四行诗的中文全译本仅有梁宗岱和屠岸所译两种,都是潜心翻译的精品之作。正如北岛所言:"1949 年以后一批重要的诗人与作家被迫停笔,改行做翻译,从而创造了一种游离于官方话语以外的独特文体,即'翻译文体',60 年代末地下文学的诞生正是以这种文体为基础的。"②虽然梁、屠的莎译早于这个年代,但北岛所论的基本精神适用于他们的翻译文本,两个莎译文本对后来汉语十四行诗创作产生了重要影响。到目前为止,华语世界已经有了五套莎士比亚全集的译本,第一套是人民文学出版社 1978 年出版的以朱生豪译本为主体、由章蕴、黄雨石等补齐的十一卷本;第二套是梁实秋翻译、1967 年在台湾出版的四十册本;第三套是 1957 年台湾世界书局出版的以朱生豪原译为主体、由虞尔昌补齐的五卷本;第四套编入译林出版社 1998 年出版的朱生豪主译、索天章、孙法理、刘炳善、辜正坤补译的八卷本;第五套是上海译文出版社 2014 年出版的方平主译,屠岸、阮珅、汪义群、张冲、吴兴华、覃学岚、屠笛等参译的《新莎士比亚全集》十卷本。

---

① 周启付:《谈莎士比亚十四行诗的翻译》,载《外语学刊》1983 年第 1 期。
② 唐晓渡:《北岛:我一直在写作中寻找方向》,见谢冕、吴思敬编:《诗探索》2003 年第 3—4 辑,北京:中国社会科学出版社 2003 年版,第 169 页。

梁宗岱翻译莎士比亚的十四行诗较早,根据现有资料,大致在20世纪40年代初就基本完成,同时在当时的《民族文学》杂志公开发表,后来收入人民文学出版社1978年出版的《莎士比亚全集》第十一卷。梁宗岱自述翻译的态度是严肃的,认为"翻译是再创作,作品首先必须在译者心中引起深沉隽永的共鸣,译者与作者的心灵达到融洽无间,然后方能谈得上用精湛的语言技巧去再现作品的风采"①。从译笔来说,大体上以直译为主,除了少数的例外,不独一行一行地译,并且一字一字地译,所以有人评论说:"梁译的特色是用字典雅、文笔流畅,既求忠于原文,又求形式对称,译得好时不仅意到,而且形到情到韵到。"②我们这里以《莎士比亚十四行诗集》的第三十三首为例,原诗如下:

> Full many a glorious morning have l seen
> Flatter the mountain-tops with sovereign eye,
> Kissing with golden face the meadows green,
> Gilding pale streams with heavenly alchemy;
> Anon permit the basest clouds to ride
> With ugly rack on his celestial face,
> And from the forlorn world his visage hide,
> Stealing unseen to west with this disgrace;
> Even so my sun one early morn did shine
> With all-triumphant splendour on my brow;
> But out, alack! he was but one hour mine,
> The region cloud hath mask'd him from me now,
> Yet him for this my love no whit disdaineth;
> Suns of the world may stain when heavn's sun staineth.

梁宗岱把以上诗作翻译成:

> 多少次我曾看见灿烂的朝阳
> 用他那至尊的眼媚悦着山顶,
> 金色的脸庞吻着青碧的草场,
> 把黯淡的溪水镀成一片黄金:

---

① 梁宗岱:《译事琐谈》,《宗岱的世界》,广州:广东人民出版社2003年版,第395页。
② 钱兆明:《评莎氏商籁的两个译本》,载《外国文学》1981年第7期。

然后蓦地任那最卑贱的云彩
　　带着黑影驰过他神圣的霁颜,
　　把他从这凄冷的世界藏起来,
　　偷移向西方去掩埋他的污点;
　　同样,我的太阳曾在一个清朝
　　带着辉煌的光华临照我前额;
　　但是唉!他只一刻是我的荣耀,
　　下界的乌云已把他和我遮隔。
　　　　我的爱却并不因此把他鄙贱,
　　　　天上的太阳有瑕疵,何况人间!

莎氏十四行诗的格律是:每首十四行,每行十音,包括五个抑扬音步;前十二行隔行押韵,最后两行押韵。诗由四段构成,前三段是三节四行诗,最后一段是一节两行偶句。译诗既然要完全忠实于原作,就要对这种节奏、押韵和体裁忠实。梁宗岱在翻译中把原诗十音五个抑扬音步改成了十二音五个音组,其余则都能按照原有格律翻译,包括跨行方式:"原诗首尾十四行,译诗也是十四行;原诗每行十个音节,译诗每行十二个字,原诗前十二行间隔押韵,最后两行单独押韵,译诗也一样。至于用词与比喻,译文与原作也几乎完全对应,尤其'Flatter'一词译作'悦',颇为妥帖。最后一行'Suns of the world may stain when heavn's sun staineth.'译作'天上的太阳有瑕疵,何况人间!'虽然句式有变,可更合汉语习惯,言简意明,一语概括了全诗的中心。"①这是极其不容易的。香港评论家璧华认为:"这点,只有杰出的诗歌翻译家才能做到。'五四'运动以来,除梁氏外,仅有朱湘、戴望舒、卞之琳等少数几个能达到这个水准。正是因此,梁氏的寥寥几十首译作,对诗歌翻译工作者来说,具有极高的借鉴价值。"②这是对梁宗岱十四行诗翻译的高度评价。

　　屠岸翻译《莎士比亚十四行诗集》花了七八年时间,于1950年初由上海文化工作社出版,1955年再版(修订本),1963年、1964年又两次"作了全面较大的修订",1981年出新版,1987年再出新版时又作了近五百处改动,可谓是精心之作。屠岸的风格是着意明朗,平易清顺,虽求形式与原作接近却不拘泥等同,译文更加接近现代口语,文体也更加自由洒脱。同样的第三十三首,屠岸的译作是:

---

① 钱兆明:《评莎氏商籁的两个译本》,载《外国文学》1981年第7期。
② 转引自徐剑:《神形兼备格自高——梁宗岱翻译述评》,载《中国翻译》1988年第6期。

> 多少次我看见,在明媚灿烂的早晨,
> 那庄严的太阳用目光抚爱着山岗,
> 用金色的面颊去亲吻一片绿茵,
> 把灰色的溪水照耀得金碧辉煌;
> 忽而他让最低贱的乌云连同
> 丑恶的云片驰上他神圣的容颜,
> 使寂寞的人世看不见他底面孔,
> 同时他偷偷地西沉,带着污点:
> 同样,我底太阳在一天清晨
> 把万丈光芒射到我额角上来;
> 可是唉!他只属于我片刻光阴,
> 世上的乌云早把他和我隔开。
> 　　我爱他的心却丝毫不因此冷淡;
> 　　天上的太阳会暗,地上的,当然。

译诗着意明朗,行文清顺,给人的整体感觉就是清新,其节奏仍是五音步,但音数则从十二音到十四音都有,显得较为自由。这种建行的方式其实就是孙大雨 20 世纪 20 年代中期所探索的音组说。"屠译与梁译的明显差别是后者按原作的风格;前者却带自由节奏的散文代替'抑扬格',每行十三、四字中包含的五个发音单位代替'五音步',同样体现了原诗的风格。如'多少次我看见,在明媚灿烂的早晨'这一行内就包含了五个发音单位,每个单位先重后轻","至于韵脚,屠译也用心摹原诗的间隔韵,但作得却比梁译宽泛。如'晨'与'茵'、'晨'与'阴'在他也算一韵。其根据是莎士比亚本人用韵也不十分严格,他原诗中就有不少'视韵'(Sight-rime)"。[①] 屠译同样保持了原文的思想、风格和形式,是不可多得的翻译精品。在谈到翻译文学时,李赋宁认为:"翻译家不要拘泥于语言细节(例如词序、句子结构、句型等),但必须对原文总的特点牢记在心。也就是说对原文要窥全豹,要胸有成竹,然后把原文投入到翻译家的语言炼金炉中,加以融化、分解、重新组合、再创造,结果产生出最自然、最通顺的译文。"[②]屠岸的莎译就具有在尊重原文基础上意译的特点。

虽然梁宗岱和屠岸的译作风格不同,但却是相得益彰的双璧,都得到了

[①] 钱兆明:《评莎氏商籁的两个译本》,载《外国文学》1981 年第 7 期。
[②] 转引自郭成:《莎士比亚地主并且十四行诗的两种翻译者之比较》,载《北方文学》2011 年 12 月刊。

译界高度评价。莎氏十四行诗热情地歌颂了友谊和爱情、青春和美,歌颂了人生的理想和文艺创作的理想,时而欢愉、时而忧伤、时而嫉妒、时而明朗,意象丰硕,才华横溢,起伏多变的情感充溢在诗歌语言中,表现在诗歌旋律中,所以梁宗岱和屠岸的莎译得到了广泛的传播。这种传播不仅是一般的文学欣赏,而且正如施颖洲所说,"诗集能够为我国新诗带来一种形式,这是比较重大的意义"①。梁宗岱的创作如《商籁六首》,在诗体追求上同他的莎译是一致的,同样严守十四行体韵式,每首都限定每行音数和音组数,大多是十二音五个音组,以统一完整的格律追求突出了诗体的形式美感。屠岸的创作基本采用英体,格律使用同样遵循诗体规范,诗行组织也采用他的莎译方式。

20世纪70年代以后,莎氏十四行诗被更多地翻译过来,其中重要的是梁实秋译本和施颖洲译本的出版,进一步扩大了英体商籁的影响。梁实秋的翻译有着更多的创作成分,有时采用增词法和减词法,因此更像是意译,且译文较多使用口语化词句。菲律宾华人施颖洲的译本初成于1973年,2011年由译林出版社出版英汉对照本。施颖洲在自序中重申译诗准则:"'翻译只有一个标准,就是完全忠实于原作',译诗的字句、节奏、音韵、体裁、风格、情调、神韵,都应该力求忠实于原作。"②这种翻译再加上英汉对照,对于我国读者了解莎士比亚十四行诗的体裁和音韵美提供了方便。如他翻译的第三十三首:

> 好多次我看见朝晨辉煌
> 以至尊的明眸抚爱山尖,
> 金色脸靥亲吻青青牧场,
> 以天工将淡淡溪流镀金;
> 蓦然他让最下贱的云翳
> 丑恶的阴霾驰上他天颜,
> 藏起脸庞,遗下凄凉人世,
> 负此污辱悄悄沉落西边;
> 我的太阳一天早晨如此
> 万丈光芒照耀我的头额;
> 但它走了,唉! 只属我一时;
> 层云如今将他与我遮隔。

---

① 施颖洲:《译诗的艺术——中译〈莎翁声籁〉自序》,《莎士比亚十四行诗集》,南京:译林出版社2011年版,第1页。
② 同上书,第2页。

但我爱他并不因此稍衰;

天上太阳会黯,人间也会。

这里采用的也是对应翻译的方法,也就是遵循翻译中的切近原则进行对译。施颖洲说:"莎士比亚声籁,每首十四行,每行十音,分为五抑扬音步;前十二行隔行押韵,最后两行押韵。体裁上,这种十四行诗,可说是四段构成的:前三段是四行诗三节,最后一段是两行的偶句一节。译诗既然必须完全忠实于原作,那么,对这种节奏,对这种押韵,对这种体裁,中译便须忠实于原作。"因此,施颖洲的对译就是保持十音五顿,每行等音均齐,音顿对译音步,绝大多数的诗行都是采用两字一顿的方式。当然,人们在朗读中是否能按照这种停顿去读那是另一回事了。由于施颖洲的翻译诗行要比梁宗岱、屠岸都来得短,所以句子结构更加紧凑精炼,甚至趋向书面化和古典化,如上引的第三十三首译诗中就出现了"朝晨""至尊""明眸""脸靥""阴霾""天颜""云翳""稍衰""层云"等大量的古语词汇,当然也就不如屠岸、梁实秋等的翻译来得灵动活泼和口语化了。但这种翻译确实也使得作品的语言风格更为典雅,在一定程度上更好地传达出了原作的高贵品质。

四 王力的十四行体专论

王力是我国著名的语言学家。1944年,王力在写完有关语法的著作后,萌生研究"诗法"即"诗的语法"的想法,于是在昆明西南联大给学生开"诗法"课。在课堂讲稿的基础上,王力从1945年8月开始撰写《诗法》著作,大致于1947年春完成。该书在1958年8月出版时改为《汉语诗律学》(新知识出版社出版),包括"近体诗""古体诗""词""曲""白话诗和欧化诗"五章。王力的《汉语诗律学》是我国第一部系统研究汉语诗律的专著,其中第五章对白话新诗和汉语十四行诗的形式作了细致的探讨。卞之琳认为该书的"未删节本"与朱光潜《诗论》、叶公超《论新诗》"是不应该被写新诗者与研究新诗者所忽视的,而正因为受了忽视,中国新诗的发展才受了巨大的损失"[①]。这里所说的删节是指该书在1962年由上海教育出版社出版时,其中第五章即"白话诗与欧化诗"被删去,卞之琳强调了"白话诗和欧化诗"章的重要价值。后有出版社把第五章抽出以《现代诗律学》为书名单独出版。

---

① 卞之琳:《赤子心与自我戏剧化,追忆叶公超》,载《文汇月刊》1989年第12期。

"白话诗和欧化诗"章包括十节,其中第一节论"自由诗",后九节是论新格律诗,王力自述这样安排是因为:"我们对于自由诗没有许多话可说。既然自由,就不讲格律,所以我们对于自由诗的叙述,只是对于各种格律的否定而已。"①后九节内容分别是:诗行的长短;音步;韵脚的构成(上);韵脚的构成(下);韵脚的位置(上);韵脚的位置(下);商籁(上);商籁(中);商籁(下)。其中论商籁体和其他格律诗,举例大多是汉语十四行诗。由此可见,在新诗创格过程中,移植商籁体发挥着极其重要的作用;在新诗格律探索过程中,大量成果积淀在汉语十四行诗中;汉语十四行诗的创作,是新诗创作的重要组成部分。王力在论商籁体时,开始就明确了商籁体创作在我国新诗发展中的特殊地位,他说:"在白话诗的初期,诗人们刚从文言诗的束缚里解放出来,大家倾向于自由诗。等到1926年《晨报副刊·诗镌》出版,闻一多等提倡诗的音步和韵脚,于是诗人们渐渐接受了西洋诗的格律。从此以后,有些诗人更进一步而模仿西洋诗里最重要的而格律又最严的一种形式——商籁(the sonnet)。这样,汉语的欧化诗似乎走向一条由今而古的道路,虽然直到现代还有许多诗人在写自由诗。"这里明确了接受西洋诗律对于新诗创格的意义,更明确了模仿商籁对于新诗创格的意义。

王力商籁体专论的重要特点是全面介绍西方十四行体格律,总结汉语十四行体创作经验。王力的介绍有两大重要突破:一是在介绍西方十四行体时,大量运用的是中国诗人梁宗岱、卞之琳、冯至、戴望舒等人的创作,充分展示了汉语十四行体的成果和经验,直接指导中国十四行诗发展;二是除后三节专论商籁体外,前六节中也使用了较多的汉语十四行诗例,提出了汉语新诗格律建设的诸多问题,其中对不少问题的论述对于汉语十四行体建设具有指导意义。王力在怎样建立现代诗律问题上提出两个原则:一是格律应具有民族特点和时代特点,重视传统诗歌声律所积累的艺术经验;二是新格律诗应该具有高度的音乐美,因此就要求新诗有着整齐匀整的节奏。他论商籁体时始终联系新诗创格实践,联系中国诗律传统,就是要使十四行诗中国化,使之成为汉语诗律学的重要组成部分,从我们的论题说就是推动汉语十四行体中国化进程,将十四行诗纳入中国现代诗律的总体框架之中。

王力在书中提出"商籁之所以成为谨严的格律,因为它具有下列的几种特质":

(一)每一首商籁必有十四行,无论分为四四三三,或八六或四四

---

① 王力:《现代诗律学》,北京:中国人民大学出版社2004年版,第13页。

六,或四四四二,或不分段,十四行的总数决不至于有变化。

（二）商籁每行的音数或音步是整齐的。譬如第一行是十二音,以后各行都是十二音。十音九音八音以下,都由此类推。音数不整齐的只是极少的例外。

（三）商籁的韵脚也是整齐的,特别是正式的商籁。譬如前八行的第一段是抱韵,第二段决不会是交韵或随韵;如果第一段是 abab,第二段也决不会是 abba,或 cddc,或 acca,或 aabb,等等。

由此看来,商籁可认为西洋的"律诗"。近二十年来,中国一部分的诗人确有趋重格律的倾向,而最方便的道路就是模仿西洋的格律。纯粹模仿也不是个办法;咱们应该吸收西洋诗律的优点,结合汉语的特点,建立咱们自己的新诗律。

这里确立了王力关于汉语十四行诗的格律原则。"这一总结可以说是至今为止现代中国诗学对十四行的格律特质认识最深入、概括最清晰的一个定论。此后,在学术争论中,十四行无论有多少变体,无论人们怎样绞尽心机去破法,这三个基本特质是屹然而不能移易的。"[①]不仅如此,王力还在准确阐述十四行体基本特质以后,明确地提出要在模仿的基础上,结合汉语的特点,建立自己的新诗格律体系,同时也建立汉语商籁体的格律体系。王力说:"近二十年来,中国一部分的诗人确有趋重格律的倾向,而最方便的道路就是摹仿西洋的格律。纯粹摹仿也不是个办法;咱们应该吸收西洋诗律的优点,结合汉语的特点,建立咱们自己的新诗律。"[②]这应该成为我国诗人移植十四行体的理论指导。

王力在《商籁》专论中,上篇列出意大利体和英体正式,从分段、音数和韵式三方面予以论述,举出的诗例依次是梁宗岱《商籁(第二首)》、卞之琳《望》、梁宗岱《商籁(第二首)》、冯至《十四行集(第二十一首)》、梁宗岱《商籁(第六首)》、梁宗岱《商籁(第五首)》、梁宗岱《商籁(第四首)》。中篇先是介绍"正中之变",即韵脚不隔三行以上的商籁诗,包括:

1. 韵式是 abba abba cdc dee,如法国波特莱尔《黄泉悔》,如卞之琳《慰劳信集(第四首)》;
2. 韵式是 abba abba cdd cee,如法国波特莱尔的《烟斗》;
3. 韵式是 abbaabbacddced,如梁宗岱《商籁(第一首)》;

---

① 谭桂林:《论现代诗学中十四和体式的理论建构》,载《广东社会科学》2007年第5期。
② 王力:《现代诗律学》,北京:中国人民大学出版社2004年版,第142页。

4. 韵式是 abba abba cdd ccd；
5. 韵式是 abba abba ccd cde，如冯至《十四行集(第十二首)》；
6. 韵式是 abba abba cdc ede；
7. 韵式是 abba abba ccd dee；

王力认为：以上都不是意体商籁的正则，然而他们的前八行只用 a b 两个韵，还用抱韵，又是合于商籁体的正则的。王力认为，正式的商籁全首只有五个韵(abcde)，济慈式甚至只有四个韵(abcd)。凡不超过五个韵，前八行又用抱韵，只后六行的韵式稍有变化者，可看作正中之变；凡超过五个韵，或前八行用交韵或随韵的，就都是纯粹的变式了。

再介绍变式，王力把它分为小变和大变两种。正式商籁的前八行是用韵脚相同的两个抱韵的，如果虽用两个抱韵，然而共用四个韵脚(即 abba cddc)，三个韵脚(如 abba acca)，或两个参差的韵脚(即 abbabaab)，可以叫作小变；如果不用抱韵而用交韵或随韵，那么无论韵脚如何，都可以叫作大变。王力在《商籁》专论中，中篇具体介绍变式中的"小变"，下篇则具体介绍变式中的"大变"。王力的介绍分析如下：

1. 小变，可细分为三种。

(甲)前八行用四个韵脚者，即 abba cddc，包括韵式 abba cddc eef ggf，如波特莱尔《赠潘畏尔》、冯至《十四行集(第十首)》；韵式 abba cddc eef gfg，如波特莱尔《猫》等；韵式 abba cddc efg efg，如冯至《十四行集(第十九首)》；韵式 abba cddc efefgg，如波特莱尔《交感》、卞之琳《灯虫》；韵式 abba cddc eff egg，如波特莱尔《无形之曙光》、冯至《十四行集(第一首)》、卞之琳《慰劳信集(第十四首)》；韵式 abba cddc eef fgg，如波特莱尔《深谷怨》；韵式 abba cddc eef eff，如波特莱尔《炼苦》；韵式 abba cddc efe fef；韵式 abba cddc eee eff，如冯至《十四行集(第二十五首)》。

(乙)前八行用三个韵脚者，即 abba acca，或 abba cbbc 或 abba bccb，包括：韵式 abba acca dee dff，如波特莱尔《恶之花(第三十三首)》、冯至《十四行集(第十三首)》；韵式 abba acca dee daa，如冯至《十四行集(第四首)》；韵式 abbaacca dedede，如冯至《十四行集(第二首)》；韵式 abba acca ddd dee，如冯至《十四行集(第六首)》；韵式 abba cbbc aba cdc，如冯至《十四行集(第十八首)》；韵式 abba bccb cde cde，如冯至《十四行集(第二十四首)》。

(丙)前八行用两个参差的韵脚者，即 abba baab，包括韵式 abba baab ccd eed，如波特莱尔《深渊》；韵式 abba baab ccd ede，如波特莱尔《恶之花(第四十首)》；韵式 abba baab cdd cee，如波特莱尔《前生》；韵式 abba baab cac dad，

如冯至《十四行集(第二十六首)》。

2.大变,可分成交韵和随韵两种。

(甲)前八行用交韵,包括:韵式 abab abab ccd eed,如波特莱尔《劣僧》等;韵式 abab abab ccd ede,如波特莱尔《逍遥死》等;韵式 abab abab cdd cee,如波特莱尔《丑恶之同情》;韵式 abab abab cddcbb,如冯至《十四行集(第十六首)》;韵式 abab abab ccd dee,如波特莱尔《貌子有疾》等;韵式 abab abab cdd cdc,如波特莱尔《秋兴》等;韵式 abab abab ccc ddc,如波特莱尔《赠士生白种女子》;韵式 abab abab ccd ccd,如波特莱尔《贫人之死》;韵式 abab abab babbab,如冯至《十四行集(第十七首)》;韵式 abab baba ccd ede,如波特莱尔《收心》;韵式 abab acac dde ded,如冯至《十四行集(第二十一首)》;韵式 abab cdcd ded eff,如波特莱尔《音乐》;韵式 abab cdcd eef ggf,如波特莱尔《理想》、冯至《十四行集(第十五首)》;韵式 abab cdcd eef gfg,如波特莱尔《仇》、卞之琳《淘气》;韵式 abab cdcd efg efg,如冯至《十四行集(第一首)》;韵式 abab cdcd efe fgg,如波特莱尔《决斗》、卞之琳《慰劳信集(第十一首)》;韵式 abab cdcd eff gff,如波特莱尔《魔迷》、冯至《十四行集(第二十三首)》;韵式 abab cdcd eef fgg,如波特莱尔《破钟》、冯至《十四行集(第七首)》;韵式 abab cdcd bbe ebe,如冯至《十四行集(第九首)》。

(乙)前八行用随韵,包括:韵式 aabb aabb cdd cee,如波特莱尔《雾雨》等;韵式 aabb aabb ccc ddd,如戴望舒《十四行》;韵式 aabb ccdd eef ggf,如波特莱尔《夜归魂》;韵式 aabb ccdd efe fgg,如波特莱尔《情侣之酒》。上述都是意大利体商籁。莎士比亚体和史本赛体的分段和音步相同,前三段是三个英雄四行,末段是一个英雄偶行,只是韵脚稍有不同。

王力在诗律学著作中进行这种细致的分析,既是对西方十四行体正式和变体的引进,也是对汉语十四行诗创作的总结,更是对今后汉语十四行诗创作的指导,同时这种条分缕析的具体分析,也可看作他为新诗包括中国十四行诗诗律体系的初步概括。

在整个论述过程中,王力对汉语十四行诗创作中的诸多问题发表了重要意见,对于十四行体中国化的创作同样是一种理论指导。这里概述其中的主要部分:

第一,明确了商籁体的格式。王力指出,商籁体可分为正式和变式两种:所谓正式,大致是指最常见且为名家所采用的形式而言;凡不合正式者就是变式。又前八行多用正式,后六行可用变式,于是前正后变者可称为正中之变。如果前八行用变式,则后六行无论用什么韵式,都是纯粹的变式。

第二,全篇音数完全相同的诗行,叫作等度诗行,但非等度诗行也可以造成整齐的局面,因为一首诗往往分为若干"诗段",每段的行数又往往相同,这样,如果各段的长短行的排比方式是一致的,就造成不整齐之中的整齐了。

第三,跨行法乃是欧化诗最显著的特征,较复杂的跨行法是汉语旧诗所没有的,跨行法可以造成诗句的连绵不断,其作用是求节奏的变化,是凸显意义的价值。

第四,在英诗中也有不拘音步的一致,而只求节奏的一致。只论音步的多少,不论音步的性质,那么字数不整齐的诗行,若以音步的数目而论,却很整齐。

第五,在西洋古代的十二音诗里,每行分为相等的两个"半行",每一个"半行"是六个音。两个"半行"之间,有一个短短的停顿,叫作诗逗。在汉诗中较长的诗行也用诗逗。所谓诗逗,有用逗号也有不用逗号的,但因意义的关系,到那里可以略顿。

王力以上的理论说明,对于汉语十四行诗发展具有重要意义:明确了变体的地位和格式,有利于诗人较自由地采用变体创作;明确了诗行整齐的原则要求后,就能推动诗人有效地安排诗行;明确了等度诗行和非等度诗行,就有利于诗人在对等的原则指导下解决诗的建行问题;明确了跨行法的运用,就能推动诗人自觉而正确地运用跨行法创作;明确了音步整齐的意义后,就能推动诗人运用音顿方式创作从而解决诗的节奏问题;明确了诗行中的逗顿以后,就能推动诗人化句为行进行创作,延展新诗的诗行结构。王力积极参与了建国后关于新诗格律的讨论,重要论文有《中国格律诗的传统和现代格律诗问题》(载《文学评论》1959年第3期)、《诗律余论》(载《光明日报》1962年8月6日)、《中国古典文论中谈到的语言形式美》(载《文艺报》1962年第2期)、《略论语言形式美》(载《光明日报》1962年9—11日)等。这些论文在更加宽广的视野中探讨新诗的韵律节奏问题,尤其是强调要从现代汉语特点出发来建构现代诗律论的理论主张,对于我国新格律诗包括十四行体的发展是有指导意义的。

五 陈明远的旧体诗今译

郭沫若说自己"进入中年以后,我每每作一些旧体诗",据不完全统计,20世纪三四十年代郭沫若写作旧体诗三百多首,新体诗仅四十多首;五六十年代写旧体诗达六百多首,新体诗仅两百来首。对此,郭沫若解释说:"这倒不是出于'骸骨的迷恋',而是当诗的浪潮在我心中冲击的时候,我苦于找不到适合的形式把意境表现出来。诗的灵魂在空中游荡着,迫不得已只好寄居在畸形的'铁拐李'的躯壳里。"①当然,这时的郭沫若也有新诗体探索,如1958年发表的《百花齐放》,每首都有起承转合结构,整部诗集如完整机体,共一百零一首,"象征着一元复始,万象更新"。这时的郭沫若面临两个难题,一是他的纪游诗和山水诗里有美妙的意象和境界,如何体现和保存在诗中?二是如何保存旧诗词优良传统,同时吸取异域经验建构民族新诗体?对这两个难题的解决,郭沫若首先是采用分隔处理的方法,即为解决第一难题他写旧体诗,为解决第二难题他写《百花齐放》这种大白话诗。陈明远则认为,把包含着"优美的诗意"的旧体诗改写成新体诗,就可以解决两个难题。于是,1957年陈明远向郭沫若提出改写旧体诗的要求,得到同意后两人开始合作。先由陈明远改译,再由郭沫若修正,到1964年底才把第六稿交出版社,但接下来的政治风云使书稿被烧。到80年代,陈明远找出原有修改稿加以整理,把其中部分改写成的新诗和被改写的旧诗合在一起,题为《新潮》②出版,其中第一辑就是郭沫若的部分旧体诗改译成的新体诗。

《新潮》第一辑中有八十多首是十四行诗,大多是翻译自郭沫若的五、七言律诗。为了找到一种较理想的律诗对应翻译形式,陈与郭一起在诗的章法和结构上作了反复试验。最初的设想是用一行白话译一行旧诗,但失败了,因为白话很难容纳文言内容,也难以再现原诗"境界",更谈不上创新;后用两行白话译一行旧诗,即用十六行译八行,也失败了,因为以二对一,形式单调,缺少变化。于是他们又改变形式,用十四行白话译八行律诗。采用这种形式,前八行作为一段大体译旧体的前四行,后六行作为一段大体译旧体的后四行,这样就打破了新旧诗行的机械对应,使译者有了自由创造的空间,因而注入新的活力与生气。据陈明远说:

> 大约在1958年11月上旬,我把近百首这样改写的新体诗订成一册,作为送给郭老师的六十六岁生日礼物。郭老师非常感兴趣地反复看了好几遍,作了许多修改。他特别高兴地对我说:
> "明远,你改写的一些新体诗,实际上就是现在世界通行的十四行诗呀!真是太巧了!太好了!你无心之间,纯任天籁,却自然流露地形

---

① 郭沫若:《后叙》,《新潮》,北京:中国文联出版公司1992年版,第6页。
② 《新潮》出版后,围绕着著作权问题,郭沫若女儿郭平英和陈明远对簿公堂,法院宣判后争论仍未结束。本著无意介入争论,对于这场争论的孰是孰非不作评论,只是就现在已经公布于众的客观文本进行介绍,重点介绍《新潮》所涉汉语十四行诗发展中的一个重要现象,即由传统旧诗体译成现代汉语十四行诗的现象。

成了这样优美的十四行诗！"①

这是不谋而合。这时的郭、陈把十四行体音译为"颂内体"②，他们在无意间使我国律体白话译文与西方十四行体对应起来，这一方面说明五、七言律诗体同十四行体确实有惊人的相似性和对应性；另一方面也说明十四行体确是一种反映了抒情诗规律的诗体。于是，两人的翻译就变得更加自觉。为了推动十四行体中国化的进程，陈明远根据郭沫若关于"把欧洲近代流行的颂内体跟我国唐宋以来的五七言律诗体作了透彻的全面的对比"的话，进行了这样的对比：

> 中国古典律诗的建行原则，跟颂内体一样，非常讲究语音的节奏感，和词藻的形象化。各种不同的语言按照自身固有的特点，在句式和韵式方面，都力求体现音乐美与绘画美。最常见的七律都是每句七音四顿，最常见的英文颂内体诗都是每行十音五顿。相当整齐、匀称。
>
> 中国古典律诗的结构（章法），由四联组成：首联为"起"，颔联为"承"，颈联为"转"，尾联为"合"；欧洲各种颂内体的结构，也由四段组成：第一段"起"，第二段"承"，第三段"转"，第四段"合"。都是一个完美的圆形，具有立体的建筑美。
>
> 另一方面，五七言律诗还有更多的限制，特别是"中间两联必须对仗"，不仅要求结构相同平仄相对，而且要求词性相当，词义相应，这是五七言律诗独有的。它体现了中国古代艺术语言的一种令人称绝的美。但是，对仗的规则几乎不可能移植到外国语言中去，甚至也难以在现代汉语的艺术形式中得到普遍的继承。不过，排比、对称、回旋的手法，还是古今中外所共通的。
>
> 类似地，十四行颂内体也有更多的限制。例如押韵的方式（抱韵、

---

① 陈明远：《郭沫若与"颂内体"》，《新潮》，北京：中国文联出版公司1992年版，第305页。
② 据陈明远《郭沫若与"颂内体"》，郭沫若在同陈明远讨论这些译诗时，曾对世界十四行体有过评价。郭认为，20世纪如世界共通的经济市场一样，在精神文明方面也出现了世界共通的文艺形式。其"流传最普遍、发展走成熟的诗歌形式，要算是文艺复兴时期从意大利发源的颂内体了！现在不仅流行欧美各国，就在日本、中国、东南亚、印度、阿拉伯、拉丁美洲，甚至非洲，都有许多诗人对于颂内体运用自如，创作了难以计数的优美名篇"。"如果把诗歌比喻成音乐，那么颂内体就好比奏鸣曲；如果把诗歌比喻成舞蹈，那么颂内体就好比华尔兹；如果把诗歌比喻成时装，那么颂内体就好比西服革履。有人骂奏鸣曲、华尔兹、西服革履都是资产阶级的腐朽没落的东西；但你无产阶级革命派只要愿意的话，也同样可以去听、去跳、去穿。"（《新潮》，北京：中国文联出版公司1992年版，第283—284页）

交韵、随韵等)、建行的方式(有的按音节数量建行,有的按长短律音步建行,有的按轻重律音步建行,……),也必须根据各国不同的语言特点而加以规定和变通。外国的建行与押韵的方式,并不能死搬硬套到我国新诗中来。也正因如此,世界上有意大利式颂内体、英吉利式颂内体、俄罗斯式颂内体……;目前,是到了确立中国式颂内体的时候了。[①]

这一段文字包含着许多重要的思想。第一,肯定五、七律传统诗体与十四行体在形式和结构等方面的相通性,反映了抒情诗体的共同审美观念,决定了两者的相互对应;第二,指明了两种诗体的差异性,表现在对仗和用韵等方面,这种差异性同各自的语言和审美传统相关,但可结合着自身需要进行有效的改造;第三,指明了继承和创新诗体,最为重要的是要从民族审美和各自语言特点出发,无论是对于传统的继承,还是对于域外的借鉴,如对待我国旧诗的对仗就是如此。第四,提出创建中国式十四行诗的目标,这是新诗发展的重大课题,也是十四行体中国化的现实课题。以下概括陈明远古诗今译推动十四行体中国化的成果。

首先是词曲的音节。陈明远古诗今译的十四行诗,句子一般较短,采用了词曲的词句。我国传统词曲句子较短,简洁明快,音调铿锵,自有其美妙之处。陈明远译诗也像词曲那样,注意词与词、句与句、行与行之间的延续和跳跃,短句同略长句交错组合,错落有致。译诗自觉地运用对句呼应的手法,在诗行结构上接近古典词曲。如《西安历朝遗址》前八行:

上林苑中,阿房宫
　只剩下一首辞赋
华清池畔,长生殿
　仅留传几出戏曲;

历代舞台,走马灯一样
　匆匆轮转过帝王将相
精彩的表演,瞬息云烟
　被那冲天的烈火送葬——

诗行简短、跳荡、错落、精警,尤其是诗行长短组合,对句不断应用,使词句呼

[①] 陈明远:《郭沫若与"颂内体"》,《新潮》,北京:中国文联出版公司1992年版,第301—302页。

应勾连,而句式的有意变化,避免了单调,也使诗情进展流畅,读来富有词曲意味。陈明远译诗语言精炼,少用散句结构,连结构助词和语气助词也尽量少用,读来音节铿锵,叮咚作响。译诗没有照搬旧词曲的文言句式,而是运用纯化的现代汉语。为了追求词曲音节,译诗并不要求读者按音组读诗,而是在行间留出空白,指示停顿。这里再引《夕照》的后六行:

> 鳞甲、羽毛闪亮
> 清影、香雾卷来
> 让你的目光
> 如同斜阳
> 渲染 变幻的色彩
> 金碧辉煌

这里没有欧化诗句,诗人充分发挥汉语单纯、精炼、弹性、悦耳的优势,承继了词曲音节,写出了清新流畅、语调自然的新诗。词曲词句的简短和音节的繁促,使得诗歌无法承载秾丽繁密而且具体的意象,只能将一个意思的模样略略地勾勒一下,至于那些枝枝叶叶的装饰同雕镂,都得牺牲了。这种意象不易表达繁密的思绪,但却也能使诗的意境隽永。

其次是乐段的改造。 十四行体原是合乐歌诗,因此讲究音乐段落,并通过尾韵的组织来强化。陈明远译诗借鉴十四行体的乐段和尾韵特征,使用四四四二式、四四三三式和四四六式,但用韵则"根据各国不同的语言特点而加以规定和变通",张惠仁的归纳如下:

第一种:不换韵,一韵到底,又分为"基本上行行押"和"双(隔)行押"两类。

(一)"基本行行押"类(所谓基本指前八行行押,后六行双行押三个韵脚,虽非双行押,但却押了四个韵脚,即14行中至少有10行押韵)

AAAA + AAAA + XAAAXA　(《游朴渊瀑布》)
AAAA + AAAA + XAXAXA　(《咏黎族姑娘》)
AAAA + AAAA + XAAXAA　(《大观楼》)

(二)"双(隔)行押"类(包括在双行之外,在单行又额外押了韵)

XAXA + XAXA + XAXAXA　(《飞凤山》,这是典型的双行押)
AAXA + AAXA + XAXAXA　(《天涯海角》,这是额外加单行押)

(三)"双行押兼交韵"类

AAXA + XAXA + BABABA　（《里加湖组诗第三首》,后六行兼交韵）

ABAQB + CBCB + XBXBXB　（《访须和田故居》,前八行两段分别是两个"交韵"式）

第二种:换韵。所谓"换韵",我国一般以四行或四行以上为单元。如果以二行为单元,就变成"随韵"。

（一）"换韵不交韵"类

AAXA + XBXB + CCXCXC　（《海南岛沙滩》）

XAXA + AAXA + XBXBXB　（《三日浦》）

XAXA + XBXB + CCXCXC　（《游北泉》）

（二）"换韵兼交韵"类

ABAB + ACAC + DED + EDE　（《里加湖组诗第一首》,每段分别交韵）

ABAB + CDCD + EBE + BEB　（《里加湖组诗第四首》,每段分别交韵）

AAXA + AABA + BCBCBC　（《里加湖组诗第六首》,从第9行开始换韵）

（三）"换韵兼随韵"类

AABB + CCXC + CCCCXC　（《古战场》,前四行以随韵方式换韵,五、六行也是随韵,但紧接着就以C韵押到底。正如我国古典诗歌中,相对于一韵到底者,比较少,《新潮》中的随韵例子也不多。）①

从以上归纳中,可以看出旧诗今译的韵式特点:第一,充分利用诗韵来组织音乐段落,使诗的内在结构、外在分段和诗韵规律统一。这是对十四行体用韵原则的借用。如《里加湖组诗》第一首乐段为四四三三,韵式为 ABAB + ACAC + DED + EDE,前两段统一用交韵,成为一个音乐大段,后两段又用统一格式,三组交韵又使之成为一个音乐大段。第三首为四四二二分段,前两段双行押韵,因为后六行转合相连,作为一个整体在用韵上有别于前两段,用三个交韵。《海南岛沙滩》等换韵都是以段为单位的。韵式变化起着组织乐段的作用,使全诗成为有层次、有结构的有机整体。第二,自觉选用韵式去适合民族习惯。郭、陈主张少用抱韵,说:"在我国传统语言（古汉语）或现代语言中,一般都不大习惯采用'抱韵'（ABBA）,搞得不好,外国习惯的'抱韵'形式硬要搬用到中国来,反而会弄巧成拙。"②对于交韵则并不拒绝,因为它同中诗双句押韵习惯较近,同时又能获得优美音韵,因此十四行译诗既用双

---

① 张惠仁:《〈新潮〉的艺术表现和形式规律》,《新潮》,北京:中国文联出版公司1992年版,第353—354页。

② 陈明远:《郭沫若与"颂内体"》,《新潮》,北京:中国文联出版公司1992年版,第295页。

交韵,又用三交韵。十四行体换韵较多,从而造成回环盘旋的音韵美,郭、陈对此也不拒绝。但又不像西方十四行体那样换韵频繁,而是有条件的中国式换韵,即换韵数量和距离都符合国人欣赏习惯。第三,采用传统韵式去造成新的音韵。陈明远说自己在十四行体中,"还继承了中国诗歌传统的韵式(例如,中国诗篇往往喜爱一韵到底,而外国诗篇的各段经常换韵,很少有一韵到底的),从而,努力使它们成为新型的中国式的颂内体"①。这是种自觉的追求,即大胆地在十四行体中采用一些中国传统韵式,这主要是:采用单交韵,即第二、四行用韵,首行可押可不押;采用随韵,即每两行押一个韵;一韵到底,诗内并不换韵。

再次是结构的翻新。译诗大致都注意到了构思的圆满、结构的立体,起承转合与音乐段落一致,但又在规律中翻新,表现形式很多,有以下几种:

第一,"起—承—转合"式。如《里加湖之三》,第一段起,由散步到谈诗发问,引起诗情诗思。第二、三段具体回应"忽然发问",把高山、大海、诗篇结合起来抒写。最后一段是诗意的升华和诗思的警句,类似莎士比亚式的偶行。但对前面的内容关系来说又是转,由对高山大海的抒情转入诗人心血的狂潮抒写。

第二,"起—承转—合"式。如《里加湖之六》,此诗的起在第一段,因行驶在两边楼群中,"昂首只望见一条蓝缝"引起诗人探寻和思考。第二、三段作为一个整体写承和转,具体来说,第二段前两行是承,后两行开始转,第三段则是转的具体内容。第四段是合,是顿悟式的警句,点明构思凝聚点,引入一个新的哲理境界。

第三,"起承—转合"式。如《解体的灵与肉》,诗四段从构思来说分成两大部分,即前两段和后两段,每部分内部是对称相承的,全诗就形成了"起承—转合"式结构。另一诗《冥想》前两段和第三段的前两行诗意思是对称相承的,应视为"起承",而"转合"全在最后四行,也是一种"起承—转合"式结构。

第四,"正—反—合"式。如《咏黎族姑娘》是四四六段式,诗人借"黎女纹面"现象,抒写深广感情。第一段从黎母亲写起;第二段、第三段前四行写黎女的美丽形象,从诗情发展说是承,但若把头四行视为正面抒写的话,那么这八行则属反面抒写,最后两行"陡转即合",使正反抒写合起来,揭示诗的主题,构成诗思的凝聚点,表达了诗人对黎女命运的关怀。全诗结构表现为"正—反—合"的三段式。

---

① 陈明远:《郭沫若与"颂内体"》,《新潮》,北京:中国文联出版公司1992年版,第296页。

1992年中国文联出版公司出版了陈明远的诗集《无价的爱情》,其中包含相当数量的十四行诗。这些诗继续着十四行体的民族化追求,试以《爱的旋律》为例:

  把我僵直的脊椎
    做成吉他的弦柱
  迸发 桂花香味
    明月轮中 伴舞

  这根细腻的弦索
    搜寻 微小的幸福
  这根粗犷的弦索
    应和 命运的严酷

  还有一根弦索
    我不忍心拨弄
  是古木盘结藤萝
    缥缈而又沉重
  缠绕我的心窝
    牵连你的影踪

诗构思精巧,想象奇特,"把我僵直的脊椎做成吉他的弦柱",从而创造了诗的美妙形象。它是诗的主体形象,全诗围绕它写了一组意象。中国诗人创作十四行诗,应该发掘其内在的恒常性因素,同时又要运用与新生活意蕴契合的民族形式。《爱的旋律》从多方面体现了这种要求。第一,是诗的意境传达出民族的色彩。"桂花香味""明月轮中伴舞""古木盘结藤萝""缠绕我的心窝"等,都是传统的意象和意境。诗所表达的爱,是一种东方式的含蓄的爱。第二,是诗的语言。诗人运用词曲的语句,诗行较短,简洁明快,音调铿锵,传达出一种轻巧、精警、凝练的格调。词与词、句与句、行与行之间的连续和跳跃结合,是经过提纯化的现代汉语,读来富有音乐美感。诗人通过行间空白指示停顿,承受了传统词曲的音节,写出清新流畅、语调自然的中国式新诗。第三,每行三个音组,诗行均齐,但是音组整齐中有错综,运用多种对句,如第三、四行音组交叉对称,第五、六行与第七、八行间隔对称,第十三行和第十四行连续对称。在对称诗行以外,诗人多用散句,在全诗层次上形成错综和对称的结合。第四,韵式是 ABABCBCBCDCDCD,这是一种盘旋式韵,是十四行体韵式基础上的改造。宗白华在序言中肯定了这种试验:"从艺术上说来,我发现明远的诗风是丰富多彩、不拘一格的。表现手法随着意境的变化而变化、随着恋情的发展而发展,但这变化与发展又始终体现出一片赤诚、一往情深;不断开拓新颖独特的美的领域,给人以柳暗花明的感受。古今中外的情诗,车载斗量,最易落入俗套、滥调;然而明远的情诗,完全是他的本色,与众不同,写出了人之不能写,道出了文之不能道,确实难能可贵!"①

六 林子的变体十四行诗

20 世纪 50 年代初,林子与胡正一起在昆明上中学时相识、相恋。白朗宁夫人十四行情诗打动了他们的心,升华了他们的感情,传递着他们的心声。林子说:

> 一九五八年初他寄给我一本《白朗宁夫人抒情十四行诗集》,一下子就把我迷住了。我也开始写起十四行诗来。把我心中满溢的爱,陆续寄给了他,也是信的一部分。虽然我吸取了外来的形式,但抒发的却是一个中国女性自己的感情。②

这些诗的一部分,在 1980 年 1 月《诗刊》上刊登以后,引起读者的热爱和共鸣,并获 1979—1980 年全国中青年诗人优秀新诗奖,人们称林子为"中国的白朗宁夫人"。以后林子整理出 1952—1959 年间写的五十二首十四行诗,再加上 1978—1983 年间写的三十四首,总题名为《给他》,在香港出版。后又加入四首,在上海文艺出版社出版,连印两版,都一抢而空。期间《给他》中的诗歌还陆续在全国各地报刊发表。林子说:"也许,我会一直写下去,写到生命结束的时刻。我愿把这一生中感受到的爱,还给这个世界,献给和我一样生活在这个世界上的人们。"③

这些诗之所以引人注目,是因为真实地呈现着诗人独特的心灵秘密。《给他》不是一般意义的创作,它原是一种纯个人情感的流露,并且只是提供给特定对象阅读而未准备发表的诗。《给他》中写于 50 年代的诗,是写给恋

---

① 宗白华:《序》,《无价的爱情》,北京:中国文联出版公司 1992 年版,第 3 页。
② 林子:《谈谈〈给他〉》,《给他》,香港:华南图书文化中心 1983 年版,第 105 页。
③ 见香港华南图书文化中心出版的《给他》封三的"作品简介",1983 年 8 月版。

人看的:

> 这些浅陋的诗行,只呈献给你,
> 不过是一串打开我的心的钥匙;
> 每一道门,对你都将开启。无论
> 那里面藏的是水晶还是钻石,听凭
> 你把他们的价值估量;如果不值得
> 你就随手把它抛出去,那么,
> 我也将永不再把它拾起……　　(《给他》第 1 辑之二)

到了 70 年代末,她爱人才对她说:"现在根本看不到真正的爱情诗。你敢不敢把以前写给我的那些十四行诗拿出去冲一冲禁区呢?"于是,林子开始整理发表。《给他》的写作期,曾经发生过无数文学悲剧,因为《给他》仅仅是情人之间的私人通信,因此,它能够保持诗人的自尊和良心而不趋时媚俗,使得诗人为中国当代诗坛保全了未曾雕琢的璞玉。在《给他》获奖纪念册赠言中,雁翼、杨牧、黄宗英、舒婷、公刘等都有重要评论;正在恋爱的年轻人告诉她,它为他们的爱情增添了色彩;历尽沧桑的中年人告诉她,它使他们回忆起美好的时光;老诗人赠诗给她:"我们从来没有见过面,/却又觉得似曾相识。/啊,记起来了,记起来了,/在爱情的沙漠里,/你建立过一座绿洲,/我们的心曾在哪里相遇。"

　　这首诗获得这样的评价当然要联系到白朗宁夫人的十四行抒情诗。伊丽莎白·白朗宁自幼受到良好的教育,十三岁时开始发表作品,十五岁时坠马受伤,长期卧病,三十九岁时就成为闻名遐迩的女诗人。比她小六岁的诗人罗伯特慕名向她求爱,考虑到自己疾病缠身、家规严格,她痛苦地回绝了,然而内心对罗伯特的爱却与日俱增,历经曲折终于与其成婚。伊丽莎白从求婚到结婚期间,写成了四十四首十四行诗,倾吐了自己的一腔幽怨,记录了自己的种种怀疑、强烈的自卑以及从爱情中获得的欢乐和力量。整个诗组语言精炼,脉络分明,委婉动人,真挚感人,是一部诗体的情书。《给他》与之共同之处是:第一,同样是写给情人的,写作时没有考虑发表,所以能够充分地展示隐秘的心灵世界;第二,同样是边写边给情人,记录了恋爱的进展过程,写作过程与情爱过程结合使得诗篇生活气息鲜明;第三,同样是写作呈现着自然过程,从而形成有着主题和线索贯穿的组诗,呈现着情感的自然进展。《给他》铸就了我国十四行诗的独特文本,它在我国十四行诗发展史上具有不可替代的独特地位。

当然,林子同白朗宁夫人的经历不同,文化传统不同,所以诗中的感情及进展线索也就呈现不同的色彩,正如诗人所说,"我吸取了外来的形式,但抒发的却是一个中国女性自己的感情",这同样值得我们注意。我们认为林子文本的独特性体现在三个方面:

强烈的个人性。我国新诗缺少这样的作品:诗中的抒情主人公自剖胸臆、自诉衷肠、毫无掩饰地倾吐爱情,体现心中欢乐或哀伤,是个人向隅独白或河边窃窃私语。而《给他》就是这样的作品,它像一串长长的音符,大胆地袒露了一位东方少女从初恋到鬓染银丝的深情、曲折漫长的情感轨迹。这是一位热情勇敢的女性所建构的只属于她自己的、独特而又完整的爱情世界。人类在爱情感受和表达方面固然有着共同之处,但是每个当事者又是鲜活个体,所以又有独特之处。这就要求诗人不但要善于摄取同时代人爱情生活中熠熠闪光的东西,更要善于挖掘并揭示独特的心灵秘密,把爱情体验中的新鲜感受和独特发现,大胆地袒露出来。我们来读《给他》第1辑之三十五写"爱情的奇妙":

> 像大雾弥漫了心的山谷,
> 那含情的眼睛却分外明亮,
> 像阳光照透了森林深处。

如第1辑之二十九写"初恋的第一次亲吻":

> 像第一次睁开眼睛的婴儿,
> 看见了世界那样惊喜;
> 像第一次绽开的花蕾,
> 那娇美多么使人珍惜。

这完全是个人纯真爱情的表达,是只属于她自己的爱情之歌。由于这诗是写给自己和情人看的,所以才摆脱了种种遮掩和粉饰,直接成为少女真情的自然袒露。林子首先是位恋爱中的女性,然后才是诗人。诗中的"我"非一般意义上的抒情主人公,而直接就是诗人。诗中少女的温情、恋情的感觉不再是旁观者的揣度,而是自我的真实流露。诗人的心灵直接外化为只属于个体的、独特的和不可重复的艺术世界,带有强烈的非功利性。

充分的女性化。《给他》抒写的是那些只有温柔女性才能体会到的感情。她把爱心送给所爱之人,爱占据了林子的全部世界,从少女、情人,到妻子和母亲,她的女性温存情感是一个永恒的世界。正如她所说:"真挚的感情,是诗的生命。我想,我这一生中,如果没有经历过这样的爱情,是绝对不可能写出《给他》来的。"①诗人是以亲历感受为基础创作《给他》的,所以能够在诗中自然地披露那些纯属女性内心世界的秘密,这样就使得《给他》具有一种女性美质。中国像林子这样具有女性自觉的诗人不多,我们看《给他》第1辑之二十五:

> 亲爱的,请答应我一个小小的要求:
> 你来到这里可不许到处打听——
> 那终日站在眼前的维纳斯侧着脸儿,
> 装作没有看见我那抑制不住的微笑,
> 从心的深处涌上来,每当读着你的信。
> 桌上那排美丽而知情的诗集呵,
> 它们顽皮的笑声常惊醒我的痴想……
> 这支忠实的笔,是懂得沉默的,
> 它洞悉我灵魂里的全部秘密;
> 还有我的小梳妆盒:明亮的镜子,
> 闪光的发带和那把小红梳子,
> 都看见过爱神怎样把我装扮,用那
> 迷人的玫瑰花束……可别询问它们呵,
> 亲爱的,不然我会羞得抬不起头来……

这里的情调、气氛都是女人所特有的。通过一些细微的东西如镜子、发带、梳子、玫瑰花等,和在爱人到来之前躲在房间里悄悄打扮的细节,使初恋少女娇羞、爱美的心态与似水的柔情,充分外化为可触摸的感性形象。这种心态的表露极为传神传情。林子的诗中充满了女性的聪慧与柔情,有着女性独有的感情与心理染就的情绪世界。

鲜明的纯情化。个性化、女性化只有同诗的纯情结合,才能进入诗美层次。林子说:"如果我的笔,不忠于我的眼睛,我的耳朵,我的心,那么,它不是我的伴侣!"诗人坚信:"爱情,并不是什么可有可无的东西,而是与人的生命相始终的,是人的神圣的权利!纯洁美好的爱情,伴随着人们白头到老。甚至当呼吸停止之后,'在新的生命里,它依然活着,永不停息……'人类,不

---

① 林子:《谈谈〈给他〉》,《给他》,香港:华南图书文化中心1983年版,第103页。

就是这样延续的吗?""生死不渝的爱情,会给人以巨大的力量,战胜苦难,战胜死亡,从邪恶、庸俗的泥沼中昂起头来,屹立在大地上!"①怀着这种赤诚的爱心,诗人开始了写作,而且这样的写作又只是为了向爱人倾诉,这就使《给他》成为最纯粹的童贞式作品。正因为《给他》的纯情性,所以我们接触到诗中的爱情,获得的是一种圣洁的崇高感,即使这样的诗句:

> 只要你要,我爱,我就全给,
> 给你——我的灵魂、我的身体。
> 常青藤般柔软的手臂,
> 百合花般纯洁的嘴唇,
> 都在默默地等待着你……爱
> 膨胀着我的心,温柔的渴望
> 像海潮寻找着沙滩,要把你淹没。　　(《给他》第 1 辑之三十三)

> 你快来吧,为什么还不来?
> 推开我的房门,走到病床前,
> 在我的身边坐下。给我
> 带来森林里的一片阴凉,
> 舒解我撕裂头脑的痛楚;　　(《给他》第 1 辑之四十三)

我们不能用"宣扬色情"去评价这些诗句。爱情是以两性吸引为纽带的男女双方的精神共鸣,具有精神相爱和生理需求、社会性和自然性的双重属性。只要男女之间不是柏拉图式的精神恋爱,两性达到炽烈时,就有相互献身的强烈愿望,出现以上诗句所写的心理,就毫不奇怪了。

在分析了《给他》的诗质后,我们要紧扣"挖掘独特的心灵秘密"去考察作品"如何写"的问题。诗人在第 2 辑之三十四中这样抒唱:"哦,我的笔/我忠实的伴侣,把我的心奉献于世间,/从不隐瞒它的一点甜蜜、一丝颤栗。/这是一颗活跳跳的心哟,从不会/戴上保护的面具。它赤裸裸/来到世上,仍将赤裸裸离去。/带着儿时的天真、青春的眷恋,/艰难的成熟、衰老的记忆……"可见,《给他》本质上是一种心心相印的无私倾诉,它决定了诗采用一种面对面、心对心的交流写法。在《给他》中,诗人抒唱的情感是动态发展的,从第一行到第十四行不是静止的,而是流动的,呈现着迂回曲折、盘旋而

---

① 林子:《谈谈〈给他〉》,《给他》,香港:华南图书文化中心 1983 年版,第 106 页。

下的状态,这明显受到白朗宁夫人情诗的影响;诗人的抒唱是情节展示的,注意让情感穿上多彩的形象外衣,并以想象在内心情绪中展开抒情情节。诗的内心独白是以特定对象为倾诉者,因此常常假设对象就在对面,采用诉说和交流的方式,从而使诗情更加真切动人。如第1辑第三十四首四行:

> 宽恕我的热情吧,爱人!
> 如果它爆发了,像一座火山。
> 火山的热源来自地心深处,
> 而我的,却是来自你的心坎……

林子的爱情诗大胆率真,音色明亮,无所顾忌,因此她在假定对象面前,请求爱人对此宽恕。不仅如此,她在诗中还要求爱人作出选择:

> 告诉我! 你更喜欢哪一种呢?
> 是火热的玫瑰,还是幽静的百合?
> 爱神的箭上原本刻着两个命令:
> 一个是世间欢乐的现实,
> 另一个,是飞翔的心灵的幻影。 (《给他》第1辑之三十四)

这虽是内心独白,但我们却可以视为诗人与爱人的对话,是心心相印的对话。

可贵的是,诗人以上独特抒情都是在十四行体的形式规范中进行的,其贡献在于诗的题材内容、表达方式和形式规范的完美统一。十四行体的重要题材是抒写爱情生活,汉语十四行诗也有大量是写爱情与由爱而起的感喟,但在《给他》之前,还没有一位诗人写过那么多爱情十四行诗,而且写得那么富有个性特点。《给他》分两辑共九十多首,组合起来反映了一个东方少女从初恋到鬓染银丝的爱情,各首既相对独立,全诗又有主题串联着,类似莎士比亚和白朗宁夫人情诗的结构。不仅如此,《给他》所用的内心独白的抒情方式,也是欧洲十四行诗的传统。莎士比亚和白朗宁夫人的诗都用内心独白式,诗在十四行体制中写出思想感情的转变过程,起承转合,波澜迭起,层层推进,最后形成情绪的高潮。林子以自己独特的艺术实践,运用西方传统体式的细腻、委婉和真情地传达出女性隐秘的情感世界,成为中国化的女性十四行诗的典范之作。

尤其是林子《给他》在作出以上重要贡献时,正是中国十四行诗遭遇冷落的蛰伏岁月,这是一种勇敢之举,因为《给他》的思想内容和形式规范都具有挑战性。《给他》在运用十四行体时采用变体,无论在用韵、建行还是段式方面都没有遵循传统格律,诗情随诗的结构进展自然流露,但是由于诗人情感流动性和单纯性的特征,当它进入十四行体形式规范以后,还是较为准确地体现着该诗体所特有的美质。我们《给他》第2辑之三十一为例:

> 如果,我先你而去了,亲爱的,
> 那是我最大的幸运。
> 我将免去伤心的痛楚,
> 当我身边失去了你——永远失去。
> 甚至,这个假设在心中隐现,
> 我的心立刻就渗出血滴;
> 它遮住了我的眼睛,使生命之灯
> 霎时间变得黯然欲熄……
> 哦,我怎么忍心这样自私,
> 独自去了,把你孤单地留在人世,
> 让你的心碎成片,像那月影,
> 飘零在铺满落叶的地面……
> 如果,真有一位仁慈的上帝,那么,
> 我将哀求他:把我们一同收去……

在这诗中,感情发展的流程是:希望——"我先你而去";沮丧——希望实现时,"我的心立刻就渗出血滴";懊悔——先前的希望是多么地自私;结末——诗情升华到新的希望,即祈求仁慈的上帝"把我们一同收去"。感情曲折流动,语言流畅自然,情调连绵不断,充分显示了十四行体所特有的容情、固情和表情特征。

七 "文革"时期的十四行诗创作

学者在研究20世纪50年代到70年代的文学创作时,提出了"潜在创作"的概念,指的是没有公开发表的创作,这种"潜在创作"就包括汉语十四行诗创作。在"文革"时期,十四行诗被贴上"西欧贵族和资产阶级的诗歌形式"的标签而打入冷宫,但在一派肃杀的秋风里,仍有诗人热爱着十四行诗,在艰苦环境里秘密地写作,隐秘地表达属于自己的思想感情。这种转入地下的写作，大多不能公开发表，就保留在自己的日记或抽屉里，即使发表也是混在其他诗中不让人看出。有的流放诗人是在监狱、牛棚、干校里秘密写作，这些诗具有独白的姿态，一般不考虑发表，因此就不必迎合主流意识形态话语，也不必考虑读者欣赏趣味，从而使个人化写作得以恢复和生存，使得诗人的精神获得解放。"这些诗作事实上打破了意识形态话语改造的政治指向，在一个知识分子精神资源面临枯竭之时代，用超越性的文学创作，追求着人性美的情感，对个体权利意识的伸张体现了人的自觉，深重的苦难意识更是体现出强烈的人文关怀精神，延续了人本主义价值的启蒙文化，表现出时代精神的丰富性。"①其创作的意义在于："在世路崎岖诗路难的日子里，这批'潜在诗歌'写作者竟然把'五四'新文化运动中获得、后来在50年代淡化、'文革'时期泯灭的人性意绪被重又招魂归来；或者说这批潜在写作的诗人终于把彻底异化了的新诗重又和'五四'新诗传统接上了轨。"②这就是"文革"时期的汉语十四行诗独有的思想价值和艺术价值。

"文革"时期汉语十四行诗的这种精神追求，可以唐湜创作为例。1958年唐湜被划为右派，被流放到北大荒兴凯农场劳动改造，后回家乡成为流浪艺人，"文革"前又被清理出阶级队伍，到温州建筑队当了十五年的建筑工人。在"文革"十年悲剧期间，他说"因为自己手头的大部分文稿被劫焚一空，出于一种悲愤，才急急写了起来，要重新积累起自己的'精神财富'，来填补生命的空白。常常一早醒来，就在床上倚枕作自己的'音阶练习'；就在城中武斗的枪声紧密，一家逃奔乡间时，也写了《海陵王》这样拿近百首变体的十四行组成的历史叙事诗"。"在70年代中国最黑暗的暗夜里，我也以连续的五十多首十四行抒写了一篇悲剧诗：《幻美之旅》，从自己的部分经历出发抒写我们这一代知识分子的历史性悲剧，一个沉沦的悲剧。"③诗人在《幻美之旅》中这样抒唱："要找寻自己渴望着的美，／要找寻自己渴望的诗之美，／要找寻崇高的生命交响乐，／要找寻高贵的思想的贝叶。"在悲剧的年代，诗人就是通过这种找寻，进入生命的"新港"，拥有"诗的红喷喷的花朵"，超越那历史的风尘，向幻美的境界飞扬。事实上知识分子对文化暴力的每次反抗，几乎都是借助文学的诗意体式。从西方心理学的视角看，生存状态的失衡必然导致精神状态的缺损，唯一有效的修补只能是海德格尔式的"诗意性逃避"。在一个失落的年代，诗人用一种隐秘却又张扬的潜在写作方式留给

---

① 袁甲：《"文革"时期汉语十四行诗创作的精神价值》，载《甘肃广播电视大学学报》2013年第2期。
② 沙苇：《艰难的历程——1950—1970年代新诗论纲》，载《星河》2013年春季卷。
③ 唐湜：《我的诗艺探索历程》，《一叶的怀念》，北京：中国戏剧出版社2008年版，第285页。

我们震撼心灵的审美感受。

"文革"时期的写作成为诗人苦难人生中的精神支撑。诗人曾卓回忆他在监狱中的生活时说,他是"通过诗来抒发了自己的情怀,因而减轻了自己的痛苦";同时,他也"通过诗来反映了内心的自我斗争","高扬起自己内在的力量,从而支持自己不致倒下,不致失去对未来的信念"①。翻译家钱春绮因用妻子姓名给日本友人写信探讨翻译问题,在1968年10月被抄家,数十年积聚的各国译本全部被毁。钱春绮是个自由职业者,靠着翻译谋生,是以书维生的,书籍被毁也就意味着他的经济来源断绝,这使他感到精神支柱垮了。年过半百的钱春绮在万念俱灰的情况下,背上简单行囊,独自一人云游七省,流浪后他就在诗中寄托精神,写成数部诗集,其中就有《十四行诗集》。他自己谈到"文革"十四行诗的创作,说自己经过了"文革"初期的疯狂岁月,决意拿起诗笔,为自己谱出心曲,为历史留下实录。他在《转变》诗中说:"屈指我已经闲了十七年,/我的笔竟然无用武之地。/沉寂的文坛!荒凉的文苑!/我只得抛弃幻想而转变,/来写我自己所要的诗。"他就是在这样的处境和心境中创作十四行诗的,而创作本身并无现实的功利,仅仅成为他面对"文革"混乱与文苑荒凉的一种精神寄托和追求。钱春绮在2009年出版《十四行诗》,其中第一辑就收有1971年至1974年间写的六十三首十四行诗,第二辑收有同期写成的十五首十四行诗。他有一首十四行诗《鳞爪》,明确地陈述了自己创作时的心态,说明自己的写作不是为马上发表而是为时代留下印痕:

> 我总是在写些一鳞半爪,
> 不是为了马上拿去发表。
> 我深知道我的这些稿子,
> 它的内容非常不合时宜。
>
> 我常看到许多古代作者,
> 生前没有发表作品机会,
> 等他死后过了很多日子,
> 才由后人将它公诸于世。
>
> 就让我的著作成为孤本,

---

① 曾卓:《在学习写诗的道路上》,《曾卓文集》第1卷,武汉:长江文艺出版社1994年版,第418页。

就以这种手稿样式保存，
让它埋没很长很长时期。

将来也许会有博古之士，
能发掘出这些参考资料，
探索这时代的精神风貌。

为自己谱写心曲，为历史留下实录，这种创作动机和写作姿态已经超越了功利的局限，代表了当时诗人地下写作的普遍追求，它显示了诗人忠于诗歌、献身诗歌的精神品质。钱春绮另有一首十四行诗《早死的诗人》，铺陈了中外年轻诗人逝世，接着的抒唱是："可是早死的只是诗人的肉体，/他们不朽的诗歌却永垂百世，/永远地留下他们光辉的名字。"正因为这批诗人以此作为创作动机和写作姿态，所以其写诗就无从考虑读者的期待和视野，只是出于个人表达的需要，只是借诗歌独自表达个人在特定年代的思考和体验。由这种地下写作精神和方式所决定，这些十四行诗的基本特征首先是"我"的凸显。"新的'自我'，正是在这一片瓦砾上诞生的。他打碎了迫使他异化的模壳，在并没有多少花香的风中伸展着自己的躯体。他相信自己的伤疤，相信自己的大脑和神经，相信自己应做自己的主人走来走去。""这就是具有现代特点的'自我'，这就是现代新诗的内容。"[①]其次是"我"的独唱。被社会抛入了生活的底层，诗人感到无比孤独和寂寞，而现实又是那么混乱和无序，诗人感到无比迷茫和彷徨，这就促使他们走入内心。正如同时代进行地下写作的黄翔在《独唱》中的抒唱："我是谁/我是瀑布的孤魂/一首永远离群索居的/诗。/我的飘泊的歌声是梦的游踪/我唯一的听众/是沉寂。"内心的孤独无法相互倾诉，只能转而变成自我的独白对话。再次是精神追求。在那特定岁月中写作十四行诗，诗人面对的是混乱的社会现象、苦难的现实人生和枯涸的心灵饥渴，有人还受到了非人性折磨，或被流放、或被监禁、或被批斗，于是不少诗人就把精神追求作为支柱，如唐湜就说，"而我，就要从丑恶中升华出一片美，一种符合中国古典美学传统的静穆的美，学习古哲人的风度拿梦幻的美来超越现实的丑"，"我是用诗的语言来建议一个与现实既对立又相联系的诗的世界"[②]。正因为这些地下写作有着这些重要特点，所以能够成为"探索这时代的精神风貌"的思想资料。

---

① 顾城：《请听听我们的声音》，《磁场与魔方》，北京：北京师范大学出版社1993年版，第20—21页。
② 唐湜：《在现实与梦幻之间》，载《诗刊》1990年2月号。

"文革"时期创作十四行诗的诗人较多,这些诗表达了诗人对人生的梦想、对光明的呼唤和对丑恶的鞭挞,大多具有反思的冷静,也有幻美的追求,同时也对十四行诗体的形式进行了多方面的探索。如唐湜的数百首十四行诗大多写于"文革"时期,后来陆续发表并产生重要影响;钱春绮在"文革"中七省流浪后写成的十四行诗,后来陆续发表在刊物上,有一千多首;吴钧陶的不少动物诗也写于"文革"时期,后来大多收入了《剪影》《幻影》等诗文集;郑铮的《致普希金》等作品,采用《叶普盖尼·奥涅金》的韵式写作;公刘、雁翼、蔡其矫写作了众多抒情十四行诗,大多与诗友口口相传;肖开在60年代写的十四行诗歌咏人生、歌咏理想、歌咏爱情,如《太阳颂》等,诗体上有独立成篇的十四行诗,也有十四行组诗,甚至有十四行体花环诗。他们大多具有被批判、遭下放牛棚或五七干校的经历。因为他们写诗一般都没有考虑拿去发表,而是给自己或一二诗友看,不必考虑读者的欣赏趣味,没必要迎合主流意识形态话语,所以诗歌以真诚的情感体现出对艺术美的追求。诗人大多把诗歌当成苦难生存境遇下的精神支撑,尽可以表达自身对人生的梦想、爱情的得失、青春的困惑、理想的思考和对光明的呼唤,诗歌审美意蕴也表现出更为纯粹的突破。这些创作都在那个喧嚣的年代保持了诗人冷静的思考,不仅表达了对现实世界的诘问,更以底层苦难意识抒写了对自身存在、命运归宿以及民族未来的深重思考,具有鲜明的时代感和历史感。"文革"时期的十四行诗人大多把创作当成苦难生存境遇下的精神支柱,诗歌意蕴也有自己的特色。研究者把"文革"时期十四行诗的语言意象概括为具有内在联系的三个方面,即迷茫、窒闷、彷徨、孤独等,阳光、欢乐、幸福、丰盈、自由等,荒凉、废墟、暴君、愤怒、断裂等,并认为,第一组词语意象暗示了"文革"时期知识分子的共同体验——孤独、迷茫、彷徨,以及那个疯狂的年代在知识分子身上造成的创伤;第二组词语意象体现了被压抑的个性对平等、自由、光明的渴望,这些都带有浪漫主义的典型色彩;第三组词语意象象征了那个可憎的年代,以及在风暴、厄运降临之时诗人坚毅而倔强的意志、强烈的探索精神与反抗精神。这些语词共同体现了诗人在理想被现实击碎后迷惘、绝望、辛酸的真实心态,狂放不羁的感情,对人性、真理的呼唤和强烈启蒙色彩。袁甲把这些诗人"文革"时期的创作归结为海德格尔式的"诗意性逃避",认为"十四行诗作为一种特殊的精神载体承载了太多的知识分子的寄托与期盼,成为了那个时代理性高昂呼唤自由与正义的启蒙的旗帜。诗人也正是深切地认识到思想和文化的贫困时,先于他人以诗意的沉思发现且领悟了自我存在及其自我存在的价值。在一个失落的年代,诗人用一种隐秘却又张扬的方式留给我们心灵震撼的审美感受"。①

因为唐湜、钱春绮、吴钧陶在"文革"时期的十四行诗都有专题论述,这里具体说说陈明远、孙静轩的创作,他们两人在"文革"期的汉语十四行诗创作,也是最能体现潜在写作所独有的精神价值和审美意蕴的。

1. 陈明远的《花环》组诗

陈明远因所谓"伪造毛主席诗词"而获罪,蹲了十二年牛棚。在异常艰苦的环境中,他仍然顽强地坚持科学研究和诗词创作。他在牛棚中完成了著名的《花环》组诗。诗人在给笔者的信中说:"《花环》组诗于1968—1970年作于牛棚及劳改农场。'文革'期间曾在人民群众中广为传抄,有多种不同的油印本。后收入《地下诗草》(1976年打字油印本)及公开出版的《诗词冤案》(1986年湖南文艺出版社)、《劫后诗存》(1988年世界知识出版社)。在1988—89年间,我曾根据过去的几个不同版本,对全诗进行了修改。"《地下诗草》在"文革"时作为手抄本广为传播,因此这是一个经历不同寻常的"文革"时期十四行组诗文本。

"花环"是种九曲回肠式的十四行组诗体,总共由十五首十四行诗组成。前十四首每首的首行和末行相扣,即后一首的首行用前一首的末行,上下衔接,第十四首的末行用第一首的首行,从而勾连成环状。而第十五首的"尾声"的十四行,则由前面十四首的每首第一行按照原有次序排列而成,新组合起来的尾声同样是一首合律的十四行诗,并揭示出整首"花环诗"的主题,形式之精巧令人叹为观止。这种诗体通常内容厚重,格律森严,主要用于表现比较深沉凝重的题材。这是历史上欧洲诗人在长期监禁中反复琢磨才定型的一种诗体,具有"戴着脚镣跳舞"的特征。陈明远在大学时代就知道这种诗体,但一直写不好。"文革"期间,他经历了监禁、毒打和流放等惨不忍闻的迫害,还曾试图自杀,种种遭遇使他终于在牛棚中写成了《花环》,并且迅速在民间广泛流传,形成了若干个版本。陈明远的《花环》组诗,是诗的花环——诗即花环,花环即诗。诗的开始是:

> 你们曾教会我编结花环
> 花还没采全,就化为烟灰
> 空虚的双手,沉重地下坠
> 串花的红线变成了锁链

---

① 袁甲:《"文革"时期汉语十四行诗创作审美意蕴研究》,载《阿坝师范专科学校学报》2014年第3期。

这里出现了"你们",所指的是郭沫若、田汉、老舍、宗白华等前辈诗人,陈明远写作诗词曾受他们的教导。《花环》抒写了诗人对诗的追求和诗的信仰,他愿把那岁月中编织的诗的花环,献给这些前辈导师,留给后人作永远的追念。他在诗中说:"除了不屈的心,一无所有",但"我仍然动手描画春天/以诗的梦想、梦的诗篇"。诗充满着对自我主体精神的讴歌和对理想生活的向往:"哄闹的吼叫却充耳不闻","花种活埋在污泥之下/再也不向神道去祈求/鲜红的记忆,迸出伤口/炽热的熔岩浇铸了铠甲"。诗人的人性没有被邪恶力量扭曲,依然保持着独立的人格。《花环》唱出了反抗专制的时代最强音:"希望的种子决不会长眠/只是陷入了混沌的噩梦/奴隶们背负阴冷的石砖/在山脊垒起蜿蜒的苍龙。"诗人说,哪怕我是一名死囚,面对层层骸骨也不会害怕。尽管诗人面对的环境是那么险恶,但是诗人还是相信"由苦难喂养大的歌手,绝不可能毁灭于苦难","废墟总有一天会变成花园",表现出知识分子恪守人格理想的气节和操守,这也成为新时期文学精神的生长点。《花环》组诗的"尾声"(即第十五首)是:

> 你们曾教会我编结花环
> 以诗的梦想、梦的诗篇
> 花种活埋在污泥之下
> 为迎接一个灿烂的瞬间
>
> 尽管原野上荒凉一片
> 希望的种子决不会长眠
> 新芽将要从化石中迸发
> 废墟总有一天重建花园
>
> 当野草装饰着青春的陵墓
> 请把这束诗歌献在碑前
> 我愿怀着深沉的爱情死去
> 只有这笑影,活跃人寰
> 祖国啊!这就是孩子的遗嘱
> 留给后人作永远的追念

诗中感情环环相扣,对前辈的怀念、对生活的思索、对未来的信念交织融合,情从衷来。其中尤为突出的就是在那是非颠倒的特殊年代中,诗人心中始终存有对真善美的追求和对假丑恶的仇视,始终对中国的未来心存期待。诗人愿意把自己对于祖国深沉的爱编成诗的花环,献于历史的纪念碑前,留给后人作永远的追念。这首作结的十四行诗,在思想内容和情感抒发上都具有归结性和升华性,符合十四行体的构思特征。而且这一尾声的诗,虽由前面十四首的首句组成,其本身却又是一首自然而又合律的十四行诗,头四行是第一个段落,心绪露其端倪,"为迎接一个灿烂的瞬间",更是把它交代明白;第二个四行用"尽管"转折,引出希望的种子会长出新芽,废墟有一天会重建花园,使心绪沿着同一方向发展;第三个四行开拓出一个新的境界,写重建花园后的心愿,即愿献诗在碑前,怀着爱情死去,给人间留下笑影;末两行让以上心愿升华,作为祖国孩子的遗愿,留给后人追念。这就是尾声圆满的整体结构和丰盈的情感线索。因为前面十四首十四行诗中,每一首都自成起承转合的结构,都有一个感情发展的线索,其起点和终点正好是尾声中的上下两行诗,如尾声中的第一、二行正好是第一首十四行诗的起句和结句,也就是说,尾声的第一、二行浓缩着的正是第一首的诗情结构和进展。因此,我们把握全诗的结构和诗情,较简洁的办法是研读尾声。根据尾声的结构,去把握前面十四首的起承转合的进展结构。

2. 孙静轩的十四行诗

孙静轩是20世纪50年代成名的诗人,有诗集《唱给浑河》(1956年)、《海洋抒情诗》(1958年)、《抒情诗一百首》(1983年)和《孙静轩抒情诗集》(1985年)等诗集。他曾在1953年进入文学研究所深造,1958年自投罗网式地被划为右派,押送农场劳动改造。到1963年摘帽归来时,已经是妻离子散,一贫如洗,幸而诗心未死,继续拿起笔来抒写自己的人生感悟。这是一种大彻大悟后的情思抒发,他的诗中看不到冷漠与衰老,有悲伤、有郁闷、有怨愤,但却始终是真情,更多地体现着的是诗人对人生与诗的执著追求。他的诗是热烈的,不是空虚的喟叹,总能给人以激情与力量。他说自己本无意于写作十四行诗,因为"真正的十四行诗是有极严格的特定的定义的",他希望自己"搞一点有中国特色的十四行"。在五六十年代,孙静轩创作的十四行诗就受到过批判。在钱光培编《中国十四行诗选》时,孙静轩挑选了七首并自谦地说"滥竽充数",这些诗有《昆明街头》《在单身宿舍里》《阿诗玛》《被遗忘的峡谷》《西山睡美人》《群牛石雕》《苦果》等,其中写作于"文革"时期的是大致是后面三首。钱光培认为:"其实,他的这些诗,虽没有遵守西方十四行诗体的格律,但着实存有十四行诗体的精神(如诗行与诗行的绵延不绝,浑然一体;诗意的曲折起伏,不一泻而下,等等)。"①

孙静轩的诗受艾青、聂鲁达的影响很深,充满着激越庄严的风格,充满着对生活真谛的深刻性与哲理性揭示,往往在一种关怀和超越中追寻生命的本质意义,如《群牛石雕》:

> 你原本是凶悍的野牛
> 奔驰于森林、荒野、峡谷
> 在天与地之间
> 自由自在,无拘无束……
> 谁让你驯服于一副木枷
> 拖着犁铧,开拓出一条古老的文明之路
> 多么沉重的铁器呵
> 多么板结的泥土
> 纵使你挣断了缰绳
> 也只能迟缓地迈着脚步
> 终于,你疲倦了,倒卧在地
> 化为一座无声无息的石牛
> 我仿佛听见了一声声叹息
> 为了一个拖不动的家族……

诗人借石牛的经历和形象,抒唱了自己对羁绊自由本性、阻碍文明前进的力量的否定态度,它昭示了即使在邪恶的时代,潜在写作者仍有可能保持对主体意识的伸张。自由是人的本质权利,诗人用沉重的木枷抗议对这种自然天性的扭曲,这种真实、反叛的抒唱恢复了诗歌的尊严,用决绝的勇气在那个精神荒芜的年代耕种。在这种反叛中,诗人遍尝着人间苦果,透露着沉重的苦难意识,如《苦果》:

> 我咀嚼的是一枚苦果
> 又酸又涩
> 味道真够苦
> 吞不下,却又吐不出
> 象一块癌,梗塞在咽喉

---

① 钱光培:《中国十四行诗选》,北京:中国文联出版公司1988年版,第254页。

这又怪谁呢
我自己栽了一棵蒺藜树
而且用血和泪
浸润着它赖以生存的泥土
泪是酸的,血是咸的
并不指望有别种报酬
以后,我该吝惜自己的血吧
不! 纵使收获一百次苦果
我还是把最后一滴血洒在它的根部

这诗糅进了诗人对自身苦难命运的独特感受,表达了他始终不渝地忠诚于自己的理想信念,忠实于自身的真实感受。诗中那赤裸裸的心灵抒写表达出一种悲壮的英雄主义精神,虽百折而不悔,坚守着知识分子的良知和人格,始终敢于直面苦难人生和悲剧生存。在这首诗的悲剧性情感中,为了理想甘愿赴汤蹈火的殉道精神力透纸背。这是令人无限感动和钦佩的,因为它为我们保存了特定历史时期文学独立精神存在的证据。"在政治决定一切的'文革'浪潮中,整个文化领域完全失去了自主性,变成生活中最无关轻重的外围装饰品。但总有那么一部分知识精英不依附于政治文化权力保持着自身的独立性和超越性,超越世俗的利益,以观念批判现实,坚守着人文主义和人道主义话语本已退潮的海滩。也正是这些地底深处的流火,使得一切权威意志话语消解无形。在阅读每一首用生命谱写的诗歌时,触碰的是一颗颗浓烈而又滚烫的心灵,他们的思想是深刻而邃远的,他们的人格是崇高而圣洁的。"[①]孙静轩的人品诗品虽然在评价上存在分歧,但人们普遍认为,他是一个具有超凡勇气的男子汉诗人。

八 50 年代香港十四行诗

在 20 世纪 50—70 年代,十四行诗在新中国处于蛰伏期,但 50 年代的香港诗坛则出现了较为热闹的局面。新中国成立后,大陆接二连三开展政治运动,政治深入到社会生活方方面面;台湾政局既不稳定,文化人生活在"戒严"的禁令中;而香港作为"海峡两岸三地里唯一的'公共空间'",也就是一种

[①] 袁甲:《"文革"时期汉语十四行诗创作的精神价值》,载《甘肃广播电视大学学报》2013年第 2 期。

政治、文化的空间，可以不受国家机器的控制，免于恐惧和压迫，自由地对各项议题发表意见"①。香港诗人在五六十年代吸取西方诗歌传统，往往可以直接阅读英语，可以通过英译阅读其他西方语系各种诗体的诗。50年代的香港诗人在突破政治重围后，不仅发出了去国怀乡的吟唱，而且开始了各种新诗体的尝试。这都使得香港新诗更加开放，诗体探索更加自由，汉语十四行诗的余绪得以延伸。

50年代中期，香港的《中国学生周报》《人人文学》《文艺新潮》《青年乐园》《文汇报》《星岛晚报》等都曾经刊登汉语十四行诗。如《诗朵》在1955年8、9月间出版三期，坚持"放开眼界接受西方优秀的诗歌传统"，其中就有十四行诗发表。《诗朵》出版三期发表了五十三首新诗，其中汉语十四行诗就有：蓝菱的《断弦的歌》、卢因的《轻吟》、蔡炎培的《无眠的晚上》、沙羽的《无题的商籁组》(六首)、比特的《仲夏夜的原野》等。《人人文学》第6期(1953年2日)就刊登了《祖国三唱》，三首诗均为十四行诗。

香港报刊在50年代译介并发表了相当数量的十四行诗，包括莎士比亚、魏尔伦、勃朗宁夫人、里尔克、E. E. 卡明斯、弥尔顿、济慈等域外诗人的十四行诗译作。梁宗岱在20世纪40年代初翻译了数十首莎士比亚十四行诗，并有作品发表在当时的《民族文学》杂志，同时发表了诗论《莎士比亚的商籁》。由于种种原因，其他译作没能继续在大陆杂志发表，而是在50年代的香港《文汇报·文艺》连续刊登了数月。这些翻译的莎士比亚十四行诗可以看作梁氏基于其诗论和译论的再创之作，而"再创"的重要标志就是由英语到汉语的现代转换。梁译根据汉语特征，采用了每行十二个汉字按"字组"分成五拍的做法，实则与卞之琳写作和翻译格律诗的"以顿代步"方法趋同。这些译品"以质取胜"，体现了中国诗人翻译十四行诗的最高水准。梁氏的翻译还体现了十四行体中国化的重要收获，它在50年代的香港报刊大量发表，较好地呈现了数十年来我国诗人探索十四行体中国化的成果。

在50年代香港从事汉语十四行诗创作的有两类诗人。一是大陆诗人的创作。如吴兴华的诗作由友人林以亮带到香港，以梁文星的署名发表在香港和台湾的杂志。其中在香港发表的就有吴兴华《十四行》(又名为《我是夏天最后一朵玫瑰》)，发表在《人人文学》第26期(1954年1月出版)：

> 我是夏天最后一朵玫瑰，虽然我觉到
> 　在我凋落之后将会来临多果实的秋，

---

① 郑树森：《香港在海峡两岸间的文化角色》，载《素叶文学》1998年11月第64期。

但那时我已不复能抬起我苍白的头
向原上与群云为伍的牧女招手微笑。
不要问我过去殷红的时光如何失掉,
　现在接收我罢!趁我的色香仍然残留,
　趁我还能吸引你的转移无定的双眸
在你寒冷的光中像一颗卫星的照耀

因为我早已预感到寒冷的手指抚摸
　我的两颊,听见时光的镰刀霍霍欲试,
看见同根的姊妹们依次从枝上扭脱,
　陪伴着地下的死叶一齐腐烂。尘土是
我的运命,让我闭眼在你的胸上安眠,
　然后醒来,被风吹到遥不可知的天边。

这是一首格律严谨的十四行诗。全诗分成两个大段,每大段内部又分成两小段,从而构成四四三三的意体格式,诗情进展呈起承转合结构。诗韵为AB-BAABBACDCDEE,也是意体的正式。每行十五言分成六拍,全诗建行方式完全一致,每行可以是一个句子,也可是两个句子,还可以采用跨行,某些诗行采用彼特拉克式常有的半逗,在规则中呈现着变化,这些建行方式有效地延展了诗行结构,增加了诗语的弹性和韧性。这是一首对应移植十四行诗体格律的规范之作,其中分段方式、建行方式和用韵方式都移用了十四行体格律,同时也体现了十四行体中国化的探索成果。诗人在借鉴西方十四行体基础上采用变体,即融合了中国传统诗歌的意境和现代汉语的特质,既有格律上"节的匀称和句的均齐",又不生硬和拘谨。吴兴华《十四行》是十四行体中国化走向成熟的重要标志,它的发表对于香港十四行诗创作具有重要的示范作用。

二是本土诗人的创作。如50年代香港较为重要的诗人如力匡、余怀、方芦荻、林放、汗青、王杜、崑南、麦阳、夏侯无忌等都有汉语十四行诗创作。其中力匡是个重要人物,他的创作在青年读者中产生了重要影响。这些读者包括了后来成长起来的诗人卢因,他在读中学的时候就开始写诗投稿,在《中国学生周报》第59期发表过题为《家》(1953年9月4日)的十四行诗。同时创作的还有夏侯无忌、崑南、徐速等。徐速在《中国学生周报》第171期发表《慰》(1955年10月28日)时特意注明是"拟力匡体"。崑南不仅自己创作(如《银河》等),同时在他主持的《诗朵》上也重视发表十四行诗。这些本土诗人的汉语十四行诗,一般来说都写得较为自由,用律随意。从段式上说,不少诗并不遵循意体或英体正式格式,如比特的《仲夏夜的原野》就采用了五五四的段式。从建行上说,一般都不采用音步对应移植,诗行的音组或音数并不整齐。从韵式上来说,更是加以自由地改造,甚至整首不用交韵或抱韵方式。这些诗应该属于自由的十四行诗,其创作状况类似大陆在20世纪20年代中期以前的作品,即没有经过规范创格的汉语十四行诗。产生这种自由的变体创作,原因应该是诗人没有着意探索新诗格律,也没有充分借鉴数十年内积累起来的十四行体中国化成果。50年代香港诗人的创作,大致是带着比较强烈的古典诗风才探寻到十四行诗创作的,其本意并不在移植十四行体。

这里具体介绍力匡的十四行诗创作。力匡在50年代的《中国学生周报》上接连发表论诗文章,谈新诗的语言和意境。这些诗论大多针对青年写作者,带有鼓励和指引性质,其中包含着对于新诗语言形式的探索。在这样的新诗观念下,力匡等诗人的创作从韵律、意象、语言等方面与古典诗词进行对接,也积极地探索新的诗体形式,如十四行诗、豆腐干诗、格律诗、朗诵诗和图像诗等。力匡的十四行诗一般并不标明"十四行",但在体制上却具备这种诗体的特质。如《高原的牧铃》集中题为《献——代自序》的诗,抒写自己诗篇的审美特质及对它的爱情。诗中使用了较多的意象,创造了一种温馨诉说的境界。力匡对诗的体式说明是:"在序诗《献》中,我模仿了莎士比亚的十四行。"①这首诗采用了四四四二段式,是莎士比亚式。但在用韵上则与传统正式存在着差异,诗的前三个四行段没有采用交韵,末段也没有采用偶韵,诗人只在偶行押韵,而且全押同韵,这不符合十四行体格律规范。《献》的意思和意境进展在全诗中是连贯纵直向前的,各节之间没有起承转合的圆形结构,因此这是自由变格的十四行诗。力匡的其他十四行诗在格式上大多遵循着莎体的四四四二结构,如《遥寄》《路灯》《重门》《自画像》等,用韵同样自由随意,诗句长短不一,没有对应移植十四行体诗行均齐的格律。我们看力匡的《重门》诗(载《星岛晚报》1953年1月6日):

> 我走在寂寞的黄昏,
> 夜在我前面用猫的脚步轻轻走过,
> 幽僻的小路没有行人,
> 陌生的窗户又有了灯火。

---

① 力匡:《我怎样写出一首诗来的》,载《中国学生周报》第206期,1957年7月12日。

南方的冬天没有霜雪,
没有人在寒风里战栗哆嗦,
路边没有秃顶的梧桐,
也没有人在深巷叫卖糖葫芦和梨果。

然而我是这岛上的旅人,
我孤独寒冷得不到暖和,
我怀念在北国的冬天晚上,
纸窗内有明亮温热的炉火。

失望于又一次的寻觅自己归来
白发的阍人已把重门关锁。

该诗采用四四四二的英体格式,情绪发展呈现着起承转合的结构。前两段铺叙,第三段用"然而"转折,由"我走在寂寞的黄昏"的种种场景转写自己是"岛上的旅人","怀念在北国的冬天晚上",最后是作结偶句,设想着寻觅归来,结果却是"重门关锁",这体现了十四行体的抒情结构。但诗没有采用诗行字数均齐或音步整齐建行,而是散文结构的长短句式诗行,诗韵也未采用传统方式,而是采用了逢双行押韵的方式,这是用我国传统韵式对十四行体的改造。该诗的建行方式和用韵方式显示了香港十四行诗普遍存在的格律随意的特点。

  作为力匡朋友的夏侯无忌,在《诗的范畴》中提出诗的内容和形式上有各自的极限:在内容上,"诗是情意的抒发,因此它遍及情意的一切范畴";在形式上,"在传统的中国观点中,我们说是韵律。如果用今天的新术语来说呢,就是诗必须出于文字的音乐形式(The musical form of language)"。他没有就"文字的音乐形式"给出具体解释,但希望"能廓清一下由于'现代诗'的倡导而引起的诗的本质之争",他的结论是,无论现代还是古代、东方还是西方,在诗的基本特质上有共通性,"要表达的是情意心灵;表达的形式是文字的音乐"[①]。这就是夏侯无忌创作十四行诗的理论指导。他是一位较为多产的十四行诗诗人,多采用四四四二格式,用韵也较自由,有时一韵到底。如《夜语》《江南》等都是怀远之作,情感丰沛而表达节制,以《夜语》(载《星岛晚报》1953年2月28日)为例:

---

① 夏侯无忌:《诗的范畴》,载《中国学生周报》第358期,1959年5月29日。

晚风在苍松的枝上悲泣
哀诉又失落了一个黄昏
为谁我独自山巅伫立
摘下了满袖的星辰?

春蛰在庭前幽幽地私语
冷月的微光照着藻荇交横
为谁我长夜小楼默坐
独对这盏摇曳的孤灯?

三年离别怕我担愁不起
无情的幔幕隔断了音尘
时光好像对我讪笑
笑离别的春草更远还生

告诉我,清华园的今夜
可也有一丝远恨轻叩你的重门

该诗表达了天各一方的距离如"无情的帷幕隔断了音尘",离别的思念绵绵不绝。然而诗人却不言明自己挂念的人到底是谁,只用了一个"谁"来指代。诗的情意浓烈,但又不直白抒发,孤寂的情感全部蕴涵在诗人创造的意境之中。这显然是借鉴了古典诗词的艺术手法,同时也充分利用了十四行体情感诉说曲折进展的体制特征。诗的用律自由,除了段式外都没有严格遵循诗体规范,诗人在较为自由的格式中融入了心弦的音乐节律,"告诉我,清华园的今夜,/可也有一丝远恨轻叩你的重门"的设问句式结尾,使得诗的情意更加深沉。

在50年代香港十四行诗中,也有用律规范的,如麦阳《香港浮雕》组诗中的《钻石山竹林前》(见郑政桓编、香港中华书局2013年版《五十年代香港诗选》),发表时由唯陵配画:

累积错失,以砂粒筑起白塔
独自的骑士从富饶的天地来
风沙里照见面目多变的形象
如幽魂不归,永追笨的重枷

生存的符咒是勃怒抑或盲从
却只有竹叶才是爱慕的表征
当虫足微毛轻抚叶脉而疾飞
挑起似能记忆的共享的波澜

胸前曾悬过一圈褪色的绿索
宝册之钥究已被弃置于何处
无能再旋开未来的铁的巨锁
渡过迷径的艰阻，没有回头

时间将凝固，因别前的大谎
将获空虚的时间。期待长在

从格律来看，这诗分段是英体的四四四二，抒情基本呈现起承转合结构。每行十二言（标点占格），整齐划一，虽然没有采用诗行音步整齐格律，但诗行音数整齐同样体现了十四行体建行原则，我国诗人移植十四行体也常以此方式建行。虽然各行音组数量并不相同，但每行最后一个音组统一为二字音组的说话调式，朗读中有着极其匀整的节奏效果，诗的用韵则较为自由。《钻石山竹林前》在香港50年代的十四行诗中，应该算是一首较为守格的汉语十四行诗了。

第八章　唐湜的变体探索

唐湜是我国十四行诗创作的重要诗人,在20世纪40年代,受唐祈创作的影响写作十四行诗,收入《交错集》,如《向遥远的早春祈求》《诗》《遗忘》《纳蕤思》《征服》《一夜风吹芦花白》等。但其十四行诗创作主要还是在60年代中期至"文化大革命"期间,发表在20世纪80年代以后,出版有十四行诗集或以十四行诗为主的诗集《幻美之旅》(银川:宁夏人民出版社1984年版)、《海陵王》(南京:江苏人民出版社1980年版)、《遐思:诗与美》(桂林:漓江出版社1987年版)、《蓝色的十四行》(北京:燕山出版社1995年版)等,后大多收入《唐湜诗卷(上下)》(北京:人民文学出版社2003年版)。

一　十四行抒情短诗

1965年元旦,唐湜在孤寂的夜里合不上眼,听着远处飘来一声、两声呜咽的箫声,过去的年华孕成了朦胧的意象飘来,于是,唐湜拧开灯涂抹起来,向自己欢乐的青春梦幻告别,呼唤歌诗的星辰照耀梦床,这就是第二天早晨誊出来的十四行诗《断思》。这是唐湜新诗创作新的暴发期的开始。从这时开始到"文革"结束,他写出了一批重要的诗篇,包括大量的十四行。如1970年是唐湜创作丰盈的年份,他写完《划手周鹿之歌》后,作历史叙事诗《桐琴歌》、十四行组诗《默想》《幻美之旅》,完成了《夜中吟》七章、自由诗《日出》,还有历史传说故事诗《海陵王》。了解这点对于解读唐湜作品极其重要。唐湜1958年被错划右派、流放东北的兴凯湖农场,1961年由北大荒回到温州,担任永嘉昆剧团临时编剧,开始了流浪江湖的艺人生活,1964年失业在家,1966年在温州房建局劳动,1979年12月《日出》发表于《东海》杂志,完成复出亮相。在这一特定时期里,诗人始终没有中断诗歌创作。

唐湜在《断思》中抒唱:"这忽儿我的生命的白帆/可离开了白浪滔天的海洋,/驶入个小小的蓝色的海湾,/眼看要进入个恬静的小港!//瞧,这忽儿是茴香似的春天,/珠贝满孕着季节的痛苦,该吐出云彩样光耀的珍珠!"该诗宣告了诗人的创作由白浪滔天的浪漫转向了蓝色沉静的明净。他正由丰饶的夏天转向生命萧瑟的秋天,但仍祈求着精神的"丰盈"。虽然早年创作就尝试十四行诗,但是数量较少,尚未形成特色。而在中年以后写的十四行诗,"在艺术上表现为稍稍成熟的返朴归真,从繁富渐归于朴素,从流荡渐归于宁静,从豪放渐归于凝练"①。构思和意象也渐趋古典式的明朗、简洁和恬静。这是一种晚年凝重、宁静的成熟。正如诗人所说,"由于年岁进入迟暮的晚景,自然而然地趋向了古典的中国美学理想:静默、肃穆或恬淡如陶渊明、孟浩然那样的风格。"②晚年创作的成熟,使诗人按照十四行诗严格的格律来写作,因为这样可以把诗的情思压缩得更加精炼,结构更加匀称,音律更加严谨;而凝练精致的沉思型诗体又帮助诗人完成晚年对于诗美的追求。唐湜的十四行诗就是在沉思里写出的智慧的花朵,他在《奋发的晚年》中这样表露自己的心迹:

> 而迟暮的花朵也开得最美,
> 在生命的长河上临流深思,
> 晚年能抒发出最光彩的珠贝
> 奋发能结出最成熟的果实,
> 呈献那照耀一代的肝胆,
> 拿一生的欢乐、坎坷、灾难!

这诗写于1981年,诗以"迟暮的奋飞"的精神,祈求晚年收获"最成熟的果实"。浏览唐湜的创作,我们欣喜地看到,诗人实现了他的心愿,在生命的秋天里保持着最旺盛的创作热情。其十四行诗的基本特征就是中年和晚年的成熟。"成熟"从创作思想而言,是诗人实现了对诗的"浑然美"的要求。诗人认为,"诗与音乐一样,是精纯度最高的艺术,更要表现精纯度最高的美,浑然的美!这种浑然美包含着浑然一体的内在与外在的一切构成因素,辩证地相互对立又相互渗透一切因素"③。"成熟"从艺术风格来说,就是诗人的诗作充分表现了返璞归真的"真淳":"从繁富渐归于朴素,从流荡渐归于

---

① 唐湜:《我的诗艺探索历程》,载《一叶的怀念》,北京:中国戏剧出版社2008年版,第287页。
② 同上书,第289页。
③ 唐湜:《关于建立新诗体》,载《文学评论丛刊》第25辑,北京:中国社会科学出版社1985年版。

宁静,从豪放渐归于凝练。"而以上二者,又决定了唐湜在诗体形式方面的特点,即讲究格律。因为格律正是锤炼思想、琢磨文句的利器,正是炉火纯青的真淳诗风的标志,也正是造成精纯度最高的浑然美的重要条件。情感经过均齐的艺术过滤,就如闻一多所说,能"挫其暴气,磨其棱角,齐其节奏,然后始急而中度,流而不滞,快感油然生矣"①。唐湜也说过:"没有海阔天空的自由探索,新诗会僵化而停滞不前;没有不断地及时创造相适应的新格律、新形式,新诗就不能到达成熟的新阶段,也就不能到达愈来愈高的艺术水平。"②

同成熟风格相联系,唐湜的十四行诗充满幻美的遐思和返归自然的抒唱。他慨叹"卢骚,我喜欢你的自然呢,/要作个最后的浪漫主义者!"(《最后的浪漫主义者》),他写"爱的交响乐""蔚蓝的天宇""恬静的清晨""光灿的群星""无邪的孩子""神秘的黄昏"……绝不让脓血恶秽来玷污十四行,说"窒息于空气污染的,可以/去看取大海的无边辽阔"(《窒息于空气污染的……》)。但是,当我们了解了诗人屈辱受迫害的二十年经历,知道他大量的十四行诗是在干完一整天重体力劳动甚至是受了批斗回家后写的,就能体会到那些宁静的诗里渗透着诗人和时代紧紧联系在一起的痛苦与欢乐。诗人歌唱无邪的孩子和崇高的诗人给人类带来光耀的明天,但他不能不正视现实,给人光明的人"可得到的是高加索山巅的受难,/叫兀鹰永啄着你伟大的心瓣!"(《孩子、诗人》)诗人在公园欣赏含苞的花枝交错,采朵金铃花放在友人折的小叶舟上,不禁想到:"把小叶交给滴溜溜的水波,/看黄昏上来,它怎么抵御/那斑鸠唤来的奔骤的风雨!"(《斑鸠的叫唤》)尽管如此,诗人还是在诗中追求幻美,他爱听自然植物"在矛盾的世界上歌唱和谐,/在匆忙的世界上歌唱静夜,/象永远天真的孩子们那样,/不知道痛苦,也没有忧伤。//活着,去呼吸空气、阳光,/死去,就化入那沉默的土壤"(《小植物的歌唱》)。这就是他宁静、明净诗风的底蕴。他在《忘忧草》中说:"当我拿梦幻的眼眸去凝望/悲痛的无底涡流,啜饮着/那一片淳美、澄澈的光芒,/我就仿佛在向美神献祭呢,/拿自己的苦难向她献礼,/叫深湛的忧郁化作一片美!"在《倾听》中说:"当我悲痛于生涯的多灾,我可爱在菩提树下倾听/翠叶间鸟儿们清脆的颤音。"以抒唱美来对抗丑,因痛苦而追求幻美,这就是唐湜十四行诗的个性特征。他坚信:"只有纯朴的语言才能够/叫智慧的想象闪电样涌现,/叫人们一下子张开了心眼,/看透了季候的变幻的云烟!"(《纯朴的诗》)这不是虚幻的盲目的抒唱,而是诗人大彻大悟的成熟,是审美正值同实用负值的错位结构处理,它从根本上保证了唐湜十四行诗独特的风格。他在《我的

---

① 闻一多:《律诗底研究》,《神话与诗》,上海:华东师范大学出版社1997年版,第306页。
② 唐湜:《新诗的自由化与格律化运动》,《新意度集》,北京:三联书店1990年版,第35页。

"幻美之旅"》中说:"为了不叫自己的精神(在灾难的岁月里)濒于崩溃,我拿诗作自己的支柱,把苦难的历程变成了'幻美之歌'。"他明确地说:"我是用诗的语言来建议一个与现实既对立又相联系的诗的世界。""我是积极地追求永恒的人性之美的,常常考虑该如何以永恒的美来抒发永恒的主题,拿一种朴素而也纯真的语言,闪耀着含蓄的幽幽光彩的语言来抒写"。① 我们充分理解和肯定唐湜的这种幻美追求,把苦难的历程变成"幻美之歌"并不等于逃遁,而是在那个畸形年代里的对抗性追求,是美对丑的审美超越。他始终对生活充满着希望,庄严地宣告:"我要拿欧罗巴婉娈的苇管,/吹出自己的朦胧的希望,心儿期待着的春天的光芒!"(《芦笛》)唐湜从屈辱中获得解放后,高声"欢呼一个新人类的早晨,/欢呼那混沌的大地的觉醒!"(《题〈九叶集〉》)并以《奋发的晚年》为题,抒写自己"老骥伏枥,志在千里"的激情,坚信"奋发能结出最成熟的果实,/呈献那照耀一代的肝胆,/拿一生的欢乐、坎坷、灾难!"这些就是唐湜沉思的十四行诗中的情愫内涵。诗人善于从切身体验出发,以个人的生活处境和心情为转移而抒唱,感情真诚,心底纯净。他说:"在抒情诗里,我希求的却是喜悦的柔和美;我企求能达到一种风格上的澄明,一种我难以企及的单纯的化境。"②正是这种追求在本质上造成其十四行诗的真淳和宁静诗风,从而呈现出永恒的人性之美。

不过,正如唐湜在他的《遐思:诗与美·前记》中所说:"可以有豪放奔腾的抒情,也可以有婉娈多姿的抒情,风格可以,而且应该多样,但更应该统一、明朗,以至于澄明……"③在他的十四行诗中,不仅有柔和而宁静的抒情,也有不少豪放而雄恣的抒情,不仅有受到西方诗风影响的,也有完全中国风格的,如《闪光的珍珠》《给吹笛者》《三人行》《红拂枝》等。《长安之忆》写的是抗战之初的1937年冬,他在西安欢送他的陶姨、桂表兄与一些同伴赴太行山打游击的那个夜晚,诗人接受中国古典传统,以雄豪奔放的风格表现了年轻胸怀中的豪气。这一片豪气到晚年仍然蕴存,在十四行组诗《海陵王》里表现得最为充分。诗人在谈到十四行体特征时曾这样说:"华兹华斯在他的十四行诗集中说,十四行是莎士比亚打开自己心胸的钥匙,而在米尔顿手中,则变成能激励人心的战斗号角。确实,它不仅可以抒写爱情与沉思的抒情主题,也可以抒写战斗的政治主题,米尔顿写给清教徒将军克伦威尔与哈里法克斯的十四行,抗议天主教屠杀山民的十四行就都是战斗的十四行。十四行

---

① 唐湜:《在现实与梦幻之间》,载《诗刊》1990年2月号。
② 唐湜:《"新古典主义"随感》,载《文艺报》1988年10月1日。
③ 唐湜:《前记》,《遐思:诗与美》,桂林:漓江出版社1987年版,第3—4页。

可以作为小巧而精悍的抒情与战斗的短剑使用,我感到不难掌握。"①这是对于十四行体题材的精彩说明,他自己就用十四行体抒写广泛的题材。

从写法上说,唐湜不论是宁静的沉思型或豪放的传统型十四行诗,总是注意赋予"沉思"或"忆念"以形象外衣,诗中总是充满着缤纷的意象。正如他所说:"我要做一个中世纪的术士,/把平凡的幻想点化为神奇"(《我要做一个术士》)。他凭借着高度的艺术敏感,巧妙地把思索和幻象、外象和内涵融为一体,从而使诗的意蕴变得层次丰富。从具体构思手法上看,唐湜的十四行诗分成两类。第一类是化虚为实型的诗,如《要与时间的奔流……》:

> 一次,我躺在山坡上冥想,
> 忽儿打晴朗的天海里涌上
> 一片雄伟的飞腾的幻象,
> 我刚要拿起笔来描出光芒,
>
> 却忽儿有一片云雾漫上来,
> 呵,这刹那的灵幻之海——
> 闪光的青春,一闪就不见了,
> 我再也见不到它浑然的照射,
> 因为时间就不爱去等待,
> 而生命的春天也不会再来!

诗写的是对一个永恒主题的思索:时间不停地向前流逝,生命的春天不会再来。诗人却赋予意念以生命的具体形象:一片雄伟的飞腾的幻象,一片云雾漫上来的刹那的灵幻之海。第二类是就实示虚型的诗,如《养蜂人》写养蜂人云彩般到处游荡,像牧人一样到处放养蜂群:

> 哪儿开着花朵的诗章,
> 哪儿就是他们的家乡;
> 哪儿能酿出最甜的蜜浆,
> 哪儿就有着他们的希望;
> 有什么能挡住云彩的流荡?
> 养蜂人不停留在一个地方!

---

① 唐湜:《如何建立新诗体》,《一叶诗谈》,南宁:广西教育出版社2000年版,第134页。

这儿似乎全是写实,但通过"诗章"两字,却暗示出诗的深层含义,诗人是借养蜂人到处牧放蜂群,抒写自己对诗的源泉的探寻,到处都可以找到诗意,酿出最美的诗篇。无论是化虚为实还是就实示虚,唐湜都依赖于想象中的"意象"。正是在想象中,感情和理智转化为缤纷的意象,诗篇孕育而生:

> 这样,就象钓虾的孩子样,
> 我拿起我欢跃的蓝色水笔
> 来钓取飞腾在空中的意象,
> 管它是天国门扉上的云雀,
> 或忙碌的蜂儿在采着花蜜,
> 都凝结成我心底欢乐的音乐!

在这种想象中,虚与实、主体与客体的界限消失了,达到了物我、象理的融合。读唐湜的十四行诗,我们见到多数诗中都出现了"我",体现着诗人自我直接同意象的结合,更具体地说是"我"的深思(虚)同物的意象(实)的结合。如《一朵火焰》开始写由"我"到物:"呵,我的心是一朵火焰,/飙风吹不落的生命之花,/怒放在时间高耸的树顶下/吐出一片蓝幽幽的小瓣尖";接着诗人说:叫岁华"带着凝思的云烟""幻想的流霞""诗的幽独的风华"悄悄流向明天,但决不惋惜、忧伤,只叫火焰融作波纹,铸在沉静的脸上,"一个早晨,我拿起镜子来":"呵,这脸儿象流荡的水波,/可映现了那么多生命的霞彩!"这又是由物到"我"了。由于想象,抒情主体失去了多元的形体,变成了一系列客观细节意象,而意象也变形了,获得了诗意的内涵;二者获得了超越它们本身性质的更广泛、更概括的社会人生的意义。该诗的构思在唐湜诗中很典型,它揭示了唐湜的诗化虚为实和以实示虚最本质的内涵,即通过想象,使主体和客体以及二者关系变异,达到虚实、沉思和意象的融合,这就是唐湜式的构思艺术。化虚为实,是诗人由内向外发展的构思手法,而就实示虚,则是诗人由外转内的构思手法,两者的共同特点是使十四行诗虚实结合,呈现多层次意蕴,赋予现实更深更大的美学意义。他曾经说过:"现代诗常有着多层次的构思,流动的意象常包孕着丰盈的内涵——深沉的心理深度,与多辐射的外延——概括性的哲理高度。"①诗人进入新的创作阶段时已经年过花甲,但无论是对生活的敏锐思索、对人生真谛的顿悟,还是对现实的飞驰想象、对缤纷意象的捕捉,以及把二者巧妙融为一体,都显示了蓬勃的生机和青春的

---

① 唐湜:《关于建立新诗体——我的格律试验与体会》,载《文学评论丛刊》1985年第25辑。

活力。在诗艺上唐湜的美学追求是："首先是要求诗的完整，一首诗应该有一个完整的构思，不能虎头蛇尾，写到最后，显得枯索无味，有气无力。我不想挖空心思寻觅奇峰突起似的俊句妙语或奇思妙想，极警辟的一语惊人，我只想能从容不迫地抒写，写得自然然，完完整整。如果整篇诗均匀平衡，到最后能有几句可以深思或吟咏，叫诗显得神完气足，自己就非常满意了。"①这就是唐湜诗美的主要内涵。

唐湜的十四行诗既尊重格律规范，又超越了一些限制，使自己的诗思能纳入东方人的"智慧节奏"，强化了他晚年凝重的成熟风格。唐湜的十四行诗以音组排列建行，这是一种沉稳平静的进展节奏，诗人把外在纯熟自然的声韵节奏同真淳的内在情愫和沉静的旋律节奏融合起来，我们来读他《夜中吟》的两节：

　　森林/慢慢儿/幽暗/起来了，
　　白菫子的/眼睛/却更加/明亮，
　　昆虫们/在开着/黑暗的/夜会，
　　黄昏星/给他们/放射了/闪光；

　　这忽儿/我在/林子里/散步，
　　忽听到/珍贵的/友情的/足音，
　　希望的/喜悦/在心上/开花，
　　最熟稔的/枝条/也新妍得/迷人！

由此可见唐湜十四行诗音组排列的特点，即音组内的音节数量既不像闻一多那样限制太死，又不像何其芳那样任意放纵，而是让二字和三字音组占绝对优势，夹杂有助词的四字音组（有的诗还夹杂一字音组）。这种音组排列最易造成匀整的节奏。他自己就说："两字的一顿与三字的一顿相互交错，朗读起来就会有整齐的节奏，或活泼轻快，或沉雄有力。不过最好不要把三个或三个以上的两字顿或三字顿连在一起，那就会像古典诗词中连续是三四个平声或三四个仄声字一样，读起来非常别扭。三字顿与两字顿的使用位置，也可以有些自然的变化，使节奏更加活泼而流畅。"②以型号大体相同的音组占优势，又让其他型号音组穿插其间，就会有匀整、平静的韵律节奏，形成和谐美。唐湜把十四行诗中每行的音组基本控制为四个，他认为"五个音组或

---

① 唐湜：《前记》，《迢思：诗与美》，桂林：漓江出版社1987年版，第3页。
② 唐湜：《关于建立新诗体——我的格律试验与体会》，载《文学评论丛刊》1985年第25辑。

音顿在中国语言里是长了一点,四个顿最恰当"。这既与口语的自然呼吸吐纳相吻合,更同他晚年明净的诗风相契合。诗行也有定性的问题,不同长度的诗行,节奏性能也颇不同,唐湜用不长不短的四顿来建行,必要时采用跨行来解决,正好传达出一种徐缓平静而又不失潇洒的情调。在段式和韵式方面,唐湜多用意大利式的变体和莎士比亚式,并较多使用交韵和随韵。由此可见,唐湜对传统的十四行体进行了大胆改造。他《幻美之旅》的前记中说:"我想,十四行由意大利移植到英国时,既然可以有一些变化,我们的语言与欧洲语言距离那么远,也该可以有一些变化吧!"可见,写作变体是唐湜十四行诗创作的自觉追求。他具体总结说:"我觉得十四行的格律严整而又多变化,可以把抒情诗写得比较紧凑、生动、细致些。只是我试着写时,觉得每行五顿(音组),在中国诗里显得长了些,就改成四顿。我还觉得意大利式隔双行押韵,我们中国人不大习惯,特别是后面的六行,最好是莎士比亚式的EFEFGG 或 CDDCEE;因而,我就是照意大利式写,也作了些变化,韵式上与分段排列上有时也有些不同的变化。"①唐湜自觉改造十四行体,是为了使固定形式的语言增加韧性和弹性,从而能更自然地抒情叙事,显示了其十四行诗创作进入一个自由的境界。

二　叙事长诗《海陵王》

在中国新诗史上,唐湜是写作长篇叙事诗最多的诗人之一,其中《海陵王》格外引人注目。《海陵王》原由一百首变体十四行组成,出版时根据编辑意见删改了几首,存留九十四首。该诗的重要特色是诗人主体重构历史的自由,即想象的自由,选择的自由,移情于历史的自由,把史料意象化、心灵化、审美化的自由。

据诗人自己说,是家乡雁荡的奇伟峦峰给了他创作灵思,它使诗人决定写作历史上以少胜多、以弱胜强的采石之战,写南宋西蜀文士虞允文在大江上收集一万八千溃兵打垮了统率六十万蕃汉人马南下牧马的女真大可汗海陵王。他认为该把海陵王写得气魄磅礴,有他的祖父阿骨打的雄烈之风,他不完全是败于机智、果断的虞允文之手,而多半是败于那浩浩荡荡的大江。这两个人物应该是旗鼓相当又互相依存。后来,他与友人一起研习莎士比亚剧作,精读了伟大悲剧《马克贝斯》(《麦克白》),遂惊异于莎氏那海阔天空的

---

① 唐湜:《前记》,《幻美之旅》,银川:宁夏人民出版社1984年版,第4页。

大胆构思,感动于马克贝斯那富有野心的悲剧性格,为那笼罩全剧的狂野梦想所感染,于是"在一阵狂风骤雨的激扬下,我对海陵王的那种蛮荒的猎人性格更有了新的设想。——呵!为什么不从海陵王的角度来写采石一战呢?那不是更可以写出个《马克贝斯》式的野心的悲剧,一篇浩荡的大江样的史诗来吗?"于是他就根据手头《通鉴辑览》里一些关于此战的片段,率尔构思,随意写来,后又根据《金史》作了修改。诗人明确地说:"这儿写的该是北方强大的入侵者与南国果敢的抗击者之间的搏战;可我却从一个入侵者的热狂的野心与性格出发,从一个性格悲剧的角度来写,像《马克贝斯》样从海陵王的热狂的梦想,从他的生女真的蛮荒猎人的性格出发,倾慕南朝的秀丽湖山与绚烂文化,要'立马吴山第一峰'的狂妄想望出发。"①这就是《海陵王》的独特构思和奇丽风格的审美追求,而这种追求又植根于诗人写作时的特定心境。那时,由于受社会政治的压制,诗人在家乡的山乡渔村间多年漂泊,写作时正值"文革"这一动乱甚烈之年代,他是听着武斗的枪声躲在乡间开始创作的:"在隐隐可闻的机枪声中,偶尔翻开一本仅存的残书,一薄本《通鉴辑览》,读到宋金采石之战一段,想起前几年曾想写一个昆剧《采石之战》,一个莎剧《马克白斯》式的英雄悲剧。"②因此,诗中那悲壮的气氛和人物中灌注着诗人的沉郁之气,在重构历史和人物的创作中抒发着向往自由的浩然之气。

《海陵王》抒写的是金国"雄烈大可汗"海陵王大起大落的悲剧性的一生,诗人大胆采用意识流手法,使不长的篇幅有了巨大容量。诗以海陵王兵败身亡的长江一战作为抒写切入点,以心理时间的构思,在他临战前到战后这一短促的时间框架内,自由地在意识流动中凸现他丰富多变的一生:八岁就到长白山猎银狐,到天湖边射虎;也有过青春期的狂恋和疆场上的横戈跃马;更发动过血腥的宫闱政变,以生女真人天生的残忍夺取帝位……海陵王完颜亮是金太祖阿骨打的孙子,曾任平章、丞相在朝执政,1149年弑金熙忠自立为帝。若用传统手法叙写,其篇幅之巨无法想象。更重要的是,传统叙事手法会同十四行体结构模式形成巨大反差。唐湜大胆地运用了意识流手法重组内容,从而把纵直的客观时间细琐切割成若干片断,再用心理时间的线串联起来,使之与十四行体审美规范相应。这样,诗有就了两条交叉线索。一条是激动人心的采石之战,一条是大起大落的海陵王一生,两条线索不断交替,既使诗所反映的生活过程片断化,又使生活片断转化成心理片断。诗的第一章五首十四行,写黄昏暮色中,海陵王立马淮南最高峰,同珍哥眺望南

---

① 唐湜:《附记》,《海陵王》,南京:江苏人民出版社1980年版,第103—105页。
② 唐湜:《从风上故事的素绘到英雄史诗的浮塑》,《一叶谈诗》,南宁:广西教育出版社2000年版,第206页。

方,穿插了海陵王对统一南朝河山的渴望。第二章三首十四行,写翌日清晨,海陵王率军"向远方闪亮的大江直扑"。第三章十三首十四行,用两首写决战前的这一天,牧骑"打瓜州。瓜步,直到采石矶",而多数篇幅穿插着写海陵王的身世,以及少年王子的成长,富有传奇色彩。第四章十九首十四行,写决战前夜,海陵王披衣出帐,波涛声把他带回激烈战斗的十年,悲凉的箫声使他对明天的决战忐忑不安。在这过程中穿插了他与珍哥的蛮荒爱情,他凭着生女真的残忍和野心成了大金邦的可汗,而现在他又有了更怕人的热狂,即去光彩的南方"作南朝花花世界的君主"。第五章十首十四行,写大江南岸宋朝的虞允文鼓励将士同女真决一死战。第六章二十一首十四行,具体写采石决战,虽是叙事,但诗人交叉写南北双方,忽而是描写场景,忽而叙说战事,忽而推出心理变化,忽而有激动人心的抒情,同样使诗形成若干片断的交错。第七章二十四章十四行,写兵败后的海陵王与珍哥退到瓜州龟山寺,黄昏时在醉意中预感着一连串悲剧,由寒鼓中的追忆想到命运"早就罩住了我们的眼睛",珍哥的夜游更增加了人物的惊恐心理。海陵王披衣走出帐殿,昏黑中登上高台,忽然涌来了叛变人马,命运的报复来得措手不及,海陵王与珍哥视死如归,双双自刎,"叛乱的将士放下弓沉默了,/给他们自刎的可汗吹起了/最后的悲笳"。从以上结构中可见,意识流方法的采用,不仅适应了十四行诗的审美规范,而且使诗里的历史和现实、抒情和叙事、场面和追忆融为一体,形成独特风格。我们还看到,《海陵王》中所用的意识流,决不像西方那样迷离朦胧,而是脉络清楚、风格明朗,有着一种东方的澄明。其心理时间也不是自然的"心电图"式记录,而是完全主体化的客观心理探索。对于这种探索,唐湜说:"我在《海陵王》等历史叙事诗里运用了'心理时间'的构思,在一段段的内心独白里融合了过去、现在与未来的憧憬或预感,把不同的时间糅合在一起,几个层面交叠在一起抒写。而这一切我却都是按照那种东方的清明风格抒写的,开合,回环,意态自如,没有什么不自然,生硬与牵强,也许正合了李春林同志对'东方意识流'的'东方美学'的要求:单纯,明朗,不繁芜、不晦涩;却能有较大跨度的时空跳跃,有浩浩荡荡的奔腾气势,使长诗有较强的整体观。"①

史书上说海陵王残杀宗族,是荒淫野蛮的皇帝,而唐湜则认为:"蛮族人对权力的欲望与爱情的感情就远比文明人强烈,他们那种原始的爱情与蛮荒的野火似的性格,既单纯又狂放,对我更有着强烈的吸引力。我又给添上个爱妃珍哥与他相衬托,叫这两团草原的野火燃烧在一起,直烧到大江边。"唐

---

① 1987年8月22日李春林在《文艺报》发表《东方的狡黠》,9月19日唐湜在《文艺报》发表《话说"东方意识流"》。

湜承认"不是完全依据历史来写的",但却有着真实的基础。唐湜写海陵王的传奇式性格,而且认为"女真人与他们的后来族人满洲人也是构成我们这伟大的中华民族的一个种族,这长江之战也不过是我们伟大的民族中内部的纷争,兄弟的阋墙之争而已"。① 可见,唐湜刻画海陵王的性格,是要以史诗来写民族人性的重要侧面。

海陵王的性格是蛮荒的野火似的性格,天真又残忍、粗豪又阴狠、单纯又狂放;海陵王的性格史是"马克贝斯"式野心的悲剧史;这种性格与悲剧互为表里地结合,具有传奇色彩和震撼人心的吸引力。诗人写性格史没有记述流水账,而是从十四行体形式规范出发,选择了四个关节点:一是十五岁以前,父亲按完颜家的方式培养海陵王;当少年王子从荒野风雪里回到东京时,"可是个生女真,就有着鱼皮鞑子的粗犷,有着生女真人天真的残忍"。二是与珍哥的爱情充满着原始意味。他们伤害了干涉爱情的两位父亲,照着女真人祖先"瞧上了谁,就与谁相爱"的方式结合了。三是海陵王血液中燃烧着原始的权力欲望,他残杀宗室夺得可汗宝座,并为"立马吴山第一峰"的狂妄野心而南下,终于兵败。四是失败后的悲壮之死,临终的话对悲剧史作了概括:"残杀要拿残杀来结束呢,/自己酿的酒得自己来喝,/猎人该死在虎口,赌徒/拿命作一掷,有什么好说的?/死不过是回归我们的乡土。"虽然只是选取了这四个点,但人物性格却熠熠生辉,悲剧历史也完整动人。丁芒认为"海陵王的粗豪残暴,虞允文的沉稳练达",都写得"栩栩如生,须眉毕现,跃然纸上",说《海陵王》集中的三篇历史叙事诗"都是气势磅礴、雄浑刚劲的史诗,尤其是《海陵王》对奇伟的长江画卷,对采石之战的描绘,更是达到惊心动魄的地步"②。

我们来分析长江大战前夕,诗人所描写的海陵王的心理变化。决战前的黎明,一片可怕的静谧,垂江的大雾弥漫在大江上的风波里,海陵王携珍哥跨上望台,眺望雾幕:

> 闪电样起了阵神秘的感慨:
> 葬送自己的许就是这雾海!
>
> 可就拿这样壮丽的奇观
> 来结束自己壮丽的梦幻,
> 埋葬自己梦幻里的飞霞,

---

① 唐湜:《诗后注》,《海陵王》,南京:江苏人民出版社1980年版,第103—105页。
② 丁芒:《海陵王》,载《诗刊》1981年7月号。

也算不了什么,有什么可怕?

决战前夕,海陵王思忖战争的胜败,面对雄浑的弥天大雾,潜意识中泛起了一种犹豫悲观,有一种英雄末路的不祥之感。接着,显意识又对不祥之感予以否定,情绪转入高昂,把壮阔的垂江大雾作为生命的最后茔墓,"也该是可以自豪、骄傲的":

> 多么雄阔的送葬的行列,
> 多么奇伟的送葬的彩旗呵,
> 把整个大地、整个世界
> 都掩盖起来,吞下去了,
> 自己不早就有这样的预感么:
>
> 要葬身在怕人的一片风雪里,
> 叫漫天的飞雪作皎洁的风披!
> 呵,该死得可以无羞愧,
> 没负却胸中的这一片豪气!

这是对雄奇伟岸之死的希冀,是一种生命飞扬的向往,既承着不祥感而来,又是对不祥感的否定,情绪起伏流动,把人物的心理刻画得真切感人。不仅如此,诗还把海陵王思绪作进一步发展,在下一首十四行里把浩荡的大雾称为他胸中吐出的豪气,从而使雾从对立面转化为装饰场景再转化为胸中的豪气:"这浩浩荡荡的雄奇气势,/不就吞灭过河朔、幽冀?/这忽儿要来吞这南国半壁。"可雄奇的大江在对抗着草原大军,但:

> 可也好,有这样白雾的帷幕,
> 北来的帆樯就洋洋过江湖,
> 也没人能来半道儿上阻拦,
> 谁能见躲在雾海里的白帆?

这是海陵王对战争胜利的希望和追求,情绪由犹豫到决定,由悲愤到自信。这一段落中的三首十四行诗,写出海陵王多层次的心理悸动,心绪变化起落有致,赋予人物以细腻、复杂的心态,人物也就由扁平趋向立体,达到了诗人所追求的"浮雕似的凸出"的美学效果。

诗人以意识流抒写人物性格时,注意同外部现实描写结合。这一方面避免了游离叙事线索孤立地写心理活动,另一方面也使心理活动同情节发展相联系,推动了情节的发展。如前面分析的决战前的心理活动,就与当时江上大雾交融着来写,使心理发展有所依托,也为后文雾中决战作了情节铺垫。

虽然唐湜采用了意识流手法,对《海陵王》的情节发展进行了切割,并把描画的重点放在历史事变中的人物性格上,基本达到了史诗内容和形式规范的契合,但《海陵王》毕竟有着较重的叙事成分。屠岸认为,类似爱尔兰诗人詹姆士·斯蒂芬斯《修麦斯·贝格》那样的叙事诗,从内容上而不是从形式上说,至少不是典型的十四行诗。"同样的,中国十四行如果写成叙事诗,那么这样的诗也不是典型的十四行诗,而只是十四行诗的变种。"①而在《海陵王》中,唐湜却运用十四行诗来叙事,传达出"天风浪浪,海山苍苍"的雄浑豪放风格,其中的奥秘就是"用一种变格的十四行体来写的",即十四行诗的变格体对《海陵王》气势磅礴的史诗内容起了定型的作用。在具体的用律上,诗人强调"构思的完整之美",他认为"现代诗常有着多层次的构思,流动的意象包孕着丰盈的内涵——深沉的心理深度,与多辐射的外延——概括性的哲理高度。构思的新妍而统一能形成完整的结构体,诗节与诗行的排列才能达到整齐而对称、均匀,或有规律的波浪式的飞跃"。这里强调的不仅是写作《海陵王》,而且也是写作汉语十四行体的基本原则,那就是诗体运用中的"浑然的美":"这种浑然的美包含着浑然一体的内在与外在的一切构成因素,辩证地相互对立又相互渗透的一切因素。"②与诗的意识流构思结构相应,诗人在运用诗体的外律方面就自然地采用变体的形式。

在构节方面,采用5+5+4结构。这就冲破了传统结构规范,使得每节增加了容量。唐湜说:这种结构中相连的两个五行段可以自由奔放地描写野心勃勃的主人公与南北数十万大军的搏斗,而四行段则往往用作小结或过渡。这种结构使得整首十四行诗在构思上形成两大段落(5+5)+4,甚至只成一个段落,或叙事,或抒情,酣畅淋漓,舒展自如。如长江大战开始后,海陵王与珍哥走下了望台,他把手里的小红旗一舞,珍哥擂起了轰响的鼍鼓,接着的第五十七首就是一场血战,这里有战事的叙述,有人物的心理,也有抒情的情调:

> 她睁大那星星样发亮的眼,
> 仿佛要吐出片蛇似的光焰,

---

① 屠岸:《十四行诗形式札记》,载《暨南学报》1988年第1期。
② 唐湜:《关于建立新诗体——我的格律试验与体会》,载《文学评论丛刊》1985年第25辑。

她盯视雾海里船队的行进，
　　　打出了一阵骤雨似的鼓点，
　　　鼓舞着桨手们飞速地划行；

　　　象回答她的催促、鼓舞，
　　　满江起来了一阵阵风飚，
　　　一片摇桨与呐喊的飞逐，
　　　满孕的大帆也开始了呼啸，
　　　一片红火样向南岸直燎；

　　　珍哥的黑眸也喷射着一片火，
　　　她疯狂地飞舞着手中的鼓槌，
　　　捶打着鼍鼓，捶打着水波，
　　　仿佛要打出片早春的晨曦！

这种结构方式，确实容纳得下繁复的内容，容易写得气势磅礴，笔墨酣畅淋漓。

　　在构句方面，唐湜采用了跨段跨行的方式。我国古诗基本是行句统一，而西诗却往往化句为行，跨行跨段。在新诗史上，对于跨行跨段历来褒贬不一，但《海陵王》的跨行跨段与豪放雄奇的风格却相得益彰。正如唐湜所说："十四行内也可以跨行，分量相称的跨行，可以说是格律内的自由化或散文化，我的《海陵王》就是充分利用这种跨行的自由而痛快、流畅地抒写出来的。"①他还说："为照顾到诗的流畅与无法凝缩的长诗句，我允许在一节内跨行；有时为了突出重点，我也常用跨行法，把重要的意象词语放在下行开头，使有奇峰突起之感。"②要理解这一点，只要读读上引的十四行诗就够了。跨行跨段，再加上每行固定四个音组，却并不固定每个音组的长度，这就给自由地叙事抒情留下了回旋余地。

　　在建行方面，诗人摒弃"一刀切"的音顿排列，认为那样就"显得太死板、僵化了"，认为音顿排列形体"必须有些气韵飞动的飞檐与突起的尖塔，必须有些曲折的道路与参差的房屋，'参差十万人家'，出人意表的'柳暗花明又

---

①　唐湜：《迷人的十四行》，《新意度集》，北京：三联书店1990年版，第37页。
②　唐湜：《新诗的自由化与格律化运动》，《新意度集》，北京：三联书店1990年版，第34页。

一村',才会叫人感到生活的丰富多彩,生机的蓬勃、活跃"。① 所以,《海陵王》在基本坚持每行四个音顿的前提下,追求整齐中的参差。具体来说就是:音顿组织淘洗出最精纯的现代诗的语言,以两字一顿和三字一顿为主,同时也穿插着四字顿和一字顿,而且坚持各种不同的音顿相互交错,使节奏更加活泼而流畅。同时,"能在顿数相同的诗行间寻求一、二个字的参差,如四行诗中最好是第二、四行多一两个字,第二、三行多一两个字也可以,尽量不使各行相距过大,最后一行最好不要过短。这样,一节节排列开来,就会象建筑群样显得自然、稳重而又生动了"②。

在用韵方面,《海陵王》采用自由变化方式。唐湜认为,十四行诗是严谨的诗体,但在英、法各国诗人手里都有一点变化或自由化,押韵的方式更多。诗人为了增加变化,把每首分成 5+5+4 三段,五行一段的押了 ABABA、ABABB、AABAB、AABBB、AAABBA 等韵式,四行一段的押了 AABB 或 ABAB 的韵。这样多变的押韵,目的还是为了更好地创造雄奇的风格,有利于表现史诗内容,塑造人物性格。"因为有变格,改变了诗节的构成,以两个五行节加一个四行节合成整首十四行,韵式就多了些便和,可以更酣畅地抒写下去"③,写来自然又流畅。他明确地说:"有这样的多样变化就可以自如地写浩浩荡荡的长诗而不会感到困难与束缚了,犹似唐代的诗人们写长篇的排律,仍可以写得自自然然、痛痛快快而又气势磅礴。"④他在论文中具体举出《海陵王》第一章写海陵王与爱妃一起统兵下淮南,在山峰上"凝望着彩云"的一首,说这首十四行诗化用了柳永的词《望海潮》,有三种韵式,即 ABABB CCDDD EEFF,行行押韵却又节节不同,十分自由。应该说,唐湜采用韵式变体达到了自己所追求的淋漓痛快地抒写气魄宏伟史诗的目标。

在句式方面,《海陵王》常采用排比和对称的方式。句式同诗的旋律化关系密切,尤其是诗行群的组合方式能极大地影响诗的旋律节奏。在诗中,凡对称或排比的诗行群,所透现的诗情总会显得强烈一些,即当情绪的内在律动特强的诗段外化为旋律时,对应的诗行群用对称或排比能增强旋律的程度。《海陵王》运用了较多的排比句和对称句的诗行群。如前引的第六十一首中的第一、二节中就由宽式的对称、排比、反复句回旋排列构成,传达出沉雄突进的旋律节奏,从而与全诗雄奇风格一致。十四行诗的诗情是盘旋而下

---

① 唐湜:《关于建立新诗体——我的格律试验与体会》,载《文学评论丛刊》第 25 辑,1985 年。
② 同上。
③ 唐湜:《如何建立新诗体》,《一叶诗谈》,南宁:广西教育出版社 2000 年版,第 134 页。
④ 唐湜:《新诗的自由化与格律化运动》,《新意度集》,北京·三联书店 1990 年版,第 34 页。

的,诗情或诗思的进展呈现着起承转合的发展过程,因此一般来说诗句之间不用回环复沓的抒唱方式,也就较少出现排比句和对称句,唐湜对此进行了有限度的改造,从旋律节奏上增强了律动感。

三 十四行抒情组诗

在出版《幻美之旅》时,唐湜说:"实际上,彼特拉克与莎士比亚的十四行都是组诗,环绕着一个或几个主题写的串在一起的抒情诗,由或多或少的一点点故事串着,并不完全独立。"①并说自己的《幻美之旅》就是这样的组诗。在唐湜创作的大量十四行诗中,有着多首由组诗构成的抒情长诗。这是诗人十四行诗创作实绩的重要方面。

首先就是《幻美之旅》,包括五十四首十四行诗。诗人自己说,这诗"抒写一个歌人一生对幻美的追求,最初的幻灭与最后的奋飞"②。诗写于1970年,诗人说那是"中国最黑暗的暗夜里"。唐湜常称自己的创作为"幻美的追求",这"幻美"准确地道出他成熟期创作的总体特征。他的早期诗作充满着浪漫倾向,后来由于现实愈加残酷,他对"幻美的追求"就愈加强烈,以至达到执著的地步。而执著于美好的幻想实际上也就是执著于现实,是一种特殊形式的抗争。那时,诗人为自己、也是为像他一样的一代受难知识分子写下了《桐琴歌》,诗以蔡邕生活困顿中琴声不断为题材,喻指南归故里独居东南一隅却能独自仰望诗的天穹、写作不断的自己。但写完此诗以后,诗人觉得还不能将那时的郁郁之思完全释放,索性完全以自己的亲身经历为素材,用十四行体写作了《幻美之旅》组诗。在泥泞中挣扎的唐湜终于有机会来抒写自己一生的旅程,他在时间的边际——早晨与黄昏拿起了笔,歌唱那人生的四季的变化,寻找自己"渴望的诗之美"的道路。诗后附记说:"幻美之旅是一个精神巡礼的行程,一次生命航行的悲剧,那是个歌人对美的幻想,对生命的诗的不断的追求,经历了一连串不幸的苦难而到达那最后的幸福的奋飞。"③诗从自己的大半生悲剧出发,刻画了这一代知识分子的苦难。诗中的歌人在他的白帆快要沉没时,望着天上幸福的天鹅说:

十年最好的年画,我献给了

---

① 唐湜:《前记》,《幻美之旅》,银川:宁夏人民出版社1984年版,第3页。
② 同上。
③ 同上书,第162页。

> 歌吟,歌吟着天上的银河,
> 歌吟着火焰样燃烧的欢乐;
> 可这忽儿哪儿能听到我的歌?
> 我把这十年的青春奉献给
> 幻美的行旅、幻美的追求,
> 这忽儿却落入了污秽的泥水,
> 美与生活是不两立的冤仇?

诗人无法消解自己的疑团,"天真的灵魂要沉入迷雾"。诗的最后这样抒唱:

> 这忽儿歌人的小风帆在航行,
> 在他的幻美的旅程前面
> 才展开了一片光辉的前景
> 一个秋天里的春天在闪现,
> 呵,歌人,祝福你,愿你
> 能喷射出最后最充沛的热力,
> 愿你能喷涌出激扬的意象,
> 作迟暮的奋飞,向诗海飞翔!

可喜的是,诗人通过痛苦的历史行程,终于跨向阳光灿烂的希望之国。组诗每首采用八六结构,各首之间没有标识分割,全诗形成八六诗节的连续进展。末首后节应该是六行,但结果却是八行,诗人大胆采用变式充分抒发歌人经历苦难而到达那最后的幸福的奋飞。莎士比亚的《十四行集》中也有"超十四行",这应该是唐湜的有意为之。这首抒情长诗被誉为"厄运里开出的幻美之花"(张禹)。它是诗人的一次精神之旅,充分地释放了心中的抑郁。我们可以说是诗歌拯救了诗人,若没有诗歌的眷顾,诗人就无法度过那样的岁月。

  同年,诗人还创作了十四行组诗《默想》,副题是"一连串十四行诗",首先是一首十四行体的序诗,然后是用数字标明分割的十六首十四行诗,每首都采用了四四六分段的方式,每行都限制在四个音顿,长句则采用跨行方式。关于这首长诗的写作,诗人这样交代:"一九七〇年左右,我在'风暴'的包围里陷于孤立,恍有契诃夫的黑衣人向我访问,只能孤芳自赏地抒写一些十四行与抒情诗来排除怕人的绝望。这一束十四行就是当时对自己命运的揣测,什么时候会达到那生命的终点?我不知道,却似乎见到了那巨大的阴影向我袭来,可最后,我还是听从了晨光的劝告,跨出了夜的幽沉,走向了光灿的阳光。"①诗虽然写在那最为绝望的岁月,但诗人的幻美意象仍然是非常动人的。诗人想到了"死":

  打泥土里来,要归于泥土,
  这就是他的最朴素的希望,
  我自己永恒的家也该在
  有垂杨婆娑着的水中洲渚,
  要是有春风常常来探访,
  那可就比什么都叫人光彩!(第六首)

  呵,神秘的死,当孤独
  叫我念哈洛德的意大利巡礼,
  我可又踏着大步,向你
  跨出了凄迷、幽独的一步!

  是的,豪华的陵园拦不住
  时间把王侯们化成污泥,
  倒是沉默的亚桂村,四季
  都有人来访问那平凡的茔墓;(第九首)

正是在这绝望中诗人默想,从而感到心灵纯净和平静:"没有人来打扰我的灵魂,/来搅乱我那最后的恬静,/我会象初生的婴儿样摇晃,/在波浪的摇篮里睡得那么香,/或初放的花蕾样对着阳光/静静的张开自己的小花房!"(第五首)正当诗人绝望之时,是金色的太阳把夜露化作一片神奇的耀眼的光彩,晨光悄悄地对诗人说:"看哪,暖和的光焰叫海波/可跳跃得多么欢,多么惬意,/那远山的翠眉象蓝色的岛屿/就罩着一片紫绛色的骤雨!"(第十五首)终于诗人听从了晨光的劝告,继续在幻想中歌唱:

  寂寞、孤独,却有着幻望,
  有青春的花朵在枝上开放,
  更有着沉思时睿智的光芒,

---

① 唐湜:《默想·注》,《迟思:诗与美》,桂林:漓江出版社1987年版,第152页。

> 我可能叫火焰点起片想象,
> 叫我那凄迷的心儿开放,
> 幻化出孤芳自赏的十四行!

这是《默想》第十六首结尾的诗句,是身处绝望中的唐湜对诗美的追求。在这里,我们看到十四行诗与诗人唐湜的生命状态的一致,可以说诗人在十四行诗创作中找到了生命的依据,找到了诗人自己的位置,十年灾难中,诗人接过了十四行体的火把,高高举起。诗人对美的追求使他皈依了十四行,他在心里寻找他的对应形式,寻找往日的精神先导者,在一片荒凉世界中寻找那些翠色的藤蔓,诗人就是被这些生命的颜色所支持着、激动着,他也正是借此得以渡过他的生命中的茫茫暗夜。这就《默想》的情调和内涵。

再次就是组诗《遐思:诗与美》,副题是"献给远方的友人",这里的"友人"就是20世纪40年代围绕着《诗创造》《中国新诗》创作的九位具有现代主义倾向的诗人。《遐思:诗与美》组诗写于1975年9月,包括三十首十四行诗,分成五个篇章。第一篇章九首,第二篇章十三首,第三篇章八首,每首用四四六段式。2003年3月又续写了部分内容,仍然分成五个篇章。诗的主题是身处逆境的诗人怀念"天各一方"的友人,探索诗艺理想,诗人把它称为"十四行体的'九叶诗派史'",或"九叶诗派论"。① 后来诗人在其论文《九叶在闪光》中,肯定了九位年轻诗人"在才情、学识与文学修养上的无可否认的优越,对诗艺、对美、对进步思想的追求的无比严肃,无比真挚"。"我们九人中南北双方大部分人在50年前并不认识,我们双方是由于诗艺与诗论的接近才渐渐合流,形成大体一致的流派风格的。"②组诗的第一篇章先给九位诗人每人写了一首十四行诗,在沉寂中诗人怀念和呼唤友人:

> 哎,你们,闪光的星辰们,
> 我在向你们的真挚致敬!
> 你们吞下了可怕的棘刺,
> 面对着什么经与剑的放恣,
> 却能在诗的欢乐的祭坛前,
> 点燃起圣洁的献祭的火焰!

---

① 唐湜:《遐思者运燮——杜运燮论》,《九叶诗人:"中国新诗"的中兴》,上海:上海教育出版社2003年版,第97—98页。
② 唐湜:《九叶在闪光》,《九叶诗人:"中国新诗"的中兴》,上海:上海教育出版社2003年版,第37、45页。

> 呵,我的亲爱的好伙伴,
> 这忽儿可都在哪里飞翔?
> 绛红色的黎明在慢慢儿开朗
> 湖上的晨星早悄悄儿暗淡,
> 我瞅见玫瑰色的阳光在峰顶
> 闪动了,可你们在哪儿行吟?

前一段是对九叶诗人的致敬,突出了他们在诗的欢乐的祭台前,"点燃起圣洁的献祭的火焰";后一段是对九叶诗人的怀念,突出了对战友的担忧和无尽的思念。组诗的第二篇章是写九叶同伴们在黎明前的战斗,对于九叶诗人的诗美理想进行追忆,涉及辛笛的诗"点燃起烧死尼罗的火光来"、陈敬容的诗"拿诗意的创作来消灭死"、杭约赫的诗"勾画了那笼盖一代的意象画"、唐祈的诗"吟着所罗门沉思的智慧"、杜运燮的诗"那些闪光的矛盾的智慧"、穆旦的诗"惠特曼样的雄浑的奔放"、郑敏的诗"是可怕的预言的珍珠"、袁可嘉的诗"如晨潮晚汐样灵空",以及说自己的诗"勾勒了骚动的波澜,给舞蛇者以诅咒与历史的审判"。诗人在追忆了友人各自的诗美后概括地肯定:"我们也行进在阳光下,/也曾为风暴的降临而放歌,/那宏伟的时代可要求为它/作宏伟的构思、果敢的奋戈。"组诗的第三篇章是抒写自己的生活和创作:"这忽儿我靠着自己的北窗,/就对着清醒的早晨,默望/东方郁郁的树林在屋脊上/凝然不动,直伸展到远方。"2003 年续写后重新调整了诗的总体布局,增加了九叶诗人在建国以后的创作和经历,也写到穆旦、唐祈、辛笛、杜运燮、陈敬容的逝世,其间用赞美的语调肯定了九叶诗派的新生:"八十年代呵,八十年代,/九叶们都欢然昂起头奔来,/与七月、朦胧派的诗人高举起/大大小小的诗帜,向前,/冲击着城头的大干旗,树立/诗的美学、肃然的庄严!"除了《返思:诗与美》以外,诗人把回忆九叶诗人的文章编成《九叶诗人:"中国新诗"的中兴》出版,包括先行者李健吾、冯至和卞之琳,九叶诗人篇以及九叶之友莫洛、汪曾祺。唐湜对于弘扬九叶诗歌美学作出了历史性的贡献。

除了以上三首抒情组诗外,诗人还有一些重要组诗,只是篇幅相对小些,如《海娌之歌》(断片),包括十五首十四行诗;《给辛笛勾个像——遥祝诗人八十寿辰》,包括十首十四行诗;《献给我们的诗艺大师——贺冯至先生八十五大寿》,包括六首十四行诗;《献给诗国的巨人艾青——贺诗人的八十寿辰》,包括六首十四行诗。

以上这些十四行组诗体的抒情长诗,以及唐湜同期的十四行诗抒情短诗,在新诗史上的重要功绩是真实地记录了一代知识分子严肃的纯美追求历程,从而具有思想史和精神史的价值。唐湜以及他的同伴九叶诗人都是诗坛严肃的星辰,始终坚持对纯美的追求,哪怕在现实社会制造个人厄运之时。就唐湜来说,他始终与时代保持紧密的联系,在他的身上可以看出一个现代诗人的责任和遭遇;他始终没有停止新诗的创作,从20世纪40年代开始创作了大量新诗,其中十四行诗就超过千首;始终在作着幻美的追求,而这种追求始终体现在诗人的诗歌创作之中。这就使得唐湜的新诗创作具有不可多得的典型性,代表了一代严肃、纯美的诗人的精神和心灵发展史,其中有责任担当,有迷惘绝望,更有幻美追求和新生奋飞。而唐湜的十四行诗创作则是其中最能体现这样精神内涵的,因此我们为中国十四行诗能有这样的思想史和精神史价值而感到自豪。正如唐湜所说:"追求幻美的旅程是艰难的,要知道我们幻美的旅者是在爱的沙漠中行走,他多么渴望有一株'旅人树',那树能给我们的旅人预备'一泓清冽、可口的泉水/跟遮着炎阳的旅人的小屋'。对诗人来讲,十四行就是这棵常绿的树,这棵树的翠绿色的叶子能给诗人的嘴,'焦渴的血管、沸腾的肺/献上喜悦的生命的水珠'(《旅人树》)。"① 唐湜一生都在追求诗的幻美,而所谓幻美也就是纯粹的诗美。他认为十四行是幽婉的、迷人的,也是凝重的、庄严的,具有这种幻美的本质,不管在什么样的严酷时刻,人类从来都没有忘记对美的渴求,只因为诗人心中曾经有火;诗人在十四行诗的创作中找到了生命的依据,找到了诗人自己的位置。诗人精神上的幻美追求同十四行体的美学特征极其契合,十四行体的美质与诗人的生命状态一致,这就是唐湜与十四行诗的独特精神联系,也是他的十四行诗可以成为其思想史和心灵史真实记录的最为重要的原因。因此,我们充分肯定唐湜的十四行诗尤其是抒情长诗在汉语十四行诗创作中的贡献。

唐湜是新时期发表十四行诗数量最多的诗人,且花色品种众多,他为十四行体中国化作出了重要贡献,他所走过的创造道路予人重要启示。评价唐湜十四行诗创作,我们注意到了浙江省社会科学院王晓华的评论《灾难的历程与"幻美之旅"》(载《当代浙江文学概观1986—1987》,浙江大学出版社1988年版)。唐湜认为,在评论他的论文中,这是最深刻、最有创见、最精彩的一篇,"我十分敬佩他的那把非常尖锐的解剖刀,把我的诗连同我的个性作了极为深刻的解剖"。"我是十分惊异于他的十分精辟的见解,更心仪于

---

① 唐湜:《幻美的旅者——唐湜论》,《九叶诗人:"中国新诗"的中兴》,上海:上海教育出版社2003年版,第213页。

他的真挚而深湛的评论风格。"①但是,唐湜也认为该文评价并不全面,连续写了三篇文章予以说明,即《一条舒展、开阔的探索道路》(《江南》1989年第2期)、《在现实与梦幻之间》(《诗刊》1990年2月号)和《关于知识分子的"受难"》,后把三文连同王晓华文合成一辑题为"我的自白",编入其评论集《翠羽集》(山东友谊出版社1998年版)。在文章中,唐湜结合王晓华论文提出了自己创作的一些重要问题。一是如何理解"在现实与梦幻之间"的问题。唐湜的写作走的是一条噩梦频仍的道路,是"灾难的象征",他一方面痛苦地深陷于现实的灾难,一方面却飞扬地抒写梦幻之美,王晓华认为其不愿直面现实、鞭挞现实,是奇异的心理现象,是"命运的悲剧"。唐湜则认为,这应该是社会性悲剧,是中国知识分子的大悲剧,这种"强烈的反差"正是一种现实生活的折射。"我是从自己真实的生活出发,给诗赋予了真情实感的。""我,就要从丑恶中升华出一片美,一种符合中国古典美学传统的静穆的美,学习古哲人的风度拿梦幻的美来超越现实的丑。"②唐湜说,在十年内乱期中,当时自己还戴着荆刺冠,无法想象自己的作品能发表,纯然是"孤芳自赏",所以就避开了"因时而作"的浅薄与投机取巧,而趋向于作建设性甚至是永恒性的考虑,自己的诗不是"虚无缥缈"的,是从痛苦的现实里激发出来的幻美花朵。二是如何理解抒情方式的特征的问题。王晓华认为唐湜曾受洗于"现代"诗风,但更是位深受民族传统熏染的浪漫主义诗人。唐湜认为自己的诗确有浪漫色彩,但反对把他说成是一个躲避或超越丑恶、可怕的现实的浪漫诗人。唐湜说自己深受三四十年代冯至、戴望舒、孙毓棠、何其芳等人的诗艺和李健吾的诗论等新传统的影响,想把现代的诗艺融入中国气派与风格之中,因此不能把诗中丰盈的抒情认作浪漫。唐湜说自己的十四行诗力求冷静,力求克制感情,包括对格律严格要求,而心理分析、东方意识流的抒写与心理时间的构思更是突出了现代主义的深度、广度和高度。他追求的是东方明朗的智慧和由一种透明的淡泊或静穆、澄明与深邃构成的诗美,这种美是民族的传统,而它与现代诗艺的融合构成了新古典主义,其核心还是复归的包孕着现代繁复因素的现实主义。唐湜说"自己是一个想继承冯至、戴望舒、何其芳们的融合中西古今的艺术传统的东方现代主义者或新古典主义者","我并没有离开现代主义,而是要把它中国化,融入中国的传统美学理想,继续走着三四十年代的冯至、戴望舒、何其芳、辛笛、陈敬容们走过的道路,一条也许比他们那时更舒展自如,也更开阔的探索道路"。③ 唐湜的这些

---

① 唐湜:《一条舒展、开阔的探索道路》,载《江南》1989年第2期。
② 唐湜:《在现实与梦幻之间》,载《诗刊》1990年2月号。
③ 唐湜:《一条舒展、开阔的探索道路》,载《江南》1989年第2期。

说明有助于我们理解其十四行诗的抒情特征。三是如何理解风格多样性的问题。王晓华仅仅注意到了唐湜十四行诗中那些柔和明净风格的作品,对此唐湜补充说自己的十四行诗有着雄豪气魄的风格,这些诗与柔和风格的诗形成反差。他说:"一个人的性格决不会是那样单纯、单一的,一个人的诗作风格也必须有繁复的因素。"①"我的诗作中风格雄豪的就占了较大比例,分量是较重的。""我许多抒情十四行就以最短小的篇幅突出了中国传统的宏大气势与雄奇风格。我还拿十四行或别的格律来约束自己的罗曼蒂克热情,力求冷静地抒写一切,使风格趋于沉雄,十四行《闪光的珍珠》《红拂枝》就是例子。我甚至用近百首变体十四行写了气势磅礴的小史诗《海陵王》,用五十多首十四行写了抒情的叙事诗《幻美之旅》,一篇诗的自传;用三十多首十四行写了抒情长诗《遐思:诗与美》为'九叶'诗人塑造了一个诗的群塑。"②以上三个重要问题的讨论,对于我们准确理解唐湜十四行体的风格特征和创作价值具有重要的意义。

---

① 唐湜:《一条舒展、开阔的探索道路》,载《江南》1989 年第 2 期。
② 唐湜:《在现实与梦幻之间》,载《诗刊》1990 年 2 月号。

第九章 多元发展时期

20世纪80年代以来,是我国十四行诗多元发展和创作繁荣的时期。十四行体中国化在经过了早期输入、创格规范和变体探索三个阶段以后,开始走上平稳的健康发展之路。各异格式的诗、各种题材的诗、不同风格的诗、多种载体的诗,开拓着我国十四行诗发展的全新境界。从世界各国十四行诗发展史看,只有丰富多元的创新探索,才能在此基础上逐步形成一种或多种能够定型的公认的固定诗体;而只有当固定形式和多样选择并存之时,我们才能说中国诗人完成了十四行体从欧洲到中国的转徙。

一　无名时代与十四行体

1979年第6期《延河》杂志发表杨大矛《历史,公正的法官》,这是"文化大革命"结束以后第一首公开发表的汉语十四行诗,表达了对刚刚经历过的那场历史灾难的反思。诗这样抒唱:"历史,是最公正的法官,/它对于任何人都不偏袒,/无论是统帅,或是士兵,/任你是女皇,还是演员……"诗所隐含的政治内容极其丰富,比文坛的反思小说更早地对"文革"错误进行了深刻反思。1979年第11期《诗刊》发表了唐祈的《悲哀——缅怀诗人何其芳》,从体式来说并不成熟,但该诗在语言和结构上模仿了20世纪30年代何其芳写的十四行诗《欢乐》,采用自问自答的进展结构,从而达到心灵上的遥相呼应,全诗写得极为自然流畅,饱孕着真诚沉挚的情感,是汉语十四行诗篇哀歌中的杰作(唐湜)。不仅如此,它是"文革"以后第一首公开标明"十四行诗"的诗,因此更加具有特殊意义。接着,林子在1980年1月的《诗刊》发表《给他》集的十一首十四行诗,以纯粹个人化的抒情引来了众多关注的目光,很快在新诗集的评奖中获得高票。接着,姜淳野在1979年第4期《文笔》发表《献花里程碑》,赵毅衡在1980年第8期《诗刊》发表《十四行诗试作三首》。这样,十四行诗经历了较长时间的蛰伏后重新活跃于新诗坛。这是一个新诗万象更新的年代。因此,徐敬亚郑重地要人们记住1980年,因为"这一年是我国新诗重要的探索期、艺术上的分化期。诗坛打破了建国以来单调平稳的一统局面,出现了多种风格、多种流派同时并存的趋势"①。汉语十四行诗揭开发展新篇章正是这种趋势的重要表征。

新时期十四行诗呈现繁荣而多元的发展态势,这是同特定的社会文化语境紧密相关的。新时期诗坛拨乱反正终结了"文革"的语境和言说方式,随后,社会意识形态逐渐淡化,市场经济体系逐渐确立,文坛也就呈现着新的发展态势,"文学在逐渐认识和适应社会转型的同时也在不断调整了自己的结构和功能,从而形成一种新的格局和走向"②。这种新的格局和走向,借用陈思和的话说就是由共名时代走向无名时代。无名时代之前的中国文学基本上被各种共名主题所贯穿和统摄,在新的无名状态中,各种个人立场写作就构成了新诗发展丰富而喧哗的多元格局,这种局面正是十四行诗创作繁荣和多元的社会文化生态环境。

在新的环境中,以下因素对于十四行诗多元繁荣局面的形成具有直接的重要意义。

一是新诗形式意识的自觉性。1949年以后始终在讨论新诗形式问题,但主导思想是在民歌和古典基础上发展新诗的民族形式。共名话题使得基于诗美的形式意识始终被压抑着。新时期探讨新诗形式则呈现着百家争鸣、百花齐放的局面,出现了新诗史上第三个新诗形式探索的高潮,这就促使诗人形式意识增强,更多的诗人参与到十四行诗创作中来。

二是国外诗歌翻译的开放性。在新时期,大量经典、精美的域外十四行诗被翻译介绍,它们往往使读者由阅读而接受,由接受而欣赏,由欣赏而模仿创作。同时,许多翻译家如卞之琳、屠岸、吴钧陶、钱春绮、张秋红、江弱水、张枣、赵毅衡等,又是新时期重要的十四行诗人,他们的创作往往艺术质量高、格律规范严,成为读者学习创作十四行诗的范本。

三是大量创作积淀的影响性。汉语十四行诗创作已有数十年的历史积累,域外十四行诗体的各种格式在我国都有较为成功的创作。这些诗由于特定的社会背景、传播条件和不公评价,真正能够同广大读者见面者甚少。新时期把数十年来的大量诗作重新发表或介绍,引起了读者的广泛注意,推动了十四行诗的创作繁荣。

四是宽严相济的包容性。传统的观念把十四行诗的格律要求规定得很严格,从而有意无意地使得这种诗体成为孤家寡人,变得曲高和寡。新时期

---

① 徐敬亚:《崛起的诗群》,载《当代文艺思潮》1983年第1期。
② 今范主编:《二十世纪中国文学史》,济南:山东文艺出版社1998年版,第1479页。

采用宽严结合的原则,适当放宽对十四行体的限制,这无论从创作还是研究来说都有利于该诗体的多元发展。对此,屠岸的观点大致代表了该时期人们对十四行体的看法:

> 十四行诗的界定应该有宽、严两种标准。……我觉得还是宽严相济好一些。如果我们过于强调规范上的严谨,就会因此失掉许多真诗、好诗。从严格意义上讲,十四行诗应该具有它独特的形式规范和内容上的相应要求,但如果以宽泛的标准进行判断,只要是有十四行诗的基本样式感觉和蕴涵就可以被接纳到该体式中来。①

适当放宽汉语十四行体的标准,能够给诗人探索新诗体提供更大空间。如孙静轩就希望搞一点"中国特色"的十四行,他在80年代写作《被遗忘的峡谷》时,仍沿着格律自由的方向探索。白桦在新时期发表了大量的十四行诗,多数也是"自己的十四行"。呼应着这种探索,还有一批更加年轻的诗人,如叶延滨、岛子、李彬勇、韩少武、西川等。这是诗人的一种自觉的刻意的追求,它最终推动了十四行诗创作多元局面的形成。

新时期十四行诗创作的繁荣,其标志是参与创作的诗人众多,数代诗人用不同的歌喉抒唱。从创作来看大致分成两类,一类是学贯中西、深谙西方十四行体格律的学者或诗人,他们翻译作品、介绍理论和模仿创作,较为严格地遵守十四行体的格律规则;另一类诗人则是靠翻译作品或前人试作了解了十四行诗,创作中更多地融入自己的形式追求,因而往往写作变体或自由的十四行诗。一般来说,老一代诗人的创作格律较为严谨,新一代诗人的创作格律较为疏松。如胡乔木的《窗》(1985年):

> 打开窗户,不用奔走操劳,
> 　就能见浪拍海岸,云起长大,
> 　楼房拔地,道路延伸到广远,
> 自然和人类一切神奇的创造。
> 分担不分担人世的喜怒欢哀,
> 　随你的自由;安坐在自己的席位,
> 　饱看舞台上进出的一群群傀儡,
> 有兴致,就评评剧本和演出的成败。

---

① 吴思敬、屠岸:《关于十四行诗的对话》,《幻想交响曲——屠岸十四行240首》,香港:雅园出版公司2014年版,第318—319页。

> 　　窗开着像关着,人存在也像不存在。
> 　　　扰扰的红尘除观照于你何有?
> 　　　　群众都拜倒于你的澄明的睿智。
> 　　忽然你瞥见一个跌倒的小孩,
> 　　　车在飞驰,你跳出闭锁的小楼。
> 　　　　你活了,你为这孩子活下来,敢去死!

这诗的内容和形式较为传统。窗的功能在于隔与不隔之间,卞之琳最擅长赋予窗以诗意和哲理,其《断章》借助"窗子"写出了难以言传的人和人之间相对关系。以此去读胡乔木的《窗》,就会觉得诗中那"窗"把"你看我"和"我看你"很好地沟通了:窗内人看着窗外的人生和社会,而窗外人也看着窗内的人生和生活;窗内人对窗外人生具有自己看法,而窗外人对窗内人生更有独到见解。在人类道德的层次上,"你"终于打破了窗的分隔而"活"了。这就是《窗》的丰富内涵和精妙构思,窗实在是诗的思想聚焦。全诗没有分段,高低排列表明它是意体十四行,结构呈四四三三,韵式为 ABBACDDCEFGEFG,韵式与诗行排列相应。诗每行限定五拍,每拍规定为二三字,不取一字和四字。这样的限定,目的是使节拍在语流中占时大体相等,从而实现节奏整齐。相比较而言,年轻诗人的十四行诗多数写得自由,如西川《秋天十四行》在音组、诗行和诗韵方面都没有严守意体格律。再如岛子的《守夜》:

> 　　　年夜在门外晃来晃去
> 　　　新贴的楹联空无一字
> 　日子是一只禅味的瓷钵
> 　盛着清清雪水淡淡月色
> 　　　无轨电车跑完最后一个轮回
> 　　　死去的亲人不知都在哪里
> 三百六十五种面具演一场独幕剧
> 低头发现观众全是台下木椅
> 　　　出门时误将钥匙锁进屋里
> 　　　那个叫自由的窃贼其实是你自己
> 一个幻觉使闭经的春天悄然怀孕
> 生出众多鬼影攘魍带假发的真相
> 　　　你用烟蒂丈量着死亡高度
> 　　　诸神躲进消防车失去了理智。

这是组诗《树·兽骨·冬日黄昏·墙》的第三首。组诗序言说："当代新诗的创作思维方式,在少数诗人那儿已经自觉地进入了四维空间,这种直觉的、顿悟的、网络的、袷袢的思维方式也正是当代新诗的特质和走向;……沿着这一走向,我进入那一特定空间。……我的每首诗都是以灵魂为代价的。"①《守夜》体现的正是超思维空间,表达的是情绪和幻觉的折射,是守夜中一组流动情绪的剪贴,在似乎随意的意象跳跃转换中呈现着诗人的思绪变动。全诗的段式、行式和韵式使用都显得随意而自由。

众多诗人的创作,共同营造了多元发展局面。一是主题形态的多样性。除了传统题材外,出现了一些过去很少涉及的如边塞生活、军旅生活、现实政治、国际游历、生态环保、经济建设等题材。二是诗体采用的多样性。无论是意体、英体还是法体、俄体都有试作(包括抒情长诗、叙事长诗和花环诗体等),尤其是组诗的创作,更是丰富多彩,结构也更加复杂。三是理论成果的多样性。有诗人写作的创作谈,有各种专题研究论文,有理论研究专著,还有诗论和诗选结合的专题读本。理论研究所涉的话题更是多元化。四是媒体传播的多样性。除了传统的刊物发表、书籍出版,还有民间刊物和网络网站发表十四行诗作和诗论。新时期出版十四行诗专集和合集数量远超历史。五是翻译著作多样化。如杨德豫《拜伦抒情诗七十首》(1981年)、卞之琳《英国诗选》(1983年)、梁宗岱《莎士比亚十四行诗》(1984年)、穆旦《拜伦诗选》(1982年)和《普希金抒情诗选集》(1983年)、曹明伦《莎士比亚十四行诗全集》(1995年)和《斯宾塞十四行诗集·小爱神》(1992年)等,无论数量和质量都是过去的历史阶段不可比拟的。

众多诗人的创作,推动了十四行诗的中国化改造。从段式看,20世纪80年代以来的中国诗人大量地采用莎士比亚式和斯实塞式,接近新诗中的半格律体。另外如孙文波的《十四行诗组》分段法是五五四,前两段匀称,第三段变化,整齐中见错综,更接近新诗中的均行诗,这种分段法欧洲虽有,但却少见。郑铮的《给》等,用三三二三二分段法,韵式为 ABB ACC DED FEF GG,刻意追求"回旋华尔兹舞"效果。在建行方面,新时期多数诗人把音组作为节奏单元来建行,屠岸认为:"这比每行规定音数的原则更合乎汉语的发展态势,也可以使每行诗的语言运用更自然流畅。尽管这也是一种限制,但这种限制符合汉语语言本身的规律。"②但是尽管如此,按照徐志摩、朱湘等开创的行顿节奏体系写作十四行诗的也是大有人在,如张秋红、岑琦、钱春琦、邹建军等都通过诗行等音在行顿层次形成整齐节奏效果。如杨汝纲发表在

---

① 岛子:《〈树·兽骨·冬日黄昏·墙〉序》,载《上海文学》1987年第2期。
② 屠岸:《十四行诗形式札记》,载《暨南学报》1988年第1期。

《红岩》1983年第2期的《惊喜》(同时发表了《今天》,格式相同),每行均占十一格(在语流中占时相同),标点符号同样占格,这就是诗行等量音节的节奏模式。类似这种建行方式在新诗格律体中大量存在,是典型的行顿节奏方式。在用韵方面,80年代以来,中国诗人在借鉴十四行体韵式的基础上加以变化,使之接近我国新诗用韵规律。

　　立足十四行诗中国化进程的视角,新时期十四行诗发展最为核心的特征,就是格律的十四行诗、变格的十四行诗和自由的十四行诗并存竞争。所谓格律的十四行诗,主要指诗人在写中国十四行诗时,对西方十四行体式进行对应模仿,讲究诗行安排、音步整齐和韵式采用等,严守传统格律;所谓变格的十四行诗,主要指诗人对西方十四行诗式略加改造,大体按照十四行的段式、建行和韵式写作,多用变体,甚至在一些地方出格;所谓自由的十四行诗,主要指诗人写作仍受西方十四行诗形式的影响,但各首在分段方式、各行的音组安排、诗韵方式的采用等方面比较自由。大致来说,在十四行体中国化进程中,规范创格期的十四行诗讲究格律规则,创作大多属于格律的十四行诗;探索变体期的十四行诗寻求变体形式,创作大多属于变格的十四行诗。虽然自由的十四行诗在中国化进程中始终存在,但大量出现或自觉写作却是在新时期。这里就呈现出十四行体中国化进程的重要现象,即规范创格期主导创作的是格律十四行诗、探索变体期主导创作的是变格十四行诗、新时期大量出现的是自由十四行诗,而且新时期以上三类十四行诗并峙诗坛,百花齐放、百家争鸣,从而迎来了前所未有的创作繁荣和多元发展局面。应该明确,三类汉语十四行诗都是中国诗人在移植十四行体过程中,根据汉语特点和汉诗规律进行改造、扬弃后所获得的中国十四行诗,只是这种改造存在着对应移植、局部改造和根本改造的差别,再进一步说,以上三类移植方式下的诗都是我国诗人推进十四行体中国化的创作成果。正因为历史上往往只是以某类移植方式的诗为主导,而新时期则是三类移植方式的诗并峙,所以才造就了新时期的创作繁荣,这也就是新时期汉语十四行诗多元发展的核心内涵。新时期诗人立足历史传统,既注意继承前人探索十四行体中国化的成果,又在新的社会文化环境里继续着新的探索,从而有效地推动着十四行体中国化的历史进程。因此,格律的、变格的、自由的十四行诗并存诗坛和相互竞争发展,绝不是简单地重复过去的创作体式,而是在继承后进行的新探索。这种局面的出现固然根植于新的社会文化环境,但根本原因是诗人创造中国式十四行体的自觉意识。新时期很多诗人都曾提出创建中国式十四行体的目标追求,这里以邹建军的论述为例。针对有人认为没有按照英语十四行诗规则来写作,就不能算是十四行诗的观点,邹建军认为这是"可笑而似是而非的认识"。他的论证是:第一,在西方,十四行诗也用多种多样的语言进行创作;第二,就是用英语创作的十四行诗,也存在多种多样的体式,格式多样正是十四行体英国化的重要标志;第三,汉语与英语的构成要素不同,用汉语是无法按照英语的要求写十四行诗的,因此只能有所变通改造;第四,我国诗人写作十四行诗取得成功,说明只要研习英语以及其他十四行诗的艺术规律,在艺术精神上相通也就可以了;第五,诗人的创造对于诗歌写作来说是特别重要的,十四行体中国化的成果是由作品创作来判定的。邹建军说:"每一个时代的诗人都需要有自己的创造,在十四行诗的格律上也都要有自己的突破。只要是真正的艺术探索,都要有更大的容纳的空间。对于汉语十四行诗写作,没有必要怀疑,更没有必要反对,相反我们要有坚定的自信,中国诗人用汉语写十四行诗是一种创造,并且可以是全新的创造。因为这种真正的艺术探索,也许可以为中国新诗开创出一条新路。"①这是非常值得我们珍视的理论创见,其核心观点是移植十四行体就需要推进诗体中国化,而诗体中国化就需要诗人创造,推进创造就应该能给诗人创作提供更大容纳空间,其结论必然是:应该允许诗人根据自己的理解进行多元探索。我们高兴地看到,即使在一些自由的十四行诗中,诗人其实也在进行着严肃的探索。如韩少武写作十四行诗用律随意,甚至将自己的诗集命名为《自由十四行》(吉林人民出版社2006年版)。他写作十四行体,主要是想以此体来节制诗的长度,给抒情加点密度,让思想追求深度。如为人称道的《你的——歌如吠》四首,基本形式都是七七分段,我们来读其中的一首:

  (起)当我渴盼溶溶的春水　　　　　(A)
    洗绿心壁的苍台　　　　　　　(B)
  (承)当我撕扯不平的蒙受　　　　　(C)
    无法排遣心中的悲哀　　　　　(B)
  (转)总有不同的歌声萦绕耳畔　　　(D)
  (合)这边歌如抚,歌如慰　　　　　(A)
    而你的……歌如吠　　　　　　(A)

  (起)当我沐浴得意的春风　　　　　(A)
    烧着了忘乎所以　　　　　　　(B)
  (承)当我踏上错望的道途　　　　　(C)

---

① 覃莉整理:《关于汉语十四行诗的写作与翻译问题——邹建军先生访谈录》,见华中师范大学邹建军建的"中外文学讲坛"网站。

　　　　将要跌进未知的渊底　　　　（B）
（转）总有不同的歌声萦绕耳畔　　（D）
（合）这边歌如嘘,歌如喟　　　　（E）
　　　　而你的……歌如吠　　　　（E）

这诗写得很有情趣,其前后两阕句式和韵式相似,诗体风格类似词曲。诗中词语和意象以及句式结构也接近词曲境界,包括诗的音节都有词曲韵味。这就使该诗离开了十四行体原本的精神,是并不合规的十四行诗。苏赫巴鲁在《自由十四行》序言中这样评价:"《你的——歌如吠》(四首),以《诗经》手法'大对仗'(同时也是'小对仗'),一连用了16个'当我……'作为排联,又是'前归结',似描门绣窗,有虎头之势;然后,用4个'……耳畔'为'腰归结',贯穿成带,又如焊接。在'起、承、转'过后,在'合'的过程中,用了'后归结'之法,如'歌如嘘、歌如喟、歌如吠','歌如泣、歌如泪、歌如吠','歌如镜、歌如辉、歌如吠'、'歌如故、歌如归、歌如吠',诗至高潮,又是收尾。"[①]这种评价,证实了此诗确有中国古典词曲风格,同西方的十四行体有着不同特征。该诗的音韵特色是每段七行内部自成起承转合结构,上下两段形成了大起承转合套小起承转合,这是诗人的大胆创新。虽然这组诗作并不合乎十四行体格律,但自有其音节优美、体格完整的成功之处,作为自由十四行是优秀之作。在十四行体中国化进程中,格律的、变格的和自由的十四行诗并存竞争是应该鼓励的,它构成了我国新时期这一十四行体中国化进程中重要历史阶段的基本特征。

二　十四行诗的题材拓展

十四行体从诗体性质来说属于固定形诗体,它对题材的选择性根源在于其结构之中。十四行体构思"是一个完美的圆形,具有立体的建筑美",具体体现为正反合或起承转合结构,这种内在结构决定了诗在诗节段落、音节排列和用韵方面的外在结构。内在结构和外在结构的结合,使诗情诗思注入一完整之范畴而成为艺术品,内容和形式俱臻佳境。我国诗人普遍认为,十四行体内外结构的这一审美特点宜于抒情,有利于诗人诗情诗思的构思定型。冯至在《我与十四行诗的因缘》中就这样说过:

[①] 苏赫巴鲁:《韩少武诗集〈自由十四行〉序》,《自由十四行》,长春:吉林人民出版社2006年版,第3页。

> 我渐渐感觉到十四行与一般的抒情诗不同,它自成一格,具有其他诗体不能代替的特点。它的结构大都是有起有落,有张有弛,有期待有回答,有前题有后果,有穿梭般的韵脚,有一定数目的音步,它便于作者把主观的生活体验升华为客观的理性,而理性里蕴蓄着深厚的感情。①

这种概括同西方人对十四行体美质的认识一致。如瑞士学者雅各布·布克哈特就说:"十四行诗对意大利诗歌来说是难以言语形容的天赐之福。它的层次分明结构美丽,后半首更为流畅的风格使人意气风发,以及它的容易成诵,甚至伟大的大师们都非常予以重视。"②总之,十四行体的结构和美质,虽然对诗的题材内容有着选择性,但它又不像某些固定形式那样在题材面前表现得那么气度狭小,因为诗情诗思的单纯性、层次性和圆满性,内容形式的统一性,本身就是一般抒情诗的基本特点。尤其是该诗体在音节、音韵、结构、段式、建行等方面都有着较大的自由建构弹性,从而为坚持原本精神基础上的创造提供了可能。十四行体正是以此特征为容纳较多题材提供了自由创造的空间。题材和主题的拓展在西方是十四行体发展的重要表征,显示了十四行体持久不息的艺术魅力。我国诗人移植十四行体初期,主要用它抒写传统题材,但随着十四行体中国化进程的推进,题材领域也在不断地扩大。

一是现实政治题材。杨大矛的《公正的法官》《问候》《七彩的花圈》《孩子的命名》、杨汝绚的《今天》《惊喜》等诗,在新时期最早对"文化大革命"进行反思。如杨大矛的诗:

> 他去了!一双眼睛睁得大大,
> 没有党旗,没有哀乐,没有鲜花,
> 只有屈辱、困惑,深深的忧虑——
> 迷天大罪是什么:敢说真话。　　——《问候》
>
> 祖国啊,你为何这许多沉冤?
> 历史,请昭示我正确的答案?　　——《七彩的花圈》
>
> 人斗我,我斗人,无休无尽,
> 心灵上都留下对方的牙痕。　　——《孩子的命名》

---

① 冯至:《我与十四行诗的因缘》,载《世界文学》1989 年第 1 期。
② 〔瑞士〕雅各布·布克哈特:《意大利文艺复兴时期的文化》,何新译,北京:商务印书馆 1979 年版,第 305 页。

诗人呼喊:"我愿把花圈献给你呀,苦难,/死去吧!你这悲惨的罪恶的循环!"赵毅衡的《十四行诗作三首》,同样是对那段历史的反思。诗人在《被砍倒的大树》中抒唱:"今天丛丛琥珀,分明记录着/昨日的痛苦,流失的哀戚;/而株株新树升起了满枝/沉思的嫩芽,裹卷着希冀。"如张秋红《幽兰》集中的"祖国"十首、"十月"十首、"历史"十首等,都是触及现实政治题材的作品。如"历史"之四,就写了上海解放:"我记得,那五月的惊雷/让我看见上海明朗的天/解放了的人民那欢乐的眼泪/洒满渡江雄狮的两边。"

罗洛为纪念中国共产党建党七十周年写成的《七一之歌》,由十二首十四行诗组成,包括:《序曲》《寻求真理》《党的诞生》《理想与信念之歌》《献给战士们的颂歌》《在烈士墓前》《开国颂》《写给普通共产党员的颂歌》《劳动颂》《失误和挫折使我清醒》《爱我中华》《团结起来走向明天》。诗人按时间线索写来,用诗笔讴歌中国共产党七十年来领导革命和建设过程中百折千回、走向胜利的历程,讴歌党的优秀儿女为了理想和信念的崇高献身精神,格调高昂。因为抒写时间跨度较大,诗人充分发挥十四行体内容单纯和构思圆满的特点,选取中国共产党历史的若干个"点",每点一首然后串联起来,形成一部政治抒情史诗。《七一之歌》的每首既是整体的组成部分,又具独立的欣赏价值。就单首而言,诗人重彩浓墨,抒情议论,酣畅淋漓;就十二首而言,诗人大笔如椽,重在勾勒,开合自如。《七一之歌》为汉语十四行体政治抒情史诗写作探索了道路。我们以第二首《寻求真理》为例分析:

> 当失去理智的欧洲还在战争中痉挛流血
> 从彼得大帝的故都传来阿芙乐尔的炮声
> 十月革命的功勋是无可争辩的,它使人类
> 跨入了一个以社会主义为标志的新世纪
>
> 而在我心爱的黄浦江上空依然浓云密布
> 悬挂异国旗帜的军舰用大炮夸耀着强权
> 然而新兴的无产阶级已经醒来已经起来
> 神圣的劳工要用双手打碎锁链扭转乾坤
>
> 五四运动给昏沉的大地带来了清新的风
> 在人们的心灵上播下民主和科学的种子
> 青年们从先驱者学会了睁开眼来看世界
> 即使在寻求真理的道路上还有痛苦挫折

真理在何方,无数志士仁人在苦苦求索
中国往何处去,历史在严峻地进行选择

该诗注意情、事、理的有机结合。第一段是十月革命给中国送来了马克思主义,第二段是中国工人阶级登上历史舞台,第三段是在此基础上的五四运动,第四段是仁人志士仍在思索前进道路,这是一个有史实根据的理性结构。诗注意政治底蕴和诗歌意象结合,如诗的第二段就使用诗的意象和语言写政治内容,把社会的黑暗说成是"上空依然浓云密布",把帝国主义的强权说成是"用大炮夸耀着强权",把工人阶级觉醒奋斗说成是"打碎锁链扭转乾坤"。这些意象并不朦胧,诗意并不晦涩,语言并不新奇,但却包含着社会现实和诗人见解。此诗音调铿锵,朗朗上口,诗行等长,在行的层次上形成整齐节奏,尽量少用复杂结构的散文句,多用二音和三音结构音组,这样的诗行读来自有一种明快感和音韵感。

二是山水风情题材。抒写山水风情、营构意境,这是中国传统诗歌的审美特征。十四行诗就其原本精神说主要是沉思型的,偏重在思理和抒情,并不擅于描画,但新时期出现了大量抒写山水风情的十四行诗,这些诗的特点是把中国传统山水诗和西方沉思体结合,创造了独特的中国式十四行诗。这种新品种最早的就是唐祈的西北十四行组诗,后有郭沫若、陈明远的旧体今译十四行游历诗,如《海南组诗》等,接着是20世纪70年代钱春绮写的旅游十四行诗,数量达数百首之多。新时期以来有孙静轩的西南边塞诗、武兆强的边疆十四行、蔡其矫的《内蒙行》等,还有屠岸、顾子欣等的国际游历诗等。近期的邹建军提出了文化地理学概念,并持续地创作了大量的山水十四行诗,我们在这些诗中,不仅可以看到那里的自然山水风光,而且能在游览自然风光时发现其背后所隐藏的文化意蕴,这些诗具有浓郁的传统诗的意境审美性,同时又坤藏着更多的现代思索和领悟。因此,有人认为邹建军的山水十四行诗正在开辟一个现代山水诗派。

如蔡其矫写有数组《内蒙行》十四行诗,其中就包括了《昭尹墓》《蒙古歌声》《花的原野》《召河》《蒙古包》《阴山下》《边墙》《塞上的云》等诗。他在这些诗中描写了静谧幸福的风土人情,抒唱的是"一股甜香气息,反映天空的深邃"的赞歌。诗人充分利用十四行体结构圆满和长于抒情的特征,抒唱"悬空的冰山/有无数壁立危岩/驰过一队飞马/散布几朵草烟"(《塞上的云》),描写"晨雾里升起炊烟/白云飘动在天窗/阳光照亮家屋/一家人共坐欢畅/端起马奶酒/在燃烧的火坑面前"(《蒙古包》)。尤其是他的山水风情题材诗意蕴深刻,写出了时间中的空间感和历史中的现实感。如《边墙》:

外长城已经解体
巨砖全被剥光
大都成庄稼的平地
留孤立土堆遥遥相望

塞上不再属于往昔
山脉静默无声
历史辉煌已成过去
大地期待着新足音

四围是和平的静谧
不再有弥天风云
千年来的怨叹落泪
留给古老的诗文

严峻岁月的风
低回在繁华绿草中

《边墙》从客观叙述开始，写外长城现状，而这现状正是时间中的空间。第二段把历史与现实结合起来，表达对客观时空的评价。每两行一组，上行用否定写历史，下行用肯定写现实，可见诗人是站在现实基础上写历史空间的。第三段把诗意引入新的境界，即从边墙的时间和空间变化中，拈出一对同人类历史和命运攸关的命题，即战争与和平。诗人在这命题中注入了主观情思，将诗意升华到新的境界。诗的第四段是合，"严峻的风"是历史的空间，"繁华绿草"则是现实的空间，诗人巧妙地把历史和现实、现实和未来融为一体，使时间中的空间思维得到收束，留给我们想象和哲理思索的空间。《边墙》圆满构思，情理逐步展开，结尾收束勒住诗意，这些都是充分发挥十四行体规范的结果。

山水诗的另一种类型是国际游历诗。顾子欣是新时期写作十四行诗成果丰硕的诗人，写有多种题材，但他最有影响的还是数组国际游历诗，如《俄罗斯情结》（组诗十二首，发表于《星河》2011年秋季卷）等。早在1992年，他就出版了《在异国的星空下》，第一辑《扶桑诗笺》中有十四首，第二辑《天竺剪影》中有三首，第三辑《东海涛音》中有八首，第五辑《永远活在心中》中有三首，总计二十九首十四行诗。他长期从事外事外交活动，所以多数十四行诗取材于自己工作中的见闻,阅历既广,感受也就丰富。这些诗讴歌友谊、和平,描摹异国风光,寄托对国际友人的怀念之情。诗充满着异国情调,如《耍蛇人》几行:"耍蛇人盘膝坐在那路旁,/乐曲如清泉从指间流出;/他倦慵的双眼似睡非睡,/黧黑的面容枯槁而麻木。//蛇星们舞罢钻回了竹笼,/寥寥观众又都匆匆上路。"我们来读顾子欣的《唐招提寺》:

> 这金堂鸱尾,又从幽蓝的夜海
> 挑起天平之月,驱散千年风雨。
> 这盏盏石灯又雏菊般迎风绽开,
> 梦游在帝释天似寐非寐的眼里。
>
> 古寺沉静,像一句不变的经文;
> 却又拨动你的心,如磅礴的乐章。
> 踏着白沙石,去向芭蕉询问:
> 可借得绿叶拭去大师的泪光?
>
> 他披着袈裟在寺中悠然端坐,
> 要参透一种永远参不透的真谛。
> 削瘦的骨骼经得起海浪销磨;
> 深邃黑幕中,光明无边无际。
> 他浮槎东来在风景之国中寻求;
> 后人却在他缔造的风景里漫游。

诗人借抒写唐招提寺,歌颂了源远流长的中日友谊。这首诗格律严谨,但在规整中又显出灵动和飘逸,从中可以看到中国古诗的影响,也有意识流的技巧,显示了诗人深厚的艺术修养。总体来说,顾子欣的十四行诗写得格律严格,韵式规则。多数诗的诗行音组整齐,但有的也写得较为随意,如《生命泉》的前十二行每行四个音组,而末两行却是五个音组,有的诗还采用了中国传统的一韵到底的韵式。

三是经济建设题材。建国以前,除了杜运燮的《滇缅公路》歌咏滇缅公路工程及其贡献外,就再也没有涉及建设题材的十四行诗了。朱自清深有感触地说:"我们需要促进中国现代化的诗。有了歌咏现代化的诗,便表示我们一般生活也在现代化;那么,现代化才是一个谐和,才可加速的发展。"①新中国成立以后,经济建设题材的诗很多,其中也有用十四行体写成,如雁翼写于50年代的组诗《写在宝成路上》。蔡其矫的《不夜城》写于1955年,以红红火火开展建设生活的鞍钢为背景,由于没有标明"十四行诗",所以得以正常发表和传播,诗中写道:"红光照耀的城。/飘绕着橙色烟云和紫色烟云的城。/无数高楼的万盏灯光,/形成一片闪着细鳞银波的海,/仿佛有风在那上面走过。"诗传达出一种当代意识,他同袁可嘉的《上海》《南京》等对旧中国大都市畸形发展的"仇视"情绪迥异,充满着对祖国建设的崇高敬意,抒情格调明朗。朱自清认为建设题材的诗是"现代史诗",而"现代史诗体将是近于散文的",如何把建设题材纳入十四行规范,雁翼等诗人作了探索,主要是:针对现代生活的复杂性,多采用组诗形式;努力避免烦琐描述,注重写印象并融入情思;努力把客观过程推向背后,重在抒写建设者精神;通过对细节的抒写来展示人物精神境界。这些探索为新时期建设题材诗的写作提供了经验。

新时期经济建设题材的十四行诗,如雁翼的《深圳的十四行》,反映了深圳经济改革开放的成果,如收入《女性的十四行诗》集中的《北京新景》《深圳的女人》等。再比如《立交桥》:"应当是你的我的他的/手臂/平伸/交叉在/时间的意识里/历史的转折中/追求与逃避的/半途/承受着各种样式的脚步/虚伪与真诚/轻快与沉重的/流动。如承受/太阳无情的升起和有情的/跌落。"诗人借写立交桥来抒写自我的感受,立交桥是城市生活的重要标志。蔡其矫的《葛洲坝泄洪》则直接抒写了我国火热的经济建设生活:葛洲坝下"怒涛黯淡无光/狂风乱舞是因为激动/纷纭沸腾火山溶浆/中间盛开一朵巨大金菊/彩虹自天空落到水上/一如大地痛苦的眼睛/天崩地裂时的凝视/用美的微粒组成希望之光",结末两行是:"正如人类的憧憬/却在惊心动魄之后产生"。这是典型的建设题材诗,先是总体写印象,然后收束进入升华和思考。罗洛有《写给宝钢的十四行诗》(六首),正面抒唱宝钢的建设,采取了组诗形式,抒写整体印象,还有对建设者的热情赞颂。

在新时期写作建设题材诗的重要诗人是万龙生,他写过不少反映工矿生活的诗。如《矿灯之什》组诗,包括《回答》《意外》《行者》《信件》《忆昔》《不能》《矿灯浪漫曲》;《工地之什》组诗,包括《速写》《送子赴工地》《堵车》《滨江路开工即兴》《井下》《悼》《车行成渝路》等;还有《黑色金字塔》《工地》等组诗。这些诗大多采用由点写人再写建设的方法,也有避开烦琐细节而注重写整体印象的,诗中一般都注入了诗人对生活的思考,所写的都是对外在世

---

① 朱自清:《诗与建国》,《朱自清全集》第2卷,南京:江苏教育出版社1988年版,第351页。

界的体验和情思。如《矿灯浪漫曲》中两代矿工通过矿灯进行心与心的交流,从而展示了中国矿工的精神境界,两个声部合奏出动人的浪漫曲。全诗分成两组(各两段),人物之间没有一句对话,全部意蕴都在人物的心灵碰撞的神情中体现出来。结尾的凝点是"另一盏留在心间,那是光明的源泉",呼应第三段"特殊的能源"。这种精神的能源,就是工人阶级对待工作的深情热爱精神,对待事业的乐于奉献精神,对待前途的乐观主义精神。这种精神又同建设社会主义新生活紧密联系,因而具有崇高的美。而这样丰富的意蕴和火热的建设只是借助于矿灯的发与还、递与还这个"点"来表达的。该诗的创作实践,为十四行体抒写现代经济生活题材提供了宝贵的经验。

四是军旅生活题材。在十四行体中国化进程中,把军事生活题材导入十四行诗的代表人物是卞之琳和曾凡华。卞之琳接受奥登影响以后写出了《慰劳信集》,其中之四、十一、十二、十四、十六,都是军旅题材的十四行诗。用十四行体写军事生活题材,会遇到一个正确协调格律规范和题材表现之间关系的问题。应该说,十四行体形式规范决定了它并不善于描写波澜壮阔的战争场面和情绪激越的战争生活。卞之琳凭着自己的诗艺素养,避开当时流行的某些诗作那种浮夸的英雄腔或标语口号式的抒写,力求通过小事情、小场景和小细节,采用洗练的口语、幽默的调子,刻画有关情景、人物、心态的典型细节,使读者获得强烈的感染。因此,卞之琳的抗战十四行诗都是抒写人物的,上至《论持久战》中的革命领袖,下至保卫蓝天的"空军战士"。卞之琳为我国军事题材十四行诗创作开辟了艺术道路。

新时期有相当数量的部队诗人写作十四行诗,如公刘就有《献给长城的情歌》。但是,真正继承卞之琳的《慰劳信集》传统、写作军旅生活十四行诗数量较多且质量上乘的还是曾凡华。他在1958年参军,熟悉军旅生活。1986年在解放军文艺出版社出版《士兵维纳斯》,都是军事题材的作品。他写过数以百计的军人十四行诗。如他发表在1987年的《北方十四行诗》,大多献给守卫在祖国边防线上的普通战士。如《出山——题伊木河哨卡一位老兵》,在表现手法上是同卞之琳的诗一脉相承的,即诗人并未正面去描写祖国戍边者的艰苦军事生活,而是采用突出人物、刻画性格的手法。在抒写人物时仅选取了一个片断,即一位在哨卡戍边三年的老兵退伍走出深山老林。这是一个富有诗意的片断,也是一个具有单纯品格的片断,内容同规范比较契合。虽然诗人写的只是一个片断,但这片断却写得构思圆满:第一个四行是起,写老兵走出天高地远的"原始部落";第二个四行写出山后的感受,眼花缭乱,手足无措,是承;第三个四行是转,写士兵的义务和职责;末两行是结论,莫要笑话戍边者。读者通过这一生活片断,就能够深刻地感受到守卫在祖国边防线上的战士的军事生活,并自然对戍边者投以敬意。组诗其他几首的标题是《绝响——题班长罹难周年忌日》《冰之梦——题大兴安岭某部冰雕》《松花江——题在570号巡逻艇上》《温馨——题八岔的一座小木屋》。诗人选择了十四行体,但没有被形式束缚住,他的诗行长短较为自由,也不考虑音步相等,只押大致相近的韵。诗人自己说:"我人到中年,却找到了一副'镣铐',这是自讨苦吃,自己把自己手脚'铐'住,然后起舞——试着弄点十四行,这本是洋格律;其起承转合、音步、韵脚是你看产地的语言规律而形成的,不可死搬硬套。但经过精心琢磨之后还是可以找到共通之点的……"①可见他是自觉地运用变格体去抒唱当代军人的。

五是环境保护题材。人与自然的关系,无疑是一个最具有当代意义的课题。多少世纪以来,人类以自然的主人自居,不停地谋求自身的享受,高喊着向大自然宣战的口号,结果人类的行为遭到了报复和惩罚。罗念生在写于20世纪30年代的《自然》《罪恶与自然》中,深刻地探讨了人与自然、人与人的依存关系,具有科学的宇宙意识。罗念生之后,这类探讨人与自然关系的诗不断出现,但各个时期又有着不同的特征。到了1961年,陈明远在旧诗今译《泰山组诗》中,也涉及环境保护的题材。当诗人来到泰山脚下,看到的却是"草茵焚化为香炉/山洪冲刷了沃土,/树桩细密的年轮/都记着贪婪的刀斧"(《绿化之梦》)。诗人心颤地追问着:"为什么,到我们面前/却不见翠绿的山林?/光秃粗陋的砂岩/无言地倾诉着厄运——/仰望着,双眼枯涩/疑云凝聚在内心。"(《在岱庙望泰山》)

20世纪中期以后,由于受人定胜天的思想影响,许多地区大肆破坏植被,造成林木被砍、土石裸露,人类无力抵御自然灾害。正是在这种背景下,出现了不少保护环境的诗,只是受特定历史条件的制约,这些诗无法像罗念生那样写得酣畅淋漓。钱春绮在大量游历诗里表达自己对于人类肆意破坏自然的愤慨。如写于1974年的《屈子祠》中,诗人责问着"大诗人的祠庙为何冷冷清清",责问着屈原的墓"为何没有当作重点文物保护",心中"感到不平",然后忧忿地写道:"楚塘公社,何处去寻那片大塘?/纵目四望,我闻不到藕花清香,/只见汨罗江水在默默地流逝。"在1977年写的《沈家门》中,诗人在渔港沈家门想象着渔汛季节的景象,但眼前"我却看不到繁忙的鱼市":"只有我自己孤独的影子。/我不禁嗟叹劫后的渔乡,/沈家门,变得寂寞的渔港!"这里的两段抒情,似乎是在不经意之间发出的,但联系那一年代就能感受到其中饱含着深刻的社会内容。这些诗在当时不能发表,只是到了新时

---

① 曾凡华:《〈北方|四行诗〉自序》,载《解放军文艺》1987年3月号。

期才得以面世,它以化石似的记录反映出当时清醒的知识分子的思考。

韩少武在 2006 年出版了《自由十四行》集,"让自己的生命,伴着时代的脉动,诗意地栖息在故乡的大地上"。由于诗人对于故乡充满热爱,所以在他的十四行诗中就出现了多首涉及人与自然关系的诗,如《太平鸟》组诗,以下是其中第三首:

> 当夜,我做了个梦,梦见自己变成
> 一只太平鸟。在人群中间飞起飞落
> 有人指问:它带来的不知是福是祸
> 虽凶吉难卜,仍执意完成环球旅行
> 飞越高山时,我遇到了森林大火
> 火焰烧烤着我的翅膀,还有眼睛
> 被烟雾熏得迷蒙,看不清前程
> 扑火的猎人,趁机举枪打伤了我
> 我随着一场大雨降落,大火熄灭
> 躺在猎人的面前,我等待着厄运
> 可猎人说:我真的不该把你劫掠
> 扇动着沉重的翅膀,我重新飞奔
>
> 直到清晨梦醒,看鸟群已飞,脚印
> 却在古柳的内核化作太平的年轮

《太平鸟》组诗是诗人有感于几个丧心病狂者用网罩死十九只太平鸟烧烤下酒而作。第三首是写自己当晚做梦变成了太平鸟的遭遇,表明了诗人对人类萌生动物保护意识的期待。诗采用了诗行基本等音和等顿的建行方式,韵式为 ABBABAABCDCD EE,虽然诗的前十二行没有分段,但内部结构还是自然地分成三个四行段,同末尾两行段合成一首具有英式分段的十四行诗。而且前三个四行段具体就分成三个层次:太平鸟执意环球飞翔——飞越高山时被猎人打伤——猎人醒悟说不该把你劫掠,其实这就是一个起承转的结构,而最后两行写诗人清晨梦醒,看鸟群已飞,正是一个"结局"。因此,无论从格律还是构思来说,都具备了十四行诗体的特征。环境保护的题材和十四行体的格律有机结合,曲折有致地表达了诗人对于人与自然、人与动物主题的思考,艺术地呈现了具有时代特征的题材魅力。

三 十四行诗的组诗创造

组诗是十四行诗体的重要体制。彼特拉克的《歌者》就是组诗,是围绕着某个主题串在一起的抒情诗组。锡德尼的《爱星和星星》收一百零八首十四行诗,是英国最早的十四行体组诗,诗人综合了彼特拉克和法国诗人的传统。锡德尼之后,十四行体组诗频频问世。莎士比亚的由一百五十四首十四行诗组成的诗组不仅在所有同时代组诗中卷帙最为庞大,其广泛的题材、深邃的思想、丰富的意象也是任何组诗所无可比拟的。它的组诗结构呈现开放性,在诗中诗人面对诗人朋友、黑俏妇人和另一诗人的抒唱,从不同角度讨论了具有时代特征的若干主题。其后著名组诗就是白朗宁夫人的情诗,它以爱与死的纠结为矛盾线索贯穿,呈现了爱战胜死的主题思想。我国最早的组诗是徐志摩连缀了两首的《幻想》,此后重要者有梁宗岱的《商籁六首》、李唯建的《祈祷》、柳无忌的《春梦》、吴兴华的《西珈》和唐祈的西北组诗等。总体来说新中国成立之前组诗量少且结构单纯;新时期十四行体组诗大量出现,中西历史上有过的十四行体组诗结构都有创作,还有更多的创新发展之作,这也是十四行诗在新时期繁荣的重要标志。月亮、影子和孤独的人单独存在,其意义就是本身,但当李白《月下独酌》诗曰"对影成三人",把人、月亮、影子互相交织起来,形成某种有机结构时,就产生了一种比组成要素本身更大的功能。同样,"从诗节到诗的关系在这里重现在较大范围之中,即从诗到诗组的关系。通过成为一个整体的安排产生一种比纯粹加在一起还要更多的东西",但"诗组这个名词不应给予一个本身是独立的十四行诗集,同样也不应当给予一个从诗集里边把一部分诗集中起来冠以共同题目的集子"。[①] 真正能组成组诗的诗,彼此之间并不是完全独立的,而是在内容表达上有一个次序、一个结构。因此,我们从结构分析方面依次划分出十四行体组诗的以下类型。

一是诗组的各首诗相对独立,组合起来又是围绕一个中心点。如唐祈在"文革"后复出重返西北,写出了几个《大西北诗组》,诗人从不同侧面写出了迷人的边塞风情。蔡其矫在20世纪80年代走遍中国,去追寻历史文化足迹,到内蒙后就写作了诗组《内蒙行》,从不同侧面抒写静谧幸福的边疆风情。张秋红的《祖国》组诗也是这种结构。顾子欣写《俄罗斯情结》,组诗前

[①] 〔瑞士〕沃尔夫冈·凯塞尔:《语言的艺术作品》,陈铨译,上海:上海译文出版社1984年版,第225页。

用丘特切夫诗句"凭理智不能理解俄罗斯,用普通尺子不能测量俄罗斯"作为总线索,包括《莫斯科的秋天》《红场》《普希金纪念碑》《沃尔龚斯卡娅故宅》《奥斯特洛夫斯基纪念馆》《加加林广场》《库尔斯克的夜莺》等诗,从不同角度抒写了自己对俄罗斯的印象和理解。这类组诗正如沃尔夫冈·凯塞尔所说:"停留在纯粹抒情诗的范围之中,它们围绕着一个中心点,在这当中它可能是一个特定的题目,这个题目可以从各个最不同的方面来加以讨论(在这里还可能产生一种深入的了解),或者它可能是一个客观的容积,这个容积可以从各个最不同的方面来加以阐明;……在这种情况之下诗组的诗仿佛是一个五颜六色的光谱,它作为反映可以使我们理解统一的光源。"①这类组诗的内部结构松散,虽然各首的光谱不同,但因为诗人需要反映的是由局部组成的整体,而整体则由一组诗去进行反映,因此它也就从结构内容上取得了简单诗组的资格。

二是诗组的各首诗相对独立,组合起来成为一个具有史诗元素的完整故事。在这类诗中,结构更加强烈地体现着"可能最后是一个说不出来的秘密中心,一个动机的先验",但其"秘密中心"或"先验动机"显得较为隐蔽,李唯建的《祈祷》和林子的《给他》就是这种结构。新时期有郑敏的《诗人与死》、唐湜的《幻美之旅》和白桦的《送别三毛》等。顾子欣的《21朵玫瑰(爱情十四行诗)》由二十一首十四行诗组成。第一首是"序诗",首先说明自己献上玫瑰的出发点"并非为赢得你的青睐和芳心/或以此作为我们的定情之物/不,我们的爱情啊,早已成熟/装在篮中的果实,仍溢满温馨",而是为了献上感谢:"施舍不是爱,当然,感激也不是/但是啊,我的感激却日益加深/随着岁月的沉淀,年华的消逝/在我心灵的枝头有多少花蕾/(岂止21朵呢)我都愿向你献呈。"接着的二十首诗就选取了爱情生活中的几个镜头抒写,构成奉献的朵朵玫瑰,整个组诗构成一个完整的故事进展结构。园静的《天鹅之死》共三首,诗中的"我"同圣洁少女有过一段纯净的恋爱史,但由于种种原因而被迫冻结,这就造成了天鹅之死。第一首写天鹅之死,第二首是对天鹅的倾诉,第三首是跪拜白天鹅。这是一首有着故事情节的哀婉、凄楚的爱情之歌,是诗人面对殉情的少女的"夜祷"。这类组诗中的每一首都可以独立欣赏,但离开了整体就无法从内容上和形式上去深刻把握;只有当各首组成整体结构时,读者才能较好地领悟各首诗自身所无法体现的结构秘密和先验框架。这种组诗结构类似于英国锡德尼(Sir Philip Sidney)的组诗《阿斯特非尔和苔拉》,它是由一首首相对独立的十四行诗构成的更大结构整体。诗与

---

① 〔瑞士〕沃尔夫冈·凯塞尔:《语言的艺术作品》,陈铨译,上海:上海译文出版社1984年版,第226页。

诗之间有机相连,流淌其间的是阿斯特菲尔连绵的思想和情感。每首诗都是情感世界的一个片断写照,诗与诗的组合又在表达一个思想、情感或故事的进程。锡德尼诗集的开放结构为后人表达思想开拓了新路,使这个狭小的形式得以因连缀而扩展,使得十四行诗能表达更加丰富的情感世界。

三是诗组的各首诗相对独立,组合起来形成一个内在和外在的时间次序。这类诗被文艺理论家沃尔夫冈·凯塞尔称为"一个完备的整体,一个真正的诗组",其特点是"诗的次序适合于时间次序,同时这个时间次序达到一个终点。我们很容易认识,随同着这样一个在时间中行动的过程,一个史诗的元素挤进了抒情诗中"。① 我国这类结构的组诗较多,如罗洛的《七一之歌》由十二首诗组成,按照时间线索写来,深情地讴歌了中国共产党的曲折历史。这诗从内容到形式确实都有史诗的性质。当然,有"时间次序"的诗组不一定都具有史诗的性质,有的抒情诗实际上只是写了一段心路历程。如戴战军的《心弦余韵》由四首十四行诗组成,全诗写一失恋者的心理变化过程。第一首写失恋者高呼"我不能想象","手挽手细语喃喃的情人"竟然抛弃了自己;第二首写失恋者深感"冬天的夜不再美丽",失落了甜蜜,"传递着高天寒冷的讯息";第三首写失恋者怀念往昔的依恋,"回音壁曾传递心弦的余响";第四首写失恋者鼓励自己"勇敢前进,不要回头,不要叹息","让过去的过去,只需前进"。全诗情节连贯,情绪发展的线索是:惊异—失望—怀恋—坚定,它构成了一个完整的起承转合的和谐发展过程。还有的组诗有着内在紧密联系的逻辑结构,是一个完备的结构整体。如瞿炜的《命运的审判者——瞿炜爱情十四行诗选》,包括写于1993—1999年间的十四行诗作一百零一首,保存和记录了诗人灵魂的激烈斗争过程。其结构特点是:"在第一首诗里面,诗人听到黑夜的帷幔后有个声音,读者会想,'他会说什么呢?'于是这种开篇方式极大地挑起了观众的胃口,他说:'你必将目睹天堂与地狱之门的开启,而思想者与情人的偷吻将成为历史罪过,纵淫放荡的女人却要将天下统一。'这句类似于基督教训诫的话语却给读者带来了困惑,那么'我'应该交给谁去审判?'我'该往何处去?然后接下来的99首诗就回答了这一问题,并由第101首结尾,形成了一个圆环结构。"② 组诗第一百零一首是:

  当纯洁的灵魂陷入迷乱

---

① 〔瑞士〕沃尔夫冈·凯塞尔:《语言的艺术作品》,陈铨译,上海:上海译文出版社1984年版,第226页。
② 鄢冬:《谁审判了"我"——读瞿炜十四行集〈命运的审判者〉》,见瞿炜:《命运的审判者——瞿炜爱情十四行诗选》,北京:九州出版社2009年版。

> 当一切陷入色情的疯狂
> 太阳沉浸在冰冷的水里
> 呵,往世的寄托,命运的无常
>
> 虚幻的海起伏着虚幻的波澜
> 你迷醉的眼神里可有奇美的灵感?
> 光芒在液体呈现着缤纷的异彩
> 而艰难的岁月却供养着死亡
>
> 呵当你孤独的时候就审视现实的形象
> 告诉我吧,你将如何成就你的梦想?
> 在那虚幻的阶梯上重复着温存的线条
> 你的快乐比风还轻,却比水更长
>
> 呵,世间所有的惊叹都只能在幕后发生
> 肉体的欲望、原始的准则、终极的大门

这里的语言含而不露,诗人告诉我们:这些世间令人惊叹的一切都只能在幕后发生,这里呈现的其实仍是一个令人不解的谜团,诗意的终点似乎又回到了起点。诗人在第一首中给自己、给读者设置了一个谜团,读到第一百首时似乎获得了结论,但在第一百零一首里,"作者给读者留下了一个永恒的谜,因此从这种意义上说来,这第101首既是个结束,又是新的开始"。而这正是现实生活中常常存在的既是终点又是起点的常态。全诗的"圆形结构并非严丝合缝",而是个开放结构。"如果说前面都是在对一切以玩世不恭的口吻进行反拨,那么这一首诗里,故事还没有结束,因为'世间所有的惊叹都只能在幕后发生;肉体的欲望、原始的准则、终极的大门'既然在幕后,那么之后无论发生了什么,产生了什么,失去了什么又拥有了什么,都值得期待'幕后'是作者能想到的最宽广的舞台。"[①]

四是诗组的各首诗相对独立,组合起来是一个无法分割的思维结构。这种结构最重要的就是十四行体花环组诗结构。花环组诗由十四首十四行诗和一首作为尾声的十四行诗组成,前十四首中上下两首的的首行和末行相扣,上下前后相互衔接,类似中国传统诗歌的顶真技巧,第十四首末行则用第

[①] 鄢冬:《谁审判了"我"——读〈命运的审判者〉》,见瞿炜:《命运的审判者——瞿炜爱情十四行诗选》附文,北京:九州出版社2009年版,第126、138页。

一首的首行,从而各首相互勾连成环;而每首第一行单独抽出后按序排列又串成第十五首合律的十四行诗。陈明远、肖开就曾在"文革"期间写过花环十四行组诗。新时期岑琦发表了《没有飘带的花环》,组诗缺少第十五首,成了"没有飘带的花环"。贾羽在1998年的《朔方》第12期发表《生活与苦难》(花环体十四行诗),具有厚重的历史意识和深刻的哲理思索。陈明远以后又写了花环诗《圆光》。诗引用闻一多诗《奇迹》和《收回》中诗句作题词,即"半启的金扉中/一个戴着圆光的你!""你戴着爱的圆光/我们再走。管他是地狱,是天堂!"可见"圆光"在诗中是肯定的形象。从抒写内容及末两行"万众景仰无形的巨像/头顶罩着纯洁大圆光"看,诗以"文革"为背景,站在时代高度反思"文革",深情地赞颂真善美,抨击假丑恶,希冀人们不忘历史、不忘理想,并把它作为"花环"奉献在经历和未历那一年代的人民面前。《圆光》(载1986年11月《北美日报》)容纳了深厚的历史内容,又严守"花环"的格律要求。其"尾声"(即第十五首)如下:

　　　　将来会有一部电影　重现
　　　　　这一切,正如我此刻所期望
　　　　波影　编织莹洁的花圈
　　　　　然后陨没　抛向一旁

　　　　落花的光束　卷起旋风
　　　　　不用留存片言只语
　　　　惟有灵气　升腾太空
　　　　　朝荒原里的石窟汇聚

　　　　火把曾经照透心底
　　　　　如今凝作深沉的黑洞
　　　　只要梦中不丢失这彩笔
　　　　　它就会画出千万道殷红
　　　　万众景仰无形的巨像
　　　　头顶罩着纯洁的圆光

这"尾声"的十四行依次复现了前面十四首的第一行,相连的上下两行又正是前十四首每一首的首行和尾行,全诗语言结构环环相扣、回肠荡气、盘旋而下,把诗人不尽的思索和深沉的情绪表达得淋漓尽致。"尾声"本身就是一首合律的英体十四行诗,内在结构呈现起承转合的发展过程,它表明整组"花环"诗也是一个起承转合的圆满发展过程。就整个花环组诗的格律说,第一,每行四个音组,每个音组基本由二三音节构成,诗行多为九音或十音,节奏整体统一。第二,每首四四六分段,第一二段分别为起,第三段为转合,无论从整体还是局部看,结构匀整,情绪逐层展开,音乐段落和内在结构和谐统一。第三,第十五首押韵使用 ABAB CDECD ECECFF,其他各首前两个四行段用交韵,后六行适当变化,符合英体十四行诗用韵规则。第四,使用净化的散文语言写成。句行统一,体现了行的独立和行的匀配。诗内不用对称、排比、回环的诗句,诗情纵直发展。这些都体现了十四行体的原本格式。《圆光》是中国十四行诗史上不可多得的艺术珍品。据赵青山搜集,新时期诗人已经发表了二十多首十四行花环组诗,除了以上所述外,还有贾羽的《墓志铭》、高昌的《花环》、韩品宇的《玉花环》、韩冬红的《岁月》、杨钟雄的《姑娘》、许天琦的《童年》、黄孝纪的《孤篷春旅》、草荆子的《星空十四行》和艄夫的《世事交集的滂沱》等。这些诗有的已经出版,有的源自网络。其中部分诗写得格律严谨,结构圆满,也有的诗用律自由,结构尚欠圆满。

　　五是诗组内各首诗在形式上虽可以独立,但内容上无法独立,即把一首诗独立出来后就完全无法理解诗的内容。这种诗组结构有两种情形。一种是唐湜的《海陵王》式叙事长诗,由近百首变体十四行组成。因为是叙事长诗式的诗组,所以单独一首抽出后就无法在内容上独立存在。另一种就是穆旦的《神魔之争》式的抒情诗剧。穆旦的《神的变形》诗由七首诗组成:神、权力、魔、人、魔、人、权力,其中两首正是十四行诗,一首是魔的抒唱,一首是人的抒唱,人的抒唱在内容上是直接呼应着魔的抒唱。整个组诗内容是相扣连续进展的,类似歌剧的进展。岑琦也写十四行诗剧,如《歌者与女神》包括三个篇章:"青春的梦""星光不灭""喜悦的雨",分别对应"青春期""受难期"和"收获期"。每个篇章都包括三首十四行诗,每首均是一个角色的抒唱,三个角色分别是歌者、青春女神和诗歌女神。如"青春期"篇章里,歌者抒唱的末两行是"我遇见两个女神注视着我/她们红着脸不知在争论什么",然后是青春女神和诗歌女神的抒唱;"受难期"篇章里,歌者抒唱的末两行是"在最困苦的时刻我不孤单/冥冥之中有神灵与我作伴",接着又是诗歌女神和青春女神的抒唱;在"收获期"篇章里,歌者抒唱的末两行是"问我为何能熬过冬的凌辱/只因我心中秘藏着一片葱绿",接着又是诗歌女神和青春女神的歌唱。整个组诗是有戏剧情节贯穿着的,戏剧角色之间的抒唱是相互应答、矛盾纠葛、前后相扣的。这个诗剧的规模不大,相对来说容易把握,岑琦另有一个诗剧体十四行组诗,那就是《歌者与大地女神》,情节较为复杂,组诗包括了三十首十四行诗,角色的相互抒唱中包容了丰富的社会内容和深刻的思想意义。这应该视为我国十四行体诗剧组诗创作的重要收获。

以上五类十四行组诗,在形式上都有共同点,即组诗内部各首十四行诗在形式上都相对独立,整体上又有机合成;在内容上前三类都可以相对独立,但又是全体组诗的有机部分;第四、五类诗组从根本上说内容是无法独立的,仅仅从十四行诗的结构看在形式上可以相对独立。这大致就是我国十四行体组诗的基本类型,它已经超越了传统组诗结构,倾注了我国诗人的改造创新。沃尔夫冈·凯塞尔曾经说过:"在考察了各种不同的时代当中,同时我们发现,走向诗组的趋势在近代变得越来越强,在现代简直是抒情创作的一个标志。赋予他的作品一种重要的'书籍性质',对于现在的抒情诗人好像是一个特别的野心。"①这一趋向是研究我国十四行诗时需要加以注意的。事实上,我国诗人已经注重十四行体组诗的创造,并把它作为探索新诗体的尝试,而且已经在组诗创作方面积累了重要创作经验。如邹建军就自觉地采用组诗的形式写作十四行诗,至今已经写作了三四十组十四行抒情诗。他说:写作组诗"从一开始就对自己提出了要求,那就是每一组诗要有自己的艺术构思与整体考量,每一组诗都要力求超过前一组诗,有哪些好的句子,有哪些具有新意的意象,这组诗采取的是一种什么样的语调,是一种什么样的韵式,是以问句为主还是以叙述句子为主,要有什么样的小标题,如此等等,都考虑到了,才开始写"。这说明他的组诗都有整体性和有机性的构思,都是一个特殊的整体结构,要真正理解这种组诗的审美特征,就不能停留在单首诗的把握上,而是需要从整个组诗结构中去理解。这样就形成了他的十四行诗创作特色,正如他所说:"这是我汉语十四行诗的最大特点,我没有写出过一首一首的十四行诗,一经写出就是一组,有一个整体的艺术构思。也许这正是与从前的诗人们在十四行诗的创作上最大的区别。显然,组诗的容量相当于长诗,也可以说是由一首一首短诗组合起来的长诗。"②这是中国诗人实践经验的总结,组诗形式拓展了中国新诗的体制建设空间。

四 港台诗人的十四行诗

20世纪80年代以来十四行诗创作繁荣的一个重要表现,是一批台港诗

---

① 〔瑞士〕沃尔夫冈·凯塞尔:《语言的艺术作品》,陈铨译,上海:上海译文出版社1984年版,第226页。
② 覃莉整理:《关于汉语十四行诗的写作与翻译问题——邹建军先生访谈录》,见华中师范大学邹建军建的"中外文学讲坛"网站。

人用汉语写作十四行诗。这些诗一般写得自由,不拘格律。

纪弦是位资深而且创作量大的现代诗人。他提倡诗的"横的移植",主张借鉴世界各国现代诗艺技巧和表现手段。从总体上说,他不愿受格律的羁绊,因此写作十四行诗不多。《一片槐树叶》等诗,只是借题抒发他远离故园、游子怀乡的衷曲,并未照顾音步和韵式的格律。

余光中创作后期写出了一批精致的新格律诗。他的十四行诗写得自然,能押韵则押,不能押也不勉强。《当我死时》《中秋月》等表现了诗人对祖国大陆执著的眷恋,感情真挚。

彭邦桢在1973年底至1974年初,为美国女诗人梅茵·黛丽尔写了一组爱情诗,后结集成《纯粹的美》出版,其中多首是十四行诗,用律较为自由。1978年又写出了《十二个象征组诗》,十四行诗格律的运用较为自觉,开始注意句内音韵调配和外形规整。彭邦桢另有《试写现代诗押韵十首》,试写现代诗用古韵,每首诗后注明用韵方式。他的《悲雪》写雪中怀乡恋苦之情,由雪写人,由人写情,利用十四行诗曲折有致的结构特点,层层推进渲染了浓重悠长、铭心刻骨的思乡之情。诗运用了移行、标点、短语等手法,使得诗的韵律节奏呈现一种断续所形成的郁结、泣诉、飘零的情调,是台湾思乡主题诗中的优秀作品。

席慕蓉写过多首十四行诗,如《年轻的心》《雨后》《一棵开花的树》《夏日午后》等,大多抒写爱情的幸福或惆怅,营造出一种温馨的诗美,对诗句从不刻意矫饰,而是听其自然,浑然天成,如"清水出芙蓉"。如席慕蓉的《一棵开花的树》是爱情诗,写得细腻优美,爱的情感曲折流转。诗用富有诗画美的一棵开花树去写爱情,并连缀了一组意象:五百年求佛、路边的一棵树、阳光下的花朵、颤抖的树叶、飘零的花瓣,其中都渗渍着诗人的感情,从而创造了诗情美和画意美。诗人对少女心理的描写是细腻委婉的,但是就描写对象的纯真爱情而言却又是炽烈的:五百年祈求、甘化身为树、前世的盼望、颤抖的热情和凋零的心,这种融化在情节中的爱情虽然写来如行云流水,但却又以其炽热爽烈的特征撼动人心。这种爱情是积聚已久的喷发,是倾心渴望的祈求,是赤诚大胆的追求。席慕蓉的十四行诗大多形式自由,其节奏形式、用韵方式和结构分段都不合律。

还有痖弦的《远洋感觉》、周礼贤的《怀想十四行》、周策纵的《象征主义和客观主义——新商籁》、桔子的《星星》、洛夫的《家书》、张默的《给赠十四行》等,无论韵式、段式还是诗行节奏方面也都写得较为自由。洛夫还写《独饮十五行》,诗行分段是七四四。这种追求正如中国台湾作家张错在《错误的十四行》组诗之一中所说:

　　　　苦就苦在开始了第一行，
　　　　就知道只剩下十三行，
　　　　从第一到第十四，
　　　　中间是不三不四，
　　　　乱七八糟的倒叙。

　　　　像一幅设计好的山水，
　　　　从主峰到飞瀑，
　　　　白云什么时候飘来，
　　　　秋天什么时候落叶；
　　　　我们的恋歌

　　　　已写到最后第四行，
　　　　是否还要押一个险韵，
　　　　或者按平仄的规矩行事，唉，
　　　　反正是错误的十四行。

"错误的十四行"是"自由的十四行"的代词。这诗透露出部分台港诗人的汉语十四行特点：一是诗人们其实对于十四行体格式是极其了解的，如行数、段式、韵式等，他们之所以写得较为自由，完全是有意为之；二是诗人注意的是诗情诗意的安排，让诗"像一幅设计好的山水，从主峰到飞瀑，白云什么时候飘来，秋天什么时候落叶"，通过精心构思建构全诗的有序整体，合乎诗体规律；三是诗只是借用了十四行体的形式，并不去拜倒在它的脚下受其束缚，当诗情诗意（"恋歌"）表达不宜用律时，就顺其自然；四是诗人把十四行诗理解成诗人手中的奴仆，不求正式，要写变式（即"错误的十四行"）。正如张错在《错误的十四行》组诗之七中所说："其实打从最初的一撇一点开始，/便从第一个字错落去第十四行。"

　　但是，在台港诗人中，也有写十四行诗而守律者，如童山的《爱情是一首诗》就采用了英式，呈四四四二分段，每行四个或五个音组，构思呈起承转合结构。杨牧是台湾现代诗人中十四行作品最多的诗人之一。早在1972年前使用笔名叶珊时，已有《夹蝴蝶的书》《十月感觉》《我的子夜歌二》《微雨牧马场》《传说》（八首）及《夜歌之二：雪融》（三首）等，以后又有《十四行诗十四首》《旅人十四行》《再见十四行》《出发十四行》和《村庄十四行》等组诗，都是十四行诗的规整之作。杨牧对诗的形式的基本观点就是"肯定自由也肯定限制;我们反对任何人对文学思想和技巧加以束缚,也不赞成漫无纪律的文字暴行"。他认为"商籁体本质上的严格限制,往往更通过语言的转化,产生极大的变动,收缩性加大,涵容增广,早已经不像文艺复兴时代的欧洲商籁那样严格,更自然避免了它恶性讲话的危机"①。正是基于这种认知,他的汉语十四行诗总是在自由和格律中寻求平衡。他最为重要的十四行诗,是收在诗集《海岸七叠》中的《出发》组诗(1980年),共十四首十四行诗,是写给儿子名名的(因此组诗又名《给名名的十四行诗》)。诗人这样叙述这组诗的创作:"名名在三月间出生。那天春寒料峭,还下了一场冰雹。我对着窗外高耸的松柏古树,更远方的海水和层云,感激于宇宙生命一件伟大的承诺之实现。瞬息之间,北西以北,黑潮汹涌的七叠海岸,对我产生了十年未曾宣示的意义,爱情和生命本来就具有它最落实最确切不可动摇的面貌,在名名的啼声中向我宣示。这时庭院逐渐转绿,新叶萌发,雀鸟纷纷来集,我仿佛又听见了一片颂赞的声音,文艺复兴诗人最准确婉转的商籁体,乃写'出发'十四首,在白昼,在黑夜,描摹记录那声音和面貌,未曾一日稍停。有时中夜醒来,还追逐着一连串的心象和意识;白天行走于结实的苹果和梨树底下,希望果实快快长大。"②就在这种感恩宇宙生命的情感支配下,从儿子诞生之日动笔到整理出来历时三月,《出发》组诗终于得以完成。组诗歌颂生命的恢弘和谐,表达面对弘宇的无价爱心。以下是其中一首:

> 我听到宇宙震动如橄榄叶
> 当它感受归来的春风,海浪
> 在无限的空间里以时间的
> 面貌将过去,现在,未来
> 雍容地延续——超越感官的
> 真实的声音;我看到天地间
> 久久坚持的一份光明如爝火
> 如北斗七星,如剑诀,如电
> 如哲人无垢之镜,一灯心传
> 长照除却灰尘苔绿的宝殿
> ——超越一切的,真实的炫耀
> 在东南之东,北西以北——
> 我们听见,看见,当生命

---

① 杨牧:《后记》,《禁忌的游戏》,台北:洪范书店1980年版,第160页。
② 杨牧:《〈海岸七叠〉诗余》,《海岸七叠》,台北:洪范书店1980年版,第132页。

　　　　以大无畏的声音和光明呈现

这是《出发》组诗的第三首,是写儿子名名诞生前诗人对于宇宙孕育新生命的感受,诗中跳荡着生命的喜悦,诗人在诗中追求着现代诗所特有的"自由品性":"诗是抽象的存在,永远在流动,在生长。"这诗采用了散句移行、行内断句、短语组合等方式,一方面有利于自由表达自己的思想感情,另一方面兼顾诗行中的字数和顿数大体整齐。诗人没有采用传统的十四行体韵式,而是采用了中国传统的一韵到底方式,但又并不是非常严格,在整齐中显出自由。杨牧对十四行体的看法是:"本质上的严格限制,往往更通过语言的转化,产生极大的变动,收缩性加大,涵容增广,早已经不象文艺复兴时代的欧洲商莱那么严格,更自然避免了它恶性的危机。"①这体现在他的十四行诗创作中,就是形式上限制与自由的统一。

　　高准在《诗刊》1994年第4期发表十四行诗《交河故城》,诗以唐代诗人李颀的代表作《古从军行》的开始两句"白日登山望烽火,黄昏饮马傍交河"的十四字作为每行字首而写成。诗人在附记中说:"今岁九月,远游新疆,在吐鲁番访交河故城。""绕着城北的交河河谷今也已经干涸。但其以生土筑造的一大片高大的残垣断壁与宽广的主要街道,则在广袤的戈壁滩上仍顽强地屹立至今。亲临其地,一种无比的历史兴亡之感,令人印象十分深刻。兹即以上述李颀名句的十四字,用为各行句首,赋成此诗。"诗如下:

　　　　白炽的阳光照临着远逝的身影
　　　　日月的轮回凝视着千年的残垣
　　　　登上这赭黄的土台是当年宫殿
　　　　山崖外犹闻否交河古道的哀弦

　　　　望四方却只见茫茫的黄沙一片
　　　　烽烟早绝灭于蒙古的铁蹄踏践
　　　　火光一闪是游客在暮色里抽烟

　　　　黄澄的沙漠迅已成无边的黑暗
　　　　昏霭里幢幢短壁是林立的刀剑
　　　　饮一盏烈酒吧且仰首缓步徘徊

---

① 杨牧:《后记》,《禁忌的游戏》,台北:洪范书店1980年版,第160页。

马鸣萧萧竟是否车师国主凯旋

　　傍依的土墙却陡然只扬起风烟
　　交付给历史呵迟早不过是寂灭
　　河谷呵谁记得那时的清浅潺湲

诗采用了四三四三段式结构,前后分成两个大的段落,正好与李颀《古从军行》七言诗句契合,首字嵌入古代诗句显得自然贴切,结构完整。诗通过这种严格的形式追求,沟通了古今语言、情景和意蕴,引动读者丰富的联想,扩充了诗篇的意蕴和内涵,增加了诗的历史厚重感和文化纵深感。诗的格律运用较为严谨,每个诗行字数均等,诗行内部并不拘泥音组数量,以词或词组建行,适当穿插一些感叹虚词,不求诗句结构对称,这是一种有益的探索。

　　王添源著有《十四行一百首》,比较注意诗的格律,大致可以纳入英式十四行,前十二行或由于行断意续,或由于叙述连贯的需要而不再分段,末两行处于强调的地位,可作为警句来读。诗评家林燿德认为:"如果着眼于形式的考察,益加能够了解王添源多元化的营造技术,似乎白话诗有史以来的几种形式类型皆或多或少被他选择、尝试过;在《如》集中,我们看到了五花八门的形式设计——小诗、分段诗、图像诗、分行的自由诗与格律诗杂然纷陈。""他的特长毋宁还须透过分行自由诗和十四行格律诗方面能显彰。"[①]这里说到的《如》即王添源的诗集《如果爱情像口香糖》(1988年),其中就有《面壁十四行》《给你十四行》《心悸十四行》《记忆十四行》《雪路十四行》《墓碑十四行》等。这些都是无韵十四行,其诗质、诗语和诗式都是非常现代的。行末不用标点,行中句断再用标点,甚至标点放置行首,通过顿逗来营建诗的节律。林燿德认为:"王添源的无韵十四行虽非首义,但是却能掌握住自己的特殊理趣,游刃有余。""诗人在一定行数中完成一个篇章,就象胡丁尼要在预定时间结束的刹那神色自若地出现在观众眼前一般。""其实不论诗人自觉与否,形式对于本质会产生不可避免的渗透力,蕴酿着新秩序的曙光,直到这些意识的光芒炽热得足以融化十四行的桎梏。"[②]确实,王添源的十四行诗艺术技巧较高,在台湾诗人中是独具特色的。王添源写过一首在汉语十四行诗中属于另类的诗,这就是《给你十四行——一九八七年夏至日》:

---

① 林燿德:《诗是最苦的糖衣》,见王添源《如果爱情象口香糖》序言,台北:书林出版有限公司1988年版,第10页。
② 同上书,第12—13页。

给你，其实一行就够了。可是对你的怀念
就像夏至的阳光，炽热、鲜红、悠远
就像切断的莲藕，弱小、白皙、纤细的丝
愈拉愈长。因此，我才了解，对你的爱恋
永远无法一刀两断。要向你说的话永远
无法言简意赅。于是，我就要写十四行
来想你，缠你。先写三行半，运用意象
暗喻我扯不断理还乱的思绪。再写三行半
平铺直叙我难以舍弃的，对你的情感。接着
四行，是要解释怕你看不懂，我字里行间
深藏的意义。然后在十三行之前空下一行，让你思考
等你都明白了，再让你看最后两行

给你我所能给的，并且等待你的拒绝
流泪，是我想你时唯一的自由

这就是一首无韵的十四行诗，夏至炽热、鲜红、悠远的阳光，触发了他对爱情的思考。王添源所擅长的不是描摹客观世界的"物象"，而是以思维提炼出来的"心景"，绵延不绝的字句结构则是扯不断理还乱的情思。诗的第十二行与第十三行间空格，其余各行连贯而下，诗行较长且有大量的跨行抛词，语调连贯悠长，与诗中悠远的情思吻合。该诗的另类主要表现在诗人通过两个层次抒写"心景"。一是诗中的后设性说辞。诗人把创作的初始动机和实际表现杂糅，浓缩在被框定的行数里。诗人说本来只要一句就够了，但无法不写成十四行，随着申说理由的说辞展开，层层深入地显出诗人思维提炼的心景。这虽然是说辞，但读者可以从中把握诗人绵延在诗行中的深情。像这种加入后设性说辞的构思，在其他诗中很少见到，而诗人能够自然写来，显示了非凡的结构能力。二是诗中的诉说性情感。如开始几行诗人用了两个意象的暗喻，一个是夏至的阳光，一个是难断的莲藕，两个意象具有对比度，前者色彩明朗，基调高昂，后者色调黯淡，基调深沉，二者互补就构成诗的情绪基调。接着的三行半诉说难以舍弃的情感，既想一刀两断，却又扯不断理还乱；既想一行说尽，却又无法言简意赅，而这种情感正是基于诗的两组意象。以上两个层次在诗中是自然地结合着，诗的情感发展和创作过程糅合地体现在诗的体式中，这在其他诗中还未见过。诗人通过非凡的构思呈现了十四行体所独具的审美结构，体现了诗人情感发展的一种美的逻辑。

五 十四行诗的媒体传播

新时期中国十四行诗的繁荣和多元发展,重要标志就是传播渠道的拓展。80年代以来,我国诗人出版十四行诗集众多,有的是专集并在书名上冠以"十四行",如《屠岸十四行诗》《白桦十四行抒情诗》、钱春绮《十四行诗》、唐湜、岑琦、骆寒超《三星草 汉式十四行诗三百首》、雁翼《女性的十四行诗》、王添源《十四行一百首》、李彬勇《十四行诗集》、唐湜《幻美之旅 十四行诗集》《遐思:诗与美 十四行诗集》和《蓝色的十四行》、瞿炜《命运的审判者:瞿炜爱情十四行诗选》、金波《我们去看海——金波儿童十四行诗》、段卫洲(自诩为"最后一位乡村诗人")《太阳花:54首十四行诗》、邹建军《邹惟山十四行抒情诗集》、韩少武《自由十四行》、沈泽宜《西塞娜十四行》、肖学周《北大十四行》、熊俊桥《当代诗小令十四行》、万龙生《十四行诗、八行诗百首》、董培伦《蓝色恋歌十四行》、颜烈《蝴蝶梦——人生十四行诗》、马莉《金色十四行》、陈陟云《新十四行:前世今生》等。还有些诗集则是大部或分辑为十四行诗,如吴钧陶《剪影》《幻影》、顾子欣《在异国的星空下》、曾凡华《士兵维纳斯》、屠岸《哑歌人的自白》、陈明远《爱情的代价》《唐湜诗卷(上、下)》、杨牧《海岸七叠》等。公开出版的文学刊物发表了大量十四行诗,包括一些报纸也有十四行诗,如《人民日报》发表胡乔木《窗》,《北美日报》发表陈明远《圆光》,《中国文化报》发表陈勇《假日》和《桂香》,《文汇报》发表罗洛《十月之歌》,《解放日报》发表罗洛《泰国诗笺》,《文汇报》介绍苗强《沉重的睡眠》并发表了两首十四行诗等。

除了传统出版(著作、刊物和报纸)外,民间诗刊对于十四行诗也是相当关注。如《东方诗风》上就有大量十四行诗发表。成立于1991年的深圳中国现代格律诗学会,其会刊《现代格律诗坛》基本上每期都有十四行诗。如第一期就发表了钱春绮用斯宾塞体写成的《岳阳之旅》九首,发表了骆寒超十四行诗《北国草》等五首,发表了熊俊桥的当代十四行诗小令一组八首,尤其是发表了邹绛一组五首十四行诗。

尤其值得重视的是,伴随着网路诗歌的蓬勃发展,网络逐步成为十四行诗的重要传播渠道,微博、网站、讲堂、网页等传播方式从以下方面推动着我国十四行诗的发展。

一是链接传统媒体相关资料。我国十四行诗的发展有了近百年的历史,不少重要的资料已经难以寻觅。网络利用自己的数字化优势,建立了报纸杂志和古今书籍数据库,保存了大量十四行诗原始资料,为阅读和研究提供了方便;而且这种数据库广泛采用链接方式,可以在任何时间任何地点进行查找。新时期一些最新的著作出版和报刊发表的十四行诗信息,以及对于十四行诗的研究动态,大多也可以通过网络查询获得。如内蒙古剧作家白马在20世纪80年代创作的一百多首十四行诗,后结集为《爱的纪念碑》出版,富于感性、悟性、情趣和哲理,适合各层面的读者阅读欣赏。该著作目前难以找到,但在网上可以较为容易地找到关于该著作的介绍,同时链接了十二首白马的十四行诗。

　　二是建立各种网络学术平台。在网络上有一批关于诗歌的专门平台或包含诗歌的综合平台,这种平台有诗人开辟的,也有学者开辟的,有个人设置而向公众开放的,也有社团设置面向社会开放的,还有师生设置主要用于教学科研的。如华中师范大学教授邹建军在培养研究生过程中创建的师生学术交流平台"中外文学讲坛",已经创办了七年多,包括多个学术与文学栏目。因为邹建军近年来创作了大量的抒情十四行诗,所以讲坛中包括大量的十四行诗。平台设有两个创作栏目,一是"邹师十四行诗集",二是"邹师十四行代表作",其中有"洞庭二章""流浪七章""大隐七章""九凤神鸟组诗""天问九章""时间之思六首""空间七首""五行与世界五首""读《离骚》六首"等,有的诗作已经编集出版或公开发表,更多的尚未在传统媒体发表。在"邹师访谈系列"中,就有两篇关于十四行诗的创作访谈,一篇是《关于汉语十四行的写作与翻译问题——邹建军先生访谈录》,一篇是《十四行诗:美丽的圆环与神秘的声音——邹建军教授访谈录》。在邹建军的"中外文学讲坛"上,笔者还读到了博士与硕士生热议"邹惟山先生汉语十四行抒情诗"的讨论发言,以探索的精神对邹建军的自然山水诗进行多角度的解读,传递了最新的学术信息。

　　三是集中编辑相关研究专题资料。利用网络优势,可以较为自由地把各种文章汇总编辑,形成专题在网上快速地传播。如苗强突发脑溢血后患失语症,但他在得病一年零八个月后开始了诗歌创作,在不到一年时间内写出了一百零二首十四行诗,后编成《沉重的睡眠》出版。2002年6月21日,在北京召开了苗强作品研讨会,诸多学者出席。6月23日终点网就独家推出了"苗强作品专题",报道了会议简况,汇集了一组研讨会的专题论文,也包括苗强的文章和作品,还收入了"苗强履历"及背景材料《认识失语症》。通过网络,苗强及其十四行诗得到了最迅速、最广泛的传播。

　　四是开设博客进行创作交流研讨。我们在诗人博客中,可以读到一些十四行诗,诗人通过这种方式,快速地把自己的创作发布到网络,然后即时听取意见,开展双向、多向的交流和切磋。这是十四行诗传播和研讨的一种新形式。如《东方诗风》的王端诚先生创作了新诗总是先在网络发布,然后会有诗友跟帖评说。在编辑诗集《枫韵集》时,王端诚就把读者的评说同时编入。他在封底"后记"中这样写道:"本书收入诗作大多早经网络传播及相关刊物发表,读者爱我,赐教者众。金玉良言,岂可弃之?遂于结集时将其选录于每首诗之后,对于格律分析亦在注释中略加申述,故曰'微斋格律体新诗诸家评注'。评论者无论专家学者,诗人作家,抑或旧友新朋,率皆网中人物。凡知其真名姓者存其实名,无从请教尊讳者,只好录其网名了。他们都活跃于《东方诗风》《中国格律体新诗网》《都市家园——原创文学》及《忆石中文——五十在线》等论坛,有心者搜索可得。在此,作者谨向论者致以深切的谢意!"① 如在《秋日黄昏》后的评论是:"好一首富于中国气派的十四行诗,不独意境、意象是中国气派的,而且韵律、修辞以及作风和整体风韵也都是中国式的。如何借鉴外诗?这就是诸多范例中的一种。"(程文评)在《谢座》后有这样的评论:"岁月流逝,难免伤感,但最后落笔在思索和颂歌。可见诗人的情怀,永远是那么多思、多感,又不失明朗、积极。"(一了山人评)这两个评注从意境、诗体和语言上评价作品,言简意赅,对于诗人创作和读者阅读都会产生重要作用。程文著有《汉语新诗格律学》(与程雪峰合作),在"触网"以后,就在博客发表《网上诗话》,2010 年在世界文化艺术出版公司出版《网上诗话》,包括七十八则诗话。他的体会是:"用'诗话'来普及新诗格律,宣讲'现代的完全限步说',要比板着面孔长篇大论地讲述或报告,效果好得多。"② 在这些诗话中,也有关于十四行体中国化的论述。如其中的第三十六、三十七则是谈骆寒超融古今中外于一体的"七七式参差体十四行诗",具体解剖了骆寒超的探索成果,他说:"从形式的角度说,包括'七七式参差体十四行诗'在内的各种诗体的定型,都还需要经历一段相当长的历史时期,现在正处在走向成熟的过程之中。但是,我相信'七七式参差体十四行诗'的实践是有榜样意义、值得学习和借鉴的成功实践,不仅无愧于古人、洋人,而且也对得起今人以及后人。"③ 这种评论在网络传播,对于探讨十四行体的多样化是有意义的。

五是借助网络推荐传播新的创作。这是网络传播十四行诗的主要功能。相当多的网站和个人微博都有十四行诗作发表,甚至有开设"十四行诗吧"的。如"东湖社区"中的涂鸦童子发表了"十四行诗五首《望夫岩》",发帖时

---

① 王端诚:《后记》,《枫韵集》,香港:世界文化艺术出版公司 2010 年版。
② 王端诚:《枫韵集》,香港:世界文化艺术出版公司 2010 年版,第 36、37 页。
③ 程文:《网上诗话》,香港:世界文化艺术出版公司 2010 年版,第 173 页。

间是2011年4月28日。"作家网"发表浮石的《青春祭（十四行诗）》，时间是2014年5月7日。我们来读2014年5月8日发表在"诗歌报论坛"上的《十四行诗·流星雨》，作者是奚秀琴，写作时间是2006年11月20日：

> 我无法改变对你挚热的爱情，
> 虽然你的感慨惊吓我的芳心，
> 如旷野里尽情奔跑的麋鹿精，
> 不由自主黏附在你的暖屋荫。
>
> 思绪沿着片片雪花融入大地，
> 我也知道我已介入你的情门，
> 哦，裂魔曾蹂碎我纯真的笑意，
> 哦，在地狱我曾青春的心被焚。
>
> 岁月让我知道需要实在爱情，
> 实在的爱情来自于心弦鸣颤，
> 我自卑往事会让你感到难扛，
> 那么就让我重新回到冥穴园？
>
> 窗外婴儿撕心裂肺的啼哭声，
> 流星雨一阵阵诱得庭院来鸧

这诗写得格律严谨，意象丰盈，颇有十四行体的格局和语风。"中国诗歌网"有更多的十四行诗发表，其中不乏格律严谨的优秀之作。如2006年8月22日发表了诗人海俊《胡同》，就是一首意象飞扬、意蕴丰富、讲究格律的中国十四行诗，诗人在行后加上拼音，说"别无他意，只是在写的时候，让自己注意格律罢了"。董桄福创作于1997年10月4日至16日的十四行集《旷世情筋》，先在网络发表，在经过多年的网络传播后，于2005年在云南民族出版社出版，包括二百首十四行诗。他的另一诗集《秋声菊影》也包括二百首十四行诗，同样首先在网络发表传播。这些诗都写得格律规整，是格律的十四行诗。

当然，在网络上更多地发表汉语十四行诗的，是倡导新格律诗体的一些网站。如"东方诗风论坛网站"，创办于2005年，骨干是万龙生、王端诚、周拥军、孙则鸣、齐云等，编有纸质杂志《东方诗风》。如"中国格律体新诗网"，于2005年由诗人余小曲创办并任站长，骨干有任雨玲、马德荣、李长空、张先锋等,创办网络刊物《格律体新诗》。如"中国韵律诗歌网",2009年6月建站运行,10月12日《中国韵律诗歌网刊》创刊,骨干是于进水、贺启财等。以上三个网站的骨干诗人互有交叉。在这些倡导格律体新诗的网站或网刊上,发表了大量的汉语十四行诗。近期由马德荣整理的资料显示,共有五十多人发表了数百首十四行诗,如贝西、李治国、思无邪、刘贵宝、刘善良、宋煜姝、严希、张先锋、汪常、万龙生、王世忠、王民胜、王端诚、芳草斜阳、邓佚、一江秋水、尹国民、余小曲、周琪、魏萍、齐云、龙光复、成蹊居士、李长空、周拥军、芳草、雨时、路人、江阳才子、可人、梦飘飘、刘年、孙逐明、迟海波、任雨玲、马德荣等。这些诗人的十四行诗的基本追求是冲破"意体""英体"的分类,把创作大致分为"整齐体""参差体"和"复合体"三种体式,明确地把那种不依从任何格律规范而只是十四个诗行成首的自由诗排除在外。这些创作有的已经选入纸刊发表,大部分仅在网络传播。如马德荣的《失血》:

> 我不敢剖开先天失血的心脏
> 凭什么病入膏肓跳得出疯狂
> 日月精华输不进救赎的营养
> 天地灵光照不亮诡异的梦乡
>
> 梦呓凑成行溜进白日里卖唱
> 走调咯疼了乳牙回炉成纸浆
> 书亭前垂涎诗稿留恋的墨香
> 新生代不给丢魂的诗人发饷
>
> 天涯海角谁不知纸贵的汉唐
> 一卢明月光爹妈的脸上放光
> 静夜思足够肥沃怀念的思想
>
> 不读新诗的新人比谁都强壮
> 梨花含羞的裸体拍紫了胸膛
> 买回不懂什么玩意儿的奖状

这诗写得很有情趣,其中充满着现代反讽意味。余小曲(笔名晓曲)偏重定行体格律新诗尤其是十四行诗创作,目前已有近百首发表。这里引其《读湖十四行》:

>品茗退思桂湖岸边
>远树近影湖中畅然
>一场风暴近在眼前
>缘何我能如此悠闲
>
>其实我来读湖求签
>洗净凡尘处世泰然
>你看湖面多少波澜
>前浪后浪终究消散
>
>明知寒风已临双肩
>云厚日稀仍感温暖
>你看垂柳款款临水
>未因叶荷黄枯幽怨
>
>落叶早把时令洞穿
>自在湖中纵情舒展

这诗把主观和客观融为一体,使用整齐音组建行。再看周拥军的《献给爱人》:

>尽管春天的花还没有盛开
>尽管琐事之间有许多苍白
>亲爱的,爱情是合葬墓宅
>将我们俩深深无情的掩埋
>
>也许我们在地下依旧徘徊
>岁月也会在墓碑留下残败
>亲爱的,谁也无法否认爱
>那墓碑上一点一滴的水彩
>
>多少年后在长满草的坟台
>假如我们从阴间苏醒过来
>我们之间平凡不朽的容耐

没有人会知道在这里铭刻

看那坟前随风而舞的草稗
一次又一次为你相思成灾

这是怀人诗,想象丰富、感情充沛,格式也较整齐。此外还有任晓玲自创的"可吟咏弹唱的十四行格律体新诗",如《情歌如此美丽》等。

在其他网站上也有十四行诗发表,如"中国青年网站"在2013年8月29日,就有石子赵阳发帖《一百首十四行诗串成一支悲歌》,上传了其中的十八首。这是一组有着内在联系和持续进展的组诗,抒ияем了类似柏拉图式爱情的悲歌,诗的特点是想象丰富,充满着种种矛盾张力,类似于穆旦的《诗八首》,当然矛盾张力的纠结密度要比《诗八首》来得低,节奏更加舒展徐缓。全诗采用四四三三分段。在这组诗发帖后不到四个小时,就有"帝之影"跟帖:"诗歌的意象都比较完美地融入到情感之中,对于情感或深、或浅、或明、或暗都表现丰满,而朴实。可以作为一完整的诗组系列,建议每篇单独命名,正好用意象命名。"如诺源(任耕依)于2013年8月6日在"长江论坛网"发表了长篇民族史诗《巴国神曲三部曲》,包括第一部《远古之来兮》、第二部《开疆之国兮》和第三部《舞动之灵兮》,每部均包括了一百二十首十四行诗,三部曲总计有三百六十首十四行诗,规模足够宏大。诗以古代巴国的历史传说为题材,采用了叙事与抒情结合的方式,尽情地抒写了富有野性色彩的民族传奇历史。诗中人神共舞,情节复杂,场面壮观,意象缤纷,充满着浪漫主义精神。难能可贵的是,全诗的格式统一,每首十四行,每行十二言,行内可以包括分句,使用标点符号,但是极少使用跨行方式。为了避免写成纯粹的叙事诗,诗人采用了切割方式把事件的过程划分为若干片段的"点",每首十四行诗集中写一个"点",各个"点"的组合就形成了一个过程,最终形成了一部富有曲折情节的宏大华丽的民族传奇史诗。这应该视为中国十四行诗创作的重要收获。

诗人往往把自己的探索性作品放在网络上,听取网友意见。如2014年1月4日,万龙生就在网络推荐王端诚的十四行体译宋词三首,说:"这是王端诚以整齐体移植宋词的尝试,译诗与原词相得益彰,读之如饮琼醪。"2013年9月23日,湘西刁民在"北京文艺网"(artsbj.com)发帖,内容是十四行系列组诗《司空图二十四品意想》,每品四首,合计九十六首,包括唐代司空图《二十四品》原文,以及《司空图二十四品意想(古典篇四十八首)》和《司空图二十四品意想(现代篇四十八首)》。如之一的"雄浑",古典篇是《雄浑(甲篇)》《雄浑(乙篇·岑参意想)》;现代篇是《雄浑甲篇(荷马〈伊利亚特〉、〈奥德赛〉)意想》《雄浑乙篇(蔡利华〈天择〉意想)》。这批诗创作的时间是2012年4月至10月,九十六首十四行诗多数用四四三三分段,少数用四四四二分段,诗行大体整齐,采用传统韵式,基本形式一致。这里以古典篇中的《雄浑(甲篇)》为例:

> 悬壶口的飞瀑被丽日凝固成永不止息的画面
> 千里之外传响着浊流与峭壁的强烈轰鸣!
> 翻滚飞溅的咆哮浪花象熊熊燃烧的褐色火焰,
> 一如既往地律动着大地脉管的殷红强音!
>
> 一泻千里的剽悍铺陈着九十九道湾的曲折艰辛,
> 古铜色的肩头勒紧了老迈国度的纤绳背带,
> 河滩的砂砾上,手足着地的纤夫艰难地爬行,
> 穿透时空的号子在河谷中连绵回荡,久久徘徊……
>
> 大漠孤烟、长河落日的壮美在水手眼里太纤细,
> 犹如大家闺秀的矫揉造作和脂粉口红的气息,
> 泪水、汗水、鲜血和生命的代价只换来油盐柴米!
>
> 莽汉的强劲拖曳下历史跟跟跄跄地缓缓前行
> 戈矛铿锵的伟业——化成了折戟沉沙的悲鸣,
> 只有一江滔滔不绝的洪流诉说着不尽的雄浑……

这诗尽力通过鲜活的意象去意想司空图关于诗品风格的界定,雄浑的风格就是:"大用外腓,真体内充。反虚入浑,积健为雄。具备万物,横绝太空。荒荒油云,寥寥长风。超以象外,得其环中。持之非强,来之无穷。"组诗把古典篇和现代篇结合起来,注意到古典的审美和现代的审美,以具体的经典的文学作品来对诗品加以界定,变司空图悟性的诗品风格为创作的审美品格。以上例诗采用了四四三三分段,按照十三韵辙的韵部,其用韵为 ABAA ACBC DDD DDA。当然,从十四行体诸多格律包括构思要求来说,这种探索仅仅是初步的,还需要解决诗体和语言方面的诸多问题,尽管如此,湘西刁民在诗中体现的探索精神却是值得肯定的,汉语十四行诗能有这样的形式探索应该是令人高兴的事。

六 十四行诗的理论研究

伴随着我国十四行诗创作的繁荣,多元期十四行体理论研究成果丰硕,理论建设与创作实践双向互动,推动着十四行体中国化的历史进程。理论研究在三个方面展开:一是介绍和评价域外的十四行诗,其中突出的是莎士比亚十四行诗的研究;二是探讨外语十四行诗的汉译研究,呼应十四行诗汉译的语言转换要求;三是阐发十四行体中国化的话题,直接推动创作繁荣。就后一方面来说,其理论成果表现在:有的论文正面论述十四行体中国化的理论课题,揭示中西文化交流的普遍规律;有的论文侧重评价现实的十四行诗创作现象,展示十四行体移植中国的成果;有的论文重在探索性创作中的体会总结,大多以诗集前言、后记或序言方式呈现;有的论文重在十四行体在中国的历史叙述,呈现其中国化的发展轨迹。

客观地说,十四行体中国化的理论研究长期不被重视,其局面改变大致发生在20世纪八九十年代之交。唐湜《海陵王》(1980年)、冯至《诗文自选集》(1983年)、唐湜《迷人的十四行》(1984年)、林子《给他》(1983年)、卞之琳《雕虫纪历》(1984年第2版)、吴钧陶《剪影》(1986年)、屠岸《屠岸十四行诗》(1986年)、唐湜《遐思:诗与美》(1987年)、李彬勇《十四行诗集》(1991年)、雁翼《女性的十四行诗》(1991年)等诗集出版,向读者展示了中国十四行诗的艺术魅力。这些诗集都有作者的前言、后记或别人的序言介绍十四行诗,出版后大多会有评论发表。如杨匡汉就在《读书》发表《诗人琴弦上的Sonnet变奏——〈屠岸十四行诗〉读后》;冯至在《新文学史料》发表《诗文自选琐记》,在《世界文学》发表《我和十四行诗的因缘》。这使得久违的汉语十四行诗开始进入读者视野,从而激发了十四行体理论研究热情。

1987年,钱光培在北京燕山出版社出版了《现代诗人朱湘研究》,其中有专章论述朱湘在《石门集》中的十四行诗。1990年,他又在中国文联出版公司出版《中国十四行诗选(1920—1987)》,共选中国十四行诗五十八家二百七十首及叙事长诗片断一章,基本上以诗人写作十四行诗的时间先后为序,并在各家诗选前对其创作作了评价,诗选之后附有六位诗人的十四行体诗论。这是我国首部中国十四行诗选,"为使读者能更好地了解中国十四行诗发展的历史面貌,更好地欣赏诗作,编者编写了《中国十四行诗的昨天与今天》的长序",又在《文艺报》发表《交代与自白——写在〈中国十四行诗选〉出版时》,这就把我国十四行诗的基本面貌向国人作了全面的展示。尤为重要的是,钱光培在《北京社会科学》1991年第1、2期发表了题为《中国十四行诗的历史回顾》(上)(下)的长文,评价了多位对我国十四行诗发展作出重要贡献的诗人。钱光培为推动十四行体中国化的进程作出了重要贡献。

1986年,笔者与鲁德俊在《中国现代文学研究丛刊》第3期发表长文《十四行体在中国》,导论指出:"欧诗格律最严格的十四行体,被新诗人移植到中国,并使之绵延整个新诗史,这是现代文学史上一个重要文学现象。"论文分期叙述了中国十四行诗的发展历史,从审美意识、形式规律和节奏特点等方面进行十四行体同传统诗歌的比较。1991年,笔者与鲁德俊在宁夏人民出版社出版了《新格律诗研究》,其中第五章第二节是"十四行体的移植",叙述新中国成立前的中国十四行诗创作,第九章第六节是"十四行体的新成果",叙述新时期中国十四行诗创作概况。1995年,笔者与鲁德俊在苏州大学出版社出版了《十四行体在中国》这一理论专著,包括总论、史论、专论和资料四编,多方位地展示了十四行体移植中国的历程、成果及其经验启示。1996年,笔者与鲁德俊在人民文学出版社出版了《中国十四行体诗选》(1987年编成交稿),收入中国十四行诗(1914—1993)一百二十家二百九十五首,附有中国十四行诗发展历程的叙述。屠岸在该书的序言中说:"本书的选诗标准基本上是严格的,但也适当收入一些十四行变体。""这部书是七十多年来中国十四行诗发展的一次检阅,一个总结;它既有文献性,又有可读性。"在以上论著和诗选出版前后,笔者与鲁德俊在刊物上公开发表了一组评论闻一多、朱湘、冯至、唐湜、林子、屠岸、陈明远、李唯建等人的汉语十四行诗创作的论文。在钱光培、鲁德俊与笔者的研究中,屠岸先生始终给予关注及帮助。屠岸在发表汉语十四行诗的同时,发表了多篇理论研究论文,为多位诗人创作的十四行诗集写序。

新时期十四行诗理论研究论著主要围绕以下重要问题展开。

1. 十四行体与传统诗体的比较研究

最早进行十四行体与中国传统诗体比较的是闻一多。在1922年所写的《律诗底研究》中,闻一多通过比较肯定了两种诗体都具有单纯、精严、注重音律的艺术特征,沟通了中西两种格律诗体的审美特征。以后许多诗人谈论十四行体时,也强调其与中国传统诗体的共通之处,多元期多有这方面的论述。如曾凡华就认为:"十四行,它本是洋格律,其起承转合、音步、韵脚,是依着产地的语言规律而形成的,不可死搬硬套。但是经过精心琢磨之后还是可以找到共通之点的。"①如林庚强调了十四行体建立在以四行为一段这一普通的土壤上,"这乃是整个世界诗坛上共同的最普遍的一种分段法"②。在比较研究时,有人把十四行体与传统的词曲比较,侧重在诗的抒情性,如茅于美《十四行诗与中国的词》;有人把十四行体与传统的乐府比较,侧重在诗的音乐性,如朱国荣《十四行诗和南朝乐府》;有人把十四行体与传统律绝体比较,侧重在诗的格式性,如李静、王华民《英汉格律诗的结构与意义——五、七言律诗与十四行诗的对比研究》;还有人则把十四行体与传统诗律比较,侧重在诗的格律性,如刘开富《试论中国近代诗体与西方十四行诗格律》。这种比较引出的结论是不同的,有人从比较中引出"建立新诗格律的必要"的结论,有人引出"西方十四行诗或源于中国律诗"的结论,有人引出十四行体完全可以移植用来创作汉语十四行诗的结论,有人引出十四行体"容易为中国诗人所接受"的结论③。在比较中,有人重在肯定两种诗体的相似性,有人重在分析两种诗体的相异性。笔者与鲁德俊则把相似性和相异性结合起来,认为相似性主要表现在审美意识、形式规律和节奏特点方面,相异性在于"它不像我国律绝体那样戒律森严,它不讲平仄对仗,每行十二音,也可增减,音步数也不定死,音步的长度可根据内容需要自由掌握,这就给新诗人创作提供了极大的方便。而且,十四行体的诗行数不是四行或八行,而是十四行,每行也不是五言七言,而是可长至十多言,音组也不是三个四个,而是可以自由掌握,调式也不是三字尾的吟咏式,而主要是双字收尾的说话式,用韵也不呆板,而是呈现着既有规律又灵活自由,这就更适合于表达现代复杂的生活内容,也更符合于现代口语的语言特点"。结论如下:相似性能够说明新诗人移植十四行体的可能性,相异性能够说明新诗人移植十四行体的必要性。④屠岸对此一问题持有相似观点。这种理论研究成果,较好地解释了十四行体移植中国的必要和可能,又较好地提出了移植中对十四行体改造的必要和必然,这种态度为多数十四行诗人所持,也成为十四行体中国化的基本指导原则。

2. 十四行体中国化的方法论研究

最早从理论上提出十四行中国化这一重大课题的是朱自清。他在 20 世

---

① 曾凡华:《北方十四行》开头话,载《解放军文艺》1987 年第 3 期。
② 林庚:《新诗断想:移植与土壤》,《新诗格律与语言的诗化》,北京:经济日报出版社 2000 年版,第 2 页。
③ 谭桂林:《论现代诗学中十四行式的理论建构》,载《广东社会科学》2007 年第 5 期。
④ 许霆、鲁德俊:《十四行体在中国》,载《中国现代文学研究丛刊》1986 年第 3 期。

纪 40 年代的《诗的形式》中提出,新月诗人"输入外国诗体和外国诗的格律说,可是同时在创造中国新诗体,指示中国诗的新道路",认为冯至《十四行集》"建立了中国十四行的基础,使得向来怀疑这诗体的人也相信它可以在中国诗里活下去。无韵体和十四行(或商籁)值得继续发展;别种外国诗体也将融化在中国诗里。这是摹仿,同时是创造,到了头都会变成我们自己的"。① 这种理论宣示使得十四行体中国化成为自觉行为。郭沫若和陈明远明确地说:"诗歌是语言艺术,所以,不同的语言就相应地产生不同的诗律特点,也正因为如此,世界上有意大利颂内体、英吉利颂内体、俄罗斯颂内体……;目前,是到了确立中国式颂内体的时候了。"他们称赞中国式十四行诗:"这才是现代中国的民族形式! 这才达到了闻一多几十年前提出的要求:既表现了时代精神,又蕴涵了地方色彩。"②陈明远的创作就体现了这种追求。唐湜创作十四行诗采用变体,他说:"十四行由意大利移植到英国时,既然可以有一些变化,我们的语言与欧洲语言距离那么远,也该有一些变化吧!"③在此基础上,笔者与鲁德俊概括了实现十四行体中国化的两项原则,即坚持"借鉴中创造"的原则和"可接近"原则。邹建军则提出了十四行体中国化的理论原则,回答了汉语十四行诗创作和发展中的若干重要问题。(1)当代中国诗人首先还是要用自己的母语来进行创作,以体现作为一个中国人的责任和使命。(2)用汉语创作十四行诗,则可以不按照或不完全按照英语十四行诗的规则。因为西方十四行诗也用多种语言进行创作;英语十四行诗也存在多种体式;语言差异决定了汉语无法按照英诗要求来写十四行诗。(3)中国诗人创作汉语十四行诗取得成功,都是强调利用汉语音韵特征来改造十四行体的结果。公认的结论是,只要研习十四行体的艺术规律,比如说韵式构成方式、艺术结构方式、语调的雅致与含蓄等,与对中国古典诗艺格律的探讨结合,就可以形成汉语十四行的特点。(4)诗人的创造对于诗歌写作特别重要,亦步亦趋只能写出不伦不类的作品,若能突破其他语种十四行诗的艺术规律,结合中国传统诗艺质素,在现代汉语语境下,在诗美发现与诗意构成基础上进行创造,汉语十四行诗才有前途。(5)每个时代诗人都需要有自己的创造,在十四行诗体形式上也要有自己的突破。只要是真正的艺术探索,都要有更大的容纳空间。对于汉语十四行诗写作,没有必要怀疑,更没有必要反对,相反要有坚定的自信,中国诗人用汉语写十四行诗是一种创造,并

---

① 朱自清:《诗的形式》,见《朱自清全集》第 2 卷,南京:江苏教育出版社 1988 年版,第 397—398 页。
② 郭沫若、陈明远:《新潮》,北京:中国文联出版公司 1992 年版,第 302、305 页。
③ 唐湜:《〈幻美之旅〉前记》,《幻美之旅》,银川:宁夏人民出版社 1984 年版,第 4 页。

且可以是全新的创造。① 这种真正的艺术探索,也许可以为中国新诗开创一条新路。有人更是认为,中国的诗词和欧洲的十四行诗都是世界文化百花园中的奇葩,因此,第一,要维护和促进世界文化的多样性;第二,要用现代化技术手段推动文化交流;第三,要融合世界文化促进人类文明发展;第四,要充分发挥传统文化的积极作用。②

3.十四行体基本特征的研究

闻一多在20世纪20年代初期就揭示十四行体的审美特征是精美、圆满和注重音律,以后人们从多种角度对此进行阐发。伴随着十四行诗创作的繁荣,80年代以来更多的研究集中在诗体审美特征方面,这种研究对于提高汉语十四行诗以至新诗的艺术水平具有重要意义。研究包括三个方面:第一,十四行体的抒情特征。茅于美在《十四行诗与中国的词》中认为,十四行诗与中国词的最本质特征是抒情性。两种诗体都是容量较小,格律严格,精练含蓄,字字珠玑。"每首作品中通常只写一种心情,或因景触情,或怀人感事,从此铺叙,渲染深化,层层推进,自成佳篇。它们容量虽小,但表现复杂曲折之感情生活,具有其他诗体所难有的灵活和精巧。"③冯至《我和十四行诗的因缘》认为:"十四行与一般抒情诗不同,它自成一格,具有其他诗体不能代替的特点。它的结构大都是有起有落,有张有弛,有期待有回答,有前题有后果,有穿梭般的韵脚,有一定数目的音步,它便于作者把主管的生活体验升华为客观的理性,而理性里蕴蓄着深厚的感情。"④不少诗人写作十四行诗,就是看中其篇幅短小、精美含蓄的抒情特征。唐湜就说:"十四行是迷人的,是高浓度的抒情,我们可以奉行鲁迅先生的拿来主义,把它拿过来,或如佩特拉克样以温柔的色调、节奏抒写深挚的恋情,或如莎士比亚样加深、扩大它的思想主题,描画他那个新时代,或如弥尔顿拿它作振奋人心的革命号角,'弑君者'的匕首,或如拜伦、雪莱样抒写革命的政治抒情诗。"⑤第二,十四行体的结构特征。闻一多和梁实秋在20世纪30年代概括了十四行体呈现着的起承转合结构,以后卞之琳、唐湜、屠岸、曾凡华等都有新的阐发。如卞之琳就说:"十四行体,在西方今日似还有生命力,我认为最近于我国的七言律诗

---

① 覃莉整理:《关于汉语十四行诗的写作与翻译问题——邹建军先生访谈录》,见华中师范大学邹建军建的"中外文学讲坛"网站。
② 见2013年9月10日百度文章。
③ 茅于美:《十四行诗与中国的词》,载《文艺研究》1982年第6期。
④ 冯至:《我和十四行诗的因缘》,载《世界文学》1989年第1期。
⑤ 唐湜:《迷人的十四行》,载《东海》1987年第2期。

体,其中起、承、转、合,用得好,也还可以运用自如。"①陈明远也认为,中国律诗结构(章法)由四联构成,"欧洲各种颂内体的结构,也由四段组成:第一段'起',第二段'承',第三段'转',第四段'合'。都是一个完美的圆形,具有立体的建筑美"②。结构适合抒情,是十四行体的奥妙之处,中国诗人创作特别注意构思圆满,如孙静轩、雁翼、白桦等人创作没有严守诗体格律,但都存有十四行体精神,即诗行与诗行绵延不绝,诗意曲折起伏进展。第三,十四行体的格律特点。这方面研究成果很多,如屠岸在《十四行诗形式札记》中,具体分析了十四行体的形式特点,包括行数、韵式和建行规则,并指出其意义:"十四行诗由于其形式的严谨,也会'束缚思想',但也是至今还有人在写。我想,这是由于律诗和十四行诗这类诗形式尤其不可代替的某种功能。""一首有严格的格律规范的十四行的短诗,往往能够包含深邃的思想和浓烈的感情,往往能体现出饱满的诗美,这不能不说也与形式对内容所起的反作用有关。"③谭桂林从分析赞同引进十四行体的理由入手,揭示了诗体的三方面审美特征:一是十四行体最适宜于表达盘旋的情绪;二是十四行体是最适宜于表达沉思的诗体;三是十四行体与中国旧诗体格律有相同之处。这种研究对我国诗人创作具有重要的导引作用。④

4. 十四行体移植的文化意义研究

所谓文化意义研究,指的是把十四行体移植中国作为个案,由此揭示中西文化交流的普遍意义和基本规律。笔者与鲁德俊在《十四行体在中国》中提到"中国诗人完成了十四行体从欧洲向中国的转徙,这是中西文化交流的卓越成果;中国诗人移植十四行体,留下了丰富的历史经验和有益启示"。吴奔星在序言中说:"这是中西文化交流史上,尤其是中国新诗史上,值得大书特书的一页。"⑤十四行体移植中国无法避免的一个话题,就是关于其中西文化交流意义的研究。这方面的成果较多,《十四行体在中国》提出了一些重要的理论概括,如移植途径中的"四环节"理论、题材拓展中的诗体反规范理论、中西诗体的可接近性理论等。笔者在《十四行体移植中的文化分析》中指出了其移植中国的文化学意义。(1)动力因素分析。中西文化移植总有其动力因素,这就是需要。正是为新诗创格的需要,决定了十四行体移植

---

① 卞之琳:《雕虫纪历》,自序,北京:人民文学出版社1984年版,第17页。
② 郭沫若、陈明远:《新潮》,北京:中国文联出版公司1992年版,第302页。
③ 屠岸:《十四行诗形式札记》,载《暨南学报》1988年第1期。
④ 谭桂林:《论现代诗学中十四行体式的理论建构》,载《广东社会科学》2007年第5期。
⑤ 吴奔星:《序言》,《十四行体在中国》,苏州:苏州大学出版社1995年版,第1—3页。

中国的动机,并决定了移植的指向性、促动性以及最终结果。(2)接近因素分析。可接近性是中西文化交流的重要条件,也是十四行体移植中国的条件。可接近性包含:被移植对象内在地包含着各民族相同的东西;移植对象外在地具备为他民族借有的东西。十四行体能被移植中国,就在于它对我们来说具有这种可接近性。(3)扬弃因素分析。诗式移植是文化交流中最为繁难的工作,十四行体能在欧美各国流行,在于传播中各国诗人对它的扬弃性改造。我国诗人移植十四行体也坚持了扬弃原则。(4)实践作用分析。实践在中西文化交流中的作用:通过实践把有用的东西拿来,依靠实践贯彻扬弃原则,借助实践展示移植成果。在十四行体移植中,我国诗人始终以创作的实绩来证明十四行体移植的可能性,始终以探索的态度来对待移植中的得失,始终以创造的精神去追求新的成功。(5)欧化因素分析。我国诗人移植十四行体,一种情形是模仿较多,又结合汉语特点予以适当改造,一种情形是改造较多,又吸取十四行体审美特质予以横移。以上移植中都存在欧化成分。中西文化交流在本土化中包括异域化因素,在异域化中注入本土化因素,这是基本规律。本土化和异域化对立统一,才使移植具有必要和可能。离开了本土化,就不能为我接受,离开了异域化,就不能予我所需。(6)功能扩展分析。把十四行体整体移植过来写作中国十四行诗,这种移植是必要的,但中西文化交流中还有种移植,即只从对象中分解出一些要素,用它来补充和发展我们自己的东西。新诗的节奏基础是"音组",新诗创格遵循"均齐""匀称"原则,新诗韵式应该繁富,这些新诗形式因素探索受惠于十四行体移植。它要比新诗人整体移植十四行体意义更大,因为它的功能意义扩展到了整个新诗形式发展,使我国新诗在中西诗艺的基础上有着广阔的发展前景。①

5.十四行体移植与新诗体建设研究

解志熙认为:"说了归齐,新诗与旧诗在节奏建行问题上的根本差异就在这里——旧诗之音组成行成句是以文言句式或者说韵文句式为准的,新诗的音组成行成句是以口语或散文的句法为准的!"②新诗采用的现代汉语特征,造成新诗诗语的传统意蕴情调和传统韵律音调丧失,为新诗创格就是要立足现代汉语恢复诗的意蕴和音律。由此人们注意到十四行体的移植,因为西方十四行体的意蕴和音律都是建立在白话基础之上的,这是中国诗人移植十四行体最为深刻的动因,也是最大成果之所在。最早看到这点的是徐志

---

① 许霆:《十四行体移植中国的文化分析》,载《诗探索》1998年第4期。
② 解志熙:《序言》,《汉诗形式的理论探求》,北京:人民出版社2013年版,第10页。

摩,他倡导十四行诗的理由是:"正是我们钩寻中国语言的柔韧性乃至探检语体文的浑成、致密,以及别一种单纯的'字的音乐'(Word-music)的可能性的较为方便的一条路:方便,因为我们有欧美诗作我们的向导和准则。"① 以后更多的诗人从诗语角度讨论十四行体移植问题。20世纪80年代以后,不少论文着眼于十四行体移植与新诗诗体建设关系研究,如刘立军、王海红《十四行诗与中国新诗体系的历史建构》认为,第一,十四行诗延展了中国新诗的诗行结构,"中国格律诗的每一行皆为一句,并要完整地表达一个含义。而西方十四行诗为了凑足每小节相同的行数以及每行相等的音步数来获得节奏感,可以将两个甚至三个句子放在一行,或者将一个句子分成若干行。这在一定程度上便于诗人更加自由地驾驭语言来传情达意。汉语十四行诗继承了西方十四行诗跨行和跨段的做法,并在某些地方对传统中国诗歌作了大胆创新"。第二,十四行诗拓展了中国新诗的用字规范,"在某种意义上讲,西方十四行诗的译介使得中国诗歌略显呆板的对仗规则大有改观"。第三,十四行诗丰富了中国新诗的音韵模式,"十四行诗体在音韵的处理上既有一定的限制性,又在一定程度上和范围内有一定的灵活性。这对于中国新诗音韵的构建是很有借鉴意义的"。由此可见,"十四行诗为建构中国新诗体系起到的重大的历史作用是磨灭不掉的"。② 这里概括了十四行体移植在建构新诗体式中的重要意义,是符合新诗发展历史事实的。笔者认为,十四行体移植对于新诗体建设的意义表现在三个层面:作为固定形式的诗体建设意义,作为探索过程的新诗创格意义,作为创格成果的诗语转型意义。并认为其对于诗语转型的意义表现在两个方面:语言结构、诗行结构方面和诗语节奏、音韵方面。

6. 中国十四行诗创作成果的评价研究

中国十四行诗创作众多。由于十四行体在发展途中既有正式,更有变式,还有大量现代变体,也由于我国诗人的诗学理想和中国十四行诗的想象差异,所以汉语十四行诗的创作成果呈现着多元状态。这就有了对于这种成果的评价研究问题。笔者与鲁德俊把众多中国十四行诗分为三类,即格律的十四行诗(对应移植西方体式,格律严格)、变格的十四行诗(局部改造西方体式,采用变体)和自由的十四行诗(根本改造西方体式,用律随意),认为三类诗"都是中国诗人根据汉语特点和诗歌规律进行改造、扬弃后所获得的中国十四行诗,只是这种改造存在着对应改造、局部改造和根本改造的差别。

---

① 徐志摩:《〈诗刊〉前言》,载《诗刊》第2期,1931年4月20日。
② 刘立军、王海红:《十四行诗与中国新诗体系的历史建构》,载《河北学刊》2009年第4期。

从总体上说,我们应该肯定我国诗人在改造中所作的努力,但更加应该倡导的是格律的或变格的十四行诗"①。吕进在《论新诗的诗体重建》中肯定了这种概括。黎志敏在《中国新诗中的十四行诗》中则认为,十四行体在中国经历了一个"引进—磨合—结果"的完整过程,产生了"自由类"和"严谨类"两种十四行诗,并认为十四行体在中国的本土化过程,在创作上体现为中文十四行诗从严谨派走向自由派,从意式、英式的"摹本"走向中国诗人的"自由体";他的结论是:在自由派的作品之中,十四行诗体被融化、消解;在严谨派诗歌之中,十四行诗体得以较好的本土化,并将在一定范围内存在下去。②在中国十四行诗创作成果的评价研究中,分歧较大的是对于自由十四行诗的评价,有人认为创作自由的十四行诗是中国化的误区,这涉及评价中国十四行诗的标准问题。屠岸研究过这一标准,结论是:"十四行诗的界定应该有宽、严两种标准。1984年我和钱光培讨论此事时,我采用的是严标准,他用的是宽标准。我觉得还是宽严相济好一些。如果我们过于强调规范上的严谨,就会因此失掉许多真诗、好诗。""从严格意义上讲,十四行诗应该具有它独特的形式规范和内容上的相应要求,但如果以宽泛的标准判断,只要有十四行诗的基本样式感觉和蕴涵就可以被接纳到该体式中来。"③这种评价标准有利于推进十四行体中国化进程,有利于中国十四行诗创作的多元繁荣。

七 汉乐逸论中国十四行诗

荷兰莱登大学的翻译家、汉学家汉乐逸(Lloyd Haft,1946—),对于汉语十四行诗有着精深独到的研究,2000年出版了《中国十四行诗:一种形式的意义》(*The Chinse Sonnet:Meaning of a Form*)。④ 他在著作中深入讨论了十四行诗在20世纪中国的起源与发展,认为中国十四行诗发展历程的每个阶段都表现出不同的特点。

汉乐逸把中国十四行诗的诞生追溯到1928年甚至更早。1928年3月,提倡革新诗律的《新月》杂志在中国汉语文学舞台登场,创刊号刊发由闻一多翻译的伊丽莎白·布朗宁的《葡萄牙人的十四行诗集》;1928年1月,闻一

---

① 许霆、鲁德俊:《十四行体在中国》,苏州:苏州大学出版社1995年版,第20页。
② 黎志敏:《中国新诗中的十四行诗》,载《外国文学研究》2000年第1期。
③ 吴思敬、屠岸:《关于十四行诗的对话》,见屠岸:《幻想交响曲——屠岸十四行诗240首》,香港:雅园出版公司2014年版,第318—319页。
④ 〔美〕汉乐逸:《中国十四行诗:一种形式的意义》(*The Chinese Sonnet:Meaning of a Form*),雷登大学CNWS出版社2000年版。

多出版诗集《死水》,其中收有多首十四行诗。因此,1928年成为中国十四行诗发展进程中值得纪念的一年,钱光培把这一年及其后的一段时间称作中国十四行诗的第一次风暴。事实上,闻一多早在1921年就创作并发表了十四行诗《我底风波》。这诗结构上属于意大利式,即 8+6 的诗行结构,韵式为 ABBA CDCD BB EE FF;每行长度不等且有跨行。汉乐逸认为,该诗与同期其他汉语十四行诗一样,遵守了十四行诗体的总体架构,但并不严格遵循诗体的所有要求。李金发的《戏言》诗行长短不一,不押韵,使用跨行手段;徐志摩的《天国的消息》遵守了十四行体的总体框架,但采用了三三四四诗节模式,诗行长度不一,韵式为 ABB ABB CCDD BBEE;穆木天的《苏武》则是在形式上寻求更多变化,如前八行押 e 或(u)o 韵,后六行韵母为 ing,ing,eng,eng,eng,ing,属于同韵,在前两个诗节和后两个诗节间就形成明显的转换。这些早期诗人的创作为中国十四行诗的生根发芽作出了不可磨灭的贡献,为未来的中国十四行诗开创了形式上的可能性。

　　同样作为中国十四行诗开路先锋的朱湘在新诗史上却没有得到应有的对待。朱湘是20世纪上半叶最多产的中国十四行诗作家,他利用标点断句与等量音节建行,取得了微妙的节奏效果,其十四行诗主要收入《石门集》中,包括十七首英式(伊丽莎白式)和五十四首意大利式(即彼得拉克式)。在汉乐逸看来,朱湘的诗远离了关于十四行体的严格定义,其十四行诗的韵律基石是诗行音节等量,几乎毫无例外,全诗每个诗行字数相等。在英式中,每行总是十或十一个字;在意式中,则可长达十二个字或短到八个字。在等量音节诗行内部,朱湘使用跨行和标点两种手段获得反差或对位的节奏效果。跨行或标点划定了具有自身独特节奏重心的句法或意群单位,这些单位如要得以实现,在阅读中需要稍微停顿,从而造成节奏悬置的效果。等音诗行内较短单位的设置就造成诗行既相同又不同的双重节奏交替的效果。它给读者留下这样的印象:这些较短单位具有自我存在的权利,本身形成次级诗行,即"诗行中的诗行"。如其英式十四行诗第十六首,押韵模式为英式的 ABAB CDCD EFEF GG,诗人用标点符号把诗行分割成大量的行内亚单位,其效果是在行内形成句法上的破碎或中断感。这种表达手段契合表现主题,诗人在诗中以梦幻的方式构建了三个层次互动的复杂主题场景:客观场景、主观语气和想象状态,最后的偶句则表达了作者从梦幻中惊醒过来。总之,朱湘在维持等音诗行框架里,利用跨行手段和标点,使视觉上具有相同长度的诗行表现出不同的听觉节奏价值,通常给人以诗中存在不同诗行长度在起作用的审美印象。

　　汉乐逸认为,中国20世纪30年代最好的十四行诗作家当数卞之琳和戴望舒。为了更好地说明中国十四行诗是西方十四行诗与中国古典律诗相融合的产物这一观点,他重点讨论了卞之琳、梁宗岱和屠岸等人对莎士比亚十四行诗的翻译。这三位翻译家对西方诗歌形式非常熟悉,同时又懂得传统汉语格律包括押韵规律。因此,他们的创作和翻译既保留了西方十四行体的总体框架,又体现了汉语诗律的特点,汉语特点和押韵传统不可避免地使他们跨越了西方十四行体的界限。如梁宗岱翻译莎士比亚的第二十二首英体十四行诗就不拘泥于原诗的韵式,而大胆采用古汉语律诗的押韵方式,尾韵为"限、埋、卷、爱、比、人、是、韻、思、长、儿、仰、进、心"。据此,能否说梁宗岱等的翻译不守韵律呢?汉乐逸用汉语的韵律标准来分析莎翁十四行诗汉译本,认为它们是符合押韵要求的,且韵式结构比原诗更紧凑。在汉语的十三韵辙中,"er、i、ü"同属第四辙,"en、in、un、ün"同属第十一辙,因此梁宗岱译诗第五、七、九、十一行末尾押同韵,而第六、八、十三、十四行末尾也押同韵,译诗的韵式可以写成 ABAB CDCD CECE DD。这样一来,译诗的韵脚数量比原诗少了两个,只有五个,这就不可避免地造成韵脚重复,如韵脚 c 交替出现四次。韵脚重复成为译诗区别于原诗的重要特征,这种现象普遍存在于英诗汉译中。它在诗节与诗节之间形成了押韵联系,而这种联系在原诗中是没有的,这种方法使译诗结构更加紧凑。韵脚重复在卞之琳译诗中同样明显,在其翻译的莎翁第三十二首十四行诗中,十四行行末依次为"生、藏、温、行、益、筹、艺、留、看、去、驱、采、爱"。第一、三行的"生、温"按现代汉语的发音不在一个韵脚上,但汉乐逸把它们归入十三辙系统中的第十一辙,依据是京剧的常见做法,王力在《汉语音韵》中对此有所描述。另一依据是卞之琳的南方方言背景中 eng 和 en 是互押的。由此,该诗韵式为 ABAB CDCD EDED FF,同样出现了韵脚重复现象,译诗结构显得更加紧凑。在翻译莎翁第七十三首十四行诗时,屠岸也表现出同样的倾向,其译诗的十四个行末字为"令、片、梗、坛、晚、际、现、息、焰、绕、奄、掉、贞、人"。屠岸在《莎士比亚十四行诗集》中声明,他有时把 ing 和 eng 押为 en 韵,这样把第一、三行的"令、梗"归入第十一辙就是理所当然的了。由此可见译诗的韵式为 ABAB BCBC BDBD AA,只有四个韵脚,我们再次看到高频率的韵脚重复现象,译诗结构比原诗结构更加紧密,且表现出独特的美学结构魅力。译诗的韵脚 b 穿越三个诗节,表现出原诗少有的紧致性;首行韵脚 a 在结尾偶行中的重复传达出一种清晰而完美收官的美学感觉。由此看来,莎士比亚十四行诗的汉语译诗中,其韵脚的数量通常少于七个,这有利于显示出译诗中诗行之间及诗节之间与原诗的不同结构关系和审美效果。

汉乐逸认为,冯至是20世纪40年代中国十四行诗的领军人物,他在30

年代初留德期间研究了赖内·马利亚·里尔克(Rainer Maria Rilke)的《致俄尔普斯十四行诗》。冯至从1941年开始创作十四行诗,发现自己很难摆脱里尔克的影响,这一点主要表现在诗行节奏(line assonance)的布局上。诗行节奏主要指印刷上的诗行与语法结构完整的句子之间的相互作用:一方面,完整的句子具有总体语调;另一方面,不管每个印刷上的诗行本身是否组成完整的句子,单个诗行在阅读方面都形成一个清晰的节奏倾向。识别诗行节奏的基础是:在本身是完整句子的诗行和不是完整句子的诗行之间,在一口气读到底的诗行和其中具有内部停顿(如由标点显示的)的诗行之间,具有微妙但可感的节奏价值上的差异。具有相同节奏类型的诗行以一种特定的模式和有意义的方式产生互动。如冯至的第二十五首十四行诗,结尾的十四个字是"具、籍、里、虑、声、蹈、鸟、空、体、律、戏、戏、到、叫"。汉乐逸根据十三辙系统把诗的韵式确定为 AAAA BCCB AAA ACC。由此分析,这首诗的韵脚只有三个,诗的结构高度紧凑。其中 a 出现在一、二、三、四行和九、十、十一、十二行,中间被 BCCB 诗节隔开,可以说形成一种对称结构,而此对称结构的中心 CC 在诗的末尾对偶诗句中重复出现。从诗行节奏来看,第十一、十二行不仅分享同一个韵脚,而且共同具有独立句子的地位。在前八行的两个诗节中,每个诗节的结构都是:独立成句的两诗行+构成一个句子的两诗行。而在构成一个句子的两个诗行中,前一行在不考虑上下文的情况下本身可以看作一个独立句,但考虑到接下来一行的内容,却应把它解释成一个更长句子的第一部分,汉乐逸把这种类型的诗行叫作起始句,而紧随其后的诗行,虽然也可潜在地读作一个完全句子,但它在跨行语句结束之处结束,承载了基础节奏重量,因此被称作结束句。用这种分析方法,汉乐逸把前八行的诗行结构描述为:独立句—独立句—起始句—结束句//独立句—独立句—起始句—结束句;同样,后六行的诗行结构可以描述为:起始句—结束句—独立句//独立句—起始句—结束句。结果发现:后六行的结构正好是对前八行中后六行的精确复制。虽然这种节奏结构与更加明显的押韵因素、诗节因素相比显得更加微妙,但诗行节奏与这些因素形成复调对位。该诗在四四三三的诗节结构之上,其实还叠加了二六六的诗行节奏结构。这种诗行节奏结构强化了表达内容,第一、二行相当于意象性布景,是弱拍,接着是两段相似长度(六个诗行)的沉思,前六行描写白天的情况,后六行处理黑夜的一面。这首诗典型反映了诗行节奏的助力作用,更加清晰的诗行节奏补偿了韵脚类型的弱区别性。其诗行节奏暗含了阅读节奏,包含了把诗行而不是音节、音步当作节奏单位的可能性。正因为这种节奏结构不属于十四行体传统的界定范畴,因此其创作的独特形式受到中国诗人的青睐。

中国十四行诗的第二次风暴出现在20世纪40年代，一批更年轻的诗人在冯至影响下也走向创作的成熟，九叶诗人就是其中的主力军。九叶诗人通常使诗行结尾的要素之间或行内要素之间形成反差或排比，他们有时使用行内韵来建立行与行之间的纵向联系，有时同时利用行末押韵与行内押韵，在同一首诗中创造出两种不同诗行长度叠加的效果。在袁可嘉创作的《上海》中，每行的结尾字为"沉、寸、伸、分、行、铃、经、睛、盈、线、淫、间、欠、言"，其韵式为 AAAA AAAA ABA BBB。其中第五行和第九行行内都有句号，句号前面的音节与该行末尾的音节押韵。第十一和第十四行情况相似，第十一行中逗号前的词是"赚钱"，其韵脚得到行末的"淫"字的回应，因为二者同属阳声，而且"赚钱"与"荒淫"中的元音相似。第十四行分号前的"脸"字与行末的"言"字完全押韵。这四行另一共同要素是：行中标点后的部分由三个节奏停顿组成。以上共同点使得该诗拥有明显的总体循环结构，这些诗行因此处于垂直关系中，从而超越单个诗行而把全诗凝聚为整体。这种垂直聚合性又进一步被行内韵之间的押韵关系所强化，如第五行的行内韵"影"与第九行的行内韵"平"完全押韵，第十一行的行内韵"钱"与第十四行的行内韵"脸"完全押韵。这些巧妙的押韵，加强了第二诗节开头与第三诗节开头之间的联系、第三诗节末尾与第四诗节末尾之间的联系，从而以对称方式确立了诗的垂直结构。汉乐逸用同样的方法分析其他诗人的十四行诗，如陈敬容《寄雾城友人》。该诗韵律也符合十三韵辙系统，韵式为 AABB CCDD EFG EFG，其中也存在行内韵。第一行中，逗号前的"景"字，不仅与该行结尾的"生"字押韵，而且与第四行中相似位置逗号前的"魂"押韵，或准押韵。这些声音也与第二行结尾的"人"相联系，从而使第一诗节形成一个紧密结合的结构体。第一、四行的行内韵有助于形成一个完整的诗节，同时又与尾韵押韵结构 AABB 形成反差。第二诗节与第一诗节一样，前面两行的尾韵得到第八行行内逗号前音节"里"的回应，其行内韵在诗的末行中逗号前的"息"字上得以重复，换句话说，该诗中后六行的最后一行回应了前八行的最后一行。最后两个诗节不仅拥有相同的 EFG 尾韵结构，而且第十行中逗号前的"重"字与第十二行中的"空"字押韵，从而使两个诗节紧密联系。第十二、十三行开头的句法结构相似，即"的"字后面紧跟一个行中名词词组，把十三行中的"中"字拖进与前一行"空"字的更加紧密的联系之中。行内韵的效果让人感到较短诗行的亚系统与诗的显在诗行结构共存，这些更短诗行的特别作用增添了诗的垂直支撑。九叶诗人不仅利用十四行诗传统的诗行布局和用韵，而且通过诗中其他声音关系之模式化产生更加微妙的表达可能性。这些微妙韵律要素加强了诗的垂直维度的建构。

作为九叶诗人之一的郑敏,其一生几乎跨越了十四行诗在中国发展的各个阶段。20 世纪 40 年代,郑敏以其重要创作成为十四行诗第二次风暴的支持者。在经过近半个世纪的沉默之后,郑敏在其七十岁高龄之时创作了《诗人与死》系列组诗。组诗标题上的"诗人"对应的是中国诗人或中国知识分子的命运主题;"死"代表独立于文化背景的存在意义上的死亡,这两种主题是互相联系的。郑敏对相关主题的持续思考是:(1)对于单个诗人,作为现代中国知识分子的代表,是否能有平反?(2)作为人生命运的死亡断言是否能被平反?在郑敏的十四行诗中,我们通常看到这种镜像主题:黑白对比、倒置原则等。如《诗人与死》系列十四行诗的第一首中第八行"把这典雅的古瓶砸碎",使汉乐逸想到了济慈的《古瓮颂》。无论是济慈还是郑敏,"古瓮"或"古瓶"都是对比可见世界与不可见世界的长久沉思的出发点。两首诗中,诗人都探究了目前不可见的某种因素,这种因素能够解释目前感知时刻中被知觉为中断或未完成的情境。其实,郑敏在《诗人与死》中,持续地把可感知的与不可感知的因素联系起来,经常使用的手段是把可见的现在与不可见的对应领域并置,使二者处于互补、镜像或颠倒关系之中。第一首诗第八行中"典雅"一词,其实是"雅典"一词的镜像意象,其转换过程与诗要表达的核心内容紧密相关,它指向或类同于活人死亡转入不可见的冥界领域这一过程。这里,"雅"和"典"两字的两种空间排列可能性之一意指现实中的城市,但顺序颠倒的意义则指向跨越时空、永久意象的领域,它等同于济慈所指的不能被人感官所感觉到的东西,当然也指称阴间。这首诗的前面十行可分割成平行的两组五行结构体,每组包括五行,其中前四行为非结束句行,第五行为结束句行。在第一行重复"是谁"片段之后,第二到第五行可以读作一个连续的句子;同样,在第六行重复"是谁"片段之后,从第七行开始一直读到第十行才是一个完整的句子。接下来的第十一、十二行形成对此前节奏的戏剧性突破,这两个诗行异常地短,没有中断,而且语法、语义上都平行,符合古汉语句法特征。而最后的偶行第一个词"是"呼应了前面两组五行结构体的第一个词"是",表明经历了一个间奏曲(第十一、十二行)之后的强烈倒置感在内容上得以加强,因为最后的对偶诗行回到了前面两组五行结构体中提出的"是谁"这一问题。《诗人与死》中的其他诗在用典、形式、主题等方面与这首诗类似,从而形成了组诗的概念。事实上,《诗人与死》的副标题就是"组诗十九首",其中的每首诗既可以独立成诗,又可以当作整体的一部分;单首诗中出现的形式要素与组诗中其他几首诗中的形式要素密切相连。而"组诗十九首"又是与《古诗十九首》仅仅一字之差,后者是早期古汉语系列组诗之一,被认为是中国主流古诗在形式与内容上的源头,其主题有"孤独""分离""人生苦短""死亡"等。郑敏谐用《古诗十九首》的名称,表明她的组诗与先驱者组诗存在联系。两者除了包含的诗章数量一样,还存在着明显的主题联系——无情的死亡、人生短暂性、分离等,明显的意象联系——远游、道路、萧条自然、冬日冷风、远方乌鸦、冬夜月亮等。两组诗形式上的连贯性,超越了单首诗的层次而进入组诗的篇章层次。其一致性因素包括:重复的音节或词汇,诗与诗之间显在的语义上的连续性,时而出现的模块及其创造出的回到组诗开头节奏脉搏的印象。相同的形式因素跨越单首诗的界限而出现在不同诗中是一种更高层次的重复,其诗的形式意义更大。换句话说,组诗中先前出现的局部要素以相似的形式散发到所有组成诗中,这些跨越诗间界限的散发要素的重复具有更加重要的形式意义。

汉乐逸分析中国十四行诗的基本理念框架是:把中国十四行诗放在中国古典诗歌和西方十四行诗的语境中来解读。中国十四行诗遵循了西方十四行体的总体框架,但又不拘泥于音步等细节概念,而是合理汲取了中国古典律诗的韵律原理。正如西方诗人对于十四行诗耳熟能详一样,在中国,特别是古代中国,受过良好教育的人都能创作律诗,自己作品中还会包含律诗因素。律诗在中国与十四行诗在西方拥有同样的社会基础。二者的形式因素相当,篇幅都短小精致,都遵循严格的非个人形式,是一种公认的社会文化形式;二者都包含理性的思路,易于被受过教育的人读懂,与晦涩的自娱自乐的先锋诗歌不同。理性的表达思路在律诗中体现为"起、承、转、合"结构,它与十四行体的思路结构一致。十四行诗通常由四个诗节组成(四四三三或四四四二结构),四个诗节分别代表"起、承、转、合"四个概念。十四行诗的展开受到一些形式要素的强化,这些形式要素超越单个诗行,将更多的诗行串联起来。汉乐逸把这种形式要素称作垂直管约要素。如英式十四行诗的垂直管约要素包括:(1)诗行总数十四行;(2)交错回环的押韵模式;(3)起承转合的诗节模式。类似的垂直要素在中国律诗中也可以发现,包括:(1)诗行总数八行,这是律诗的标准行数;(2)押韵模式,偶数行押韵;(3)诗节模式,由四组对偶诗行构成,代表"起、承、转、合"。中国律诗除了拥有与西方十四行诗相似的要素外,还拥有其他特征,如语法排比,即在对偶诗行中,相同位置的词之间表现出结构、语音和语义上的联系;声调反差,即平仄模式;语法排比与双声叠韵的作用。律诗中这种浓密的形式特质是很难翻译成外文的,因为律诗中的这些形式特质在西方十四行诗中找不到对应物。中国十四行诗在遵循西方十四行诗基本框架的基础上,融入了律诗的一些特质。汉乐逸在分析对比以后认为,与西方十四行诗及中国律诗相似,中国十四行诗的最基本垂直管约要素包括:诗行总行数为十四行、中西融合的押韵模式和中西融合的诗节组合方式。除此之外,有的中国十四行诗诗人,如冯至,还借用了律诗的其他特征,即诗行或行内排比或对偶。至于律诗中声韵反差的手段,虽然个别中国诗人不时使用,但中国现代诗的发展趋势是该手段被其他更具对比价值的语言要素所超越。在中国十四行诗中,有时诗人通过变更诗行中占据相同位置的停顿组的长度(音节数量),从而达到类似声调反差的作用。无论九叶诗人所使用的行内韵,郑敏和冯至所使用的诗行节奏,穆木天使用的节奏悬置,还是朱湘使用的行中行手段,这些形式因素都可以看作律诗"语法排比与双声叠韵"的变体。

除了从诗的垂直维度考察中国十四行诗与西方十四行诗及中国律诗的渊源联系,汉乐逸还从水平角度分析了三者之间的关系。他把每一诗行内部的形式一致性称作水平管约要素。英式十四行诗的水平管约要素包括每行五个音步和每个音步是抑扬格或其他容许的变体。只要这些条件得到满足,则其诗行是可以接受的,而不一定需要音节数量相等。律诗则要求每行音节数量相同,即诗行音节等量,此外还要求每行停顿组的数量与位置相同,要求诗行有规定的声调顺序。由于汉语不具有英语中的重音概念,所以中国诗人并不从形式上机械移植英式十四行的五音步抑扬格手段,而是借用律诗的水平管约手段创作出具有汉语韵律特色的十四行诗。如梁宗岱在翻译莎士比亚第十六首十四行诗时,最明显的形式特征是每行由十二个音节组成。等量音节建行成为梁宗岱翻译或创作十四行诗的形式要则。其实,从20世纪20年代中期开始,同等音建行与音组停顿概念就在中国新诗包括十四行诗创作中确立的。在卞之琳的十四行诗中,主要的水平管约因素是每个诗行停顿组的数量,其某些诗行结构中不仅停顿组的数量相同,而且组合方式也是规则的,即每个诗行中相应停顿组的长度是一样的。如他的《空军战士》就体现了在水平管约要素方面与中国律诗的自然联系。这首十四行诗每行由两个停顿组构成,第一个停顿组总是由三个音节构成,第二个停顿组总是由两个音节构成。这种诗行结构正是古典律诗的停顿组模式。杜甫的《春望》每行由五个音节组成,前两个音节构成第一个停顿组,第二个停顿组由后三个音节组成。至于上文所说的律诗的第三个特征,即每个诗行中有规定的声调顺序,虽然中国十四行诗人不能严格执行,但他们往往利用或短或长的停顿组所产生的交替效果来予以弥补。

汉乐逸采用纵向历史研究和横向比较研究的方法,经过对中国十四行诗发展进程的考察,以及中国十四行诗同西方十四行体、中国律诗体的对比分析,他得出中国十四行诗起源于两个世界——西方十四行体和中国律诗体的结论。西方十四行体形式为中国诗人继承中国古典律诗传统、以具体方式复活古典传统中的具体参数、同时吸收西方诗歌形式因素提供了独特的条件。中国十四行诗在创作方面比古典律诗也许更自由,但在形式上同样复杂,由于汉语的独特性,如结构紧凑、易于押韵等,中国十四行诗提供了西方语言或诗式很难比拟的某些表达上的可能性。十四行体形式使中国诗人回归传统诗歌精神成为可能,在汉乐逸看来,中国十四行诗与用电子乐器伴奏的中国民间歌曲相比,更具有中国意蕴。中国十四行诗虽然身穿西方十四行诗的洋装,但却怀有一颗忠诚于古汉语诗歌的中国心。

第十章 多元期的创作(上)

在新时期繁荣多元的十四行诗的创作队伍中,活跃着多位国内著名的翻译家。他们一手翻译域外经典十四行诗作,一手从事新诗包括十四行诗创作,两者相互印证,相得益彰。由于他们能够直接接触西方优秀十四行诗,相对而言熟悉域外十四行体的演进历史,所以自身的创作往往起点较高,能够较好把握汉语十四行体的格律,同时以翻译和创作引领、影响新时期汉语十四行诗的发展,为我国十四行诗的发展作出了历史性贡献。

一 屠岸的十四行诗

屠岸是以诗人和翻译家两副面孔出现在中国十四行诗坛的。他长期从事翻译工作,其中翻译出版的《莎士比亚十四行诗集》影响巨大。屠岸早在20世纪40年代就开始写作十四行诗,现存最早的诗是写于1944年1月的《年轻的老者》,保存下来的写于1949年前的十四行诗不足二十首,大都收在《哑歌人的自白》集中。后期包括70年代末至今的作品,数量可观,大都收入《屠岸十四行诗》(广州:花城出版社1986年版)、《哑歌人的自白》(北京:人民文学出版社1990年版)和《深秋犹如初春》(北京:人民文学出版社2003年版)。屠岸创作十四行诗是自觉的诗体实践,他在回答为何对十四行诗情有独钟时说:"我对韵律有一种天然的亲和感,在旧体诗的写作上我大都写律诗、绝句。闻一多讲过要戴着镣铐跳舞,我认为这个镣铐如果戴得长久了就会不翼而飞,不会令我感到束缚,反而让我在'跳舞'、'走路'时更加入规入矩;如果丧失了这个镣铐,我反倒难以把握创作了。"[①]这种对韵律的天然亲和感,同他长期翻译十四行诗和创作旧体诗词的经历有关。2014年屠岸在香港雅园出版公司出版了《幻想交响曲——屠岸十四行诗240首》,

---

① 吴思敬、屠岸:《关于十四行诗的对话》,见屠岸:《幻想交响曲——屠岸十四行诗240首》,香港:雅园出版公司2014年版,第317页。

其中前十一辑收录十四行诗,附录收录了屠岸的相关论文,这是他十四行诗创作和理论成果的汇集。十一辑十四行诗分别是塔灯辑、灵恋辑、芙蓉辑、童心辑、召唤辑、雨云辑、银杏辑、纸船辑、宝岛辑、沉思辑和雪冬辑,可见其创作题材的广泛。屠岸在《跋》中说:

> 十四行诗是从西方引进的一种诗歌形式,它有严格的格律规范,但在这个小框框里,却可以包容浩瀚的外宇宙,也可以蕴涵深广的内宇宙;可以上天入地,沉思世界,也可以内视灵魂,惊泣鬼神。因为有限制,所以它要求字、词、句的精练和严谨,力戒放肆和泛滥,有如一匹野马而不脱缰绳,以自由的精神充实于字里行间。①

这是屠岸对十四行体的理解,也是其十四行诗的审美追求。

屠岸在1949年前的十四行诗,从题材看主要是四类。第一类是对爱情的眷恋。屠岸年轻时写过几首爱情十四行诗,如写于1945年10月的《回答》,虽表现出一些爱情的惆怅,但"我的心是坚强而勇敢,/我的思想与绝望无缘",格调高昂,直抒胸臆。特别是"你的浓发是倾盆的骤雨,/要把我全身心紧紧地包裹;/你的睫毛是天鹅的黑羽,/将覆盖我梦中凄厉的魂魄",意象新颖,匠心独运。《邂逅》更抒发了坚贞的异国情思,不落窠臼。第二类是对人生的思索。《年轻的老者》摒弃了精神衰老,反对暮气沉沉。《纸船》在稚趣中透露了失败与胜利的辩证哲理,坚信"幻象却永远保持着不败的魅力"。他还有一首手稿《一首多余的诗》,借旅人所说"我只听从历史的包换",来表现按照历史发展规律去奋斗的意愿。第三类是对光明的追求。屠岸常在梦中追求光明:"梦,把太阳带给了我","阁顶的小窗终于敞开","璀璨的晨光抚醒我久眠的眼睫,/给我带来了惊讶和战栗的喜悦。"(《雨季》)他在《白日梦》中写道:"我猛醒,遥望金光闪烁的城楼,/起程吧,让思想飞跃时间的鸿沟!"诗人清醒地看到,尽管暂时"乌云会霸占天空",但"阳光的金箭会射穿浓重的云幂"(《生命的风云》),诗人愿意用奋斗甚至生命去争取。第四类是对革命的赞颂。诗人作为一位年轻的地下党员,曾积极地投身爱国学生运动,自觉地"为人民而歌"。《雷鼓的邀请》着力赞扬学生领袖,《爱麦虞限路广场》则把矛头指向外国殖民主义统治。如果说《归来者》十分形象而含蓄地用"旷野有宏伟的交响","酝酿着大厦在烈火中倾圮",来暗示解放区的伟大革命力量必将摧毁国民党反动统治,那么,《解放了的农民之歌》则表现了

---

① 屠岸:《跋》,《幻想交响曲——屠岸十四行诗240首》,香港:雅园出版公司2014年版,第305页。

土地改革后农民成为土地主人的喜悦。这在当时国统区诗人的笔下是很少见到的。以上四类诗都有着深刻的社会内容,在艺术上则较为严格地遵循着十四行体的格律。

70年代末以来的大量十四行诗,是屠岸经过长期准备与积蓄后形成的。这些诗的题材广泛,如参观煤矿以后,他甚至写作了两首"煤矿抒情十四行诗",说是"把这些'冷淡盖深挚'、'克制代热情'的墨痕呈献给现代的普罗米修斯们";但在屠岸十四行诗创作中,最具特色的是以下两大类作品。

一类是国际题材诗。在1980年访美、1984年访英、2001年访欧以后,诗人分别创作了一系列十四行诗。这些诗是屠岸十四行诗中最具特色的部分。不仅描写外国的风土人情,而且展示了文化旅行的多元意蕴魅力。从题材看,既写外国文学家如惠特曼(《长岛》)、欧·亨利(《杉树酒店》)、莎士比亚(《爱汶河畔斯特拉福镇》和《爱汶河》)等,也写外国科学家如建筑工程师约瑟夫·斯特劳斯(《金门大桥》)、探险家哥伦布(《致哥伦布》)等,还写政治家如林肯(《林肯纪念堂》)等,以及国外城市如芝加哥、旧金山、牛津、爱丁堡、东京等,内容十分广泛。诗人访问美国现代化大城市旧金山,并未停留于其表面繁华的一面,他写道:"旧金山,在你的繁华、喧嚣、忙乱里,/我还看见惊愕,忧思,愤怒,悲戚……"(《旧金山》)这才是一个全面真实的旧金山。诗人访问纽约市,在曼哈顿区洛克菲勒中心街道上的"峡谷花园"里看到普罗米修斯的饰金雕像,于是想到:

> 我知道,尽管你全身涂了金,可贿赂
> 不可能转移你对全体人类的关注!

《普罗米修斯》中的这两行结句,除歌颂这位希腊神盗火给人类的英雄本色外,还赋予诗更耐人寻味的蕴涵。如《潮水湾里的倒影》,是写美国第三任总统托马斯·杰斐逊的:

> 潮水湾南岸耸峙着圆形廊柱厅,
> 圆厅的中央是杰斐逊的青铜雕像。
> 他右手握着独立宣言的文本;
> 站立着,严肃的目光正射向前方。
>
> 绕厅内穹庐形屋顶四周的铭文
> 标明他反对一切形式的暴虐;

铭文如大桂冠高悬在他的头顶，
或一圈灵光，使得他无限圣洁。

清风穿越过圆柱从四面吹进来，
他手中的文告仿佛要随风飞扬；
圆柱外四面挂斑斓萧索的云彩；
他的额上漫移着日影和星光。

我看见这一切映入澄澈的潮水湾，
成美丽空灵的影子，在水中倒悬……

第一段刻画杰斐逊的形象，第二段抒写他的思想，第三段转写他的影响，末两行既肯定《独立宣言》的精神是美丽的，又担心它会变成"空灵"的水中倒影，诗的余味无穷。整首诗结构严谨，脉络清晰，神采飞扬，寓意深邃。这些国际题材诗最为重要的特点还在于诗人与抒写对象的"对话"关系，诗人在不少诗中采用了"你"的称谓来抒写。如《三圣山下的死屋》中的抒唱："在你的死屋里我沉吟，默颂，盘桓，/我用另一种语言唱你的诗节。//你的灵魂啊，与我的血肉合抱，/生死和语言的隔阂雪化冰消！""死屋"里的济慈似乎没有死去，他超越时空之隔，活在作者笔下汉语诗歌的节奏和韵律中。《谒华兹华斯故居"鸽庐"》《点灯的人》《拉美西斯二世》三首诗，则分别与华兹华斯的《水仙》、斯蒂文森的《点灯的人》、雪莱的《峨席曼迭斯》构成一种互文关系：文本之间纠缠交织，相互汲取活力。

另一类是写景咏物诗。这是对祖国山川风物、花草树木的歌咏，如《蓬莱山》《浪花》《珍珠梅》《野樱桃》《蚊香》《墨锭》等。其中以歌咏花草植物的诗最为重要，如《桃花》：

我怀疑这一丛桃花艳丽的红色
是谁给涂上的胭脂，浓得化不开。
然而那一丛是淡红，细腻而润泽，
我想是谁给敷了粉，抹了一层白。

桃花猜透了我的心，笑我的愚鲁：
"谁也不曾给我们敷粉，涂胭脂；
我们的肤色决定于感情的浓度，

> 而感情来自我们的风格和气质。"
>
> 我也笑了。但见到金色的蕊心
> 又不禁联想到精巧的黄金饰针。
> 桃花恼了:"那是我们的灵魂
> 伸出的触须。首饰匠只能造赝品!"
>
> 我懂了。绚烂如赤霞的千万朵桃花,
> 每一朵都是自然本性的爆发。

先从桃花颜色切入,然后逐渐展开,各种颜色并非有意涂色,而是缘于桃花"感情的浓度","感情则来自我们的风格和气质"。再从桃花的蕊心落笔,点明那是桃花自然的灵魂伸出的触须。然后得出哲理思索:绚烂万千的桃花,源自自然本性的爆发。这种思维具有沉思警句的性质。这批诗大都有这样的警句,诗人一般采用英体,前三个英雄四行段描述,末一个英雄双行点化。该诗的另一个特点就是采用了对话方式,富有特殊的情趣。屠岸咏物诗中在体式上颇有特色的还有《巴西龟》:"青青的背/扁扁的嘴/小小的眼睛/短短的腿//似僵非僵/似睡非睡/不吃又不喝/不醒也不醉//不颐指气使/不屈膝下跪/没发出半声笑/没流过一滴泪//无为无不为/一刹那万岁。"这诗是英式的四四四二,语言、押韵全是中国式的。前三节对巴西龟特征进行铺陈式描绘,末节进行哲理性抒写,两者天衣无缝地合成整体,统一使用两音组建行写成,读来流畅而不呆板,这在汉语十四行诗中甚是少见。

此外,屠岸还有些十四行诗是感遇寄兴诗,偏于沉思感悟。多写生活中所见所闻所历的感受,常常由一点生发开去,寄托诗人独特思考,如《童话》《李婴》《狗道》《呼吸》《心跳》《复苏》《忧思》等,这类诗往往是前三段尽情地抒写,到诗的结末归结总括,点明题意或升华境界。《新苗》是粉碎"四人帮"后较早写出的一首,诗中的"黑土"显然是我们国家的象征,"窜出了嫩苗"意味着经过"文革"后出现了一片欣欣向荣的生机。《江流》差不多写于同时,"江流九曲","艰难地一步一回头,向前行进",显然是象征中国革命艰难的历程,但它"终于向东海驰骤:/历史的逆流只能是顺流的前奏",这是对历史规律性的反思。《李婴》借即使孪生婴儿也不可能绝对相像,加以发挥:"万物都依靠自己的特色而成长",应该有"各别思维",而不应"雷同"。屠岸有写秋水的组诗(如发表在《星河》杂志2013年冬季卷的《望秋水》《赞秋水》和《梦秋水》组诗),充满着浓郁的书卷气息,体现了屠岸感兴十四行诗创作的最新收获。如《赞秋水》：

> 约翰·济慈状人的季节于笔端：
> 人的灵魂在秋天有宁静有小湾，
> 人把翅膀收拢起，满足而自在
> 让美丽景象如秋河流过，潺潺……
>
> 济慈的秋神是一位拾穗少女，
> 她拾够麦穗，抬裸足跨遇秋水，
> 头顶着穗囊，不摇晃，也不踌躇，
> 到榨汁机旁，看果浆滴到心醉……
>
> 狄金森吟唱秋之歌，赞美秋晨，
> 唱秋果，唱秋天的玫瑰和葡萄，
> 唱秋日红枫，秋季丰收的田野，
> 可惜呀，漏唱了秋水，任她逍遥……
>
> 斯蒂文森赞秋日的篝火飘向
> 上空，映衬着秋水微笑的面庞……

这诗需要处理的是著名诗人赞秋水与诗人自己赞秋水的关系，而且要通过两者关系的互动推进诗的情思有序发展，让所有意象都能够自然地串联在一条发展线索之上，从而形成一个有机的艺术的整体，这对于诗人的构思提出了极大的挑战，但屠岸写来却是流转自如，充分地显示了其驾驭语言、处理材料和组织结构的高超艺术技巧。

屠岸的十四行诗有着"敏锐的艺术感受力和新鲜的艺术表现力（特别是对语言的掌握）"[①]，主要体现在想象奇特、比兴新颖、神采飞动、天然浑成等方面。其中最为重要的特色是诗形与诗质的契合。他始终在形与质之间寻求平衡：一方面是十四行体怎样接纳或选择需要表达的内容，另一方面是这些内容如何"改写"某些既有的形式规范。在前一方面，屠岸说自己喜欢十四行诗，是因为它有节律、有韵式，同时它有一种 classical restraint，即"古典的抑制"。尽管十四行诗格律规范严格，但它也提供着极自由广阔的展示天

---

① 屠岸：《答〈未名诗人〉问》，《哑歌人的自白》，北京：人民文学出版社1990年版，第289页。

地。这种在不自由中获取的自由、在规范中提炼出的自由,往往是真正意义上的自由。据此,他在使题材进入这"框框"时进行了特殊的处理,在国际题材诗中重视的是诗人与抒写对象的文化对话,在写景咏物诗中重视的是诗人对抒写对象的深沉思考,在感遇寄兴诗中重视的是抒写对象所呈现的发现。在后一方面,诗人提出"做格律的主人而不是它的奴隶"的观点,在使用诗体规范时注意三个问题:一是构思。屠岸论十四行诗特别强调的是构思,即"一首典型的十四行诗最重要的条件还在于它的构思即它的思想、情感的发展必须符合'起、承、转、合'的自然程序"①。他的十四行诗结构大致是两种情形:一种就是四个乐段呈现起承转合结构,《潮水湾里的倒影》就是这种结构;一种就是前三个乐段层层递进,最后的乐段作点睛收尾,《桃花》就是这种结构。在这种构思中,屠岸很好地掌握了理智和情感的分寸。一首十四行诗总要包含着思想情绪翻来又覆去、交错而又穿插的"起承转合"的发展关系,屠岸正是充分利用了这一点,使得理智和情感较好地融汇,将哲思诗化、生动化,又将一些情景、事物戏剧化。二是建行。屠岸创作十四行诗,遵循每行有规定音组数(多数是五个)的原则,主要是出于对汉语语言特征的准确把握。屠岸说:"我自己学写十四行诗,遵循每行有规定的音组数(大多数是五个)的原则。我觉得这比每行规定音数的原则更合乎汉语发音态势,也可以使每行诗的语言运用更自然流畅。""尽管这也是一种限制,但这种限制符合汉语本身的语言规律。"②如《潮水湾里的倒影》和《桃花》都是每行五个音组,每行音数略有出入,这种建行原则再加上跨行和断句,较好地防止了诗行中产生削足适履的弊端。三是押韵。屠岸认为虽然国外也有人写十四行诗而不用韵的,但"这些也都只能视作例外。绝大多数外国十四行诗有韵式,绝大多数中国十四行诗也有韵式"③。他的创作讲究用韵,尝试多种韵式,除了使用传统韵式外,还有自己的"创体",如《欧罗星列车》全诗一韵到底,《阿里山姊妹潭》的韵式是 AABA AACA AAAA AA,基本采用常式,同时也采用创体,两者互补互动,这是一种重要的探索。

屠岸还有不少关于十四行诗的专论,主要有《十四行诗形式札记》(载《暨南学报》1988 年第 1 期)、《〈中国十四行体诗选〉序》(北京:人民文学出版社 1996 年版)、《吴钧陶诗歌的视野——〈幻影〉序》(石家庄:河北教育出版社 2001 年版)、《十四行诗为什么能在中国扎根》(2003 年 10 月 14 日在首都师大与研究生对话)、《关于十四行诗的通信》(载《诗探索》1998 年第四

---

① 屠岸:《十四行诗形式札记》,载《暨南学报》1988 年第 1 期。
② 同上。
③ 同上。

辑)、《〈幻想交响曲〉跋》等。他在这些文章中提出了一些重要观点。如他针对十四行诗不是中国本土的产物,只能是"洋玩艺儿"的观点,认为中国是泱泱大国,有着宽广的文化包容性,汉语十四行诗已经本土化,已成为一种典型的中国诗歌和诗歌艺术;如针对上世纪有人说十四行诗已经被时代所遗弃的说辞,明确地说十四行诗的生命力将由历史来决定;如他分析十四行体在中国扎根的原因,认为主要是该诗体具有顽强的生命力,与中国古诗中的律诗相近,所以能够在各地域广泛普及;如他具体分析十四行体的形式条件,认为主要包括行数、韵式、音数和音组数、构思等,提出写十四行诗应该讲究格律,但也应该允许变体;如他回答了十四行体"束缚思想"的问题,认为虽然如此但仍有人创作,是因为"这类诗形式有其不可替代的某种功能。比如十四行诗,必须把诗人所要表达的思想感情及其发展变化纳入这种严谨的格式中来加以表现,这就向作者提出了作品必须凝练、精致、思想浓缩和语言俭省的要求"。"一首有严格的格律规范的十四行的短诗,往往能够包含深邃的思想和浓烈的感情,往往能体现出饱满的诗美,这不能不说也与形式对内容所起的反作用有关。"如他提出了中国十四行诗创作可以遵循"宽严相济"的原则,"严格意义上讲,十四行诗应该具有独特的形式规范和内容上的相应要求,但如果以宽泛的标准判断,只要有十四行诗的基本样式感觉和创作意向就可以被接纳到该体式中来"。在谈到十四行诗在中国的命运问题时,他的观点是:"在短期内,十四行诗不可能成为普遍被采用的形式,成为主流诗体。但还是会有一定数量的诗人投入到十四行诗的写作中,这种诗体也不会在短期内灭亡,它会有长久的生命力。"①这些理论是他的创作经验总结,对于中国十四行诗健康发展具有重要意义。

二 吴钧陶的十四行诗

吴钧陶读初中时因骨结核病辍学,其后长期自学,曾任上海译文出版社编审,是著名的翻译家。他认为:"诗歌是思想和感情在美好的心的熔炉中长期冶炼,然后在灵感的火花喷涌闪耀之际,用美好的语言文字表达出来的一种艺术。""写诗的歌手在吟唱大家共鸣的心曲的同时,更写出个人独特的

---

① 吴思敬、屠岸:《关于十四行诗的对话》,《幻想交响曲——屠岸十四行诗240首》,香港:雅园出版公司2014年版,第318页。

感受、感情和感想。"①他自己说在青少年时代就开始写诗:"在多灾多难的一生之中,和诗歌结下了不解之缘。"这种结缘是指其翻译的大量作品是诗歌,主要的文学创作也是诗歌。1957年的反右迫使他中止创作二十年,直到1986年才由花城出版社出版了第一本诗集《剪影》,2001年又由河北教育出版社出版了《幻影——吴钧陶诗和译诗集》,还有散文集《留影》和《心影》出版。对吴钧陶相知很深的屠岸,在《心的内核,是爱》中说:"钧陶的作品集,已经形成一个'影'的系列。我感到每个'影'都是诗人心灵的反映。他的心的内核,是人间大爱。'剪影'是心灵之梦的侧面;'幻影'是心灵之翼飞跃的具象;'留影'是心灵的颤动向大地的投射;'心影'则是钧陶所有'影'的集中和概括。"②这是对吴钧陶新旧体诗歌也包括十四行诗特征的重要概括。在《剪影》《幻影》《心影》中都收有十四行诗,此外还有些十四行诗散落于报刊和友人手中。在翻译方面,除了富勒的《十四行诗》外,吴钧陶还翻译了多位英语诗人的十四行诗,如在《幻影》中就保留了萨里(Henry Howard)、斯宾塞(E. Spenter)、锡德尼(P. Sidney)、德瑞滕(M. Drayton)、多恩(J. Donne)、华顿(Thomas Warton)、华兹华斯(W. Wordsworth)、柯尔律治(S. T. Coleridge)、D. G. 罗塞蒂(D. G. Rosssetti)、霍普金斯(Gerard Manley Hopkins)等人的十四行诗,其翻译的原则是"化译",即消化或融化后达到"咬文嚼字,敲骨吸髓,千方百计,传真抉微",在形式上则强调对应移植原体格律,在节奏上坚持"以顿代步"。

在吴钧陶十四行诗中,最具特色的是现代动物诗。在《剪影》和《幻影》集中,就有《蝴蝶》《大象》《骆驼》《珊瑚》《鹰》《蜜蜂》《萤火虫》《虎》《猫头鹰》《大熊猫》《蝉》《帝企鹅》《恐龙》等。吴钧陶的动物诗一般都具有象征意义,但这种象征是现代形态的。原始形态象征是比附式的,古典形态象征是寓言式的,现代形态象征的特征是象征客体的主观性、主体意识的客观化和象征意义的模糊性。里尔克的名诗《豹》就是具有这种现代特征的诗,诗中的豹已不是纯客观的描写,而是借豹来表现诗人的哲理思索。吴钧陶的动物十四行诗就具有这种现代象征的特征。这里先看《蝴蝶》:

    像是轻盈的五彩缤纷的幻梦,
    像是飘忽的行踪不定的微风;
    用美丽的形状和图案装饰着自己,

---

① 吴钧陶:《世界需要诗歌——〈幻影〉自序》,石家庄:河北教育出版社2001年版,第1—2页。
② 屠岸:《心的内核,是爱》,载《湖北日报·东湖》2012年8月10日。

把春天的气息和阳光温柔地扇动。

不象鸣禽那样婉转地歌颂,
不象鹰隼那样翱翔于碧空;
带着无声的喜悦翩翩起舞,
为鲜花把默默的相似和亲吻传送。

不应该嘲笑你们幼年期的平庸,
清泉边的舞会是珍宝珠玉的集中;
娇小也并不等于软弱和无能,
见识过高山的险峻和大海的汹涌。

尽管林莽中多的是猛兽毒虫,
你们证明美仍然在天地间繁荣。

读这诗我们领受到的是绘形传神之美。《蝴蝶》开始就突出了蝴蝶的外表和飞舞之美,且把二者结合起来。"五彩缤纷"使人联想到蝴蝶美丽的外表,"行踪不定"使人想到蝴蝶动人的飞舞;"美丽的形状和图案"写蝴蝶的外表,"温柔地扇动""春天的气息"写蝴蝶的飞舞;从而创造了一种中国传统诗画所独有的境界。"带着无声的喜悦翩翩起舞,为鲜花把默默的相思和亲吻传送",一连串美好意象叠加,层层渲染,使蝴蝶飞舞的动态之美达到了尽态极妍的地步。这种描写不是工笔描绘式的,而是中国画神思点染式的,绘形传神。《虎》的描写也用这种手法。《骆驼》的开头是:

从天边到天边一长行金色的脚印,
漫舞的风沙中回响着寂寞的驼铃。
起伏的背脊像是起伏的丘陵,
骄阳炙烤着颠簸的变幻的黑影。

这完全是一幅传统的水墨画,诗人用远景点染、绘形传神的手法创造了骆驼的形象。

里尔克的《豹》是充分人格化的动物,具有鲜明的个性,其本身的形象已经脱离了寓言的附属作用而具有独立的审美价值。吴钧陶动物诗中的动物也是人格化和性格化的,如蝴蝶的温柔美丽、骆驼的坚韧毅力、珊瑚的集体意识、蜜蜂的勤劳奉献。《虎》则突出了百兽的威严和寂寞,诗人利用十四行诗状物体志翻来覆去的优势,对"虎"的形象进行了多侧面的展示。先从"拥有"写,虎虽是勇猛、机敏和力量的化身,像君王一样威严,拥有广袤的山林,但却"一无所有","常常只欣赏着自己身上的斑纹"。再从"交往"说,"没有朋友和对手,因而无敌人","发绿的眼睛中只看见奔逃的食品",既威严又寂寞。后从"怒吼"说,老虎"得到的只不过空谷的共鸣",这也是既威严又寂寞。人格化和性格化的层层展示,使得吴钧陶动物诗的抒写对象独具魅力。

里尔克的《豹》中隐含着深刻的哲思,我国的郑敏继承了里尔克式内向沉潜的风格,创作了一系列咏物诗,如《鹰》《荷花》《树》等,成为新诗的经典作品。吴钧陶的动物诗同样具有这种品格,这同他的气质有关,他自称"自幼多病,病重寂寞,常以胡思乱想自娱。后来命运多舛,在逆境中也是寂寞的,因而也多胡思乱想"①。这种气质使他的动物诗不仅表现为穷形尽相的外形描绘上,而且形成了洞见深邃、情绪浓洌的特点。同时,这种气质又同十四行体规范契合,诗体规范帮助吴钧陶的诗定形思想。吴钧陶的动物诗一般用英体,前十二行分成三段用来个性化地抒写动物本身,有层次,有深度,有曲折,有高潮,富有想象力,层层进展形成铺垫,末二行一段结论脱颖而出,形成警句式的点睛之笔。有的是诗情的点明,如《骆驼》末两行:"金色的海洋退让给绿色的森林,/高大的陆舟乐于在晚霞中退隐。"有的是诗情的升华,如《大象》写大象的稳重而安详,结尾却是:"唉,可惜美丽的象牙太露锋芒,/珍贵的事物常带来致命的灾难!"末两行是基于抒情描写作一种新的发现。《蝴蝶》的前几行突出了蝴蝶外在的形体和飞舞的优美,末两行是"尽管林莽中多的是猛兽毒虫,你们证明美仍然在天地间繁荣"。这是在美丑对比中更突出蝴蝶美的可贵。《虎》的前十二行突出了老虎的独尊,末两行则是对老虎独尊的嘲笑,也是对万物之灵——人类的歌颂:"可是世界已从属于万物之灵,/铁笼中仰望着一片片遄飞的白云。"吴钧陶说《虎》的结尾受到了杜甫诗"故使笼宽织,须知动损毛。看云莫怅望,失水任呼号"的影响。吴钧陶动物诗这种结尾的点睛之笔,采用了东方式神思中内含智慧的微笑方式,体现了现代象征诗的主体意识客观化和象征意义模糊性。

除了以上动物十四行诗外,吴钧陶还有不少十四行寄友或悼亡诗,直接倾诉对友人的怀念和崇敬,流露着诗人的真挚情感,其中部分作品已经编入诗集,如《寄海外友人——给谭玉培、程楚华夫妇》《悼孙梁教授》《挽祝庆英》等,但还有相当数量的诗没有发表,如《悼方平》等。吴钧陶有首十四行诗

---

① 吴钧陶:《剪影·冥想录后记》,《剪影》,广州:花城出版社1986年版,第104页。

《给屠岸先生》,写到了一个重要的细节,即:"你甚至曾决定结束自己的生命,/挽救你多亏小女儿依恋的眼睛!/能活着看到衰容白发的晚景,/原来是人间的喜事,值得庆幸!"屠岸在为《幻影》写的序言中说:"我感谢钧陶兄的这首赠诗。""一次我无意中向钧陶兄透露了事情的经过,不意他竟为此而写了这首使我铭诸肺腑的十四行。诗中'春蚕'和'蜡烛'两个喻象体现着老友对我的期望,我将把它们当作我人生道路上最后阶段冲刺的动力。"①可见,吴钧陶的寄友十四行诗能够得到友人的认同,完全是基于诗的真情实感。吴钧陶另有一类很有特色的诗,就是抒写现实政治题材的,如《英国女王访华》《日本天皇和皇后访华》《勃兰特下跪》《首脑会谈》《波斯湾战争》《哀戴安娜和特里莎》等。这些诗具有很强的政治色彩,如《勃兰特下跪》就是"为纪念世界反法西斯战争、我国抗日战争胜利五十周年而作":

> 勃兰特,这位德国总理下跪,
> 在华沙,面对犹太人殉难者纪念碑。
> 六百万死难者啊,希特勒血债累累!
> 日尔曼人有良心就会感到有罪。
>
> 可是我们东邻日本的国会,
> 对五十年前的滔天罪行不忏悔。
> 用"反省""谦虚地吸取教训"等鬼话,
> 对待我们三千五百万白骨和血泪!
>
> 教科书把侵略叫做"进出"中国,
> 好战者把烧杀掠夺叫做"自卫"!
> 日元在升值,日语在变得无人味!
> 警惕啊,有人想复燃"共荣圈"的死灰!
>
> 同胞们,只有自尊才赢得尊敬,
> 只有自强不息才能强大无畏!

这首诗写得略显直接,但所包含的中国知识分子的忧思值得我们尊敬,其中十四行中共有六行结末用了惊叹号,更是呼唤人们高度的警醒。我们庆幸中

---

① 屠岸:《吴钧陶诗歌视野——〈幻影〉序》,《幻影》,石家庄:河北教育出版社2001年版,第6页。

国十四行诗涉足这种具有现实性的政治题材。

吴钧陶认为:"'十四行诗'这种形式大可洋为中用,作为新诗的格律的一种。"(《剪影·后记》)十四行体规范必然给写诗的人带来一些限制,所以反对格律的人就称它为"镣铐",闻一多予以反驳,使用的是比喻是"戴着镣铐跳舞"。吴钧陶对此有自己的解释:"格律并不是镣铐,写诗用格律并不是带着镣铐跳舞。我觉得更恰当的比喻是按着音乐的节拍和节奏跳舞。它可以使舞姿优美。只要掌握得好,它就是一种工具,而不是一种束缚。"①诗人正是运用十四行体这种优美的诗体去抒写动物及其他题材的诗。吴钧陶对于十四行体的运用,王宝童先生在《吴钧陶的诗和译诗评析》中作过具体剖析。王宝童认为:"在国际文化交融中,一些诗人由不自觉到自觉移植异域诗体是很自然的事。但在移植时应该注意两点,一是要保持外来诗体的某些'原汁原味',例如骚昵体一般要由十四行组成,要有起承转合的发展脉络,要有舒张有致的节律和较为稳定的韵式等。二是要让这种新诗体适合译入国读者口味,这样它才能在新的文化土壤里扎根,才会有新的生命力。"②这种观点其实正是十四行体(王宝童称为"骚昵体")中国化的两个要点,即既要保持移植诗体的原本精神,又要适合本国读者的语言习惯。在作了这种精彩概括以后,王宝童认为吴钧陶的十四行诗创作体现了这种中国化的基本要求。他把吴钧陶的探索称为"吴体",并对"吴体"的要点作了如下分析:

第一,在节奏上,吴体顿(即音组)数的安排很整齐,每行均为五顿,每顿二至三字(三字顿不要多于二字顿,并且最好不在行末出现),四字顿可以偶用,以生变化,这样读起来非常优美流畅,自然贴切地表达了诗人的真实情感。

第二,在语言上,吴体坚持规范的现代汉语,避免生硬的欧化句法,每行意思基本独立,不搞断行排列(即把一行诗在中间断开,下半行另起后置,这种做法常见于英语诗剧),更不搞跨诗节流动,不使逗号和无标点(因要与后文意连)出现在诗节末尾,西诗常用的诗行内加括号的方法也基本不用。这样就使吴体非常适合汉语读者,读来自然流畅,并不觉得这种诗式是"舶来品"。

第三,在用韵上,吴体不用任何一种已经定型的西方十四行体韵式,而是以汉民族喜闻乐见的韵式为基础,着意铺排,结果使这种外来诗体形虽尚存,实已汉化了。在统计的四十四首十四行诗中,采用了三种韵式:AAAA 出现

---

① 吴钧陶:《剪影·后记》,《剪影》,广州:花城出版社1986年版,第108页。
② 王宝童:《吴钧陶的诗和译诗评析》,《幻影》,石家庄:河北教育出版社2001年版,第424—431页

了三十三次,占四行节总数的 25%；AABA 出现了二十四次,占 18%；ABCB 出现了四次,占 3%；三式合计占 46%。西方人喜爱的 ABAB 是十二次,ABBA 是六次,两式共占 13.5%。三种过渡韵式,ABBB 是十六次,AAAB 是五次,ABAA 是六次,共二十七次,占 20.5%,如果这部分也算作受一韵到底趋势影响形成的韵式,则有明显东方特色的韵式比例就上升到 66.5%。这是吴钧陶的自觉追求,他说:"在押韵方面,我觉得外国诗的抱韵、交韵方式,如果照搬在创作里,似与我国欣赏习惯不合,不能起到预期的效果。因而我试用了'一韵到底的十四行诗'。在其他几首里,如果难以一韵到底,则采用四行一换韵等尽量合乎我国习惯的押韵方法。十四行诗发祥于意大利,传到英国便产生了变种。我想我们把它国产化也是可行的,而且是必要的。"①

在具体剖析后,王宝童这样归纳吴钧陶十四行体诗(他音译为"搔昵体"诗):

> 吴钧陶先生在长期的创作实践中,已经形成了一种新的骚昵体诗式,这种诗式的特点是:以五顿诗行为主,每顿二至三字;每首诗按四、四、四、二结构安排;使用规范的现代汉语,避免跨行、跨诗节、断行、加括号等西式章法;用汉语读者喜闻乐见的韵式。这种新的诗体虽源于西方,却植根于中国文化,有着明显的中国特色。它独立于意体、英体之外,是中国诗人创造的一种属于自己的骚昵体式。既然如此,我们仿照"莎士比亚体"或"斯宾塞体"的命名法,把这种新的骚昵体诗式称之为"吴钧陶体"或"钧陶式",是否合理呢?②

这种概括是符合吴钧陶探索十四行体中国化所获成果的。其中尤为重要的是韵式探索。屠岸也认为吴钧陶的十四行变体特征是用韵的探索:

> 在韵式安排上他既不采用英国式也不采用意大利式,而是用他自己喜欢的韵式。他最常用的韵式是一韵到底的 aaaa aaaa aaaa aa,有时略加变化,如变为 aaxa aaxa xaxa aa(x 为不押韵),这就包含了我国旧体诗中绝句或律诗的韵式成分。这种一韵到底的韵式是他的十四行诗的一个特色。他的叶韵字有时采用"邻韵",比如:[an]和[ang]用作一韵,[ai]和[ei]用作一韵,以及[o]和[u]用作一韵等,这是在均齐中略含参

---

① 吴钧陶:《外国诗影响浅谈》,《幻影》,石家庄:河北教育出版社 2001 年版,第 368 页。
② 王宝童:《吴钧陶的诗和译诗评析》,《幻影》,石家庄:河北教育出版社 2001 年版,第 424—431 页。

差,也是一种美。①

这种用韵方式是吴钧陶探索十四行体中国化的重要方面。荷兰汉学家汉乐逸对于汉语十四行诗有着精深独到的研究,《中国十四行诗:一种形式的意义》一书中提到了汉语十四行诗的韵式探索问题。如他举出屠岸翻译的莎士比亚十四行诗第三十二首,其诗行行末的汉语拼音是:si,kang,shi,hang; jiao,pin,qiao,ming;xiang,zhan,zhang,qian;lai,ai。若使用十三韵辙作为押韵的标准,那么这译诗的韵式就是:ABAB CDCD BEBE FF,也就是说,其中"B"不仅出现在第一乐段中,也出现在第三乐段中,构成某个韵在十四行间的重复。汉乐逸认为汉语十四行诗中还出现"ABAB ACAC DADA EE""#A#A #B#B CACA AA""ABAB ACAC DBDB BB"等韵式,其共同特点就是一首诗中某个韵连续在不同的诗段中出现,这是不符合西方十四行体韵式规定的,但却是中国诗人的一种有意识的自觉探索。汉乐逸在给笔者的信中将这种探索称为"行谐音"营建的"韵律倍增"现象,认为冯至等人已经作了有效探索。他说:"如果把十三辙作为标准,我们很快就可以发现在中国十四行诗中同一种韵律在一首诗中出现两次以上(通过违反传统达到适用的韵律体系)是不少见的。我的观点是,对于这种我称之为韵律倍增的现象,它并不是由于中文相对缺少不同的音韵而造成的可悲的缺点,而是可以成为中国诗人手中一种新的强有力的工具。对其发生的频率,汉语中的不同韵律和英语中的近韵律(谐音)有同样的重量,其应用也是非常微妙的。"其审美原理就在于:"从广义程度上讲,对于有相同韵律类型的行是有可能通过一种模型的有意义的方式相互作用的。在这一点上更深层次的讨论显得有点抽象,当我们查看冯至的十四行诗时,这种观念的正确性就自然而然地体现出来了,从一开始思想中就有这些观念——押韵,韵律倍增,行谐音,其重复旋律合成和相互作用的可能性——是非常有用的。"②汉乐逸所分析的"行谐音"和"韵律倍增"现象探索,其实早就存在于我国十四行诗创作中,冯至的诗就存在行谐音现象,吴钧陶也进行了大量探索,其基本精神就是使得汉语十四行诗在韵式方面更多地同传统诗词靠近,以便更好地创作出具有中国特色的十四行诗。如吴钧陶的《大象》,全诗十四行末字的音是:王(ang)、冠(uan)、平(ing)、段(uan)、管(uan)、样(ang)、莽(ang)、喊(an)、量(iang)、仰(ang)、详(iang)、长(ang)、芒(ang)、难(an),按照十三韵辙其韵式就是 ABCB BAAB

---

① 屠岸:《吴钧陶诗歌的视野——〈幻影〉序》,《幻影》,石家庄:河北教育出版社2001年版,第5页。
② 汉乐逸在给笔者的信中具体说明了"行谐音"和"韵律倍增"现象的审美意义。

AAAA AB，在这韵式中"B"在第一段、第二段和第四段中同时出现，成为贯穿全诗的"行谐音"，读来自有其独特的音律美。再如吴钧陶的《骆驼》，全诗十四行末字的音是：印（in）、铃（ing）、陵（ing）、影（ing）、睛（ing）、引（in）、纹（en）、征（eng）、明（ing）、音（in）、醒（ing）、锦（in）、林（in）、隐（ing），按照十三韵辙其韵式就是：ABBB BAAB BABA AA，其中"B"音出现在第一、二、三段中，而且三段的押韵方式各不相同，而"A"音则出现在四个段落之中，其押韵方式也各不相同，这也就构成了双套的"行谐音"，两套谐音在诗中交互进展，形成旋律式的音律效果。尤其是《骆驼》的"A"音（in/en）和"B"音（ing）在中国古典诗词中是通押的，在新诗中也有通押诗例，如艾青《克里姆林宫》，这是因为两音在口语朗读中较为接近，分别仅为前后鼻音。吴钧陶采用了这两个音的交互，全诗行行押韵，而且押传统的通押韵，这就在双重意义上发挥了行谐音倍增音律的效果，对此探索我们应该加以肯定，因为它是十四行体韵式中国化的重要成果。

三　钱春绮的十四行诗

　　钱春绮是著名的翻译家，其新诗创作据吴钧陶整理有：《抒情诗集》《叙事诗集》《七省浪游放歌》（长诗）、《还乡之歌》（长诗）、《十四行诗集》等，多为未刊稿。钱春绮的十四行诗创作和翻译是相得益彰的，他翻译出版了波特莱尔《恶之花》中的十四行诗，翻译了里尔克《哀歌与十四行诗》等作品，他说创作汉语十四行诗是为了译好西方十四行诗，以便掌握诸多变体和押韵方式。他在《十四行诗》序言中说："我写十四行诗主要是学习波特莱尔和里尔克的十四行诗形式，特点是每行的字数相同，步数也相同，做到形式整齐的建筑美，至于押韵则各不相同，保持一定的自由。"[①]这既是其译作也是其创作的诗体追求。冯至在病榻撰文《肃然起敬》，表达了对钱春绮致力于德语文学翻译和模仿创作的崇敬之心。

　　据钱春绮说，虽然六十年间创作了大量的十四行诗，但是发表很少，直到2009年才出版了第一本诗集《十四行诗》（上海文艺出版社）。诗集中的作品最早写作时间当在1952年（五首），接着是70年代前期（有数十首），再就是80年代以后的作品了。从这一写作时间表可见，诗人创作十四行诗的时间较早，尤其是不少作品是写于80年代以前十四行诗运交华盖之时，因此更加

[①]　钱春绮：《序言》，《十四行诗》，上海：上海文艺出版社2009年版，第2页。

值得我们重视。从诗的题材看,《十四行诗》分为两辑,诗人自己说:"一是旅游的十四行诗,是我在国内各地旅游和办事的见闻和观察,也有我在美国各地游览的记录,其中有少数十四行诗曾在国内和海外报刊上发表过。第二辑为杂咏十四行。"①杂咏辑包括一组动物诗、一组悼亡诗、一组抒怀诗、一组致人诗和一组纪事诗,可见钱春绮的十四行诗题材是相当广泛的,凡是在他生活中相遇或相思的人事都成为他创作的题材。

阅读钱春绮的十四行诗,有两个时间需要重视。一是 1952 年,他创作了多首十四行诗,当时他因故辞职成为自由职业者,开始了翻译之旅,到 1956 年出版了首部译作——席勒的《威廉·退尔》。二是 70 年代初,他有大量的十四行诗创作,这时号称拥有"万卷藏书"的家被抄没殆尽,劫难中的钱春绮处在万念俱灰之中,在 1974 年 10 月背上简单行囊独自"云游"七省。吴钧陶感慨地说:"路漫漫其修远兮,从 1952 年辞职,到后来成为蜚声中外的译诗名家,半个世纪的时间里要经过多少艰苦,多少坎坷,多少劳其筋骨,饿其体肤,多少跌打损伤啊!"②这种特殊的经历必然会反映在钱春绮的十四行诗中。我们看到两种情形:一种情形是诗人直抒胸臆,促使自己振奋起来。如《信念》中诗人说"纵然须发苍苍,绝不甘心服老":"我也从不放弃我怀抱的信念,/相信总有一日还会再上战场,/为我国家社会献出我的力量。""我生存的社会既然必当发展,/将来怎会没有我的用武之地?/谁能永远遏制有为者的意志。"在另一首题为《时间》的诗中,诗人这样抒唱:

    我像一个极富裕的百万富翁,
    我宝贵的时间就是我的财产,
    像守财奴一样,一点也不放松,
    我牢牢地掌握我宝贵的时间。

    我很珍爱我的这份私有财产,
    我绝不愿把它割让或者奉送,
    像个吝啬小鬼,像个犹太老汉,
    我的财产绝不允许别人享用。

    你们尽管搜查,你们尽管抄家,
    你们尽管搬走我的一切动产,

---

① 钱春绮:《序言》,《十四行诗》,上海:上海文艺出版社 2009 年版,第 2 页。
② 吴钧陶:《从〈中耳炎〉到〈恶之花〉——记译友钱春绮》,载《传记文学》2009 年第 8 期。

可是你们奈何不了我的时间,

总得要把这笔财产给我留下,
让我自己支配,让我自己利用,
你们无法没收,你们无法充公。

诗虽然写得不够蕴藉含蓄,但却是诗人真实的自白,表现了特定岁月中的特定思绪,留下了那段岁月中一代知识分子的处境和心态。这些诗大多保留在"杂咏"一辑之中。另一情形就是含而不露地寄情山水,力求超越现实进入平静。如在写于1974年的《大雁塔》中,诗人尽情地歌颂大雁塔,结末几行是:"啊,大雁塔,你是古城的标志,/你经历过许多历史的大事,/你在风风雨雨中饱经沧桑,//可是却没有使你蒙受创伤。/你怎么能锻炼得这样坚劲,永葆住你的青春,万古长青?"这里融入了诗人自己的经历和感慨,但却是隐含的而不是张扬的,是客观化的而不是主观性的。如写于1973年的《陶潜》:

诗人不习惯官场中的逢迎,
岂能为五斗米而低头折腰,
他于是毅然掼掉他的纱帽,
情愿归耕做一个布衣平民。

因为诗人有渴慕自由的心,
他不情愿为统治阶级效劳,
也不稀罕尘世的富贵荣耀,
他颇重视人的尊严和个性。

他是无冕之王,在诗国之中
有他广阔的天地,他在那里
抚弄着他的破琴,悠然吟咏。

几丛秋菊,一棵高傲的孤松,
经他点化,都成为绝妙好词,
像米达斯把一切点成黄金。

这里突出了陶潜追求自由、不事权贵、融化自然、精神高洁的形象。诗的每行都是抒唱陶公高洁,也可以说每行都是抒发自身块垒,诗人主体与抒唱对象是合二为一的。这是读钱春绮十四行诗时需要把握的。

一般来说,诗人并不直接抒情说理,但在诗中可读出诗人情感。当然,钱春绮也有十四行诗正面抒写"文革"期间人权甚至人的生命横遭最粗暴的践踏,如"杂咏十四行诗"辑中就有《悼沛生》(五首)、《悼罗医生》《悼汝乾》等诗,这些诗极其难得地为我们保留了那一年代不堪回首的历史真实。如《悼汝乾》这样写道:

> 你像落叶般坠落入尘土,
> 悄悄结束了人生的痛苦。
> 我恍惚看到丈夫的一怒,
> 因为士可杀而不可受辱。
>
> 就像史册上无数的圣徒,
> 绝不肯低头向强权屈服,
> 你也不吝惜七尺的身躯,
> 以一死进行无言的控诉。
>
> 你留下两个弱小的孤女,
> 你怎么忍心离她们而去,
> 让她们一朝失去了慈父?
>
> 最可悲,你那未亡的孀妇,
> 她甚至不敢收你的遗骨,
> 不敢抚遗尸而流泪痛哭。

这首诗催人泪下,我们不知道"汝乾"是谁,但这正隐喻了数以万计的"非正常死亡"的"文革"受害者。在十年动乱中,这种"可杀而不可辱"的知识分子惨遭迫害、凌辱甚至死亡,是历史性的悲剧,是绝对不应该忘记的,是应该永远被留存在历史档案中的。令人欣喜的是,钱春绮创作了数量较多的真实记录"文革"悲剧的十四行诗,并留存至今。他要我们记住:"一千九百六十年以降/我们依旧有许多人子/在十字架上忍受磔刑//我们依旧有许多母亲/含泪痛哭受难的儿子/像那位痛苦圣母一样。"(《痛苦圣母》)这是祖国的悲剧,人民的悲剧,历史的悲剧。在我国诗坛,确实还没哪位诗人像钱春绮这样写过大量深刻的厚重历史感的十四行诗,这是钱春绮十四行诗的重要价值所在。

钱春绮十四行诗中最多的就是"旅游诗",即他自己所称的"旅游十四行诗",这是一种特殊题材的诗,旅游诗既要具有纪游的特点,同时也必须具有旅行的特点,一切自然景观和人文胜迹形之于文必须是基于诗人自己在既旅且游中的所见所闻所感,而不是一般的写景诗。钱春绮的旅游诗有些写得很美,如《早晨的西湖》两节:

> 西子醒来了,她对着朝阳,
> 有点懒洋洋,不想着梳妆。
> 淡淡的雾气笼罩住群山,
> 仿佛是她的蓬乱的云鬟。
>
> 保俶塔像是一支画眉笔,
> 可是她无意描她的柳叶。
> 啊,难道今天她又要捧心?
> 是厌倦千年无尽的逢迎?

历来人们都是一般性地赞美西湖之美,而诗人着重写了自己所见早晨西湖的特定感受,具有抒情写景的独特性。尤其是把淡淡的雾气想象成西子蓬乱的云鬟,把保俶塔想象为一支画眉笔,正好与西子早晨梳妆打扮联系起来,可谓神来之笔。诗中的西子形象也是个性化的,诗人使用了"懒洋洋""捧心"等去形容她,最后一行则是"谁了解西子内心的痛苦"。独特感受、独特形象和独特想象使钱春绮的旅游诗具有独特的审美价值。

在钱春绮的旅游诗中,我们特别感兴趣的是他的城市诗。因为过去的旅游诗大多吟咏山岳寺庙、江河湖海、名人遗迹、亭台楼阁等,而他的《南京》则是旅游城市诗:

> 每次到南京,看一片繁盛,
> 马路上熙熙攘攘的行人,
> 我总要想起屠城的惨案,
> 一个惊人的数字:三十万!
>
> 走过热闹的鼓楼市中心,

　　　　似乎还听到冤魂的呻吟；
　　　　走过秦淮河上的文德桥，
　　　　总想起地狱里的奈何桥。

　　　　我穿街走巷，在我的眼前，
　　　　恍惚还看到狰狞的兽兵
　　　　疯狂地残杀无辜的市民。

　　　　三十万！多么惊人的数字！
　　　　每次到南京，我总要想起
　　　　一九三七年屠城的惨案。

　　开门见山地点明诗题。接着写"熙熙攘攘"的"繁盛"景象，但只是点到为止，然后笔头一转把读者带回到五十多年前日本侵略者所制造的震惊世界的南京大屠杀中去。全诗的构架是诗人的游踪，沿着马路，走过秦淮河上的文德桥，再穿街过巷，几乎游遍南京的胜景佳处。每到一处，诗人都用电影"闪回"的蒙太奇剪辑手法，复映出南京大屠杀的惨景。诗人的联想是丰富的，如从秦淮河上的文德桥联想到地狱里的奈何桥，为被害的无辜市民控诉。这就把叙事、写景、抒情结合起来，达到了审美性与社会性的统一。这充分说明，题材不怕重复，贵在有新的发现，善于从新的视角来表现，就能有新意，因而也能获得成功。《南京》具有立此存照的意义，原诗结末一行是"三十万市民被杀的惨况"，出版时改成了"一九三七年屠城的惨案"，具体记下了大屠杀的时间，这是富有深意的。钱春绮的旅游诗也有抒发思古之幽情的，但更多的则是触及现实生活的。如《栖霞山》写到"山门之前开了一座机器厂，/高高的烟囱冒出一股浓烟"；《圆明园遗址》写到"名园被英法联军纵火焚毁，/就在一八六〇年，咸丰十年"；《望江楼公园》写到"这就是古人诗中常常提到的锦江？/如今污染了，再也见不到濯锦女郎"。1983年写《长城》，当诗人站在长城远眺群山时，忽然想到一枚油画明信片，就是日军"站在长城上，耀武扬威多得意"，然后诗人说："捆缚过你的锁链早碎了，如今，/你早已获得自由，一身很轻松，/你想不想也腾飞一下，啊，卧龙？"这诗表达了诗人希望祖国腾飞的愿景，也有着自我奋起的精神寄托。

　　钱春绮有着自觉的形式追求，十四行诗基本采用意体。他的自述是："我写十四行诗主要是学习波特莱尔和里尔克的十四行诗形式，特点是每行的字数相同，步数也相同，做到形式整齐，至于押韵则各不相同，保持一定的

自由。"①诗人在给笔者的信中说:

> 我写的十四行诗,除了传统的五步格,也用四步格,但同时又计算字数,即每行有12个字或10个字,字数相等,步数相等。不过有时用法国式的十二音节句(亚历山大体),则也有不计其音步者,如《小雁塔》第一行:
>
> 瘦瘦的小雁塔,跟大雁塔两样。
>
> 这一行用12个字,但步数不是六步,跟该诗中的其他诗行显得不统一,不知者认为步数有参差,实则为法国式的诗句。
>
> 《文丞相祠》虽也用12个字,但为五步格,这就不是法国式的亚历山大体诗句:
>
> 一代英雄只剩下冷落的荒祠　(五步)
>
> 只剩下残碑倒卧在枣榆树旁　(五步)
>
> 我也把每步限定2个字至3个字。这样做是照顾到汉语特点,若每步全用2个字,有时读起来显得生硬,所以一般用2个字与3个字相间。

这就是钱春绮十四行诗的主要规则。这里重要的是建行特色,具体说是整首诗中每行音数同一(或十音或十二音,其实还有八音的,如《悼沛生》组诗五首全用每行八音)、音组数(即顿数)同一(一般是四个或五个,当然除了使用亚历山大式诗行外)、音组内的字数同一(即双音组与三音组的相间)。这是一个三重限制的规则,无疑是来自西方传统的意体十二音和英体十音格律。在我国十四行诗发展史上,梁宗岱既限诗行音组数又限诗行音数,但并不限音组内部音数,钱春绮作这种尝试虽然同移植西方诗律帮助自己译诗有关,但更重要的是在探索新诗的格律节奏。从闻　多开始,朱湘、孙大雨、卞之琳、罗念生、曹葆华、柳无忌、穆旦、屠岸、钱春绮、周煦良等诗坛、译坛两栖人物,都有意识地把对外国格律形式的把握与中国现代格律诗的建设结合起来。他们的探索是有意义的。

四　张秋红的十四行诗

张秋红长期从事翻译工作,在从事翻译的同时从事诗歌创作。1994年

---

① 钱春绮:《〈十四行诗〉序言》,上海:上海文艺出版社2009年版,第2页。

出版诗文集《幽兰》(学林出版社)共六辑,其中第二辑包括二百二十二首十四行诗,第四、五辑包括近六十首十四行诗。继而的创作编成《独白》,包括四百多首十四行诗。张秋红是新时期汉语十四行诗创作成果较为丰硕的诗人之一。

《幽兰》第二辑二百二十二首十四行诗有着完整结构,可以视为一个规模宏大的组诗,总题名为"幽兰"。这辑的第一首是"序曲",末一首是"尾声",前后呼应。"序曲"前三段十二行并列了六组"既然"句,如第一段的两个"既然":"既然丑小鸭又从扬子江畔/向缪斯的圣殿发出了叫声;/既然牙牙学语的琴弦/竟冒昧地闯入骚人的大门"。末一段的两行是:

　　那就请容忍青春早逝的生手
　　向你试一试幼稚的歌喉。

"尾声"前三段十二行并列了六组"假如"句,如第一段的两个"假如":"假如我芦笛的一支支小曲/不过害得你慨叹我的平庸;/假如我这纷至沓来的思绪/并没有引起你温馨的梦"。末一段的两行则是:

　　我决不请求你的宽恕,
　　因为你的宽恕只会使我痛苦。

在序曲与尾声间总计二十二题:祖国、十月、故园、大地、大海、历史、命运、诗神、怀念、追忆、天使、独白、心声、沉思、寄语、黎明、初春、月夜、奔马、老牛、幽兰、清莲。每题下都是既有独立性又有勾连性的十首十四行诗。如"祖国"一题,前三首抒写身处异国对祖国的怀念,接着三首抒写祖国对自身的召唤,再接着的三首抒写自己急迫地奔向祖国的心情,末首抒写自己同祖国的关系。每一题的组诗其实都是诗人一段生活和思绪的展开,如"怀念"一题则是对过早去世的母亲的深深怀念,"一株从你坟上采来的野草/伴着我在人生的大海上颠簸;/这发黄的形容虽然早已枯槁,/却始终温暖着我的心窝"。组诗由此回忆母亲,开始了思想的行进历程。这组诗写得情真意切,连续的十首构成一个连贯的组诗,体现了绵绵不绝的思绪起伏。这辑十四行诗内容是相当广泛的,从"尾声"中所抒唱的诗句中,我们大致可以领略到主要的内容:"纷至沓来的思绪""心头滚过的惊雷""眼里落下的热泪"。这是诗人生活和思绪的一种外现,是诗人对现实感受的一种反映。

　　第四、五辑的十四行诗,题材更加广泛。第四辑更多地偏向自然物感的抒唱,如《路》《帆》《红叶》《岩石》《树》《劲松》《燕》《嫦娥》《菊》《雾》等;第五辑主要是偏向人类心理的抒唱,如《悔恨》《回忆》《心跳》《发现》《抉择》《苏醒》《觉悟》《祈祷》《矛盾》等。这两辑诗写得较为自由开放,可以用自由独白来进行概括。如《风筝》:

　　转眼间,你从平地直上青云,
　　只见你得意洋洋,手舞足蹈;
　　多少人忌妒你的飞腾,
　　多少人羡慕你的逍遥!

　　越高高在上,你就越迷恋
　　来自尘寰的赞美与欢呼;
　　你飘飘然,终于不再露面,
　　连你的伙伴,你也不屑一顾。

　　忽然游丝一断,惊破你的梦;
　　满耳幸灾乐祸的私语,
　　伴着原先吹你捧你的风
　　将你从天堂打入地狱。

　　你本身没有丝毫力量,
　　就怪不得人间将你遗忘。

这里的抒唱始终紧扣风筝的特性,然后展开丰富想象,字里行间我们又明显地感到这其中的思索是深刻的,它已经由对物的抒唱自然地过渡到对人的思索,而且这种思索联系现实生活,让人感到其中包含着相当的真实和丰富的内涵,是诗人对现实生活的一种反思和警示。

　　据张秋红自述,他的十四行诗虽然是心灵的独白,敞开着自由开放的胸怀,呈现着充分的精神自由和思想自由,但却大抵都可以用"正能量"来概括,诗人有意回避卿卿我我的私情,尽量不去抒发让人生厌的杂念,注意不去引导人们生活的抱怨。这不仅在宏观话题的第二辑中体现,而且在更加个人化的第四、五辑中体现。如第二辑中的"大地"一题,主要是赞颂安泰大地,即赞颂普通民众和民族英雄。其中第七至十首写现实中人们忘了温馨的人际关系,忘了人间的信任关爱,如第八首:

也许在胶东半岛的山洞里
　　曾用乳汁给伤员解渴的农妇
　　做梦也想不到他救活的勇士
　　在胜利的喜悦后被诬为叛徒；

　　也许在浏阳河的碧波间
　　曾用小船掩护过红军的渔民
　　依然盼着他欲穿的望眼
　　所期待的亲人那高大的身影；

　　也许在飞砂走石的戈壁滩
　　曾冒险给子弟兵带路的牧人
　　仍在念叨那位把仅有的银元
　　偷偷塞在他衣袋里的将军……

　　啊，经历了一场惨祸的大地，
　　但愿我从此根绝悲凉的叹息！

这是具有现实性内容的抒唱，这里的抒唱没有离开"大地"，没有离开形象，诗人在这诗中抒发的思想感情具有强烈的时代性，但这种时代性的获得不是通过抽象的说理，而是经过自己思索体验以后的感受，它给予人们深刻的启示和不尽的思索。欧洲早期十四行诗在内容上多写爱情，但后来发展到写政治、社会、人生、宇宙，不少诗具有强烈的现实性，张秋红的诗更多地倾向现实性。我们借用马克·帕蒂森评弥尔顿十四行诗的话来说：

　　弥尔顿十四行诗之所以生动有力，主要是由于他描述对象的真实性格，不论人物或事件都各具特色。各个人物、东西和事件在弥尔顿生活史上都很重要，他都为之激动不已，有时在灵魂深处，有时则感情外露，但总是真情实意受到感动的。他发觉十四行诗被束缚在单一的主题上了，而且多半是矫揉造作的一时激情。他就将它解放出来，并且如兰多尔所说，使这种"曲调大放光芒"。凡是在诗中强烈地感受到的东西，都是直截了当、质朴无华地表达出来。……弥尔顿的十四行诗却在英语里第一次以无韵诗的简练质朴来表达它的主旨。以前写英语十四行诗的作家似乎认为形式的错综复杂必须相应的配以同样意义的细致刻画。

> 弥尔顿在最初试了一下写第一首十四行诗之后就抛开了前一时代所盛行的模式。①

我们引述这段论述,不是要简单地把张秋红的诗同弥尔顿的诗相提并论,而是想说明张秋红的十四行诗写得富有现实性,突出个人的感受性,又以质朴简练直截的方式出之,这同样应该是我国十四行诗发展倡导的一种风格。当然,这种风格的追求确实常常会带来直白浅显的毛病,是需要诗人在创作中不断地去探索、去予以解决的。

张秋红的十四行诗在诗体方面的另一重要特点,就是大量采用了宽式对称和复沓方式,这在之前举例时已有涉及,如第二辑的"序曲"和"尾声"的两组同样句式,如"大地"题下的第八首,就连续地采用"也许"的方式结构诗行。十四行体构思应该是一个连贯向前发展的过程,是一个曲折推进的过程,多用同样句式的对称或复沓,容易造成回环结构,如果把这种复沓或对称扩大到第三段落,往往就会影响到诗情诗思的"转",从而影响诗的深度和情趣。在这一意义上说,张秋红部分诗在构思上并不符合十四行体的原本精神,但对称或复沓确实有助于诗的回环旋律化,而且这种结构方式同中国传统诗歌的对偶、排比等手法相应,所以张秋红的探索也是应予鼓励的。这里的关键是准确把握好"度",对称或复沓在十四行诗中需要防止的是过度使用,若张秋红的《独白》诗句式重复过多,就失却了十四行体应有的规范。因为过度的排比使诗情诗思始终停留在同一平面,无法沿着弧线向前发展,无法实现诗的构思起承转合,这是创作十四行诗时应该避免的。

张秋红的十四行诗大多采用英体,即四四四二分段结构和前三段交韵后两行随韵。在建行方面,《幽兰》期的创作是诗行大体整齐。这里的"大体整齐",主要是指整首诗中的诗行长短控制在上下两音左右,也就是说各行的音数并不一致,音组数也不一致。到了《独白》期,诗人总结了自己的创作经验,觉得这种建行方式格律不够严谨,所以全部采用诗行等音建行,即整首诗中各行音数完全一致,各行的音组数量并不要求一致。如《独白》的一首:

> 你比谁都清楚:那狂徒的欺负,
> 衣冠禽兽下毒手的狰狞面目,
> 卑鄙小人落井下石时的冷酷,
> 都把烙印打入你的灵魂深处。

---

① 见《弥尔顿十四行诗集》序,金发荣译,〔美〕A. W. 维里蒂注,北京:人民文学出版社1989年版。

> 没有拿乳汁给你解渴的农妇,
> 没有半夜里喂你吃药的村姑,
> 没有冒险救护你的野老田夫,
> 你不会甘愿让热血浸透故土。
>
> 多亏经历了艰难曲折的征途,
> 你才有根深叶茂的生活之树。
> 一追述真善美,你就泪眼模糊;
> 一控诉假丑恶,你就大声疾呼。
>
> 正是这交融着爱与恨的熔炉
> 炼成你精神宝库的无数明珠。

这诗每行十二音,多数诗行五个音组,但也有六个音组的。这种建行方式就是20世纪30年代朱湘所采用的行顿节奏,我们不能简单地把它断为"计音主义"而加以否定。其实,西方的亚历山大体就是十二音建行,音步数量允许参差。对于这种诗行的格律考察,我们不能简单地对它作音步的分析,而应该站在诗行的角度去考虑其节奏模式。在格律诗中,埃米尔·施塔格尔在《诗学基本概念》中提出:"抒情诗的诗行本身的价值在于诗语的意义及其音乐的'一'。"①诗行既是诗的韵律节奏的重要单位,又是诗的整个韵律的节奏节点,是诗歌各个层次上能够经常形成平行结构的基本条件和诗歌的形式标志。就韵律节奏表达来说,行内音组的整齐排列固然重要,但更为重要的是诗行时间段落的排列。张秋红在十四行诗中,统一诗行长度(音数),各行内部的音组数量大致相等,而且尽量少用移行跨节等句子结构,在朗读中还是会有较好的整齐的节奏效果的。对此探索,张秋红的看法就是这样写来较为自由,如果在此基础上再要加上诗行完全相等的音组数量,就会感到更多限制后的不够自由。我们认为,朱湘、张秋红的建行方式同样是十四行体中国化探索的重要成果。

---

① 〔瑞士〕埃米尔·施塔格尔:《诗学基本概念》,胡其鼎译,北京:中国社会科学出版社1999年版,第5页。

五 罗洛的十四行诗

罗洛是著名的诗人、翻译家,在他逝世以后,上海社会社学院出版社出版了《罗洛文集》四卷共三百万字。罗洛最早的诗写于读高中时的1943年,诗题是《青城记游》,发表在内刊《彼方》上,第一本诗集于1948年编成,但在社会的动乱中丢失。1953年出版诗集《春天来了》,后受胡风事件株连离开上海到青海从事科学文献研究。1980年平反恢复名誉,创作进入成熟时期,先后出版诗集《雨后》《阳光与雾》《海之歌》等。罗洛在80年代后创作了大量的十四行诗,格律相当严谨,题材相当广泛。

罗洛早年投身于进步的学生运动和革命文艺运动,所以诗作有着强烈的时代使命感。他的诗经常通过个人的感受,宏观地表现一种时代精神;微观地传导特定时代个人的人生经验及审美感受。如《七一之歌》包括十二首十四行诗,满怀深情讴歌中国共产党千回百折、走向胜利的历程,讴歌党的优秀儿女的崇高献身精神,格调高昂,成为中国十四行诗抒写政治题材的典型之作。1990年10月1日,罗洛在《文汇报》发表了《十月之歌》,包括三首英体十四行的组诗,同样写得激情昂扬。这是我国的十四行体政治抒情诗,语言明白晓畅,文字通俗,是对祖国建设成就的歌颂,是对未来生活希望的呼唤。政治抒情诗要靠"听觉形象"传达思想、感情、意象、意境,所以充分调动听觉的审美要素就更为重要。而听觉要素重要者是韵律,"诗用了音韵而显示了其特殊的激动力和朗诵性,是不可否认的事实"①。《十月之歌》的探索成果是:基本采用同说话语调一致的双音结构音组煞尾;采用长行抒发充沛的诗人激情;采用净化的散文式文句;尤其是采用了等量音组排列的基本等长的诗行,形成一种富有整齐节奏的抒情调子。这种具有鲜明政治色彩的十四行诗,罗洛还写有《写给宝钢的十四行诗(六首)》,是对建设中的宝钢的礼赞。我们来读其中的第一首:

> 我来到一个美丽神奇的地方
> 浦江和长江在这儿手拉着手
> 奔向东海奔向大洋再往前走
> 乘着开放之风去把世界探访

---

① 高兰:《诗的朗诵和朗诵的诗》,载《时与潮文艺》第4卷第6期,1945年2月。

>　　历史记载着这儿曾是古战场
>　　宋代的演武厅明代的烽火台
>　　多少精兵折戟沉沙吴淞城外
>　　而今只有浩渺烟波供人遐想
>
>　　而今出现了一座宏伟的钢城
>　　宝钢！一个多么响亮的名字
>　　人们把它叫作当代天之骄子
>　　钢铁群星中一颗最亮的新星
>
>　　它凝聚几代钢铁儿女的汗水
>　　改革之浪激起的勇敢和智慧

这诗具有历史纵深感和时代现实感，诗人完全被宝钢的崛起感动了，诗情自然地倾吐而出，每行都是诗人对钢城的由衷赞美，而这种赞美又能突破现实而进入历史、进入精神，从而体现了政治抒情诗的抒情性。组诗六首从不同角度抒写宝钢，第一首则写整体印象，尤其显出不凡气势。罗洛认为，诗只有是时代的，才会是不朽的。强烈的时代意识，使罗洛的十四行诗闪烁着时代的光芒。当然，罗洛的这些政治抒情诗采用情理结构，有时也会像多数朗诵诗那样显出抽象的说理，这就提出了如何用十四行体抒写强烈时代感的政治题材的问题。

除了政治抒情诗以外，我们还读到罗洛不少纪游诗，如《泰国诗笺》（二首）、《韩国纪行》（七首）、《苏联行》（四首）、《写给黄山的十四行诗》（五首）、《黄山之旅》（五首）等。这些诗就呈现着诗人另一番创作风格，特别富有沉思特点，如《写给黄山的十四行诗》之三：

>　　最难回答的问题，有时也常常
>　　最容易回答：真实总是明白如话
>　　为何黄山松总是在岩石上生长——
>　　严厉的生境锤炼出坚强挺拔
>
>　　你每一粒种子都经历过生死搏斗
>　　孱弱者未曾出土就化作尘泥
>　　破土而出的幼苗，还得经受

几多冷雪寒霜，几多风风雨雨

参天的巨树有时也会遭受雷殛
天道无常，谁知蕴藏有什么样的
危机，有的枝干失去生命的绿色
化作玄铁，塑像般在岩石上挺立

我向每一株亭亭如盖的古松致敬
愿年轻的松在风雨中蔚然成林

这诗写得针脚密集，诗人的思绪层层拓开，诗篇结构呈现着起承转合的进展，末两行表示向古松的致敬和对新松的祝愿。诗的开端提出问题："严厉的生境锤炼出坚强挺拔"，这是起，然后就紧扣问题在第二段写松树的坚强发芽、生长，到第三段就转写意外的考验，正是在危机中松树显出了自身的独特性格。诗中没有像《七一之歌》那样容纳着充沛激情，而是更多地渗透着诗人沉思。罗洛的诗坚持现实主义方向，但又展开想象的翅膀飞翔，开放着现代派的象征意象和诗语变形的花朵，只是这些花朵都是扎实地生长在生活土壤之中。

其实，罗洛有些咏物写景十四行诗更有特色，如《秋晨》《四月的田野》《秋雨黄昏》等。这里看发表在《星星》杂志的《秋晨》：

晨雾使远山成了一抹淡淡的水墨
而近处的山坡仿佛还滞留在梦里
马尾松刚劲的枝条像木刻的笔触
年轻的枫树婀娜有如舞蹈的少女

看惯了都市里枝叶茂密的梧桐
面对广阔的田野像鸟一般轻松
浅坡上满是茶树，那朴实的灌丛
好一片碧绿，沐洗着秋雨秋风

这秋之晨仿佛还缺少一点儿色彩
从村路上走来一个穿红衣的女孩
驱赶着一群像雪一样素洁的白鹅

　　　　扇动的翅膀使晨景变得生动活泼

　　　在这像童话一样迷人的盈盈绿野
　　　看见吗,晨风中扇动着燃烧的雪

这首诗写得很美,诗情进展脉络清晰。同他的政治抒情诗严肃崇高的风格不同,《秋晨》呈现着灵动活泼的情趣,描绘秋晨中的景色细腻优美,体现了十四行体"形式的错综复杂必须相应的配以同样意义的细致刻画"的写作精神,前八行描绘秋晨之景连绵不断,一贯而下,意象接踵而来,使人应接不暇,到第三段话锋陡转,提出这秋晨"缺少一点儿色彩"的问题,接着就在画面中出现了一个红衣少女的形象,真可谓充分渲染后的点化。而且诗人更是别出心裁地让女孩"驱赶着一群像雪一样素洁的白鹅",整个画面产生了对比后的动感,显得"生动活泼",诗人想象这是"像童话一样迷人的盈盈绿野",想象着"晨风中扇动着燃烧的雪"。画面中远景、中景和近景层次分明。这画面呈现着的是中国传统绘画中的点染笔墨。罗洛的创作接受了艾青的影响,但从气质上看,他更加接近屠岸、唐祈等。我们来看他《白丁香》中的几行:"你的馈赠你的闪光的思想/宛如白丁香在五月的树林里/飘散着恬淡的宁静的气息/向世界倾吐你的寥落和欢畅。"这是罗洛写给陈敬容的十四行诗中的一段,是诗人对陈敬容的诗歌的嘉许,也是对其咏物写景诗风格的概括。罗洛在《山水情思·跋》中说过:"古人写的山水诗,颇多遣兴寄情、恬淡宁静之作,诗人的这种心情我渐渐明白了。人生本多不如意事,而真正欢畅的时光是不多的。因而我希望我的诗能具有五月的白丁香那样恬淡而宁静的风姿。何况忧患有如荆棘,而希望有如玫瑰,二者总是并存的。"①罗洛的十四行诗,既有激情满怀的政治抒情诗,又有恬淡宁静的咏物写景诗。罗洛激情满怀的诗同他的革命经历有关,经历过战争年代的七月诗人的创作具有很强的政治性。而罗洛的恬淡宁静则同他的生活环境有关,他曾经说过:"小时候,我喜欢和小伙伴们一起在水边玩耍。在我的故乡成都平原,到处都可以找到一湾河水,一段溪流或是一片池塘。水面上有那么多有趣的东西,不用说倒映在水中的树影,云影和整个天空了,就是那被阳光照射得闪闪烁烁的波纹,永远在动在变化的波纹,就够你瞧上半天,怎么也看不厌。""我爱读的诗,是那些从生活的激流中产生的诗,是那些有着闪闪发光的会动会变化的有波纹的诗。"②罗洛说鲁迅的《野草》和冰心的《繁星》《春水》,还有徐志摩

---

① 罗洛:《跋》,《山水情思》,上海:上海知识出版社1990年版。
② 罗洛:《诗的随想录·后记》,北京:三联书店1985年版。

和戴望舒、泰戈尔的诗,都曾是自己的写作范本。因此,我们就不难理解罗洛除了政治抒情诗以外,还有更多的类似《秋晨》那样具有宁静纤丽风格的十四行诗。

　　罗洛是一位诗学素养极高的诗人,具有用多副笔墨驾驭十四行体形式的能力。他的诗始终贯穿着一条传统的继承与西方的借鉴相结合的主脉,他认为,不和民族传统相结合的"欧化"又如用绿枝和枯叶嫁接,是不能开花结果的。罗洛十四行诗大多采用英体,韵式既有严格的英式,也有自由的创造。在建行方面,采用的是诗行限顿和限音结合的方式,始终追求的是现代诗语的自然流畅。读罗洛的十四行诗,我们往往会发现整齐的诗中常常存在出格诗行,这是诗人有意为之。诗学理论告诉我们:"诗的基本格律确定了之后,凡有别于这一基本格律的变化,就能显示其重要意义,诗人这时便可利用格律来强调他的思想内容。如果一种格律过于正规化,诗人就不能利用节奏来强调他的思想,而是在格律的紧身衣里,把思想限制住了。"①这就是格律破格对于意义表达的价值。具体方式是多样的,如用不同的音顿来代替正规的音顿,用变格的诗行来突现某个诗行的意义,用特殊排列的诗行来刺激读者,用格律内的变化使声音适应诗的含义,用穿插散句来调剂正规格律图案,用节奏的延迟来打断节奏的进展。这就可以解释罗洛十四行诗中为什么常常出现破格诗行的现象了。

---

① 〔美〕劳·坡林:《怎样欣赏英美诗歌》,殷宝书译,北京:北京出版社1985年版,第144页。

第十一章　多元期的创作(中)

在十四行诗创作繁荣期,活跃着一批老诗人,他们或者早在20世纪40年代就开始写作十四行诗,到了晚年继续奉献出新的作品,或者受到新时期诗歌形式意识觉醒的推动,积极加入格律体新诗包括十四行诗创作的队伍中。总体而言,这批老诗人的创作信奉十四行体的原本精神,同时又从心所欲予以新的创造。他们的追求正如唐湜所说:"从丰饶的夏天转向生命的萧瑟的秋天,但仍祈求着精神的'丰盈'。在艺术上就表现为稍稍成熟的返朴归真,从繁富渐归于朴素,从流荡渐归于宁静,从豪放渐归于凝练。"①

一　唐祈:西北边塞诗及其他

唐祈是江苏苏州人,1936年开始写诗,主要诗集有《诗第一册》(上海:森林出版社1948年版)、《唐祈诗选》(北京:人民文学出版社1990年版),他的诗作还被收入《九叶集》《八叶集》等二十余本诗集。唐祈对我国十四行诗发展最重要的贡献,就是他在20世纪世纪三四十年代和80年代以后的新边塞十四行诗创作。

1937年,唐祈全家随父亲调任而到兰州,先在甘肃学院文史系学习,认识了诗人沙蕾、陈敬容夫妇以及另一些诗人,又参加了抗战戏剧运动。在甘肃生活期间,他还随父亲的邮车去青海与六盘山地区漫游。唐祈刚走出教会中学大门,内心充满着《圣经》中的雅歌诗情,又遇上对宗教狂热的拉伯底这种淳朴的牧人,在牧帐里还见到羌女一类纯洁的少女,自然就会写出诗来。这就有了他最早的一批新诗,包括《游牧人》《蒙海》《拉伯底》三首十四行组诗,后来以《辽远的故事》为题发表于1946年《文艺复兴》第2卷第2期,基于边疆生活感受的作品让人感到耳目一新。唐湜说这"可以说是五四以来

---

① 唐湜:《我的诗艺探索历程》,《一叶的怀念——唐湜纪念文集》,北京:中国戏剧出版社2008年版,第287页。

的新诗中首创的新边塞诗,有一种 Primative 的清新风格,可以说,他是以他那种特异的俊彩与一种浪漫蒂克的边疆情韵创造了中国新诗中的新边塞诗"①。三首诗都用四四四二英体十四行结构,但没有采用英体韵式和行式,而是使用了中国诗歌的一、二、四行或行行相押的韵式。这是诗人和 40 年代其他一些写作十四行诗的诗人的一种有意探索。

如唐祈《辽远的故事》组诗中的《游牧人》:

> 看啊,古代蒲昌海边的
> 羌女,你从草原的哪个方向来?
> 山坡上,你象一只纯白的羊呀,
> 你象一朵顶清净的云彩。
>
> 游牧人爱草原,爱阳光,爱水,
> 帐幕里你有先知一样遨游的智慧,
> 美妙的笛孔里热情是流不尽的乳汁,
> 月光下你比牝羊更爱温柔地睡。
>
> 牧歌里你唱:青青的头发上
> 很快会盖上秋霜,
> 不欢乐的生活啊,人很早会夭亡,
> 哪儿是游牧人安身的地方?
>
> 美丽的羌女唱得忧愁;
> 官府的命令留下羊,驱逐人走。

这诗写得纯净奇异,诗中的羌女天然可爱,但诗也不乏冷隽意味,结末以双行点明:统治西北的马家霸王对游牧人赤裸裸的掠夺,给游牧人带来了无尽的忧思。诗的结构符合诗体规范。唐湜说:"这样的诗,真可以说'一语天然万古新',该是诗人在那个'花儿'的故乡甘肃采撷了最单纯的'花儿',一种野生的民歌而酿出的蜜,又添上一种诗人最熟悉的《圣经》中古代先知的睿智,叫它们更显得深沉,也更美,这首诗该是当时的绝唱!"②《拉伯底》抒写了西

---

① 唐湜:《唐祈在 40 年代——唐祈论》,《九叶诗人:中国新诗的中兴》,上海:上海教育出版社 2003 年版,第 155 页。

② 同上书,第 156 页。

北习俗与边疆人民宗教信仰的虔诚，呈现了富裕牧人拉伯底的狂热与宗克巴圣地的景象，为读者留下了充裕的想象空间，诗的最后是："今夜寺院的鼓声幽秘地打响/你有神祇前更空洞的死亡"，郑敏在《唐祈诗选》序中说："空洞既是鼓声的质感，又是死亡的本质，但它本身却几乎是一个中性的控管的词，留下不少让读者自己回味的空间。"①宗教是多灾多难的边疆人民的心灵支柱，充满了神秘色彩。《蒙海》抒写一个护陵人（成吉思汗后裔）与她唱的谣曲，两行结尾是"蒙海，突然静默在谣曲的回想里，/静默得象远方牧着马羊的故乡"，同样给人留下不尽的想象空间。在诗里，"时间突然显得短促了，雍容自如里有一个急速的升高"，"这是诗的旋律的转换、上升，也是对蒙海神态的一笔传神的勾描"。②除了以上三首外，《诗第一册》中还有十四行诗《回教徒》，写到了礼拜寺与虔诚的回教徒，有对暴君的愤恨，又有真诚的觉醒。据唐湜说，在1938—1939年间，唐祈在兰州还写过十四行组诗《仓漾嘉错》，估计有十五首。仓漾嘉错（今多译为仓央嘉措）是清代乾嘉年间西藏的一位达赖喇嘛，却是"神前的替罪羊"，灵魂里是一位唱情歌的草原歌手，不幸成了"人世的君王"，终于被他的臣僚谋杀，可他创作的情歌却流传在青海一带牧民口中，唐祈说他曾得到过一本仓漾嘉错情歌集。在《诗第一册》中保留了组诗的三首，唐湜说："这些诗是拿一种十分自由的近于莎士比亚式的十四行写的，音顿组织、叶韵十分自由，诗人决不以音韵安排来束缚自己的手脚，因而看去似有点散漫。"③在1945年，诗人又在成都写了首《十四行诗给沙合》，抒写较为细致，说别离是"寓言里一次短暂的死亡"，最后两行是"愿远方彼此的静默和同在时一样/像故乡的树林守着门前的池塘"。以上大致就是唐祈早期十四行诗的创作情形。这批诗历来评价很高，边地风情的抒写和深刻思考的注入，被人们称为新边塞诗和40年代最美的抒情诗，唐祈也就成为我国"最早直接接触少数民族并用诗歌来反映他们生活的诗人"（李健吾语）。唐祈在对边疆"游牧人"命运的关注中，敏锐地意识到他们对生活的热爱和生存环境的酷烈之间的强烈反差，这与汉唐以来诗人笔下的边塞风情是一脉相承的。④游友基则认为唐祈早期西北牧歌关注现实人生，关注草原儿女的命运遭遇，表现出强烈的现实主义精神，但没有采取大声疾呼、直抒胸臆的抒情方式，而是巧妙地加以节制，使诗介于明快奔放和含蓄蕴藉

---

① 郑敏：《序》，《唐祈诗选》，北京：人民文学出版社1990年版。
② 唐湜：《唐祈在40年代——唐祈论》，《九叶诗人："中国新诗"的中兴》，上海：上海教育出版社2003年版，第157页。
③ 同上书，第161页。
④ 叶橹：《唐祈：现代边塞风情诗的最早实践者》，见范培松、金学智主编：《苏州文学通史》第4册，南京：江苏教育出版社2004年版，第1354—1361。

之间。他还指出:"唐祈用西方的十四行体来写西北牧歌,把十四行体严谨曲折的长处与西北民歌的少数民族气质和悠扬韵律糅合起来。"①冯中一认为唐祈的十四行诗风致旷达,韵味自然,既合法度,又无矫饰的痕迹,比过去所读的十四行诗熨帖娴熟得多,给人以时代的、民族的审美愉悦,是中国味的十四行诗,为运用舶来的形式抒发民族情感树立了切实有益的典范。② 凭借着以上十四行体新边塞诗,唐祈在当时诗坛崭露头角,李健吾说唐祈的西北牧歌证明了他是一位出色的抒情诗人。

唐祈在上海迎来了解放,后转到北京学习,在《人民文学》与《诗刊》工作多年,却只发表了寥寥三两组诗,其中十四行体的重要作品就是写于1951年的《天山情歌》:

闪光的金子在红沙滩,
我要作成你鬓角的一双耳环;
无论你走上多远的草原,
都听见我在耳边轻声呼唤。

花园里青青的古拉斯蔓,
心灵的泪水浇它永不会枯干;
你两颗晶亮的黑葡萄一闪,
我会歌唱一百个夜晚。

你娇小的身影像水边的嫩柳,
红莹莹的唇齿像绽开珠宝的石榴;
啊,我这一颗碎裂的心为你所有。

请答允我一个秘密的愿望:
只要聪明的海丽妲在我身旁,
心又会变成一轮春夜的月亮。

这首诗采用了意体,仍然充满着边地风情和边人情感,构思仍是最后一段总

---

① 游友基:《把牧歌与现代诗献给母亲的赤子》,《九叶诗派研究》,福州:福建教育出版社1997年版,第344页。
② 冯中一:《中国味的十四行诗——致唐祈同志》,《新诗品》,济南:山东教育出版社1995年版,第141—142页。

括,留下余音给读者想象,整个构思完美简洁。诗体运用自如,还是探索变体,但诗行长短开始接近。唐湜说自己对此诗特别喜爱,认为它是一首"较为完整的十四行","写作的时间比闻捷的《吐鲁番情歌》略早一年,没有闻捷的那种伊萨可夫斯基式的轻盈、倩巧,却更成熟、深沉一些,每行都押上了韵,艺术上至少不会比闻捷的逊色。"①这种评价应该是中肯的。

20世纪50年代末,唐祈受到政治运动的打击,被放逐到北大荒。1978年平反后,唐祈受友人之邀再赴西北在大学任教。在生命的最后十年间,他写下了《戈壁滩》《天山情歌》《黄河》等西部诗歌,出版了诗集《唐祈诗选》。他始终关爱陇上诗坛,呵护学子,默默无闻地耕耘在诗歌园地,淡泊名利。这一时期他成为西部诗歌的重要代表,发表数组《大西北十四行组诗》。经历了更多生活磨难的唐祈,在诗中以一种平静的态度超越着民族的苦难和个人的不幸,仍然用多情温柔和神秘快乐的旋律谱写着边塞牧歌,从整体上呈现出明朗和谐的情调。就运用十四行体技巧来说,唐湜认为唐祈重返甘肃后的诗作风姿不减当年,潇洒清新间比以前更凝重,十四行诗比以前严整一些,安排上更接近西方的十四行格式。② 新的西北十四行诗,题材更加广泛,如《草原小路》《草原夜曲》《那棵红柳树旁边》《驼队向西》《一个裕固族姑娘》《恋歌——一个边疆知青的十四行》《沙漠》《白杨树林》《猎手》《放牧谣》《牧归》《冬不拉的歌》《天鹅》《烟囱》等。这里引《阿克苏草原夜歌》:

　　阿克苏草原的夜啊,篝火旁
　　烤着火的是我爱的那姑娘
　　金色的火焰把她的长发照亮,
　　像一朵花闪在墨绿色的草海上。

　　寒冷的夜风吹自黑暗的山崖,
　　她拣来的红柳枝不够燃烧,
　　拿去吧,我的心和冬不拉,
　　它会是你心中永不熄灭的火苗。

　　草原啊,这样奇异和美妙,
　　看见她,像只金鹿在梦中欢跳,

---

① 唐湜:《怀念唐祈》,《九叶诗人:"中国新诗"的中兴》,上海:上海教育出版社2003年版,第181页。
② 唐湜:《忆唐祈——悼念他猝然的死》,载《诗刊》1990年第4期。

不见了,空虚就落满我的怀抱。

啊,爱情难道这样苦涩,
像我手指间颤栗的琴弦,
同一个音响在两颗心中沉默。

这诗写得自由潇洒,天然浑成,基本格调一如早期,诗人在诗中充满着欣喜和赞颂,把一对草原男女之间爱的微妙心理描摹得惟妙惟肖,我们可以触摸到草原牧人热爱生活、憧憬理想的心。诗通过一些生动的细节把人物的心理情感表达得非常有层次,结束彼特拉克式的诗段则把男子的苦涩和失落的心理抒写得特别温柔。该诗的诗行内音顿相对整齐,在建行方面更加接近十四行体格律要求。唐湜对新时期唐祈的西北十四行诗作过这样的分析:

> 以后的一些十四行,我也觉得都写得很明净、完整,如《八叶集》中的《牧归》抒写震颤的驼铃,雪原上一队猎手飞驰,牧驼女点亮羊脂灯,最后归结到莎士比亚式的最后双行:
> 　　听呵,草原牧歌令人心醉
> 　　白蒙蒙的一朵红玫瑰。
> 而《猎手》一开头就说:"他的目光如弦上的箭/早射向草原的尽头。"以后又抒写了他"深深波纹里隐藏着青春,粗犷的力,/在闭锁浑身肌肉中隆起",最后是佩特拉克式的三行:
> 　　现在人们对他感到惊奇
> 　　看见他从未珍惜的青铜的肢体
> 　　舒展在帐篷的爱情的夜里。
> 这两种方式的结束都达到了神完气足的完整。而后来《中国当代西部新诗选》中的《驮队向西》《沙漠》则更为完整、丰富……①

郑敏对于唐祈重返大西北后的诗歌作了评价,认为"他以不平常的热情和延宕的青春歌颂着大西北,来弥补他对生命迟到的热恋,压抑太久的热情难以很快找到适合的艺术形式,心是那么激动,而笔却有些过于缓慢和驯服了"②。这种评价也是中肯和到位的。

---

① 唐湜:《忆唐祈——悼念他猝然的死》,载《诗刊》1990年第4期。
② 郑敏:《唐祈诗选·序》,北京:人民出版社1990年版。

二　郑敏:《诗人与死》及其他

郑敏的主要诗集有《诗集1942—1947》(1949年)、《寻觅集》(1986年)、《心象》(1991年)、《早晨,我在雨里采花》(1991年)、《郑敏诗选1979—1999》等。郑敏受里尔克的影响很深,倾向于抒情哲理性。晚年又受德里达的解构理论影响,体现出两个鲜明特征:一是作为一种开放的思维,为"重新解读"中国传统诗学、语言提供某种新的认识方式;二是作为一种灵活的阅读视角,激活人们对汉语固有特性和内蕴的领悟。郑敏诗中的总体"线索是对'生命'这一既具象又抽象的命题的诗意探究。它既是流动的,诗人在变化着的世界和个人不断发展着的情思之中去感受生命之复杂;同时又是凝定的,凝定如雕塑;诗人在流动之中获得的是对生命本质的思考,这种本质如哲学般成为某种带有规律性的东西。在流动之中寻求凝定而最终呈现为凝定,是郑敏诗歌最主要的风格特征"①。郑敏在介绍屠岸十四行诗时有这样一个评价:"屠岸先生的诗并不炫耀词藻,而是让深刻思想之光透出朴素而凝练的词句和严谨的艺术形式。因此他的十四行诗是'哲理穿上布衣裳'。"②这同样是郑敏十四行诗的审美特征。

郑敏诗歌的风格特征突出地体现在她的十四行诗中,她在20世纪40年代数量众多的诗就是围绕着生命包括生与死展开,体现了里尔克式戏剧化的抒情品格。80年代以来,她有更多的十四行诗发表,继续着自己的独特探索道路,其中最具代表性的作品就是《诗人与死》组诗(十九首)。诗人在诗中继续着对生死问题进行诗性的哲理观照,探寻其背后所隐藏着的深度生命价值。这诗写作的起因是唐祈因误诊于1990年1月20日逝世,郑敏在1994年1月的《人民文学》发表《诗人之死》(收入《早晨,我在雨里采花》时改题为《诗人与死》)。诗既是对诗友的追思与纪念,又是对诗人之死的悲痛与不平,更提出了诗人与人生、生存与死亡关系的命题。全部十九首十四行诗,采取了四四三三的结构方式,连缀成有隐藏的整体性内在结构的抒情组诗。"郑敏在诗体上的创新,是把里尔克和冯至的十四行组诗,与艾略特、佛洛斯特和布莱克现代诗的高层结构,这几个完全不同的诗歌传统相融合,创作了《诗人与死》这样以组诗的外在结构出现、又具有隐藏的整体性内在结构的

---

① 蒋登科:《九叶诗人论稿》,重庆:西南师范大学出版社2006年版,第119页。
② 郑敏:《论屠岸的十四行诗》,屠岸:《幻想交响曲》,香港:雅园出版公司2014年版,第323页。

长诗。"①《诗人与死》是中国十四行诗的杰作,代表着诗人创作达到了一个很高的境界。

要读懂《诗人与死》需要了解诗的创作背景。郑敏自己对此作过这样的介绍:

> 这组诗的题目是《诗人与死》,可发表时却变成了《诗人之死》。应该是"与死"。"与死"的原因,是死对于我来说本身就是一个重要的主题,可以独立于诗人,但又与诗人的死有关。我写这组诗的时候,总的来讲受里尔克的影响很深。我念的是哲学,但却选了冯至先生的德文和他关于歌德、里尔克的讲座。我从40年代就非常喜欢里尔克,因为他跟我念的德国哲学特别配合。关于死当然是里尔克的一个很重要的题目,他那首奥菲亚斯十四行诗,本身就是关于一个小女孩的死。我这首诗写的时候意图是讲诗人的命运,在我们特有的情况下我们诗人的命运,也可以说是整个知识分子的命运,同时还有我对死的一些感受。②

真正要理解这段话,还要理解两个问题。一是诗人是把里尔克《奥菲亚斯》中的小女孩与唐祈之死联系在一起的。唐祈是一位对诗充满理想追求的诗人,被打成右派后到北大荒劳动改造,与歌唱家莫桂住在一起,一次痢疾的流行使好多人死掉,而莫桂就死在唐祈怀里。唐祈去世前曾到郑敏那儿,说他非常想写他在黑龙江的遭遇,讲到莫桂就死在他的旁边。这让郑敏"听了特别地难受。唐祈对那一段的回忆是非常深刻的,但他没有来得及写就死了"。唐祈平反后回到西北任教,因邀他重返西北的校长下台而受到打击,可他不要命地工作,早晨还去上课,下午突然死了,死于医疗事故。家属要求发表他的生平经历,但学校对此非常冷淡,导致尸体停放一月才火化。诗中的许多诗句都同唐祈的这些经历有关,都有真实的背景。二是诗人把唐祈悲剧命运扩大到对知识分子命运的思考,说"我对他这种遭遇非常同情,同时这也是很多知识分子的共同遭遇,所以我就写这组《诗人与死》"③。郑敏在诗中思考的内涵是由解构主义引出的"理想的幻灭",她这样说:

> 我这首诗可以说是跟我念解构主义完全结合了。很多人都说你念那东西以后不能写诗了,我说我没有从那个角度念,我念完了觉得重新

---

① 邱景华:《郑敏〈诗人与死〉细读》,载《诗探索》2013年第1辑。
② 徐丽松整理:《读郑敏的组诗〈诗人与死〉——读诗会记录》,载《诗探索》1996年第3期。
③ 同上。

认识了我们人类走过的和我个人走过的路,那都是对于一种永恒的东西,对一种形而上的东西充满了幻想,要把乌托邦建立在世界上,最后是非常血腥的,牺牲了多少人。所以这首诗表现了我们都是为了一种盲目的幻想、盲目的理想付出了多少代价,应该清醒了。对于那种崇高的追求啊,比如认为某阶级就是绝对的纯洁啊,某种阶级就非常脏啊,对阶级性那种纯洁的幻想和对人性纯洁的幻想,这就是我们人类的理想主义的基础。我并不反对有理想,但把理想主义看成是真实的是很危险的。①

诗中的唐祈就是个为幻想而牺牲的悲剧,其背后的许多知识分子都是如此。在这首诗里,唐祈的性格特征就是理想主义,而诗人之死就是为虚幻的理想而死。诗人并不反对人有理想,但认为把虚幻的理想看作真实的是很危险的。这就是诗中所蕴涵的深刻的思想内涵。

《诗人与死》组诗可以分成四大部分。第一部分是第一至第三首十四行诗。第一首是:

> 是谁,是谁
> 是谁的有力的手指
> 折断这冬日的水仙
> 让白色的汁液溢出
>
> 翠绿的,葱白的茎条?
> 是谁,是谁
> 是谁的有力的拳头
> 把这典雅的古瓶砸碎
>
> 让生命的汁液
> 喷出他的胸膛
> 水仙枯萎
>
> 新娘幻灭
> 是那创造生命的手掌
> 又将没有唱完的歌索回

---

① 徐丽松整理:《读郑敏的组诗〈诗人与死〉——读诗会记录》,载《诗探索》1996年第3期。

这是悲怆的开篇,是对诗人之死的一种悲痛而坚定的质疑,诗人说这是节奏上比较强烈的一首。诗中化用了西方经典意象:华兹华斯《我心飘荡如浮云》中的"水仙"意象,它是欢乐的象征;济慈《希腊古瓶颂》中的"古瓶"意象,上面画有很多人在进行节日的欢庆,有一个新娘和新郎在接吻,他们的接吻是永久的,好像是定在瓶子上,保存在艺术中,永远不会消失。在水仙的故事里,水仙就是一种爱情不可能成功的东西,非常美丽、哀怨;古瓶上新娘与新郎在接吻,但被砸后就不可能有那种永恒的东西了;"这个'茎条'当然与'古瓶'有联系,还有前头那个'冬日的水仙',古瓶碎了,那么水仙也完了"。诗中的"索回",受布莱克《老虎,老虎》影响,说制造老虎和制造绵羊的都是上帝,是同一个上帝,他制造了强暴也制造了善良。第二首紧接"没有唱完的歌",扩大空间性,由内心询问到空间对比,就是天上和地下,劝说停滞在云端窥视的死魂灵安息。诗人说:"这里洪荒正在开始。"这"洪荒"是好的也是不好的,本来"开始"是好的,恐龙是洪荒时代最有气魄的动物,如果那种气势全没有了,洪荒也就失去了它的气魄。第三首是对非正常死亡知识分子的悲悼,写得极为沉痛、庄严和坚定。郑敏说:"这是说死可倒挺痛快的。还有底下那个'依卡拉斯们乘风离去',其实这倒是非常现实的,觉得年轻人都已乘风离去了。""依卡拉斯是个孩子嘛。他想飞到太阳上去,他的父亲帮他制造了翅膀,然后用蜡给接上,可是越飞越高,接近太阳蜡就化了,他就摔死了,所以只有'母亲们回忆中的苦笑'。这段写的是现状吧。这首诗最后落实得还很现实,他是在西北嘛。"

前三首是震惊于唐祈的非正常死亡,这是整个组诗的"起",从第四首开始就展开对一代知识分子悲剧的抒写,并开始了对唐祈等知识分子非正常死亡的反思。第四首诗由唐祈的"幻想和天真"写起,一代知识分子的理想主义,"不知为什么总不肯"则是突出了对理想的执著和坚持。第五首写唐祈的死亡,而且这是一个非正常的死亡:

> 我宁愿那是一阵暴雨和雷鸣
> 在世人都惊呼哭泣时,
> 将这片叶子卷走、撕裂,飞扬入冥冥
> 而不是这冷漠的误会和过失

这里的"叶子"就是九叶之一叶的唐祈,他是九叶中充满生意的,但令人辛酸的是"让一片仍装满生意的绿叶/被无意中顺手摘下丢进/路旁的乱草水沟而消灭/无踪,甚至连水鸟也没有颤惊",他的死亡是没有必要的,最后也就没有人注意,这就是冷漠和误会的意思。林莽说:"我非常喜欢这第五首,这一首确实把那一代人的命运,随意被摘落,但又对春天有盲目的信仰和虔诚写了出来。这是冷酷,也是荒诞的,这种感觉特别强烈。"①第六首又是劝说:"这里不值得你依恋,忙碌嘈杂/伸向你的手只想将你推搡/眼睛中的愤怒无法喷发/紧闭的嘴唇,春天也忘记歌唱。"这里是"瞎眼的甬道里/踱来踱去,打不开囚窗"。这里对死亡的抒写令人神往,具有一种亲切感。

第七首还是承,还是写诗人的理想主义,诗人在寂寞中挣扎,虽然死神已经降临("时间卷去画幅步步逼近"),但诗人却不知自己的生命将突然中断("生命的退潮不听你的挽留"),死后遭受嘲讽、讥笑、咒骂,但是"据说不是仇恨,没有吼叫/漂亮的回答:只是工作太忙"。臧棣说:"这首本身是一首悼亡诗,但也是作为冥想诗来写的,语气控制得很好。死者应该是悲痛的,但写得很冷静。有些悼亡诗感情很强烈,但没有很沉静的那种东西。"②第八首上升到哲理的高度,写理想主义的破灭。诗中的"蓝色"就是一种追求的理想,"你的身影曾在尸堆中晃摇",这是诗人死后遗体被耽搁火化的具象;"歌手的死亡拧断你的哀叹",这是莫桂死在怀抱中的具象;因此诗人说"那伟大的蓝色将你压倒//它的浪花是生命纷纷的落叶/在你消失的生命身后只有海潮/你在蓝色的拥抱中向虚无奔跑"。这里的"蓝色"就是那虚幻的理想。第九首则是在前面哀痛抒写基础上的升华,即以一种充满着新奇美妙想象的方式将唐祈的死亡诗化,表达了对这位死于非命的诗友的深切怀念。诗句暗含着的意思是:活着,肉体受到伤害,死了,就带走了"所有肉体的脆弱",不再受到伤害,这里是一种清醒的对死亡的理性思考。从第四首至第九首,郑敏充分利用十四行体的曲折有序的结构特征,多角度地抒写了对诗人唐祈之死的怀念和思考,形成了厚实复杂的意蕴。

第十首开始转写群体的知识分子的生存处境和悲剧命运,诗中的"火烈鸟"隐喻中国知识分子,他们像火烈鸟一样"终生踩着赤色的火焰,/穿过地狱,烧断了天桥/没有发出失去身份的呻吟",但是他们又没有火烈鸟那样的美好生存环境,其实只是"狂想的懒熊",最后都"像一个蹩脚的杂技英雄/殒坠/无声"。第十一首由过往写到现实,唐祈的非正常死亡发生在 1990 年 1 月,所以诗人说"在冬天之后仍然是冬天,仍然/是冬日,无穷尽的冬天",它使人想到穆旦名篇《冬》中的诗句:"人生本来是一个严酷的冬天。"这里的重要诗句是"纠缠/不清的索债人,每天在我的门前/我们焚烧了你的残余/然而那还远远不足/几千年的债务",郑敏说:"从历史上来看,知识分子老是被

---

① 徐丽松整理:《读郑敏的组诗〈诗人与死〉——读诗会记录》,载《诗探索》1996 年第 3 期。
② 同上。

索取,好像你是欠了债似的,欠这个,欠那个,不断地问你要。死亡以后还受这么多委屈,还不给你公正,还要让你怎么样怎么样,最后把所有的东西都烧了还不够,因为我们身上背着几千年的债务,只能最后把你的诗也烧了,但还是不能够填满这个焚尸炉。"①这种思想极其深刻而令人震惊。

沿着以上诗思,诗人自然要为唐祈以及知识分子群体寻求公正,这就有了接着的写"寻求"的三首,诗人以惊人的想象力,以奥菲亚斯作为线索连接天国、地府和人间,把写实层、超现实层和深化层融为一体。首先是第十二首人间的寻求公正,郑敏说,"你的白天是这里的黑夜",就是这个世界没公平,"情人的口袋不装爱情/法官的小槌被盗/因此无限期延迟开庭",这讲的是人间世界,暗示在种种借口下无法伸冤。第十三首是到地府去寻找评价,不仅人间荒谬,而且地府也同样无理。因为活着的时候没有人认真地给你一个公正,所以不可能给予重新评价。不公正已经是很可悲了,现在连公正本身也没有,这就更可悲了。第十四首写想象中天国的美好公正,而用"鸡肠"来写人间生存的丑恶,就是通过对比来显示现实的不公,"只有在你被完全逐出鸡厂/来到洗净污染的遗忘湖/才能走近天体的耀眼光华"。第十二至第十四首是以唐祈寻求公正来展开的,第十五首把这种理想主义的命运扩大到所有人,包括"为他哭泣的人们":"那为你哭泣的人们应当/哭泣他们自己。"郑敏明确地说:这首诗"是说我们活着的人才真正应该哭泣自己","这首诗就是在讲我们这些人都围绕着一种虚幻的理想吧,现在得走出那些东西了。说起来我真是受解构主义影响很大,再不要那种虚幻了,伪装的那种高尚啊、美丽啊、真理啊,其实都是不可能的"。② 第十六首又回到悼念主题,显示依然是严酷的冬天,"拖延"就写出了人间的冷漠,在印度、巴基斯坦人死后也是火化,他们都洒上些花,可是我们什么也没有。郑敏说,唐祈"确实是拖了很久才火葬,火葬以后我说'污染的大气甚至不放弃/那从炉中拾回的残缺',一直也没有给他公正,所以'尸骨正在感觉生的潮气',就是他死了也还没有完,也还没有给他一个真正的公正"。③

第十七至第十九首就是全诗的"结",诗人作为叙述者走到了台前。第十七首开始是:"眼睛是冻冰的荷塘/流水已经枯干,我的第六十九个冬天/站在死亡的边卡送走死亡/无边有驼队向无人熟悉的国度迁移",这里涉及郑敏的年龄,她同唐祈同岁,诗人感觉到已经很接近死亡了,已经是严冬了,但是诗人对死亡比较乐观。诗写的是一种生命哲学,生命是复杂的,"也许

---

① 徐丽松整理:《读郑敏的组诗〈诗人与死〉——读诗会记录》,载《诗探索》1996年第3期。
② 同上。
③ 同上。

是愤怒,也许是温柔",生死充满着生死变幻。第十八首还是写诗人自己的生命感受,主要是感觉到自己是被利用了,足球无论是踢给上帝也好,踢给魔鬼也好,无非是要记那一分,郑敏认为"不少的知识分子是很努力地把球传到中锋那里去"。这里写的是非常严肃的话题,但却用游戏的感觉写来。第十九首充满着对现实的批判:

> 当古老化装成新生
> 遮盖着头上的天空
> 依恋着丑恶的老皮层层
> 畏惧新生的痛苦
>
> 今天抽去空气的气球
> 老皮紧紧贴在我的身上
> 它昔日的生命已经偷偷逃走
> 永生的它是我的痛苦的死亡
>
> 将我尚未闭上的眼睛
> 投射向远方
> 那里有北极光的瑰丽
>
> 诗人,你的最后沉寂
> 像无声的极光
> 比我们更自由地嬉戏

"老皮"意象深刻,它隐喻着旧的不但没有退出,反而巧妙地伪装成新生,并且不断地扼杀真正的新生力量。面对这种严酷的生存现状,却只能痛苦地等待。生者只能从未来的岁月中吸取力量,并且羡慕死去的诗人,因为死者得到解脱。全诗最后以逝者与生者对比结束:逝者因解脱而获得自由,而生者却依然生活在局限之中。这里明显地接受了里尔克关于"死亡"的思想,即里尔克"将死亡看成生命在完善自己的使命后重归宇宙这最广阔的空间,只在那时人才能结束他的狭隘,回归浩然的天宇"①。《诗人与死》中的思想是深刻的,诗人不仅在诗中对唐祈和众多非正常死亡的知识分子持悲痛的同情

---

① 郑敏:《序》,《郑敏诗集》,北京:人民文学出版社2000年版,第4页。

态度,而且还要深入探究造成他们非正常死亡的真正原因。她也没有把非正常死亡仅仅归结为外在的强权和暴力,而是认为他们盲目信奉的理想主义,是导致其悲剧的主要内因。

《诗人与死》表达了郑敏对生命沉思的重要收获。这是一种觉醒和彻悟的理性思索,而这种思索仅仅借助抒情和议论是不够的,所以诗人在诗中还使用了反讽、悖论和荒诞,以及自我嘲讽等表现手法。因此,这不是一般的悼亡诗,而是对20世纪中国知识分子悲剧命运的沉思录。《诗人与死》是由十九首十四行诗组合而成的具有独特的显与藏复合的复杂结构体,是一个浑然天成的组诗结构整体。组诗中的每首十四行诗,在诗体形式上是可以单独存在的,但在内容上却不能单独存在,它们都是总体结构中不可分割的有机组成部分,其功能只有在整体结构中才能表达。郑敏把十四行组诗写作提升到一个新的高度,把汉语十四行诗的现代性发展到一个新的高度。《诗人与死》除思想观念上受到德里达结构思维的影响,还运用解构理论开掘汉语传统诗歌的艺术思维,包括运用意象来表述无以言传的刹那感受和领悟,令诗葆有无穷的意味和魅力;古典诗词跳跃于古今、生死之间,幻化了远近距离、梦想与真实,体现了时空融为一体甚至超越的现代意识;将格律、对偶等外在规范看成"自由中的不自由"或"不自由中的自由"以凸显形式的隐在性、无形性,从而获得最大限度的写作自由。① 这种种追求,在更高的哲学层面沟通中西诗歌艺术,体现了诗艺技巧的现代性。

郑敏在80年代以来还有众多十四行短诗创作,大多呈现着里尔克的咏物诗的"雕塑品格",即如唐湜的描述:"时时在微笑里倾听那在她心头流过的思想的音乐,时时任自己的生命化入于一幅画面,一个雕像,或一个意象,让思想流涌出一个个图案,一种默思的象征,一种观念的辩证法,丰富,跳荡,却又显现了一种玄秘的静凝。"②如里尔克的《古老的阿波罗躯像》和郑敏的《垂死的高卢人》(The Dying Gaul),"从表层来说,二者都采用了格式和韵脚十分整饬的十四行体,都以第三人称'他'这一显得客观的角度来呈现雕像的特征;从深层来说,这两首诗表现的诗人对于雕像的观察,是一种剥离了雕像之浮华外表的'直观',这种'直观'是对于'物'的原始静观,超越了'物'的表象的流动性和凌乱感而直抵'物'的核心"③。类似里尔克《豹》的诗思和写法,仍然渗透在郑敏诗中。郑敏在1981年春参观新疆古尸展后写的《古

---

① 郑敏:《中国诗歌的古典与现代》,载《文学评论》1995年第6期。
② 唐湜:《郑敏静夜里的祈祷》,《新意度集》,北京:三联书店1990年版,第143页。
③ 张桃洲:《"音调的设计":郑敏语言观的多重来源》,《声音的意味:20世纪新诗格律探索》,北京:人民文学出版社2014年版,第162页。

尸》两首十四行诗,以下是《古尸(之一)》:

> 在你的棕黄色的沉默里
> 有青春的笑声象银铃,
> 在你的棕黄色的枯干里
> 有青春的玫瑰含着朝露
>
> 我应当相信这面前的你,
> 还是那曾经生存过的你?
> 我们之中有谁能抛弃
> 这两个自己之一?
>
> 葡萄在枝上虽然美丽,
> 却没有象晒干的果实
> 能抵抗时间的腐蚀
>
> 白雪的皮肤,流星的双眸,记忆
> 长存,而那血液、皮脂,
> 又怎能媲美于这纯净的真实。

诗给我们展示的内在结构包括三个层次。第一层次是古尸与生命。由于这些古尸是在火焰山的烈日中烘干的,所以用了"棕黄色"来写肤色,诗人凭借想象从"沉默里"听到"青春的笑声象银铃",从"枯干里"见到"青春的玫瑰含着朝露"。由古尸见出生命,构筑了诗的内在结构的底层,同时又包含着某种哲理,古尸沟通古今,显示了诗的内在结构的高层。第二层次是古尸的"你"和生存的"你"。由古尸与生命的关系,进而把"这面前的你"和"生存过的你"联系起来,前者就是古尸,后者则是人生。诗人把二者合而为一,即"相信这面前的你,还是那曾经生存过的你",并由此引出一个新的思考,即古尸能够让死亡和生存合一,那么"我们之中有谁能抛弃这两个自己之一",即死亡和生存在任何人身上都是合一的,这就沟通了生死,揭示了生命的本质。第三层次是生存的美和死亡的美。先使用一组拟喻性意象,肯定了鲜活的葡萄在枝上的美丽,这是生命的美,又肯定了晒干的葡萄的特定价值,这是死亡的美。两者都有自身美的价值。接着又回到古尸上,一方面肯定了生存的美,但是死亡也有其美。若我们的思绪从古尸跳出,对死亡作哲理思考的话,就会体会到死亡那"纯净的真实",包含更丰富的社会和人生内容,它是一种解脱,是人生的极地。诗在诗人和读者对生死观的高峰体验中结束。这诗"通过暗示、启发,向读者展现了一个有深刻意义的境界",而这种展现表现为内在结构。诗用四四三三段式,以三音组建行为主,一韵到底,虽然没有严守格律,但读来仍有十四行意味,这种意味主要是由其内在结构和沉思特质所显示的。

三 岑琦:《歌者与大地女神》及其他

岑琦的人生行旅受尽磨难。1956年发表叙事长诗《向导》后不久,即为诗而受难,在以后的二十多年间被剥夺了抒唱的权力,虽然有新诗创作却无法公开发表;1980年以后用了十年时间完成叙事长诗《真理女神》《殉道者三部曲》;以后又有大量十四行诗创作,1997年同唐湜、骆寒超合作出版《三星草》,收入岑琦一百首汉式十四行诗;2003年出版《岑琦诗集》,收入十四行诗五百首,另有《歌者与女神》组诗九首。《岑琦诗集》中的十四行诗,注明写作时间是1990年至2001年,包括十辑:思念的河;黎明风景;光的雕琢;海上蝴蝶;神奇的树;荒诞之花;身临绝顶;寻找太阳;倾听未来;诗的诞生。岑琦痴情于诗歌,在病危之时好友骆寒超看望他,他提高嗓子像朗诵诗一样说:"让我们的歌声传遍世界!让我们的歌声传遍世界!"他紧闭双眼念着,声音慢慢低下去,后来只见嘴巴在动,再也听不到声音了……这就是岑琦留下的遗言。

岑琦为我国十四行诗的发展作出了重要贡献,他的十四行诗是其人生哲理的诗性展示。他在《智慧的云》中说:"我的心灵是一片蒙昧的苍穹/我期待智慧的星云前来播种。"因此他对沉思型的十四行诗情有独钟。他的诗中充满着对真、善、美的多层次追求,我们来读他"诗的诞生"辑中的《无弦琴》:

> 我怀中抱着一支无弦琴
> 紧系着全部网状的神经
> 思维的网络日夜捕捉灵感
> 每一根神经都迸发出颤音
>
> 谁说我的无弦琴没有弦
> 它以阳光与彩虹交织而成

> 每一缕彩色的光线都是弦
> 微风用手指抚摩即发出低吟
>
> 以长流水、悬挂的瀑布为弦
> 把满腔的激情弹给大山听
> 以连绵不断闪光的雨丝为弦
> 把人间的挚爱奉献给星辰
> 星星脉脉含情与我交流讯息
> 我倾听星光弹奏的弦外之音

这里的"无弦琴"就是他所钟爱的诗歌,它紧紧地同诗人的思维联系,是诗人神经发出的颤音。它的弦是"阳光""彩虹""流水""瀑布""雨丝""激情"等,在《融入碧蓝》中诗人说自己"想将生命投入一片碧蓝",是因为"碧蓝尽处"是"星星的摇篮,太阳的故乡",这些都表明,诗人欲融入宇宙或获得大智慧、大醒悟、大美丽的激情。诗人把十四行诗唱给无尽的自然和星辰,他的诗写得很美,满溢着生命的爱的汁液。如《云游》:

> 你悄无声息在大地上遨游
> 你重返故地以风的脚步行走
> 往昔你携带风雷闪电巡回
> 如今一个寂寞的影子在怀旧
> 你熟悉的旧路已失去踪迹
> 只留下风的叹息黑夜的回眸
>
> 踏着月色游荡,你是梦游者
> 你又悄悄地潜入秘密的梦乡
> 觅不到荒唐的梦虚幻的花
> 人们梦中的微笑比花更辉煌
> 你踩过一条沾血的荆棘路
> 大浪无情一切都不是旧模样
>
> 你故地重游是为寻觅旧梦
> 只是昨宵的风涛早失去踪影

诗人在大地云游,自身与自然完全融为一体,尽管如此,但诗人还是无法彻底超越现实,时时在怀旧寻梦,诗里那种微妙复杂的心理表现得非常真切生动,形象和思想紧紧地拥抱,现实与旧时交融着叠影,心灵与外物相互依存胶结,共同营造着一个富有神秘色彩的境界。

岑琦始终忠实于心灵和时代,但这种忠实都皈依于大地。"大地"是岑琦抒唱宇宙和人生中出现最多的形象,是他对人民纯情而固执的爱的独特存在方式。在《啊,大地》中,他说,"在那苦涩的难以下咽的岁月/我曾匍匐在你的胸前嚎啕痛哭","只要贴近你我就不会枯萎"。在《大地的心》中,"当命运之神将你击倒在地,/权力将你的灵魂碾成尘泥"时,他就匍匐在大地的胸膛,倾听到一种博大的心跳声,感受到"大地的心声"输给自己的热力,促使自己从荆棘中站立起来"重新上路"。他在《大地的爱》《大地的眼睛》《大地情怀》等诗中,对"大地"作了神圣的抒唱。这里我们要具体介绍岑琦的诗剧十四行组诗《歌者与大地女神》(载人民文学出版社《星河》2014年夏季卷,总第18辑),诗由两首"序曲"、七组歌者与大地女神对唱组成,每组对唱成一篇章,包括四首十四行诗,全诗合计由三十首十四行诗组成。袁可嘉认为诗剧是新诗戏剧化的重要形式,"现代诗的主潮是追求一个现实、象征、玄学的综合传统,而诗剧则配合这个要求",因为诗剧能够通过角色使诗人面对现实时有个不可或缺的透视或距离。① 岑琦通过诗剧形式写作十四行组诗,塑造了歌者与大地女神两个诗剧形象,这是诗体形式的重要创造,是十四行体中国化的一朵奇葩。

《歌者与大地女神》序曲突出了歌者与大地女神新的相聚,从而开始了新的对唱。歌者说:"也许是机缘,我与你相聚于河畔/你披着风霜,唱着歌向我走来";大地女神说:"我曾经与你同行,是苦难的见证/你的歌深情地拨动历史的琴弦";这里的"苦难的见证""历史的琴弦"就揭示了诗剧的基本内涵,融入了诗人的人生经历。序曲所唱"你播下的种子在等待春天的召唤/你的歌仍在我心灵的深谷里回响",就表明作品采用了倒叙的手法。

第一个篇章是"悬崖上的呼唤",属于诗的"起",基本形象是"流浪者"。歌者饱受现实逼迫成为流浪者:"噩梦如影追踪着我,逼我走绝路/脚下是孤独的悬崖,我往何处去";大地女神"凝神倾听来自悬崖边的呼唤",就向歌者呼唤:"下来吧,到四季飘香的草地来,/悬崖上不是唱歌对话的地方","下来吧,葱茏的花草长在低湿处,/温柔的风会涤荡你心头的忧烦","下来吧,让你的灵魂飘向原野,/透明的风会化解你心头的郁结"。然后歌者受到感染,

---

① 袁可嘉:《新诗戏剧化》,《论新诗现代化》,北京:三联书店1988年版,第28页。

振奋起来表示:"女神啊,我虽是一只负伤的小鸟/决不向残暴者出卖自由的翅膀";大地女神告诉歌者飘泊"是一种新的开拓","荒原正在呼唤跋涉者/沾血的脚印是献给大地的花朵"。接着的篇章就按照历史线索,展示了歌者与大地女神的心灵交流,全诗构建起一个有着特定剧情的进展结构。

第二篇章是"疯狂的奔马",基本形象是"疯狂的奔马",这是面对1950年"大跃进"的疯狂失控时歌者与大地女神的对唱:"谎言以有毒的乳汁哺育人心/黑白颠倒,真理怎能不沦丧。"

第三篇章是"饥饿的大地",基本形象是"饥荒的哭泣",这是面对60年代初的饥饿哭声歌者与大地女神的对唱:"悲歌阵阵,有起死回生的力量/扶着我颤巍巍地又将风帆悬挂/残破的风帆伴着猎猎的悲歌/你低声向我嘱咐:活着,别倒下。"

第四篇章是"火的精灵",基本形象是"红色的烈火",这是面对十年浩劫歌者与大地女神的对唱:"红色的尘埃让罪恶之火熊熊燃烧/让追日者在邪火的嘲笑声中陨落";"只有热爱生命才会懂得爱/这个世界决不能让邪恶去主宰"。

第五篇章是"血色的沉沦",基本形象是"血色",歌者在红色的波涛里浮沉,大地女神鼓励歌者热爱生命、保持良知。

第六篇章是"女神的箴言",基本形象是"我的觉醒",突出的是思想的觉醒。歌者的抒唱是:"我向往高山,那里有无边的苍翠/女神啊,愿全新的思维赐我以智慧";女神的抒唱是:"仰望星空吧,那是真正的超越/智慧的星光会引你发现新的境界。"

第七篇章是"草原的梦",基本形象是"曙光辐射",夜色中从远方传来曙色的呼唤,歌者"寻觅,属于我的你一轮朝阳",女神呼应"是的,当曙光辐射出万支神箭/噩梦已夹着尾巴匆匆地逃遁/魔鬼的堡垒在你的歌声中倒塌/曙色的呼唤摆脱夜色的浸淫"。

以上六个篇章构成了诗的主体部分,它有着厚重的历史内涵,而且是沿着历史发展的线索展开,呈现的是歌者和大地女神的对唱,更本质的是诗人在特定的历史进程中的心灵演进史,它既是诗人个人的,又是一代群体的。诗人采用了诗剧的形式,就把心灵搏斗分解为两个角色加以具象化,然后在戏剧化情节中有序推进,真实地把一代知识分子由迷茫、困惑、绝望到觉醒、振奋的思想历程展示出来,从而成为一代知识分子的精神发展史。应该说,岑琦创造性地采用诗剧形式写十四行组诗是成功的。

这种十四行组诗无论在西方还是国内,都是独具特色的,诗中歌者与大地女神的角色抒唱是有呼应的,诗所呈现的是有情节、有秩序地展开。这种

抒唱结构的构思难度是相当大的,而这也正是诗剧成功的最为重要的要素。我们来欣赏组诗第五篇章"血色的沉沦"的片断:

歌者:
我的心在血色的波涛里浮沉
柔软的涛声里埋藏着刀光剑影
扑岸的浪里透出隐约的厮杀声
我心中疑惑已陷入一个迷魂阵
我的心在血色的波涛里浮沉
被蒙蔽的心分不清白昼与黑夜
混沌的世界又回到盘古时的蒙昧
屈辱啃噬着心让我怎能不悲咽
我的心在血色的波涛里浮沉
超越时空,我望见飘然而至的你
站在风口浪尖上深情地凝望着我
以神奇的力量将我从浪中托起
女神啊,当我即将沉没的时刻
穿过波澜,我听见你亲切的呼唤

大地女神:
我爱绿色,绿色是生命的原色
绿色的梦是世界上最温馨的梦
血色的浪潮掀起强权的狂澜
制造噩梦的精灵是邪恶的精灵
我爱人类,人类是大地的宠儿
面向宇宙,矗立着一株智慧树
尽管灾难的洪水将智慧果淹没
要敢于与死神较量,永远不服输
我爱生命,我是生命的守护神
驾着风逡巡,我是自由的精魄
我在河畔紧系着不沉的方舟
让生命超越狂澜永不沉没
面对血色的波涛你不要恐惧
这不过是噩梦的造访迟早会消失

诗人让歌者与大地女神交替着歌唱,更好地进行心灵的沟通。诗中的歌者与大地女神是有性格的角色,虽然都是诗人精神外化的侧面,但两人的思想和行动是有差异的,这样就在诗中形成戏剧矛盾,并借助矛盾冲突推动情节进展;诗中的对唱是有呼应的,一人的歌唱往往针对或回答另一人的歌唱,无论在内容或措词上都有照应,这就制造出犹如舞台演出的戏剧化效果;诗中角色的抒唱是带有动作性的,通过抒唱展示人物的心理所思和行动所为,完全符合舞台戏剧对白或对唱的特征。在我国新诗史上,诗剧并不发达,五四时期郭沫若模仿歌德《浮士德》写过《凤凰涅槃》等,此后有柯仲平《烽火山》、杨骚《心曲》、孟超《春郊》、朱湘《阴差阳错》、张白衣《信号》以及穆旦《神魔之争》、戈壁舟《山歌传》等,岑琦连续写了多首诗剧,尤其是《歌者与大地女神》,更是令人欣喜的收获。

岑琦写作十四行诗,不是为了移植这一洋体,而是有感于当前抒情诗写得太长,而十四行诗容量最是适中。他把自己的创作称为汉式十四行诗,其五百多首十四行诗没有照搬西方的格律模式,在用韵上有的一韵到底,有的适度转韵,诗行节奏也是宽式的五顿体,在约束与自由之间处理得颇有分寸。这些汉式十四行诗讲究意象抒情,意象的选择与组合重在提示情思。他对十四行诗最后两行的经营最是用心,使顺势而下的抒情到结末处显出智性的提纯。岑琦的汉式十四行诗,在骆寒超看来自有其形式规范原则,并作了如下的概括:

> 他很讲究音组的使用。音组是新诗语言节奏的基本单位,在岑琦的诗中,音组的使用大致控制在单字、二字、三字和四字——这四个型号内,每个诗行的长度也被控制在不超过五个音组的组合——即控制在五顿之内,这就使诗行节奏大致上获得了和谐。以此为基础,岑琦在确立诗行节奏时,重视的是诗行间音组数的划一或对应的划一,而不是字数的划一,这就造成了诗节节奏也趋向于和谐。以此为基础推出来的格式,岑琦也有自己的做法。首先,是诗节的格式,严格规定诗节的诗行容量,二行、三行、四行都可以,但这种容量在诗节间必须是均齐的或对应地均齐的。这种格式带来了诗章节奏的大致和谐。为了使这一套节奏更具凝聚力,接受者的节奏感知更有向心力,岑琦还注意押韵,偶数行押,有一韵到底,也有按诗节格式变换而转韵的。这种种促成岑琦的诗在形式规范上把握住了诗坛已约定俗成的大原则,为新诗的定型化获得了一份实践经验。①

---

① 骆寒超:《论岑琦的诗歌创作(代序)》,《岑琦诗集》,杭州:浙江文艺出版社2003年版,第17—18页。

这些形式规范原则的持续实践和趋向定型,是岑琦建立汉式十四行体的自觉实践。他的数百首十四行诗的实践印证了他在黑暗中常常心灵感应般做的梦:在寒风萧瑟的旷野上,有一位弓腰曲背的播种者,在自己的垦地上播种;他的神态是那么虔诚,那么庄严,仿佛播出的是自己全部的爱心,每颗种子都沾着他的心血。①

四 骆寒超:《鹧鸪天》及其他

骆寒超的新诗理论研究成就卓著,出版有《骆寒超诗学文集》十二卷。在理论研究的同时,骆寒超也有新诗创作,他试图通过新诗创作来体悟创作规律,从而在理论与创作结合上建构现代诗学体系。从收在《白茸草》中的二百多首新诗看,骆寒超的新诗创作从50年代开始,经年不息地延续到近期,虽然公开发表的不多,但每首都写得"相当严肃认真"。尤其是进入80年代以后,骆寒超更是从成熟的理性自觉出发,选择了格律严谨的十四行体,自觉地进行着"汉式十四行诗"的探索。骆寒超的汉式十四行诗主要编入同唐湜、岑琦的合集《三星草:汉式十四行诗三百首》(浙江文艺出版社1997年版),其中包括骆寒超创作的《鹧鸪天》一百首,此外还有发表在《星河》的数组"鹧鸪天"十四行诗。因为有着明确的理论思想指导,创作成为现代诗学探求的自觉实践。

骆寒超在《三星草》的序言中自述十四行诗创作缘起:

> 为了建构自己的诗学理论体系,我多年来一直压抑着诗歌创作的欲望,直到80年代某一个冬夜,我怀着理论思维枯竭的困惑,孤独地走在荒野上时,突然觉悟到只有通过创作实践,才能真正完成自己的理论建构,于是我那苦涩的青春,我那滴血的眷恋,以及我那人生荒野寂寞的寻求,全化为灵思而喷涌出来。但我生性是个矛盾的存在,热望放纵,又力图约束,结果成了一个在规范中讨自由的人。可不是吗?很多年来,我始终认为闻一多"乐意戴着脚镣跳舞"的话也是属于我的。因此一当我正式写诗,我与唐湜、岑琦就一起选择格律严谨的十四行体来写。②

因为骆寒超是一位在诗学理论上有博大体系的诗人,所以在开始创作十四行

---

① 岑琦:《〈东海诗群诗选〉后记》,《岑琦诗集》,杭州:浙江文艺出版社2003年版,第637页。
② 骆寒超:《序言》,《三星草》,杭州:浙江文艺出版社1997年版,第12页。

诗时,就同唐湜、岑琦一起明确了六项基本原则。前三项属于潜创作规则:立足社会人生,但又必须让社会人生感应和宇宙感应联系起来作双向交流;群体抒情的"情",应该来自这样那样个体自我的切身感受;强调自我群体化抒情,而又强调群体自我化抒情。从而达到:

> 《三星草》之所以并无天马行空般的浪漫"热气",多少能保持一点人生的现实真实;并无蜗牛负壳爬坡般的写实沉滞,多少能具有一点社会素描中的现实超越;之所以并无"零度写作"的理性枯涩,多少能透出一点生命追求中的自我体温……

后三项则属于显创作规则:让功夫在诗外与诗内作双向交流,意象抒情应该是新诗的重要规则;意象必须依附于语言来显示,新诗立足于现代汉语写作,但必须在与古代汉语作双向交流中完成诗性化建设;诗体建设原则是在约束中显自由,在自由中显约束,只有在这样的双向交流中,才能使新诗求得形式的规范化定型。从而达到:

> 《三星草》之所以既有浪漫抒怀的特色,又有具象感发的情味,变形象征的韵致,全由于我们遵循似实似虚的意象抒情策略;之所以既具现代汉语的纯化,又恰如其分地渗入古典诗词、句法,全由于我们遵循现代汉语诗性化的规范原则;之所以体式上既有格律的约束,又有自由的流转,全由于我们遵循约束中显自由、自由中显约束的艺术辩证法。

这就是骆寒超等写作汉式十四行诗的诗学原则,也是他的汉式十四行诗的审美特征,具体说是两个关键词:一个是"现实",即"现实真实"和"现实超越"的结合,而在这种"现实"中透露着诗人生命追求的自我体温;一个是"诗性",即遵循现代汉语诗性化的规范原则,而在这种遵循中实现移植域外诗体与古典传统诗艺的结合。他与同道创作汉语十四行诗,确定的原则就是:"我们绝不照搬西方十四行体的格律模式。由于语言的不同,西方也有不同格式的十四行诗,我们即使要照搬也是会弄巧成拙的。因此,除了借鉴它十四行容量和某一部分组织原则以外,我们决定按上述六点思考,去实践着走自己的路。"[①]这就是"汉式十四行诗"的基本内涵,也是探索"汉式十四行诗"的意义所在。在我国十四行诗发展史上,尚未有一位诗人如骆寒超这样

[①] 骆寒超:《序言》,《三星草》,杭州:浙江文艺出版社1997年版,第2—12页。

系统全面地去追求十四行体的汉式化,而这种追求对于我国十四行体中国化具有很强的现实意义。十四行体中国化已经历时百年,进入 80 年代以后,由于新诗形式意识的觉醒,社会文化环境的开放,我国诗人跨越了输入期和模仿期而进入到建设与创造期,接续了 40 年代从吴兴华、卞之琳到冯至再到九叶诗人的十四行体变体创作。骆寒超等在这时提出创作"汉式十四行诗",既是自身理论研究对创作的呼唤,更是应和着十四行体中国化的历史进程。骆寒超是新时期最早正面提出这一话题的诗人,值得我们重视。

我们来读骆寒超自己非常珍爱的《河姆渡》,这也是他列在《鹧鸪天》卷的开篇之作:

> 那时,恐龙绝望的恋歌
> 已经唤不回东海的碧波
>
> 这渡口因此飘起了炊烟
> 招邀着独木舟摇来村寨——
> 也摇来今天灵感的荒远……
>
> 于是骨的刀石的箭矢
> 雕琢出一片美丽的原始
> 古越的少女头顶陶罐
> 歌唱着走进汉家的历史
>
> 亚细亚黎明的文化岩层
> 先行者留下的一个足迹
> 血斑斑踏动了我的心魄
>
> 啊,河姆渡,我也应该是你吗
> 艰辛的生涯,为我中华……

诗中的河姆渡既是具象的抒情意象,也是思维的升华基点。诗人写作此诗时,曾迷醉地品尝过那个越地原始村落遗址的神奇往事,其独木舟、刀石、陶罐,都曾经给予诗人创作以灵感;但诗人没有停留在自然的观察上,而是凭借着想象复活了令人神往的河姆渡原始人类生活图景,并通过思索给河姆渡注入了特定的思想内涵,也即诗人所说的"河姆渡历史价值的分量"。诗人把河姆渡原始人类的文明与汉族发展的历史联系起来,称它是先行者留下的一个足迹。这种想象和思索都烙上了诗人特有的个性,这就是诗人所说的:"也许由于生涯的坎坷和青春的荒芜,我的内在世界里对人生总怀有一份沉郁。这一份沉郁内蕴着我对中华传统文明的宿命承受和生命存在价值的茫然寻求,而爱的固执与创造的神往则成了我诗歌中飘荡着的两面旗帜。"(《三星草·序言》)确实,我们在诗中既感到了诗人面对河姆渡人生活图景的欣喜之情,也感到了一种命运无法把握的沉郁之感,这就使诗具有充分的个人性。但是,诗中对于文明的开拓却又明确地表明了一种群体意识,尤其是结束时的自我诘问。诗人说自己在《浪淘沙》里,借一条象征历史法则的长江,作出了自己的回答:"呵,帆影三巴,/历史呼唤着生命;/浪淘尽黄沙!"由此获得了自己的归宿感,他在对民族传统浪淘沙的生涯里,淘洗出灵感的新质,完成了《鹧鸪天》的创作。这首诗创作上的成功充分显示了骆寒超关于探索"汉式十四行诗"的六项基本原则,显示了汉式十四行诗独特的艺术追求和审美价值,这是十四行体中国化的理论和创作相结合的重要成果,是十四行体沉思性题材的一篇杰作。

  在诗体方面,骆寒超说自己"爱在这个容量里翻出种种新花样——用各种章法各种声韵节奏来写我的十四行",这就是"汉式的十四行"本质含义的核心,也是骆寒超创作意义的本质。西方诗学家罗伯特·培思认为冯至作品全是"优美的中国式的十四行诗",屠岸在 80 年代也使用过"中国十四行"的概念,骆寒超等提出"汉式十四行诗"也是在提倡"中国十四行诗"。在新诗史上,对于十四行体中国化存在认识分歧,骆寒超不仅顺应历史提出了创作"汉式十四行诗"的目标,而且在创作中较好地遵循了十四行体的原本精神,立足在此基础上的变体创作。骆寒超的汉式十四行无论章法、句法和构思如何变化,始终遵循着诗的抒情进展的圆满精神。这也正是十四行体中国化始终坚持的诗体基本要素。在坚持基本精神的基础上,骆寒超等人对于十四行体的段式、行式和韵式进行了有效的改造,用各种章法结构、声韵节奏来写汉式十四行诗,探索十四行体中国化的发展道路。

  先说章法结构。骆寒超说自己尝试过四四四二、四四三三、四三四三、三四三四、七七、二四二四二、二三四三二等型号的诗节组合,甚至还尝试过全首诗不分节,但不管如何章法如何变化,始终讲究组织的匀称,以达到平列强化、对比烘托和收尾呼应等进展结构。如《河姆渡》就采用了二三四三二的结构,读后让人感觉到这种结构也自有其精彩之处:第一段是写一个重要时代的画面,第二段应该是起,写河姆渡人的生活,第三段"于是"开始应该是承,三段诗完成了一个较为完整的河姆渡原始生活的书写,这里有背景的叙述,有人类的活动,有人类社会的发展。在此基础上就是第四段的转,由河姆渡写到亚细亚文明,由"血斑斑踏动了我的心魂"自然引出第五段,在设问中作结,把"我"与河姆渡联系在一起,想到同样应该为中华文明作出贡献。这诗所显示的就是一个自然的进展过程,思绪逐渐有序地集中又有序地展开。诗人在具体创作中没有严格遵循十四行体构思和段式的格律,而是根据诗的表达需要和民族审美进行了新的尝试,分段格式依据诗情进展而定,其所谓"平列强化""对比烘托""转折递进"等结构,体现的正是民族的诗歌审美心理。但是,尽管骆寒超十四行诗的分段没有规律,但较多的还是分成四段,而且相当数量还是四四四二或四三四三结构。较为容易引起争议的是他的一批七七式十四行诗,诗人把诗的十四行分成上下两段,每段七行,而且其中有相当数量的诗两段结构是完全对称的,如《鹧鸪天》:

> 给我苎萝村口的芳邻
> 浣纱滩碧水流藻
> 五月风里的鹧鸪天
> 绿遍古原草
> 呵,烟霞烟柳,春情春潮
> 江南的鸠声唱彻
> 故家的春晓
>
> 给我琴妮湖边的鲜花
> 圣母院钟声飘瓦
> 孤帆影里的鹧鸪天
> 情断珊瑚沙
> 呵,远山远水,古堡古塔
> 异国的鸠声唱彻
> 春晓的故家

这诗的诗情诗意都好,尤其是明显地具有中国古代词曲体的音节,读来声律优美动听。但若从结构来说,类似词的上下两阕,具有了反复回环的复沓结构,不符合十四行诗体的结构要求。所以这诗一般不被看作十四行诗,而被看作一般的抒情诗,但这却是骆寒超的有意创造,应该也是中国化的一种探索。这类诗在骆寒超的《鹧鸪天》中有一定数量,有人统计了《鹧鸪天》中有二十六首之多,大致分成五种类型:(1)与《鹧鸪天》一样,使用同样"诗节格律形式"的,有《浪淘沙》《凉州词》《霜天晓角》和《蒙娜丽莎》;(2)使用两个四顿十音、三个三顿七音、一个四顿九音和一个三顿八音等四种长短诗行,配合其他多种基本格律因素构成的诗,有《生之歌》《风景》《苦楝树》等;(3)使用一个四顿十音、三个三顿八音、一个二顿五音、一个五顿九音和一个一顿三音等五种长短诗行,配合其他多种基本格律因素构成的诗,有《玫瑰花雨》《梦思》《空山灵雨》《蓝色的相思》等;(4)使用两个四顿十音、两个三顿七音、一个三顿六音、一个一顿三音和一个三顿九音等五种长短诗行,配合其他多种格律因素构成的诗,有《苏堤春晓》《平湖秋月》《雷峰夕照》等;(5)除了以上十五种外,其余十一首都属于"个律",即每首诗自己各用一格。在分类后有人就把它统一称为"七七式参差体十四行诗",并认为其美学特征是:"说它是欧洲的十四行诗、又不完全是欧洲的十四行诗,同时又充满了汉诗作风;说它是蕴涵着《诗经·伐檀》和宋词的意象、气质、语汇和音韵,又明显地具有现代口语新诗的语言、风味和格调。因此,都感到它是融古今中外格律诗特色于一身的别树一帜的新诗体。"①这种分析是符合诗的形式特征的,可能这也就是骆寒超所要追求的汉式十四行诗的审美品格。如他所说,这是移植了词曲的音节,也化用了词曲的语言意象,承袭了词曲的意象组合策略,来抒发现代生活情感。

　　再说音顿组织。西方十四行诗每行长短以音步计算,而每个音步可以包含二到四个音节,也就是说,十四行诗的每行音节数可以是不固定的。但在一般情况下,意大利语十四行诗的每行包含十一个音节,英语十四行诗的每行包含十个音节。这就是王力所说的:"商籁每行的音数或音步数是整齐的。譬如第一行是十二音,以后各行都是十二音。""音数不整齐的只是极少的例外。"②骆寒超认为新诗的声音节奏核心是音组。由于各音组字音含量不同,给人的节奏感也不同:多音音组是重而急,属于扬;相对而言,字音少的音组则是轻而缓,属于抑。抑扬或扬抑相间,顺势而下,节奏有自由和谐之感、顿挫之趣。音组定量还得与定性结合:单字音组最轻缓,二字音组次轻缓,三字音组次重急,四字音组最重急。不同型号音组组合的建行,能形成诗行的轻缓、次轻缓、次重急、重急型的抑扬节奏。因此诗行也有定量和定性的问题,不同长度的诗行,从外现内在情绪的角度看,节奏性能也不同。③ 他的汉式十四行诗就是这种音组理论的成功实践。其基本特征,一是用汉语的音组来对应替换西方十四行体的音节或音步,汉语的音组内部没有高低、长短

---

① 程文:《网上诗话》,香港:世界文化艺术出版有限公司2010年版,第170—172页。
② 王力:《现代诗律学》,北京:中国人民大学出版社2004年版,第142页。
③ 骆寒超:《论中国现代诗歌的声韵节奏系统》,载《当代创作艺术》1986年第2期。

的抑扬,只有音节组合以后的时长,它的本质是声音的时间段落,这是由中西语言差异性所决定的诗歌节奏单元所划分。这种节奏单元基本"等时",即每一音组是从形式上划分出来的时间段落,包含大体相等的音,朗读时占据一定的时间,而基本等时的节奏单元的排列,在朗读中音组间的停顿必然呈现着等时或基本等时的节奏。二是骆寒超"对诗行顿数的规范要求很严,音组型号竭力控制在三字音组,四字音组之内,很少越轨"。其实,在骆寒超的十四行诗中,音组的字数一般是控制在二字和三字以内,诗行的长短一般不超过四个音组,因此总体来说诗行偏短,读来朗朗上口,也就是说,他是注意了诗行间音组数的划一或对应的划一,而不是诗行间字数的划一,这样有利于形成和谐的节拍式节奏。三是音组建行分为两种情形,一种是全诗各行的音组数量完全相等,从而形成等量音组排列的整齐诗行,类似于西方十四行诗整齐音步诗行排列。如骆寒超的《长巷》每行都是四个音组,这里转引该诗的末六行:

  当我们邂逅在漆黑的长巷
  天低垂,你两颗星星真亮
  这不是跋涉者遗失的吗
  你笑着导引我走出长巷

  黎明的火轮已滚过沙丘
  让灵魂沐浴吧,沉入光流

这六行诗的每行都是四个音组,每个音组严格限定为二三字,上引第三行最后一个音组是"的吗",这种限定确保了音组的等时或基本等时,在朗读中产生节拍式的节奏。由于每行中的四个音组并不限定型号,二字组和三字组任意排列,所以结果必然是诗行长度并不一致,上引第一行包括三个三字组和一个二字组,所以诗行为十一音,其余诗行都是两个三字组和两个二字组,所以诗行长度均为十音。另一种音顿组织是段内音组数并不一致,但对应诗段之间的音组数却是完全相等,在诗段层次上形成整齐匀称结构。如前引《鹧鸪天》两段,上下两段的诗行音组数和音数相对称,即每段都是九音四音组—七音三音组—八音三音组—五音两音组—九音四音组—七音三音组—五音两音组。以上两种建行方式,都保持了十四行体的原本精神,即追求诗行的整齐或匀称,从而形成有规律的节奏效果。由于骆寒超主张新诗的语言吸取古典诗词的语言特点,以尽量少用散文句式,句子结构也不复杂,所以其语言确实通过现代汉语与古代汉语的双向交流,达到了现代汉语的诗化,这种"诗之文字"便于诗人更好地建构单纯结构的音组组合排列节奏。

还有用韵方式。骆寒超主张"一节一韵,不搞交韵、抱韵、随韵,每节又必须换韵",这既突破了传统诗歌一韵到底的方式,又突破了十四行体频繁换韵的方式,实现了两个传统方式的对接和交融。中国传统诗歌往往全诗一韵,把它用到十四行诗创作中,往往就会显得单调,诗人就借鉴了十四行体较多换韵的优势,创作中采用了换节换韵,而且强调了"必须换韵",在相当程度上改变了用韵的单调呆板;同时,诗人也没有直接照搬十四行体频繁换韵的方式,而是在一个诗段中使用相同诗韵;这样就实现了中西两个诗韵传统的交融,从实践来看,这种用韵方式较为自由,运用起来所受束缚较少。骆寒超的汉式十四行诗读来具有音乐美感,我们来读《风景》一节:

> 你是我一片三月的风景
> 麋鹿样碎踏出灵山幻境
> 杏花雨乘兴洒过
> 柳梢头春梦轻灵
> 呵,夜已浓,鱼已隐
> 高楼荡笛韵美丽多情
> 生命捡贝于东海滨

这里的诗句读来叮咚作响,富有诗的音乐美感和传统诗歌韵味。产生这种朗读效果是多种因素作用的结果。首先是采用纯化的现代汉语来写,诗句结构单纯,散文句式减少,渗入了古典词语、句法。其次诗人"反对诗歌中让叙述、交代和说明性的语言存在;凡这些也都坚持用意象来提示",有时则移植了词曲的音节,也化用了词曲的语言意象,承袭了词曲的意象组合,来抒发现代生活情感。① 再次是诗人没有采用中国传统诗歌中较少采用的交韵和抱韵,而是较为密集地采用了同韵相押,上例七行中有六行末押着相同的韵。

骆寒超的夫人陈蕊英也有相当数量的汉语十四行诗发表,仅在《星河》杂志就发表了数十首。这些诗可以分成三个系列:一是"西湖梦痕",包括《雷峰塔》《西湖的黄昏》《放鹤亭》《九溪》等三十首;二是"江南谣曲",包括《江南春》《油菜花》《湖边人家》《夜步三山岛》等三十四首;三是"古镇记忆及其他",包括《叶与根》《雨夜》《梦系北戴河》等十五首。这些诗基本采用

---

① 骆寒超:《序言》,《三星草》,杭州:浙江文艺出版社1997年版,第13页。

英体,抒写诗情画意的自然风光和诗意的美好记忆,格律较为严格,写得优美轻盈。如"江南谣曲"组诗中的《东山》:

> 暮春有花季生命的盛宴
> 东山坞桃林腾起片红焰
> 身倚着雨花寺山门寻梦
> 暖风吹一天花雨璀璨
>
> 孟夏有生命骚动的玄秘
> 大尖顶给人灵魂皈依
> 徘徊在慈云庵梵宫凝思
> 烟云幻化一座蓬莱神奇
>
> 秋深了,生命的木叶飘飘
> 古银杏装点起荒凉山道
> 踏入进"江南第一楼"俯看
> 橘园,挂满了珍珠玛瑙
>
> 季节的轮替里美在律动
> 东洞庭主峰,永远葱茏

每行统一为四个音组,诗行大体整齐,适当运用跨行,重在写景抒情。从结构看,前三段分别写暮春、盛夏和秋深,最后一段归结为"季节的轮替",点明了"美在律动",这正是英体十四行诗的结构模式。句式简短,少用散句,控制虚词,笔法细腻,充分利用汉语的诗性语言写景抒情,呈现着优美的东山美景和诗人的由衷赞美,富有传统韵语的精炼和音乐性。诗用汉诗传统和西式换韵结合的韵式,具体说就是每段同韵,换段换韵,前三段韵法则是一、二、四押韵,分别押"an""i""ao"韵,末段是一个同韵的双行,押"ong"韵。在总体上说,这种格式同骆寒超的十四行诗有着类似之处,当然,诗行和音数的控制又比骆诗要求严格,因而格律更为严谨。在基本采用英体创作时,也有段式变化的诗例,如《新安江抒情》和《莫干山》采用了四三四三结构,《芦苇荡》《山塘歌宴寒山钟》和《安吉》则采用了五二五二结构,其突出的特点是类似骆寒超的"七七式"结构,即把十四行分成两组,分别是五二(或四三)和五二(或四三)相对,全诗成为对称式结构。如《芦苇荡》的两个二行节分别是:"呵,水中的森林,江南芦苇荡/一道有生命的绿色堤防"和"呵,水中的森林,江南芦苇荡/一篇有灵感的绿色诗章";而《新安江抒情》的两个三行段分别是:

  呵,为让每排浪都换来富饶
  千岛湖记着:武术迁移客
  踏过白沙桥走向迢遥
      ——第二段
  呵,为让每滴谁都能量辉煌
  水电站梦着:山河重造者
  踏过新安桥蓝图新描
      ——第四段

这种对称结构不是十四行诗段结构的原本精神,而是诗人创造的"汉式十四行诗"。

  陈蕊英还写有十四行体叙事诗,这就是《苎萝恨》。诗人以女性的细腻叙写了苎萝山下浣纱姑娘西施的故事,由十六首十四行诗组成,末首为"尾声"。诗中凭借着想象,努力还原生动丰富的历史画面,而且把这些历史画面切割成一个个生活片断,其中不少具有历史场景中的细节特征,诗人把人物安置在这些片断画面和生活细节之中去展示性格。如:"驿桥上像有个人儿踯躅/这可是谁呢,影影绰绰/'说呵,你是从哪里来的?/说呵,我此身归宿何处'//'归宿即来处兮,来处亦归宿!'——/笛声消失了,天耿耿欲曙。"这是一个历史场景中的细节性片断。在这片断中既有历史内容,又有心理活动,抒写出了人物悲欢离合的特定情思。虽然叙事并非十四行体长处,但诗人通过切割抒写片断,较好地发挥了诗体容情单纯、表情委婉的优势。《苎萝恨》组诗诗句基本等长,采用等量音组建行方式,诗行字数允许变化。尤其是诗人根据抒写内容需要,大胆地在结构安排上变化,既有四四四二(五首)、四四三三(一首)的传统结构,也有五五四(一首)、二四二四二(六首)的变格结构,还有二五五二(一首)、二四四二(一首首)、二三四三二(一首)等罕见结构,是一组变体的十四行叙事诗。

五　白桦、沈泽宜的十四行诗

  白桦的新诗创作成果卓著,十四行诗创作数量很多。1992年4月,他在广东旅游出版社出版了《白桦十四行抒情诗》,规模宏大,包括二十一章,每章有若干首,各章的名称如下:"岛国之秋""追赶我的道路""我们和你们""初春""四月""山阴路上""观舞""絮语""麋鹿的梦""南国""沉思""海德堡之夜""维也纳森林的故事""再会吧""巴黎""生活正在思考""归去来兮""秋天奏明曲""一束信儿""送别三毛""思索中的景象"。章名显示了白桦十四行诗创作题材之广泛。《情诗六首》(载《长江文艺》1985 年 5 月号)、《岛国之秋》(载《当代诗歌》1987 年 9 月号)、《梦之旅》(载《人民文学》1986 年第 6 期)和《四月诗章》(载《上海文学》1987 年第 8 期),是白桦在 80 年代重要的十四行组诗。

白桦一生经历了太多的磨难。他说:"所以我希望中国作家在经受这样大的坎坷、这样多的痛苦以后,能像俄国 19 世纪的那些经典作家一样结出丰硕的果实来。很可惜,我们的灾难不比俄国人少,但是我们的果实结得很少,甚至于还有一些恶果。按道理来讲,一棵果树它经历了最寒冷的冬天以后,到了春天它会开很美丽的花朵,到了夏天它会结很甜蜜的果实,但是我们的果实和我们的苦难相比,份量远远不够。"他自己则是一个非常天真、率真的人,秉持着知识分子的良知,经历了这么多,始终不卑不亢、荣辱不惊,像他的名字"白桦"一样坚韧、挺拔。他在十四行诗《叹息也有回声》中说:"我并不想做一个胜利者,只愿做一个爱和被爱的人。""我只不过总是和众多的沉默者站在一起,身不由己地哼几句歌。有时,还会吐出一声长叹。没想到,叹息也有风暴般的回声!可我按捺不住因痛苦而流泻的呻吟,因爱和被爱而如同山雀一般的欢唱。"因此,他把自己独特个性揉碎在自己的作品中,以自身经历清晰透彻地通过作品剖析着政治社会和人生。① 以上是诗人面对自己的磨难和经历的心灵自述,袒露了诗人的价值追求,这是打开白桦十四行诗密码的钥匙。

白桦的十四行诗充满着自己在人生中的思索,如《情诗六首》中的《相知》:

> 我们和这块土地是一体的,
> 这是我们的全部不幸和幸运;
> 山脉连着我们的骨骼,
> 江河连着我们的血管;
> 寺庙和宫阙的残垣断壁里的香火,
> 密集的茅舍,牛栏和猪圈;

---

① 《诗人白桦访谈:创作与人生》(2010 年 6 月 18 日在深圳书城中心所作的对话),见"中国诗歌海派网"。

>　　最有耐心的、最稠密的人群,
>　　连着我们血淋淋的心和坎坷的命运。
>　　再加上沉重的历史,使我们举步维艰,
>　　我知道了,我们是在豺狼的日子里相识的,
>　　你那无声无望的呐喊,
>　　隔着连天波涛般的山峰,现在才传给我。
>　　我从不为我自己的苦难疼痛、呻吟,
>　　我却会为你的伤痕战栗、痉挛,直到死。

诗人借着对相知者的抒唱,表达了自己对人生、对社会的思索。尤其是在这首诗中,诗人用诗的语言反复强调他们那种同祖国的休戚与共的联系,面对个人的苦难与祖国的不幸,诗人还是接受了无声无望的呐喊,并不为个人的苦难疼痛、呻吟,这是一位社会苦行僧的形象。要理解这首诗的情感,我们可以听他的自述:"有些人,包括我儿子就说,他说:'爸爸你到底想干什么,你不能改变一下你的生活态度吗?'我说不能,因为你没有我的经历,因为是我的父亲,是你的爷爷被日本人杀害,你没有这种亲身的感受,你没有看到中国到处是饿殍,你没看到战争的残酷,你没看到我们建立这么一个国家的不易,武装斗争四个字要流多少血。"这是一种从苦难中走过来的知识分子的强烈的爱国情感,是一种把自己的命运与祖国的命运紧紧地联系起来的知识分子情怀,所以这里的"情诗"就不是沉溺于个人的私情。诗人明确地说:"如果说我没有爱可能我会升官,生活会过得很优越,因为我恰恰觉得我有爱,我爱我这个民族,爱我这些读者,爱这些可爱的人,所以我会碰到这样那样的问题。"①因此,我们在读白桦的诗时,经常会感到有一种深深的沉重感。

　　当然,白桦也有些诗写得较为轻松,如《江上雨中行》组诗。这是《春雨江南》:

>　　小船敞开胸怀仰卧在岸边
>　　每一片嫩叶都在颤抖。
>　　狂暴的男性的倾泻,
>　　伴着肆无忌惮的雷光电火。
>　　云隙中的阳光一闪而逝,
>　　沉重的灰色的云紧紧地压着地面;

---

① 《诗人白桦访谈:创作与人生》(2010年6月18日在深圳书城中心所作的对话),见"中国诗歌海派网"。

>　　强迫一切都承受它的持久的抚爱,
>　　说不清是痛苦还是快乐;
>　　虽然已是江河横溢,
>　　大地还在贪婪地呻吟着吸收。
>　　那棵曾是秃头的小树猛地含泪起立,
>　　瀑布般的秀发迎着太阳流泄,
>　　一只鸣蝉在她的鬓边高唱,
>　　高唱着碧绿碧绿的夏之歌。

全诗四个层次,以时间为经,以空间为纬,编织着一首江南春雨之歌,诗情画意,情景交融,意境感人。在抒写中,诗人始终以景喻人,情景交融,使雨中江南的景色富有人性和动感,从中传达出诗人热爱生活的情思。虽然这诗读来感到轻松愉悦,但最后四行诗人突出抒写小树,其实也包含着深刻的思想意义。"含泪起立"是把客观性描写(枝叶上挂着雨水)和主观性描写(经受了痛苦的洗礼)结合起来抒写;"迎着太阳流泄",除了直接点明雨后转晴以外,同时点明春雨过后万物生机勃发。"一只鸣蝉在她的鬓边高唱,高唱着碧绿碧绿的夏之歌",是奇特的意象,用拟喻展示了一个令人向往的意境,体现了诗全部描写的聚焦:春雨中迎来碧绿的夏。可见,在看似轻盈画意的抒写中,还是透露出诗人对生活的深深思索,这也正是十四行诗体的重要构思特色。

白桦在1987年《上海文学》发表的《四月诗章》是结构独特的诗组,每日一首,全月三十首十四行诗,一气呵成,连缀成宏篇伟构,实属难得。这里选录其中的《十二日》:

>　　你说:"我愿做你眼眶里的一滴泪,
>　　当你疼痛的时候滑落出来,
>　　在你燃烧着的坚韧的面颊上,
>　　它就是一条阴凉的清泉。"
>　　我亲爱的春天的第十二夜!
>　　在你芬芳的怀抱里我听见了鸟鸣,
>　　是不安的悸动?也许是由于欢愉。
>　　山之岛乘风之波浮游到我的窗前。
>　　云之海默默地涨潮了,
>　　乳白色的汹涌正在漫过我的手指;
>　　指纹接受并分析着最微弱的信息,

>　　哪怕是你的睫毛的一次颤抖……
>　　一滴泪夺眶而出了！亲爱的！
>　　但不是由于我的疼痛……

从这首诗可以见到,《四月诗章》是一部关于春天的长歌,这是"春天的第十二夜"。诗人在这春天里每日一首,既抒唱着春天的物象,更抒唱着心绪的颤动,往往是物象和心绪交融,心由景呈现,而景由情感染,情景交融而相得益彰。在组诗中,时间是一个自然的逻辑顺序结构,而心绪是一个沉潜的心理流动结构。诗人以心理时间来感知、把握客观的外在的自然世界。柏格森提出"心理时间"的概念,以区别于"空间世界"。空间时间是客观化的时间,"心理时间"则是个人的、主观的、想象的时间,这就使组诗有了外在的和内在的组织结构。诗人采用想象逻辑,即"诗情经过连续意象所得的演变的逻辑",诗人的意象能把逻辑上不相容的经验结合起来,"集结表面不同而实际可能产生合力作用的种种经验,使诗篇意义扩大,加深,增重"①。作为诗的结构,常识意识的起承转合并不怎么要紧,重要的毋宁是诗的情思在通过意象连续发展后的想象的次序。这就是《四月诗章》十四行组诗的探索意义,通过时间的联络把全组诗建构成一个整体。

　　白桦是较早使用自由形式来写十四行诗的诗人,对此呼应的诗人较多,如李彬勇、叶延滨等。叶延滨在1987年10月22日《文学报》"百家新诗别裁"专栏中,发表了《叶延滨诗六首》,均是自由的十四行诗,每首的格式都不一样,诗行组织很不规范,押韵方式也很自由。后来叶延滨又创作了数量较多的这类十四行诗,如《春的定义》。叶延滨写的十四行诗多为素体,段式类似莎士比亚体,音步和韵脚都不讲究,但构思新颖,用语精警,诗意盎然。白桦、叶延滨等的十四行诗在当时被称为"自己的十四行",其共同特点是:(1)每首十四行,有时也借用分段法;(2)借用十四行诗容情和固情的特点,大多写得单纯,诗意绵延而下;(3)诗行的长短和音组数或音数均不限,自由为之;(4)诗韵随意,有时甚至写无韵的十四行诗。这看上去是对20世纪20年代李金发的十四行诗的回归,其实并非如此。李金发等创作缺乏创建中国十四行体的意识,只是随意为之,而80年代以来的诗人则是自觉探索"个人特色"的十四行诗。这看上去是对40年代九叶诗人十四行诗的发展,但九叶诗人的诗对格律的改造是局部的,80年代以来诗人的诗体改造则是带有根本性的,他们不是为了创作方便,而是有意建立自己的十四行诗。当然,这些诗

---

① 袁可嘉:《新诗现代化的再分析》,《论新诗现代化》,北京:三联书店1988年版,第19页。

只能作为中国十四行诗的变体而存在,有些则只能作为个人十四行体而存在。采用自由十四行体写作而获重要成果的诗人颇多。如颜烈的《蝴蝶梦——人生十四行诗》,收入了九十九首十四行诗,诗人自述"有意给自己留下'美中不足'以省自策"。诗人说这些诗是自己"漫漫人生体验的结晶,是弯弯溪流中的九十九圈涟漪;也是我回报生活、献给钟爱的人的九十九朵玫瑰"。从形式来说,诗人吸收了欧洲十四行体的某些形式,但不是全部照搬硬套,具体表现为结构多是三个四行和一个两行组,也有例外的四四三三、五五四、六六二等,并且是以标点隔开而不空行分节。在音节处理上,则根据汉语特征和表现特定语言环境灵活变通,不是按照欧式每行五个轻重格音步拘死,而表现为诗行长短自由建行。在表现内容上,从莎士比亚单纯的爱情表现扩展、延伸到人生,并学习英体注重结末两行,力求写出警句式哲理味。①

同白桦的生活经历相似,背负着苦难的十字架写作十四行诗而卓有成就的还有沈泽宜。1957 年,在"百家争鸣,百花齐放"精神鼓舞下,沈泽宜写出《是时候了》。由张元勋和沈泽宜的诗歌为导火索,形成了当时影响全国的"5.19 事件"。其结果是沈被打成右派身陷囹圄,后至陕西省榆林做乡村教师。"文革"期间他因诗歌创作锒铛入狱,1969 年还乡做过苦力劳工,1978 年复出在高校任教。沈泽宜一生与诗相伴,著有多部诗论集和诗作集。他的《西塞娜十四行》系列组诗包括一百二十首十四行诗(另附"铁达尼十四行"组诗五首),于 2008 年由漓江出版社出版。屠岸在诗集序言中对其内涵和形式作了充分肯定:

> 《西塞娜十四行》似乎呼应了斯宾塞和布朗宁夫人,但又摆脱了前人的窠臼,有着自己特立独行的诗法个性。《西塞娜十四行》是梦与真共鸣、理想与现实焊接、幻影与本相交错、个人的阴晴圆缺与人世的悲欢离合相熔铸的一部交响曲!它涓涓流淌,澎湃激荡,千回百转,奔向海洋。它的主旋律是爱情,它的变奏是命运,它的华彩乐段是圣母颂。②

屠岸认为这是十四行形式东渡中国后他所见到的首部爱情十四行系列,是诗人一生苦难生活与精神历程的倾诉,是一首真善美的抒情之歌。

---

① 颜烈:《后记》,《蝴蝶梦——人生十四行诗》,成都:成都出版社 1994 年版,第 107 页。
② 屠岸:《"呼痛"的诗的记录》,见沈泽宜:《西塞娜十四行》,桂林:漓江出版社 2008 年版,第 8 页。

翻开《西塞娜十四行》集,我们可以看到作者题记:"这是一个中国女孩的名字,她生长在西塞山前的广漠水陆地区。"这里的"她"就是诗的主人公或曰呼告人西塞娜,她是诗人的一位"梦中少女"。据诗人自己说,"西塞娜"是一个组合名字。"西塞"取自古代湖州诗人张志和的词"西塞山前白鹭飞"中的山名,作为复姓;而"娜"来自《聊斋志异》中狐女"娇娜",作为名。蒲松龄所创造的狐女娇娜,是既为诗人所热爱,又为诗人所崇奉的女孩,这是一位可爱的高洁的女性。诗的第七首这样写道:

  你从蒹葭苍苍中走出
  先去巫山,再去洛浦
  传说中在水一方的女孩
  始终隔着条看不见的河

  坐着,安静得如同泪滴
  又风一般从我身边走过
  你婀娜如歌的体态
  是月光的私语,白雪的离歌

可见这是一位超凡脱俗的女子,是山水与女性形象的结合,寄托着诗人"托体同山阿"的创作意图。沈泽宜是六世单传,但苦难的经历使他终身未娶,其晚年所写的《西塞娜十四行》系列爱情诗,就虚构出一个梦中少女,成为诗中的一个"呼告"对象,即对话与倾诉对象。当然这种虚构也有生活基础,由于诗人数十年间被剥夺爱的权力,所以在90年代中期以前的诗作,几乎都是对一个庞大的现实世界的追问,无暇顾及内心爱的诉求。但在这期间,其实不止一位纯情女子曾同他相契相知,仅仅因为现实严峻,最后不得不以悲剧告终,而这些生活积累都在诗中留有印痕。正如诗人所说:"凡我所敬佩的女性,诗中也时见鸿影。"关于诗的写作,沈泽宜曾向屠岸这样表述:"泽宜一生多难,迄未成婚。爱情对我来说只是一种永恒的渴望,即或有时两心相通,也短暂得如同闪电,徒增凄凉味耳。"屠岸说:"但诗人对生活的信心始终没有丧失,诗人对理想的祈愿始终在执著地进行:'所有拯救之手都已缩回,最后那只是否正在伸来?西塞娜,但愿你是人不是梦幻,如同闪电照亮大地山川!'如此,西塞娜对于沈泽宜,怕不是《洛神赋》里的宓妃,倒真像《神曲》里的贝阿特丽齐,或者《圣徒》里的玛利亚。这应该是一种信仰的坚持,何止是爱情的追踪呢?"①这种分析是不错的,诗中确有柏拉图式的理想的精神之爱,但也呈现着一种活生生的血肉身躯的情欲之爱,诗人通过作品敞开了自己的心扉,吐露了隐秘的心声,充满着鲜活的生命热情:

> 请紧紧依靠在我胸口
> 那样,寒冷就无法走近
> 我们就能更真实地感知
> 黑夜中自有珍贵的生命　(第四十一首)

这里的"紧紧依靠在我胸中""真实地感知""我被呼痛声惊醒""如两颗相拥的心",都充满着感性的情感,是一种有着生命活力和热度的爱。诗集中还有一些诗袒露着诗人真实生活中的恋爱场景和想象生活中的性欲渴望,具有较大的私密性和个人性。诗人勇于在诗中公开自己的心灵奥秘和私密空间,正如他所说:"爱情对我来说只是一种永恒的渴望。"这是诗人坦荡品格的充分显示,是诗作抒情真诚的价值所在。因此,诗人在诗集的后记中坦陈:"我一生多难,情感生活也连带倍受创伤,不忍回首,但作为一个诗人,如果不敢公开自己的情感隐秘,乃是一种自私行为。""既然一生都只是一场空白等候,那么就让我把原本应该奉献给一位女性的赞美与感激之情,转而奉献给所有我始终仰望却无法接近的女性群体,让这永恒的救赎之光抚平我创伤,洁净我灵魂,引领我上升。这就是一部《西塞娜十四行》的由来。它就是吐出的丝。"②诗中西塞娜的形象千变万化,身份各不相同,性格也有差异。她是一个江南的娇妹,是一个知识女性,是一个十年流放期间的心灵知音,是一个异国少女。有时她以诗人读大学时的同学身份出现,而最终,她成了诗人崇奉的观音和圣母,或二者的合一。她有时是羞涩的才女,有时是豪爽的女侠,或像狂飙般怒发冲冠,或像荷莲和菖蒲般玉洁冰清。但是,不管形象如何多变,身份如何转换,始终不变的是其真善美的高洁品行,这种品行包括纯洁、坚定、灵动、忠贞等基本内涵。它是诗人理想中的女性形象,是诗人理想中的审美境界。正如诗集的最后一首抒唱的:

> 如同观音幻化成万千形相
> 所有的西塞娜只有一个

---

① 屠岸:《"呼痛"的诗的记录》,见沈泽宜:《西塞娜十四行》,桂林:漓江出版社2008年版,第6页。
② 沈泽宜:《后记》,《西塞娜十四行》,桂林:漓江出版社2008年版,第158页。

近在咫尺却又远隔天涯
灿烂如星空,幽闭似百合

照见我的孤独我的凄凉
温暖我的寻求我的梦想
是隐隐传来的天堂之钟
照引我归家的昨夜星光

一张张绿叶随风飘去
月光下,海水依旧涨潮
许诺我一株远方的碧树
终我一生能不能走到?

西塞娜,何时你才能显现真身
永恒的女性请引领我上升

西塞娜的"形相"是一而多的,是一种基于现实又赖于想象的形象。虽然诗中的形象大多有着诗人的现实生活基础,但最终都得到了精神的升华和净化。她永远是诗人的期盼、向往、归宿、希望的星辰。理想与现实、虚构与真实、个体形象和群体形象的结合,这才是西塞娜这一女性形象的特征。只有这样的解说,才能理解诗集的审美价值,才能把握诗集的爱情意义。

《西塞娜十四行诗》通过对西塞娜以及与西塞娜感情纠葛的抒唱,呈现着诗人历尽苦难而始终不倦对于真善美的追求。诗中抒写了诗人坎坷和颠沛的人生磨难:"二十二年没哪个舞台对我开放/我只能面对沧江和峭壁/让歌声在高山流水间碰撞";"鹰唳和虎啸早已听不到了/我们像虫一样在地上爬着/被权势惊吓,为生计奔波/为一斤白菜讨价还价……"在这种处境和心境中,是高洁的理想追求使得诗人坚强起来,是西塞娜拯救了他。第一百一十一首题为"我梦见自己在天庭鏖战",先是这样的两节:

我梦见自己在天庭鏖战
双方都有天使、侏儒和英雄
山像竹笋那样掰断,雷霆四处炸裂
烈马嘶鸣,战车滚动

> 长剑撞击时我突然马失前蹄
> 从九霄笔直向大地坠落
> 当我从黑夜般的眩晕中苏醒
> 发觉已躺在雪白的床褥

这场鏖战有着深刻的社会生活内容,也有着爱和欲的体验,而对此进行拯救的就是西塞娜。接着的抒唱是:"悲伤凄婉,你在床边坐着/清澈的眼眸蓄满了泪珠/你用爱的羽毛涂抹神膏/碎裂的躯体恢复如初//这是个多年前做过的梦/一生的苦难与渴望尽在其中。"可见诗的内涵是极其丰富的。由于诗人的生活苦难与精神苦难甚至生理苦难是结合着的,所以其"渴望"同样既是精神的又是肉体的,既是现实的又是理想的,既是个人情欲的又是道德境界的。在苦难与渴望中,是高洁的理想和纯情的西塞娜使得诗人坚强起来:

> 在流放的悲凉与寂寞里
> 你是我心中一盏永久的灯
> 一次次我隔水仰望
> 如同长夜仰望黎明
>
> 怆然独立在悬崖之上
> 大理石在脚下昼夜奔驰
> 你以洁白纯真的微笑
> 照耀我十一个苦难的春秋　　(第六十八首)

诗中的"西塞娜"(即"你")就是一个呼告语,诗人面对呼告的形象获得不竭的力量和精神的安慰,诗中的形象成为诗人灵魂的故乡、精神的寄托。沈泽宜的诗为我们保留了那一特定年代里,一代背负时代十字架的知识分子的精神历程,他们虽然历经种种生活磨难和精神打击,但始终孜孜追求着高洁的理想和信念,寻求着精神的自由空间。《西塞娜十四行》的总主题是爱情,但又不限于爱情,体现着人类对于真善美的理想追求。

《西塞娜十四行诗》在十四行体中国化探索中有着重要的意义。就十四行爱情组诗结构来说,该诗比其他组诗更加接近莎士比亚的十四行诗集,在自然松散的结构中自有一条感情主线贯穿,组诗中每首都抒写一个思绪片断,就其内部结构看,这些诗注意起承转合,注意含情的单纯和集中,全部诗作组合起来是个有机整体,各首分开同样可以独立欣赏。就十四行诗的格式来说,全部诗作普遍采用四四四二分段,但也不拘泥一格,还有如五四二三、五四五、六八、三三四四等多种;采用等量音节排列节奏,每行顿数多为四顿和五顿,但也有变化,尤其是诗行的长度允许较多变化;大多采用逢双行押韵的变体,继承了中国传统古典诗歌的韵式,但也有整首并不押韵的。沈泽宜的十四行诗格式经营服从思绪表达,在分段、建行和用韵方面并不拘泥格律的完全规范。

六 王端诚、万龙生的十四行诗

王端诚(微斋)数十年来身体力行创作格律体新诗,他和万龙生等东方诗风诗人有着基本一致的诗格律主张:一是认为在诗里,最小的节奏单位是顿,即朗诵中产生的自然的、必需的、或长或短的停顿,类乎音乐的节拍,他们有时把它称为"步"。二是由音顿(或步)建行形成格律体新诗三大类型,每行顿数或字数相等的整齐式、节与节相应行顿数相等的参差式和两种方式综合的复合式。三是格律诗押韵是普遍的规律,用韵方式不妨多样化。四是新诗应该建立几种固定形式,目前在探索的有四行体、八行体、十四行体等。五是按照以上规律写作格律体新诗,具有无限可操作性,诗人尽可遵循格律体新诗的产生规则,创造出新的作品、新的体式。王端诚同东方诗风诗人群大致按照以上格律主张来创作他们的十四行诗。

王端诚的新诗创作讲究格律的严格性和音韵的谐和性,较多地吸收古典诗词的音律方式,用纯净的现代汉语写作,在规范格式中传达出深邃的古典意境。他认为:"诗歌,是利用富有音乐性的文学语言来塑造形象,向读者传递情感使之共鸣和创造审美使之愉悦的。因此,音乐性便是决定诗歌成败的关键。""中国新诗必须重新从文言向白话诗语转型的衔接点着手,继承汉语言的基本规律和借鉴诗歌格律的构建特征,在鲜活的时代语言的基础上去探索新诗外在形态的新的模式。"①学者对王端诚诗歌的评价,是格律掌握娴熟、古典基础深厚、构思颇有"现代"风。王端诚的《秋琴集》("格律抒情新诗录"),2007年由中国文化出版社出版。2010年由中国文化出版社出版的新诗集《枫韵集》,每首诗标示出具体诗式,分为整齐、参差和复合三种。2014年9月,王端诚在中国诗词楹联出版社出版《微斋咏唱录》,上篇为"梦弦集",是现代汉语诗卷,下篇为"尘踪情影吟稿",是文言诗词联卷。

---

① 王端诚:《格律化是汉语新诗发展的必由之路》,《微斋咏唱录》,北京:中国诗词楹联出版社2014年版,第192、195页。

王端诚的十四行诗是他的格律体新诗的组成部分,就格律实践说,王端诚重视的是诗行的音步(顿)和音(言)数,基本采用音步(顿)和音(言)数的整齐式,且在《秋韵集》《枫韵集》中的十四行诗都明确标明音步(顿)数和音(言)数,我们把它们称为"步言十四行诗"。《秋韵集》中有四步八言十四行诗,如《回乡》《峨眉》,即每行四顿八言;有四步九言十四行诗,如《每当》《锦江》《写在武王伐纣会盟处》;有四步十言十四行诗,如《大地》《乐山》;有六步十二言十四行诗,如《旧居》。《枫韵集》中有三步六言十四行体,如《游湘西"不二门八阵图"景区有悟》和《天空故事:09.07.22》,即每行统一是三个音步六音;有三步七言十四行体,如《猛洞河的雨晨》;有三步八言十四行体,如《秋日黄昏》和《谢座》;有四步八言十四行体,如《清明写意画》和《雷公山中遇苗女歌舞》;有四步十言十四行体,如《烟台至大连轮上》和《收到了远方的一条讯息》;有六步十三言分段十四行体,如《杭州西湖即景》,所谓"分段",就是十四行分成 ABCD 四个段落,每个段落又分成两节。此外还有变步十四行体,如《歌声苗寨行》,前十二行分成三段,每段两行是两个音步六音,两行是三个音步六音,末两行三个音步八音,诗行长度和音步数量呈现变化;还有普通组合十四行体,如《给海棠》,前三段均为四行,每行三个音步,但每段四行的音数为八七七九,形成对称式,末两行三音步七音。请看《杭州西湖即景》:

A

岛外的湖紧密环绕着湖心的岛
湖心的岛亲切拥抱着岛上的湖

人立岛上立即融为了湖中的景
人在景中正好装饰了岛内的湖

B

正在湖底舞蹈的是高耸的塔影
正对湖面轻吻的是低垂的柳丝

苏堤复苏悄悄诉说永存的史迹
断桥未断苦苦寻觅丢失的相思

C

夕阳送给西湖片片瑰丽的树叶
西山送给西湖段段多彩的云霓

>   片片树叶连接成那秋天的诗句
>   段段云霓缝制起这西湖的新衣
>
>   D
>
>   西湖陪伴我迎来几阵黄昏的风
>   我拥着西湖作了一个远方的梦

孙逐明对这诗的评价是:"把十四行分割为分段的整齐对称式,这也是微斋西为中用的一种创造。借鉴西方格律体式,使之中土化民族化,是一个很重要的课题。"宋煜珠的评价是:"这首诗写得太美了,形式整饬,音韵谐和,语言工丽,意境清雅,余味绵长,充分体现了闻一多先生所说诗歌'三美'的境地。"[①]应该说这种评价是适当的,该诗在借鉴西方十四行体的基础上,融入了中国古典诗词的意境、意象和音节,创造了具有诗情画意的境界。就十四行体的运用来说,确实与原本精神存在距离,但这是诗人的创造,也是一首汉式的十四行诗。诗人在诗体上遵循了四四四二的分段方式,但却把前三段四行都分割成前后两组,在对称的诗意和语言结构中更多层次地推进诗情诗意,这应该也属于诗人的有意探索。在《微斋咏唱录》中也收有相当数量的十四行诗,仅四步九言的十四行诗就有十一首。

  王端诚有着良好的古典诗词素养,在网络上有万龙生推荐的"十四行译宋词三首",说"西方诗体成功移植为现代汉语格律体诗,是中国新诗的一大成就"。"这是王端诚以整齐体移植宋词的尝试,译诗与原词相得益彰,读之如饮琼醪。"[②]受到鼓励的王端诚继续采用十四行体翻译宋词,终于完成了《十四行今译宋词》,选两宋时期主要词人凡六十九位八十阕词作。诗人试图以传统的西欧诗歌体式"十四行"演绎中国宋词的主旨神韵及其审美情趣,在全新的现代汉语语境中对原作意境心领神会地意译,这是一种忠于原作的"再创作"。诗人在"凡例"中说:"是书是借鉴外来诗歌体式演绎中国传统诗艺的一种尝试。译者认为,中外艺术格局特征,有其个性;然人类灵思出自相通的人性,对情感的需求与审美的取向,亦有其共性存在,继承传统与借鉴域外是可以相辅相成的。译者欲以此二者的相融,来展示当代中国人对古今中外人类文明的承袭与追求;而对于当代汉诗的诗体建设,愚亦期望有所裨益。"可见,诗人采用十四行体今译宋词是有着自觉的审美意识和诗体建设意识的。这里我们举出其中的一首来进行品鉴。这就是辛弃疾的《水龙吟·登建康赏心亭》,原词是:"楚天千里清秋,水随天去秋无际。遥岑远目,

---

[①] 王端诚:《枫韵集》,香港:世界文化艺术出版社2010年版,第77页。
[②] 见万龙生的博客"诗酒自娱的个人空间"。

献愁供恨,玉簪螺髻。落日楼头,断鸿声里,江南游子,把吴钩看了,阑干拍遍,无人会,登临意。　　休说鲈鱼堪脍,尽西风,季鹰归未?求田问舍,怕应羞见,刘郎才气。可惜流年,忧愁风雨,树犹如此!倩何人唤取,红巾翠袖,揾英雄泪?"王端诚把辛弃疾的这首宋词翻译成如下的十四行诗:

> 水天远去好一派秋天的江南
> 美人的发髻化作远方的山峦
> 凭栏遥望更增我无限的伤感
>
> 我是一个北雁南飞的游子啊
> 黄昏中无颜去面对手中宝剑
> 拍栏高歌谁知我悲壮的心愿
>
> 秋风起又是鲈鱼成熟的机会
> 那苦恋故乡的张翰回家了没
> 元龙和玄德的豪气哪儿去了
> 羞煞国难中自谋私利的鼠辈
>
> 将军的大树风雨里又长十围
> 半生戎马怎禁得身心的疲惫
> 英雄寂寞谁才是心灵的伴侣
> 温情的红巾揩净我男儿热泪

这诗采用十四行体的变格形式,段式为三三四四,服从于原词的意义段落。译诗每行的音顿和音数整齐,且四个段落的内在结构呈现着起承转合,是相当规范的十四行诗。通过翻译古典诗词来探索新诗的民族化,郭沫若和陈明远早就开始了,其目标是创建中国式十四行诗。王端诚的译诗吸收古典诗词的意象、意境和音节,不遗漏原词中独具匠心的形象构思,不改变原词的整体风貌和布局,而又依据现代汉语和十四行体的语言形式,凭借着诗人的审美想象和格律把握,进行富有创造性的创造,这是值得肯定的尝试。

王端诚尝试过难度最高的"花环诗",这就是题名为《秋菊之歌》的五步十三言整齐式的十四行花环体。诗人自己说:"'花环诗'是传自西欧的十四行诗中一种十分严谨的体式。它是由15首'十四行'合成的组诗,其中前十四首采用顶真手法,即每首的末行都是下一首的首行,而第15首又全部用前十四首的第一行组合而成。"他自己的花环诗,"以秋菊为题,其中第二曲至第十三曲这十二首,是根据我在 2007 年所作的旧体七言律诗《菊花诗》,在全新的白话语境和严格的'花环'格律中采用五步十三言整齐式演绎而成。全诗大多数诗节用 AAAA(全韵),少数诗节用 BACA(偶韵)或 AABA(首句起偶韵的韵式"。① 可见,诗人是较为严格地遵循着十四行花环诗体形式规范进行创作的。全部十五首的曲名是:菊之前奏、菊之记忆、菊之专访、菊之栽种、菊之面对、菊之瓶供、菊之吟咏、菊之图画、菊之疑问、菊之簪鬓、菊之清影、菊之梦幻、菊之残篇、菊之遗韵、菊之回声。我们来看用前十四首的首行组合而成的《菊之回声》,写得美轮美奂:

听一支/仙笛/吹奏起/季节的/忧欢
看几颗/星星/飘落进/银色的/庭院
西风哟/西风哟/捎来了/她的/请柬
清秋的/女神/赠予我/澄澈的/诗篇

也算/耕出了/一小块/避世的/桃源
笑看那/尘寰中/数不完/冷酷/威炎
互递那/妾意/郎情在/这一世/人间
一直到/永远啊/天长/地久的/那天

斜阳下/傲然/站立成/永恒的/经典
秋天的/问题/获得了/春天的/答案
采菊/东篱下/我采回/虔诚的/信念
我把那/艳影/种入了/清澈的/心田

不辜负/秋之神/这一番/痴情/缱绻
微斋中/向缪斯/献上/精织的/花环

《秋菊之歌》在菊花中融入了诗人的精神追求,表达了对真善、高贵、纯洁的秋菊的崇敬之情,是一首跳荡着活力的生命之歌。菊花与诗人合二为一,秋菊之歌就成为诗人的人格之歌。从《红楼梦》的《菊花诗》,到王端诚的《菊花诗》《秋菊之歌》,我们可以看到外来格律和传统诗律融合的审美追求,它同

---

① 王端诚:《枫韵集》,香港:世界文化艺术出版社 2010 年版,第 140 页。

诗的内容即咏菊结合,显示出民族风情。有人这样分析它们的特点:一是诗体结构首尾呼应。诗节之间顶针相连;二是单首诗体,以两句作结,点题点睛;三是诗句之间排比、对仗、反复等;四是句句押韵,一韵到底,也用双声叠韵;五是诗行整齐,节奏规律;六是语言通俗,古朴优雅。① 诗在十四行体框架中,融入的是传统汉诗的音律审美。全诗十五首二百一十行全部采用"完全限步说"建行,即严格限步又限字,而且结束的一个音组始终保持双字尾,这样严格地遵循格律,对诗人写作提出了很高的要求。"诗人王端诚对菊花也是情有独钟。他的这组新作,如滔滔不绝的大河又如回环往复之太极的鸿篇巨制,自始至终都押 an、ian、uan 韵,整齐划一,盘旋而下,绵绵不绝,谋篇布局呈现古典诗词'起承转合'之结构美,吟诵荡气回肠,意境美不胜收。对菊花一往情深,借用古典诗词的意境,运用现代白话诗的语言及格律进行新的演绎,没有华丽的辞藻,没有晦涩的生僻字,于通俗易懂中给读者优雅古朴的回味,这样的诗者理应唤作'菊花诗人'。"②2015 年,王端诚又写成了一组十四行花环诗,题为《世纪之约》。诗人给笔者的信中说:"此诗孕育很久,一直未能成篇,今灵思突至,纵笔一发而不可止,两三日即完稿候教。"全诗首先是序曲,结末是跋歌,中间十三首紧扣"世纪之约",分为预约、订约、待约、临约、爽约、寻约、践约、阻约、坚约、身约、心约、续约、永约。这是一个经历曲折而终未成行的世纪之约,但两心相约,"这爱情因此与天地长存/一直到时空尽历劫重生"。其真情撼天动地:"他和她有着默契的心性/这爱情因此与天地长存","这爱情因此与天地长存/虽天长地久也不会穷尽/花和草将难免委身泥土/两颗心把来世情缘续订"。利用十四行体的抒情优势,写作世纪之约的爱情,这是一个不错的选择,在每首起承转合和整体起承转合中,就把世纪之约的情感抒发得淋漓尽致而又委婉动人。

万龙生从 60 年代以来,一直锲而不舍地从事着现代格律诗的研究和实践。他说:"在这过程中,很自然地对十四行体产生了浓厚的兴趣。我读过一些外国名家十四行诗的译文,其中印象最深的是莎士比亚和白朗宁夫人的作品;而中国大量写十四行体的诗人,我最佩服的是朱湘和冯至(后来读到屠岸、唐湜先生的作品,我也十分喜爱)。读多了,也就试着写。写多了觉得不但不难,而且对这种形式很喜爱,犹如一种惯用的工具。"③万龙生的第一首十四行写于 1967 年,是恋爱中的诗,题为《矛盾》,但自己说从未敢示人。

---

① 赵青山:《新诗格律的成熟范本——王端诚格律体新诗诗艺简析》,《微斋咏唱录》,北京:中国诗词楹联出版社 2014 年版,第 259 页。
② 王端诚:《枫韵集》,香港:世界文化艺术出版社 2010 年版,第 157—158 页。
③ 万龙生:《我与十四行》,《诗路之思》,北京:中国三峡出版社 1997 年版,第 64 页。

数十年间,他写有数百首十四行诗,但不断地筛选淘汰,保存下来发表的大多收入他的格律诗集中。他自己说有意出版《十四行集》,一以赠知音,二以求教正,三以留纪念。在《当代重庆作家作品选·万龙生卷》(作家出版社 2000 年版)中,诗人单列"十四行体"一辑,包括《矿灯之什》组诗七首)、《骊歌》组诗(十首)、《骊歌(又)》组诗(四首)、《野菊之什》组诗(八题)、《工地之什》组诗(九首)、《江南行吟》(四题)、《赠友之什》(八题)。2007 年由雅园出版公司出版他的选集《十四行诗、八行诗百首》。其代表作有《重庆"棒棒"》《矿难》《雁殇》《死亡十咏》等二十六题。我们在其他章节中介绍过万龙生的经济建设诗,这里介绍他的《游踪》组诗,如其中的《桂湖十四行》:

    我游桂湖,不值金桂香飘
    却逢盛夏,得见红荷蹁跹
    杨柳风中,似传来先生的吟声
    升庵祠里,怎能不思绪万千

    亭台楼台,处处有欢歌笑语
    在我眼前,却幻化六诏风烟
    当年,黄峨怎能不愁肠百结
    而今,先生的坎坷仍令我怃然

    据理力谏,只换取贬谪遐方
    步步回首,忍泪别亲人故园
    道德文章,竟在逆境中砥砺
    把中原文化,播种在滇西高原……

    漫步荷径,柳毵毵芳草芊绵
    懿行亮节,掀起我心中波澜

万龙生的十四行诗在格律上最为重要的追求就是诗行间音顿的整齐或对称,这是一首音顿整齐的诗,每个诗行都是五个音顿,每行中间都有小顿,而且这种小顿所处位置都存在对应性,所以读来节奏鲜明。诗是记游诗,所以开始两个诗段是就实的细致刻画,这种刻画同样符合十四行体的结构特征,第三诗段继续推进,由景写到人,构成了诗的有层次、有秩序的递进,形成了一种气势,自然地引出第四诗段的感慨抒发。因为有铺垫,结尾不仅有力度,而且成为点睛之笔,透出诗人的睿智。应该说,此诗是符合十四行体格式要求的。

万龙生的两组《骊歌》也是非常有特色的。第一首《骊歌》明确是"十四行组曲",包括着"序曲"和"尾声"两首十四行诗,中间是八首十四行诗,构成一组哀怨动人的离乱之歌,写得情意缠绵,与此情思相应,诗行采用了连绵不断的组织结构,如第一首的两节:

> 不料上当了,因为
> 这杯儿颇有些古怪
> 一见底又盛满新醅
> 尝尝,更苦得厉害
>
> 那么,就慢点,一滴滴
> 品咂,余生不间断
> 是否会出现奇迹
> 苦酒变淡了,再转甜

每行三个音顿整齐,诗行较短,但不断地跨行的诗句,就把情思的缕缕丝线拉长,绵延不绝,同特定的诗情达到契合一致,增加了诗的审美情意。

与王端诚、万龙生同为东方诗风重要成员的张先锋,同样创作了数量众多的十四行诗。张先锋是由诗词创作进入格律体新诗领域的,他深信当代的格律体新诗,能够生动反映及准确把握当代人思想、生活和情感,必将成为一种定型的、有章可循的新诗体。他的十四行诗以《欧洲行吟》为代表,以异国情调、文化含量见长。他写作的由多首十四行诗合成的叙事长诗《四姑娘山的传说》颇具特色。十四行体是格律严谨的抒情诗体,屠岸在《十四行诗形式札记》中举出爱尔兰诗人詹姆士·斯蒂芬斯(James Stephens)的《修麦斯·贝格》,认为从形式上看是典型的英国式十四行诗,但实际上这只是一首叙事诗而不是十四行诗,或者只能称作十四行诗的变种。因此,屠岸说:"我想,同样的,中国十四行诗如果写成叙事诗,那么这样的诗也不是典型的十四行诗,而会是十四行诗的变种。"[1]因此,张先锋的《四姑娘山的传说》从诗题到结构到内容都是一首叙事诗,它也只能是中国十四行诗的变种。但这种变种同样是十四行诗中国化的重要成果,因为它表明十四行诗题材领域的扩大。虽然唐湜写作了如《海陵王》那样的十四行体叙事长诗,但在汉语十四

---

[1] 屠岸:《十四行诗形式札记》,载《暨南学报》1988年第1期。

行诗中毕竟属于个例。《四姑娘山的传说》叙说的故事是:金川脚下、赞拉河边,阿巴郎依和墨尔多拉为争夺嘉绒头人的雪公主,在日隆进行了一场决斗,二十年后魔王卷土重来,杀害了阿巴郎依,逼死了公主,并欲强娶阿巴郎依的四个女儿。为报杀父之仇,四女假意顺从,用计制服了犀牛怪,但不慎因仁慈放松了对其监管,以致犀牛怪在临死前撞破天河大堤,造成洪水滔滔生灵涂炭,四姑娘满怀对人间和人民的热爱手挽手跃下缺口,化成四座冰清玉洁、俊俏挺拔的雪峰,永留人间。全诗由十一首十四行诗组成,第一首是"序幕",末一首是"尾声",中间九首是"青春盛会""日隆决胜"(两首)、"草原牧歌""祸从天降""忍辱侍仇""齐心降怪""善根恶果""四女化山"。诗人采用切割方式,选取整个故事的若干片断予以铺陈,诗句不求整体统一,但求诗内相对整齐,既保持节奏整齐,又获得创作自由。各首之间故事情节呈现跳跃,整体组合完整叙写传说,整个故事跌宕起伏。诗中融入了诗人鲜明的爱憎立场,但不用直接抒情方式表达,全部使用叙述语言抒写,俨然一首叙事长诗。我们来读其中的"四女化山"一首:

情仇爱恨总伴随血泪斑斑
良善邪恶从来是水火冰炭
又一次天河堤溃巨浪滔滔
同胞们眼见再临灭顶灾难

三姐见状悔痛得柔肠寸断
咬牙收锁绞碎了魔王心肝
为谢罪怀抱牦儿八方礼拜
发誓言生生世世偿还罪愆

三姐含泪留下了大牦牛
姊妹们沿着爹娘老路走
幺妹子一马当先闯激流
姐姐们奋不顾身随其后

四姊妹前赴后继堵缺口
肩并肩生死同心手挽手

这种诗句并非抒情,而是叙事,同唐湜《海陵王》相比更具叙事性,在叙说中有着民间说唱的意味。十四行体中国化是多途径探索的过程,这种叙事长诗的探索同样值得我们珍视。

七 金波:儿童十四行诗及其他

金波是著名的儿童文学作家,坚持儿童文学创作数十年。他的儿童诗讲究格律形式,他曾说:"给孩子们写诗,还是要讲究一些韵律、节奏的;读者的年龄越小,给他们写诗越要讲究'美听'的音乐效果,这是儿童心理特征、审美情趣所决定的。"由此出发,他不满当前儿童诗创作中的"散文化",始终在思考着,如何把诗写得更有音乐性,更讲究形式美和技巧美。[1] 基于讲究"美听"的音乐效果,他的创作从童谣和歌词开始,因为"童谣的节奏、韵式,以及结构、句式的安排,都有一定之规"。歌词"不但讲究节奏韵律,还要符合歌曲创作的曲式结构"。接着他写儿童自由诗,"但在节奏、韵脚上,我一直坚持一定的格律"。最终写作儿童十四行诗,他说:"我把这看作是我在儿童诗创作上的一次新的起步,一次新的尝试,一次新的追求。"[2]他在90年代写出了一批儿童十四行诗,选编而成《我们去看海》,1998年由浙江少年儿童出版社出版,2008年由江苏人民出版社再版。2010年又补充一些新作,出版了《常常想起的朋友》,列为国家"十一五"重点出版规划项目。金波的儿童十四行诗,得到学界高度评价。重点出版规划项目的评价是:"十四行诗这种独特的诗歌体裁得以在汉语童诗创作中运用,是从金波开始的。金波在创作中,还对十四行诗的段式、韵式和节奏进行了新的创造,这不仅是他对汉语十四行诗体式的有益探索,也是他对中国新诗发展所做出的有力贡献。"[3]屠岸在《诗刊》发表《十四行诗找到了儿童诗诗人金波》,说:"现在,十四行诗又捕捉到一位中国诗人,并且宣告它进军儿童诗领地的成功。当然这是一次互动,一次双向的选择,十四行诗找到了金波,金波发现了十四行诗。我孤陋寡闻,还没有读到世界上其他国家的儿童十四行诗。如果真的没有,那么,金波的创作在十四行诗史上又是一次世界范围的突破。"[4]钱光培认为:"这是金波对中国十四行诗的奉献,也是金波对世界十四行诗的奉献,他为中国十四

---

[1] 金波:《后记》,《常常想起的朋友》,南京:江苏少年儿童出版社2010年版,第153页。
[2] 同上。
[3] 见《常常想起的朋友》勒口。
[4] 屠岸:《十四行诗找到了儿童诗诗人金波》,载《诗刊》2005年第11期。

行诗和世界十四行诗奉献了一个新的世界,并拓开了一个新的领域。"①屠岸和钱光培的话揭示了金波儿童十四行诗创作的意义和贡献。

金波的儿童十四行诗写得很美,不仅是给予孩子的精美礼品,也是成人冶情的纯美诗篇。钱芳精当地概括了金波儿童十四行诗的特点,即诗质的美、语言的美和诗体的美:

> 第一,金波十四行儿童诗中的儿童世界与他别的儿童诗中的世界,无论从情趣、从色调,还是从整体的魅力看,都是一致的。那是一个浸润着美的世界、一个充满爱的世界、一个人与大自然融为一体、人与自然中的各种动植物友爱相处的世界……
>
> 第二,由于金波十四行儿童诗,是诗人的"情感之流"与诗体的"声音之流"自然流淌的产物,就使得他的十四行诗在语言上显得更为天籁,很少有雕琢的痕迹。
>
> 第三,由于金波用十四行诗体来创作儿童诗的时间比较晚,所能参照的中国十四行诗体的花样也较多,再加上他深厚的艺术功底和认真的创造精神,就使得他的十四行诗在花样体式变换上呈现出"万花筒"般的丰富多彩。②

因为金波是一位热爱大自然、热爱生命的诗人,因为金波数十年致力于儿童诗创作,因为金波的儿童诗是为儿童而写的,所以诗人能把他那真切又幻美的纯美世界移植到十四行诗体中,并以美妙的诗体来营造和丰富其内心的美妙世界。美的心灵世界和美的世界诗体就这样水乳交融地结合着,"儿童心理学和儿童美学找到了恰当的诗歌表现形式。这是一次世纪的邂逅,历史的幸会"③。这是金波儿童十四行诗的特质所在。

从诗质来说,金波的儿童十四行诗充满着爱的情感。《我们去看海》和《常常想起的朋友》主要部分是"乡情""友情"和"亲情"三辑,这里的"情"的底色是"爱",爱自然、爱生活、爱生命、爱朋友、爱亲人,它就是金波所要塑造儿童真善美心灵的"诗的情感",这种情感流淌在诗中,就成为一种诗美世界。钱光培对这种世界的概括是:

---

① 钱光培:《写在中国第一本十四行儿童诗集出版之际》,见《常常想起的朋友》附录一,南京:江苏少年儿童出版社2010年版,第157页。
② 钱芳:《中国十四行诗在儿童诗领域开拓的成功——论金波的十四行诗》,见《常常想起的朋友》附录三,南京:江苏少年儿童出版社2010年版,第169—170页。
③ 屠岸:《十四行诗找到了儿童诗诗人金波》,载《诗刊》2005年第11期。

流注在他诗里的感情,是美的;展现在他诗里的生活,是美的;反映在他诗里的自然,更是美的。

　　生活的美、人情的美、自然的美使他的诗给了我们一个很美很美的世界。那是一个明丽而和谐的世界;那是一个善良而友爱的世界;那是一个人与自然相互沟通了的世界。

　　这个世界是童话的,也是真切的。是诗人用童话的眼睛反映出的世界,用童话的心灵感应出的世界,即是诗人用儿童诗的艺术创造出的一个诗的世界。①

这就是金波儿童十四行诗的诗质,我们来看他的《让太阳长上翅膀》:

真想让太阳长一对翅膀
天上就多了一只太阳鸟
让它在蓝天里自由飞翔
一边飞,一边自由鸣叫

它们的歌声是这样温暖
给人们心头带来了光明
孩子们看见了笑得更甜
盲人听见了也睁开眼睛

天上飞翔着光明的使者
飞临千万年的冰山雪谷
沙漠里流来了明亮的小河
高山上荡漾着激洌的小湖

长翅膀的太阳是我们的心
好把光和热送给所有的人

这诗采用了四四四二的结构和 ABAB CDCD EFEF DD 的韵式,是英体十四行的变体。诗充满着童心幻想,就是想让太阳长出翅膀成为太阳鸟,然后又把长翅膀的太阳喻为"我们的心"。诗人赋予太阳鸟的行为和精神就是自由地

---

① 钱光培:《写在中国第一本十四行儿童诗集出版之际》,见《常常想起的朋友》附录一,南京:江苏少年儿童出版社 2010 年版,第 156 页。

飞翔,给自然、给人类带来光明。想象是美好的,意象是美好的,立意是美好的,语言是美好的,结构也是美好的。而在其中充溢着的,就是诗人鲜活生命的情感,这是一种充满对自由和光明渴望的情感,是一种对人类、对自然充满大爱的情感。而这种情感是通过幻想的童心来表达的,是通过美听的诗体节律来呈现的。

　　从诗语来说,诗人的"感情之流"和诗体的"声音之流"融汇一体,诗人采用的是一种儿童能够接受、富有美感的语言,这种语言宛如明净的山泉,自然地流淌、叮咚作响。为了达到这种语言效果,诗人少用欧化句式,多用传统韵语;多用亲切的交谈语调,少用生硬的教诲语调;多用柔美的描叙语言,少用直接的抒情语言。这种诗语倾向于传统韵语,是提炼后的现代汉语,富有语言的美质和表现力。首先这种诗语适合表现儿童题材,能够为儿童接受,它接纳和承载了童心、童趣、童真以及儿童的审美经验;同时,这也是汉语十四行诗数十年努力探索的方向。汉语十四行诗历来有着两个语言探索方向,一是欧化的,一是传统的,两个方向都有其存在合理性。但是,就儿童诗审美要求来说,适用的却是后一方向的语言探索,金波把中国十四行诗的语言升华到了一种相当纯净的境界,反映出中国十四行诗在语言艺术上的新进步。如《听秋天里蟋蟀的歌》的一节:"听秋天里蟋蟀的歌/一声高,一声低/一声嘹亮,一声喑哑/不知它在唱什么歌。"这里就采用了口语短句,显得简洁明净,读来叮咚有声,富有音乐美感。我们再看金波的诗语,如《翅膀上的眼睛》:

　　　　我感受林中吹拂着绿风,
　　　　有一只蝴蝶款款地飞来,
　　　　像点亮的蜡烛闪着光彩,
　　　　给这树林添了几分柔情。

　　　　蝴蝶的翅膀像画册掀动,
　　　　一会儿合上一会儿翻开;
　　　　翅膀上有绿的山蓝的海,
　　　　还闪着一双明亮的眼睛。

　　　　是为了凝望林中的绿叶?
　　　　是为了凝望盛开的红花?
　　　　还有化心里晶莹的露水?

是为了凝望春天的世界?
也凝望着我等待我回答:
你和春天为什么这样美?

这里的语言是描叙性的,全诗有贯穿情节的结构,段与段之间、行与行之间、词与词之间都具有逻辑的进展线索。诗采用了意体的四四三三的体式,韵式为 ABBA ABBA CDE CDE;每行统一为十言四个音组,行内既限音数又限音组,是一种格律较为严格的建行方式。在这种诗行框架内,诗人没有采用复杂单句或多重复句结构,多数诗句结构单纯简洁,体现着行的独立特征,句(行)末使用逗号或句号或问号,语义相对完足。虽然连接词语较少,但诗句不呈跳跃性。这是中国古典诗歌中从诗骚到魏晋的诗歌语言特征。这种诗语虽然缺少弹性和韧性,诗意表达缺少蕴涵和余香,审美传达也缺少回味和咀嚼,但却是完全符合于儿童诗的语言表达要求和审美趣味的。

从诗体来说,金波是较为严格地遵循着诗体格律要求写作的,但又从民族欣赏习惯出发探索变格体。金波的儿童十四行诗不少采用意体写成,分段方式为四四三三,韵式前八行大多使用两个抱韵,后六行用韵较为自由,在创作中有着多种多样的变化;更多采用英体写成,分段方式为四四四二,充分利用末段英雄双行进行点明或升华。就变化而言,主要体现在韵式方面,大致统计有数十种之多,其探索方向是把西方十四行体的韵式同中国传统诗歌的韵式糅合起来,既借用西式用韵的多变呼应,形成错落曲线,又渗透传统用韵的惯用习惯,努力把十四行体改造成能为中国小读者接受的新诗体式。如《薄荷香》韵式:

在山野里走一走,逛一逛　　A
脚下就撩起了阵阵薄荷香　　A
香味让我想起母亲的晚饭　　B
想起竹篱上的晚饭花开放　　A

盛夏黄昏,暑气仍未消散　　B
割回一筐草,夕阳披两肩　　B
刚进家门,薄荷粥就熟了　　C
喊一声妈,声音也分外甜　　B

捧一碗薄荷粥香喷喷地喝　　C

粗茶淡饭都有浓浓的欢乐	C
妈妈的爱是最可口的饭菜	D
喂养着我长大的童年生活	C
我常常闻见薄荷香味飘来	D
仿佛又回到了那童年时代	D

这首诗每行十一格（标点占格），采用英体四四四二结构，韵式是：AABA BBCB CCDC DD。类似《薄荷香》的用韵方式，在金波儿童十四行诗中还有《走近雨季》和《一场雪又一场雪》等诗。其特点是全诗用了四个韵，分别用在四段中，换段换韵，这是移用了西方十四行体韵式的成果，但在段内用韵却采用了传统诗体的韵式，即前面三段四行分别都是第一、二、四行押韵，第四段采用两行同韵。尤其是，第一段无韵行的"B"成为第二段的韵，而第二段无韵行的"C"成为第三段的韵，第三段无韵行的"D"又成为第四段的韵，从而造成了一种连环交错而又逐层推进的诗韵结构，充分显示了汉语十四行诗的声韵魅力。

遵循格律与探索变体还表现在诗行组织上，十四行体一般采用均行等音或等量音步建行，以此来形成均齐的诗行组织和韵律的节奏模式，金波的儿童十四行诗基本上就是采用这样两种建行方式，有的诗行音组数相等，有的诗行的音节数相等，还有的诗同时采用两种建行方式，甚至有的诗允许个别的诗行都不采用两种方式，而是采用更为自由的方式，这样就造成了整齐中的变化和一致中的多样。段式、用韵和建行的格律化与自由化的结合，"使中国的小读者第一次集中地系统地接触到这一外来的诗体，而且在理解上毫无障碍，十分流畅，把十四行诗的古典形式与现代诗的自由、清新结合在一起，把舶来的形式与民族化的情感、内涵与语言习惯相结合"①。这就是金波对于汉语十四行诗创作的贡献。

金波儿童十四行诗的另一重要贡献就是组诗的创造。主要有两种形式，一种如《树之魂》组诗，由六首十四行诗组成，每首十四行分别采用四四三三结构，韵式均为 AABB CCDD EEE FFF，在形式上具有独立的意义，但是全诗讲述了一个连贯的故事，因此诗意连贯，不能各自独立成篇。另一种即采用西方十四行花环诗体形式，其中著名的就是《献给母亲的花环》和《乌丢丢的奇遇》。前者记述了母亲的沧桑人生和"我"的成长经历，有着浓重的童话故

---

① 汤锐：《只记得萤火虫的夜最美丽——评金波儿童十四行诗》，见《常常想起的朋友》附录一，南京：江苏少年儿童出版社 2010 年版，第 164 页。

事情节,首尾相扣的十五首诗把母亲的人生与"我"的成长紧紧地扭合起来,在回环往复的旋律中流畅而富有层次地展开故事情节,用律严格,自然流畅,"不仅在艺术上达到了一个令人惊叹的高峰,又在儿童诗惯常的天真欢乐、和谐纯净之外,增添了厚重的生活内涵,有了一种复调之感"①。后者试图重新想象童年,它是一篇优美的童话,但又是一首柔美温情的抒情诗。木头小脚丫乌丢丢偶然中丢失了他的木偶身体,在不断的寻找中经历了许多的奇遇,从而成为一个象征和隐喻性的人物形象。整个作品以乌丢丢的寻找经历为线索分成若干章,每章开始是一首十四行诗,接着是一段连贯的童话故事,它既是有情节的童话故事,又以"十四行诗"连成奇特的"花环",是生命体验、故事情节、诗性奇想和花环诗体的较为完美的结合,构思精美绝伦。这是一种独特的"诗体童话",实践着跨文体写作,体现着金波创作一以贯之的理想主义和浪漫主义情韵,提供了一种在今天这个轻飘飘的时代指向童话诗性精神的艺术实践。十四行体的花环诗格律严格,写作难度极大,对于任何诗人的创作都是严峻的技巧考验,金波的《献给母亲的花环》和《乌丢丢的奇遇》,写得自然流畅,显示了他对这种诗体的驾驭之娴熟、功力之深厚,值得我们重视。

我国基础教育(包括课外阅读)较早关注到十四行诗,莎士比亚、白朗宁夫人、彼特拉克等的十四行诗已被列为中小学生课外阅读教材。1999年,"千童背诵莎士比亚十四行诗"活动在北京启动。沪江小学语文课外阅读推荐了金波的《乌丢丢的奇遇》,理由是:"这是一部优美的童话故事。乌丢丢因为能给孩子们带来快乐而获得了生命,他珍惜生命的可贵,并懂得用爱滋养生命变得更加鲜活、有趣;爱,也让乌丢丢和老诗人的友情变得神圣。"不少学校还向学生推荐冯至、唐祈、屠岸、白马等诗人的十四行诗。吉林省第二实验高新学校四(1)班师生,读了金波《献给母亲的花环》后十分喜欢,由老师提议,师生合作了《献给学校母亲的花环》组诗。首先由老师写出了《尾声》,然后选择了十四位同学每人写作一首,按照尾声的诗行次序排列。这首特殊的花环诗写完后,在尊重学生创作的基础上请专业作家润色,作为班级师生共同献给母校校庆的礼物。诗不但真实地表达了师生对于母校的热爱,而且用律较为严格,结构也是完整的。

近年来,在网络上还有相当数量的儿童十四行诗发表,《天上的精灵:献给逝去孩子的十四行诗》是写于汶川地震以后的儿童诗,虽然是写孩子的逝去,但充溢着的却是天使般纯洁的情思:

---

① 汤锐:《只记得萤火虫的夜最美丽——评金波儿童十四行诗》,见《常常想起的朋友》附录一,南京:江苏少年儿童出版社2010年版,第166页。

我曾开心过
　　像鸟儿在天空飞翔
　　我曾欢笑过
　　如太阳放射光芒

　　我来过这世上
　　人间曾经带给我幸福。
　　现在我在天上，
　　安慰尘世的伙伴别哭。

　　我已逝去，
　　但希望爱我的人依然坚强。
　　我已逝去，
　　但希望爱我的人不要感伤。

　　祝福离我们还有多远？
　　我用手推开天上的乌云……

这诗注明的作者是"曾不想拥抱我的人"。诗人注入了对于巨大灾难中逝去孩子的无穷爱意和深深眷念，以第一人称即逝去孩子的抒唱，用充满童真的语言轻轻地扣动读者的心弦，表达了逝去孩子的圣洁心灵和美好祝愿。就诗体形式来说，诗人采用多个层次的对称诗行，在整齐中寻求变化，形成反复咏唱格调，情意绵绵不绝，达到情调和声调的完美结合。

　　重庆的张来君创作过百来首汉语十四行诗，因此驾驭该诗体显得娴熟自然，格律严谨规整。他的《我的十四行诗 祝福孩子们》写于六一儿童节前夕，是送给孩子们的节日祝福："在笑声和歌声中走向未来/孩子，世界因你们而精彩。"诗采用的是 ABAB CDCD EFEF GG 韵式，是英体十四行体的典型格式。诗标点占格，每行十一言，限定诗行的音数，但是不限诗行的音组数量。他的其他十四行诗也大多如此建行，可见是自觉的追求。诗语浅显明朗，如其中的一节："六月花儿香，六月好阳光/世界哟欢快地释放着灿烂/跃动的生命此刻舒展翅膀/所有的地方生长梦幻橄榄。"这里的词语和语调、意象和境界，都切合儿童的审美特征，语调欢快活泼，读来富有音乐美感。冀星霖《八岁的风花雪月》组诗包括风、化、雪、月四首，都用儿童第一人称写成，富有童趣。四首诗都是七七两段，采用长短诗行排列，轻盈的段行内穿插着长行,不拘诗行的音数和音组数的格律,但行间自有其节奏的组织规律。这是汉语十四行的变格体。诗行排列的位置变化错落,呈现着活泼灵动之美,更加适合少年儿童的朗读和欣赏,甚至可以谱成儿童歌曲传唱。如《风》的一段:

  白天　我爱推动白云
  为大地上劳动的人们遮一遮阳光
  晚上　我把云彩推来推去
  记下所有星星的位置
  一颗一颗数完
  我就在天河边
  像星星一样朝着妈妈眨眼

再如《月》的一节:

  月亮在天上
  像妈妈一样
  在云朵间逗着小星星玩
  我在阳台上
  也像个妈妈
  看小鸭在盆里游泳
  让小猫抓老鼠一般追逐乒乓球

诗的重要特点是想象异常丰富奇特,呈现着孩子特有的幻想世界和心智发育程度,表达了少年儿童对自然、对人生的特有认知和理解,充满着童心和童趣,充满着爱心和圣洁。以上数首都是儿童十四行诗的优秀之作,是十四行体在儿童诗领域的重要创作收获,值得我们珍视。

第十二章　多元期的创作(下)

在 20 世纪 80 年代以后,一批年轻的诗人加入到汉语十四行诗的创作队伍,他们是思想活跃、自觉创体的一代,除个别诗人外,多数创作采用较为自由的形式,有的写作变格的十四行诗,有的写作自由的十四行诗。对于这种探索,有的诗人明确地说不是为了移植十四行,而是借用十四行体为新诗创格,有的诗人则重在创作具有中国特色的十四行诗。无论是哪种态度,它都丰富了我国十四行诗的创作,推动着十四行诗多元发展并走向创作繁荣。

一　张枣、江弱水的十四行诗

张枣在 80 年代以《镜中》《早晨的风暴》《何人斯》等诗作成名,后来又写出了《秋天的戏剧》《卡夫卡致菲丽斯》《跟茨维塔伊娃的对话》《云》等作品,其中许多作品的意义至今尚未得到研究者的充分认识。他的第一本诗集《春秋来信》出版于 1998 年,列入洪子诚主编的"九十年代中国诗歌"系列,由文化艺术出版社出版。张枣长期寓居西方,获德国特里尔大学文哲博士,从事中西文化交流活动。2010 年张枣患病在德国猝然逝世,同年人民文学出版社出版了《张枣的诗》,收集了他约一百三十首诗作,按照写作时间排列,大致分成四川时期、德国时期和北京时期。关于张枣诗的风格特征,笔者同意江弱水的概括:"对旧的写作传统的抗拒,在异域流离的经验,催生了张枣内情型的诗","张枣则是一种南方的庶民作风的代表,而南方没有那么高的政治敏感和那么多的政治关切。出国以后孤独失语的异域生活,更使张枣彻底过滤掉了那种雄辩的声音,完成了他纯粹的个体言说"。[①]

张枣始终在探索言志合一、中西勾连的汉语新诗写作,力图糅合古代文言、现代白话和西方修辞为一体,以最大限度地扩张汉语写作的可能性和经

---

① 江弱水:《言说的芬芳:读张枣的〈跟茨维塔伊娃的对话〉》,载《今天》2015 年春季号。

典性。诗人翟永明认为:"这些诗非常特别,有一种既现代又传统的气质,跟当时别的诗人有一些区别。当时的诗人受西方现代诗歌影响比较大,所以像他这样带有中国古典气质的诗歌不是很多。可能就是这种连接当代和古典的气质,是我比较喜欢的。"①张枣是公认的20世纪的杰出汉语诗人,对他的诗深有研究的江弱水评价说:"就我熟悉的领域来说,也出现过很了不起的人物,比如死去的诗人张枣,他写出了现代汉语最好的诗。"②张枣探索过多种现代诗体,包括汉语十四行体诗。在《张枣的诗》中,十四行诗有:《故园》(1985年)、《邓南遮的金鱼》《黄昏》《历史与欲望》组诗(六首)、《卡夫卡致菲丽丝(十四行组诗)》(九首)、《跟茨维塔伊娃的对话(十四行组诗)》(十二首)等。从绝对数来看,张枣创作的十四行诗不算多,但在他全部诗作中所占比例则不能算少。尤其要注意的是,这些十四行诗都是张枣创作中的重要作品,思想深度和艺术水准都达到了相当的高度。张枣写诗形式意识很强,他的十四行诗都能按照诗体的原本精神,注重构思的完整性和圆满性,在诗行组织、诗韵运用和段式定位方面,都体现着格律中自由的精神。张枣数量不多的十四行诗,应该算是我国十四行中的精品之作,有些则可认定为现代汉语诗的经典之作。

《历史与欲望》是一组十四行体制实验的经典作品。"欲望"是个人的、感性的,而"历史"则是社会的、理性的,组诗以古今中外六个经典的爱情故事串联而成,打通了"历史与欲望",即人的自然性与人的社会性,引入了关于人类爱情的全新思考。六首标题是《罗密欧与朱丽叶》《梁山泊与祝英台》《爱尔莎和隐名骑士》《丽达与天鹅》《吴刚的怨诉》《色米拉肯求宙斯显现》。其中前两首在1989年6月号的《诗刊》单独发表,两诗选择了家喻户晓的、流传广泛的两对情人的爱情故事,抒发了自己的独特感受。《罗密欧与朱丽叶》抒写一对情人双双殉情的故事。这是爱情的悲剧,千古之绝唱。两人是维洛那名城门第相当的巨族后代,由于累世宿仇成为仇人,但罗密欧与朱丽叶正直善良,相爱后秘密结婚,结果罗密欧被逐,朱丽叶被逼嫁。劳伦斯神父出了主意,让朱丽叶服下安眠药假死,以逃避同帕里斯的婚姻,而在她下葬后让罗密欧守候墓地,等她醒来共同私奔。结果罗密欧见到假死的朱丽叶后服毒自杀,而醒来的朱丽叶则用罗的匕首自杀。这一爱情悲剧终于带来了两大家族凄凉的和解。我们来读《罗密欧与朱丽叶》:

---

① 转引自《论张枣"言志合一"的诗歌写作向度》,载《江汉大学学报》2011年第6期。
② 《南方人物周报》记者采访江弱水的文章《最高的睿智是平和而安详》,见《南方人物周报》2013年第41期,2013年12月25日。

他最后吻了吻她夭灼的桃颊,
便认定来世是一块风水宝地;
妒忌死永霸了她姣美的呼吸,
他便将穷追不舍的剧毒饮下。

而她,看在眼里,急得直想尖咒:
"错了,傻孩子,这两分钟的死
还不是为了生而演的一出戏?!"
可她喊不出,象黑夜愧对白昼。

待到她挣脱了这场噩梦之网,
她的罗密欧已变成另两分钟。
她象白天疑惑地听了听夜晚;

唉,夜莺的婚曲怎么会是假的?
世界人声鼎沸,游戏层出不穷——
她便杀掉死奔进生的真实里。

诗人选择的是一对情人双双殉情的那一刻,突出地抒写人物的感受和行动,集中而细致地写出了纯净的爱情力量,歌颂了爱情的高尚和代价,揭示了一个千古绝唱的爱情故事内涵。诗的抒写基调十分平静,呈现着黑格尔所谓的"顺流进展"构思。第一段写罗密欧之死,第二段承写朱丽叶的感受,第三、四段则写朱丽叶之死,诗的构思现出逐层进展格局。诗具有哲理的沉思特征,虽然爱情反映的是个人的欲望,但在历史的发展历程中,爱情其实始终包含着社会性,在罗密欧与朱丽叶的爱情中包含着深刻的历史社会内容,两大家族的爱与恨的世仇才是决定爱情的发展与结局的根本因素。而这里的两大家族的关系又是由历史发展的特定阶段所决定的,欲望与历史就这样紧密地联系在一起。因此,我们在被诗的感情所感染的同时也获得了知性的感知。这首诗严格地遵循着西方十四行体传统格律规则写成,诗人把复杂的情思内容注入规定的十四行内,形成了一个完整的审美结构,诗人撇开了莎士比亚戏剧中爱情双方的复杂关系,只是选取了最后殉情的那一刻,在单纯中呈现复杂的人际关系。诗行音数完全一致,而且每行的顿数完全一致,符合西方十四行体的格律规定,韵式为 ABBA CDDC EFE GFG。顺流进展的内容和格律严谨的体式,决定了这是一首规则的汉语十四行诗。张枣的十四行诗体现着十四行体的原本精神。

《卡夫卡致菲丽丝》和《跟茨维塔伊娃的对话》两个十四行组诗,包括了二十一首十四行诗,是张枣新诗创作的杰作。从诗题就可以见出,诗人是以一种角色化的手法来抒情的,这是新诗的现代化追求。袁可嘉认为,新诗戏剧化是新诗现代化的基本特点,体现着表现上的客观性和间接性,戏剧化可以把现实、象征和玄学综合起来达到新诗现代化。在这两组诗中,诗人的抒情和哲思是通过戏剧角色的对话或交流呈现出来的。这种设定如《卡夫卡致菲丽丝》诗中卡夫卡和菲丽丝两个角色,通过角色间的交流("致")来达到情思的表达;如《跟茨维塔伊娃的对话》通过设定"我"和"茨维塔伊娃"角色的跨时空对话来表达诗人的情思。诗中的"卡夫卡""菲丽丝""我""茨维塔伊娃"都是角色,而角色间的对话能够避免表达中的说教和滥情。这里的"对话"其实就是与自己体内的另一个自己对话。江弱水称这种表现手段为"主体分化和换位的技术",他说:"我们过去习惯了那种有确定边界的'我'所发出来的声音,到了张枣这里,这种读法完全行不通了。'我'不一定是'我'。表面上是'我',事实上是另外一个'我',而另一个'我'很有可能又融进了帕斯捷尔纳克、里尔克,有些时候,这个'我'一转又变成了茨维塔伊娃。所以主体的消解和分化,声音的多元和分裂,就成为张枣的诗的标志。"①这种技术的使用,使得张枣的这类诗成为当代汉语诗歌中最复杂难解的作品。

从内容来说,《卡夫卡致菲丽丝》和《跟茨维伊娃的对话》都是集中反映了诗人关于诗歌、语言、传统、表达等诗学重大问题的诗篇,通过自我戏剧化手法,把思想和情感注入到诗的框架内,达到诗化效果。由戏剧这种自足的符号系统充当人物的对话格局,体现的是诗歌的本体论。如《卡夫卡致菲丽丝》组诗第四首:

    夜啊,你总是还够不上夜,
    孤独,你总是还不够孤独!
    地下室里我谛听阴郁的

    橡树(它将雷电吮得破碎)
    而我,总是难将自己够着,
    时间啊,哪儿会有足够的

---

① 江弱水:《言说的芬芳:读张枣的〈跟茨维塔伊娃的对话〉》,载《今天》2015年春季号。

> 梅花鹿,一边跑一边更多——
> 仿佛那消耗的只是风月
> 办公楼的左边,布谷鸟说:
> 活着,无非是缓慢的失血。
>
> 我真愿什么会把我载走,
> 载到一个没有我的地方;
> 那些打字机,唱片和星球,
> 都在魔鬼的舌头下旋翻

诗重复了张枣诗的一个基本主题,就是说话的"我"与另一个"我"之间的关系:"我总是难将自己够着";又通过"时间啊,哪儿会有足够的",把诗的主题带到了时间问题上,也带到了张枣个人的艰难处境:作为一个中国人,该如何面对东方时间观和西方时间观的差异。当我们把后两节放置在全诗之中,其意义就相当明显了:"体现了借卡夫卡说话的'我'夹杂在东西方文化中的矛盾复杂的心态;前两句是对中国文化中时间观念的形象表达,也即是苏轼在其名著《赤壁赋》中所持的'人生有限,风月无边'的时间观。而'办公楼的左边,布谷鸟说:活着,无非是缓慢的失血'这种对于人生的看法渊源于西方人对时间的悲观看法;时间是直线式的,一去不返,人活着,最终的归宿就是坟墓。而办公室里坐着的'我',夹在梅花鹿(东方意象)与布谷鸟(西方诗歌意象?)之间的诗人该怎么办呢? 也许,提问即答案,追问在某种意义上说是终极的。该节最后三行的祈祷语气,显示出他焦急无奈的状态。"①关于《跟茨维塔伊娃的对话》的内容,江弱水的概括是:"此诗虚拟了一个超越时空的戏剧化场景,展开了一场作为叙述者的'我'与茨维塔伊娃想象中的对话,实写俄国革命所导致的茨维塔伊娃的悲剧一生,虚写发达资本主义社会中'我'的遭遇,主线与副线交缠在一起,处理了一些重大主题,如诗人与时代的关系(革命的和商品的时代),诗与生活的关系(日常的和公众的生活),诗与现实的关系(词即是物与词不是物的二律背反),等等。"②这就是诗所包蕴的深刻思想内涵,这就是张枣诗歌深刻的思想意义和美学意义。

《卡夫卡致菲丽丝》和《跟茨维塔伊娃的对话》在新诗发展史上的意义,是对于诗语现代化的探索,《跟茨维塔伊娃的对话》是张枣探讨"元诗"

---

① 余旸:《张枣诗歌中元诗意识的历史变迁》,载《新诗评论》2005 年第 2 期,北京:北京大学出版社 2005 年版,第 162 页。
② 江弱水:《言说的芬芳:读张枣的〈跟茨维塔伊娃的对话〉》,载《今天》2015 年春季号。

(metapoetry)理论的尝试之作。这种"诗歌的形而上学"告诉我们:"诗是关于诗本身的。"所谓"元诗",就是关于诗的诗,就是让诗歌自说自话,就是在诗中探讨写作本身的话题,这也可以说是诗的"向内转",即返回到诗的本身。具体来说就是:"诗的过程可以读做是显露写作者姿态,他的写作焦虑和他的方法论反思与辩解的过程。"①在元诗理论的关照下,张枣郑重其事地提出诗歌本身的命题,表达了一个诗人的"写作焦虑和方法论反思与辩解"。为了表达这种诗学理论,张枣在《跟茨维塔伊娃的对话》中仰仗文本的对话性,设定了"我"与俄罗斯诗人茨维塔伊娃对话的戏剧场景,全诗对话格局不断"向内转"的主要目的,是为了实现张枣与茨维塔伊娃在"元诗"这一母体之上的对话,即关于诗歌本身的对话。茨维伊娃是俄罗斯的著名诗人,1939年结束巴黎的流亡回到苏联,正值斯大林"大清洗"期间,他的丈夫被处死,女儿被监禁,她自己则在1941年一个远离莫斯科的地方自杀了。她不谙政治,最终回归到母语的怀抱,然后向世界宣称:"俄语是我的命运。"张枣写作《跟茨维塔伊娃的对话》时已经去国八年,对这位始终以母语写作的中国诗人来说,写诗是他语言上的还乡。在先锋性的组诗中,诗人以诗的方式(包括诗本身)探讨了关于"词与物之关系"、关于回归母语价值等问题。张枣的诗深奥晦涩,读者往往可能被其语言的陌生感、鲜活相及精妙度所吸引,沉潜于其声音如沉潜于一首音乐。如第一首开始的几行:

> 亲热的黑眼睛对你露出微笑,
> 我向你兜售一只绣花荷包,
> 翠青的表面,凤凰多么小巧,
> 金丝绒绣着一个"喜"字的吉兆——
> 两个? NET,两个半法郎。你看,
> 半个之差会带来一个坏韵。

这些诗句本身就是"绣花荷包",是精致的刺绣,词语的声音如丝线的颜色,最大限度地追求词语的亲密性,甚至连叫卖的声音也要照顾到声韵,因为"半个之差会带来一个坏韵"("坏韵"即"坏运"),张枣沉浸在语言本体之中,努力于诗歌韵律的苛刻讲究和用字的严格挑选。他认为,这是现代性最核心的东西,"沉潜语言本身将生活与现实的困难和危机转化为写作本身的

---

① 张枣:《朝向语言风景的危险旅行——中国当代诗歌的元诗结构和写者姿态》,载《上海文学》2001年第1期。

难言和险境"①,于是"生活的踉跄正是诗歌的踉跄"(《跟茨维塔伊娃的对话》之七)。在皈依传统精神的同时,张枣也以语言的悦耳音响来追求抽象的现代睿智内容,甚至极端地进行一些"空白练习",以纯粹声音之华美构成形式力量来搏击意义的虚空。如《跟茨维塔伊娃的对话》之八,体现着语言本体的追求:

> 东方既白,经典的一幕正收场:
> 俩知音一左一右,亦人亦鬼,
> 谈心的橘子荡漾着言说的芳芬,
> 深处是爱,恬静和肉体的玫瑰。
> 手艺是触摸,无论你隔得多远;
> 你的住址名叫不可能的可能——
> 你轻轻说着这些,当我祈愿
> 在晨风中送你到你焚烧的家门:
> 词,不是物,这点必须搞清楚,
> 因为首先得生活有趣的生活,
> 像此刻——木兰花盎然独立,倾诉
> 警报解除,如情人的发丝飘落。
>
> 东方既白,你在你名字里失踪,
> 植树的众鸟齐唱:注意天空。

这里的对话涉及诗的词与物(生活)的关系,因此有着关于诗歌写作的理性内涵,而颤抖的音调又超出其理性内涵。"这首诗的语言魔力体现在其诗句的音韵力量上,也体现在一个个看似不相关的词语(如'谈心的橘子''肉体的玫瑰''植树的众鸟')脉动上,仿佛只是一束声音的电流在传递、闪光。它的形式是是一场严谨的十四行,交替押韵,每行诗遵从五个音组。而在词语的选择上则几乎完全驯从音韵的奇妙搭配……对这首诗的循环诵读将获得一种无限的节奏,那些语义上遥不相关而在声音上彼此触发的词语让节奏'产生于手指触碰词语之琴键的探问演奏'。读者为一种立体环绕的音响磁场吸附住,在心灵的共振中几乎可以忘记对其意义的追索。"②

---

① 张枣:《朝向语言风景的危险旅行——中国当代诗歌的元诗结构和写者姿态》,载《上海文学》2001年第1期。
② 赵飞:《论张枣"言志合一"的诗歌写作向度》,载《江汉大学学报》2011年第6期。

《卡夫卡致菲丽丝》和《跟茨维塔伊娃的对话》是内涵、体格、语言俱佳的十四行诗。江弱水认为,对旧的写作传统的抗拒,在异域流离的经验,催生了张枣内倾型的诗。江弱水引张枣对于史蒂文斯的赞语,即"诗人心智之丰满稳密,处理手法之机敏玄妙,造境之美丽,令人艳羡和折服",认为同样可以拿来为张枣自己点赞,张枣采用的莎士比亚英体,前面的十二行须行行不弱,要像十二根罗马柱,根根能承重,最后偶韵两行要能把前面蓄势已久的诗行荡开提起镇住,这对诗人创作形成巨大挑战,"张枣做得非常好,每一首最后两句的概括和提升总是十分到位,能够像拉链一样把整首诗拉起来!"他认为张枣《跟茨维塔伊娃的对话》的用韵,不算第一首开头四行的故意出格,不算用方言押韵和轻声字押韵,只有一处小疵,所有用韵都是严格守则的。"组诗对精严的十四行形式的运用之妙,就令人赞叹不止。""张枣卓绝的形式感,当代中国无人出其右。"[①]

江弱水对于张枣的汉诗写作评价甚高,认为《跟茨维塔伊娃的对话》所体现的就是"自我戏剧化"。这种自我戏剧化是西方诗学的重要内涵,指诗人在创作中不是直接地表达自己的思想和观念,而是通过设定角色来表达诗人的思想和感情。江弱水从事现代诗学理论研究,近期转向以比较诗学方法研究中国古典诗学,同样重视勾连中西诗学,致力于追求传统的现代转化,包括新诗戏剧化。他认为:"古典传统的现代转化,我相信更应该在精神层面进行。那些含蓄凝练的表现技巧自不必说,就是我们今天不大有人提起的古典诗歌那种卓绝的形式感,以及对每个词的音质和音色的高度敏感,也都是我们亟须具备的东西。"[②]在"在一个稳定的社会里,一旦有一些诗歌形式能够稳定下来,就可以为人们思想和情感提供方便"的观念指导下,在卞之琳的影响下,江弱水十分投入地进行了新诗格律试验,试图把卞之琳曾在一个相对较小的格律中所达到的精致完美推进到更大的体系中,因此他的新诗讲究格律形式束缚。他自己曾说,在《一九九一》中,甚至将十四行体、三行联韵体、交韵四行体、五音步素体诗以及自由诗冶于一炉。

江弱水在2002年出版了诗集《线装的心情》(中国文联出版公司),收入1981年至1991年间的新诗,其中有一辑是"商籁",包括《瓦堞》《蛇与蛙》《古塔》《秋树》《水仙》《神话与童话》《彩色的欧罗巴》等。数量不多,质量上乘,诗思与诗体俱佳,卞之琳认为这些诗"纯正光润"。这源于江弱水对十四行体抱有一种敬畏感,他把"商"解为"高秋","籁"解为"众声",认为"商籁"译sonnet音义俱佳。在《商籁新声——论现代汉语汉诗的十四行体》中,他

---

① 江弱水:《言说的芬芳:读张枣的〈跟茨维塔伊娃的对话〉》,载《今天》2015年春季号。
② 江弱水:《自序》,《线装的心情》,北京:中国文联出版公司2002年版,第17页。

引述了一个英语十四行选本的编者话说:"十四行恰好长得足以发展一个单独的主题,又短得足以验证诗人言简意赅的天赋。十四行诗最了不起的地方在于,诗人克服了形式的限制(从一般意义上讲,所有的形式都是强制),将自己繁富多变的语言、声调、心境服服帖帖地安排到一套相当严格的规矩里去。"[1]正是基于对诗的形式感的把握,诗人说自己的写作是从十四行诗入手的,认为"以十四行这样的西方格律体作为学诗的初阶,我认为特别有助于训练一个诗人的形式感,包括结构感和节奏感。从我个人的经验来说,它让我一开始就学会了'收',然后渐渐'放'开,也不至于散漫不归,流离失所"。因为他自认是个无可救药的技术至上主义者。他说:"我从不相信一个人拥有丰富的精神现象便可以成为一个诗人,如果他并不同时具备将这些精神转化为物质存在的手段的话。这个物质形式就是语言文字,就是在最恰当的地方所出现的最恰当的语词。"[2]江弱水的十四行诗写得规则严谨,如《瓦堞》:

> 你古城黑色的瓦堞
> 是死在陆上的鱼鳍,
> 是死在地上的鸟翅,
> 是死在心上的荒野。
>
> 阳光如锈蚀的古水,
> 泼不出春夏与秋冬。
> 谁在你田畔上耕种?
> 谁在你甲板上起飞?
>
> 那时候意马心猿,
> 剪一只纸鸢儿上天,
> 终归于你横陈焦渴。
>
> 如今游子在天涯,
> 你却如一瓣瓣夜色,
> 夜色里一瓣瓣莲花。

---

[1] 江弱水:《商籁新声——论现代汉诗的十四行体》,原载《中西同步与位移——现代诗人丛论》,合肥:安徽教育出版社2005年版,第149—150页。
[2] 江弱水:《自序》,《线装的心情》,北京:中国文联出版公司2002年版,第11页。

诗人通过抒写故乡的瓦堞,表达了对故乡的思念之情。第一段赋予古城瓦堞以具象,把诗思引向悠远深广,在不经意的冷静中流露出对故乡的眷念;第二段由"死在心上的荒野"引申开去,直接抒写对故乡的怀念,连续两个问句把诗人对故乡的怀念之情表达得那么殷切动人;第三段由对故乡的怀念转写故乡生活的回忆,当自己真的离开故乡而成为"游子在天涯"时,却始终无法割断同故乡的联系,无法排除对故乡的思念;第四段直接点明在天涯的游子怀念着故乡,故乡那黑色的古城瓦堞始终在夜晚进入诗人的脑际,瓦堞如"一瓣瓣的莲花"伴随着自己,给人无限温馨。卞之琳说这诗色调有点灰暗,结末几行"意象逼真,熠熠放光,使全诗生色,终于转而促成了它可能起的净化作用"。而江弱水《蛇与蛙》《神话与童话》诗的调子则是昂扬的。① 《瓦堞》用四四三三段式,用韵是 ABBA CDDC EEF GFG,每行固定为三个音组,结构起承转合,因此是一首严格的十四行诗。诗人坚持反对徒具十四行名称而写作自由十四行诗,认为:"如果我们置西方数百年里发展出来的定规成例而不顾,率性而为地去搞种种花样,而自命为探索十四行诗的'中国特色'与'个人特色',这样的本土化与个性化,结果只能是橘生淮而为枳,最终丧失十四行诗的本质。正如弗朗西斯·约斯特所说,十四行诗以其外观上固定、解说上精确的形式而成为少数几个定义明确的文学术语之一,规则虽然专断,但经受了时间的考验,并广为当代诗人采用,这一切只是因为:从本质上讲,这是一种'战胜难关'的样式,它考验出一个诗人的艺术水平,衡量出他的全部专业技巧。一个包含韵脚及诗歌分行格式的框架放在诗人面前,他便去填写出来。具有一定特色的思想或情感只能被压缩在这种削足适履的模子里。"②这种严肃的提醒,对于我们用敬畏的态度来创作十四行诗,努力去按照诗体规律提升十四行诗的艺术质量是有积极意义的。

江弱水的《商籁新声——论现代汉诗的十四行体》是论述十四行体审美特征及我国十四行诗发展的重要论文,其主要观点是:第一,十四行体是一种精美的抒情诗体。江弱水引一个英语十四行选本编者的话,即十四行诗使得诗人"将自己繁富多变的语言、声调、心境服服帖帖地安排到一套相当严格的规矩里去",然后说,"在诗的领域,这些'限制'与'规律'即表现为具体的形式,也就是一定的音(metre)、韵(rhyme)、体(form)。十四行诗在音韵方面规定非常严格,而又富于变化,堪称精美的音乐图式,其长短合宜与宽严适

---

① 卞之琳:《介绍江弱水的几首诗》,见江弱水:《线装的心情》,北京:中国文联出版公司 2002 年版,第 8—9 页。
② 江弱水:《商籁新声——论现代汉诗的十四行体》,原载《中西同步与位移——现代诗人丛论》,合肥:安徽教育出版社 2005 年版,第 170 页。

度,可以媲美中国古典诗中的七律"。这里不仅把十四行诗与我国律诗比较,更重要的是提出了十四行体的四个重要特征,即体格严格、富于变化、长短合宜和宽严适度。第二,十四行体是世界性的抒情诗体。江弱水明确指出:"十四行诗的写作也极其广泛,意、法、英、德、西、俄语大语种的诗,都常用此体而叠出佳作。至于作者群之众与接受面之广,又只有中国古典诗中的七绝差堪比拟。"这里从流传范围之广、作者之多和读者之众来说明这种诗体的影响。第三,十四行体的结构符合诗的审美要求。过去人们肯定十四行体类似传统律体,往往又认为在结构上比不上律体,如余光中认为"律诗的起承转合平均分配,可是十四行的结构并不平衡",朱徽认为十四行体"'起'的部分比较重,而'转'和'合'的部分又显得比较轻,呈现出失衡的现象"。江弱水认为这不是十四行体的缺点而是优点,"中国古典律诗为整齐的八句四联,中间两联对仗,长处当然是工整,短处免不了板滞","反观意大利体十四行体,特别是四四三三结构的那种,前面两个四行,偶数显得整齐;后面两个三行,奇数显得变化,天然具有整齐与参差的对比,凝定与松动的统一"。这种分析无疑是极其准确而深刻的。第四,肯定十四行体中国化的成果。江弱水认为,十四行体在20世纪20年代进入中国以后,就备受青睐,"诗人们在各自不同的个性指引下,依据现代汉语的特点,借限制以显身手,使得十四行诗在东移与汉化过程中,结出了丰硕的成果"。他重点分析了四位诗人的探索,结论是"闻一多善于守法,徐志摩敏于变法,卞之琳精于用法,冯至敢于破法"。这里的"守法""变法""用法""破法"其实就是十四行体中国化的探索。第五,指出十四行体中国化的问题。江弱水认为在十四行体中国化进程中,存在两大问题:一是坚持古典诗词的韵式,往往一韵到底或隔行押韵,从而陷入创作误区;二是拿十四行诗当自由诗来写或仍然追求字数的整齐划一,"置西方数百年里发展出来的定规成例于不顾,率性而为的去搞种种花样,而自命为探索十四行诗的'中国特色'与'个人特色',这样的本土化与个性化,结果只能是橘逾淮而为枳,最终丧失十四行诗的本质"。这种分析是切中时弊的也是中肯的。第六,十四行诗在中国有着光明前景。相对稳定的社会渴望相对稳定的诗式,定型诗体亦将为诗人所用,"这种情况一旦成为现实,那么我们可以肯定,十四行诗作为最典范的格律诗体,作为拥有极为丰富的审美可能性的诗歌形式,在现代汉诗未来发展中一定会占有重要的地位,并且大放异彩",这种预言性的论述是有说服力的。[①] 江弱水以上对于十四行体审美的概括,对于中国十四行诗的发展评价,是富有学理性的,也是富

[①] 以上江弱水论十四行体均见《商籁新声——论现代汉诗的十四行体》,原载《中西同步与位移——现代诗人丛论》,合肥:安徽教育出版社2005年版,第149—171页。

有实践性的,其实质是对十四行体中国化的一个精彩总结和展望,对汉语十四行诗的发展具有指示意义。

二 邹建军、白马的十四行诗

邹建军又名邹惟山、邹岳奇,四川内江人,是英美文学与比较文学研究专家。他结合研究创作了大量新诗,其自述是:早年主要是自由体的"爱情化",后来是中国古典诗体的"现代化",再后来是西方十四行诗的"中国化",汉语十四行诗创作是他用心与用力最多的部分。据诗人说,他在2004年中秋回到久别的故乡,受到家乡青山绿水的感染,于是想继续大学时代的诗人梦,用诗来表达见闻和感触。在诗体选择上,他想到冯至、卞之琳等从西方引进的十四行诗,由此就开始了汉语十四行诗创作,这就是最早的组诗《越溪十四行抒情诗》,以后又创作了四十多组三百多首汉语十四行诗。2012年10月,长江文艺出版社出版其诗集《时光的年轮》,其中第一部是"山水十四行抒情诗一百首(附三十四首)";2013年3月,长江出版社出版中英文对照的《邹惟山十四行抒情诗集》,收入二十五组一百五十一首十四行诗。以后,邹建军有更多的汉语十四行诗创作,至2014年底已经编成四本十四行诗集,这就是《汉语十四行实验诗集》《汉语十四行探索诗集》《秋风中的贤者》《对话塔里木》。2014年12月26日,《中国诗歌》杂志举行了"邹惟山十四行抒情诗专题研讨会",充分肯定了邹建军汉语十四行诗的创作成果。邹建军的十四行诗,以诗美的发现、意象的丰盈、满溢的抒情和格式的讲究,表明了汉语十四行诗创作的重要收获。

邹建军创作十四行诗有着自觉的理性追求,主要表现在七个方面:一是题材。他认为"不是所有的题材都可以进入十四行诗这样的诗体,正如不是所有的题材都可以进入五律与七律一样"。他关注的是自然题材、山水题材、爱情题材、人生题材与艺术题材。二是韵式。他认为"在音韵上有它特定的结构,不仅是完整的而且是变化的,总是会形成那样一种相对性、对照性"。他的诗一般采取 ABAB ABAB ABAB CD 韵式,但也有变化,有时采用 ABCA ABCA ABCA AA,这与古典律诗韵式接近。如他选编的《汉语十四行试验诗集》收诗八十二首,所用韵式大致分为三类。一种是三三四四分段,韵式为 AAA,AAA,XAXA,XAXA,通篇一韵,如《流浪》《天问》《大隐》等组诗,后两段变化较多;一种是四四四二分段,韵式为 ABAB,ABAB,ABAB,XB,通篇使用交韵,如《洞庭》《北上太原》《江汉朝宗》《十二生肖》等组诗。还有一种是三三三三二分段,韵式没有固定格式,用韵更多变,如《空谷幽兰》《年的仪式》等。而且不少诗篇采用了近韵相押,如 en 与 eng 音相押。三是音节。他主张讲究音节整齐,"形成一种和谐的节奏,适合于朗诵"。诗行音节不是划一规定,若句子长则音节多些,若句子短则音节少一些,但在同一首诗中,每行的音节数基本相等或完全相等。四是结构。他的诗"从开头到结尾,考虑到了几个关节点,以形成一种起承转合,有一种曲折反复的艺术效果"。因此诗中常有反复句式,或者常有反复词语,分别在组诗的不同位置出现,以形成一种回环往复的艺术结构,形成层层上升而又层层下降的进展曲线。五是意象。他认为,"英语十四行并不讲究意象,意象却是中国古典诗歌最重要的特点,因此,我许多时候先是讲究意象的呈现,而不是讲究音韵的构成"。意象的经营使他的十四行诗呈现出更多审美风姿、更多中国特色。六是色彩。他坦陈自己"更欣赏张若虚《春江花月夜》那样的富有色彩的诗"。他的诗讲究意象本身的色彩,同时更讲究色彩词的搭配。七是组诗。他说自己没有写出过单首的十四行诗,一经写出就是一组,每组有着整体艺术构思。每个组诗有一个大主题,中心意象就是组诗的灵魂和核心,每一组诗在艺术结构上都意脉相连。他说:"也许这正是我与从前的诗人们在十四行诗的创作上最大的区别。显然,组诗的容量相当于长诗,也可以说是由一首一首短诗组合起来的长诗。"①这些自觉追求和基本特点是诗人在创作过程中逐步确立起来的。邹建军对于自己的创作说过这样的话:"用汉语写作十四行诗,不可能像英语十四行诗那样讲究;况且英语的十四行诗也是多种多样的。莎士比亚的十四行诗因为影响大,许多人认为那是西方标准的十四行诗,其实,并非如此。因此,我的十四行诗是用汉语来写的,读者没有必要将其与英语的十四行诗相比较;如果这样的话,也许我的诗并不符合英诗的格律。如果将 20 世纪中国诗人所写的十四行诗与我的十四行诗进行比较,指出各自的特点,批评各自的缺点,我认为是可以接受的、从学理上来说也是可行的。"②这是诗人对汉语十四行诗的认知,更是表达了诗人对于自己创作成就的自信。

邹建军创作了大量的山水十四行诗,并试图建立当代中国的自然山水诗派、以文学地理学开创中国比较文学研究新格局。诗人以故乡越溪的青山绿水为"地理坐标原点",将自己的目光逐渐向外发散,辐射到祖国各地与世界各处。在"山水十四行抒情诗一百首"中就有《天鹅湖的想象》(九首)、《西

---

① 覃莉整理:《关于汉语十四行诗的写作与翻译问题——邹建军先生访谈录》,见华中师范大学邹建军建的"中外文学讲坛"网站。
② 邹惟山:《后记》,《时光的年轮》,武汉:长江文艺出版社 2012 年版,第 322 页。

越的风情》(九首)、《内江的风水》(八首)、《桂子山的雪》(六首)、《婺源的古樟》(六首)、《汶川的生命》(六首)、《永州的山水》(六首)、《成都的南方》(六首)、《承德的佛光》(五首)、《三峡的烽烟》(五首)、《西湖的春天》(四首)、《宁波的山川》(五首)、《宜昌的绿蛇》(六首)、《韶山的地象》(五首)、《韶山的天光》(四首)、《草原的秋天》(五首)、《越溪的明月》(四首)等。其中多数作品都是诗人在游历祖国河山之后,有所感有所想,然后欣然命笔、题而为诗的。每首诗自成完整的艺术品,而在组诗之内的每首诗,又连接为一个思想内涵更加丰富的有机整体。从内蒙古大草原到长江三峡,从毛泽东故乡韶山到蒋介石老家奉化,从武汉柱子山到发生大地震的汶川,从承德避暑山庄到作家老家内江,从国内到国外,足迹所至,诗人在诗中呈现出一幅幅自然山水图,展现出各种风土人情,形成了一幅幅情感性和诗意化的山水地理图。有的诗以哲理思考为主,如《恩施》《空间》等,类似于冯至《十四行集》,只是在意象选取上更加接近于古诗的借景抒情,意象与意象之间的联系有迹可循,表现出一种既凝重沉思而又视野开阔的境界;有些诗以抒发情感为主,如《三清山》《时光》等,情感更为饱满,想象力更加丰盈,个人抒情色彩更加浓烈。当然,邹建军定义自己的诗是"十四行抒情诗",不是传统的知性诗,他认为抒情是诗的生存基础,诗虽然离不开哲学,但诗中的哲学往往是作为抒情的背景与总体上的一种存在而发挥作用的,一组诗中有对某种哲学问题的思考就不错了。如《向往春天》组诗思索了东方人为何向往春天的问题,《海洋与高山》是对于人与自然、男性与女性、自然世界构成等问题的哲学思考。他说:"哲学问题不能直接存在于诗里,对于哲学问题的思考也不能直接以议论的方式直白地存在于诗里,诗里的一切都要以意象的方式进行呈现。诗里的每一句、每一行、每一节与每一首,都是一种诗意化的存在,一切都需要是美的意象与美的情感。"①这就决定了邹建军的诗突出意象美和抒情美。如《时间》组诗包括《温泉谷》《莲花峰》《黄荆屋》《湖光》和《桂花听雨》等。这是《莲花峰》:

> 有一个影子在眼前飘来又离去
> 李白未伴粉色的桃花逃进风雨
> 当朵朵荷花开满了少年的荷塘
> 温泉谷弥漫了种种迷人的诗意

---

① 覃莉整理:《关于汉语十四行诗的写作与翻译问题——邹建军先生访谈录》,见华中师范大学邹建军建的"中外文学讲坛"网站。

> 潜山怀抱着唐诗里那一弯月牙
> 眼前青山一脉让我再一次痴迷
> 桂花的青山里我倾心水里莲花
> 永久而纯净的莲花点燃了心绪
>
> 在形象与气息之间谁更为重要
> 山间的桃花斜视着塘底的淤泥
> 莲花在少年的记忆里灿然开放
> 我们手握宝剑女子却如此美丽
>
> 峰峦间似乎有一株参天的菩提
> 它好像总在偷听着星星的话语

前十二行的每两行构成一个行组结构,突出地抒写一个意象,有历史的、文学的、自然的和现实的。意象抒写中渗透着诗人的主体意识,这就是大胆的想象和由衷的赞叹,因而使意象呈现着诗人心象的特征,诗中的意象都成为情绪的载体。抒情诗的意象组合存在两种基本形式,即以意象为中心的表述和以情感为中心的表述。前者将情感凝注意象,以意象体现情感,因此情感较为隐蔽;后者中意象是情感的对应物,情感驱遣着意象,因此情感传达较为直接。《莲花峰》采用了以意象为中心的抒情方式,在意象的排列组合中始终流露的是诗人情感,这种表达具有流动美和抒情美。诗末两行忽发奇想,把莲花峰想象为参天的菩提,诗人抒情戛然而止,为读者留下无尽的韵味。

邹建军还有两类十四行诗值得重视,它们同以上山水诗虽有联系,但自有其题材特性。一类是感物写意抒情诗。如《七色人间》(八章)、《植树满山》(六章)、《海之问》(六章)、《四季之游》(六首)等,典型之作就是组诗《竹雨松风》,包括《竹雨》《松风》《琴韵》《茶烟》《梧月》《书声》《人间》七首。我们看其中的《竹雨》:

> 青青的竹叶吹响在心灵的高坡
> 它的清音就象那蓝天上的云朵
> 纯美身体扭动在青龙水的绿波
>
> 枝枝楠竹风华在老屋前的长坡
> 雨的丰润让它节节高升在山阿

阳光伴随情感流动在生命长河

　　雪花潇潇在老屋前那丛丛竹林
　　以自己的想象让竹林挂满花篮
　　以婀娜的身段象征气质的明艳

　　乌黑的头发流动在翠竹的怀里
　　美艳的双手让山民睁开了双眼
　　少男少女们走向了情感的夏天

　　雨珠爬上一弯一弯女人的美眉
　　她要以丰满的灵动幸福在秋水

这诗较多地使用了明喻拟人手法写竹雨,然后在此基础上展开想象,力求铺陈达到意象生动优美,情景交融,物人交互,诗中形象展开和思绪推衍显得脉络分明。"竹叶""高坡""蓝天""云朵""青龙水""绿波""楠竹""老屋""阳光""雪花""竹林""翠竹""雨珠""秋水"等自然意象重叠缠绕,形成以"竹雨"为中心的意象群落,春夏秋冬四季时空转换,竹叶雨滴各不相同,都在自然意象的组合和转换之间得到再现。尤其是,诗有意地采用词语、诗行甚至诗节的反复或排比(这在西方传统十四行诗中是不合规的),它们不是简单的平行或连续排列,而是有机地组织在行间,同时又在诗韵的勾连作用下,在语调节奏上形成一种连绵不断、层层推进的抒情效果,营造了诗歌的特殊意境氛围。在诗中,意象密度和情感密度往往成反比关系,反复或排比增加了情感的密度,画面抒写必然不能细针密脚,所以就显出空灵简洁,呈现出写意画的特征,加上诗的总体形象和具体意象都具有中国传统品格,所以整个诗篇较好地传达出了古典的韵味。

　　另一类是文化寻根抒情诗。如《大隐》(七章)、《读〈离骚〉》(六首)、《读〈五公经〉》(六首)、《五行与世界》(五首)、《天问九章》《伤逝》(七首)、《人间》(六首)、《2012》(七首)等。其最具代表性的组诗是《九凤神鸟》,包括围绕着楚人精神象征"九头鸟"展开的九首十四行诗。邹建军是湖北人,热爱楚文化,在《风雨莲花》中,诗人充满激情地抒唱:"楚国的文化媲美于古老希腊/有人在亚洲东南部妙笔生花/长远的文脉支撑着整个华夏",将楚文化放在世界文化视野和中国历史传统中进行评价和肯定。《九凤神鸟》则展现了诗人对楚地风俗和人文的长期观察,表现了诗人对楚文化图腾"九凤鸟"形象及其精神内核的理解,讴歌了楚地文化的瑰丽多姿与深厚神韵。有人把组诗称为"曲折多姿的当代'楚辞'"。这类诗虽然也有自然山水诗的某些特征,但却具有更多的历史文化包括民俗风情的精神内涵,如《九凤神鸟》组诗开篇《以启山林》:

>洞庭湖以北有一片土地富饶
>大平原以南有一群美女妖娆
>神农架以东有一只神鸟高蹈
>
>也许是云蒸霞蔚的云梦古泽
>也许是诗人笔下的美人香草
>也许是浩浩荡荡的鄱阳波涛
>
>筚路褴褛她捧起了苦难的土
>以启山林她敲响了欢乐的鼓
>以处草莽她跳起了绚丽的舞
>
>八百年里她引领了强悍民族
>八百年里她传下三千年文脉
>八百年里她开拓五千里疆土
>
>一只耳朵装满人间所有哀嚎
>九头鸟本是一个不善的外号

这是组诗的"起",介绍楚地历史和楚文化传统,是对楚国先民生活处境与精神气度的一种诗意揭示。远古时代的楚国先民筚路褴褛,以启山林,面对生存困境而励精图治,奋发进取,她影响了民族传统、文化精神和疆土繁荣。在这种抒唱渲染的背景中,九凤鸟出现了,她成为楚文化的象征和图腾。作为楚人图腾的九凤鸟,指的是《山海经·大荒北经》中的"九凤",诗人赋予了九凤鸟一种开拓、高蹈和忧伤的形象,这是一个人格化的强力英雄的形象。第二首"刚毅居正"突出了楚人精神的刚毅,第三首"庄王问鼎"突出了楚人品行的张狂,第四首"惊采艳艳"突出了楚辞神采的恣肆,第五首"楚虽三户"突出了楚地民风的强悍,第六首"风雨莲花"抒写了楚国文化的流播,第七首"九凤之香"抒写了楚人血脉的传承,第八首"彩云飞翔"抒写了楚人才智的引领,第九首"东海之上"抒写了楚地文化的未来想象。在诗篇展开过程中,始终紧扣楚地的自然风情和人文精神传统,其形象涉及神话传说、历史人文和现实精神,始终张扬楚地文化对于中华文明的伟大贡献,包括文明的形成、文明的发扬和文明的延续,其间始终融注着诗人对楚人勇于进取与超越创新智慧的由衷肯定。诗人对九凤鸟形象和精神寄予了无限希望:"所有楚国人的眼里全是思想/神鸟将楚人未来托于东海。"整个组诗九首一百二十六行统一使用三三三三二段式,每行长度统一为十二言,韵脚密集,恣肆的想象增加了诗的意象性,诗行的反复强化了诗的抒情性,具有惊采艳艳的楚辞风貌。这是一首文化寻根的抒情长诗,意象丰满,语言华美,境界高远,同其他文化寻根诗一起成为邹建军汉语十四行诗创作富有特色的重要成果。

在大量创作的基础上,邹建军作为一个学者,注意把创作与理论结合起来,并通过教学工作进行十四行体中国化的理论研究。邹建军通过自己的理论和创作,试图回答汉语十四行诗创作和发展中的一些重要问题。(1)创作十四行诗有无必要?邹建军认为:在中国创作十四行诗是可能的也是很有必要的。若诗人有兴趣,可以用世界上任何一种语言从事创作,但当代中国诗人首先要用自己的母语创作,以体现作为中国人的责任与使命。(2)如何创作汉语十四行诗?邹建军认为,可以不按照英语十四行诗的规则来写,因为在西方十四行诗中也有多种语言体式,英语诗人就是以多种变式来完成十四行体英国化进程的,我们如果能突破其他语种的十四行规则,同时结合中国古典律诗的优秀传统,根据汉语的基本素质,在诗美发现与诗意构想基础上进行新的创造,汉语十四行诗才有光明前途。(3)汉语十四行诗如何翻译?邹建军认为,可以把汉语十四行诗的艺术转化成英语十四行的相关艺术要素,融进英语的十四行里去;也可以用英语十四行诗的方式译汉语十四行诗,使汉语十四行诗艺术要素在另一种语言境况中生存。(4)如何理解十四行体的精美?邹建军认为,十四行体最为重要的不在十四行,而在于韵式上的讲究,在于起承转合的结构,层层上升又层层下降,反复曲折,有一种玲珑精致之美。(5)如何写好十四行诗?邹建军认为,十四行诗是一种具有相当限定性的诗体,不仅有行数、韵式、结构与音节的限制,也有题材与主题的讲究,如何在这种有限的形式里表现开阔的思想与情感,需要诗人个人的才力与功底,需要诗人在实践中不断地进行创造性探索。(6)如何评价汉语十四行诗成果?邹建军认为,中外语言存在差异,所以不必按照西方标准来评价汉语十四行诗;另外,中国诗人写作汉语十四行诗的时间较短,把它同西方写了几个世纪的十四行诗来比较也是不科学的。如果21世纪有更多的诗人集中精力来写作汉语十四行诗,说不定会留下一些自立于世界的艺术精品。①

　　白马(马世斯)长期从事民族歌舞的编剧,著有《白马抒情三部曲》,另有多部剧作面世。20世纪80年代初他创作了一百多首十四行诗,后结集为《爱的纪念碑》(1997年)由远方出版社出版。作者将这一舶来诗体与汉诗审美观念结合,创作出了一种适合各个层面的中国读者欣赏的十四行诗式。其诗一般分成三段式,押韵格式为 ABBA ABBA CDCDCD。"一支古老的意大利情歌/经过彼特拉克大师吟唱/带着乡土和野草的芬芳/悠然登上了诗的雅座/文艺复兴的亚得里亚海波/又使这隽永迷人的绝唱/荡起轻盈美丽的双桨/飞向世界的各个角落/一支歌填上了诸家新词/也填补了一片片心灵的荒芜/一种调融入了百般情思/也融化了千万个心灵的孤独/这温馨的十四行诗/是上苍赐予人间的爱的礼物。"诗人用这首《爱的礼物》抒写十四行体的发展历史和审美价值,表达自己对这种诗体的热爱。我们来读《项链》组诗中的第三首:

　　　　我每天制作一颗诗的珍珠
　　　　每颗都那样纯洁亮丽
　　　　每颗又各自独具一体
　　　　一颗比一颗令人爱慕
　　　　我要制作一百颗这样的珍珠
　　　　再用我对你连绵不断的相思
　　　　搓成一根纤细柔韧的金丝
　　　　把它们按顺序穿到一处
　　　　这将是一串盖世无双的项链
　　　　古今的奇珍异宝只配做它的附庸
　　　　即使用一百块耀眼的金牌我也不换
　　　　除非是你那闪亮美丽的心灵
　　　　待到那花儿盛开的春天
　　　　我要亲手把它挂上你的脖颈

《项链》组诗是抒写作者自己的诗歌创作的,在第一首中诗人抒唱道:"我的一首首诗像一颗颗珍珠/闪烁着圣洁的光彩/寄托着圣洁的光彩。"诗人说自己天天制作这诗的珍珠,任凭劳累,毫不倦息。《项链》组诗第二首提出这诗

---

① 覃莉整理:《关于汉语十四行诗的写作与翻译问题——邹建军先生访谈录》,见华中师范大学邹建军建的"中外文学讲坛"网站。

的珍珠"是由那些材料组成"的问题,然后说"请听我对你细细讲述",这就是"我用火一般炽烈的爱情/将他们与我的心血相熔/然后一并装入艺术的珠模"。在第三首中更是采用诗的语言抒唱自己写作十四行诗的情思。诗人在这组诗中通过诗的写作谈来编织爱情的主题。诗没有分段,但内部结构还是呈现着四四四二段式,起承转合的情思发展线索清晰,在前面十二行的铺叙以后,末两行归结到"亲手把它挂在你的脖颈"。诗行没有限音数也没有限音组数,但各行大体整齐。韵式是 ABBAABBACDCDCD,规则中有变化。白马的诗风格特点是语言自然朴实,节奏清晰流畅,富有感性、情趣和哲思,是具有自身特色的十四行诗。

三 马安信、李彬勇的十四行诗

马安信迄今已发表各类作品数百万字,有新诗集近二十部,十四行诗有《马安信十四行情诗精选》等。他在在四川民族出版社出版了《马安信十四行情诗自选集》(1997年),编入了一千三百八十六首十四行情诗,分为"白栅栏""黑森林""红月亮""蓝蝴蝶"四个分册,全部诗作以"情诗"统摄,从而创造了一个只属于他自己的独特而又完整的爱情世界。这些情诗其实都是诗人对于爱情沉思的结晶。诗人自己解剖说:"许是经历了生活与情感中的风风雨雨,我的这些十四行情诗才执著于用理性去把握爱情,情思绵绵地倾吐自己的心曲。我别无选择,惟愿自己的情诗,写得纯一些,淡一些,纯如一泓碧水,淡似紫苜蓿花的清香;惟愿自己的情诗在柔婉、含蓄与空灵中,能让人性的蓓蕾绿意盎然,吟之令人心醉。"①这里一方面说用理性去把握爱情,另一方面又说追求着纯淡的风格,我们理解:前者是指诗心,后者是指表达,两者相辅相成,既有可以咀嚼的意蕴,又有令人心醉的抒情的情诗世界。

马安信的创作对十四行体情有独钟,他在"黑森林"册的跋中说:

> 我愤我恨我无法抗拒的心问,重重复复恒据心灵盘旋不去的声音:"何谓中国式的十四行情诗,我为你做了些什么?我该为你奉献些什么?"
>
> 我无法理出自己的苦爱苦思的轨迹。只依稀记得自己在一本前些年出版的诗选中说过的话:"我一往情深地偏爱于自己的十四行情诗。

---

① 马安信:《〈红月亮〉跋》,《马安信十四行情诗自选集》第3卷,成都:四川民族出版社1997年版,第350页。

也许,她使我脉脉的恋情得以抒发,使我幽幽的回忆得以重现,使我痴痴的相思得以宣泄,使我苦苦的生活得以记录。也许,她又使我所有的日子都绚烂多彩,蒙上了色泽与韵味,恍若自己重新回到初恋的岁月,寻回了昔日那一抹诱人的霞影,那一泓诱人的山泉和那一幅诱人的虹影……"几年前的话许是自己当时的一种心境和清醒,亦曾付诸于几年来的诗创作实践,迄今仍不改初衷。①

正是凭借着十四行体在表达情爱主题上的独特优势,马安信每一首都写"爱"的一个思绪片断或一点哲理思考,全部诗合起来就组成一部爱的交响曲。马安信的十四行诗之间没有故事线索,只是环绕着一个主题即"真诚的爱"所写的串在一起的抒情诗。其中有初恋的爱、热恋的爱、决绝的爱、失恋的爱、埋葬的爱、柏拉图式的爱、单相思的爱和无果的爱等。如《血太阳里》写的是军人妻子的爱,《爱着你,我们没有分离》写的则是失去农村爱妻的爱。虽然这些诗不像林子的诗那样富有个人性,却也能做到真切动人,因为诗人真诚地爱过和被爱过。诗人往往在一首诗内抒写一个相对完整的情感片断,在诗中呈现顺流的进展,在十四行体形式规定中达到美学上的内在结构和外在形式的和谐美。如《你的黑眸子》:

> 你的黑眸子,是我栖息的
> 黑森林,每当你的泪水打湿了
> 我的身影,我便会在寂寞里
> 狩猎昨夜晚那滴血的温馨
> 你说过多少次,我若离开了你的
> 这一片黑森林,后悔便会将我
> 爱恋的道路泥泞;许是你的目光
> 是钩,时时刻刻垂钓我思念的心
> 你的黑森林里,我的痴情已经
> 幻化了醉死的灵魂。许是你的
> 黑眸子是一个向我逼近的陷阱
> 我已沿着你的诱饵无悔地甘愿
> 碎骨粉身……呵,你的黑眸子是
> 一座我只能进不能退的黑森林

---

① 马安信:《〈黑森林〉跋》,《马安信十四行情诗自选集》第2卷,成都:四川民族出版社1997年版,第343页。

把情人的"黑眸子"想象成"黑森林",是一个精彩的拟喻,全诗所有情绪和思理都紧扣这"黑森林"而来,浑然一体。"黑森林"既是情人的栖息地,又是情人的陷阱,"我"虽然清楚地知道这一点,但却还是甘愿粉身碎骨,因为它是"一座我只能进不能退的黑森林",情绪表达委婉,哲理丰富深邃。诗中"我"同"黑森林"的关系呈现着一段合情又合理的发展过程,终于由"你的黑眸子,是我栖息的黑森林",走向"你的黑眸子是/一座我只能进不能退的黑森林",既让思绪连贯而平静进展,又使诗意升华而引人思索,这种"圆满"的结构充分体现了诗体的构思特点。在格律方面,诗人没有借用诗体建行音组的均齐等量和韵式安排的交错回环,只是使用了十四行体常用的跨行方式,自由而痛快地抒写内心独白,从而形成绵绵不绝的语调和情调。正因为十四行体呈进展性、单纯性和圆满性,以及在语言格式方面的特殊优势,所以成为中外诗人十分热爱而乐于吹奏的欧罗巴芦笛,马安信让自己的情诗带上十四行"脚镣",这不是自寻束缚,而是为我所用,他把这种诗体的优势发挥到了极致。

马安信的十四行诗是内心独白式的情诗,这种独白展开的主要方式是对话交流、形象拟喻和情节展示等。就情节展示来说,诗人在抒发内心独白时,让情感穿上多彩的形象外衣,并大胆地以想象的人物和心理的行为,在内心情绪的流动中展开抒情情节,从而使抒情诗具有戏剧的情节结构,避免抽象的直白说教和赤裸裸的情感坦陈。如《月儿已上林梢》,第一个呈现的生活细节是:

"亲爱的,我要走了,今夜
月上林梢,你呀你,就在这
溪水边等我!"你抿着嘴儿
笑了,一句野花般素朴的话
点燃星的眸子,催促着夜
从远方悄然降落。如烟似雾

这是一位姑娘对情人的相约,充满着爱情生活的情趣,富有生活气息。第二个生活细节是:

夜来了,用它溪水吟唱的歌
翻译出一支柔美的曲子,润我
我的心似亮晶晶的夜露,在

  草叶间,凝成了太多的饥渴
  只待你从充满松脂清香的
  山风里走出,将我悄悄儿溶落

这是爱的回应,充满着抒情小夜曲意味,而此情此景却使人恍若其间。第三个生活细节是:

  ……呵,亲爱的,今夜溪水边
  月儿已上林梢,你可会来么

这是一个等待的生活细节。十四行诗由三个连贯的生活细节组合起来,形成了一个情节自然展开的戏剧化过程,诗情层层推进,而令人渴望的爱情就在这情节的展开中自然流露。这种生活情节可能有诗人的真实生活基础,但就其本质来说,则是诗人虚拟和想象的,生活情节实际上是内心情绪的展开过程,生活细节实际上是诗人的想象逻辑,诗人凭借它创造了一种情景交融或事理结合的意境。这种情节的展开式抒情,形成了诗的内在形象和外在形象的结合,达到了诗的艺术化抒情效果。

  马安信的十四行情诗,没有严守传统诗体格式,在用韵、行式、音节、格式等方面都是似乎有之,而又似乎没有,正如诗人所说,"我想用我所能找到的最美的词句来歌唱,我想用我所能找到的最贴切的语言来表现心情"。"我走进了'孤独'这一座永远美丽的城堡,吟唱着自己的十四行情诗,诉说着自己的心曲……"①这就是马安信对于十四行体的态度。他在创作中对诗体"进行了大胆的创造与变革。他不再分节,也并不严格地按照 ABBA 或 ABAB 等格式去押韵,他追求的是由汉字的表意功能所造成的意境之美,以及由汉字词汇造成的顿以及语言文字内在的音韵所构成的声韵之美"。"他之所以选择十四行体这种体裁,实际上是在选择一种适当的空间,一个不太宽泛,从而可以避免失去控制、枝叶蔓生,又不太狭窄,足可以让诗人尽情率性地抒发情感的天地,是在选择一个其容量足可往复循环、周游不息,从容构筑成完整诗境的范围。"②这评价道出了马安信十四行诗的形式特征。

  与马安信相似,为表达自己特定的情思寻找到合适的诗体,来写作自己

---

① 马安信:《白栅栏·跋》,《马安信十四行情诗自选集》第 1 卷,成都:四川民族出版社 1997 年版,第 366 页。
② 吴野:《航行,没有终极……》,《马安信十四行情诗自选集》第 2 卷,序一,成都:四川民族出版社 1997 年版,第 10 页。

的十四行诗的,还有诗人李彬勇。李彬勇的《十四行诗集》于 1991 年由百家出版社出版,包括六组一百五十五首十四行诗,六组的名称是:以树木、工具及静物为主题;欲言而止时的十分感动的姿态;倒叙;片断和练习曲;未曾抵达的大陆;情歌。诗人是 1989 年夏天在舟山群岛度假时开始写作这本诗集的。他租了一座新盖的楼房中朝东南方向的单间,三面松树葱郁,翠鸟啼啭,楼外坡上,绿草茵茵,野花间开,而在楼上或凭窗或凭栏一望,便是细细、平展的沙滩、碧蓝、浩瀚的大海。在此环境中他悟到:"无论以何种繁复的心绪或何种庞杂的构造,都不可能来真正体现海的魅力、海的作为一种物事的丰富性。而实际上,海却又是如此简单,深湛,广阔,茫茫然的简单,简单得几乎有点单调。"由此诗人想到了自己的生活和自己的诗,希望能够摆脱掉隐晦、麻木、矫作的表饰,而呈现出一派简洁、明朗、生动的模样。"我当时写诗,无意中就遵循了这么两大准则:形式尽量精短,语言和语义尽量简单。"①这就有了最初的二十多首有些海味的十四行诗,回上海后他在两个月内完成了诗集写作。诗人主动选择十四行体,看中的是该诗体的单纯性和简短性,每首诗是如此,而组诗则能表达复杂多样的情思,以上两者正是大海所具有的精神品质,既是丰富的又是简单的。

正如《十四行诗集》六组诗的标题所示,诗人情思的触角伸向了广阔的领域,其中既有海滨生活的感触,也有城市生活的剪影,还有个人生活的回忆,更有诗歌写作的思考。作者自己说,因为后来的一百多首是在两个月时间中写出,写得太快,思绪和感知的范围太窄,造成了意绪类似之失,甚至在构篇和形象比喻上也出现近似之处。尽管如此,诗人借用十四行体来写出从大海所获的特殊感受,还是在诗中得到了充分体现的。我们读第三十一首:

> 我想应该有一种根本的经验。它
> 既象黑暗中奔跑来的一匹白马,象
> 这样的白马划给黑夜的又深又长的光亮,又象
> 我手中的笔,象每天早晨
> 你推醒我时的简单的动作。我想这种根本的
> 经验,应该既是精湛的骑术,是蛰伏在叉叉道道的
> 掌纹旁的厚茧,又是能疯狂繁衍的
> 海藻。我既会听到它的声音,就象
> 倾听这簇拥着我的万籁。又能象永远体味你那样

---

① 李彬勇:《后记》,《十四行诗集》,上海:百家出版社 1991 年版,第 162—163 页。

体味它的气息。这种神秘的沁人心脾
的气息。这流溢于泥土之上、水之上及精神之上
的根本经验的气息。它这样热烈
地充实和丰富着我。它时刻就是黑暗
的海,时刻就是结束这种黑暗的喷薄的太阳。

这诗是写"经验"的,虽然是想象中应有的,其实是体验中实有的,这是一种诗的经验,"象我手中的笔",具有神秘的感受性经验。这样的题材和主题,就非常符合十四行体的沉思性特征。诗始终聚焦于这一"经验"而展开想象,使用了大量的意象去呈现它,从而使这种意识中的"经验"富有生活气息,也更富有温馨的气息,虽然想象超越时空局限,在诗中显出无限的丰富性,但其始终紧扣的就是这"经验",这就体现出十四行所要求的单纯性。诗在开始就提出"应该有一种根本经验",这就是起;第五行开始写这种根本经验的"应该有",这就是承;第十行突出地写这种"根本经验的气息",可以认为是转;最后两行点明这种根本经验时刻就是"黑暗的海",就是"喷薄而出的太阳",回应了全诗对于根本经验的期待。诗的结构井然有序,而且层层推进,前后呼应,形成了一个美满的圆形结构。所以这诗有着十四行体诸多的原本精神。当然,这诗没有遵循十四行体的语言格律形式,诗句有意识地跨行,全诗没有分段,也不限诗行音组,还不押韵,只是让自己的情思不断地自由流淌,绵绵不绝地进展形成一种特殊的情调。诗人对此有着自觉的意识,他在后记中就说到诗集里的两个遗憾,除了写得太快,就是"十四行诗之'名'实为不'正'",他说:"尽管莎翁的剧作中也能找到用'商籁'体而不押韵的先例,或从诸多十四行诗名家原作或中译本里也能读到或不拘约定或因形式而颇受框囿的例子,但既然以十四行诗冠之而未守其规(实际上仅是些十四行的短诗),自不能不说是于心惶惶的。"①

在《十四行诗集》后记中,李彬勇说到自己在中学时代就开始写十四行诗,押的是彼特拉克式的 ABBA BCCB DED EDE,他认为从严格意义上讲,那是他唯一能勉强充数的十四行诗。这诗颇有特色,名为《你握着我的手》。这是诗的前两段八行:

你握着我的手,握得真牢
阳光有一半停留在篱笆墙上

---

① 李彬勇:《后记》,《十四行诗集》,上海:百家出版社1991年版,第165页。

另一半穿透进,照耀着颤动的白杨
我心儿乱跳,不知说什么好

我一如往日,怀着热烘烘的希望
想展览给你,这一幅画
想储藏住你的笔,象只铅笔匣
我看到阳光移到你发上,也落在我手上

诗写的是诗人豆蔻年华初尝禁果时的特殊感受,虽然写得较为稚嫩平淡,但有着一派简洁、明白、生动的风格,在同类题材中是写得较为精彩的。诗人似乎写得十分平静、舒展,但却情意绵绵,含而不露,所有的情感都在不经意之间流露出来。诗中没有就爱多发议论,只是刻画了几个细节,却写出了年轻人所特有的青涩的爱,极其富有情韵。

四 苗强、肖学周的十四行诗

苗强毕业于北京大学,获哲学硕士学位,后任教于鲁迅美术学院。他在大学期间就开始写诗,1999年脑溢血术后患失语症。在康复期间,他用每周两首的速度写出了一百零二首十四行诗,2002年由黑龙江美术出版社出版《沉重的睡眠》诗集。苗强在《沉重的睡眠》后记中说到了诗集的写作过程:

> 开颅手术后,语言对我已经毫无疑义。我躺在病床上,不会说话,不会写字,也不会阅读。
> 以前,我断断续续地写了十五年的诗,我很少称自己是诗人。但是现在我认为,我的语言能恢复到这种程度,是跟我以前的诗人身份有关。也就是说,我只有想着语言的炼金术,才能从失语症当中走出。一个人失语是偶然的,但是从失语中恢复过来,则是神秘的。我就好像经历过语言的起源一样。博尔赫斯说:"语言的起源是非理性,具有魔幻的性质。"除了自己的毅力、诗人的自信,我还能想象的就是,在我身上,语言的神秘起源与快速生长。
> 但是,我还是得从头学起。我练左手写字……当得病一年零八个月的时候,我开始写作病中十四行——即这本《沉重的睡眠》。……每首诗,除了我朗读之外(病态的朗读),我妻子给我朗读几遍。现在我感

到,我说话快了,语感越来越好,诗的节奏也就越来越能把握。

  我的十四行诗,不是彼特拉克式的,也不是莎士比亚式的,而是自由诗。考虑到在康复期,我以锻炼为主(肢体和语言),而且脑子不允许太劳累,十四行诗这个行数,既不太多,也不太少,而且确定,也许适合于我这样的病人。①

苗强诗集《沉重的睡眠》的出版,成为当时中国诗歌界中让人激动不已的事件。2002年6月,苗强诗歌作品研讨会在北京召开;2004年7月,中国新诗最高奖(艾青诗歌奖)首届评选结果揭晓,苗强《沉重的睡眠》位列榜首。这是中国十四行诗的重要收获。首届"艾青诗歌奖"的颁奖词是这样评价《沉重的睡眠》的:

  苗强诗集《沉重的睡眠》是生命的奇迹,他在瘫痪和严重失语失忆后,用诗的语言呼唤感觉,呼唤生命的灵性,以神启般的智慧与世界对话。语言的神骏从时间深处奔驰而来,与他的生命相遇,从而生动地证明语言是感觉方式而不是逻辑方式,是生命美丽的自我发生。他的语言纯净而安恬、质朴而自然。这位富有才华的诗人和青年美学家,以不满40岁的英年溘然长逝,给中国诗坛留下了一部感人肺腑的生命绝唱。

这一颁奖词给了《沉重的睡眠》以高度的评价。

  苗强是具有特殊生命体验的人,《沉重的睡眠》是一部感人肺腑的生命绝唱,具有特殊的思想内涵和存在价值。首先是特定的生命感受。因为失去了词语辨识、记忆、组织、言说和书写能力,世界对于苗强来说成为彻底的秘密,与死亡相当的秘密,所以他说"我像个死人保守活人的秘密那样幸福"(第三十二首)。这个"幸福"反讽了现实生命的悖论,因为语言在表达与暴露的双向运动中总是意味着忠诚与背叛,保守秘密则是只有死亡和与之相当的失语症才能享受的"幸福"。语言对于诗人来说,成了"一口棺材收殓"的东西,语言的死亡成为诗人难以忍受的苦恼。如第九首:

  一口棺材收殓着我的语言
  像秋天美好的收成一把就被
  死神拿去 接着沉默的冬天来临

---

① 苗强:《后记》,《沉重的睡眠》,哈尔滨:黑龙江美术出版社2002年版。

> 我恍惚地看着日光灯和病床
> 白色的被子以及被子下我的肉体
> 那些与事物一一对应的词语
> 都被一一瓦解　因此事物太孤单
> 太虚幻　不真实　而书上的词语
> 像一个个幽灵在我面前徘徊
> 并且互相扭打　互相撕裂
> 不如我的肉体成为语言的殉葬品
> 与陶俑　财物和器具混在一起
> 而我的语言　被一口棺材
> 所收殓　就像秋天美好的收成

这就是苗强写作所面对的困境,因此他说:"一有空就翻看词典,看着一个个词语,既陌生又熟悉,仿佛有了这些词语,我的一生就会殷实而富足。"①"但我是个残缺不全的词语,不知道意义何在,也许终有一天,我将死不瞑目,葬身于我的汉语词典里。"诗人为语言而生,而语言的有限性也是诗人生命的有限性。失语症使诗人真实地认识到病中写作十四行诗的意义,他从简单的手势语言交流,在写诗的思维体操中获得了"语言炼金术",并从语言炼金术中升华出来,终于克服了失语症带给他的常人无法想象的困难。苗强凭着坚毅战胜"失语",打开被疾病掩盖起来的真实,串联起语言与事物之间的联系。失语症把生命折叠起来,变成不可逆转的秘密隐喻性语言:

> 整个的我　打开了　而病人是折叠的
> 即使打开了　也显露出折叠久了的
> 痕迹　由于惯性　还要折叠回去
> 病人的疾病是公开的
> 但是他的感觉则是秘密的（第四十五首）

"病人是折叠的",这意象是诗人在病床上同时承受着右半身瘫痪和失语症双重病痛时的真实写照。这是一个新奇的意象,在"折叠""打开""叠痕"的语言表达运动中,这个意象不仅向我们传达了诗人在病魔折磨中挣扎的沉痛,而且以肉体苦痛的形式体现了一种命运深处的悲剧循环。失语症使苗强

---

① 苗强:《后记》,《沉重的睡眠》,哈尔滨:黑龙江美术出版社2002年版。

失去了曾经自由驭使的语言,获得每个词语都必须通过想象力的艰辛努力,在此过程中,词语因为失去了逻辑惯性而重新获得了自己的分量。失语的诗人重新经历了自然语言的诗意发生("我就好像经历过语言的起源一样"),那种自然语言在原始状态下的敏感成为诗人接受(理解)语言的基本形式:

> 但是无论守灵人谈什么 在一个
> 彻夜失眠的病人看来 形式就是
> 内容 这种窃窃私语有足够的
> 魔力把我的额头变成苍白的墓碑
> 一笔一画 反反复复 镌刻着
> 死者的名字　　　　　　　　　　　（第九十六首）

在这里,诗人不仅在倾听(语言),而且在观看(语言),语言积聚了自身的感性形式,诗人从他的失语症中获得的特别赠予就是语言与身体的原始联系。因此,苗强的十四行诗能够给予我们新的诗语意象、新的生命体验和新的想象方式。学者评论说:"我看重苗强这个诗集,不仅因为他如尼采所推崇的写作一样,是'用心血写作'的,而且因为在这个诗歌和语言都在物欲、机器的挤压下失去真实生命的时代,他的诗歌是一次真正的'语言的发生'。他们让我感动的是,我不仅重新感觉到了语言的诗意,而且感觉到了写出这些语言的身体的深厚的生命和赤诚的热情。而这一切正是诗歌真正的品质,是语言真正的内涵。以最真实的生命去感觉和尊重语言,是这部诗集给我们这个时代最重要的启示。"[①]这就是《沉重的睡眠》给予我们这个时代诗歌创作的重要的特殊意义。

由于自我生命中的灾难,苗强学会了个人语言和公共语言之间的转换,他以自己坚韧不拔的写作、逐字逐句的写作,对那种世俗语言流的宣泄提出了个体抗争。其作品对当下诗歌写作的意义值得肯定,在此基础上,我们还要肯定苗强诗歌写作更为重要的意义,那就是苗强诗歌中蕴藏的生命意识和向死而生的勇气。表达这种生命意识的诗在《沉重的睡眠》中是大量存在的,我们通过这些诗能够见证一个顽强的生命、一个坚强的人格。苗强的诗仿佛天籁,是生命深处的声音,有一股面对死亡奋起抗争的力量。苗强的诗最为重要的价值,是展示了一个"人"的精神追求,在诗中最为直观感人的是存在与生命、荒诞与价值的意象,至于他对于诗歌写作的贡献也就成为其生

---

① 肖鹰:《回到生命深处的诗歌——读苗强诗集〈沉重的睡眠〉》,见肖鹰博客 http://blog.sina.com.cn/s/blog_4cb5bc470100frmp.html。

命本身价值的一个方面。我们读苗强的十四行诗,更为关注的是诗人的人生境界,如诗集的第七首:

> 我死过 这是我唯一可以自夸的
> 死亡逼近时 是那么温柔 那么寂静
> 如果我就此睡去 只有短暂的痛苦 但是
> 在没有通晓人生之前 死亡又有什么意义
> 谁能像那些成熟的果实 心满意足地
> 从树上坠落 闷闷地声响此起彼伏
> 我们却念念不忘死亡 它让我们止步
> 只是一片确定的黑暗 黑中之黑 再无其他
> 在这黑暗的映照下 谁又能通晓这人生
> 它是游移的 悖论的 具有无限可能
> 比如 我的呼吸有一种隐约的希望气息
> 来自心房的潮汐使大地冰雪消融
> 尘世微微闪烁 而陀思妥耶夫斯基
> 从阴暗的绞刑架走出 目露晦涩的光芒

诗人病后颅内出血覆盖了语言神经,躺在病床不会说话,不会写字,不会阅读,这就是"我死过"的具体内容。但是在死亡逼近时,他还不愿就此睡去,还要去"通晓这人生",终于有一天,他用缓慢的语速对妻子说"我要写诗",在妻子鼓励下他像得了热病似地写诗,因为"我能写诗了,我就不是废人",这就是他对"人生"具体内涵的理解。诗集写成后,他给妻子沈舒忆说:"送给你一本关于美丽和坚强的书",这是他自我对于坚强人格的肯定。这就是诗中"通晓人生"的多层内涵。正因为如此,他才能从陀思妥耶夫斯基阴暗的绞刑架走出来,从俄罗斯阴冷灰暗的天空中看到苦难深沉的灵魂。经历过死亡的人,对于生命的感受往往与那些痴心想活百年的人不同,他们将透视生命意义的"通晓人生"看成人生要义,哪怕进入"黑中之黑"也无所顾忌。我们再读诗集的第九十七首:

> 我的生活是一种刑罚,有时采取
> 幸福的方式 所以幸福看起来
> 几乎唾手可得 可是看看它已经
> 毁了多少人 我出于一种本能

> 像躲避灾难一样躲避它 走着一条
> 不断使自己惊异的道路 也许
> 拒绝幸福是一种疾病 至少是一种
> 阴暗的心理 就像一棵大树的节疤
> 拒绝美丽 但是 这里面包含着
> 不幸的价值 包含着尼采式的肯定
> 这一切成为我生活中必不可少的
> 背景 成为打击我 唾弃我 毁灭我
> 或者反过来说 鼓舞我 激励我
> 保佑我 甚至给我带来力量的东西

这里的独白是关于人生"幸福"的思考,袒露着一个大写的"人"的宽广而丰富的心胸。在苗强的诗中经常出现"幸福",而这种"幸福"的具体内涵就是像惯常病人一样接受治疗和帮助,或者像惯常一样在患病后处于特别沉重的睡眠状态。诗人清楚,无论在肉体还是精神的意义上,沉睡就是被死神紧紧拥抱着的睡眠,而苏醒必然是冲破沉睡的新生式的艰难挣扎。理解这睡眠的沉重和苏醒的艰难,是理解此诗的关键。诗人首先明确自己所处的生活是一种"刑罚","有时采取幸福的方式","几乎唾手可得"的幸福,就是指沉睡和养病,诗人认为,这种所谓的幸福已经毁掉了许多人,他需要"像躲避灾难一样躲避它","走着一条不断使自己惊异的道路"。这就是同命运抗争,用写作战胜自己。这是一个热爱生命、热爱诗歌的诗人的心声。他知道这种拒绝"幸福"的艰辛,也为人所不能理解,但是他却坚定不移,以殉情的方式来寻求人生价值的实现。他明确地说,患病可以"打击我 唾弃我、毁灭我",但是也可以反过来,成为"鼓舞我 激励我/保佑我 甚至给我带来力量的东西"。诗人在第八十九首中说:"对我来说,写作不是逃避生活,甚至不是描写生活,不是幻想生活,写作只是抵御生活侵蚀的方式,这样我的作品就成了写作的副产品,那种隐秘抵御的外化和物化。……写作是对这种绝望的克服,是把我整个地交出来,把我掏空,好像灵魂出窍。"正是在此基础上,诗人在后记中说:写诗"从去年冬天,到今年秋天。我幸福无比,在这天赐的一年里"。

当然,《沉重的睡眠》中的诗没有严格遵循十四行体格律,但诗人却把十四行体的生命思考发挥到极致,把十四行体独语形式发挥到极致,把十四行体的单纯丰富发挥到极致。正如周国平所说:"我意识到,这不是一本寻常的诗集,我不能用寻常的方式来读它。"①

同为学院诗人的肖学周(又名程一身),其十四行诗同样强烈地呈现着人的生命意识。肖学周于2004年在北京大学中文系毕业,同年12月由中国文联出版公司出版了他的《北大十四行》。诗人在自序中说:"由于写的都是十四行,又都是在北大写的,因此我把他命名为'北大十四行'(共一百一十首)。为此,还有网友质疑,说我并没有写北大,为什么叫'北大十四行'呢?我的诗的确很少写到北大,但它无疑是我写诗的一个背景,就是这样。"那么,北大留在作品中的"背景"是什么呢?这就是诗人在北大期间独特的生命意识:孤独。诗人离开家乡到北大读书,在那段食欲不振而性欲旺盛的岁月里,诗人一直在为自己寻找排解孤独的替代物。就这样,诗人经人介绍担任了网络会馆诗歌版的版主,并开始了十四行诗的写作。诗人自己这样说:"诗歌曾经瓦解过我的冷漠、填充过我的空虚,更主要的是它消融过我的孤独。事实上,也只有它称得上比较好的替代物。我的诗常常直接写到女人,或者往往写到水,其实都是一回事。每一首诗都曾经驱逐过我内心的孤寂,她们的诞生标志着我生命中的一个个节日。毫不讳言,我的诗都是抒情之作。当别人通过别的途径宣泄郁积的时候,我选择了诗。因此,我要求我的诗不但要抒情,还要抒发得富有力量,使它具有一种相当的宣泄的功能,而不再是古人所说的温柔含蓄。"②面对无法摆脱的孤独和寂寞感,诗人甚至把自己的名字改成了"程一身"。这就是呈现在《北大十四行》中的精神要旨和诗人形象。正是在此意义上,肖学周与苗强的十四行诗有着精神上的沟通,有着共同的生命意识。明白了《北大十四行》的特定写作背景和精神素质,我们才能读懂这样的十四行诗(《众多素不相识的情人》):

哗啦啦的水浇在我身上
冲刷着我全身的孤独
孤独就象一粒粒微尘
渐渐脱离了我的身体

源源不断的水从天而降
一朵朵水花开在我身上
点点滴滴温柔的水
紧贴肌肤给我安慰

---

① 周国平:《在失语与言说之间》,见文学终点网站"苗强作品专题",2002年6月23日。
② 肖学周:《自序》,《北大十四行》,北京:中国文联出版公司2004年版。

>   竞相亲吻我肌肤的水
>   众多素不相识的情人
>   如今我独自远离家门
>   是水让我体验到了亲情
>
>   整个世界充满了歌声
>   歌声来自我身上的水　　（2001年第二首）

这首诗题目是"众多素不相识的情人",其中的"水"是抚慰诗人孤独的亲情,有着特定的含义,而其中的"身体""身上""肌肤""亲吻""安慰"等词语都是特指的,是诗人特定情绪的象征和发泄。诗句具有强烈的冲击力,自然流露的倾诉式诗句中不乏隐喻暗示的意象,而平淡通俗的词语中也不乏自然的音律。诗人自己就这样解说:"我力求在深沉的内敛与酣畅的倾诉这种张力结构之中激发出诗歌的抒情力度。酣畅的倾诉要求并且会产生一种自然和谐的韵律,这种韵律使诗歌接近歌唱;而深沉的内敛往往能营造出贴切鲜明的意象。与此相适应,我所用的语言力图把口语的质朴与书面的雅致熔铸成一个透明的整体,使其中的情感得到全面的呈现。"[①]因此肖学周的诗大量抒写故乡题材,尤其是在思乡亲情题材中显出多愁善感。如《和雨声对话》中的"雨"就是亲情和情欲的意象:"雨落在窗前的绿叶上/淅淅沥沥地向我歌唱/亲切的旋律如此熟悉/如同我青春已逝的时光",这是对故乡、对亲情的回忆,充满着温馨的感觉。但与"雨"的意象不同的是第二节中"太阳"的意象:"在阳光灿烂的日子里/我跟着太阳东奔西跑",结果诗人感到无限的失落,他追问道:

>   在和绿叶分别之后
>   你又去了什么地方
>   在单调的岁月河流中
>   羼杂着多少泪水欢笑
>
>   我已经厌倦了漂泊
>   你可曾找到自己的故乡

---

① 肖学周:《自序》,《北大十四行》,北京:中国文联出版公司2004年版。

这里显露出的急切追问心情,正是漂泊人生所产生的那种内心孤独与寂寞。这里的绿叶和雨水可以是亲人、妻子或朋友,而故乡可以理解为诗人的心灵家园和精神寄托,这样,诗就暗含着丰富的社会内容,较好地把个人酣畅的倾诉与社会深沉的内涵结合起来了。

在肖学周的诗中,有多首题目与"死亡"有关的诗,如《叶赛宁:三十而死》《徐志摩:关于我的死之追忆》《张国荣》《送二老远行》《海子与戈麦:非祭日的献祭》等,这些诗同样呈现着诗人在北大期间的孤独和寂寞,强化了诗人对生命的理解,隐含着人生的悲欢离合和无奈。诗人在诗中抒发着一种对人生细致的捉摸和深刻的领悟后产生的苍凉虚无的悲哀。如《时间的飞车直奔死亡》中:"日月星辰交替闪耀/时间载着我直奔死亡/到站之前我能留下什么/时间的飞车直奔死亡";如《彼此的身体》中:"回家回到自己的家/在那里休息在那里死去";如《年年中秋》中:"在这生老病死的世界里/我的演奏能持续多久"。由于这种挥之不去的死亡意识,使得诗具有深层的哲学意味,也有着消极的宿命情绪。如《死亡随时可能发生》:"活着的人都难免一死/谁知道自己何时死去……我死后孩子们还活着/亲爱的,我在地下等你。"诗人通过写诗来宣泄这种情绪,其实应该视为一种超脱。

《北大十四行》主要写于2001年至2004年,共计八十五题八十九首,另有早期十四行诗三十题三十二首,合计一百一十一首。另附诗人在北大期间围绕诗歌所写的散论十篇。诗人自己说,写作十四行诗开始于1995年,起因并非完全的"随意而为"。诗人在自序中这样说:"我写的十四行并不是西方意义上的十四行,我只不过看中了它的行数、结构与韵律感这几项。我相信叶赛宁说的诗歌抒情的力量应该凝聚在二十行以内,十四行恰好合适。中国的律诗只有八句,就显得有些少。不过它们具有相同的结构:都是四部分,结构上往往是起承转合(当然事实上会有许多变化)。但是我舍弃了它们严谨的格律,而是尽可能地讲究节奏和韵律。所以,我写的都是变体十四行,是综合西方十四行与中国律诗的产物。"①这段文字较为具体地阐述了诗人选择十四行体的基本追求。这些诗的诗行基本等长,尤其是诗行的音组基本等量,大多采用的是四四四二结构,也有采用四四三三结构的,用韵的方式有着较大自由,所以是一种十四行体的变格体,当然这些诗又明显地要比其他诗人的变格体格律严格。诗人尤其重视十四行体的构思圆满特征,在继承中国律诗构思格局基础上进行有效改造。一般来说,十四行诗最后一节尤其重要,特别是经过莎士比亚改造后的英体十四行诗,最后两句就是一个总结,中

---

① 肖学周:《自序》,《北大十四行》,北京:中国文联出版公司2004年版。

国古人称为"合",意思更丰富,既有总结的意思,又有照应开头、聚拢全诗的意味,是意义的深化点,也是结构之环的闭合点。肖学周自认这种结构模式对他影响很大,他的许多十四行诗以及某些非十四行诗都使用了这种起承转合的结构:用起开头,用承确定一个方向,再用转开辟一个和承相反的方向,从而使承与转充满张力关系,最后使它们交织于一点,即合。这就使得诗人的诗读来更有十四行体的原本精神品质。肖学周对于十四行体中国化的探索,其宗旨是想同早已远离诗歌的读者达成和解,让诗人重新回到读者中间。

五 陈陟云、马莉的十四行诗

在近年来创作汉语十四行诗的先锋诗人中,我们突出地介绍陈陟云、马莉,因为陈陟云、马莉的创作体现了自由的十四行诗正在走向成熟。

陈陟云在北大读书期间就有新诗创作,并与海子同窗学诗。大学毕业后从事司法工作,2005年后携《在河流消逝的地方》《梦呓》等优秀作品重返诗坛,陆续出版了《燕国三叶集》(合著)、《在河流消逝的地方》《梦呓:难以言达之岸》《月光下海浪的火焰》等诗集。陈陟云的长篇组诗《新十四行:前世今生》每章九首,第一章发表于《星星》2008年第10期,第二章发表于《上海文学》2009年第5期,第三章发表于《花城》2009年第3期,第四章发表于《诗刊》2010年第4期,第五章发表于《诗歌月刊》2010年第5期,第六章发于《作家》2010年第11期,第七章发表于《十月》2012年第1期,第八、九章正在创作之中。马莉毕业于中山大学,供职于南方周末报社,出版有诗集《白手帕》《杯子与手》《马莉诗选》等,其十四行集《金色十四行》2007年由太白文艺出版社出版,《时针偏离了午夜》2013年由花城出版社出版。朱子庆用"疯狂的'慢写作'"来形容马莉的创作,《金色十四行》写了整整五年,写了三百多首,发表的才两百多首。《时针偏离了午夜》是时隔六年后才结集出版的,也仅两百首诗。陈陟云和马莉的十四行诗都是"慢创作"的成果。朱子庆说:马莉认真地对待写诗,这认真的姿态,就像一只认真飞行的蜻蜓。马莉曾为蜻蜓在荷塘迅速飞翔但突然静止的动作感动不已,就用"认真"来命名这个动作,朱子庆说:"蜻蜓是一种极有意趣的昆虫,其栖止、飞行均轻盈严谨。古诗'点水蜻蜓款款飞''早有蜻蜓立上头',莫不见证其'认真'的情态。由此可见马莉在诗歌写作上的'认真'不是一般的'认真'。"[①]陈陟云、

[①] 朱子庆:《读马莉的〈金色十四行〉诗歌札记》,载《诗歌月刊》2007年12月下半月刊。

马莉这种"慢写作"的认真,是当今诗坛极其珍贵的写作姿态。

陈陟云、马莉的十四行诗用律较为宽松自由,可以归入"自由的十四行诗",因此陈陟云直接把这些诗称为"新十四行"。其实,这里的"新"不仅指诗的体式,也指前卫思想和诗化语言,他们在题材、诗语和体式方面的探索把自由的十四行诗创作提升到一个新高度。

1. 题材:面向整个世界的打开

十四行体对于题材有着较多限制,虽然中外诗人在创作中都进行了题材开拓,但往往显得零星拘谨,缺乏整体的开拓和自然的打开。而陈陟云、马莉的十四行诗题材拓展则是革命性的,是面向整个世界的敞开,包括面向传统诗作无法抵达的日常生活敞开。龙扬志用"低到尘埃,高入云端"来评价陈陟云《前世今生》的题材拓展,向卫国认为陈陟云的创作启示是:"现代诗的确找到了不同于传统诗歌的打开事物/世界的方法,它使我们对事物/世界有更深刻的认识,远远超出了传统诗歌的深度。"[①]马莉《金色十四行》第一首诗的结句是"目光平静,保留着对世界最初的直觉/和一生都无法剔除的隐痛",这表达了马莉诗的全部美学思想。诗歌创作关涉客观世界和主观感受,人类无法抵达世界的客观深处,唯诗人的直觉能力才可信赖,马莉希望自己的诗能够通过自己的直觉来打开整个世界,"门敞开了,我的手伸向翅膀,握住了光/一束明亮的祈求,那是最后一夜/我离开了你,朝着故事的结局走去/沉入幽暗的光中……"这不仅是马莉也是陈陟云十四行诗的题材特征。

作为长篇组诗,《前世今生》有着一个完整的组合结构。组诗全部诗句都是诗人面对一个叫作"薇"的女性形象的倾诉。据诗人说,其创作灵感源自粤剧《小周后》的故事,诗人把主角"薇"作为倾诉对象,通过对话来解读人生、世界、情感的心灵密码。"薇"是早在《诗经》中就被命名的一种与诗歌相关的生灵,她纤弱的体态在"小雅"的乐声中渐渐生成种种复杂的抒情姿态,后来又几度化身为现世的肉体,并在李煜的后宫激起那位孤独皇帝的激情和想象。她一次次现身,又一次次消匿在词语的隧道。陈陟云从古老的词语河流中找到自己精神生活的发源地。在诗中,"薇"是一个诗的女神,一个历史的镜像,一个肉体的女性,通过全诗每节向"薇"的呼告,诗人沟通了实体生活与精神生活、历史与现实、今生与前世,使得全诗在一个诗意平台面向整个世界敞开。诗人的写作如其抒唱:"薇,今夜我静静看着镜象中的你/犹陷雕栏玉砌之重围/该推哪一扇门,方可打开你的视线/红罗亭内醉未酣/相拥入

---

① 向卫国:《诗歌之痒或打开世界的钥匙为何不能使用?》,见张德明编:《生命的幻象书写》,广州:花城出版社2012年版,第260页。

壶成一梦/谁在前世,谁在今生。"诗人面对着镜像中"薇"的形象,打通前世与今生,推开一扇扇门窗,"相拥入壶成一梦"。长篇组诗的第一章是"爱情幻像",呈现着镜、戏、乐、舞、酒等美的意象,重在抒写词语难以诉说心灵奥秘的痛苦。第二章是"时空幻像",抒写时空的多样性、真实性和虚幻性,在体验倾诉中深入哲思领域。第三、四章是"生活幻像",这是从虚幻时空转入现实生活:"薇,我们从高处,如光洒下/寻找肉身。清晨醒来,眼睛/是现世的创口,张开,满目疮痍/起床漱洗,拧开水喉,庸常生活流动。"第三章写到了上班、娱乐、逛街、泡酒吧,充满着孤独、贫乏、厌倦、失望之情;第四章写到了时间(生命)的循环和消零,每周七天,从周一到周末,"薇,时光的度量总以圈的形式/周而复始。生命是圈圈环转的螺旋"。第五章是"佛性镜像",借用了由生到死的循环涅槃境界,来对人的生活意义和生命意义进行思考。诗从"生"说起,"心怀佛性的人,便能看见'生'的光芒/穿透阴阳环抱的必然与偶然",落脚则在"死","只有舍利子的陈列/或者塑像的孤独,见证人间的生生不息"。第六、七章是"社会镜像",由虚幻转入活着的现实。第六章说家庭生活:"薇,我们依然活着,虚幻而真实/一个方格来自天宇,收留肉身/给家定位。一个质点穿越历史的苍茫/连接生息,成为家的定义",这里有客厅、婚姻、晚餐、电视机、网络、阅读、孩子、争吵等;第七章说历史生活,这里有贫困、杀戮、皇权更替、战争、革命、疾病、自然灾害等。在《前世今生》中,人所面对的情感生活、理性生活、庸常生活、佛性生活和社会生活,都被"诗意的微光"所笼罩着。

马莉的十四行诗则都是各自独立的抒情诗篇,她充分利用诗体的单纯性特征,每首"是一个(仅仅一个)概念或情绪的表现"(梁实秋),但全部的诗组合起来则全面地反映了万花筒式的世界图景。朱子庆认为马莉诗最为重要的亮点是:"她的诗意触角伸延到了许多层面:人性自身的困惑(爱与恨),人性与存在的困惑(环境与人),人性与制度的困惑(单位与个体),人性对同类的困惑(对底层小人物的悲悯)。"这个亮点就是"主题的丰富性——是她这部诗集中最重要的亮点,颇富启示性"。① 马莉的创作直面现实生活,她认为"越是现实的也越是历史的,越是邪恶的也越是优美的。这是我个人的艺术辩证法,个人之理,非理之理"。她具有超越常人的敏感和直觉感悟,无论是《一只老鼠绕道而行》《一只大鼓》《一只狗深刻地啃着骨头》,无不在平凡事物中衍生出诗意。尤其是,马莉是一个"口袋装着自己的价值"的诗人,她的创作追求就是"保留着对世界最初的直觉"。尤其是,诗人面对物流横溢的

---

① 朱子庆:《读马莉的〈金色十四行〉诗歌札记》,载《诗歌月刊》2007年12月下半月刊。

世界、欲望无度的庸常、俗尘甚嚣的都市,把自己的诗笔伸延到日常生活,伸延到人性深处,伸延到丑恶角落,伸延到琐屑细节,这就是马莉对于十四行诗题材开拓的重要贡献。不仅如此,马莉在进行这种抒写时能够用诗意的微光给予照耀,从而成就其优雅的审美风格。"一个人如果要在日常生活中不死,不堕落,他就必须开辟另外一条通道,一条穿越内心的通道。但在许多人那里,这条通道堵死了,而马莉则用诗性穿透了'坚硬的世界',也敲击了'黑暗的角落',于是有了'回声'……马莉在写作中删除了日常生活中无意义的那一部分,她因此单纯而自由,然后才有诗的丰富与韵律。"①对此,读者的评价是:"混乱的表现和边缘化了的微弱声音,都不能掩盖当代诗歌创作的伟大才华与功绩。马莉的诗,她的金色十四行,以及她固执而单纯的绘画,都在昭示着诗和艺术的尊严和重量。"②

2. 语言:呈现现代汉语的诗意

现代汉语具有口语化、精确性、实用性特征,相对于古代汉语的典雅化、感受性、暗示性来说,天生缺乏"诗意"秉性,新诗创作中散文化、大白话等弊病的出现与此有关。新诗发生后人们致力于诗语的"形象的加工"和"声音的加工",目标指向是提升现代汉语的"音节标准"和"表现力标准"。陈陟云、马莉对此有着清醒的认识,在创作中把词语作为核心问题来探索。陈陟云在《前世今生》中抒唱面对语词围困的痛苦:"我们总陷于词语的围困/汉字的棱角,犹如剑戟,刺破肌肤/与血肉交融";"阅读的光泽是流向天堂的血液/生死搁浅在言辞的陷阱,意义全无"。他的追求是:"一个词在另一词里开放/正如一朵花在另一朵花中凋萎。"马莉同样有着语词表达的苦恼:"在没有珍惜的年代/一切变得简陋而粗糙,缺乏可靠性/语言无法兑现的树上,果子楚楚可怜/在多雨的季节,自取其咎。"(《刺目的光线如沉鱼落雁》)马莉经常谈论的话题是:语言究竟能抵达多远?其追求是:"你的语言行驶在河流上方/你被语言洗礼,我从小站出发/来到约定的地点,迎接你的到达。"

面对现代语词困境(陷阱),陈陟云和马莉的写作采用了自由诗的语言表达,在灵动自由的诗语中开拓诗意空间。新诗语言诗化主要是归化、欧化和大众化三途,陈、马采用的则是欧化基础上的陌生化,以其新颖性和复杂性给人更多的审美感。西方语言学派把陌生化称为诗的功能化,认为它是造成诗意的主要手段。如《前世今生》第二章第一首中的几行:

---

① 王尧:《一种表达方式就是一种天性——读马莉〈金色十四行〉》,见马莉博客。
② 荆歌:《金色马莉——读马莉诗集〈金色十四行〉》,载《文汇读书周报》2008 年 5 月。

> 一个电话
> 来自身前或者身后的遥远
> 未及接听。回拨的号码一错再错
> 接通虚空,是多少烧焦的年代
> 接通人心,是一片荒凉

这里的诗语初读完全无法理解,其实诗人在这里要写出一种时间的多样性,时间既是客观的、也是主观的,既有宇宙的、也有个人的,诗人是借用一个具有荒诞性质的意象,来探究"在线性的时间上,我曾经和将要/属于哪一个点?是否还有若干种时间/与我并行"。这是一种富有哲理性的思索,而这种思索通过语言的错接和词语的重组,构成了"时间多样性导致生命的虚幻性"这一命题的诗意呈现。再如第三章第一首的一节:

> 薇,上班是日子的固定程序。劳动
> 从一个大词,细化为一组书写的动作
> 会议如装满凉水的瓶子,一个倒向另一个
> 从不停止,水的消耗就是生命的消耗
> 价值和意义,溅落岁月的边缘
> 生存的触觉,未曾印证死者的语言

这里抒写的内容是乏味的,但诗人通过比喻、联想创造富有诗意的意象,采用自由组合的词语结构造成表达上的陌生化,引动读者去思考日子、思考劳动、思考会议、思考人生。这种语言是一种诗意的语言,是一种富有哲理启示的语言。陈陟云的《前世今生》中还有些语言较为晦涩,如第二章第七首中的一节:

> 薇,在月的循环中,圆是短暂的美丽
> 缺是苦苦期待的漫长。潮起潮落间
> 疼痛的光芒涌现肤色
> 一只杯的孤影,与一匹马的消逝
> 共眠于忧伤的弧度
> 两手悬置,苍白的书页卷起
> 黯然神伤的热爱,沉淀于一个动词

这里的每一句都不难懂,但语句组织起来就显得朦胧晦涩。这恰如朱自清对于现代诗句的解说:"他们能在普通人以为不同的事物中间看出同来。他们发现事物间的新关系,并且用最经济的方法将这关系组织成诗;所谓'最经济的'就是将一些联络的字句省掉,让读者运用自己的想象力搭起桥来。没有看惯的只觉得一盘散沙,但实在不是沙,是有机体。"①其实这种诗句和表达方式正是先锋诗人所要追求的陌生化境界。读以上一节诗句,我们只要把握渗透其间的孤独感或失落感即可,具体如何解诗则应该由读者自己去完成。因为每个阅读者都会从中读出不同的诗意,读出不同的情调。

马莉的诗语有着多重内涵,如《金色十四行》中的《一个人走动的声音》:

> 一个人走动的声音能带响一片树林
> 会把无关紧要的声音剔除出去
> 一个人走动的声音能消失自己的目标
> 会使一些事物永远不被触及
> 危险的处境中,一个人走动的声音
> 代替了用手觉察一棵树与土地的尺度
> 细雨与河流的重量,一个人停止走动
> 他的声音就能打量背后的感觉
> 这个人会坐下来,用眼睛盯视对岸
> 另一片树林的声响,盯视着
> 大鸟呼啸而过飘落在大地上的羽毛
> 一个人用走动觉察坚硬的世界
> 他的声音敲击着内心最黑暗的角落
> 一场飓风来临,身体的温度会急剧上升

首先,诗中语词表达出的只能是一个凭借直觉开敞世界的敏感诗人才有的感觉,这是一种新鲜的集体无意识感觉,作家荆歌朗读这首诗后说,"我听到了窗外树叶沙沙的声响,听到云磨擦夜空的声音,听到风带着雨降落于树林,同时也听到了自己的脚步声"②。这就是一种诗意的领悟。其次,诗中词语具有陌生化的效果,如"带响一片树林""消失自己的目标""触及危险的处境""用手觉察一棵树与土地的尺度/细雨与河流的重量""大鸟呼啸而过""飓风

---

① 朱自清:《新诗的进步》,《朱自清全集》第 2 卷,南京:江苏教育出版社 1988 年版,第 320 页。
② 荆歌:《金色马莉——读马莉诗集〈金色十四行〉》,载《文汇读书周报》2008 年 5 月。

来临,身体的温度会急剧上升"等。初读这些组合词语时会觉得陌生朦胧,但细细想来又不难领会其中所指。再次,诗中词语实写一个人走动的声音,但字里行间却又有着深刻的象征或隐喻意义,如"消失的目标""一些事物永远不被触及""坚硬的世界"等。马莉的诗"都有一种叙事的性质,几乎每一首诗都有一个小故事。然而,这种叙事,是为其诗意的伸展和深化服务的"。有人把它成为"假性叙事",认为它凸显了诗人的智性写作和优美的冷抒情:"它的以'假性叙事'为载体的冷抒情,实际上就是她对生存、存在、命运,甚至对世界感应和认识的一种隐得比较深的很艺术的表现方式。"①《金色十四行》集首句是"坐下来吧,我给你讲一个故事/人类寻找光的故事……",这就是诗集"假性叙事"的开张。《一个人走动的声音》就是"假性叙事"的典范之作。以上就是马莉诗呈现现代汉语诗意的艺术手段。马莉通过对词语困境的突破,创造了大量优美意象,充分展示了现代汉语表达诗意的可能性。如"想象纠缠着危险的光芒,蹲下来/躲在门后,跪在指甲花迷乱的大地上","微弱的夕阳匍匐在内心的崇山峻岭/捕捉蝴蝶的羽翼,判断着每一个意念//在低空飞翔,在高空中死去/风在风中扯紧了我的颜色……今夜呵/非得把我刮到天上不可"(《在低空飞翔》);"我相信眼前的天空/我相信天空中站立着不眠的神灵/它的口袋里,盛满灵感和直觉/水底的星辰,爬着小蟹的足"(《我相信眼前的天空》)。这些诗意是语词陌生化的结晶体。

3. 体式:保留诗体审美的特征

十四行体的审美特征,闻一多在《律诗底研究》中概括为精炼、圆满和格律严谨。十四行体拥有篇幅短小、容情单纯和结构圆满的美质,这正是陈陟云、马莉选择其进行创作的重要原因。陈陟云说自己写诗一直保持着严格的要求,首先就是:"诗歌必须是能够给人带来美感的。它应当高贵、优雅而美丽,从文字到音韵,从内容到形式。"②诗人在《前世今生》首章中诉说:"薇,声律之美,植入肉身/我们姿容盖世,植入灵魂/只为链接隔世的界面。"声律在诗中的意义在此说得极其明白。《前世今生》的每首诗都具有自身的单纯性、精炼性和圆满性,所有诗篇组合起来又构成一个宏大的组织结构,具有单纯性、丰富性和复杂性,每首的圆满性和整体的圆满性有机整合,实现了诗人关于"诗歌必须给人带来美感"的追求,这种美感是从文字到音韵、从内容到

---

① 野松:《充满女性玄学主义的意识流写作——读马莉〈金色十四行〉》,载广东作协2006年《新世纪文坛》。
② 《陈陟云诗歌创作研讨会会议记录》中陈陟云的发言,见张德明编:《生命的幻象写作——陈陟云诗歌研究》,广州:花城出版社2012年版,第328页。

形式的。这是诗人对于十四行体审美精神的继承,也是对于十四行体审美精神的发展。《前世今生》优雅精致,标志着诗人新诗创作走向成熟。马莉的十四行诗具有直觉玄思和内敛纯诗等特征,使诗人的创作超越了一般意义上的感性审美层次,进入到智性写作层次,成为一种既内敛节制又自由独白的艺术行为。基于这种独特的创作姿态和风格,诗人选择了十四行体作为诗的躯壳,同样达到了诗质和诗形的完美结合。作家荆歌认为:"十四行,是她为自己找到的一个最合适的长度。她的恍惚,她的冥想,她的柔软的呻吟,她孩子般的搜寻,在这样一个独特的长度里得到最适可而止的完成。这个长度,对马莉的诗思来说,是最富有弹性的。不管它是空间意义上的,还是时间的概念,它都是一双最精确舒适的鞋。"[1]马莉自运用十四行体起,创作开始进入黄金时期,才思喷涌,佳作迭出,感到"特别自由,创作的空间和张力突然扩大了"。她在十四行体中找到了表达自己的内在韵律,仿佛"找到了有跳跃节奏的新鲜空气"(马莉语)。朱子庆这样说:"自由在表面上固然去除了约束,但在本质上却不是一种建构性的力量。适度的形约不仅仅有如趁手的工具,它更具有反弹的张力,'你把它张开来,你把文字全装进去,然后你收紧它,你收不紧会空空荡荡,你收得太紧就会撑裂'(马莉语)。这是'有难度的写作'——马莉就总在不断重临这一困境,但每一次的收紧和放松都会带给她更大的自由空间和快意享受。"[2]这表明马莉的诗同样继承和发展了十四行体的审美特征。

  陈陟云、马莉十四行诗写作的圆满,同其借鉴该诗体的结构模式有关。《前世今生》采用的是变式,但其分段结构在每章九首诗中保持一致,而且分段后注意到了段与段之间的对比、进展、转接关系,确保诗的情绪或思绪有序渐进,在本质意义上保留了诗体的结构圆满精神。第一章诗的分段结构为六六二,前两段诗行相同,呈现承接或转接关系,末段两行具有总结或主题升华的作用,接近传统诗歌的运思方法。第二章诗的分段结构是七七,十四行平分成两段,前后形成承接或反接结构,两段互为补充关系。第三章诗的分段结构为四六四,基本结构是第一章的变奏,重要变化是加强了末段抒情,使得作结部分节奏放缓,分量加重。第四章诗的分段结构是六八,应该是第二章的变奏,变化主要在重心后移,增加了情绪或思绪的沉重感,在重复加长的诗行中传达出庸常生活的沉重和无聊。第五章诗不再形式分段,十四行一气呵成、流贯而出,形成一个连续进展整体,同其所要表达的佛性生活主题契合,读来感到深渊般浩茫无边。当然,其内部诗意仍有进展层次。第六章诗采用

---

[1] 荆歌:《金色马莉——读马莉诗集〈金色十四行〉》,载《文汇读书周报》2008年5月。
[2] 朱子庆:《读马莉的〈金色十四行〉诗歌札记》,载《诗歌月刊》2007年12月下半月刊。

的是八六分段,是第四章结构的变奏,其变化主要是重心前移,前段八行抒情分量更重,往往采用铺排方式抒情,后段具有转折或提升的意味。第七章诗的分段是四四六,各段相对均衡,是第三章结构的变化,重心放在了末段,前两段对应补充,末段转接或提升主题。由此可见,第五章在组诗中具有中枢纽结的意义。程光炜认为,《前世今生》诗里有个双重结构,表面上是"我"与"薇"的对话,对关于"解脱"的叙述,而深处结构却是佛教的警训。"薇"把二者联系在一起,从而形成阅读上的共振效果,形成优秀诗歌都应该具有的潜在的张力。[①] 分段数量的变化表明情绪或思绪的节奏变化,第五章采用了十四行不分段结构,然后以此为中心,前四章与后四章作分段结构的对应变奏,前四章由松到紧,后四章由紧到松,从而达到诗的意义结构和分段结构的有机结合、诗的情绪节奏与形式节奏的有机结合。

马莉的十四行诗在形式上不分段,但其内部是有层次段落的。由于诗人追求抒情的自由性,所以诗的内在结构并非模式一律,而是自由灵动、浑然天成,又都能讲究构思布局,有进展、有回味,耐人咀嚼,写出了层次,写出了深度,具有饱满的立体感。其中部分诗作则完全按照起承转合来构思分层,如《时针偏离了午夜》中的诗《村童在树下玩耍》:

> 寂静从另一个星球传来
> 寒风从另一个星球吹来
> 白日的乡村像张翼的大鸟
> 脸戴面具,闪烁着沉睡的死
> 她坐在阳光下晒着太阳
> 一年年坐着,身体的田园早已干枯
> 椅子也长满回忆,她很老了,四肢形同枯骨
> 我经过她面前,我问"你好吗"
> 但她回答"我不认识你"
> 去年冬天太阳慢慢远去,她坐在那里
> 血流不动了,骨头也生长不出果实
> 我从南方回来,她仍坐那里,垂下僵硬的手
> 村童在柳树下玩耍,枝桠上的喜鹊飞来飞去
> 转绕着她盘旋,她已经停止了睡眠

[①] 程光炜:《"薇"的哲学——评陈陟云的〈新十四行:前世今生〉第五章》,见张德明编:《生命的幻象书写》,广州:花城出版社2012年版,第20页。

诗的结构呈四三四三分段。第一段以特定体验写出了辽阔、亘古的乡村背景，这是起；第二段承，以一个近景抒写了形容枯槁的老妇，这是一个具有象征意义的意象；第三段转入新的叙事场景，即"我"与老妇的对话；第四段作结，写出时间演进中的结果，就是"她已经停止了睡眠"，村童则在柳树下玩耍。这首诗是写乡村在城市化过程中面貌的历史变迁，田园荒芜、停止睡眠是旧乡村的结束，村童玩耍、喜鹊翻飞则是新农村的希望。诗的情绪抒写具有假性叙事成分，但始终流淌的则是诗人对于乡村变迁的思索和期望。

　　十四行体的重要体征是音律完美，它主要通过复杂诗韵和均齐建行方式实现。就用韵来说，陈陟云和马莉并不讲究，有些甚至完全放弃用韵，而对于节奏（音律）则极其讲究。陈陟云在《前世今生》中说自己"只醉心于词阕、音乐和爱情"，赞美着"声律之美"，认为"纯银般的音乐，是生命内核之水/音乐来自远方"，"人生不过是相似的窗口/开合之间，只有音乐，以风的姿势留下痕迹"。讲究音律美更是马莉诗的重要特征，她的诗常在朋友沙龙和大众诗会上被选来朗诵。《金色十四行》还被太平洋影音公司录制成诗歌朗诵专辑CD发行。陈陟云和马莉通过诗语的精心经营，较好地恢复了现代汉诗的声音形象。

　　朱子庆认为马莉的诗每句字数不拘，以一句四顿为常规。这种归纳有误，因为马莉的诗每句的音顿并无规律。陈陟云和马莉其实都是采用了自由诗的音律方式，其特征有三：一是不以音顿而以行顿为节奏基本单位；二是不以连续排列而以自由对等排列构成复现节律；三是不以行内而在行间形成诗行复现节奏。如前引马莉《一个人走动的声音》中，"一个人走动的声音"及其变格句贯穿整个诗篇，形成了一种间隔反复的节律，把所有诗行收紧拢来。诗中的"声音"一词以对等复现方式在诗中反复呈现，形成独特的音律流动感。在诗行中，"走动的声音"和"无关紧要的声音"，"无关紧要的声音"和"自己的目标"，"自己的目标"和"危险的处境"，"树与土地的尺度"和"细雨与河流的重量"，"盯视对岸"和"盯视着"，作为"盯视"对象的"另一片树林的声响"和"大鸟呼啸而过飘落在大地的羽毛"，"坚硬的世界"和"黑暗的角落"等都构成词语对等反复或变格反复节奏。行顿之间和词语之间的对等复现，就形成全诗盘旋而下的音律美。如陈陟云《前世今生》中的一首：

　　　　薇，灯红酒绿是生命的景色，还是
　　　　死亡的渊薮？红颜美酒流溢于爱与欲的界限
　　　　灵魂内核的琴瑟，催开朵朵虚空之花
　　　　不懈的追寻，堕入醉生梦死的光焰

　　　　薇,一泓平湖,源自天意的杯盏
　　　　从天而降的美丽,沐浴着湖水的涟漪
　　　　炫目的舞步,越过毁灭的烈火
　　　　爱回到肉体本身,鲜艳,忧伤,而孤独
　　　　遗忘的背面,归于时间的挣扎
　　　　无可理喻的泪水,召唤前生的秘密

　　　　薇,"偶遇喜爱的事物,无疑是一种幸福
　　　　邂逅相爱的人,难免是一种痛苦"
　　　　密码重新校正,生活的界面打开
　　　　在痛苦之前,指尖充盈磁性,触摸幸福

这诗的音律是通过行间停顿、行内停顿和词语对等来实现的。第一、二行之间,通过"还是"后的行顿,紧接的是同"生命的景色"对等的"死亡的渊薮",而"红颜美酒"又呼应"灯红酒绿"形成对等;第三行的紧接行顿,又是"灵魂内核的琴瑟"与"爱与欲的界限"语词结构的呼应对等;第四行开始"不懈的追寻"又同第二行开始"死亡的渊薮"词语对等呼应复现,而"不懈的追寻"后是行内停顿,紧接着是"堕入醉生梦死的光焰",又是一个词语变格对等的复现。第一段在朗读中有着一种难以言说的音律美,以下两段也可作细致的音律分析。词语的复现就是节奏的复现,诗人通过分行、停顿、词语的复现和变化,呈现着自由诗既自由灵动又音律流贯的节奏美。这是一种不同于格律诗的自由诗音律,对此音律的成功探索,标志着陈陟云和马莉的汉语十四行诗正在走向成熟,这是十四行体中国化的重要成果。

附录一 中国十四行诗选目

阿斯卡尔(2首)
《十四行诗六首》(选二),载《民族作家》1992年第6期。
艾青
《监房的夜》,载《春光》第1卷第1期,1934年3月1日。
《西湖》,见《海岬上》,北京:作家出版社1957年版。
安鸿毅(2首)
《十四行爱情诗》,载《星星》1986年第9期。
白桦(8首)
《江上雨中行组诗》(选二),载《上海文学》1986年第7期。
《蓝海中的绿岛(6首)》,载《诗刊》1993年第9期。
白马(2首)
《项链组诗》(选二,第2、3首),见《爱的纪念碑》,呼和浩特:远方出版社1997年版。
卞之琳(6首)
《望》,载《诗刊》第1卷第3期,1931年10月5日。
《淘气》,收入《十年诗草》,桂林:明日社1942年版。
《灯虫》,收入《十年诗草》,桂林:明日社1942年版。
《一个和尚》,见《雕虫纪历》第一辑,北京:人民文学出版社1984年版。
《论〈持久战〉著者》,见《慰劳信集》,香港:明日社1940年版。
《给委员长》,见《慰劳信集》,香港:明日社1940年版。
冰夫(4首)
《春之梦十四行(四首)》,载《上海文学》1993年第7期。
步勒(1首)
《都市十四行》(三首选一),载《朔方》1998年第6期。
蔡其矫(6首)
《浪花》,见《双虹集》,上海:上海文艺出版社1981年版。
《内蒙行组诗》(选二,《尹昭墓》《召河》),载《草原》1982年第11期。
《三峡十四行三首》,载《星星》1982年第12期。

曹葆华(4 首)

《爱》,见《寄诗魂》,北平:震东印书馆 1930 年版。

《自从我怀抱天真》,见《寄诗魂》,北平:震东印书馆 1930 年版。

《你叫我》,载《文艺杂志》第 1 卷第 2 期,1931 年 7 月。

《死诀》,载《新月》1931 年第 10 期。

岑琦(6 首)

《无花果》,见《三星草》,杭州:浙江文艺出版社 1997 年版。

《云游》,见《岑琦诗集》,杭州:浙江文艺出版社 2003 年版。

《歌者与大地女神之第五篇章》,载《星河》2014 年夏季卷,北京:人民文学出版社出版。

查显琳(1 首)

《商籁》,见《上元月》;北京:辅仁文苑社 1941 年刊行。

陈和平(1 首)

《重读〈中外革命史概要·红军〉》,选自《2006 格律体新诗选》,香港:名家出版社 2007 年版。

陈敬容(3 首)

《寄雾城友人》,见《交响集》,上海:星群出版社 1947 年版。

《夜思》,见《交响集》,上海:星群出版社 1947 年版。

《思维的光辉》,见《陈敬容选集》,成都:四川人民出版社 1983 年版。

陈梦家(1 首)

《太湖之夜》,载《诗刊》第 1 卷第 2 期,1931 年 4 月。

陈明远(18 首)

《花环组诗(15 首)》,见《劫后诗存》,北京:世界知识出版社 1988 年版。

《雨后》(里加湖组诗之四),见《新潮》,北京:中国文联出版公司 1992 年版。

《商城废墟》(殷墟组诗之四),见《新潮》,北京:中国文联出版公司 1992 年版。

《无题(颂内体)》,见《无价的爱情》,北京:中国文联出版公司 1992 年版。

陈蕊英(4 首)

《断桥残雪》,载《星河》2012 年春季卷。

《生命之树常绿》,载《星河》2013 年夏季卷。

《回忆的葱茏》,载《星河》2013 年夏季卷。

《小巷幽梦》,载《星河》1913 年冬季卷。

陈阵(2 首)

《关于酒的十四行诗》(选二),载《野草》1992 年第 4 期。

陈陟云(2 首)

《新十四行:前世今生》(第一章第 3、6 首),载《星星》2008 年第 10 期。

迟海波(2 首)

《记忆》,载《格律体新诗》第 3 期,2009 年 10 月。

《哭墙》,载《格律体新诗》第 6 期,2011 年 10 月。

大仙(3 首)

《岁末十四行(3 首)》,载《诗刊》1989 年第 7 期。

戴望舒(1 首)

《十四行》,见《我底记忆》,上海:水沫书店 1929 年版,后收入《望舒诗草》,有改动。

戴砚田(1 首)

《十四行诗》,载《福建文学》1986 年第 12 期。

戴战军(4 首)

《心弦余韵组诗》,载《诗人》1985 年第 9 期。

岛子(1 首)

《守夜》,载《上海文学》1987 年第 2 期。

邓均吾(1 首)

《古旧的城垣》,载《华西日报》1939 年 3 月 7 日。

丁芒(2 首)

《蛙声入梦》,载《黄河诗报》第 13 期,1987 年 7 月。

《帘雨潺潺》,载《黄河诗报》第 13 期,1987 年 7 月。

董桄福(2 首)

《旷世情殇(第 75、200 首)》,见《旷世情殇 董桄福十四行诗》,昆明:云南民族出版社 2005 年版。

董培伦(2 首)

《蓝色恋歌十四行》(选二),载《星河》第 1 辑,2009 年 8 月。

杜运燮(4 首)

《草鞋兵》,见《诗四十首》,上海:文化生活出版社 1946 年版。

《悼死难的"人质"》,见《诗四十首》,上海:文化生活出版社 1946 年版。

《盲人》,见《诗四十首》,上海:文化生活出版社 1946 年版。

《给我的一个同胞》,见《诗四十首》,上海:文化生活出版社 1946 年版。

方玮德(2 首)

《古老的火山口》,载《诗刊》第 3 期,1931 年 10 月 5 日。

《十四行诗一首》,见《玮德诗文集》,上海:上海时代图书公司 1936 年版。

方宇晨(1 首)

《失望的人们》,载《文艺复兴》1947 年第 2 卷第 6 期。

冯乃超(1 首)

《岁暮的 Andante》,见《红纱灯》,上海:创造社出版部 1928 年版。

冯至(13 首)

《暮春的花园(三首)》,见《北游及其他》,北京:沉钟社 1929 年版。

《旧梦》,载《文艺月刊》战时特刊,1941 年 6 月 16 日。

《郊外》,载《文艺月刊》战时特刊,1941 年 6 月 16 日。

《杜甫》,载《文艺月刊》战时特刊,1941 年 6 月 16 日。

《歌德》,载《文艺月刊》战时特刊,1941年6月16日。
《梦》,载《文艺月刊》战时特刊,1941年6月16日。
《别》,载《文艺月刊》战时特刊,1941年6月16日。
《这里几千年前》,见《十四行集》,桂林:明日社1942年版。
《案头摆设着用具》,见《十四行集》,桂林:明日社1942年版。
《我们天天走着一条小路》,见《十四行集》,桂林:明日社1942年版。
《从一片泛滥无形的水里》,见《十四行集》,桂林:明日社1942年版。

高戈(1首)
《我望故乡山头月》,见《梦回情天》,澳门:五月诗社1992年版。

高准(1首)
《交河故城》,载《诗刊》1994年第4期。

葛根图娅(1首)
《高原》,载《诗刊》1994年第6期。

公刘(1首)
《献给长城的情歌》,见诗集《大上海》,成都:四川人民出版社1984年版。

顾子欣(6首)
《唐招提寺》,见《在异国的星空下》,北京:文化艺术出版社1992年版。
《亡人街》,见《在异国的星空下》,北京:文化艺术出版社1992年版。
《耍蛇人》,见《在异国的星空下》,北京:文化艺术出版社1992年版。
《21朵玫瑰组诗》(选二),"等待""边界",载《星河》2012年秋季卷。
《饮冰室》,载《星河》2013年夏季卷。

郭枫(2首)
《山水》,载《台港文学选刊》1992年第7期。
《高山仰止》,载《台港文学选刊》1992年第7期。

郭沫若(4首)
《牧歌》,1932年11月上海《现代》杂志第2卷第1期。
《夜半》,1932年11月上海《现代》杂志第2卷第1期。
《思叶挺》,载郭沫若《苏联纪行·日记》,见《洪波曲》。
《参观斯大林城酒后抒怀》,载郭沫若《苏联纪行·日记》,见《洪波曲》。

海俊(1首)
《胡同》,载《中国诗歌网》,2006年8月22日。

海子(2首)
《十四行:王冠》,见《海子的诗》,北京:人民文学出版社1995年版。
《十四行:玫瑰花》,见《海子的诗》,北京:人民文学出版社1995年版。

韩少武(1首)
《太平鸟》(组诗之三),见《自由十四行》,长春:吉林人民出版社2006年版。

杭约赫(3首)

《拓荒》,见《撷星集》,草叶诗舍1945年版。

《知识分子》,见《火烧的城》,上海:星群出版社1948年版。

《题照相册》,见《九叶集》,南京:江苏人民出版社1981年版。

何其芳(2首)

《夏夜》,选自《汉园集》,北京:商务印书馆1936年版。

《欢乐》,选自《刻意集》,北京:文化生活出版社1938年版。

何小竹(2首)

《哀歌十四行组诗》(选二),载《民族文学》1992年第1期。

洪亮(1首)

《短歌》,载《上海文学》1988年第6期。

胡乔木(1首)

《窗》,载《人民日报》1987年7月16日。

胡适(2首)

《桑纳体——为纪念世界学生会十周年而作》,见《胡适留学日记》1914年12月22日。

《告马斯——"垂死之臣敬礼陛下"》,见《胡适留学日记》1915年1月1日。

黄殿琴(3首)

《走进伟大的梦境(3首)》,载《当代诗歌》1987年第3期。

黄淮(3首)

《围墙》,选自《诗刊》2003年1月号。

《一扇旧门》,选自《诗歌月刊》,下半月,2014年第3期。

《独秀峰》,选自《点之歌——黄淮新格律诗选》,长春:吉林大学出版社2013年版。

纪弦(1首)

《一片槐树叶》,载《台湾三家诗精品》,合肥:安徽文艺出版社1990年版。

贾羽(15首)

《生活与苦难(花环十四行诗15首)》,载《朔方》1998年第12期。

简静(1首)

《写给E的十四行》,载《朔方》1995年第4期。

简宁(1首)

《祈祷十四行》,载《解放军文艺》2001年第1期。

江弱水(3首)

《瓦堞》,载香港《八方文艺丛刊》第五辑,见《线装的心情》,北京:中国文联出版公司2002年版。

《蛇与蛙》,载香港《八方文艺丛刊》第五辑,见《线装的心情》,北京:中国文联出版公司2002年版。

《神话与童话》,见《线装的心情》,北京:中国文联出版公司2002年版。

姜淳野(2首)

《鲜花里程》,载《文笔》1979年第4期。

《新的远航》,见《春蕾晚红》,福州:海峡文艺出版社1994年版。

姜嘉乐(1首)

《咏菊》,载《诗刊》1985年第8期。

蒋泽明(1首)

《自画像》,载《东方诗风》第8辑,2012年9月。

金波(17首)

《薄荷香见》,见《常常想起的朋友》,南京:江苏少年儿童出版社2010年版。

《草地上的萤火虫》,见《常常想起的朋友》,南京:江苏少年儿童出版社2010年版。

《乌丢丢的奇遇》(花环组诗15首),见《乌丢丢的奇遇》,北京:中国少儿出版社2010年版。

金克木(1首)

《更夫》,见《蝙蝠集》,上海:时代图书公司1936年版。

金所军(1首)

《写给村庄的十四行诗》,载《诗歌月刊》2003年第6期。

《苦果》,见钱光培《中国十四行诗选》,北京:中国文联出版公司1988年版。

《群牛石雕》,见钱光培《中国十四行诗选》,北京:中国文联出版公司1988年版。

崑南(1首)

《银河》,见《提灯的人》,中国学生周报社1954年5月版。

李保平(2首)

《十四行组诗之幸福》,载《诗潮》2011年第11期。

《十四行组诗之记忆》,载《诗潮》2011年第11期。

李彬勇(2首)

《"以树木、工具及静物为主题"之四》,见《十四行诗集》,上海:百家出版社1991年版。

《你握着我的手》,见《十四行诗集》,上海:百家出版社1991年版。

李长空(1首)

《诗人的自白》,见《2006格律体新诗选》,香港:名家出版社2007年版。

李金发(3首)

《戏言》,见《微雨》,北京:北新书局1925年版。

《Sonnet二首》,见《食客与凶年》,北京:北新书局1927年版。

李唯建(8首)

《〈祈祷〉组诗选(第9—16首)》,见《祈祷》,上海:新月书店1933年版。

李秀英(1首)

《原野》,选自《2006格律体新诗选》,香港:名家出版社2007年版。

力匡(2首)

《路灯》,载《星岛晚报》1952年12月29日。

《重门》,载《星岛晚报》1953年1月6日。
丽尼(2首)
《梦恋(sonnet)八章》,载《文学季刊》第1卷第3期,1934年7月1日。
梁南(1首)
《这样的夜啊》,载《延河》1981年第2期。
梁宗岱(3首)
《商籁六首》(选二),选自《芦笛风》,桂林:华胥社1944年版。
《最后的苹果》,见《试论直觉与表现》,载《复旦学报》1944年10月第1期。
林徽因(1首)
《"谁爱这不息的变幻"》,载《诗刊》第1卷第2期,1931年4月。
林林(1首)
《十四行诗二首之一晨》,载《诗刊》1994年第2期。
林莽(3首)
《夏末的十四行》,载《诗刊》1994年第3期。
《夏末十四行:听歌》,载《人民文学》1999年第4期
林蒲(1首)
《待题(准十四行)》,见《西南联大现代诗钞》,北京:中国文学出版社1997年版。
林子(4首)
《给他》(第一辑第1首),载《诗刊》1980年第1期。
《给他》第一辑之25、31、33,见《给他》,香港:华南图书文化中心1983年版。
刘梦苇(1首)
《妻底情》,载《晨报副刊》,1926年4月22日。
刘培善(1首)
《采茶迎辉》,载《格律体新诗》第7/8期,2012年10月。
刘荣恩(2首)
《琵琶行》,见《刘荣恩诗集》,1939年印行出版。
《十四行》,载《艺术与生活》第22期,1943年。
刘善良(1首)
《大英广场小夜曲》,载《格律体新诗》第6期,2011年10月。
刘原(3首)
《十四行诗三首》,载《芒种》1989年第2期。
柳无忌(10首)
《春梦(连锁的十四行体)》(九首),载《文艺杂志》第1卷第2期,1931年7月。
《屠户与被屠者》,见钱光培编:《中国十四行诗选》。
龙光复(1首)
《游威尼斯》,载《东方诗风》2014年6月第12期。

鲁德俊(2首)

《晨读》,载《江海诗刊》1988年第3期。

《给诗人》,载《江海诗刊》1989年第5期。

陆志韦(2首)

《瀑布》,见《渡河》,上海:亚东图书馆1923年版。

《青天》,见《渡河》,上海:亚东图书馆1923年版。

罗洛(5首)

《写给黄山的十四行诗组诗》(选一),载《诗刊》1988年第4期。

《秋晨》,载《星星》1988年第8期。

《十月之歌(3首)》,载《文汇报》1990年10月1日。

罗念生(5首)

《爱》,载《文艺杂志》第1卷第2期,1931年7月。

《自然》,载《文艺杂志》第1卷第2期,1931年7月。

《罪恶与自然》,载《文艺杂志》第1卷第2期,1931年7月。

《毒药》,载《文艺杂志》第1卷第2期,1931年7月。

《浪费》,见《龙涎集》,上海:时代图书公司1935年版。

骆寒超(5首)

《水·风》,载《现代格律诗坛》1994年第1期。

《河姆渡》,见《三星草》,杭州:浙江文艺出版社1997年版。

《鹧鸪天》,见《三星草》,杭州:浙江文艺出版社1997年版。

《苏堤春晓》,见《三星草》,杭州:浙江文艺出版社1997年版。

《透明的喧哗》,见《三星草》,杭州:浙江文艺出版社1997年版。

马安信(2首)

《你的黑眸子》,见《红月亮》,成都:四川民族出版社1997年版。

《月儿已上林梢》,见《红月亮》,成都:四川民族出版社1997年版。

马德荣(2首)

《知情十四行·听雪》,载《格律体新诗》第4/5期,2010年10月。

《十四行·白夜》,载《格律体新诗》第4/5期,2010年10月。

马莉(2首)

《勾引,一个每秒的动词与名词》,见《金色十四行》,西安:太白文艺出版社2007年版。

《一只手》,见《时针偏离了午夜》,广州:花城出版社2013年版。

麦浪(1首)

《招魂》,载《文艺复兴》第3卷第4期,1947年出版。

麦阳(1首)

《香港浮雕组诗之一:钻石山竹林前》,见港版《五十年代香港诗选》。

苗强(4首)

《我死过》(《沉重的睡眠》之7),哈尔滨:黑龙江美术出版社2002年版。

《我的语言》(《沉重的睡眠》之9),哈尔滨:黑龙江美术出版社2002年版。
《我的生活》(《沉重的睡眠》之97),哈尔滨:黑龙江美术出版社2002年版。
《悲剧中的悬念》(《沉重的睡眠》之98),哈尔滨:黑龙江美术出版社2002年版。

莫非(2首)
《十四行组诗·语言》,载《朔方》1999年第9期。
《十四行组诗·词句》,载《朔方》1999年第9期。

莫之军(1首)
《致故乡的村庄》,载《长江文艺》2010年第5期。

木斧(1首)
《山之恋(十四行诗)》,载《成都晚报·麦穗》,1949年3月。

穆旦(5首)
《智慧的来临》,见《探险队》,昆明:文聚社1945年版。
《诗四首》,载《大公报·文艺》1948年10月10日。

穆木天(1首)
《苏武》,见《旅心》,上海:创造社出版部1927年版。

诺源(2首)
《远古之来兮·十四行诗》(土家族民族文化大型叙事诗)33首选2,载青藤文学网。

彭邦桢(3首)
《爆竹(组诗十二象征之一)》,见《彭邦桢自选集》,台北:黎明文化事业公司1980年版。
《明月(组诗十二象征之八)》,见《彭邦桢自选集》,台北:黎明文化事业公司1980年版。
《悲雪》,见《台湾百家诗选》,南京:江苏文艺出版社1990年版。

萍子(1首)
《十四行抒情诗》,载《草原》1987年第8期。

浦薛凤(1首)
《给玳姨娜》,载《清华周刊》第210期,1921年3月4日。

钱春绮(5首)
《文丞相祠》,载台北《东方杂志》,1989年11月。
《早晨的西湖》,见钱春绮《十四行诗》,上海:上海文艺出版社2009年版。
《南京》,见钱春绮《十四行诗》,上海:上海文艺出版社2009年版。
《长城》,见钱春绮《十四行诗》,上海:上海文艺出版社2009年版。
《蝉》,见钱春绮《十四行诗》,上海:上海文艺出版社2009年版。

峭石(1首)
《火柴》,载《延河》1984年第7期。

饶孟侃(3首)
《弃儿》,载《诗刊》创刊号,1931年1月20日。

《爱》,载《新月》第4卷第1期,1931年8月。
《懒》,载《学文》第1卷第1期,1934年5月1日。

任雨玲(1首)
《最是人间四月天》,载《格律体新诗》第7/8期,2012年10月。

邵洵美(2首)
《天和地》,见《诗二十五首》,上海:时代图书公司1936年版。
《在紫金山》,见《诗二十五首》,上海:时代图书公司1936年版。

邵燕祥(1首)
《吊泪罗》,见《含笑向七十年代告别》,南京:江苏人民出版社1981年版。

沈泽宜(3首)
《"西塞娜是天外飞来的公主"》,见《西塞娜十四行》,桂林:漓江出版社2008年版。
《"我梦见自己在天庭鏖战"》,见《西塞娜十四行》,桂林:漓江出版社2008年版。
《"如同观音幻化成万千形相"》,见《西塞娜十四行》,桂林:漓江出版社2008年版。

宋颖豪(1首)
《祭之舞》,载《蓝星诗页》第64期,1971年10月。

宋煜珠(3首)
《脚印》,选自《2006格律体新诗选》,名家出版社2007年版。
《"二十四桥"江南诗集句纪念十四行》(选二),载《东方诗风》第8辑,2012年9月。

孙大雨(5首)
《爱》,载《晨报副刊》第1376号,1926年4月1日。
《诀绝》,载《诗刊》创刊号,1931年1月20日。
《回答》,载《诗刊》创刊号,1931年1月20日。
《遥寄组诗选一》,载《民族文学》第1卷第2期,1943年8月7日。

孙静轩(3首)
《昆明街头》,见钱光培《中国十四行诗选》,北京:中国文联出版公司1988年版。

孙文波(2首)
《飞翔》,载《星星》1990年第9期。
《仰望》,载《星星》1990年第9期。

谭宁君(1首)
《雨夜,柔软与锋利》,载《格律体新诗》第6期,2011年10月。
《遥听家园》,载《格律体新诗》第7期,2012年10月。

唐祈(8首)
《辽远的故事三首》,载《文艺复兴》杂志第2卷第2期,1946年。
《天山情歌》,见《八叶集》,北京:三联书店1984年版。
《西北十四行诗组》(4首),载《安徽文学》1982年第7期。

唐湜(20首)
《向遥远的早春祈求》,见《唐湜诗卷》(上),北京:人民文学出版社2003年版。

《白色的岛屿》,见《唐湜诗卷》(上),北京:人民文学出版社2003年版。
《幻美之旅》,见《唐湜诗卷》(下),北京:人民文学出版社2003年版。
《海陵王》,见《唐湜诗卷》(下),北京:人民文学出版社2003年版。

童山(1首)
《爱情是一首诗》,见《台湾百家诗选》,南京:江苏文艺出版社1990年版。

偷得半日闲(1首)
《我不懂你》,载《格律体新诗》第3期,2009年10月。

屠岸(8首)
《解放了的农民之歌》,载《密勒氏评论报》1949年5月27日。
《雨季》,见《哑歌人的自白》,北京:人民文学出版社1990年版。
《潮水湾里的倒影》,载《文汇月刊》1981年第11期。
《西敏寺诗人角》,见《哑歌人的自白》,北京:人民文学出版社1990年版。
《蚊香》,见《哑歌人的自白》,北京:人民文学出版社1990年版。
《狗道》,见《哑歌人的自白》,北京:人民文学出版社1990年版。
《贵德万塔山》,载《星河》2012年冬季卷。
《溪源宫中秋》,载《星河》2011年夏季卷。

万龙生(11首)
《桂湖十四行》,见《"戴镣"之舞》,成都:四川大学出版社1993年版。
《骊歌(十四行组曲10首)》,见《重庆作家作品选万龙生卷》,北京:作家出版社2000年版。

汪国真(1首)
《倘若才华得不到承认》,载《年轻的潮》,北京:学苑出版社1990年版。

王爱红(2首)
《十四行诗二首》,载《山东文学》1994年第2期。

王独清(2首)
《Sonnet五章》(选二),见《死前》,上海:创造社出版部1927年版。

王端诚(4首)
《杭州西湖即景》,见《梦弦集》,北京:中国诗词楹联出版社2014年版。
《高雄夜晚的爱河》,见《梦弦集》,北京:中国诗词楹联出版社2014年版。
《菊之回声》,见《梦弦集》,北京:中国诗词楹联社2014年版。
《十四行今译姜夔〈扬州慢并序〉》,见《梦弦集》,北京:中国诗词楹联出版社2014年版。

王民胜(1首)
《诗意的长廊》,载《东方诗风》第6期,2011年11月。

王世忠(1首)
《致远方的朋友》,见诗集《秋水潋滟》,香港:雅园出版公司2007年版。

王松青(1 首)

《秋天十四行及其他》,载《鸭绿江》1993 年第 3 期。

王添源(2 首)

《心悸十四行》,见《如果爱情像口香糖》,台北:台湾书林出版有限公司 1988 年版。

《给你十四行》,见《如果爱情像口香糖》,台北:台湾书林出版有限公司 1988 年版。

王佐良(8 首)

《异体十四行诗》(八首),见《西南联大现代诗钞》,北京:中国文学出版社 1997 年版。

温流(1 首)

《唱》,见《我们的堡》,青岛:诗歌出版社 1936 年版。

闻一多(5 首)

《爱底风波》,载《清华周刊》第 220 期,1921 年 5 月 20 日。

《天安门》,载《晨报副刊》第 1370 号,1926 年 3 月 27 日,收入《死水》,有改动。

《收回》,载上海《时事新报·学灯》,1927 年 7 月 15 日。

《"你指着太阳起誓"》,载上海《时事新报·文艺周刊》第 12 期,1927 年 12 月 3 日。

吴钧陶(7 首)

《蝴蝶》,见《剪影》,广州:花城出版社 1986 年版。

《骆驼》,见《剪影》,广州:花城出版社 1986 年版。

《鹰》,见《剪影》,广州:花城出版社 1986 年版。

《长城》,见《幻影》,石家庄:河北教育出版社 2001 年版。

《灯塔》,见《幻影》,石家庄:河北教育出版社 2001 年版。

《勃兰特下跪》,见《幻影》,石家庄:河北教育出版社 2001 年版。

《英国女王访华》,见《幻影》,石家庄:河北教育出版社 2001 年版。

吴兴华(7 首)

《Sonnet(二首)》,见《吴兴华诗文集》,上海:上海人民出版社 2005 年版。

《西珈组诗选五(第 12—16 首)》,载《文艺时代》第 1 卷第 4 期,1946 年 9 月 30 日。

武兆强(2 首)

《寂静》,载《边塞》1985 年第 3 期。

《眼光》,载《边塞》1985 年第 3 期。

西川(2 首)

《命题十四行》,载《花城》1991 年第 6 期。

《秋天十四行》,见西渡编:《太阳日记》,海口:南海出版公司 1991 年版。

席慕蓉(2 首)

《雨后》,见《席慕蓉抒情诗》,北京:作家出版社 1990 年版。

《一棵开花的树》,见《中国百家名诗赏析》,南京:江苏教育出版社 1995 年版。

夏侯无忌(1 首)

《夜诰》,载《星岛晚报》1953 年 2 月 28 日。

湘西(1首)

《雄浑(甲篇)》,载《格律体新诗》第11期,2014年11月。

肖开(2首)

《十四行二首》,见钱光培:《中国十四行诗选》,北京:中国文联出版公司1988年版。

肖学周(2首)

《寻找海子寻找戈麦》,见《北大十四行》,北京:中国文联出版公司2004年版。
《寒冬写给我的外婆》,见《北大十四行》,北京:中国文联出版公司2004年版。

谢克强(3首)

《红玫瑰(2首)》,载《诗刊》1990年第6期。
《红玫瑰》,载《星星》1988年第3期。

熊俊桥(1首)

《诗凝雪》,见《当代诗小令十四行》,香港:讯通出版社1992年版。

徐訏(2首)

《女子的笑窝》,载《人间世》创刊号,1934年4月。
《暮霞》,载《人间世》创刊号,1934年4月。

徐志摩(3首)

《在病中(或你去)》,载《诗刊》第3期,1931年10月5日。
《云游》,载《诗刊》第3期,1931年10月5日。

严杰人(1首)

《蜕变——题〈蜕变〉扉页》,载1942年10月25日《现代文艺》第6卷第1号。

严希(1首)

《访西阳龚滩古镇》,载《履痕(1975.3—2012.11)》,黄山书社2013年版。

颜烈(2首)

《望海》,见颜烈《蝴蝶梦——人生十四行诗》,成都:成都出版社1994年版。
《留影》,见颜烈《蝴蝶梦——人生十四行诗》,成都:成都出版社1994年版。

雁翼(6首)

《写在宝成路上》,载《诗刊》1957年第12期。
《雪,飞扬》,见《女性的十四行诗》,广州:花城出版社1991年版。
《草堂》,见《女性的十四行诗》,广州:花城出版社1991年版。

杨大矛(3首)

《历史,公正的法官》,载《延河》1979年第6期。
《七彩的花圈》,载《诗刊》1980年第9期。
《问候》,载《诗刊》1980年第9期。

杨牧(2首)

《〈出发十四行〉之三》,见《海岸七叠》,台北:洪范书店1980年版。
《〈出发十四行〉之五》,见《海岸七叠》,台北:洪范书店1980年版。

杨汝绸(2首)

《今天》,载《红岩》1983年第2期。

《惊喜》,载《红岩》1983年第2期。

杨树(1首)

《浪花与岩石》,载《中国西部文学》1987年第5期。

杨拓夫(2首)

《〈拓夫十四行〉》(选一),见《拓夫十四行》,北京:中国文联出版公司2005年版。

《北溪河十四行(第1首)》,载《湖南文学》2015年第6期。

杨周翰(1首)

《女面狮(四)》,见闻一多编《现代诗钞》,上海:开明书店1948年版。

姚莹(1首)

《我爱我的女儿》,载《海燕》1980年第4期。

叶延滨(2首)

《春的定义》,见《蜜月箴言》,长沙:湖南文艺出版社1990年版。

《浪之群像》,见《蜜月箴言》,长沙:湖南文艺出版社1990年版。

尹国民(1首)

《淡雅九寨沟》,载《东方诗风》第8辑,2012年9月。

饮可(2首)

《十四行诗草》(五首选二),载《湘江文艺》1981年第4期。

咏梅(2首)

《爱美十四行》(选二),见《爱美十四行》,北京:中国文联出版公司2001年版。

酉金(1首)

《大山浅唱十四行诗》(组诗选一),载《山东文学》1996年第5期。

余光中(2首)

《当我死时》,见《台湾三家诗精品》,合肥:安徽文艺出版社1990年版。

《夜别》,选自《余光中经典》,福州:海峡文艺出版社2007年版。

余小曲(2首)

《峨眉山》,见《2006格律体新诗选》,香港:名家出版社2007年版。

《清明十四行》,载《东方诗风》第7期,2011年12月。

俞铭传(1首)

《悼闻一多师》,载《文艺复兴》第3卷第5期,1947年7月。

俞心樵(2首)

《孤馆》,载《诗刊》1991年第8期。

《拯救》,载《诗刊》1991年第8期。

园静(3首)

《天鹅之死十四行组诗》,载《诗刊》1992年第11期。

袁可嘉(4首)

《上海》,载《中国新诗》第2集,1948年。

《南京》,载《中国新诗》第2集,1948年。

《孕妇》,见《袁可嘉诗文选》。

《出航》,载《文学杂志》第3卷第2期,1948年。

袁水拍(1首)

《海洋》,见《向日葵》,上海:美学出版社1943年版。

曾凡华(3首)

《北方十四行诗(3首)》,载《星星》1987年第3期。

张安平(1首)

《清明》,载《上海文学》1989年第2期。

张错(2首)

《错误的十四行(选二)》,见《错误十四行》,台北:台湾时报文化出版公司1981年版。

张鸣树(1首)

《弃妇》,载《晨报副刊》,1926年9月20日。

张默(1首)

《给赠十四行》,载《台港文学选刊》1988年第7期。

张秋红(5首)

《幽兰组诗选三(第二、三、四首)》,见《幽兰——张秋红诗文选》,上海:学林出版社1994年版。

《霜》,见《幽兰——张秋红诗文选》,上海:学林出版社1994年版。

《独语》,见张秋红十四行集《独语》,上海:上海文艺出版社2015年版。

张先锋(4首)

《四姑娘山的传说》(叙事组诗选第8、9首),载《东方诗风》第2辑,2009年4月。

《西夏王陵——对话李元昊(2首)》,载《东方诗风》第13期,2014年12月。

张学梦(1首)

《新思想》,载《诗刊》1988年第3期。

张枣(11首)

《罗密欧与朱丽叶》,见《张枣的诗》,北京:人民文学出版社2010年版。

《梁山泊与祝英台》,见《张枣的诗》,北京:人民文学出版社2010年版。

《卡夫卡致菲丽丝》(组诗9首),见《张枣的诗》,北京:人民文学出版社2010年版。

赵毅衡(3首)

《十四行诗试作三首》,载《诗刊》1980年第8期。

郑伯奇(1首)

《赠台湾的朋友》,载《少年中国》第2卷第2期,1920年8月15日。

郑敏(22首)

《鹰》,见《诗集1942—1947》,上海:文化生活出版社1948年版。

《古尸(2首)》,见《寻觅集》,成都:四川文艺出版社1986年版。
《诗人与死(19首)》,载《人民文学》杂志,1994年1月。

郑铮(2首)
《致普希金》《给——》,见《云外莺声》,天津:百花文艺出版社1993年版。

周良沛(2首)
《我家乡的那八角楼(第1、3首)》,载《光明日报》1993年12月26日。

周琪(1首)
《访朱自清故居》,载《东方诗风》第8辑,2012年9月。

周拥军(2首)
《太行山》,载《2006格律体新诗选》,香港:名家出版社2007年版。
《橘花》,载《东方诗风》第2期,2009年4月。

朱湘(8首)
《致埃斯库罗斯》,此为朱湘佚诗,见《朱湘》,北京:三联书店、人民文学出版社1983年版。
《悼徐志摩》,载《诗刊》第4期,1932年7月39日。
《意体之3、8、11、53》《英体之1、13》,见《石门集》,北京:商务印书馆1934年版。

庄晓明(1首)
《秋兴》(无标题十四行组诗选一),载《星河》2011年夏季卷。

邹建军(16首)
《竹雨松风组诗》(7首)、《九凤神鸟组诗》(9首),见《邹惟山十四行抒情诗集》,武汉:长江出版社2013年版。

邹绛(2首)
《温暖的土地》,载上海《大公报》1948年7月16日。
《一颗星》,载上海《大公报》1948年7月16日。

附录二　中国十四行诗论选目[*]

安旗:《从"十四行"说到多样化——答修文同志》,载《四川文艺》1962年第12期。
安旗:《雁翼同志是怎样走上了歧路》,载《红岩》1958年第12期。
白天伟:《〈汉语十四行试验诗集〉的音韵艺术》,载《世界文学评论》2014年第2期。
白卫国:《生命的幻像抒写——简评陈陟云长诗〈前世今生〉前五章》,载《诗歌月刊》2010年第5期。
白阳明:《圆融和美,上善若水——邹惟山十四行诗管窥》,载《世界文学评论》2014年第2期。
北塔:《论十四行诗式的中国化》,载《中国现代文学研究丛刊》2000年第3期。
毕基初:《五十五首诗——刘荣恩先生》,载《中国文学》1944年第3号。
卞之琳:《介绍江弱水的几首诗》,见江弱水:《线装的心情》,北京:中国文联出版公司2002年版。
卞之琳:《吴兴华的诗和译诗》,载《中国现代文学研究丛刊》1986年第2期。
卞之琳:《自序》,《雕虫纪历》,北京:人民文学出版社1984年版。
曹葆华:《〈寄诗魂〉序》,《寄诗魂》,北平:震东印书馆1930年版。
陈本益:《十四行诗的节奏形式》,《汉语诗歌的节奏》,台北:文津出版社1994年版。
陈观亚:《民族之魂:中英两首十四行诗之比较》,载《名作欣赏》2012年第18期。
陈观亚:《十四行诗的源头到底在哪里》,载《信阳师范学院学报》1989年第4期。
陈观亚:《文学之根:析三首特殊的十四行诗》,载《郑州大学学报》1996年第2期。
陈观亚:《移植的生命——谈中国的十四行诗》,载《郑州大学学报》2000年第4期。
陈俐:《曹葆华十四行诗创作的场域和独特价值》,载《中华文化论坛》2013年第12期。
陈明远:《郭沫若与"颂内体"》,见《新潮》,北京:中国文联出版公司1992年版。
陈尚真、赵德全:《十四行诗的英国化进程》,载《燕山大学学报》2001年第4期。
陈世杰:《中国十四行诗体的形式特征综述》,载《中州学刊》1999年第3期。
陈思和:《探索世界性因素的典范之作:〈十四行集〉(上)(下)》,见陈思和:《中国现当代文学名篇十五讲》,北京:北京大学出版社2003年版。

---

[*] "选目"包括关于中国十四行诗的专题论文目录,也包括论及中国十四行诗的重要论文目录。

程光炜:《"薇"的哲学——评陈陟云的〈新十四行:前世今生〉第五章》,载《诗歌月刊》2010年第5期。

程国君:《大化·空灵·圆形——〈十四行集〉的化转意识、时间意识与诗美建构》,载《南开学报》2014年第1期。

程文:《骆寒超融古今中外于一体的"七七式参差体十四行诗"(上)(下)》,《网上诗话》,香港:世界文化艺术出版社2010年版。

尘鸥:《十四行诗三首·后记》,载《商兑》1933年第1卷第3期。

戴望舒:《译后记》(1947),《恶之华掇英》,上海:怀正文化社1947年版。

丁芒:《〈十四行体在中国〉序言》,载《常熟理工学院学报》1995年第1期。

杜荣根:《艰难的选择——论十四行诗》,《寻求与超越——中国新诗形式批评》,上海:复旦大学出版社1993年版。

杜雪琴:《评邹惟山组诗〈九凤神鸟〉》,载《文学教育》(上)2011年第10期。

方李珍:《朱湘十四行诗:体式的迷悟》,载《福建论坛》1996年第6期。

方平:《十四行诗体介绍》,《白朗宁夫人爱情十四行诗集》,上海:上海译文出版社1997年版。

方平:《新版序言》,《白朗宁夫人爱情十四行诗集》,上海:上海译文出版社1997年版。

冯光荣:《法中十四行诗沿革及其结构要素比较》,载《外国语文》1993年第3期。

冯文炳:《十四行集》(1946),《谈新诗》,北京:人民文学出版社1984年版。

冯至:《诗文自选琐记》,载《新文学史料》1983年第2期。

冯至:《我和十四行诗的因缘》,载《世界文学》1989年第1期。

冯至:《序》,《十四行集》,上海:文化生活出版社1948年版。

冯中一:《中国味的十四行诗)——致唐祈同志》,载《新诗品》,济南:山东教育出版社1995年版。

高黎:《十四行诗的起源、兴起与流变》,载《陕西广播电视大学学报》2007年第2期。

高岩:《与心安处——谈苗强的诗》,载《诗潮》2002年第5期。

郭红:《融合和新生——雁翼十四行诗体的个性化探索》,载《文艺理论批评》2012年第2期。

郭沫若:《"就当前诗歌中的主要问题"答〈诗刊〉记者问》,载《诗刊》1959年第1期。

郭沫若:《"雪莱的诗"小引》,载《创造季刊》第1卷第4期,1923年2月。

郭沫若:《论写旧诗词》(1950),载《文艺报》1950年第4期。

郭沫若:《诗歌的创作》,载《文学》第2卷第3期,1941年4月。

郭珊珊:《英诗汉译中的美感移植——试析莎士比亚十四行诗及其汉译》,载《广东技术师范学院学报》2009年第4期。

汉乐逸:《中国十四行诗:一种形式的意义》(*The Chinese Sonnet: Meaning of a Form*),雷登大学CNWS出版社2000年版。

何清、孙良好:《十四行诗内在变革倾向探讨——从朱湘的〈十四行英体·六〉谈起》,载《名作欣赏》2010年第14期。

胡茂盛:《心为形役:拟古话语下的商籁和十四行诗之名》,载《唐山学院学报》2013年第2期。
胡适:《胡适论十四行体》,《胡适全集》第27卷,合肥:安徽教育出版社2003年版。
胡适:《通信》,载《诗刊》第4期,1932年7月30日。
黄乐琴:《十四行诗》,《中国现代分体诗批评与鉴赏》,桂林:广西师范大学出版社2009年版。
黄泽佩:《〈"十四行体在中国"钩沉〉之钩沉》,载《湖北三峡学院学报》1998年第4期。
黄泽佩:《不同凡响的十四行诗——严人杰〈蜕变〉评赏》,载《阅读与欣赏》1998年第8期。
黄泽佩:《郭沫若十四行诗补阙》,载《郭沫若学刊》2000年第2期。
黄仲明:《关于十四行诗》,载《中学语文教学》2002年第12期。
惠远飞:《别样纯粹的爱情——读郑海军先生"爱的十四行诗"系列》,载《各界文论》2007年第4期。
江弱水:《〈线装的心情〉自序》,《线装的心情》,北京:中国文联出版公司2002年版。
江弱水:《商籁新声——论现代汉诗的十四行体》,《中西同步与位移——现代诗人丛论》,合肥:安徽教育出版社2005年版。
江弱水:《言说的芬芳:读张枣的〈跟茨维塔伊娃的对话〉》,载《今天》2015年春季号。
江义勇:《十四行诗的起源、衍变和翻译》,载《陨阳师专学报》2004年第6期。
金波:《后记》,《常常想起的朋友》,南京:江苏少年儿童出版社2010年版。
金丝燕:《李金发诗歌节奏的西化与变形》,《文学接受与文化过滤》,北京:中国人民大学出版社1994年版。
兰志丰:《十四行诗在中国译介的文化语境》,载《电影评介》2008年第3期。
粮诗曳:《冯至诗歌研究述评》,载《南京师范大学学报》1997年第3期。
黎志敏:《中国新诗中的十四行诗》,载《外国文学研究》2000年第1期。
李彬勇:《〈十四行诗集〉后记》,《十四行诗集》,上海:百家出版社1991年版。
李春林、臧思钰:《辉耀中西文化的"三星"——评唐湜、岑琦、骆寒超的汉式十四行诗集〈三星草〉》,载《淮南师范学院学报》1999年第4期。
李赋宁:《甜蜜的十四行诗》,载《名作欣赏》1996年第3期。
李广田:《沉思的诗:论冯至的〈十四行集〉》,《诗的艺术》,上海:开明书店1944年版。
李广田:《诗的艺术:论卞之琳的〈十年诗草〉》,《诗的艺术》,上海:开明书店1944年版。
李红慧:《秋风里飘扬的风旗——论冯至〈十四行集〉的形式建构》,载《经济与社会发展》2004年第1期。
李杰:《中国律诗的韵律特征与语篇特征——与英语十四行诗比较》,载《山东省农业管理干部学院学报》2011年第6期。
李婕颖:《浅析陈陟云〈新十四行诗:前世今生〉前五章的艺术张力》,载《学理论》2015年第9期。

李飒飒:《英十四行诗与中国词的艺术特色比较》,载《池州师专学报》2001年第1期。
李思纯:《诗体革新之形式及我的意见》,载《少年中国》第2卷第6期,1920年12月。
李思纯:《抒情小诗的性德及作用》,载《少年中国》第2卷第12期,1921年6月。
李唯建:《小序》,《祈祷》,上海:新月书店1933年版。
李文静、王华民:《英汉格律诗的结构与意义——五七言律诗与十四行诗的对比研究》,载《边疆经济与文化》2010年第4期。
李小平:《外国十四行诗在我国现当代的形式变化》,载《时代文学》2010年第2期。
李晓玲:《唐湜十四行诗的多样化实验》,载《重庆教育学院学报》2000年第3期。
梁实秋:《谈十四行诗》,《偏见集》,南京:正中书局1934年版。
梁实秋:《新诗格调及其他》,载《诗刊》创刊号,1931年1月20日。
梁宗岱:《论诗》,载《诗刊》第2期,1931年4月20日。
梁宗岱:《莎士比亚的商籁》,载《民族文学》第1卷第2期,1943年8月。
梁宗岱:《试论直觉与表现》,载《复旦学报》(文史)第1期,1944年10月。
林庚:《新诗断想:移植与土壤》,《新诗格律与语言的诗化》,北京:经济日报出版社2000年版。
林子:《谈谈〈给他〉》,《给他》,香港:华南图书文化中心1983年版。
刘继业:《一颗为我们遗落的明珠——丽尼〈梦恋(sonnet)八章〉解读》,载《名作欣赏》2001年第6期。
刘开富:《试论中国近体诗与西方十四行格律》,载《楚雄师专学报》1999年第1期。
刘立军、王海红:《十四行诗与中国新诗体系的理论建构》,载《河北学刊》2009年第6期。
刘立军、王海红:《西方十四行诗或源于中国律诗》,载《河北学刊》2013年第6期。
柳无忌:《抛砖集》后记,《抛砖集》,桂林:建文书店1943年版。
柳无忌:《为新诗辩护》,载《文艺杂志》第1卷第4期,1932年9月。
柳无忌:《致曹葆华》,载《清华周刊》第34卷第10期,1931年3月30日。
鲁德俊:《屠岸十四行诗概论》,载《理论与创作》1993年第6期。
鲁德俊:《中国诗人对十四行体段式的移植》,《诗的格律与鉴赏》,北京:中国书籍出版社2013年版。
鲁德俊:《中国现代第一抒情十四行体长诗——论李唯建的〈祈祷〉》,载《吴中学刊》1993年第2期。
鲁德俊、许霆:《十四行体在中国大事记(1914年—1994年)》,载《文教资料》1995年第12期。
陆钰明:《十四行诗源流初探》,载《上海大学学报》1990年第4期。
罗念生:《给曹葆华的一封信》,载《清华周刊》第503期,1931年。
罗念生:《评朱湘的〈石门集〉》,《二罗一柳忆朱湘》,北京:三联书店1985年版。
罗念生:《十四行体诗学之一》,载《文艺杂志》第1期第2期,1931年7月。
罗念生:《自序》,《龙涎集》,上海:时代图书公司1936年版。

罗振亚:《有限空间内的精神"飞翔"——评马莉的诗集〈时针偏离了午夜〉》,载《文艺争鸣》2015年第2期。

骆寒超:《论岑琦的诗歌创作(代序)》,《岑琦诗集》,杭州:浙江文艺出版社2003年版。

骆寒超:《序言》,《三星草:汉式十四行诗三百首》,杭州:浙江文艺出版社1997年版。

马永军:《冯至〈十四行集〉与里尔克》,载《学术交流》2008年第11期。

茅于美:《十四行诗与中国的词》,载《文艺研究》1982年第6期。

苗强:《沉重的睡眠〉后记》,《沉重的睡眠》,哈尔滨:黑龙江美术出版社2002年版。

倪丽、刘燕:《凡庸生活中纯净爱情的溃退——浅析王佐良的〈异体十四行〉》,载《现代语文(文学研究版)》2007年第5期。

聂珍钊:《英语诗歌形式导论》,第五章,北京:中国社会科学出版社2007年版。

宁建新、陈观亚:《"五四"以来十四行诗的轨迹》,载《信阳师范学院学报》1990年第3期。

欧阳红:《十四行诗(sonnet)评述》,载《渝州大学学报》1996年第4期。

浦丽琳:《〈给玳姨娜〉,中国第二首十四行诗》,载《文汇读书周报》2007年3月30日。

钱春绮:《序言》,《十四行诗》,上海:上海文艺出版社2009年版。

钱芳:《中国十四行诗在儿童诗领域开拓的成功——论金波的十四行诗》,见金波《常常想起的朋友》附录三,南京:江苏少年儿童出版社2010年版。

钱光培:《交代与自白——写在〈中国十四行诗选〉出版时》,载《文艺报》1990年10月6日。

钱光培:《论朱湘"石门"期的新诗创作》,《现代诗人朱湘研究》,北京:燕山出版社1987年版。

钱光培:《写在中国第一本十四行儿童诗集出版之际》,见金波《常常想起的朋友》附录一,南京:江苏少年儿童出版社2010年版。

钱光培:《中国十四行诗的历史回顾(上)》,载《北京社会科学》1991年第1期。

钱光培:《中国十四行诗的历史回顾(下)》,载《北京社会科学》1991年第2期。

钱光培:《中国十四行诗的昨天与今天——〈中国十四行诗选〉序言》,北京:中国文联出版公司1990年版。

邱景华:《郑敏〈诗人之死〉细读》,载《诗探索》2013年第1辑。

饶孟侃:《再论新诗的音节》,载《晨报副刊·诗镌》第6期,1926年5月6日。

任岩岩:《从十四行诗与中国律诗的比较看建立新诗格律的必要》,载《宜宾学院学报》2008年第4期。

邵洵美:《自序》,《诗二十五首》,上海:时代图书公司1936年版。

沈弘、郭晖:《最早汉译英诗应是弥尔顿的〈论失明〉》,载《国外文学》2005年第2期。

沈健:《苦难的慈航 沈泽宜论——以〈西塞娜十四行〉120首为中心》,见沈泽宜:《西塞娜十四行》,桂林:漓江出版社2008年版。

沈泽宜:《后记》,《西塞娜十四行》,桂林:漓江出版社2008年版。

施颖洲:《译诗的艺术—中译〈莎翁声籁〉自序》,见《莎士比亚十四行诗集》,南京:译林出版社 2011 年版。

舒奇志:《文化视域中的中西诗歌文体比较——以中国律绝和英国十四行诗为例》,载《湘潭大学学报》2004 年第 6 期。

孙大雨:《格律体新诗的起源》,载《文艺争鸣》1992 年第 5 期。

孙大雨:《莎译琐记》,载《中外论坛》1993 年第 4 期。

孙琴安:《关于十四行诗在中国的演播》,载《中文自修》1994 年第 6 期。

覃莉整理:《关于汉语十四行诗的写作与翻译问题——邹建军先生访谈录》,见华中师范大学邹建军建的"中外文学讲坛"网站。

覃志峰:《论权力话语与十四行诗译介》,载《天津外国语学院学报》2006 年第 5 期。

覃志峰:《十四行诗在中国的译介及其影响》,载《哈尔滨学院学报》2007 年第 6 期。

谭桂林:《论现代诗学中的十四行体式的理论建构》,载《广东社会科学》2007 年第 5 期。

唐宓:《英国十四行诗体的演进及其在我国的移植》,载《楚雄师范学院学报》1998 年第 4 期。

唐湜:《〈遐思:诗与美〉前记》,《遐思:诗与美》,桂林:漓江出版社 1987 年版。

唐湜:《附记》,《海陵王》,南京:江苏人民出版社 1980 年版。

唐湜:《关于建立新诗体》,载《文学评论丛刊》第 25 辑,北京:中国社会科学出版社 1985 年版。

唐湜:《怀念唐祈》,《九叶诗人:"中国新诗"的中兴》,上海:上海教育出版社 2003 年版。

唐湜:《幻美的旅者——唐湜论》,《九叶诗人:"中国新诗"的中兴》,上海:上海教育出版社 2003 年版。

唐湜:《蓝色的梦幻之旅——十四行,多彩的沉思》,《一叶诗谈》,南宁:广西教育出版社 2000 年版。

唐湜:《迷人的十四行》,载《东海》1987 年第 2 期。

唐湜:《前记》,《幻美之旅》,银川:宁夏人民出版社 1984 年版。

唐湜:《唐祈在 40 年代——唐祈论》,《九叶诗人:"中国新诗"的中兴》,上海:上海教育出版社 2003 年版。

唐湜:《我的诗艺探索历程》,《一叶的怀念》,北京:中国戏剧出版社 2008 年版。

唐湜:《一条舒展、开阔的探索道路》,载《江南》1989 年第 2 期。

唐湜:《在现实与梦幻之间》,载《诗刊》1990 年 2 月号。

屠岸:《"呼痛"的诗的记录——序沈泽宜〈西塞娜十四行〉》,见沈泽宜:《西塞娜十四行》,桂林:漓江出版社 2008 年版。

屠岸:《〈幻想交响曲〉跋》,《幻想交响曲》,香港:雅园出版公司 2014 年版。

屠岸:《关于十四行诗的通信》,载《诗探索》1998 年第 4 期。

屠岸:《十四行诗形式札记》,载《暨南学报》1988 年第 1 期。

屠岸:《十四行诗找到了儿童诗诗人金波》,载《诗刊》2005 年第 11 期。

屠岸:《吴钧陶诗歌的新视野——〈幻影〉序》,见吴钧陶:《幻影》,石家庄:河北教育出版社 2001 年版。

屠岸:《序言》,《中国十四行体诗选》,北京:人民文学出版社 1996 年版。

汪剑钊:《在中国现代主义诗歌的转折点上——冯至〈十四行集〉论》,载《求是学刊》1995 年第 5 期。

汪少川:《坚守在山水抒情诗格律实验的麦田——读邹惟山汉语抒情十四行诗》,载《中国诗歌》2015 年第 4 期。

王宝童:《吴钧陶的诗和译诗评析》,见吴钧陶《幻影》,石家庄:河北教育出版社 2001 年版。

王红升、郑欣欣:《雁翼对十四行诗的改造与创新》,载《河北学刊》2011 年第 9 期。

王金凯:《十四行诗研究的误区》,载《信阳师范学院学报》1997 年第 4 期。

王力:《商籁(上)(中)(下)》,《汉语诗律学》,上海:上海教育出版社 1979 年版。

王添源:《十四行诗的起源与发展》,载《幼狮文艺》2005 年第 623 期。

王晓华:《灾难的历程与"幻美之旅"》,载《当代浙江文学概观 1986—1987》,杭州:浙江大学出版社 1988 年版。

王钰哲:《卞之琳的十四行体的译与作》,载《淄博师专学报》2012 年第 6 期。

王岳川:《从生命边缘升华出诗歌意义——评苗强的〈沉重的睡眠〉》,载《中文自学指导》2003 年第 4 期。

王泽龙:《论冯至的〈十四行集〉》,载《贵州社会科学》1995 年第 6 期。

王子英:《浅谈十四行诗的中国化——兼谈冯至〈十四行集〉》,载《教育探索》2009 年第 5 期。

魏家俊:《辉煌与黯淡:爱的欢乐与幻灭——孙大雨两首十四行诗赏析》,载《名作欣赏》1989 年第 5 期。

闻一多:《律诗底研究》(1922),《神话与诗》,上海:华东师范大学出版社 1997 年版。

闻一多:《评本学年〈周刊〉里的新诗》,载《清华周刊》第 7 次增刊,1921 年 6 月。

闻一多:《谈商籁体》,载《新月》第 3 卷第 5、6 期,1930 年 5、6 月。

闻一多:《致曹葆华》,载《国立清华大学校刊》第 278 号,1931 年 3 月 30 日。

邬冬梅:《〈十四行集〉:中国十四行诗的民族化》,载《华章》2013 年第 31 期。

吴钧陶:《从〈中耳炎〉到〈恶之花〉——记译友钱春绮》,载《传记文学》2009 年第 8 期。

吴思敬、屠岸:《关于十四行诗的对话》,见屠岸:《幻想交响曲》,香港:雅园出版公司 2014 年版。

伍明春:《在形与质之间寻求平衡——论屠岸的十四行诗》,见屠岸:《幻想交响曲》,香港:雅园出版公司 2014 年版。

向雨:《反传统与传统——白朗宁夫人与林子创作比较的一个角度》,载《辽宁教育学院学报》1996 年第 2 期。

肖学周:《〈北大十四行〉自序》,《北大十四行》,北京:中国文联出版公司 2004 年版。

谢冕、陈素琰:《论林子》,载《文艺评论》1990 年第 2 期。

修文:《从"十四行"说开去》,载《四川文艺》1962年第10期。

徐江:《"执念"与诗——马莉和她本土"十四行诗"》,载《文艺争鸣》2015年第2期。

徐丽松整理:《读郑敏的组诗〈诗人与死〉——读诗会记录》,载《诗探索》1996年第3期。

徐腾飞:《英汉诗歌语篇结构对比研究——以莎士比亚十四行诗与李商隐七律为例》,载《广西教育学院学报》2007年第4期。

徐志摩:《〈诗刊〉前言》,载《诗刊》第2期,1931年4月20日。

徐志摩:《〈诗刊〉序语》,载《诗刊》创刊号,1931年1月20日。

徐志摩:《白朗宁夫人的情诗》,载《诗刊》第1卷第1期,1928年3月10日。

许霆:《把视野转向更广阔的天地——新时期十四行诗的发展》,载《重庆日报》1992年8月4日。

许霆:《论骆寒超对于汉式十四行诗的探索》,载人民文学出版社《星河》2015年冬季卷。

许霆:《论十四行体音步移植八式》,载《洛阳师专学报》1993年第2期。

许霆:《论徐志摩对十四行体中国化的历史性贡献》,载《台州学院学报》2015年第5期。

许霆:《马安信:真诚的爱的独白——读马安信十四行情诗》,载《当代文坛》2001年第5期。

许霆:《浦薛凤与中国第二首十四行诗》,载《文教资料简报》1993年第3期。

许霆:《十四行诗中国化的百年进程》,载《中国社会科学报》2015年10月26日。

许霆:《十四行体的借鉴与改造》,载《江海学刊》1990年第2期。

许霆:《十四行体移植中国的途径研究》,载《渝州大学学报》1993年第3期。

许霆:《十四行体移植中国的文化分析》,载《诗探索》1998年第4期。

许霆:《十四行体与中国传统诗体》,载《中国韵文学刊》1994年第2期。

许霆:《说说十四行体的中文译名》,载《写作》1995年第5期。

许霆:《唐湜十四行诗抒情艺术》,载《温州师院学报》1991年第4期。

许霆:《闻一多与十四行诗》,载《洛阳师范学院学报》1998年第6期。

许霆:《意识流 性格史 变格体——唐湜〈海陵王〉的创作特色》,载《中外诗歌研究》1994年第1期。

许霆:《中国诗人移植十四行体的文化意义》,载《文艺理论研究》2009年第5期。

许霆:《中国诗人移植十四行体格律论》,载《中国比较文学》2009年第4期。

许霆:《中国诗人移植十四行体论》,载《江苏社会科学》2010年第3期。

许霆:《中国十四行诗的题材拓展》,载《社科信息》1995年第1期。

许霆、鲁德俊:《"十四行体在中国"钩沉》,载《新文学史料》1997年第2期。

许霆、鲁德俊:《十四行体的新成果》,《新格律诗研究》,银川:宁夏人民出版社1991年版。

许霆、鲁德俊:《十四行体的移植》,《新格律诗研究》,银川:宁夏人民出版社1991年版。

许霆、鲁德俊:《十四行体在中国》,苏州:苏州大学出版社1995年版。
许霆、鲁德俊:《十四行体在中国》,载《中国现代文学研究丛刊》1986年第3期。
许霆、鲁德俊:《十四行体在中国的几个问题》,载《中外诗歌交流与研究》1992年第3期。
许霆、鲁德俊:《再论十四行体在中国》,载《中国现代文学研究丛刊》1992年第2期。
薛明秋:《十四行诗可能是一曲东西合璧的奏鸣曲》,载《嘉兴学院学报》1993年第3期。
鄢冬:《谁审判了"我"——读〈命运的审判者〉》,见瞿炜:《命运的审判者——瞿炜爱情十四行诗选》,北京:九州出版社2009年版。
颜红菲整理:《十四行诗在当代中国的最新实验——读者热议邹惟山先生汉语十四行抒情诗》,见《邹惟山十四行抒情诗集》,武汉:长江出版社2013年版。
颜培芬、马雷:《唐诗与十四行诗中貌离神合的意象初探》,载《安徽文学月刊》2014年第10期。
雁翼:《诗形体小议》,见《女性十四行诗》,广州:花城出版社1991年版。
雁翼:《十四行体和我》,见钱光培编:《中国十四行诗选》,北京:中国文联出版公司1990年版。
杨匡汉:《诗人琴弦上的Sonnet变奏——〈屠岸十四行诗〉读后》,载《读书》1987年第12期。
杨宪益:《试论欧洲十四行诗及波斯诗人莪默凯延的鲁拜体与我国唐代诗歌的可能联系》,载《文艺研究》1983年第4期。
杨宪益:《译余偶拾》,载《读书》1979年第4期。
姚鸽:《浅论孙大雨对商乃诗的新诗创作与翻译实践》,载《文学教育》2011年第5期。
尹青:《雁翼的十四行诗》,载《四川大学学报》1999年第1期。
余小刚:《蹁跹人生植被的彩蝶—评颜烈诗集〈蝴蝶梦〉》,载《汕头特区报》1995年12月11日。
余旸:《张枣诗歌中元诗意识的历史变迁》,载《新诗评论》2005年第2期,北京:北京大学出版社2005年版。
虞云国:《请读钱春绮的"文革"十四行诗》,载《中华读书报》2015年4月22日。
袁:《50—70年代中体十四行诗创作特征研究》,载《长城》2012年第6期。
袁甲:《"文革"时期汉语十四行诗创作的精神价值》,载《甘肃广播电视大学学报》2013年第2期。
袁甲:《"文革"时期汉语十四行诗创作的审美意蕴研究》,载《阿坝师范高等专科学校学报》2014年第3期。
袁甲:《"文革"时期汉语十四行诗创作概述》,载《阿坝师范高等专科学校学报》2013年第3期。
曾琮琇:《汉语十四行诗的现代转化——以李金发、朱湘、卞之琳为讨论对象》,载《汉语言文学研究》2015年第4期。

曾凡华:《〈北方十四行诗〉自序》,载《解放军文艺》1987年第3期。

曾思艺:《楚骚之苗裔——读〈邹惟山十四行抒情诗集〉》,见《邹惟山十四行抒情诗集》,武汉:长江出版社2013年版。

曾艳:《三类十四行诗的语言学比较分析》,载《贺州学院学报》2012年第2期。

张崇富:《汉语十四行诗对英语十四行诗的移植》,载《长江学术》2010年第2期。

张崇富:《十四行诗体的节奏移植及其语言学考察》,载《东方丛刊》1999年第3辑。

张德明:《马莉诗歌的艺术嬗变》,载《文艺争鸣》2015年第2期。

张惠仁:《〈新潮〉的艺术表现和形式格律》,见《新潮》,北京:中国文联出版公司1992年版。

张柠、李壮:《秘密世界的结石——读马莉诗集〈时针偏离了午夜〉》,载《南方文坛》2015年第1期。

张一池:《十四行诗与唐诗格律管见》,载《课程教学研究》2012年第5期。

张祖武:《论英国十四行诗与中国格律诗》,载《安徽大学学报》1988年第1期。

赵飞:《论张枣"言志合一"的诗歌写作向度》,载《江汉大学学报》2011年第6期。

赵元:《西方文论关键词:十四行诗》,载《外国文学》2010年第5期。

郑敏:《论屠岸的十四行诗》,见屠岸:《幻想交响曲》,香港:雅园出版公司2014年版。

郑铮:《试论十四行诗的移植与继承》,载《上海师范大学学报》1989年第2期。

周绵:《论冯至的十四行诗》,载《河北师范大学学报》1984年第2期。

周启付:《谈莎士比亚十四行诗的翻译》,载《外语学刊》1983年第1期。

周思缔:《真爱独白,真情释放——试论马安信十四行情诗的艺术追求》,载《当代文坛》2012年第6期。

周煦良:《介绍吴兴华的诗》,载《新语》1945年第5期。

周亚芬整理:《十四行诗:美丽的圆环与神秘的声音——邹建军教授访谈录》,见覃莉编:《文学地理学与当代中国的研究生教育:邹建军教授访谈录》,北京:世界图书出版公司2014年版。

周云鹏:《论朱湘的十四行诗》,载《理论与创作》2000年第5期。

周云鹏:《十四行体汉语化发展态势论——从朱湘、冯至的十四行诗谈起》,载《鄂州大学学报》2001年第1期。

周云鹏:《十四行与二十世纪中国新诗》,载《佳木斯大学社会科学学报》2002年第1期。

周云鹏:《中国现代十四行诗的主题形态》,载《湘潭师范学院学报》1998年第2期。

周云鹏、钟俊昆:《论中国十四行诗的发展历程》,载《赣南师范学院学报》1996年第4期。

朱春丽:《十四行诗的起源》,载《殷都学刊》1991年第3期。

朱国荣:《十四行诗和南朝乐府》,《十四行诗和南朝乐府》,上海:上海书店2012年版。

朱徽:《中英十四行诗》,载《诗探索》1998年第4期。

朱自清:《诗的形式》,《新诗杂话》,上海:作家书屋1947年12月版。

宗白华:《美从何处寻?》,载《新建设》1957 年第 6 期。
宗白华:《序》,《无价的爱》,北京:中国文联出版公司 1992 年版。
邹建军:《英语十四行诗的艺术特质及对汉语诗歌写作的启示——读聂珍钊〈英语诗歌形式导论〉之后的反思》,载《世界文学评论. 高教版》2015 年第 1 期。
邹绛:《一点体会和一点希望》,见钱光培编:《中国十四行诗选》,北京:中国文联出版公司 1988 年版。
邹惟山:《后记》,《时光的年轮》,武汉:长江文艺出版社 2012 年版。

后　记

　　十四行体是一种世界性的格律抒情诗体,经过近百年持续不断的移植创作,我国诗人已经初步完成了十四行体由欧洲向中国的转徙,诞生了数以万计的汉语十四行诗。这对于新诗研究者来说,应该是个颇具诱惑力的课题。

　　我是在20世纪80年代开始接触中国十四行诗这一课题的。那时,我与同事鲁德俊老师在高校从事中国现代文学教学,接触到大量的现代格律诗,深感其历来被人们所忽视,就不自量力地开始了对我国新格律诗的研究工作。在诗人丁芒先生的鼓励下,我俩写作了《新格律诗研究》(银川:宁夏人民出版社1991年版),在国内首次系统地梳理我国新格律诗的发展历程,并首次提出了新诗两种节奏体系的理论。在这一过程中,我们读到了不少精美的中国十四行诗,先是感到惊喜,再是爱不释手而细细品味,后来就把中国十四行诗的发展作为现代格律诗发展的一个组成部分来研究,写成了"十四行体的移植"和"十四行体的新成果"两节,编入《新格律诗研究》。然后,又在这两节内容的基础上结合更多的资料写成长篇论文《十四行体在中国》公开发表。正是有感于这一课题的诱惑,当我俩写完《新格律诗研究》后,就把相当的精力集中在"十四行体在中国"这一课题上,连续在报刊发表了数十篇关于中国十四行诗的研究论文,并于1995年在苏州大学出版社出版了《十四行体在中国》。吴奔星先生在序言中说,"'十四行体在中国'这课题,可以研究的问题还很多,本书只是对这课题的初步研究,可能还存在着若干尚需进一步研究、讨论甚至争论的问题。我们期盼着本书作者和其他诗论家能有新的研究成果面世。"由于鲁德俊不久即离校回乡任教,也由于本人忙于学校行政事务,所以我俩没有继续在此课题上拿出更多成果。但是,我俩始终关注着中国十四行诗的创作和研究,始终保持着同十四行诗诗人的联系。直至本人退出高校领导岗位以后,才又在鲁德俊的支持下,开始重新接续中国十四行诗的研究工作,并获得国家社会科学基金的扶持,经过数年努力终于完成了《中国十四行诗史稿》的写作。这算是完成了自己的一个心愿,也算是对多年来始终支持我们研究这一课题的朋友的一个交代。

客观地说,我们对这一课题的研究价值并非从一开始就有充分认识的,而是大致经历了三个过程,这又是同我们研究十四行诗的三个阶段紧密结合着的。

1986年,我们在《中国现代文学研究丛刊》第3期上发表长篇论文《十四行体在中国》,在论文的导语中,提出了研究这一课题的重要意义:

> 欧诗格律最严格的十四行体,被新诗人移植到中国并使之绵延整个新诗史,这是现代文学史上一个重大文学现象。对这一现象,有责难,有褒扬,同样延续至今,始终没有定评。为了促进新诗的发展,探讨十四行体是怎样被移植到中国来的,其发展轨迹如何,为什么十四行诗能在新诗史上绵延不绝等问题,无疑是极有意义的。

这段文字写于1985年,表明了当初我们的认识,即把研究中国十四行诗视为研究现代文学史重要现象的课题,视为研究新诗史的一个组成部分,试图通过对"十四行体在中国"这一文学现象的研究,来弥补新诗史研究的不足,纠正一些人对中国十四行诗的偏见。无疑,从20世纪20年代初至今,十四行体在整个新诗史上绵延不绝,却被过去治新诗史者有意无意地忽视,这是完全不应该的。在这一意义上说,我们的研究是有价值的。

但是,这种认识还是肤浅的。随着我们对中国十四行诗研究的深入,我们发现,新诗人写作中国十四行诗,从滥觞期就确立了一个观念,那就是:建设新诗体需要从异域吸取营养,汉语十四行诗创作是中西诗歌交流的产物。在1989年,我们写成了论文《十四行体的借鉴与改造》(载《江海学刊》1990年第2期),就对"十四行体在中国"获得了一种新认识:十四行体是一种彼时彼地的诗体,我国诗人进行了跨语系移植,在这一过程中既有借鉴更有改造。我国诗人认为:"由于诗歌是语言的艺术,所以,不同的语言就相应地产生不同的诗律特点。"移植十四行体"必须根据各国不同的语言特点而加以规定和变通"。"世界上有意大利式颂内体(Sonnet 的音译)、英吉利式颂内体、俄罗斯式颂内体……目前,是到了确立中国式颂内体的时候了"(见郭沫若、陈明远《新潮》)。这体现了中国诗人的开放意识,更体现了中国诗人的民族意识,而这正是致力于中西文化交流应有的态度。中西诗式的移植是特别繁难的工作,因为它涉及的是两种诗性语言的转换问题,但我国诗人经过百年持续不断的实践探索,终于完成了十四行体由欧洲向本土的转借,从而对世界十四行诗的发展作出了贡献,为世界各国间的文化交流提供了经验。这是中西文化交流的重大事件。我们研究"十四行体在中国"这一课题,有助于理清中西文化交流的规律。

基于这样的认识,我们建构了《十四行体在中国》的内容框架,包括总论、史论、专论和资料四编。"总论"编占全部内容的近五分之二,我们在此编开头写下了这样一段话:"中国诗人完成了十四行体由欧洲向中国的转徙,这是中西文化交流的卓越成果;中国诗人移植十四行体,积累了丰富的历史经验和有益启示。"在"资料"编开头也写下了这样一段话:"十四行体在中国的发展,汇入了中西文化交流的时代潮流,成为中国现代精英文化积累的成果,这是中国诗人对世界文化所作出的重要贡献。"由此可见,我们是着眼于中西文化交流成果的角度来认识研究这一课题的重大意义的。应该说,这种认识是正确的,也是有一定深度的。因此我们的研究获得了国内同人的充分肯定,不少学者、诗人由此同我们建立了联系。这种研究的成果就是出版了《十四行体在中国》(1995年)、《中国十四行体诗选》(1996年)和《中国百家十四行诗赏析》(1995年)。

但是,当我们重新接续以前两个阶段的研究工作,考虑写作《中国十四行诗史稿》时,我们对于"十四行体在中国"的课题重新进行了审视,又获得了新的价值认识,那就是朱自清在40年代写的《诗的形式》中对我国诗人写作汉语十四行诗的评论,始终着眼于新诗的现代化和民族化。朱自清说:"闻(一多)、徐(志摩)两位先生虽然似乎只是输入外国诗体和外国诗的格律说,可是同时在创造中国新诗体,指示中国诗的新道路。"又说:冯至的《十四行集》"可以说建立了中国十四行的基础,使得向来怀疑这诗体的人也相信它可以在中国诗里活下去。无韵体和十四行(或商籁)值得继续发展;别种外国诗体也将融化在中国诗里。这是模仿,同时是创造,到了头都会变成我们自己的"。这里的核心观点就是:我国诗人创作十四行诗指示着中国新诗发展的新道路,其过程实质是十四行体中国化的进程。这样的论述使我们豁然开朗,由此再去研究十四行体在英国发展的历史,我们获得的认识就是,十四行体被引入英国并在其后大约一百五十年间,从形式到内容以及主题表达都发生了极大的变化,形成了英国式的十四行诗。这一过程被称为十四行体英国化的过程,包括引进与模仿阶段、学习与改造阶段和发展与创新阶段三个时期。其实,十四行体被输入中国的发展史同样是该诗体中国化的过程,这一进程同十四行体英国化有相似之处,也有自身的特殊之处,我国百年十四行体中国化大致可以划分为早期输入期、规范创格期、探索变体期和多元探索期,而其始终如一的目标指向就是推动中国新诗体建设,其具体内涵则是探索新诗的固定形式、解决新诗的格律形式和完善新诗的诗性语言。正是在这四个时期的发展进程中,十四行体实现了本土化,完成了十四行体从欧洲向中国的转徙,诞生了大量的中体十四行诗,推动了整个的新诗体建设。其间不仅包含着中西诗式交流交融的丰富经验,而且这种交流交融能够为我所用。这其实也就是中国诗人对世界十四行体发展作出的杰出贡献。

这样,我们写作《中国十四行诗史稿》就有了一条贯穿始终的线索,那就是十四行体中国化,通过这一线索达到材料和观点的有机结合,历史研究、审美研究和理论研究也就真正找到了纽结。这种思考获得了国家基金评审专家的充分肯定。专家指出:"从上个世纪20年代至今,关于十四行与中国新诗关系的探讨一直绵延不断,既有相当多的也相当精彩的创作实践成果,也有大量的体现着中国新诗理论水平的十四行的研究论文与评论的发表,毫无疑问,十四行与中国新诗的关系充分体现着中国新诗的世界性,也体现着中国新诗的现代化与民族化的结合发展的历程。对这一关系及其研究成果的梳理集成,其学术价值和理论意义是很重要的。"这也就是我们写作《中国十四行诗史稿》时对于研究价值的新认识。根据这一新的认识,我们努力在原有研究基础上进行新的理论创新。其成果的具体学术价值和应用价值大致可以这样来概括:(1)十四行体中国化是中西文化交流的典范,其中积淀着许多珍贵的历史经验。研究"十四行体在中国"的个案,有助于中西文化交流规律的研究。成果梳理经验涉及中国化进程、中国化规律、中国化途径、中国化原则、中国化评价等理论问题。(2)十四行体中国化进程始终与新诗创格进程双向互动着,贯穿其间的是十四行体格律形式的移植,它与新诗探索自身韵律节奏体系交互进行,形成了对应移植节奏单元、确立两套建行模式、进行多种段式实践、探讨繁富的诗韵格式等成果,这对于新诗建立的韵律节奏系统发挥着重要作用。(3)五四时期的新诗采用白话写作,而白话诗语与诗性诉求如含蓄性、精炼性、暗示性和音乐性等存在矛盾,因此需要改善白话诗语。我国诗人在翻译和模仿创作十四行诗的过程中,采用跨行方式、延展诗行结构、发展对等原则和诗语组织陌生化试验,提升和改善了新诗诗语质素。这些成果对于推动新诗建设具有现实意义。(4)成果全面搜集中国十四行诗资料,并按中国化线索排列成有机结构,揭示中国十四行诗发展规律,呈现新诗发展史的一条重要流脉,评价了一些受到忽视的优秀作品,有助于推进我国新诗史的研究,有助于纠正关于汉语十四行诗的种种偏见,也有助于最终确立"中体"十四行诗,使中国新诗更好地与世界诗歌对话。

在这一课题的研究过程中,我们得到了数十位诗人和学者的关心,他们或者来信鼓励,或者寄来资料,或者提出修改意见,借此我们向所有关心这个课题的诗人和学者表示衷心的感谢。这一课题获得国家社会科学基金资助,诸位评审专家既对课题给予充分肯定,又对初稿提出修改意见,在此也向他们表示衷心的感谢。书稿第九章第七节"汉乐逸论中国十四行诗",是由我校张良林教授据英文稿写出的,在此特地予以说明并表示衷心的感谢。

由于课题本身涉及面广、本人学养不够和结构体例限制,所以某些问题尚未充分展开。如某些中国化理论阐述不够充分,史论关系处理不能尽如人意;再如本书虽然力求重视重点作家研究,兼顾一般作品,但受到章节结构限制,疏忽遗漏还会存在;又如因为十四行诗与新诗、与新文学关系复杂,某些问题论述尚需深入。这些都是在以后研究中需要解决的问题。